国家社科基金
后期资助项目
GUOJIA SHEKE JIJIN HOUQI ZIZHU XIANGMU

走出存在迷宫的
阿莉阿德尼金线

——哲学价值论转向中的西方现代主义文学

A Clew of Ariadne Guiding Us Out of the Existent Labyrinth

— On the Western Modernist Literature with the Philosophy Emphasizing the Outlook of Life

马小朝◎著

中央编译出版社
CCTP Central Compilation & Translation Press

国家社科基金后期资助项目
出版说明

后期资助项目是国家社科基金设立的一类重要项目，旨在鼓励广大社科研究者潜心治学，支持基础研究多出优秀成果。它是经过严格评审，从接近完成的科研成果中遴选立项的。为扩大后期资助项目的影响，更好地推动学术发展，促进成果转化，全国哲学社会科学规划办公室按照"统一设计、统一标识、统一版式、形成系列"的总体要求，组织出版国家社科基金后期资助项目成果。

全国哲学社会科学规划办公室

"如果你因什么外在的事物而感到痛苦，打扰你的不是这一事物，而是你自己对它的判断。而现在清除这一判断是在你的力量范围之内。"①

——马可·奥勒留

"有一句老话说，在科学里，一知半解的知识，使人放弃信仰，完整的知识，使人回归信仰。"

"人们可以把对科学说的这句话转用到哲学上来，一知半解的哲学使人远离现实，完整的哲学使人趋向现实。"②

——雅斯贝斯

"登上顶峰的斗争本身足以充实人的心灵。应该设想，西绪福斯是幸福的。"③

——加缪

---

① 〔古罗马〕马可·奥勒留：《沉思录》，何怀宏译，北京：中国社会科学出版社，1989 年，第 75 页。

② 〔德〕雅斯贝斯：《生存哲学》，工玖兴译，上海：上海译文出版社，2013 年，第 98 页。

③ 〔法〕加缪：《西绪福斯神话》，郭宏安译，《文艺理论译丛》(3)，北京：中国文联出版公司，1985 年，第 407 页。

目　录

绪论 现代西方哲学价值论转向的文化发生逻辑与发展规律

保罗·利科在《哲学的主要趋向》一书中指出，我们这个时代的几乎全部哲学成果，都与过去五六十年间哲学家对于语言发生兴趣的研究有关。不少人称现代西方哲学发生了"语言学转向"（the linguistic turn）。按照"语言学转向"的流行说法，整个西方哲学史从古希腊到20世纪可以粗线条地概括为本体论—认识论—语言学三个发展阶段。这三个阶段还可以描述为存在—思维—语言阶段。在古希腊时期，从素朴、直观到精致化的哲学家们主要侧重探讨世界的本原问题，本体论就是哲学的中心。从近代时期的笛卡尔开始，哲学研究的中心从本体论转向了认识论，也就是从研究世界的本原问题转向了研究人类认识的起源与能力问题。理性演绎方法的奠基者笛卡尔，以及后继者莱布尼茨、沃尔夫都把人类认识的起源归结于人人都均衡享有的天赋，从而开启了唯理主义的认识论。经验归纳方法的创始人培根，以及后继者洛克、休谟都把人类认识的起源归结于人人皆具备的感觉经验，从而开启了经验主义的认识论。再后来的德国古典哲学家康德，认为人类的认识源自客观材料与主观形式、感觉经验与先天思维的统一，从而在综合唯理主义与经验主义的基础上，真正完成了本体论向认识论的转向。现代西方哲学又出现了从认识论往语言学的重大转向。这个转向实际上又是分两步完成的：第一步应该是"语言转向"，也就是从研究人类认识的起源、能力和限度，转向了研究人类的语言，尤其是语词和语句的意义。比如分析哲学就将传统的哲学问题重新表述为"语言逻辑"的问题，使"语言"取代了传统哲学中"思维"、"意识"、"经验"等所占据的中心位置。第二步是真正意义上的"语言学转向"，也就是借鉴语言学的研究方法来保证哲学研究的科学性。具体而言，西方19世纪以后，随着社会巨大变革而来的自然科学、社会科学的巨大发展，无意间使包括哲学在内的人文社会科学研究的科学性遭遇到了怀疑。正如同康德所说："其他一切科学都不停在发展，而偏偏自命为智慧的化身、人人都求教的这门学问却老是原地踏步不前，这似乎有些不近情理。"①语言学的研究因为率先接受自然科学的方法启迪而为人们提供了科学的思考模式和描述模式，从而跃居到西方人文社会科学的领导地位。人们设想，包括哲学在内的人文社会科学研究是否可以普遍借鉴语言学的科学模式来保证自己的科学性呢？果然，20世纪60年代以后，现代西方哲学就开始了直接借鉴语言学科学模式或研究范式的大规模尝试，从而形成了所谓哲学"语言学转向"的奇观。应该说，上述关于西方哲学史概述中的前两个阶段，即本体论、认识论阶段的说明是准确的。第三阶段，即语言学阶段的说明，却难以从根本上解释现代西方哲学发生所谓语言学转向的真正原因。我以为，现代西方哲学真正突破了认识论阶段，并足以同西方哲学本体论、认识论阶段形成相应性质哲学轴心转换的是价值论转向。所谓语言学转向只是价值论转向引发的现象之一。现代西方哲学价值论转向的发生，自有其内在的文化发生逻辑与发展规律。

从理论逻辑角度说，人类生存的第一重要命题是物质生产劳动，物质生产劳动的第一重要命题是处理人与自然的关系。因为物质生产劳动从来不是个体的而是集体的活动，所以，人与自然关系既包含人与外在自然界，也包括人与内在自然性的关系。这样，人与自然的关系也就总是同人与人的关系纠缠一体。人类最初哲学的世界本原问题也就往往包含着宇宙自然观与人类社会学，包含着关于自然法则的说明与关于社会规律的阐释。随着人类探讨人与自然、人与人关系的逐步深入，自然会引发人到底能否认识自然与社会、如何认识自然与社会的认识论问题，认识论问题对人的思维的探讨因为牵涉到主观意识与社会目的，自然会同时孕育出社会伦理学问题。世界本原问题所包含的自然法则与社会规律同认识论问题所牵涉的主观意识与社会目的的对立矛盾，自然还会孕育出伦理道德基础上的人生态度，而人生态度的升华就是具有信仰性质的价值论问题。从某种意义上说，从本体论往认识论、伦理学到价值论的循环往复过程就是人类社会哲学思想的内在发生学机制，就是人类社

---

① 〔德〕康德：《任何一种能够作为科学出现的未来形而上学导论》，庞景仁译，北京：商务印书馆，1978年，第4页。

会不断从低级往高级、从野蛮往文明，从自然往自由永恒进步的精神现象。意大利哲学家维柯比较早地初步探讨了人类早期创造历史与开发心智的辩证过程。人类早期创造历史的过程是从低级向高级、从野蛮向文明的进步，人类早期开发心智的过程也是从感性向理性、从诗性向智性的演化。这个发展过程在后来的黑格尔那里被描述为"并非像一条直线抽象地向着无穷发展，必须认作像一个圆圈那样，乃是回复到自身的发展。这个圆圈又是许多圆圈所构成；而那整体乃是许多自己回复到自己的发展过程所构成的"①。或者被称为"逻辑与历史高度一致"的辩证循环过程，其表现形式是正（肯定）、反（否定）、合（否定之否定），从而形成了人类认识的螺旋型发展历史。马克思进一步从人类物质生产劳动的决定性作用出发，科学地解释了人类思维、意识辩证循环过程的真实动因。

　　从社会历史实践角度说，西方哲学符合辩证发展的历史规律，迄今为止就呈现出从本体论往认识论、伦理学到价值论的螺旋式循环过程。西方哲学第一个螺旋式循环过程发生在古希腊前苏格拉底时期——苏格拉底、柏拉图、亚里士多德时期——希腊化、古罗马直到中世纪末期。古希腊人为解决最基本吃穿住等物质生存命题而开始的社会生产劳动，使人与自然关系、人与人关系的历史性命题应运而生。人与自然关系基础上的宇宙自然观在古希腊文化意识形态上的系统反映，表现为探讨宇宙自然、世界本原的神话故事和前苏格拉底时期的自然哲学思想。比如神话故事讲述了多样化、复杂化的物质世界感性形态的发生、发展，前苏格拉底时期的伊奥尼亚哲学的米利都学派使用感性的水、火、土、气等物质属性解释世界的本质，毕达哥拉学派使用神秘的数说明万物的共同基础，爱利亚学派则使用具有普遍性的抽象"存在"范畴界定世界万物。人与人关系基础上的社会历史观在古希腊文化意识形态上的系统反映，一方面表现为解说人类社会历史奥秘的神话故事，比如最初统治宇宙的乌拉诺斯被自己的儿子克洛诺斯推翻并阉割，克洛诺斯又被自己的儿子宙斯推翻，以及更为残酷的"俄瑞斯忒斯杀母为父报仇"、"俄底浦斯杀父娶母"等等；另一方面表现为以宗教形式表达的伦理学启示，比如阿波罗神庙上的两条格言"认识你自己"、"勿过度"等等。

---

① 〔德〕黑格尔：《哲学史讲演录》第一卷，贺麟、王太庆译，北京：商务印书馆，1959年，第31—32页。

　　古希腊人为探讨人与自然、人与人关系而引发的认识论问题、伦理学问题的思考，表现为苏格拉底开启，柏拉图、亚里士多德哲学进一步理论化、系统化的素朴认识论、伦理学说明。古希腊哲学从苏格拉底开始，世界本原问题的研究开始转向人类认识和道德伦理的研究，叶秀山先生称之为"心灵的转向"。苏格拉底认为，因为外在的感觉世界常变，所以人们得到的世界本原知识也就不可能是确定的。苏格拉底劝告人们放弃世界本原的研究，转而应在伦理问题上寻求普遍真理。苏格拉底强调研究伦理问题的具体路径就是"认识自己"。根据《申辩篇》的记载，苏格拉底因为追求真正的知识而发现认识自我的重要性，从而得到一个重要结论："自知其无知"就是最大的知。苏格拉底的意思是说：一个有知识的人也就是充分认识了自我的人，而认识了自我也就是认识到自己在社会中所应扮演的角色、所应履行的责任、所应恪守的本分，认识了自我也就获得了最高的知识。苏格拉底建立了一种知识即美德的哲学思想体系，其中心内涵是强调人们应该认识自己在社会生活中的角色使命，从而获得最高的生活目的和至善的人生美德。所以，苏格拉底认为"美德就是知识"，不道德便是无知的同义语。柏拉图的哲学思想源自他对自己所处精神文化的选择性继承和进一步弘扬光大。柏拉图围绕自己所继承的精神文化而展开其哲学思考的伟大成果就是他的"理式"论的诞生。柏拉图以"理式"论为中心，构建了一个包括本体论、认识论、伦理学的庞大哲学体系，从而既延伸了古希腊早期的本体论探讨，更系统化了苏格拉底开启的认识论与伦理学思考。亚里士多德则以建立一种符合逻辑、清楚明白的科学理论方式，蔚然形成了一个百科全书式的知识体系，这个知识体系的支柱就是他的"形而上学"理论。亚里士多德形而上学得以建构的"四因说"理论，虽然在哲学本体论的建构上比柏拉图的思考更精细，却并没有比柏拉图走得远很多。但亚里士多德的形而上学对柏拉图"理式"论的批判，就人类认识论而言却是深刻而充满睿智的。亚里士多德在伦理道德方面的探讨更具有划时代的意义。亚里士多德特别强调人类生活目的在理解世界本原时的重要性，他关于人类生活目的的思想尤其通过《尼各马可伦理学》表现为一个重要观念：善良作为人性的完成，重点是能够区分道德美德与知识美德。柏拉图在《美诺篇》开卷提出的美德根源问题，因为亚里士多德的区分而得到了解答。根据亚里士多德的意思，通常称为美好品质的道德都是习惯养成的。一个人因为行善而成为至善的人，因为奉行正义和节制而成为正义和节制的人。同苏格拉底知善则行善相反，亚里士多德更强调道德意志普遍软弱的现象：自己的行为常常并不同自己的认识一致。应该说，苏格拉底、柏拉图和亚里士多德因为仍然被世界本原问题所纠缠，他们往往把人类对世界的认识问题与世界本原的问题、世界本原的问题与社会伦理目的的问题搅和在一块，但毕竟开始了哲学价值论转向的预备时期。

希腊化时期的希腊人开始品尝连绵不断的争战与掠夺、暴力与血腥的痛苦滋味。哲学本体论问题所包含的自然法则与社会规律同认识论问题所牵涉的主观意识与社会目的的必然矛盾变得空前尖锐，有条不紊的哲学解答和从容不迫的伦理说明，终于转向了主观人生态度的张扬和信仰性质的价值论。正如英国历史学家安古斯所说："形而上学隐退到幕后去了，个人的伦理现在变成了具有头等意义的东西。哲学不再是引导着少数一些大无畏的真理追求者们前进的火炬；它毋宁是跟随着生存斗争的后面，收拾病弱与伤残的一辆救护车。"①统治希腊化至罗马时期的哲学思想主要有犬儒派、斯多噶派、怀疑派、伊壁鸠鲁哲学。犬儒派首先把人生态度的价值论问题正式提到了哲学的高度。斯多噶派在把犬儒哲学的思想主张变得更加完备和圆通的同时，更把人生观意义的超越性看作是同宇宙保持和谐和服从神的意志。怀疑派则从人类认识的相对性推论出人生伦理道德选择的相对性，再由此提倡人生生活方式的随遇而安。伊壁鸠鲁哲学是在"原子自动倾斜"或者"偏离"说的基础上否定绝对的必然性，从而在强调偶然性的基础上提倡个体的心灵自由和精神快乐。正如黑格尔所说："认为精神的满足仅在于超出一切，对一切漠不关心，是所有这几派哲学的共同观点。"② 希腊化时期的哲学价值论思想一直延伸到中世纪的"教父哲学"、经院哲学。古希腊哲学终于完成了第一个至今可以清晰界定的从本体论往认识论、伦理学到价值论的螺旋式循环过程。

西方早期哲学所经历的从本体论往认识论、伦理学到价值论的过程是在本体论问题的解答极其原始、低级的起点上发生的，所以，认识论、

---

① 〔英〕安古斯：《剑桥古代史》，引自〔英〕罗素：《西方哲学史》上卷，何兆武、李约瑟译，北京：商务印书馆，1963 年，第 291 页。

② 〔德〕黑格尔：《哲学史讲演录》第三卷，贺麟、王太庆译，北京：商务印书馆，1959年，第 8 页。

伦理学到价值论的探讨都因为本体论探讨水平的限制而难以真正得到广阔、纵深的发展。但反过来说，不进行哲学认识论、伦理学问题与哲学价值论问题的追问，同样也不可能开拓、扩展哲学本体论问题的研究道路。所以，哪怕是极为粗浅、表面的关于认识论、伦理学与价值论问题的探讨，也会有助于推动本体论问题研究的进展和深入。尤其是伦理道德基础上的人生态度升华而为的价值论问题思考，更会为人类社会发展提供思想指导原则、道德理想精神。如同康德所说："所以一切法则之中的那条法则，就像《福音书》中的所有道德规矩一样，描述了最为完满的德性意向，然而它作为没有一个创造物能够达到神圣性的理想，仍然是我们应当接近并且在一个不断却无限的进程中为之努力的榜样。"①

西方哲学第二个螺旋式循环过程中的本体论阶段发生在 14—16 世纪的文艺复兴时期。这个时期对西欧后来历史文化的深远影响主要有二个方面：第一，人文主义与宗教改革运动。第二，自然科学基础上的哲学新思想。人文主义与宗教改革运动破除了中世纪基督教神学对西方哲学思想的束缚，使其重新解答自然与社会为中心的世界本原问题。伴随人文主义与宗教改革运动而首当其冲的是自然科学研究兴趣逐步上升。正如弗兰克·梯利所说："中世纪思想家的兴趣大都集中在超自然的东西上面，神学在一切科学居首位。新时代则把注意力从天上移到人间，自然科学逐渐位于前列。"② 当然，这个时期的自然科学研究往往还同魔术、炼金术、占星术纠缠在一起。但是，这些萌芽状态的自然科学研究，不仅孕育了近代自然科学领域中的医学、化学、天文学的雏形；更重要的是，这些自然科学的"全部活动是寻求哲人之石，借以探索自然最深的奥秘，并对它能够完全加以控制"。③所以，同自然科学研究成果相关的理论说明和概括就是哲学本体论的新生。其主要思想是肯定一切物质自然现象都遵循物质运动的规律性，比如达·芬奇就认为天体是一架服从确定自然规律的机器。哲学本体论新生的主要代表性成果有库萨的尼古拉提出的宇宙在空间上无限的思想。哥白尼通过天体观测与数学演算而创建的"太阳中心说"。开普勒通过经验观察与数学演算而得出的"行

---

① 〔德〕康德：《实践理性批判》，韩水法译，北京：商务印书馆，1999 年，第 91 页。
② 〔美〕弗兰克·梯利：《西方哲学史》，葛力译，北京：商务印书馆，1995 年，第 252 页。
③ 〔美〕弗兰克·梯利：《西方哲学史》，第 260 页。

星运行三定律"。达·芬奇通过绘画实践而发现的人体结构、光学规律。帕拉塞尔苏斯建立的医学化学，包括疾病发生理论、疾病治疗方法。布鲁诺在继承古希腊亚里士多德形式与物质统一的思想、希腊化斯多噶学派胚种说的基础上，阐明了万物是不可分单子组成的学说。布鲁诺还在哥白尼天体理论的基础上，进一步提出了太阳自身运动、太阳外还有恒星系统、太阳系只是宇宙的一个星系以及宇宙无限的思想。伽利略则发明了放大镜，使哥白尼的天体理论获得了观察证明。伽利略还用实验推翻了亚里士多德的落体理论，证明了轻重两物同时坠落，并说明了物体降落速度与降落时间的比例。伽利略提出了物体运动的惯性理论，说明了抛物线是水平线的力与垂直落体的力的合力结果。伽利略在继承古希腊哲学家德谟克利特理论的基础上，认为万物产生于原子运动。这个时期，人与自然关系基础上的宇宙自然观，再次通过自然科学成果基础上的世界本原问题成果得以充分表现的同时，人与人关系基础上的社会历史观，也通过蜿蜒曲折的方式同样得到了相应的表现。比如蒙台涅认为人存在着与生俱来的愚昧无知。马基雅维利认为人的本性恶、自私自利，所以私有财产神圣不可侵犯，人为实现目的可以不择手段。莫尔的《乌托邦》认为社会的不平等、人民遭受的苦难都源自私有财产，废除私有制是实现社会理想的重要途径。让·博丹指出，国家是建立在社会契约之上等等。

这个时期的世界本原问题研究同时也初步触发了认识论检讨和伦理学思考。其主要代表成果有库萨的尼古拉根据其"有学识的无知"的观点，认为知识有四个阶段：感性、理智、思辨的理性、直觉的知识。达·芬奇认为："我们的一切知识，全都来自我们的感觉能力。""智慧是经验的产儿。"①达·芬奇同时也强调数学推理的重要性，他说："人类的任何探讨，如果不是通过数学的证明进行的，就不能说是真正的科学。""热衷于实践而不要理论的人好像一个水手上了一只没有舵和罗盘的船，拿不稳该往哪里航行。"②布鲁诺认为自然界是人们的认识对象，人们可以通过认识自然界的各种现象来认识物质实体的本原。布鲁诺还

---

① 〔意大利〕达·芬奇：《笔记》，北京大学哲学系外国哲学史研究室编译：《西方哲学原著选读》上卷，北京：商务印书馆，1981 年，第 308 页。

② 〔意大利〕达·芬奇：《笔记》，北京大学哲学系外国哲学史研究室编译：《西方哲学原著选读》上卷，第 310—311 页。

认为人的认识能力有三个阶段：感觉、理性、理智。伽利略认为人类认识过程是先有感性认识，而后有理性认识。感性认识是广度认识，理性认识是深度认识。伽利略主张在认识方法上应该用综合法代替分析法。所谓综合法就是通过观察与实验获得大量事实，而后运用归纳与演绎来获得正确结论的方法。伽利略还强调数学对人类认识的重要作用，他认为数学能够概括动力学规律、能够界说科学知识，甚至认为数量关系是客观事物性质的主要形态。应该说，整个文艺复兴时期的认识论思想最突出的特征就是强调数学与经验的结合。这一切无疑显示了 17 世纪经验主义与唯理主义认识论的萌芽。

西方哲学第二个螺旋式循环过程中的认识论、伦理学问题的新阶段，应该符合通常流行的说法，即 17 世纪笛卡尔的"我思故我在"奠立，经英国经验主义、德国唯理主义开掘，直至康德、黑格尔为代表的德国古典哲学达到高峰的哲学思考。德国古典哲学在充分阐明人类理性逻辑与历史规律时，更热情张扬人类理性逻辑的理想性。比如康德在批判哲学中，认为道德高于认识，实践理性高于理论理性，甚至人类的道德理想就是宗教信仰的基本前提。黑格尔则认为，康德所谓不可知的、只能在实践上信仰的"物自体"不过是思想自己认识自己、实现自己的"绝对理念"或者"绝对精神"。黑格尔的哲学体系就描述了"绝对理念"或者"绝对精神"，怎样实现自己、发展自己、最后回复到自己。他说："举凡一切在天上或地上发生的——永恒地发生的，——上帝的生活以及一切在时间之内的事物，都只是力求精神认识其自身，使自己成为自己的对象，发现自己，达到自为，自己与自己相结合。精神自己二元化自己，自己乖离自己，但却是为了能够发现自己，为了能够回复自己。"① 黑格尔把思维与存在的同一归结为思维。他说："思想不仅是我们的思想，同时又是事物的自身，或对象性的东西的本质。"② 思维统摄存在、主观性统摄客观性。黑格尔从根本上将世界存在的问题变成了人对世界存在的认识问题。黑格尔不是不知道人的主观认识之外的客观存在，而是认为脱离人的主观认识的东西也就同时失去了与人类活动密切相关的意义。所以，黑格尔说："一切问题的关键在于：不仅把真实的东西或真

---

① 〔德〕黑格尔：《哲学史讲演录》第一卷，第 28 页。
② 〔德〕黑格尔：《小逻辑》，贺麟译，北京：商务印书馆，1980 年，第 120 页。

理理解和表述为实体，而且同样理解表述为主体。"①"实体在本质上即是主体，这乃是绝对即精神这句话所要表达的观念。"②应该说，德国古典哲学同时开始了第二个螺旋式循环过程中哲学价值论转向的预备时期。马克思主义哲学应该是这个预备时期的哲学成果。所以，马克思的哲学思考同时具有历史唯物主义世界观与道德理想主义人生观的统一。马克思在《经济学哲学手稿》中说："共产主义是私有财产即人的自我异化的积极的扬弃，因而是通过人并且为了人而对人的本质的真正占有，因此，它是人向自身、向社会的（即人的）人的复归，这种复归是完全的、自觉的而且保存了以往发展的全部财富的。这种共产主义，作为完成了的自然主义，等于人道主义，而作为完成了的人道主义，等于自然主义，它是人和自然界之间、人和人之间的矛盾的真正解决，是存在和本质、对象化和自我确证、自由和必然、个体和类之间的斗争的真正解决。它是历史之谜的解答，而且知道自己就是这种解答。"③马克思和恩格斯在《共产党宣言》中宣称："每个人的自由发展是一切人的自由发展的条件。"④当然，马克思充分强调，道德理想主义的实现有赖于历史唯物主义的社会实践，从而在说明历史与道德、手段与目的的辩证统一关系的基础上，开辟了价值论转向的另一条思想路径。所以，马克思在《关于费尔巴哈的提纲》中还说："人的思维是否具有客观真理性，这并不是一个理论问题，而是一个实践问题。人应该在实践中证明自己思维的真理性，即自己思维的现实性和力量，亦即自己思维的此岸性。""哲学家只是用不同的方式解释世界，而问题在于改变世界。"⑤

19 世纪中后期以后，西方主要的人本主义哲学家提出应该由研究外部自然界转向研究人的内心世界，而研究的方式就是直觉。这种研究方式无疑同时提出了这么一个问题：我们是要获取共同的理性模式，还是要寻求个别的情感体验呢？如果是后者，我们所得到的就不是事

---

① 〔德〕黑格尔：《精神现象学》上卷，贺麟、王玖兴译，北京：商务印书馆，1979 年，第 10 页。

② 〔德〕黑格尔：《精神现象学》上卷，第 15 页。

③ 〔德〕马克思：《1844 年经济学哲学手稿》，《马克思恩格斯全集》42 卷，北京：人民出版社，1979 年，第 120 页。

④ 〔德〕马克思、恩格斯：《共产党宣言》，《马克思恩格斯选集》第一卷，北京：人民出版社，1972 年，第 273 页

⑤ 〔德〕马克思：《关于费尔巴哈的提纲》，《马克思恩格斯选集》第一卷，第 16、19 页。

实的判定，而只是意义的阐释。另外一些所谓科学主义的哲学家虽然主张研究真实的自然界，却反对探索事物的基础、本质，只提倡描述和整理感性事实，这种描述和整理不是旨在获取所谓客观规律，而是追求不加以判断，同时隐含着对个别和偶然存在充分允准的意义呈现。还有一些哲学家更直接属于宗教唯心主义。由此，西方哲学终于完成了第二个螺旋式循环过程中的价值论转向。当然，这种价值论的新阶段仍然没有、也不可能彻底摆脱人类传统本体论、认识论问题的纠缠。因为，探讨宇宙世界本原、检讨人类认识方法，终归是人类须永恒努力的方向。但是，随着现代人类文化的高度发展，传统的本体论、认识论问题逐步分割、移交给了科学（包括日益繁复的自然科学与社会科学），哲学则更主要趋向于探讨人的问题、人生的意义问题。科学的成果推动着哲学的发展，哲学的探讨引导着科学的方向。所以，现代西方哲学在基本路线（本体论）上，通常都标榜自己超越唯心主义和唯物主义，声称其出发点是某种精神活动；在认识论问题上，往往都否定人们能够通过理性认识获得客观知识，都强调与实践行为密切相关的感性直觉。这一切无疑都标识了一种从探究世界本原、研究人类认识的客观效果转向了追问社会人生的主观意义。意义问题显然不是一个事实陈述问题而是一个价值判断问题。如果我们不理解这种价值论转向所带来的语境变化，我们也就很难理解那些在我们看来明目张胆的唯心主义哲学，为什么在现代西方思想领域里得到广泛的推崇和普遍的传播。

正如希腊哲学完成第一个从本体论往认识论、伦理学到价值论的螺旋式循环过程，离不开希腊化时期特殊的历史现实际遇，现代西方哲学的价值论转向也离不开西方新历史时期的社会现实条件。我们仍然从人与自然关系和人与人关系，或者认识自然法则和掌握社会规律的两个方面来予以说明。

首先，从人与自然关系，或者认识自然法则的角度看：西方近现代以后的科学进步，前所未有地拓宽了人们的视野，使人们更清醒地看见宇宙未知领域的强大、无限与人类已知力量的渺小、有限之间有着难以估量的差距。比如20世纪产生的爱因斯坦相对论、海森伯量子力学等为代表的现代物理学理论，就在否定传统时空观、物质能量观、客体决定观的同时，揭示了物质存在与时空运动的复杂关系。"新出现的相对论将时间与空间空前紧密地结合起来了。"① 爱因斯坦的光量子理论揭示出微观客体的本质特征在于波—粒二重性。海森伯的研究发现："在牛顿力学中，我们要研究行星的运动，可以从测量它的位置和速度开始。只要通过观测推算出行星的一系列坐标值和动量值，就可以将观测结果翻译成数学。此后，运动方程就用来从已定时间的这些坐标值和动量值推导出晚些时候系统的坐标值或任何其他性质，这样，天文学家就能够预言系统在晚些时候的性质。例如，他能够预言月蚀的准确时间。在量子论中，程序稍有不同。例如，我们可能对云室中一个电子的运动感兴趣，并且能用某种观测决定电子的初始位置和速度。但是，这个测定将不是准确的；它至少包含由于测不准关系而引起的不准确度，或许还会由于实验的困难包含更大的误差。"② 这一切无疑从哲学思想上否定了牛顿力学为基础的单一、绝对的因果论。正如赖欣巴哈所说："根据现代量子力学的研究，我们知道，个别原子事件是不适合于因果解释的，而只受概率规律控制。"③ "物理世界的因果结构为概率结构所代替，对于物理世界的理解就以一种概率理论的建立为前提了。应该认清，即使没有量子力学的结论，对因果性的分析也表示出概率观念是必不可少的。"④ "有了波恩和海森堡的发现，对微观宇宙作因果解释就一变而为作统计解释了；个别原子事件被视为不是由因果律所决定，而只是遵从概率规律的，于是，经典物理学的如果—那么一定就被如果—那么在某一百分率上所代替了。"⑤ 所以，诺斯劳普在海森伯的《物理学和哲学》的英文本序言中说："当代物理学已经引起人类的宇宙观及其同宇宙的关系的重要的修正。有人设想，这种修正突破了人类的命运和自由的基础，甚至影响到人类对他掌握自己命运的能力的看法。"⑥ "黑体辐射实验要求人们做出结论说：上帝是掷骰子的。"⑦ 人类对宇宙世界的认识正如罗素颇有幽默意味的玩笑话所说："自然和自然律在黑夜中隐藏。上帝说，'让牛顿诞生'，结果一切都豁

① 〔英〕怀特海：《科学与近代世界》，何钦译，北京：商务印书馆，1959 年，第 115 页。
② 〔德〕海森伯：《物理学和哲学——现代科学中的革命》，范岱年译，北京：商务印书馆，1981 年，第 14 页。
③ 〔德〕赖欣巴哈：《科学哲学的兴起》，伯尼译，北京：商务印书馆，1983 年，第 127 页。
④ 〔德〕赖欣巴哈：《科学哲学的兴起》，第 128 页。
⑤ 〔德〕赖欣巴哈：《科学哲学的兴起》，第 136 页。
⑥ 〔德〕海森伯：《物理学和哲学—现代科学中的革命》，第 139 页。
⑦ 〔德〕海森伯：《物理学和哲学—现代科学中的革命》，第 146 页。

然开朗。好景不长。魔鬼喊了一声，'嘿！让爱因斯坦降生'，于是又恢复了原来的情况。这种摇摆不定是科学历史的主要特征。"① 还如杜威所说："现代科学已不再在各种变化历程背后寻觅什么固定形象或本质。反而以实验的方法毁坏那些表面的固定性而挑起变化来。"②

其二，从人与人关系，或者掌握社会规律角度看：西方近现代以后的社会发展进步，没有从根本上改变人性的复杂幽深。比如达尔文的生物进化思想就通过揭示人的产生猜想而说明了人与自然关系的复杂；马克思的历史唯物主义理论则通过揭示人的社会生产劳动奥秘而说明了人与人关系的深邃；弗洛伊德的潜意识发掘则通过揭示人的深度心理秘密而说明了人与自我关系的微妙。所以，现代西方人一方面创造了难以想象的巨大物质财富，提高了社会成员的物质生活水平，摆脱了物质匮乏、生存短缺的困境；另一方面却变本加厉地放纵历史之二律背反固有法则的无情悖论，比如周期性的经济危机和社会动荡、二次灭绝人性的世界大战等等。正如霍克海默与阿多尔诺所说："启蒙精神摧毁了旧的不平等的、不正确的东西，直接的统治权，但同时又在普遍的联系中，在一些存在的东西与另外一些存在的东西的关系中，使这种统治权永恒化。"③更有甚者，现代人类社会制度以前所未有的精密方式，组织、规划乃至充分发挥人类生产实践能力的同时，更通过肉体摧残与精神驯化的共谋，建立了抽象、冷漠乃至非人化的官僚体制、僵化程序、数据规则，它们制约着现代人的工作方式，监管着现代人的生存方式，禁锢着现代人的思维方式、感觉方式。如同霍克海默与阿多尔诺所说："我们真正认识到了，为什么人类不是进入到真正合乎人性的状况，而是堕落到一种新的野蛮状态。"④现代西方人逐步失去了对人类历史规律、社会秩序的坚定信念，尤其深刻怀疑历史进步、社会发展与人的生命存在意义是否具有良性的关系。正如胡塞尔所说："单纯注重事实的科学，造就单纯注重事实的人。""我们听到人们说，在我们生存的危急时刻，这种科学什么也没有告诉我们。它从原则上排除的正是对于在我们这个不幸时代听由命

---

① 〔英〕罗素：《人类的知识——其范围与限度》，张金言译，北京：商务印书馆，1983年，第571页。

② 〔美〕杜威：《哲学的改造》，许崇清译，北京：商务印书馆1958年，第67页。

③ 〔德〕霍克海默、阿多尔诺：《启蒙辩证法》，洪佩郁、蔺月峰译，重庆：重庆出版社，1990年，第10页。

④ 〔德〕霍克海默、阿多尔诺：《启蒙辩证法》，第1页。

运攸关的根本变革所支配的人们来说十分紧迫的问题：即关于这整个的人的生存有意义与无意义的问题。"①

　　总归而言，科学进步与历史发展的广阔度与纵深度，在拓展人类视野的同时也警醒了人类的梦幻。曾经自信能够凭借人类科学理性控制世界、驾驭历史的崇高狂想失去了充足可靠的心灵依据；寄寓人类敬畏感的宗教信仰也因为同理性主义的长期合流而失落了栖居人类灵魂的园地。正如俄国文艺学家德·梅列日科夫斯基所说："人们从未像现在这样，感情上感到信仰的必要，而理智上却懂得信仰的不可能。""我们的时代应当应用两种对立的特点来形容：这是最极端的唯物主义时代，又是最热烈的、最富于理想的精神振奋的时代。我们正遇着两种人生观、两种截然相反的宇宙观之间的重大斗争，宗教感情的最新要求与从经验中产生的知识的最新结论互相冲突。"② 人应该如何活下去？这个本不成问题的问题终于尖锐地提了出来。现代西方人需要重新在变幻莫测的世界、扑朔迷离的历史中找到一个人生价值、生命意义的支撑点。蔑视客观现实、张扬主观精神的人生态度，终于代替探索世界本原、反思认识方法而占据了社会历史舞台上的中心位置。关于个人幸福和人生意义的追问，应运而再度成为了哲学的中心话题。柏格森说："因此，人类的责任是确定，他是否仅仅要求活下去，还是想做出额外的努力，这种努力是在这个难以对付的世界上完成宇宙的基本职能——制造神灵——所必不可少的。"③海森伯说："区分人类与其他生物的真正本性是他超越纯粹感觉并珍视其他东西的能力，这些本性是以他是能说话并能思维的人类社会的一部分为基础的。历史教导我们，这样的社会不仅具有物理的形式，而且具有精神的形式，但是在我们所知的精神形式中，除了直接可见的和可感知的，人们试图寻求有意义的与整体的联系，这种意图几乎总是起着决定性作用。只是在这种精神形式之中，在社会上有效的'学说'之中，人们才发现了他们自己行动的指针，而这里不仅是反映外部状况的问题；正是在这里首次决定有关价值（伦理标准）的问题。但这种精神

---

　　① 〔德〕胡塞尔：《欧洲科学的危机与超越论的现象学》，王炳文译，北京：商务印书馆，2001 年，第 16 页。
　　② 〔俄〕德·梅列日科夫斯基：《论俄国当代文学衰落的原因及其新流派》，李廉恕译，袁可嘉编选：《现代主义文学研究》上册，北京：中国社会科学出版社，1989 年，第 335 页。
　　③ 〔法〕柏格森：《道德与宗教的两个来源》，王作虹、成穷译，贵阳：贵州人民出版社，2007 年，第 194 页。

形式不仅决定一个社会的伦理学，而且决定它的整个文化生活。只有在这里我们看到了真、善、美的密切关系；只有在这里我们可以谈论个人生活的意义。我们称这种精神形式为社会的宗教。"①现代西方哲学终于转向了超越传统本体论、认识论的价值论。本体论、认识论所告知的真理是天经地义、永恒不变的客观事实，价值论所告知的意义则是自由自为、开放敞亮的主观意识。从某种意义上也可以说，价值论应运成为新的本体论。如同萨特所说："本体论本身不能进行道德的描述。它只研究存在的东西，并且，从它那些直陈是不可能引申出律令的。然而它让人隐约看到一种面对处境中的人的实在而负有责任的伦理学将是什么。事实上，本体论向我们揭示了价值的起源和本性，我们已看到，那就是欠缺，自为就是比照着这种欠缺而在其存在中把自己规定为欠缺的。我们看到，由于自为存在着，价值涌现出来以便纠缠它的自为存在。"②现代西方哲学的价值论转向终于造就了西方现代哲学与古典哲学的差异：对人本身的主体意识（包括人的语言）和人生价值的追问，代替了以往关于物质与精神孰为世界本原，心物、主客孰为第一性的探索。人们所要追问的已不是与人分离的本原问题，也不是以本原问题为前提的认识问题，而是与人类认识和实践活动不可分割的人化世界问题，是人的语言描述和价值评判问题。因为"世界只有你自己加在里面的目的和意义，此外是再没有旁的目的或意义了"③。

我认为语言转向不足以形成相对本体论、认识论的哲学轴心转换，还因为语言问题的思考绝不是发生在 20 世纪的新现象。早在古希腊埃斯库罗斯的悲剧《被缚的普罗米修斯》中，普罗米修斯的岳父、河神奥克阿诺斯告诉普罗米修斯说："难道你不知道，普罗米修斯，语言是医治恶劣心情的良药吗？"④ 苏格拉底、柏拉图、亚里士多德以及希腊化时期的斯多噶派哲学家都从事过语言问题的哲学探讨。比如柏拉图的一篇名为《克雷特利斯》的对话就曾讨论词语为什么会有意义。其中的一位哲学

① 〔德〕海森伯：《科学真理和宗教真理》，《物理学和哲学—现代科学中的革命》，第164 页。

② 〔法〕萨特：《存在与虚无》，陈宣良等译，北京：生活·读书·新知三联书店，1987年，第 796 页。

③ 〔德〕赖欣巴哈：《科学哲学的兴起》，第 127 页。

④ 〔古希腊〕埃斯库罗斯：《被缚的普罗米修斯》，罗念生译，《古希腊戏剧选》，北京：人民文学出版社，1998 年，第 22 页。

家克雷特利斯认为，一个东西的名称产生于它的性质，因此语言自然具有意义；另一位哲学家赫莫吉尼斯则认为名称所以能够指称事物是由于惯例，也就是语言使用者所达成的协议。这场辩论体现了深刻的哲学观念的冲突。"自然派"认为语言词汇天然代表它们所指称的东西，其哲学观可理解为：人的头脑如同一张白纸，它只被动记录外在事物的印象。"惯例派"则认为语言词汇的意义是人为的、任意的，其哲学观可理解为：人的头脑具有一套程序，可以主动建构外在事物的意义。公元前3世纪末期，亚历山大大帝建立了两个殖民地：一个是现在土耳其的帕加马，一个是现在埃及的亚历山大。围绕这两个城市也出现过语言问题上的激烈争论。帕加马学者认为大自然的运动和语言的发生没有什么规则可言。亚历山大学者则认为大自然的变化和语言的发展都受相应的规律支配。由此形成了语言"异常派"和"规则派"。前者继承了"自然派"的理论，认为天然形成的语言没有什么规律可言。后者则基本继承了"惯例派"的观点，认为语言是人为的、有规律的。中世纪末期的但丁则通过各种语言之间相同与相似的关注，甚至产生了关于始源语的朦胧猜测，比如但丁在《论俗语》中就认为不同的方言来自一种共同的语言，不同的语言来自一种共同的母语。当然，因为思想条件的限制，但丁只能把语言的分类归结为《圣经》里的通天塔故事。

　　在西方文化史上，自然科学常常推动哲学的发展，哲学又往往促进语言的思考。如何观察世界常常就决定着如何看待语言。比如文艺复兴以后，欧洲的自然科学（尤其是力学、天文学、数学）的发展和研究方法对哲学产生了极大影响，从而也影响了语言学。一方面是在自然科学实验和分析基础上产生了经验主义哲学，比如约翰·洛克的"白板说"就是其经典表述；与此相应的是强调语言现象多样性，语言变化特殊性的经验主义语言学。另一方面是在自然科学要求哲学概括和归纳的认识方法基础上产生了理性主义哲学，比如笛卡尔的"我思故我在"就是其经典表述；与此相应的是注重语言法则普遍性、语言表达一致性的理性主义语言学。莱布尼茨就通过大理石的纹路作比喻，说明人的知识不是通过感官得到的，而是作为"倾向、禀赋、习性或自然的潜在能力而天赋在我们的心中"①。后来许多学者常常引用莱布尼茨的这个比喻来说明

---

① 〔德〕莱布尼茨：《〈人类理智新论〉序》，北京大学哲学系外国哲学史研究室编译：《西方哲学原著选读》上卷，第495页。

语言的本质。19世纪是社会大变革、科学大进步的一百年。不少学者在理论上探讨语言是与生俱来还是后天习得的问题。人们又想起了莱布尼茨关于"不是感官获得，也不是生来清楚"的看法。在语言历史方面，人们发现了大量的现象以证明语言之间的亲属关系，提出了许多语言是从同一始源语（Parent language）演变而来的观点，而且划出了语言的"谱系"。比如19世纪欧洲学者对日尔曼语、罗曼语、波罗的—斯拉夫语以及处于东方的印度—伊朗语的形态比较，归纳总结出系统严整的印欧语系理论。整个19世纪比较语言学和历史语言学占据统治地位，其中有两位杰出的语言学家作出了重大贡献。德国语言学家洪堡特在继承语言学家海德的基础上指出，各民族的语言和思维是不可分割的。他说："民族的语言即民族的精神，民族的精神即民族的语言。"① 洪堡特还接受了康德哲学思想的影响，认为语言的内在形式对感觉经验进行了整理和概念化。语言不同，相应的感觉经验也不同，关于客观世界的理解和解释也不同。语言学家施莱歇则接受了黑格尔历史发展观、达尔文生物进化论思想的影响，提出了语言亲属关系理论。20世纪索绪尔语言学的建立，则吸取了同一历史时期的许多理论思想资源。比如德国的社会学家德克海姆创建的现代社会学理论认为，社会成员可能永远不会认识社会行为规范，但不妨碍他们遵守规范；弗洛伊德的潜意识理论认为，社会成员中存在着一个"集体心理"或潜意识心理，人们对这种内化在人类心理中的规范系统虽然没有意识，却时时受其支配和控制。索绪尔的《普通语言学教程》自始至终体现出的基本原则表明：语言也是一种社会事实，语言行为也有"外部制约"，那就是一种抽象的语言系统。这种系统同一切社会惯例一样，是一切社会成员同意遵守、约定俗成的社会制度。

反过来说，语言研究又常常扩展科学、哲学的思维路径。如何看待语言往往又影响着如何观察世界。比如17世纪的英国思想家霍布斯指出了语言的四种滥用，他像20世纪的分析哲学家一样认为："语言的首要滥用则在于错误的定义或没有定义。""人类的心灵之光就是清晰的语

---

① 〔德〕洪堡特：《论人类语言结构的差异及其对人类精神发展的影响》，伍铁平、姚小平译，胡明阳主编：《西方语言学名著选读》，北京：中国人民大学出版社，1999年，第29页。

词，但首先要用严格的定义去检验，清除它的含混意义。"①所以，后来的英国语言学家威尔金斯甚至像 20 世纪的维特根斯坦一样，企图创造一种理想的"哲学语言"来简洁、清楚地表达人的思想。18 世纪的意大利哲学家维柯则在《新科学》里，企图运用诗性智慧、诗性创造来解释人类语言文化符号的发生学原理，从而尝试解答人类如何从野蛮动物状态逐渐发展成社会文明人的历史哲学问题。18 世纪的许多语言学家和哲学家，都热衷通过探讨语言的历史起源来解释哲学思维的问题。比如法国思想家孔狄亚克在探讨人类语言起源时指出："这些信号的使用逐渐扩展了心灵活动的运用，而且反过来，心灵活动的运用更频繁了，又使信号日趋完善，并且使信号的使用更臻熟练。我们的经验证明了这两件东西是相辅相成的。"②语言的不同，人们关于客观世界的理解和解释也会不同，从而思维体系也会不同。德国哲学家海德在《论语言的起源》中指出，语言与思维是不可分割的，语言是思维的工具。法国文学家卢梭在《论语言的起源》里则认为，最初的语言就像他所论述过的"民约"一样，也是人类经过周密考虑的相互约定。19 世纪的比较语言学和历史语言学在提出人类语言演变过程假说、描绘世界语言谱系的同时，创造了比较研究的方法和有关思维起源、思维本质的新理论。20 世纪索绪尔之后的乔姆斯基语言学，更从心理学角度把语言能力看作是人脑的特性之一。乔姆斯基认为，虽然目前对人类大脑的初始结构提出设想还不大可能，但是可以做出某些猜测。他根据推理认为，人脑的初始状态应该包括人类一切语言共同具有的特点，可称为"普遍语法"（universal grammar）或"语言普遍现象"（linguistic universals）。乔姆斯基说："一个人在其母语中能立刻理解而不感到困难或生疏的句子，其数目是天文数字级的。"③乔姆斯基还经常引用历史上的理性主义哲学家们的理论，反复论证人的遗传基因决定了人脑的结构具有十分发达的认知系统，从而说明人的知识不像经验主义者所描写的那样简单。乔姆斯基说："这种天赋

---

　　①〔英〕霍布斯：《利维坦》，黎思复、黎廷弼译，北京：商务印书馆 1985 年，第 20、23、34 页。

　　②〔法〕孔狄亚克：《人类知识起源论》，洪洁求、洪丕柱译，北京：商务印书馆，1989年，第 137 页。

　　③〔美〕乔姆斯基：《语言与心理》，牟小华、候月英译，北京：华夏出版社，1989 年，第 13 页。

结构是一种物种特有的、根本独立于智力的能力。"① "这种天赋心理结构使语言习得成为可能。"②也就是说，一个人在后天经验里将知道什么、知道多少，受着人脑的固有结构所限定。人们往往承认，有机体的物质结构是由遗传决定的。但是，人们在研究个性、行为规律或认知结构时，又常常认为偶然的社会环境起着决定性作用，反而把几百万年形成的人脑结构误认为是任意的、偶然的。乔姆斯基相信，人类的认知系统比有机体的物质结构更为复杂、更有研究的价值。当然，乔姆斯基同时也肯定了后天经验的重要性。他认为，从普遍语法（universal grammar）过渡到个别语法（particular grammar），需要后天经验的触发。如果用 α 表示后天经验这个变量，则得：$PG = \alpha \cdot UG$。乔姆斯基认为，研究语言的最终目的是揭示人脑的实质、人的知识的本质和人的本质。乔姆斯基的生成语法就是要通过揭示个别语法与普遍语法的统一性，探索语言的普遍规律，最终弄清人的认知系统、思维规律和人的本质属性，从而回答那个古老的"柏拉图问题"，即人类知识到底是如何获得的问题。当然，因为特定历史时期哲学基本任务的特殊制约性，从古希腊以来的哲学总是有意无意地强化世界本原问题的说明，弱化语言功能问题的探讨。比如古希腊关于"逻各斯"的基本含义是"言谈"，甚至亚里士多德也只是把"言谈"的功能理解为"合乎语法的言谈"。但因为"言谈"涉及"所谈"，或者说"言谈是关于某种东西的言谈"③，所以，历来的哲学更愿意把"逻各斯""解释为理性、判断、概念、定义、根据、关系"等等④，从而遮蔽了"在言谈之所云中得到传达的一切关于某某东西的言谈同时又都具有道出自身的性质"⑤。总而言之，在西方文化历史长河里，语言问题一直同哲学思考纠缠一体。所以，现代西方哲学对语言问题的浓郁兴趣，终归不是相对于本体论、认识论阶段的哲学方向的转换。

现代西方哲学价值论转向问题的研究，可以帮助我们说明西方现代主义文学研究常常要遇见的所谓现代主义与后现代主义的问题。我们目前关于现代主义与后现代主义的哲学说明，通常是认为现代主义虽然完

① 〔美〕乔姆斯基《语言与心理》，第93页。
② 〔美〕乔姆斯基《语言与心理》，第94页。
③ 〔德〕海德格尔：《存在与时间》，陈嘉映、王庆节译，北京：生活·读书·新知三联书店，1987年，第197页。
④ 〔德〕海德格尔：《存在与时间》，第40页。
⑤ 〔德〕海德格尔：《存在与时间》，第198页。

成了对传统理性主义形而上学本质观的全面颠覆，而颠覆的方式却只是用新的生命意志、个人体验、本能直觉、潜意识等等代替了传统形而上学本质观的基本内涵。或者说，只是在价值观念改变的基础上，颠覆了传统形而上学本质观的理性主义尺度，偷换了传统形而上学本质观的价值内涵：生命欲望代替了社会理智，个人体验代替了神性启迪，本能的直觉代替了思维的悟性，潜意识代替了意识，生存存在代替了理性思想。所以，现代主义无非是用新的形而上学本质观代替了传统的形而上学本质观。后现代主义则要继续完成对新形而上学本质观的再颠覆。其实，现代主义在颠覆传统形而上学本质观时就毫不含糊地阐明：传统理性主义本质观的若干设定只是一种人为的先验想象。所谓的规律、本质等等只是语言的创造物。所谓的历史其实只是文本叙述史。所谓的真理只是语言编织的话语，里面既包含真理的敞明，给人以意义的指引；也包含真理的遮蔽，诱人以人为的陷阱。比如叔本华就把现象归结为人的意志的表象世界，他实际上是要将世界的存在归结为人的主体意识，从而也将人类认识对象归结为先天思维范畴所建构的领域。尼采主张将现象的世界完全看作是主体加工改造后的世界，从而也是主体所赋予意义的世界。人与世界的关系其实是人与自己所赋予意义世界的关系。尼采甚至认为真理是意志有目的的任意创造。因此，真理的根据和标准也就不在它是否反映实在、是否与实在相符，而在于它是否符合主体的意志、是否符合主体的目的、是否对主体有用。所以，尼采说："只有我才握有真理的标准，只有我才能决断。"[①]柏格森认为，所谓的自然规律完全是主体按照自己的意志所建立。他说："被分别看待的这些规律中的任何一种规律都没有客观实在性：它只是一位学者的成果，学者从某个角度考察事物，分离某些变量，运用某些约定的测量单位。"[②]新康德主义的马堡学派认为，人的认识中没有任何东西不是由思维规定的，也没有任何东西不能为思维所规定。新黑格尔主义代表克罗齐认为不可能有历史发展规律的客观理论，只能有对历史事件的主观评价。他说："一切历史都是

　　①　〔德〕尼采：《看哪这人！——自述》，《权力意志——重估一切价值的尝试》，张念东、凌素心译，北京：商务印书馆1991年，第90页。

　　②　〔法〕柏格森：《创造进化论》，姜志辉译，北京：商务印书馆2004年，第182页。

当代史。"① "历史经常是一种叙述。"②实证主义作为贝克莱思想的继续则把事实、知识视为人的主观经验。比如彭加勒就认为，科学的概念、理论、原则等等不是客观实在的反映，而是一些经验符号、记号。经验符号、记号不是起源于具有客观基础的经验，而只是科学家们彼此的人为约定。罗素借他人的表述说明"各种几何之间的不同是语言上的不同，而不是描述的对象有什么不同"③。现象学家胡塞尔认为认识对象不过是"先验自我"的构成物。胡塞尔还在《逻辑研究》中指出，语言问题是建立纯粹逻辑学的必不可少的哲学准备工作。存在主义哲学家海德格尔则认为语言问题处于哲学的中心地位，语言不仅是思想交流的工具，而且是存在的家园。认识语言符号甚至意味着从人类本真存在的高度，帮助人们拓开一条获得审美拯救的道路。索绪尔的语言学研究因为给人们提供了一整套对哲学问题予以重新审视的认知范式和参照体系、提供了一种关于人类观念的符号学描述模式和说明模式，从而直接促进了结构主义的诞生。我们不难发现，西方现代主义在颠覆传统形而上学本质观的过程里，早就将语言推上了审判席，所谓后现代主义的再颠覆只是现代主义颠覆性举措的自然延伸。所以，从结构主义只需往前跨半步就进入了解构主义。更进一步说，现代主义的颠覆性延伸也是没有尽头的过程，解构主义达到登峰造极地步，便是自身否定、自身解构。西方现代主义颠覆传统形而上学的本质观，终于一次又一次地传来死讯："上帝死了"（尼采），"作者死了"（罗兰·巴特），"人死了"（弗洛姆）。

我们目前关于现代主义与后现代主义的文学界说，通常是把存在主义看作是现代主义的尾声，把荒诞派戏剧看作后现代主义的开端；现代主义文学更关注生命存在的困窘，后现代主义文学更热衷语言形式的实验。因此也就生发出了一些非常有趣的问题。比如我们很难说明卡夫卡、布勒东、萨特、加缪等的小说创作，查拉、马里内蒂等的戏剧艺术实验，为什么不应该属于所谓后现代主义文学。正如 W. 斯特劳斯所说："实质上所有的现代文学都已经越来越多地探索人的存在，而不是人的生活的

① 〔意大利〕克罗齐：《历史学的理论与实际》，傅任敢译，北京：商务印书馆，1997 年，第 2 页。

② 〔意大利〕克罗齐：《黑格尔哲学中的活东西和死东西》，王衍孔译，北京：商务印书馆，1959 年，第 76 页。

③ 〔英〕罗素：《人类的知识——其范围与限度》，第 29 页。

解说，随之而来的结果，许多作家因为他的置疑同存在主义一样而被视为存在主义者。不言而喻，这样的分类批评是危险的。比如在卡夫卡的文学作品里，既有对存在的追问，又有许多大量的存在主义痛苦和荒诞意识。但是，卡夫卡毕竟还是因为以特殊的形式表现了人类处境，使他成为一个小说形式的伟大创造者，而不是一个哲学家。加缪的文学作品也面临同样的尴尬，他通常被称为存在主义者，加缪却否认自己是萨特式的存在主义，他称自己为荒诞派。[1]我认为，如果我们充分注意到现代哲学价值论转向对整个西方现代主义文学的深远影响，便不难明白，现代西方哲学的价值论转向引发了关于人生意义的直接追问，关于人生意义的直接追问又引动了价值观的巨大转变，价值观的巨大转变又引动了密切关注语言符号。西方现代主义文学都在这个逻辑关系上逐步展开，从而表现出追问人生意义的价值论倾向，关心个体、偶然、现象的价值观转变，关注语言符号的美学创新。从此出发，我们在西方现代主义文学的艺术实践里，既能发现价值论的哲学思考，又能发现语言形式的美学实验。卡夫卡的小说艺术，以萨特、加缪为代表的存在主义文学，尤其通过哲学理论和美学实践的完美结合，集中表现了追问人生意义、价值观转变和语言符号的关注。后来的"荒诞派"戏剧、法国"新小说"派小说，甚至美国的黑色幽默文学，又都是在接受存在主义哲学思虑的基础上，更自觉地从事语言形式的美学实验。所以，W. 斯特劳斯认为："在这个关头发生的哲学、神学和文学本体革命一直在过去40年里充分地展开，在这些领域里的随后发展将会改变、改换、改造已经提出的思想。这个现象已经在当代欧洲文学中显现，它的过程在本体论的、现象学的、存在主义的思想冲击下有意义地改变了。可以说，没有克尔凯郭尔、尼采、卡夫卡、萨特，就不会有我们现在所看见的所谓'荒诞戏剧'和不确切命名的'新小说'的景观（虽然它们在倾向上都不是严格意义上的存在主义）。存在主义的思想和探讨已经成功地引发了一系列的反响，这些反响将会在未来的数十年里仍然可以听见。"[2]普朗科说："萨特的学派概括了在法国40年代盛行的一种看法；在某些方面，这种看法

---

① Wolfgang Bernard Fleischmann edited. *Encyclopedia of World Literature in the* 20th *century*, Volume 1, New York：Frederick Ungar publishing co. , Inc.

② Wolfgang Bernard Fleischmann edited. *Encyclopedia of World Literature in the* 20th *century*, Volume 1.

今天仍然在盛行。下面是存在主义的三个基本准则，这些准则在一个或多个当今主要的先锋派作家那里有所体现。"① R. 埃斯卡尔皮特和 D. 奥利埃说："对感官感知的一切所作的细致、认真、但是无情、而且往往是绝望的描绘，是存在主义文体特有的手法之一。后来，'新小说'派继承了这一点并把它变成了一种体系。"②我国的外国文学前辈袁可嘉先生在其主编的《外国现代派作品选》前言里说："荒诞文学，新小说，垮掉的一代和黑色幽默虽然各有特点，却无不带有存在主义的烙印。"③ 袁可嘉先生的论断在现代主义文学作品中有不少例证。比如萨特的小说《恶心》中的主人公洛根丁，当意识到自我过去可能成为人的"本质"规定性、成为人的心灵枷锁时，他坚决放弃了对"过去"生活的依赖。因为重要的不是过去，而是未来。过去已经消逝，已经成了无可变更的"自在"，未来却需要自己去创造，它是有待于充实、展开的"自为"。荒诞派戏剧作家尤奈斯库的戏剧《国王正在死去》中的玛格丽特王后、朱丽特女仆、大夫，皆分别告诉在死亡线上挣扎的国王说："一切都是昨天。""就是今天也是昨天。""一切都是过去。"而希望国王能够继续活下去的玛丽王后却告诉国王说："没有过去，没有未来。你知道，有的是一直到尽头的现在，一切都是现在。呆在现在，呆在现在。"她同时还告诉国王说："存在，这是一个词儿，死亡也是一个词儿，都是人自己造出来的一些模式、想法。你明白这一点，就什么也不能把你打垮。"④尤奈斯库的戏剧《犀牛》更是通过揭示人不自觉受制他人眼光的"地狱"状态或生命陷阱，表现了存在主义的人生意义思考。因此，我们也就没有必要再作现代主义与后现代主义的细密区分，而是把西方现代主义文学看作贯串着价值论哲学思考和语言形式美学实验，呈现出错综复杂、多元交织、扑朔迷离、怪诞离奇的一系列文学现象。

　　现代西方哲学价值论转向问题的研究，还可以帮助我们理解 19 世纪后期以来的西方哲学为什么更加靠向了文学，哲学家为什么更加趋近了

---

　　① 〔法〕普朗科：《多种多样的先锋派》，戴如梅、张洁译，黄晋凯主编：《荒诞派戏剧》，北京：中国人民大学出版社，1996 年，第 136 页。

　　② 〔法〕R. 埃斯卡尔皮特和 D. 奥利埃：《存在主义》，吴岳添译，《文艺理论译丛》(3)，北京：中国文联出版公司，1985 年，第 488 页。

　　③ 袁可嘉：《〈外国现代派作品选〉前言》，袁可嘉等编选：《外国现代派作品选》第一册（上），上海：上海文艺出版社1980 年，第 4 页。

　　④ 〔法〕尤奈斯库：《国王正在死去》，黄晋凯译，黄晋凯主编：《荒诞派戏剧》，第 367 页。

文学家。或者反过来说，帮助我们领会 19 世纪后期以来的文学何以继逃逸了传统神学、哲学的庇护、指导后，又凭借自己先天的价值理性、个体情感、语言创生性等禀赋使自己成了神学、哲学的组成部分。正如海德格尔所说："这是逃遁了的诸神和正在到来的神的时代。这是一个贫困的时代，因为它处于一个双重的匮乏和双重的不之中：在已逃遁的诸神之不再和正在到来的神之尚未中。"①"命运把诗人发送到这个诗人世界的本质之中，并且选定他为初生的祭品。"②现代西方人的"思"与"诗"终于重新在追问生命本真和存在意义的基础上，再度实现了相互的包容和合二而一。现代主义诗人、文学家终于命定孤独地背负起了心灵的十字架，担当起了引领人们寻求人生意义的重任。他们在高声喊叫着"没有天堂、地狱，只有人间诗意栖居"的同时，更需要帮助人们尝试突破"存在的困惑"和"语言的囚笼"。正如美国当代文学评论家欧文·豪所说："诗人并不是传达他所得到的启示，而是投身于启示。"③其实，西方哲学与西方文学从古希腊时期就一直具有复杂的互相纠缠关系。如同赖欣巴哈所说："柏拉图的理念论，一如他当时的宇宙论，不是科学而是诗歌；这是想象的产物，而不是逻辑分析的产物。"④"我同意，我们绝对不能采用作为现代科学思想的产物的批评尺度去评判亚里士多德的历史意义。但是，即使用他当时的科学标准去衡量，或是用他自己在生物学和逻辑学方面的成就去衡量，他的形而上学也不是知识，不是解释，而是类比，即是说，是一种躲入图像语言中的逃避。"⑤马克思认为"希腊人是正常的儿童"⑥，其实就是指希腊人心理素质的健全发育。心理素质健全发育的标志，一方面是审美意识、艺术想象的灿烂辉煌，因而悲剧、喜剧、音乐、雕刻等高度繁荣；另一方面是科学思维、理性精神健全完善，因而科学、哲学等空前发展。所以，希腊文明一方面把爱神阿芙洛狄忒作为感性情感的象征，另一方面又把智慧神雅典娜作为理

---

① 〔德〕海德格尔：《荷尔德林和诗的本质》，孙周兴译，《荷尔德林诗的阐释》，北京：商务印书馆，2000 年，第 52 页。

② 〔德〕海德格尔：《追忆》，孙周兴译，《荷尔德林诗的阐释》，第 181 页。

③ 〔美〕欧文·豪：《现代主义的概念》，刘长缨译，袁可嘉等编选：《现代主义文学研究》上册，第 186 页。

④ 〔德〕赖欣巴哈：《科学哲学的兴起》，第 23 页。

⑤ 〔德〕赖欣巴哈：《科学哲学的兴起》，第 15 页。

⑥ 〔德〕马克思：《〈政治经济学批判〉导言》，《马克思恩格斯选集》第二卷，北京：人民出版社 1972 年，第 114 页。

性理智的象征。我们的文学艺术研究常常不得不同时与爱神、智慧神对话。如赖欣巴哈所说："当科学解释由于当时的知识不足以获致正确概括而失败时，想象就代替了它，提出一类朴素类比法的解释来满足要求普遍性的冲动。表面的类比，特别是与人类经验的类比，就与概括混同起来了，就被当作是解释了。这样普遍性的寻求就被假解释所满足了。哲学就是从这个土地上兴起的。"①"在整个哲学史上，我们发现哲学思维总是和诗人的想象连在一起；哲学家发问，诗人回答。因此，我们在阅读各种哲学体系的陈述时，应该把注意力多放在所提的问题上，而少放在所作的回答上。基本问题的发现，其本身就是对于智力进步的重要贡献，当哲学史被看作问题史时，它所提供的方面要比被视作为诸体系的历史时丰富多彩得多。"② 从这个意义上说，现代西方哲学在更高层次上回归了价值论的同时，也在更高层次上回归了古希腊哲学与文学在诗性智慧基础上的浑然一体。

我们遵循现代西方哲学价值论转向的思维路径，不难发现一条"走出西方现代主义文学迷宫的阿莉阿德尼金线"。我们借助这条金线的引领，可以通过宏观描述的方式，徐徐地观赏西方现代主义文学迷宫的一条条通幽曲径；我们更可以通过微观阐释的方式，细细地品味卡夫卡、萨特、加缪、品钦、尤奈斯库、昆德拉等文学艺术家精心构建的现代主义文学迷宫的一个个奇思妙想。当然，反过来说，当我们走出了西方现代主义文学迷宫时，我们终于不难理解，现代西方哲学价值论转向所引发的人生意义追问、价值观念转变、语言符号运用，不也是现代西方人"走出生命存在迷宫的阿莉阿德尼金线"吗？

---

① 〔德〕赖欣巴哈：《科学哲学的兴起》，第 11 页。
② 〔德〕赖欣巴哈：《科学哲学的兴起》，第 25 页。

上　编

哲学价值论转向中的现代主义文学宏观描述

现代西方哲学的价值论转向告诉人们：哲学既不是关于宇宙世界存在和本原的探讨，也不是关于人类认识起源与能力的说明，而是关于人的存在价值和生命意义的追问，甚至在一定意义上是某种类似宗教信仰的人生态度的设想。为了更清晰地聆听现代西方哲学中价值论转向的主旋律，我们不妨把现代西方哲学作一种简略的分类：1. 人本哲学，包括唯意志主义、生命哲学、现象学、存在主义、法兰克福学派；2. 科学哲学，又可以再细分为三个方面：（1）科学理性哲学，包括新康德主义、新黑格尔主义。（2）科学经验与方法哲学，包括实证主义、马赫主义、实用主义、实在主义。（3）科学语言哲学，包括分析哲学、结构主义；3. 宗教哲学，包括新托马斯主义、人格主义。我们从中不难聆听到现代西方哲学价值论转向的三部曲：第一，价值论转向下的人生意义追问。第二，人生意义追问引动了价值观的巨大转变。第三，价值观的巨大转变引动了密切关注语言符号。

第一章　价值论转向下的人生意义追问

　　现代西方哲学的价值论转向首先表现为人生意义的追问。人本主义哲学作为现代西方占主导地位的哲学，特别表现出人生意义追问的主流倾向。唯意志主义哲学首当其冲开始了人生意义的追问。唯意志主义理论来源之一的奥古斯丁哲学，强调哲学的原则是首先信仰，然后理解，信仰以便理解，理解为了信仰。①唯意志主义理论来源之一的康德，强调哲学所要探讨的本体就是比理论理性更高的实践理性，实践理性是超越认识的一种绝对道德律令，一种纯精神的信仰。康德关于"物自体"的探讨就是规定认识论的界限，敞开伦理学的大门。"物自体"作为不可知的彼岸，就是上帝、自由、灵魂之类理性理念的"范导"。康德说："因之，所可能之唯一之理性神学，乃以道德律为基础，或求道德律之指导者。"②"认定上帝的此在，在道德上是必然的。"③正如李泽厚先生所指出："康德在前门送走上帝（在认识论领域宣布不能证实上帝存在），在后门又接了进来（在实践领域又宣布上帝必然存在）。"④所以，康德努力推崇上帝信仰的立足点是深深扎根在道德实践领域中。叔本华进一步把康德的"现象世界"变成了"表象"，把康德的"物自体"变成了"意志"。他说："一切一切，凡已属于和能属于这世界的一切，都无可避免地带有以主体为条件（的性质），并且也仅仅只是为主体而存在。世界即是表象。"⑤"如果说物体世界除了只是我们的表象以外，还应是

---

①　〔古罗马〕奥古斯丁：《教义手册》，北京大学哲学系外国哲学史教研室编译：《西方哲学原著选读》上卷，第219页。
②　〔德〕康德：《纯粹理性批判》，蓝公武译，北京：商务印书馆，1960年，第257页。
③　〔德〕康德：《实践理性批判》，第137页。
④　李泽厚：《批判哲学的批判——康德述评》，北京：人民出版社，1984年，第269页。
⑤　〔德〕叔本华：《作为意志和表象的世界》，石冲白译，北京：商务印书馆，1982年，第26页。

什么，那么，我们就必须说，它除了是表象而外，也就是在它自在的本身，在它最内在的本质上，又是我们在自己身上直接发现为意志的东西。"①叔本华认为世界就是我的表象，我的表象就是我的意志的客体化。世界归根结底是我的意志。意志的实质就是永无休止的欲求。"但是一切欲求的基地却是需要，缺陷，也就是痛苦"；"人因为他易于获得的满足随即消除了他的可欲之物而缺少了欲求的对象，那么，可怕的空虚和无聊就会袭击他，即是说人存在和生存本身就会成为他不可忍受的重负。所以，人生是在痛苦和无聊之间像钟摆一样的来回摆动着；事实上痛苦和无聊两者也就是人生的两种最后成分"。②所以，叔本华极力推崇一种超脱功利的主观人生态度。他说："但在外来因素或内在情调突然把我们从欲求的无尽之流中托出来，在认识甩掉了为意志服务的枷锁时，在注意力不再集中于欲求的动机，而是离开事物对意志的关系而把握事物时，所以也即是不关利害，没有主观性，纯粹客观地观察事物，只就它们是赤裸裸的表象而不是就它们是动机来看而完全委心于它们时，那么，在欲求的那第一条道路上永远寻求而又永远不可得的安宁就会在转眼之间自动地光临而我们也就得到十足的恰悦了。"③"可是这就正是我在上面描写过的那种心境，是认识理念所要求的状况，是纯粹的观审，是在直观中浸沉，是在客体自失，是一切个体性的忘怀，是遵循根据律的和只把握关系的那种认识方式之取消；而这时直观中的个别事物已上升为其族类的理念，有认识作用的个体人已上升为不带意志的'认识'的纯粹主体，双方是同时并举而不可分的，于是这两者（分别）作为理念和纯粹主体就不再在时间之流和一切其他关系之中了。这样，人们或是从狱室中，或是从王宫中观看日落，就没有什么区别了。"④叔本华尤其强调主观人生态度的价值或意义。他说："利己主义者（则）觉得自己被陌生的敌对现象所包围，他全部的希求都寄托在自己的安乐上。善人却生活在一个现象互相亲善的世界里，每一现象的安乐都是他自己的安乐。"⑤"我们在前面已看到恶人由于他欲求的激烈而受着经常的，自伤

---

① 〔德〕叔本华：《作为意志和表象的世界》，第 158 页。
② 〔德〕叔本华：《作为意志和表象的世界》，第 427 页。
③ 〔德〕叔本华：《作为意志和表象的世界》，第 374 页。
④ 〔德〕叔本华：《作为意志和表象的世界》，第 374 页。
⑤ 〔德〕叔本华：《作为意志和表象的世界》，第 513 页。

其身的内在痛苦；最后在一切可欲的对象都已穷尽之后，又以看到别人痛苦来为顽固的意志馋吻解渴；那么，与此相反的是那已经领悟生命意志之否定的人；从外表看尽管他是那么贫苦，那么寡欢而总是缺这缺那，然而他的（心理）状况却充满内心的愉快和真正天福的宁静。"①以此为基础，叔本华自然非常看重天然归属于价值理性领域的审美与艺术。他说："不过美感的来源时而更在于领会已认识到的理念，时而更在于纯粹认识摆脱了欲求，从而摆脱了一切个体性和由个体性而产生的痛苦之后的怡悦和恬静。"②"艺术复制着由纯粹观审而掌握的永恒理念，复制着世界一切现象中本质的和常住的东西；……艺术的唯一源泉就是对理念的认识，它唯一的目标就是传达这一认识。"③"只有本质的东西，理念，是艺术的对象。"④尼采把叔本华的生存意志发展为权力意志，他进一步否认客观世界的真实性，认为权力意志是万物的本原。真理的根据和标准不在于是否反映实在、是否与实在相符，而在于是否符合主体的权力意志、是否符合主体的目的、是否对主体有用。尼采说："只有我才握有真理的标准，只有我才能决断。"⑤以此为出发点，尼采提出了重估一切价值的口号和超人哲学。应该说，尼采比叔本华的人生态度更积极乐观、更具审美超越性。所以，他认为希腊悲剧具有阿波罗和狄奥尼索斯两种精神。阿波罗（日神）精神是奥林匹克山众神在俯瞰宇宙人生中，赏玩宇宙人生之梦境、意象；狄奥尼索斯（酒神）精神则在酩酊大醉中，忘记人生的苦恼，享受生命之沉醉、狂欢。叔本华与尼采否定了传统本体论、认识论的思想基础，预设了哲学价值论的主观超越性出发点。生命哲学的创始人狄尔泰认为社会科学需要研究的就是意义和价值的世界。柏格森的生命哲学与直觉主义密切相关、互为表里。他的生命哲学为其直觉主义奠立了理论基础，直觉主义则为其生命哲学提供了具体说明。他说："直觉是一盏近乎熄灭的灯，它只是隐隐约约地在某些时候发出微光。总之，生命的利益在哪里受到威胁，直觉之灯就在哪里发光。直觉把它那微弱而摇晃的光投射在我们的人格上，投射在我们的自由上，投

---

① 〔德〕叔本华：《作为意志和表象的世界》，第534页。
② 〔德〕叔本华：《作为意志和表象的世界》，第26页。
③ 〔德〕叔本华：《作为意志和表象的世界》，第296页。
④ 〔德〕叔本华：《作为意志和表象的世界》，第259页。
⑤ 〔德〕尼采：《看哪这人！——自述》，《权力意志——重估一切价值的尝试》，第90页。

射在我们在整个自然界中的位置上，投射在我们的起源上，也投射在我们的命运上，但是，它仍能穿透智慧留住我们的黑夜。"① 他强调科学属于理智的领域，哲学则属于直觉的领域；理智带给人们实际利益，直觉完全排斥实际利益。他说："直觉和智慧代表意识工作的两个相反方向：直觉沿着生命的方向前进，而智慧沿着相反的方向前进，因而受到物质运动的制约。"② 所以，"二者必居其一：或者是不可能有哲学，一切关于事物的知识都是旨在从中取得利益的实际知识；或者是哲学通过直觉的努力而把自身置于对象本身之中"③。"只要形而上学使自己摆脱了为实际的使用效果服务的责任，它就可以无限地扩大其研究领域。"④ 柏格森所想往的超出现实世界的广阔领域其实就是彼岸世界。柏格森希望通过直觉超脱现实世界的利益束缚，引导人们去追求充满神秘体验的彼岸世界。柏格森说："正如动物的本能中还带有一丝智慧，人类的智慧中也保存了一丝直觉，只不过它仅仅是一丝微弱的光芒，不能照耀太远。然而，如果我们想要弄清楚生命动力的功能、意义与目的，那么我们会发现，正是向我们投来的那一丝光芒帮助了我们。因为，这一直觉是面向内心深处的，一般人会借助它意识到内在生命的持续，某些人的直觉更强烈，它把他们带向我们存在的根基，从而领悟普遍生命的法则。想想看，这难道不是那些伟大神秘主义才享有的特权吗?"⑤所以，柏格森高度赞扬神秘主义者说："他为之呕心沥血的爱不再简单地是人对上帝的爱，而是上帝对世人的爱。通过上帝并依靠上帝的力量，他以一种神圣的爱来爱护世人。这并不是哲学家凭借理智、根据所有人生来就有同一理性本质的原则而加诸于我们身上的兄弟之爱、手足之情。这是一种高尚得我们不能不尊重的理念；我们本可以竭尽全力地行使这一理念，但无论对个人还是群体，那样做都太累人，所以我们将永远不会钟情于这种理念。假如我们居然迷上了它的话，那也是因为在我们的文明的某个角落呼吸到了由神秘主义留下来的醉人的芬芳。要不是因为神秘主义以一种单纯的不可分割的博爱拥抱世人，那些哲学家们会如此自信地定下

① 〔法〕柏格森：《创造进化论》，第221—222页。
② 〔法〕柏格森：《创造进化论》，第221页。
③ 〔法〕柏格森：《形而上学导言》，刘放桐译，商务印书馆1963年，第19页。
④ 〔法〕柏格森：《形而上学导言》，第32页。
⑤ 〔法〕柏格森：《道德与宗教的两个来源》，第153页。

那异乎寻常的原则，即所有人都能够平等地参与对更高本质的追求
吗？"①"实际上，伟大的神秘主义者的任务就是以自己为榜样从根本上
改变人类。"②难怪罗素这样评价柏格森说："他对世界的富于想象的描
绘，看成是一种诗意作品，基本上既不能证明也不能反驳。"③ 胡塞尔现
象学的"理念"论通过把康德的"理念"拉回到现象界，而使"本体"
"现象化"，同时也使"现象""本体化"。这样，在胡塞尔看来，康德的
不可认识的所谓"物自体"虽然不是"事实的知识"，所谓"上帝"、
"意志自由"、"不朽"虽然不是具体科学的对象，但它们在人的想象、
幻想里却是可能的对象。胡塞尔认为，欧洲人文科学传统在强调人的独
立性和精神自主性时，又不得不承认人在事实上要服从因果自然律，科
学传统往往受到纯粹实在事实的局限，不愿意面对价值与意义的问题，
这正是科学危机和人类危机的根源。胡塞尔在晚年最后一次系统阐述现
象学的集大成著作《欧洲科学的危机与超越论的现象学》中开宗明义地
指出，实证主义将科学的理念还原为纯粹事实的科学。科学的"危机"
表现为科学丧失其对生活的意义。④他说："在 19 世纪后半叶，现代人的
整个世界观唯一受实证科学的支配，并且唯一被科学所造成的'繁荣'
所迷惑，这种唯一性意味着人们以冷漠的态度避开了对真正的人性具有
决定意义的问题。单纯注重事实的科学，造就单纯注重事实的人。""我
们听到人们说，在我们生存危急时刻，这种科学什么也没有告诉我们。
它从原则上排除的正是对于在我们这个不幸时代听由命运攸关的根本变
革所支配的人们来说十分紧迫的问题：即关于这整个的人的生存有意义
与无意义的问题。"⑤ 他还说："显然，理性是有关认识（真实的、真正
的认识，理智的认识）的诸学科的主题，是有关真实的和真正的价值
（作为理性的价值的真正价值）评价的诸学科的主题，是有关伦理行为
（真正善的行为，即从实践理性出发的行为）的诸学科的主题；在这里，
理性是'绝对的'，'永恒的'，'超时间的'，'无条件地'有效的理念
和理想的名称。……上帝的问题显然包含'绝对的'理性的问题，它是

---

① 〔法〕柏格森：《道德与宗教的两个来源》，第 143 页。
② 〔法〕柏格森：《道德与宗教的两个来源》，第 147 页。
③ 〔英〕罗素：《西方哲学史》下卷，马文德译，北京：商务印书馆，1976 年，第 367 页。
④ 〔德〕胡塞尔：《欧洲科学的危机与超越论的现象学》，第 15 页。
⑤ 〔德〕胡塞尔：《欧洲科学的危机与超越论的现象学》，第 16 页。

世间一切理性的，即世界的'意义'的目的论源泉。当然，不朽的问题如同自由的问题一样，也是理性的问题。所有这些'形而上学的'问题，广义地理解，通常称作特殊的哲学问题，都超出了作为由纯粹事实构成的大全的世界。它们正是作为含有理性这种理念的意图问题而超出事实的世界的。所有这些问题都占有比事实问题更高的地位，后者即使在问题的次序上也处于它们之下。"①胡塞尔强调，人有没有自觉的主观"超越"态度是很重要的，因为正是主观"理念的"、"精神的"世界，给一切"自然科学"的知识奠立了可靠的、绝对的基础。而作为哲学家的"人"，更应该摆脱一切"现成"前提，做一个绝对自由的创始者，这是先验现象学赋予"人"的"使命"。胡塞尔认为，自己创建的现象学哲学就是一门"理念的科学"、"理想的科学"。这种科学可以促动"人最终将自己理解为对他自己的人的存在负责的人，即它将自己理解为有责任过一种具有必真性的生活的存在——不仅是从事抽象的通常意义上的必真的科学存在，而且是从事一种将它的全部具体的存在按照必真的自由实现为必真科学，实现为一种处于其理性——只有通过理性它才成为人类——的全部生动生活中的科学的存在"②。这种科学"也许甚至将会表明，整个的现象学态度，以及属于它的悬搁，首先从本质上说有能力实现一种完全的人格的转变，这种转变首先可以与宗教方面的皈依相比，但是除此之外它本身还包含有作为任务赋予人类本身的最伟大的实存的转变这样一种意义"③。我们因此也就不难理解，胡塞尔为什么在《欧洲科学的危机与超越论的现象学》的结束语里说："哲学不是别的，而是（理性主义），是彻头彻尾的理性主义。"④正如瓦尔特·毕迈尔在《欧洲科学的危机与超越论的现象学》的编者导言里所说："按照胡塞尔的意图，所有这些最后一定会导致使对人的理性的信仰——这种信仰在希腊人那里第一次显示出来，在文艺复兴时期支配了人类——重新确立起来，由此，对作为理性自身实现场所的哲学的信仰，也会重新确立起来。因为按照这种看法，哲学在历史上就是人的理性向自身的复归，在哲学中，人类实现了对自身的辨明。由此也产生出一种哲学的伦理学功

---

① 〔德〕胡塞尔：《欧洲科学的危机与超越论的现象学》，第 19 页。
② 〔德〕胡塞尔：《欧洲科学的危机与超越论的现象学》，第 324 页。
③ 〔德〕胡塞尔：《欧洲科学的危机与超越论的现象学》，第 166 页。
④ 〔德〕胡塞尔：《欧洲科学的危机与超越论的现象学》，第 321 页。

能：指导人类成为它必须成为的东西。"① 所以，赫伯特·施皮格伯格说："胡塞尔按照苏格拉底和柏拉图的精神，以一种非常乐观的心情把哲学的这种使命描绘成是道德上'复兴'的使命。"②"实际上胡塞尔差不多是指派给还原一个宗教皈依的作用。"③这也是宗教教会和新托马斯主义为什么很重视现象学哲学的重要原因。存在主义哲学主要是一种关于人的存在的本体论，这种本体论与伦理学密切相关，甚至伦理学就具有本体论的意义。所以，道德抉择问题对存在主义而言不只是伦理学问题，而且是本体论问题。道德抉择作为一种社会的评价活动，属于伦理学；道德抉择作为一种个人的存在方式，则属于本体论。W. 斯特劳斯指出："存在主义思想深深植根于基督教传统，因此，存在主义的主旨往往就是人类生存信念同世界抵触的痛苦体验。这种体验早在德尔图良、奥古斯丁、帕斯卡尔的思想里就初步得到了表现。因为帕斯卡尔的痛苦体验源自心灵世界、内在经验同理智世界、科学知识的不一致，所以，帕斯卡尔甚至可以理解为存在主义的思想先驱。"④英国神学家约翰·麦奎利也认为存在主义"为基督教神学提供了一条接近当代思想的路径，有着护教的可能性，运用得法，可能是颇有价值"⑤。克尔凯郭尔认为人的存在和发展有三个阶段，只有第三个存在阶段即宗教阶段，人抛弃了理性和知识并与神合而为一，从而达到了自己真正的存在。所以，W. 斯特劳斯说："克尔凯郭尔第一次创造意蕴丰厚的所谓'危机神学'，以此反拨黑格尔理性和理想体系。他更注重信仰矛盾里的主观体验，注重个人关于上帝与人不可通性的生存痛苦。"⑥ 海德格尔把人的存在当成哲学的基本问题，所以，他要用人的存在来改变传统哲学对真理的规定。海德格尔认为西方思想的纯正源头是古希腊前苏格拉底时期的思想，柏拉图和亚里士多德开始把思想弄成了寻求抽象性、普遍性的形而上学哲学，这就

---

① 〔德〕胡塞尔：《欧洲科学的危机与超越论的现象学》，第 8 页。

② 〔美〕赫伯特·施皮格伯格：《现象学运动》，王炳文、张金言译，北京：商务印书馆，1995 年，第 133 页。

③ 〔美〕赫伯特·施皮格伯格：《现象学运动》，第 185 页。

④ Wolfgang Bernard Fleischmann edited. *Encyclopedia of World Literature in the* 20th *century*, Volume 1.

⑤ John Macquarrie. *An Existentialist Theology*, New York：Harperand Row Publishers，1965，p. 5.

⑥ Wolfgang Bernard Fleischmann edited. *Encyclopedia of World Literature in the* 20th *century*, Volume 1.

使最初的"存在"思考，忽略了人的存在。同时，人因为惧怕自然强大力量而钟情科学技术的发明创造，也忽略了人的存在。所以，海德格尔诊断出西方文化的病症，就是遗忘了人的存在问题。海德格尔说："世界总是精神性的世界。动物没有世界，也没有周围世界的环境。世界的没落就是对精神的力量的一种剥夺，就是精神的消散、衰竭，就是排除和误解精神。"①"今天，科学在它的所有领域内都成了一种获取知识与传授知识的技术的、实用的事务。从这样的科学出发根本不可能发生精神的唤醒，倒是科学自身需要一种唤醒。"② 所以，海德格尔提请人们重新关注一个久久被忽略的问题，即人存在的意义是什么？海德格尔继而通过探讨存在之"思"与"诗"的原始发生关系，开出了针对西方文化病的处方。海德格尔说："诗与思乃是道说的方式，而且是道说的突出方式。"③"人类此在在其根基上就是'诗意的'。"海德格尔认为，诗、文学艺术活动是使人趋向存在真实、领悟生命价值的真正的存在之思，所以，海德格尔说："在一贫乏的时代里作一诗人意味着，去注视、去吟唱远逝诸神的踪迹。"④海德格尔既然怀抱这样一种存在意义的价值归宿，所以，我们也就不难理解。为什么他认为人们不能证明上帝的存在，但仍可以期待上帝的存在。海德格尔晚年就自称是一个"等待上帝"的人。他说："哲学将不能引起世界现状的任何直接变化。不仅哲学不能，而且所有一切只要是人的思索和图谋都不能做到。只还有一个上帝能救渡我们。"⑤雅斯贝斯对西方哲学的现状非常不满意，他说："哲学已同自己的根源分离了，它作为关于一种从属现象的学说而对它曾使之可能的现实生活不再负有责任。""它同个人的生活没有任何关系。"⑥ 他尤其不赞同哲学趋同科学的追求，他认为："科学的事实知识并不是存在知

① 〔德〕海德格尔：《形而上学导论》，熊伟、王庆节译，北京：商务印书馆，1996 年，第 45 页。

② 〔德〕海德格尔：《形而上学导论》，第 49 页。

③ 〔德〕海德格尔：《语言的本质》，《在通向语言的途中》，孙周兴译，北京：商务印书馆 1997 年，第 169 页。

④ 〔德〕海德格尔：《诗人何为》，《诗 语言 思》，彭富春译，北京：文化艺术出版社，1991 年，第 69 页。

⑤ 〔德〕海德格尔：《只还有一个上帝能救渡我们》，引自《外国哲学资料》第 5 辑，北京：商务印书馆 1980 年，第 117 页。

⑥ 〔德〕雅斯贝斯：《时代的精神状况》，王德峰译，上海：上海译文出版社，2013 年，第 146 页。

识。""科学知识不能给生活提供任何目标。""科学不能回答它自己的意义问题。"① 他强调："哲学要求另外一种思维，这种思维，在提供知识的同时，也提醒我，惊觉我，使我回到我自身，改变我。"② 雅斯贝斯把哲学理解为"生存哲学"，为了说明自己"生存哲学"的价值论性质，他甚至提出了"哲学信仰"的观点。他说："生存是在信仰中体验到真理。"③ "哲学信仰是一切真正的哲学思维活动不可缺少的起源。从这个起源开始，才发现自己在这个世界里的生活运动，以便经验和研究现实的现象，以便进而更加明确地达到超越存在的现实。"④ "已不再能按照天启宗教的教条而生活的人，只有通过哲学才能意识到自己的真正意愿。""信仰离开宗教是否可能，这是一个问题。哲学即起源于这个问题。今天的哲学探讨意味着我们试图在一种不依赖于启示而形成的信仰中确证我们自身。"⑤ 美国存在主义代表人物蒂利希作为神学教授更力图把神和存在主义结合起来，他用"存在的勇气"概念取代存在的"恐怖"、"遗弃"、"死亡"等传统存在主义范畴。法国存在主义更十分强调"人的主观性"，强调人的自由选择和行动。萨特的存在主义哲学，完全撇开了传统本体论关于物质与精神、传统认识论关于思维与存在的关系问题，而将关注的中心转向了关于人生态度的价值论问题。萨特说："人们为了生活而工作，并且为了工作而生活。'生活—工作'整体的意义的问题：'我这个活着的人为什么工作？如果是为了工作，那又为什么活着呢？'只能在反思的水平上提出，因为这问题意味着自为的一种自身发现。"⑥ 人就是因为有"为什么活着？为什么工作？"的生命意义追问，所以才在发现"虚无"的同时表现出人的"自由"。所以，萨特说："自由不是一个存在：它是人的存在，也就是说是人的存在的虚无。如果人们首先想象人是充实的，那末接着要在人身上寻找人在其中是自由的时刻或者心理范围就将是荒谬的：也可以说就像在一个预先就装得满满的

---

① 〔德〕雅斯贝斯：《生存哲学》，王玖兴译，上海：上海译文出版社，2013 年，第10—11 页。
② 〔德〕雅斯贝斯：《生存哲学》，第13 页。
③ 〔德〕雅斯贝斯：《生存哲学》，第93 页。
④ 〔德〕雅斯贝斯：《生存哲学》，第13 页。
⑤ 〔德〕雅斯贝斯：《时代的精神状况》，第147 页。
⑥ 〔法〕萨特：《存在与虚无》，第274 页。

容器中去寻找虚空一样。"①就是这种发现"虚无"的"自由",显现出人区别客观"自在"的主观"自为"。所以,萨特将存在分为两类:一类叫"自在",指的是客观世界;一类叫"自为",指的是人的主观意识。萨特说:"自为和自在是由一个综合联系重新统一起来的,这综合联系不是别的,就是自为本身。事实上,自为不是别的,只不过是自在的纯粹虚无化;他作为'存在'的洞孔包含在存在之中。"②也就是说,"自在"就是因为"自为"才显现为虚无,同时也是因为"自为"才可能充实意义。再进一步说,"自为"作为人的主观意识具有无限的自由,因而,人的存在不具有"自在"的本质规定。所以,"存在先于本质"就是萨特关于人生态度价值论问题的经典论断。需要特别指出的是,"存在先于本质"中的"先于",不是一个现实生存状态的陈述,而是理想生命价值的阐明;"先于"也不是一个已然的事实说明,而是一个本然的意义揭示。换句话说,"先于"不是一个人类现存状态的判断性描述,而是一个人类应该状态的谋划性设想。所以,萨特的思想终归是提倡一种直面人生又超越人生的精神选择,其深远与奥妙在于为生活在荒诞世界中的现代人提供一种全新的人生态度,那就是:"我永远在进行自我选择,而且永远不能作为已被选择定的存在,否则,我就会重新落入单纯的自在的存在中去。"③ 在此基础上,萨特有充分的理由宣称:"可是如果我们要有道德,要一个社会和一个遵守法律的世界,那就必须认真对待某些价值;这些价值必须赋予先天的存在。"④ 所以,W. 斯特劳斯说:"值得注意的是,前面所述的有神论存在主义同无神论存在主义的区分无非是一种表述的方便,在更深的意识里,所有的存在主义都有一个宗教的核心。"⑤法兰克福学派从根本上说是资产阶级浪漫主义思潮的延伸,他们认为社会历史的进步没有创造出真正的幸福。如同霍克海默与阿多尔诺所说:"从进步思想最广泛的意义来看,历来的启蒙的目的都是使人

---

① 〔法〕萨特:《存在与虚无》,第 566 页。
② 〔法〕萨特:《存在与虚无》,第 786 页。
③ 〔法〕萨特:《存在与虚无》,第 616 页。
④ 〔法〕萨特:《存在主义是一种人道主义》,周煦良、汤永宽译,上海:上海译文出版社,1988 年,第 12 页。
⑤ Wolfgang Bernard Fleischmann edited. *Encyclopedia of World Literature in the 20th century*, Volume 1.

们摆脱恐惧，成为主人。但是完全受到启蒙的世界却充满着巨大的不幸。"① 因为科学技术的进步使人精神贫困和非人化。所以，人在通过劳动喂饱自身的同时，还需要为人生提供意义的艺术、游戏的快乐，以此获得挣脱科学狭隘限制的精神的自由解放。所以，马尔库塞提出"总体社会主义"的设想时说："社会主义的天地也是一个道德的和美学的天地。"②

科学理性哲学也表现出了人生意义的追问。新康德主义所继承的主要是康德哲学中对不可知的自在之物的钟情。新康德主义的弗莱堡学派创始人文德尔班，第一个非常明确地提出了价值论的概念。他认为，价值概念对于哲学具有极为重要的意义，甚至可以把哲学归结为价值论。文德尔班说："哲学绝不能脱离价值的观念，它总是强烈地、明显地受到价值观念的影响。"③所以，文德尔班认为哲学就是一般价值论。文德尔班是从他所构筑的二重世界观念出发来提出价值论的。他认为，除了人们日常所接触和认识到的"事实"的世界外，还存在着一个"价值"世界。"事实"世界是表象（现象）世界、"理论"世界；"价值"世界是本体（自在之物）世界、"实践"世界。与之相应，人类有两种不同的知识：一种是关于"事实"（表象）的知识，例如自然科学的知识属于这一种；一种是价值知识，一切关于社会现象的科学，即所谓"文化科学"（政治、经济、语言、艺术、宗教、哲学等）属于这一种。两种知识有着本质的区别：一切关于"事实"的命题都是表示两种表象内容的相互归属关系，而一切价值命题则表示估价意识（主体）和被估价对象之间的关系。"事实"命题都是普通的逻辑判断、科学判断，它决定着事物（事实）与事物之间的关系。价值命题则不表示事物之间的关系，而表示主体对于对象的估价、主体对于事物的尺度。文德尔班说："价值（不论是肯定方面或否定方面）决不能作为对象本身的特性，它是相对于一个估价的心灵而言……抽开意志与情感，就不会有价值这个东西。"④ 文德尔班还进一步把价值分为特殊的价值和普遍的价值。所谓特

① 〔德〕霍克海默、阿多尔诺：《启蒙辩证法》，第1页。
② 〔德〕马尔库塞：《反革命和造反》，引自刘放桐：《现代西方哲学》，北京：人民出版社，1981年，第658页。
③ 〔德〕文德尔班：《哲学概论》，引自全增嘏：《西方哲学史》下册，第489页。
④ 〔德〕文德尔班：《哲学概论》，引自全增嘏：《西方哲学史》下册，第489页。

殊价值是存在于个别人意识中的价值，它决定于个别人的情感、意志；所谓普遍的价值则是存在于一般人意识中的价值，它决定于一般人的情感、意志。普遍的价值就是标准价值或者说价值的规范，是人们进行价值评估时所依据的标准与规范。特殊价值是心理学研究的对象，普遍价值则是哲学研究的对象。因此，哲学就是"普遍价值的批判科学"。为了说明普遍价值的价值规范来源，文德尔班采用了康德的绝对命令学说，认为普遍价值就是"应当如此"的价值，以普遍价值作为判断标准进行估价，就是按照"应当如此"的原则进行估价。这就等于说，普遍价值就是伦理学（以所谓绝对命令作为原则）的价值，普遍价值标准也就是伦理学的标准。康德的伦理学本是信仰主义的伦理学，因为上帝最终是他所谓道德行为的根本保证。文德尔班在谈到普遍价值学说时，也同样转向了信仰主义。他说："我们相信存在着人类进行估价的绝对的标准……这种相信是以我们具有超越的理性秩序的特权这个假言为基础的。只要我把这种秩序看作是一个较高的实在心灵的内容，……那它们就必须看作是一个最高的理性，即上帝的内容。"①文德尔班还说："道路本身就是道路的目标，生活的目标和价值不要到永恒的内容的实现中去寻求，而应当到对生活意志的不断的肯定中去寻求。"②文德尔班的追随者李凯尔特也强调区分自然和文化的"价值"概念。他说："我们通常希望而且能够撰写的仅仅是关于人的历史，这个情况已经表明我们在这种情况下是受价值指导的，没有价值，也就没有任何历史科学。""只有借助于价值的观点，才能从文化事件和自然的研究方法方面把文化事件和自然区别开。"③李凯尔特同时还进一步说明所谓价值的实质。他说："关于价值，我们不能说它们实际上存在着或不存在，而只能说它们是有意义的，还是无意义的。"④"价值决不是现实，既不是物理的现实，也不是心理的现实。价值的实质在于它的有效性，而不在于它的实际的事实性。"⑤新黑格尔主义在英国的领袖人物布拉德雷认为认知实在和绝对，要通过本能体验和直觉去达到。布拉德雷认为这种本能和直觉也是一种思维活

① 〔德〕文德尔班：《哲学概论》，引自全增嘏：《西方哲学史》下册，第491页。
② 〔德〕文德尔班：《哲学概论》，引自全增嘏《西方哲学史》下册，第495页。
③ 〔德〕李凯尔特：《文化科学和自然科学》，涂纪亮译，北京：商务印书馆，1986年，第76页。
④ 〔德〕李凯尔特：《文化科学和自然科学》，第21页。
⑤ 〔德〕李凯尔特：《文化科学和自然科学》，第78页。

动，但它是超越主体和对象的对立，超越一切概念、判断等理性形式和方法的思维。所以，布拉德雷确认哲学需要宗教神学并建立在宗教神学基础上。他说："宗教的确是通过我们存在的每一方面来表达善的完整的实在性的一种尝试，就这点而说，它既超乎哲学，又高于哲学。"①布拉德雷认为，真理、实在和信仰是同一个东西。他说："哲学需要可以公正地称之为信仰的东西，并且最终建立在信仰之上。"②新黑格尔主义在意大利的代表克罗齐，更强调主观精神的创造性。克罗齐认为一切事物都是不同精神创造活动的产物，他把人类精神创造活动分为理论活动（知）和实践活动（行）两大类。理论活动又分为直觉和概念，实践活动又分为经济和道德。克罗齐所谓的"差异辩证法"论述了这四种精神活动从低往高的阶梯形关系，即直觉是起点，道德是终点。所以，克罗齐有理由认为上帝就在自己界定的精神活动之内，有理由认为："哲学所考察的在永恒状态里的精神，是在时间之外的永恒的理想史。"③ 新黑格尔主义在意大利的另一代表金蒂雷比克罗齐更加坚决地排除黑格尔对自然和客观精神、绝对精神的肯定，代之以有限的主体（自我）的思维活动。他认为真正实在的东西是这种自我的思维活动，用他的话说就是"进行着思考的思想"。在此基础上，他进一步认为："精神之所以成为人的精神是因为它是神的精神，精神之所以成为神的精神是因为它是人的精神。……在这个基础上，行动主义者并不否定神。他同神秘主义者以及尘世的宗教徒一样反复说着一句话：est deus in nobis（神在我们心中）。"④新黑格尔主义在美国的代表罗伊斯同英国新黑格尔主义者一样把实在归结为"绝对"，而绝对是一种无限的思想。他说："一切实在都必然呈现于无限思想的统一中。"⑤他认为个人的思想行为都从属于绝对，即从属于无限的、普遍的思想，而这种普遍的思想就是上帝的别称。他说："我们认为，正像我们任何时候的思想……都把许多片断的思想结合为某一意识时刻的统一体一样，包罗万象的思想将我们的思想结合到一个包括宇宙中所有的、曾有的、或将有的一切对象及关于这些对象的一

① 〔英〕布拉德雷：《现象与实在》，引自全增嘏：《西方哲学史》下册，第511页。

② 〔英〕布拉德雷：《真理与实在论文集》，引自刘放桐：《现代西方哲学》，第242页。

③ 〔意大利〕克罗齐：《黑格尔哲学中的活东西和死东西》，王衍孔译，北京：商务印书馆，1959年，第63页。

④ 〔意大利〕金蒂雷：《行动的唯心主义》，引自刘放桐：《现代西方哲学》，第235页。

⑤ 〔美〕罗伊斯：《哲学的宗教方面》，引自刘放桐：《现代西方哲学》，第231页。

切思想的绝对统一体中。这个包罗万象的思想就是我们所敬仰的……称之为上帝的东西。"①

科学经验与方法哲学同样表现出了人生意义的追问。实证主义者孔德认为知识的根本保证在于对人的幸福和快乐有所作用。他说:"整个新哲学无论在实际生活或思辨生活中始终倾向于突出个人与全体各个方面的联系,从而令人不知不觉地熟悉社会联系的亲密感;社会联系相应地延伸至一切时代、一切地方。谋求公众利益将不断地被视为是通常确保个人幸福的最合适的方式,不仅如此,而且通过更直接、更纯粹、总之是更有效的影响,尽量充分培养慷慨宽宏的性情将是个人快乐的主要源泉,虽然这不会提供别的酬报,而只是令人得到必然的内心满足而已。""事实上,哲学运动的首要社会成果是牢牢确立引人向上的普遍道德风尚,为每一个个体或集体的成员规定最符合基本和谐的行为准则。"②从这个意义出发,孔德说:"真正的幸福是和任何境遇相容的,只要这些境况得到有体面的充实并合乎情理地被接受。""唯有那自以为特别拥有空闲时间的阶级常常缺乏真正的闲暇,因为它通常都为自己的财产和地位而忧虑操心,这使它几乎得不到精神和良心的真正安宁。"③所以,我们也就不难理解,为什么孔德在以实证哲学来研究人类社会历史时,又把一切社会问题的解决归结于"普遍的爱"的原则,甚至将其视为宗教教义。由此,实证主义终于转化成了宗教信仰主义。他自己也不讳言地宣称:"实证主义变成了一种名符其实的宗教,唯一完备和实在的宗教。"④这种宗教崇拜的对象是作为一种道德即爱的化身的人类,因此叫人道教。孔德说:"人类的存在完全取决于将人类的各个部分联结在一起的相互之间的爱。"⑤斯宾塞拒绝正面回答哲学基本问题,否认哲学的任务是研究自然、社会和思维发展的最一般规律。他认为知识和科学的对象局限于现象的领域,现象后面还有一种他称之为"力"的"实在"恒久存在("力的恒久性"),这个实在是绝对不可知的。斯宾塞就像康德一样把"实在"让位给了宗教信仰,他因此把自己的学说称为"哲学—宗教"

---

① 〔美〕罗伊斯:《哲学的宗教方面》,引自刘放桐:《现代西方哲学》,第 231 页。
② 〔法〕孔德:《论实证精神》,黄建华译,北京:商务印书馆,1996 年,第 53、64 页。
③ 〔法〕孔德:《论实证精神》,第 62、61 页。
④ 〔法〕孔德:《实证主义概论》,引自全增嘏:《西方哲学史》下册,第 435 页。
⑤ 〔法〕孔德:《实证主义概论》,引自刘放桐:《现代西方哲学》,第 49 页。

学说。马赫主义自称是中立的、第三条路线的哲学。马赫主义哲学不研究世界的本原、本质，也不解决世界观问题，而只是解释自然科学的发展，为自然科学提供指导。马赫认为："物、物体和物质，除了颜色、声音等等要素的结合以外，除了所谓属性以外，就没有什么东西了。"①从这个意义上说，真理也就不是所谓反映客观事物，而是对我们有用。马赫说："形成与支配普通人关于世界的表象和概念的，不是完全的、纯粹的、以自身为目的的知识，而是要有利地适应生活条件的奋斗。"② "就是最怪诞的梦，同任何其他事实一样，也是事实。假如我们的梦境更有规则性，更连贯，更稳定，那么，它们对我们在实用上也会更为重要。"③马赫主义的阿芬那留斯关于世界存在的描述是所谓原则同格论。阿芬那留斯为了回答自然科学对其原则同格论的质疑，提出了潜在中心项的概念，从而不期然地为信仰开了大门。彭加勒则通过重新解释自然科学的原理来表达其相同的思想观点，他认为，科学的概念、理论、原则等等都是因为科学家们彼此约定、共同同意才发生作用的。当然，"这些公约是我们精神上一种自由活动的产品，它在这一种范围内是无障碍的。在这里，我们的精神可以肯定，因为它能颁布法令。"④ 所以，"几何学不是真实的，但是有益的"⑤。实用主义的根本纲领是：把确定信念作为出发点，把采取行动当作主要手段，把获得实际效果当作最高目的。实用主义者一再强调他们的哲学是一种行动的哲学、实践哲学。美国人皮尔士认为事物的意义就在于它所引起的实际效果，实际效果是相对于人而言的，对象的意义也就取决于人的感受和评价。所以，确定信念是皮尔士哲学的主要论题。他认为一切与信念无关以及不能引起行动的东西都不应包括在未来意义的哲学思维之内。他认为实在的东西就是人们相信的东西，因为信仰才实在。威廉·詹姆士更直接把观念的真理性与观念的主观效用等同起来，认为关于真理可以作这样的表述："它是有用

---

① 〔奥地利〕马赫：《感觉的分析》，洪谦、唐钺、梁志学译，北京：商务印书馆，1986年，第5页。
② 〔奥地利〕马赫：《感觉的分析》，第25页。
③ 〔奥地利〕马赫：《感觉的分析》，第8页。
④ 〔法〕彭加勒：《科学与假设》，叶蕴理译，北京：商务印书馆，1957年，第2页。
⑤ 〔法〕彭加勒：《科学与假设》，第65页。

的，因为它是真的；它是真的，因为它是有用的。"①詹姆士还认为观念成为真理是一个证实过程，但证实不是指观念与实在"符合"，而是观念导向实际效果的满足。他说："真实观念的实际价值基本上是由于观念的对象对于我们的实际重要性而产生的。"②因此，甚至"如果神学的各种观念证明对于具体的生活确有价值，那末，在实用主义看来，在确有这么多的价值这一意义上说，它就是真的了"③。所以，詹姆士还说："根据实用主义的原则，只要关于上帝的假设在最广泛的意义上能令人满意地起作用，那这假设就是真的。"④正因为此，当代美国著名实用主义者莫利斯认为，逻辑经验主义、英国语言分析派、现象学、存在主义同实用主义"在性质上是协同一致的"，它们"每一种所强调的，实际上是实用主义运动作为一个整体范围之内的中心问题之一"。⑤ 实用主义认为世界上的一切都是不确定的，人的认识都是相对的、不可靠的。那么，人们根据什么来指导自己生活和行为的方向呢？实用主义回答说：一切取决于人的信仰意志。在他们看来，信仰意志就是经验。信仰意志的经验也是个人经验以上的某种绝对权威的经验，这就是上帝的经验。所以，詹姆士说："我个人相信要证明有上帝，主要乃在于自己的内在经验。当这些经验使你相信你有上帝以后，上帝这个名称最少会给你一种精神上休假日的好处。"⑥自称人本主义的 F. C. S. 席勒也基本同实用主义一样认为："我们已经看到'真'与'假'是'好'与'坏'在理智上的形式。换句话说，凡在建立科学中有用的就是'真'；凡对这同一目的无用或有害的就是'假'。""因此，决定任一答案对任一问题是'真'还是'假'，我们只需要注意该答案对我们感兴趣的和它因而发生的探索的效果。如果这些效果是有利的，答案对我们的目的就是'真的'和'好的'，并且作为我们所追求的目的的手段它是'有用的'。"⑦经验自然主义者杜威说："科学意识与人的价值意识完全结合起来时，现在压迫着人

---

① 〔美〕詹姆士：《实用主义》，陈羽纶、孙瑞禾译，北京：商务印书馆，1979 年，第 104 页。

② 〔美〕詹姆士：《实用主义》，第 104 页。

③ 〔美〕詹姆士：《实用主义》，第 40 页。

④ 〔美〕詹姆士：《实用主义》，第 152 页。

⑤ 〔美〕莫利斯：《美国哲学中的实用主义运动》，引自全增嘏《西方哲学史》下册，第 583 页。

⑥ 〔美〕詹姆士：《实用主义》，第 58 页。

⑦ 〔英〕席勒《人本主义研究》，麻乔志等译，上海：上海人民出版社 1966 年，第 32 页。

类的最大的二元论，即所谓物质的、机械的、科学的和道德的与理想的东西当中所存的裂缝，就化为乌有。"①杜威认为经验不仅包括人们做些什么和遭遇些什么，还包括人们怎样做和如何遭遇。经验包括两方面：经验的事物与经验的过程，经验主体面对的对象与经验主体对对象所发生的作用，这就是经验的两套意义。杜威的工具主义更认为，思想、概念、理论等不过是人们达到预期目的而设计的工具，如果它们对达到目的有用，可以使人获得成功，便是真理。新实在主义的代表人物怀特海基本上重复了柏拉图的"理式"论，他认为，一般概念进入个别事物是由于个别事物主动分有了一般概念。但怀特海认为，决定这种一般与个别的，既不是一般概念，也不是个别事物，而是高出于两者之上的"最后的实体"，即上帝。按照怀特海的观点，如果没有上帝，一般概念就不能进入个别事物，也不能转化为个别现实事物。重要的是，上帝安排了世界的运动与变化，决定了人生的目的与意义。所以，怀特海说："对上帝的崇拜并不是安全的法则，这是一种精神的进取，是追求不可达到的目标的行动。"②"我们必须记住，宗教和科学所处理的事情性质各不相同。科学所从事的是观察某些控制物理现象的一般条件，而宗教则完全沉浸于道德与美学价值的玄思中。一方面拥有的是引力定律，另一方面拥有的则是神性的美的玄思。"③

科学语言哲学也不例外地表现出了人生意义的追问。分析哲学的代表人物之一罗素甚至通过数学与人类的关系说明："必须理解到这里并不存在真和伪的问题。任何满足那些公理的概念都可以看作是数学上的概率。事实上，也许在某一种情况下最好采取一种解释，而在另一种情况下又采取另一种解释，因为方便是唯一的指导原则。这是在解释一种数学理论时通常遇到的情况。""同样，对数学的概率论来讲，要选择的那种解释可以看我们心目中的意图来定。"④所以，罗素强调，哲学的任务先要弄清楚科学和常识所提供的知识或事实的意义。罗素说："不论答案是否可以用别的方法找出来，看来哲学所提出的答案并不是可以用实验

---

① 〔美〕杜威：《哲学的改造》，第 103 页。
② 〔英〕怀特海：《科学与近代世界》，第 184 页。
③ 〔英〕怀特海：《科学与近代世界》，第 177 页。
④ 〔英〕罗素：《人类的知识——其范围与限定》，第 404、405 页。

来证明其真确性的。"①哲学任务的意义还要给人们提供精神的营养、行为的指导。罗素说："倘使我们想要使评定哲学的价值的企图不致失败，那么我们首先必须在思想上摆脱掉'现实'的人的偏见。'现实'的人，照这个词的通常用法，是指只承认物质需要的人，只晓得人体需要食粮，却忽略了为心灵提供食粮的必要性。"② "只要心灵已经习惯于哲学冥想的自由和公正，便会在行动和感情的世界中保持某些同样的自由和公正。"③维也纳学派的主要代表石里克把科学定义为"真理的追逐"，把哲学定义为"意义的追逐"。他说："哲学的专门的任务是确定和澄清陈述和问题的意义。哲学在其过去的大部分历史上一片混乱，造成这种不幸的局面的原因在于，首先，它在小心地检查一些表述是否真正有意义之前就把它们当作真实的问题；其次，它相信对这些问题的回答能够借助于跟具体的各门科学的方法有所不同的特有的哲学的方法。"④逻辑实证主义声称，他们所以拒斥形而上学是因为形而上学家所争论的那些问题都是没有意义的问题。逻辑实证主义的证实原则是：只有能够用逻辑分析和经验证实的方法确定其真假的命题才是有意义的命题，否则就是无意义的命题。意义的标准是跟证实原则联系在一起的。但是，意义标准的困难又在于它本身并不能被经验证实或被逻辑论证。也就是说，按意义标准本身的要求来检查意义标准，意义标准本身是无意义的。那么，本身无意义的标准怎么能够决定其他命题有无意义呢？于是，逻辑实证主义者不得不承认意义标准只是他们确立起来的基本信念。

　　宗教哲学天然地热中于人生意义的追问。比如基督教唯灵论认为，哲学基本问题是解决人和上帝的问题，解决上帝存在的宗教信仰问题。新托马斯主义整个理论体系的前提是承认上帝存在，并把上帝当作一切存在和认识、一切行为的基础。马里坦认为，形而上学的对象不是客观物质世界，而是极端神秘玄虚的"存在之为存在"。这种"存在"脱离了一切感觉性质，它只有"纯粹的理解的价值"。所以，新托马斯主义的本体论是一种用哲学思辨语言表达出来的神学教义。马里坦认为哲学

　　① 〔英〕罗素：《哲学问题》，何兆武译，北京：商务印书馆，2007年，第129页。
　　② 〔英〕罗素：《哲学问题》，第127页。
　　③ 〔英〕罗素：《哲学问题》，第133页。
　　④ 〔奥地利〕石里克：《实证主义和实在论》，引自全增嘏：《西方哲学史》下册，第636页。

就是用来论证神学的工具，哲学在三个方面为神学服务：第一，论证作为信仰基础的那些真理；第二，对信仰中的某些神秘事物和三位一体的教条作出说明；第三，对违反信仰的事予以驳斥。因此，马里坦认为，虽然不能说哲学是神学的奴隶，但可以说哲学是神学的奴仆。其他新托马斯主义也以不同方式鼓吹这种关于哲学和神学关系的论调。例如波亨斯基强调指出："显而易见，逻辑的、人的意义上的真理是一种派生的真理，因为它的基础是本体论的真理，即被创造的存在与上帝的思想的一致。"①教皇约翰-保罗二世号召神职人员"钻研"科学的同时，更强调"知识应该以信仰为基础"，"应该扎根在个人的信仰生活中"。②新托马斯主义坚持认为信仰高于理性、科学，他们把人类知识分为三个等级：科学、哲学、神学。马里坦一再否定早期资产阶级哲学家提出的"知识就是力量"口号。他说："按其本性来说，认识并不倾向于力量，甚至也不倾向于行动，而只是倾向于真理。"③新托马斯主义强调上帝"圣宠"在人们身上所起的作用。马里坦说："如果不借于圣宠，就不能达到一种完全的、毫不掺杂错误的哲学智慧。"④圣宠使人的灵魂与上帝相通而获得"圣灵"。人有了"圣灵"就可以直接接受上帝的感召，从而知道"存在之作为存在"。马里坦认为："这是十字架上的智慧，对于纯理性的智慧来说，这是一种疯狂。"⑤所以，新托马斯主义公开说他们的伦理学是"启示的伦理学，本质上也就是宗教伦理学，它是以上帝的话不会错误的、无可否认的、绝对的权威告示给人类"⑥。道德的价值就在于指引人接近上帝和彼岸的生活。人格主义直接将人格视为超越物质时空的纯精神存在，将信仰视为认识的最高、最深刻阶段。霍金认为，宗教只要保持价值的（本质的）世界，关于事实的（现象的）世界可以让科学去研究。人格主义者认为人格作为精神实体是一种伦理实体，整个世界的人格结构是一种纯伦理结构。

人生意义的追问改变了文学的自由象征传统。传统的认识必然的自由象征和超越必然的自由象征都被全新的价值论框架里的人生意义追问

---

① 〔瑞士〕波亨斯基：《现代欧洲哲学》，引自刘放桐：《现代西方哲学》，第370页。

② 引自刘放桐：《现代西方哲学》，第370页。

③ 〔法〕马里坦：《理性的范围》，引自刘放桐：《现代西方哲学》，第363页。

④ 〔法〕马里坦：《知识的等级》，引自刘放桐：《现代西方哲学》，第368页。

⑤ 〔法〕马里坦：《知识的等级》，引自刘放桐：《现代西方哲学》，第368页。

⑥ 〔法〕马里坦：《道德哲学》，见《现代世界伦理学》，贵州人民出版社1981年，第94页。

所代替。

　　象征主义文学首先拉开了西方现代主义文学追问人生意义的审美序幕。或者说，象征主义文学首先试图以诗所构建的审美自由世界，代替上帝的教诲和传统理性主义的引导，作为现代人的情感寄寓和价值归宿。比如奥地利象征主义诗人里尔克的诗作《豹》，描绘束缚在有限铁栏中的豹，固然"目光被那走不完的铁栏缠得这般疲倦"，固然面临"千条的铁栏"阻断后的无限空幻和虚无，但铁栏内那"强韧的脚步"和"柔软的步容"，不依然可以在有限的"极小的圈中旋转"，从而"围绕着一个中心"呈现出"一个伟大的意志昏眩"吗？①换句话说，生命的意义常常不就是在客观的有限束缚里表现出主观的无限自由性吗？艾略特的诗作《荒原》一方面以其丰富的互文性和浓郁的反讽性，表现了第一次世界大战前后西方一代人的心灵苦闷和精神危机，从而使作品成为人们领悟现实处境的启示录；另一方面更以其影响深远的繁殖神崇拜和"圣杯"传奇，复活了远古神话中的祈丰仪式，从而使写作和阅读文学作品成为包含死而复生交感作用的神秘仪式化活动。从某种意义上说，《荒原》所要否定、埋葬的是历史理性的异化后果，所要肯定、迎接的是价值理性的精神解放。所以，作品的结尾是重新皈依基督精神的所谓舍己为人、同情、克制、平安。②梅特林克的戏剧《青鸟》则通过描写兄妹俩梦中寻觅青鸟的故事，给人们一个象征性的诗意暗示：人类永恒幸福的根源就是人们在日常生活里的主观人生态度，在梦幻和诗的王国中的不灭精神理想。正如剧中的光神告诉蒂蒂尔说："我们没有变换地方，是你的眼睛变换了看的范围……我们如今看到事物的真相；在钻石之光的照耀下，我们会看到各种幸福的灵魂。""待到钻石的魔力散布到花园，你还会看到更多的幸福。世界上的幸福比人们所想象的要多得多；只不过大多数人发现不了就是了……"③霍普特曼的戏剧《沉钟》描写主人公海因里希经过"沉钟"事件后，在山野林间里开始了新的人生意义的追寻，所以，他若有所悟地告诉女妖罗登德兰说："我要是有什么忘记的

---

　　① 〔德〕里尔克：《豹》，冯至译，袁可嘉等编选：《外国现代派作品选》第一册（上），第42页。

　　② 〔英〕艾略特：《荒原》，赵萝蕤译，袁可嘉等编选：《外国现代派作品选》第一册（上），第121页。

　　③ 〔比利时〕梅特林克：《青鸟》，郑克鲁译，袁可嘉等编选：《外国现代派作品选》第一册（上），第255页。

事，那一定是忘掉了我生命的意义与光辉。"①约翰·沁的戏剧《骑马下海的人》更直接通过描写几代人与大海相交的不幸命运，表现了人们面对客观灾难虽无可奈何却也达观知命的主观生活态度。

表现主义文学凭借对现代人悲剧命运的情有独钟，为悲怆绝望的现代人提供了价值论意义上的心灵松弛、精神解放。比如奥古斯特·斯特林堡的《鬼魂奏鸣曲》一方面深刻揭示现代社会人与人的异化关系，另一方面又借那位大学生的口，既真诚地祈祷："你（自己心爱的姑娘）无牵无挂地睡吧，等到你再醒来，就会有和煦的阳光、干干净净的家、正正派派的朋友、十全十美的爱情（一声不响的竖琴发出了声音）。"又高声地歌唱："我看见了太阳，仿佛看见了神奇的力量，一个人种瓜得瓜，行善者总有报偿……"② 从而告诫人们从社会异化的现实绝望里寻觅精神自由的希望。盖欧尔格·凯撒的《从清晨到午夜》一方面通过描写拐带巨款逃跑的出纳员，在自行车比赛场、救世军布道厅引发了金钱诱惑的喧闹、疯狂，深刻揭示了现代社会里金钱的异化恶果。所以出纳员高声叫嚷："金钱把商品腐蚀了，金钱把真理蒙蔽了。金钱是这个世界上所有卑鄙龌龊的诈骗中最卑鄙的骗局。"另一方面又通过描写出纳员在耶稣圣像前的开枪自杀，生动表现了出纳员替人类殉难牺牲的赎罪精神。所以，出纳员临终时说的话听起来好像 Ecce Homo（这是拉丁文《圣经》里，描写耶稣被钉在十字架前，审判耶稣的总督彼拉多向人群介绍耶稣时的用语，意思是：看呵，这人）。戏剧终归从社会异化问题的客观揭示过渡到灵魂获救的主观皈依。尤金·奥尼尔的《琼斯皇》通过表现主人公因为陷入无所适从的心理迷乱，走不出心灵黑森林的精神崩溃过程，说明了西方历史理性主义原则下，人与人、人与自我的复杂异化关系，发掘了存在价值、生命意义追问下的自我反思。《毛猿》通过表现主人公在现代社会中漂泊流离，找不到生命意义归宿，探索了西方历史理性主义原则下，人与社会、人与自我的复杂异化关系，从而更进一步把自我反思具体化为"我是谁"、"我从哪里来，应该往哪里去"的人生价值皈依问题的追问。卡夫卡小说的"悖谬"迷宫，表现了卡夫卡始终不渝

① 〔德〕霍普特曼：《沉钟》，谢炳文译，袁可嘉等编选：《外国现代派作品选》第一册（上），第361页。
② 〔瑞典〕斯特林堡：《鬼魂奏鸣曲》，符家钦译，袁可嘉等编选：《外国现代派作品选》第一册（下），上海文艺出版社，1980年，第444页。

的人生意义的寻觅。所以，卡夫卡的小说常常描写主人公不轻易接受社会的捉弄和迫害，表现了坚定不移的怀疑精神和自由理想。比如《诉讼》中的主人公约瑟夫·K在被宣布逮捕后的预审法庭上大义凛然地宣讲："我所要求的仅仅是公开讨论一下人们普遍蒙受的一种极不正常的状况。"①《城堡》中的主人公K，无比轻蔑地宣称自己是土地测量员，毫不动摇地寻求与城堡长官直接会晤的机会，甚至斩钉截铁地声明："我不需要城堡的恩赐，我只想讨个公道。"② 他们的勇气和信心来自卡夫卡所说的："人不能没有对自己内心某种不可摧毁之物的持久的信赖而活着，而无论是这种不可摧毁之物还是这种信赖也许都长时间地潜藏在他身上。这种潜藏的表达可能性之一是对一个自身上帝的信仰。"③ 所以，加缪谈到卡夫卡的《城堡》时这样说："每一章都是一次失败。同时也是新的开始。不是出于逻辑，而是出于恒心。这种顽强性造成了作品的悲剧性。"④这种直面失败而又不断开始的不屈精神其实就是追问人生意义的永恒努力，尽管这种努力如同加缪所说："卡夫卡的世界实际上是一个不可言说的世界，人满怀着痛苦鼓足勇气在澡盆里钓鱼，并且知道什么也钓不出来。"⑤

意识流小说的文学艺术实践告慰人们：现实就是人们从古至今、忙忙碌碌、耕耘收获的此岸世界，里面始终有连续不断的错误、痛苦，甚至有蔓延滋生的罪孽，但是，只要有心灵的追忆、亘古的文学在，就有精神的家园在，就有视脚下土地、现实人生为乐园的人生意义在。比如马塞尔·普鲁斯特的系列小说《追忆逝水年华》的主题，就是如何留住注定逝去的美妙记忆，从而使人生凭借追忆、文艺而获得永恒的价值。所以，小说的主人公努力从过去生活的追忆中寻找时光的重现，然后，再让寻找回来的过去时光在文学艺术世界里获得永恒存在。正如柳鸣九先生所说："整个作品形成了一个奇妙无比的浑圆，正是在这样一个浑圆

---

① 〔奥地利〕卡夫卡：《诉讼》，章国锋译，叶廷芳主编：《卡夫卡全集》第三卷，石家庄：河北教育出版社，1996年，第36页。
② 〔奥地利〕卡夫卡：《城堡》，赵蓉恒译，叶廷芳主编：《卡夫卡全集》第四卷，石家庄：河北教育出版社，1996年，第82页。
③ 〔奥地利卡夫卡：《随笔》，黎奇译，叶廷芳主编：《卡夫卡全集》第五卷，石家庄：河北教育出版社，1996年，第48页。
④ 〔法〕加缪：《西绪福斯神话》，郭宏安译，《文艺理论译丛》(3)，第413页。
⑤ 〔法〕加缪：《西绪福斯神话》，郭宏安译，《文艺理论译丛》(3)，第412页。

中，早已消失的漫长时间竟被镶嵌在文字艺术与结构艺术的形式之中而成为了有形的存在。"①詹姆斯·乔伊斯则更把心理的追忆从个体生命扩展到了人类的类存在。乔伊斯在《尤利西斯》里采用神话叙述框架，以古希腊荷马史诗《奥德赛》的结构模式展开了寻找—漂泊—回乡三部曲，从而使过去与现在、理想与现实连接成了一个统一体，使现代西方人因失去上帝、背弃理性而造成的信仰失落、精神空虚，通过发掘远古的神话传说而重新获得了心理情感的资源和精神价值的复苏。威廉·福克纳的《喧哗与骚动》一方面通过小儿子班吉关于姐姐的情感留恋，大儿子昆丁关于妹妹的精神寄托，表达了传统家族美德无可奈何东逝去的深刻惋惜；另一方面又通过四个围绕家族叙事的文本时间同基督受难四个日子的密切关联，唤醒了生命复苏、灵魂获救的无限期盼。小说更通过描写女佣迪尔西的健康、勇敢、仁爱，给危机四伏的人类世界里的"人性复活"提供了希望。所以，小说特意描写迪尔西带着自己的家人和班吉往教堂听一位牧师布道时，"迪尔西背脊挺得笔直地坐着，一只手按在班的膝盖上，两颗泪珠顺着凹陷的脸颊往下流，在牺牲、克己和时光所造成的千百个反光的皱折里进进出出"。"在会众的声浪与举起的手的树林当中，班坐着，心醉神迷地瞪大着他那双温柔的蓝眼睛。迪尔西在他旁边坐得笔直，呆呆地安静地哭泣着，心里还在为人们记忆中的羔羊的受难与鲜血难过。"②

存在主义文学的主要代表萨特的文学创作更在"存在先于本质"哲学思考的导引下，撇开了传统本体论关于物质与精神、传统认识论关于思维与存在的关系问题，而将关注的中心转向了关于人生态度的价值论问题。所以，萨特说："在一个强调生产，把消费限制到最低必需程度的社会里，文学作品显然仍是无所为而为的。即使作家强调自己为之付出多少劳动，即使他满有道理地指出，这一劳动就其本身而言调动了与一名工程师或医生的劳动相同的智力，他创造的客体仍旧不能等同于一种财富。这一无所为而为性非但不使我们难受，反而成为我们的骄傲；我们知道它便是自由的形象。艺术品是自由的，因为它是绝对目的，也因

---

① 柳鸣九：《普鲁斯特传奇》，《世界文学》1991 年 1 期。

② 〔美〕福克纳：《喧哗与骚动》，李文俊译，上海：上海译文出版社，1984 年，第 322、325 页。

为它是作为一项绝对命令向观众提出的。"① "艺术品是价值，因为它是召唤。"②加缪的哲学随笔《西绪福斯神话》，一方面描写西绪福斯遭遇循环往复、虚无空幻的寓言式命运，呈现出人与世界注定改变不了的荒诞关系。正如美国文学批评家大卫·盖洛威所说："当代生活邪恶的诱人的节奏是加缪把现代人与西绪福斯相比的源泉，因为二者均卷入到令人筋疲力尽的、单调的和显然永无止境的工作之中了。"③另一方面又描写西绪福斯勇敢迎受循环往复、虚无空幻的幸福微笑，表现出人意识到荒诞、蔑视荒诞、反抗荒诞的主体自由精神。也就是从这个意义上说，"西绪福斯是幸福的"④。

荒诞派戏剧家贝克特在《等待戈多》中，揭示了人类在一个荒诞世界中的尴尬处境。这种尴尬体现为人既不是世界的主人，也不是社会的牺牲品，从而鲜明地显现了人生没有意义、没有目的，只有生活无休止循环的幻灭感。但是，贝克特进一步告诉人们，人作为人的特性又在于他们绝不满足于动物样世界的狭小和窘促，他们需要对自我处境有心理上的把握和情感上的理解。所以，他们命中注定会永恒地期待着某种人生意义的澄明。如美国文学批评家大卫·盖洛威所说："荒诞派的艺术是反中产阶级和反体制的；它嘲讽的往往是旧时代精神上和政治上的各种信仰，这些信仰虽然已不再代表真理并已变得陈腐，但人们却依然紧抱着不放。但是荒诞派的艺术却往往必须寻求荒谬的形式和荒谬的说法，以超越现实世界的荒谬性。"⑤因此，"等待戈多"的意义也就不在于"戈多"，而在于"等待"。阿尔比在《动物园的故事》里，描写了一位仅仅拥有梳洗用具、几件衣服、一只电炉、一把刀、两把叉子、两把匙子、三只盘子、一只茶杯等最基本生活用品的单身男人杰利，向另一位拥有两个女儿、两只猫、两只长尾巴鹦鹉，经常在阳光灿烂的星期天下午，坐在公园长凳上悠闲读书的已婚男人彼得，发出了超越物质利益、生存

① 〔法〕萨特：《什么是文学》，施康强译，沈志明、艾珉主编：《萨特文集》(7)，北京：人民文学出版社，2000 年，第 265 页。
② 〔法〕萨特：《什么是文学》，施康强译，沈志明、艾珉主编：《萨特文集》(7)，第 128 页。
③ 〔美〕大卫·盖洛威：《荒诞的艺术，荒诞的人，荒诞的主人公》，杉木译，袁可嘉编选：《现代主义文学研究》下册，北京：中国社会科学出版社，1989 年，第 656 页。
④ 〔法〕加缪：《西绪福斯神话》，郭宏安译，《文艺理论译丛》(3)，第 407 页。
⑤ 〔美〕大卫·盖洛威：《荒诞的艺术，荒诞的人，荒诞的主人公》，杉木译，袁可嘉编选：《现代主义文学研究》下册，第 666 页。

占有而思虑人生意义的诘问:"你已经有了这个世界上你所要的一切。你对我谈了你的住所,你的家,和你自己的小动物园。你有了一切,而你现在还要这条长凳。人们为之奋斗难道就是这些东西吗?告诉我,彼得,这凳子,这铁架,这木条,就是你的荣誉所在吗?这就是你在世界上愿意为之斗争的东西吗?"①

法国"新小说"派作家以其反传统的举措拉开了小说创作的幕布,而他们反传统的革命性行为也就引发了关于文学意义的新阐释。"新小说"派作家不认为世界本身有任何以人为参照系的终极目的。所谓上帝、理性,甚至"意志"、"生命直觉"等等,都是人的自我中心主义梦幻的投影。世界只是独立人的物质构成,物质千奇百怪的偶然状态决定着世界的存在。正如罗伯-葛利叶所说:"然而世界既不是有意义的,也不是荒诞的。它存在着,如此而已。无论如何,这点是最值得注意的。突然这个事实以不可抗拒的力量袭击我们。一瞬间整个的美丽建筑垮台了,我们睁大眼睛等待着意味,而我们只是又一次地体会到我们自以为掌握了的那个顽固的现实的冲击。在我们周围,物件悍然不顾那些我们赋给它以灵性或摆布它的形容词,它仍然只是在那里。它们表层明朗、平滑而完整,既无虚伪的光彩也不透明。"② 所以,"新小说"派作家反对传统小说以塑造人物为中心。他们认为,以人为中心的结果是混淆了物与人的界限、抹杀了物的地位、忽视了物的作用。罗伯-葛利叶主张小说要把人与物区分开来,小说的主要任务不是塑造人物形象,更不是表达作者的政治立场、道德观念、思想感情,而是写出"一个更实体、更直观的世界,以代替现有的这种充满心理的、社会的和功能意义的世界"③。罗伯-葛利叶关于物象的琐细描写,甚至使其获得了一个"物主义"的名称。比如罗伯-葛利叶的小说《嫉妒》在描写几个工人修理小溪上的木桥时,关于几根横七竖八堆放的木头有这样的细致描写:"头两根木桩平行地放着(同时也平行于小溪),中间的空档相当于自身直径的一倍。第三根在前两者长度三分之一处与它们斜着交叉。第四根则与这第三根

---

① 〔美〕阿尔比:《动物园的故事》,郑启吟译,《荒诞派戏剧集》,上海:上海译文出版社,1980 年,第 271 页。

② 〔法〕罗伯-葛利叶:《未来小说的道路》,朱虹译,柳鸣九主编:《新小说派研究》,北京:中国社会科学出版社,1986 年,第 62 页。

③ 〔法〕罗伯-葛利叶:《未来小说的道路》,朱虹译,柳鸣九主编:《新小说派研究》,第 63 页。

成直角首尾相接。它的另一头又差不多接上了第五根，并且构成一个开口很大的 V 字。可是这第五根又跟第一根和第二根形成了平行线，同时也就平行于建有小桥的溪流。"① "新小说"派作家以反对人的自我中心主义为出发点，自然拒绝承认人类世界有现成的意义。正如克洛德·西蒙在诺贝尔文学奖授奖仪式上所说："（我）活到今天七十有二，凡此种种，我还没发现出什么意义来，除非像莎士比亚之后我想大概是巴尔特说的，'要是世界有什么意义，除了世界本身的存在，其意义也就在于无意义可言'。——仅此而已。"②

世界是无意义的，但人在无意义的世界上总还得活下去。文学作为人与世界相交的重要文化形式之一，也就不能不为人活下去提供勇气、创造意义。所以，"新小说"派从认识论的前门扔掉了具有形而上学统一性的人类自我中心主义外套，而后又从价值论的后门重新拾回了体现千姿百态个别性的人类自我中心主义外套，以遮蔽在荒漠的世界上索索颤抖的芸芸众生。所以，雅克·里拉尔在谈论新小说派代表性作家罗伯-葛利叶的文学作品时这样说："假如批评界认为罗伯-葛利叶的作品无意义，那是从资产阶级价值体系来看待他的作品。然而这样的作品恰好是必须在资产阶级价值体系之外才可能理解的。"③ 是否资产阶级价值体系的内外姑且不论，但从认识论往价值论的转换视角看，新小说派文学与存在主义文学应该是殊途同归，新小说派作家不得不像存在主义文学大师萨特那样，以"我写作故我存在"赋予世界、人生以意义。正如罗伯-葛利叶所说："我们不再信服僵化凝固、一成不变的意义，在先它是陈旧的神喻，尔后是 19 世纪理性主义将这种意义强加给人类的，而我们对于人却寄予希望，只有人创造的形式才可能赋予世界以意义。"④ 人淹没在物的毫无意义可言的世界里，却可以凭借文学艺术创造出值得激动和向往的意义世界。比如罗伯-葛利叶的电影小说《去年在马里安巴》的故事发生在一家豪华的国际大旅馆，巨大的巴罗克风格建筑，装饰豪华但凄凉：处处是大理石制品，圆柱，塑像，伫立不动的仆人。住客匿名，

---

① 〔法〕罗伯-葛利叶：《嫉妒》，李清安译，柳鸣九主编：《新小说派研究》，第 223 页。
② 〔法〕克洛德·西蒙：《在斯德哥尔摩的演说》，傅先俊译，《世界文学》1986 年 4 期。
③ 〔法〕雅克·里拉尔：《"新小说"与社会》，罗芃译，柳鸣九主编：《新小说派研究》，第 535 页。
④ 〔法〕罗伯-葛利叶：《新小说》，董友宁译，《法国作家论文学》，生活·读书·新知三联书店 1984 年，第 401 页。

文雅，有钱，无所事事，他们认真地参加各种各样的纸牌游戏、火柴棍儿游戏、多米诺骨牌游戏，参加手枪射击、华尔兹舞会、空无内容的谈话等等。"在这个封闭的、令人窒息的天地里，人和物好像都是某种魔力的受害者，有如在梦中被一种无法抵御的诱惑所驱使，企图改变一下这种驾驭和设法逃跑都是枉费心机的。"① 这其实就是现代人的普遍生活境遇。这时候，"一个陌生人从一个客厅闲逛到另一个客厅，……他跨过一道道的门，碰到一面面镜子，沿着长得不见尽头的长廊向前走。……他的目光从一张陌生的脸扫到另一张陌生的脸，但不断回到一个年轻女子的脸上，她也许是这个金碧辉煌的牢笼里还有生气的美貌女囚徒。于是他向她提出办不到的事，尤其在这个没有时间概念的迷宫里更是显得难上加难：他为她设计了一个过去，一个未来和自由。他对她说他们已经会见过，他和她在一年前已经会见过，他们已经相爱，他现在来赴她所确定的约会，他将把她带走。"② "年轻女子开始只当是闹着玩，一个普通的玩笑，只觉得好笑。可是这个人却不是闹着玩的。他执拗、严肃、确信真有其事，并且一点一滴地加以披露，他固执己见，他出示证据……年轻女子一点一点地、勉为其难地作出让步。后来她害怕了。她强硬起来。她不愿意离开她所生活的虚假而安逸的天地，因为她已经习惯了，对于她来讲，这个天地的代表是另一个男人，此人对她体贴而疏远，但已看破红尘；他监护着她，也许是她的丈夫。可是陌生人讲的像煞有介事，前后一致，越来越无可辩驳，越来越真实。"③ 这个陌生人是X，美貌的女人是A，可能的丈夫是M。"他们是一座供休养的大旅馆的住客，这座旅馆跟外界隔绝，好似一所监狱。"④ 因为，美貌的女人X是"还有生气的美貌女囚徒"，她渴望新生命的自由，"监护着她"的可能的丈夫M尽管是玩纸牌游戏、火柴棍儿游戏、多米诺骨牌游戏、手枪射击等等的优胜者，具备现代上流社会成功人士的体面潇洒，但他只能为

---

① 〔法〕罗伯-葛里叶：《去年在马里安巴·作者导言》，沈志明译，柳鸣九主编：《新小说派研究》，第269页。

② 〔法〕罗伯-葛里叶：《去年在马里安巴·作者导言》，沈志明译，柳鸣九主编：《新小说派研究》，第269页。

③ 〔法〕罗伯-葛里叶：《去年在马里安巴·作者导言》，沈志明译，柳鸣九主编：《新小说派研究》，第269—270页。

④ 〔法〕罗伯-葛里叶：《去年在马里安巴·作者导言》，沈志明译，柳鸣九主编：《新小说派研究》，第270页。

习以为常的"监狱"生活提供装饰性点缀，而"陌生人"X 则是一个漂泊而至的外来诗人，他在一切方面可能都不是 M 的敌手，但他有诉诸灵魂的诗意的世界观、人生观。比如同样面对古装打扮一男一女的石雕群像的时候，X 给 A 的是充满浪漫激情的解释："可能是您和我。"① 但 M 给出的只是冷冰冰的历史说明："查理三世和他的妻子，场面是审判背叛，他们在议会前宣誓。"② 不同的语言"叙述"代表了不同的生命态度，因此，"陌生人"X 可以在爱情上战胜可能的丈夫 M，最终引领 A 冲破牢笼、穿越迷宫，获得新生，从而为生命存在创造出新的价值和意义。所以，"在这之后，她好像接受成为陌生人所期待的人物，跟他一起出走，去寻找某种东西，某种尚无名状的东西，某种别有天地的东西：爱情，诗境，自由……或许死亡……"③ 罗伯-葛利叶说："整个电影的内容是一个确定信心的过程：主人公用他自己的想象，用他自己的语言创造一种现实。他的执拗、他内心的自信之所以终于使他取得胜利，是因为他走过了多少弯路、遭到了多少波折、遭受了多少失败、经过了多少回合啊！"④ 克洛德·西蒙的《农事诗》令人清醒地认识到历史并非总是文明不断征服野蛮的进步，历史或许只是像无情的自然一样，周而复始、循环相继。但是，人的历史活动就是顺应自然、同时美化自然的农事诗，其中自有生命存在的巨大价值和意义。米歇尔·布托尔的《变》更以第二人称叙述方式，将每个读者带入关于自我生活现状的反思和想象：现代社会的生活方式使家庭夫妻关系表现为习惯、义务、责任下的凝滞、沉闷、无聊，作为其婚外恋的情人关系或许能够成为拯救生命与激情的灵丹妙药。但谁又能保证这种灵丹妙药不会随着距离的改变、岁月的流逝而失去疗效，从而演绎出第二种凝滞、沉闷、无聊的关系呢？"新小说"派的小说无疑启迪人们：生命的意义不是客观的生活环境，而是主观的人生态度。所以，布阿德福尔认为小说《变》"强调的既是

---

① 〔法〕罗伯-葛里叶：《去年在马里安巴》，沈志明译，柳鸣九主编：《新小说派研究》，第 298 页。

② 〔法〕罗伯-葛里叶：《去年在马里安巴》，沈志明译，柳鸣九主编：《新小说派研究》，第 310 页。

③ 〔法〕罗伯-葛里叶：《去年在马里安巴·作者导言》，沈志明译，柳鸣九主编：《新小说派研究》，第 270 页。

④ 〔法〕罗伯-葛利叶：《去年在马里安巴·作者导言》，沈志明译，柳鸣九主编：《新小说派研究》，第 269 页。

对人物又是对读者提出的抽象而又玄妙的问题：您从何处来，您要什么，您要去哪里？主人公不能回答这些问题，他转弯抹角地从这部艺术作品里逃之夭夭了。"① 从某种意义上说，新小说派的文学创作终于从认识论层面的"哀莫大于心死"的苦涩，走向了价值论层面的"却道天凉好个秋"的通脱超迈。

美国学者奥尔德曼认为，黑色幽默文学是一种"把痛苦与欢笑、荒谬的事实与平静得不相称的反应、残忍与柔情并列在一起的喜剧"②。黑色幽默文学的艺术实践，深化了现代人具有历史深度意蕴的人生感受的转换。具体而言，就是悲剧感让位给了喜剧感。喜剧代替悲剧无疑在审美意蕴上凸显出更强烈的否定现实的主体自由精神。米兰·昆德拉说："悲剧把对人的伟大的美好幻想奉献给我们，带给我们安慰。喜剧则更为残酷：它粗暴地将一切的无意义揭示给我们。"③欧仁·尤奈斯库说："我自己从来也不能理解别人在悲剧与喜剧之间所作的界说。由于喜剧就是荒诞直观，我便觉得它比悲剧更为绝望。喜剧不提供出路。"④ "对于某些人来说，悲剧在某种意义上可能会显得对人有安慰作用，因为，如果悲剧要表现被征服的人、被命运压碎了的人的软弱无力，那末它就是承认了存在某种宿命、某种命运、某种主宰着宇宙的不可理解而纯属客观的法则。"⑤ 文学世界里的悲剧和喜剧都是人类社会实践主体针对社会人生矛盾和痛苦的审美表现。悲剧审美表现所依据的是历史合理与人伦不合情的辩证统一。也就是说，当人类社会中的悲惨痛苦是历史二律背反法则下的心灵失落、情感剧痛时，它在文学艺术中的审美表现就是悲剧感。喜剧审美表现所依据的是历史不合理与人伦不合情的绝对统一。也就是说，当人类社会中本来不具备合情性的悲惨痛苦，同时又失去了历史合理性时，它在文学艺术中的审美表现就是喜剧感。黑色幽默文学所揭示出来的现实痛苦与灾难，对人类社会实践主体的叙述人或者主人公

---

① 〔法〕布阿德福尔：《新小说派概述》，肖曼译，柳鸣九主编：《新小说派研究》，第506页。

② 引自施咸荣：《黑色幽默》，袁可嘉等编选：《外国现代派作品选》第三册（下），上海：上海文艺出版社，1980年，第621页。

③ 〔捷克〕米兰·昆德拉：《小说的艺术》，孟湄译，北京：生活·读书·新知三联书店，1992年，第181页。

④ 〔法〕欧仁·尤奈斯库：《戏剧经验谈》，闻前译，北京：中国社会科学出版社，1989年，第623页。

⑤ 〔法〕欧仁·尤奈斯库：《戏剧经验谈》，第623页。

来说，已经是无须争辩的历史谬误，对这些谬误的主观否定也是毋庸置疑的唯一选择，构成悲剧的历史合理与伦理不合情的辩证统一已经消解，代之而起的是构成历史不合理与人伦不合情的绝对统一。比如黑色幽默文学的代表作约瑟夫·海勒的小说《第二十二条军规》就通过两类人物形象的描写，让人们不但获得了历史不合理与人伦不合情的喜剧性感受，而且促动了人们对历史不合理原因的进一步思考，因而引发了关于生命存在意义的新追问。

　　《第二十二条军规》中的两类人物分别是驯服工具和离经叛道者。驯服工具的主要代表包括：命令地中海战区内的帐篷统统并排搭起、帐篷门朝着国内华盛顿纪念碑方向的佩克姆将军；殚精竭虑地想当将军，因而不断向上司主动请缨、不断恣意提高飞行员的飞行次数，但又"每时每刻都在极度痛苦和极度欢乐之间摇来摆去"[1] 的卡思卡特上校；发起荒唐的宣誓效忠运动的布莱克上尉；揣摸出新队列行进方法，一星期夺三面三角旗的谢司科普夫少尉等等。这些军队管理阶层人物的所作所为，让我们获得背理逆情的喜剧性感受的同时，更认识到他们其实都是人类社会制度异化中自我异化的典型形象。这种自我异化使他们变异为无血无肉、无理智与灵魂的社会机器的螺丝钉，从而彻底失去了自我生命存在的价值和意义。离经叛道者的主要代表之一，就是总认为有人想杀死自己、毒死自己，始终"在芸芸众痴中坚持自己的观点"[2] 的空军轰炸机投弹手尤索林。尤索林"每次升空执行任务，他的唯一使命就是活着再降落到地面上来"[3]。因为"这是一场卑鄙龌龊的战争，没有这场战争，尤索林是可以活下去的——也许还会长生不老。只有少数同胞愿意为打赢这场战争献出自己的生命，尤索林可不希望成为这少数人中的一个。死还是不死，这就是要考虑的问题"[4]。所以，尤索林执行阿维尼翁轰炸任务回来后，脱光衣服赤条条地到处溜达。尤索林拒绝执行更多的飞行任务，把枪挂在屁股后面倒退着走。最后，尤索林拒绝同卡思卡特上校、科恩中校达成某种卑劣的交易作为自己回国的条件，而是选择

---

① 〔美〕约瑟夫·赫勒：《第二十二条军规》，南文等译，上海：上海译文出版社，1981年，第292页。

② 〔美〕约瑟夫·赫勒：《第二十二条军规》，第25页。

③ 〔美〕约瑟夫·赫勒：《第二十二条军规》，第39页。

④ 〔美〕约瑟夫·赫勒：《第二十二条军规》，第101页。

以开小差的方式逃离了战场。尤索林其实是 19 世纪后文学作品中非英雄、反英雄形象的继续，尤其是存在主义文学的非英雄、反英雄形象的直接延伸。西方传统小说通常都有一个体现主题思想和伦理决断的主角人物或英雄人物（英文中主角和英雄都是 hero）。当然，西方传统小说的主题思想和伦理决断，无疑皆遵循西方传统理性主义历史进步的主旋律，战争常常是西方传统理性主义历史进步主旋律中最激越的插曲。西方传统小说中的英雄自然是高歌主旋律，尤其是高歌主旋律中最激越插曲的好声音。尤索林居然在理性主义历史进步主旋律的大合唱中保持缄默，他像莎士比亚经典悲剧《哈姆雷特》中的主人公一样，深刻怀疑西方传统理性主义的合理性，重新以个人的"死还是不死"的问题，自觉置疑自我生命存在的价值和意义。

20 世纪的拉美大陆是现代资本主义文明大氛围的一隅。同西方世界长时期的依附性经济、政治和文化联系，使拉美人一方面深刻洞察了拉美大陆的愚昧和落后，从而唤醒了自觉的危机意识；另一方面，又清楚目睹了欧洲民族的"集体性悲剧"和精神上的新创伤，从而重新审视文明与野蛮的古老命题。这种多维度的视角，无疑孕育了拉美文学家从新的思想高度观望人类未来的预言家意识，寻觅世界人生价值和意义的先行者精神。比如魔幻现实主义的代表作家、哥伦比亚的加西亚·马尔克斯的《百年孤独》，描写霍塞·阿卡迪奥·布恩地亚夫妻依据梦中显现的镜子城建立起的马贡多镇，就像无数拉美人或人类社会一样，经历了从荒芜到繁荣的历史过程。布恩地亚和乌苏拉夫妇就像人类始祖一样生儿育女，经历了一代又一代的繁衍生息。最初的布恩地亚是个"年轻族长，他指挥播种，指导牧畜，奉劝育子"，"他安排了全村房屋的布局，使每座房子都能通向河边，取水同样方便。街道设计得非常巧妙，天热的时候，没有一家比别人多晒到太阳。短短几年里，在马贡多的三百个居民当时所认识的许多村庄中，马贡多成了最有秩序、最勤劳的一个。那真是个幸福的村庄……"但是，"布恩地亚的社会创造精神不久就烟消云散了，他被磁铁热、天文计算、炼金梦以及想认识世界奇迹的渴望迷住了心窍"。"有人认为他中了某种妖术。"① 其实，所谓布恩地亚的"迷住了心窍"、"中了某种妖术"，就像人类始祖亚当与夏娃偷吃知识树

---

① 〔哥伦比亚〕加西亚·马尔克斯：《百年孤独》，黄锦炎等译，上海：上海译文出版社，1989 年，第 8、9 页。

上的禁果一样，不过是迈开了进一步征服自然的历史步伐，从而拉开了马贡多镇、布恩地亚家族的悲剧序幕，也拉开了追问生命存在价值和意义的序幕。

马贡多镇来了一批又一批吉卜赛人，他们带来了磁铁、望远镜、假牙等等文明世界的东西。乌苏拉寻觅追随吉卜赛人的大儿子霍塞·阿卡迪奥，无意间发现了"每月都收到邮件"的村镇，带回来了一群新的居民，"他们带来了载着食物的骡子和装满供出售的家具、日用器具、烟卷和轻便瓦器的牛车"①。"这个昔日宁静的村落不久就变成了繁华的集镇，有商店和手工工场，还建起了一条永久性的商道。"②沿着这条商道又来了阿拉伯商人。乌苏拉看见女儿们一天天长大，她扩建了住宅，订购了昂贵的家用器具和自动钢琴，请来了钢琴技师皮埃特罗·克雷斯庇。克雷斯庇开了一个经销乐器和发条玩具的商店。政府派来了一个镇长，镇长带来了六名警察维持社会秩序。政府还在马贡多办了一所学校。奥雷良诺同镇长的一个女儿结婚，请来了主持婚礼的神父。神父在马贡多布道、筹集资金建设了教堂。镇长主持保守派与自由派的选举投票，投票活动引发了内战。第四代的霍塞·阿卡迪奥第二，开辟了从马贡多到大海的河运通道，引来了一批法国女郎，这些法国女郎带来了"新的爱情方式"。奥雷良诺上校17个儿子中的奥雷良诺·特里斯特，在马贡多市郊开了一个制冰厂。因为冰的产量超过了需求，"他孕育了一个不仅对他的制冰工业现代化，而且对马贡多和世界其他地区的联系都具有决定意义的步骤"③。于是，铁路修到了马贡多，火车引到了马贡多。可以预见，"这列无辜的黄色火车将给马贡多带来多少捉摸不定的困惑和确凿无疑的事实，多少恭维、奉承和倒霉、不幸，多少变化、灾难和多少怀念啊"④。电灯、电影、电话、留声机涌入了马贡多。马贡多的大街上常常可以看到外来的男男女女，其中一位赫伯特先生引来了工程师、农艺师、测绘员、水文学者、土地测量员，以及杰克·布朗先生和随行的律师团，建立了大规模的香蕉公司。整个镇子变成了一座布满锌皮屋顶房子的营地，里面住满了来自半个世界的外乡客人。"这些人有着过去只是属于上

---

① 〔哥伦比亚〕加西亚·马尔克斯：《百年孤独》，第33页。
② 〔哥伦比亚〕加西亚·马尔克斯：《百年孤独》，第34页。
③ 〔哥伦比亚〕加西亚·马尔克斯：《百年孤独》，第208页。
④ 〔哥伦比亚〕加西亚·马尔克斯：《百年孤独》，第210页。

帝的威力，他们居然改变了降雨规律，加快了庄稼成熟的周期，他们把河流从原来的地方搬走，连同它的白色石块、冰冷的河水一起移到镇子的另一端，墓地的后面。"① "为了照顾那些没有情侣的外乡客，他们还把待人亲热的法国女郎们居住的那条巷子变成了一个比原来镇子还要大的集镇。在一个气候宜人的星期三，谁也没有想到他们竟运来了满满一列车妓女。"② "这么短的时间里发生的变化竟如此之大，在赫伯特先生来访后八个月，连马贡多的老居民也都得早早起来，以便仔细认认他们自己的镇子了。"③ 后来，香蕉公司工人发动了罢工，政府实行了血腥镇压，紧接着是连续四年十一个月零二天的大雨。最后，饱经忧患的布恩地亚家族、破败衰落的马贡多在一阵飓风的袭击下彻底消失了。镜子城马贡多的建立和消失无疑具有《圣经·创世纪》的影子，布恩地亚家族的命运，无疑折射了人类从蒙昧到野蛮、再到文明的历史过程，从而也折射了人类对生活幸福、生命意义的追问。

应该说，布恩地亚家族至少在乌苏拉去世前的五代人，都没有因为物质需要的短缺或匮乏而陷入生活的困窘。乌苏拉经常充满自信地说："只要上帝让我活着，在这幢疯人院里就不会缺钱花。"④ 甚至第四代的奥雷良诺第二，因为情人佩特拉·科特的"情爱具有刺激生殖的功能"，他的母马一胎下三驹，母鸡一天两次下蛋，肉猪长起膘来简直没完。"他只须把佩特拉·科特带到他的养殖场去，让她骑着马在他的土地上兜一圈，就足以让所有烙上了他印记的动物不可挽救地陷于疯狂繁殖的灾难中。"⑤ 奥雷良诺第二因此而挥霍无度、醉生梦死。忍无可忍的乌苏拉"每当看见他打开香槟酒，仅仅为了让泡沫喷到自己头上取乐时，她总要高声骂他败家子"。这类千篇一律的训斥让奥雷良诺第二心烦了，他一天早晨醒来，就把整个屋子的里里外外、上上下下糊了一层纸币。乌苏拉一面叫人揭下钞票，一面向上帝祈求："你让我们还像创建这个村子时那么穷吧，以免到了阴间你来索讨今日挥霍作孽的冤债呀！但她的央求却被上帝从反面理解了。"⑥ 一个揭墙上纸币的工人，不小心绊倒了一尊战

---

① 〔哥伦比亚〕加西亚·马尔克斯：《百年孤独》，第 214 页。
② 〔哥伦比亚〕加西亚·马尔克斯：《百年孤独》，第 215 页。
③ 〔哥伦比亚〕加西亚·马尔克斯：《百年孤独》，第 215 页。
④ 〔哥伦比亚〕加西亚·马尔克斯：《百年孤独》，第 137 页。
⑤ 〔哥伦比亚〕加西亚·马尔克斯：《百年孤独》，第 179 页。
⑥ 〔哥伦比亚〕加西亚·马尔克斯：《百年孤独》，第 181 页。

争时期有人寄放的石膏像，里面塞满了足有二百公斤重的金币。

　　同时，布恩地亚家族又因为"大家都在为面包房的事忙碌，为战争担惊受怕，为照管孩子们费心，谁也没有时间去考虑别人的幸福"①。布恩地亚家族的第一代老布恩地亚，就因为热衷各种征服自然的活动，从来没有闲暇关心自己孩子们的成长，所以，乌苏拉焦急地劝诫说："你别成天胡思乱想，还是关心关心孩子们吧，你看看他们，都像毛驴似的，被撇在一边，听天由命。"② 从老布恩地亚开始，一条无形的精神孤独的枷锁就命中注定永远束缚着这个家族孩子们的生命和灵魂。大儿子霍塞·阿卡迪奥成人后同一个会用纸牌算命的女人庇拉·特内拉发生了关系，生下的儿子送到了祖父母家。"那时节村务家活都很忙，照料孩子们的事搁到了次要地位。"③ 女儿阿玛兰塔与孙子阿卡迪奥，以及一个遥远亲戚送来的十一岁孤女雷蓓卡，都托付给了那个躲避部落失眠症的印第安女人维茜塔肖恩。远方来的孤女雷蓓卡起初是通过吮指头、吃泥土，后来是通过克雷斯庇带来的音乐、舞蹈，来缓解自己对周围世界的惧怕。但只有那个"呼吸声犹如火山喷发似的，震得整幢房子都感觉得到"④的霍塞·阿卡迪奥才能彻底消除她对周围世界的惧怕。这就是她很快爱上克雷斯庇，但又更快爱上霍塞·阿卡迪奥的原因。所以，当一颗不知来由的子弹将霍塞·阿卡迪奥打死后，雷蓓卡封闭了门窗，断绝了一切外界联系直到死亡。女儿阿玛兰塔也爱上了克雷斯庇。阿玛兰塔私下发誓："雷蓓卡要结婚，除非踩着她的尸体过去。"⑤她甚至冲着克雷斯庇说，即使用自己的尸体挡在门口，也要阻止她姐姐的婚礼；她威吓雷蓓卡说："我总有办法不让你结婚，哪怕要把你杀死我也干。"⑥ 阿玛兰塔深信："要是想不出阻挠雷蓓卡婚礼的有效办法，到了使尽心计而不能奏效的最后关头，她是有胆量对她下毒药的。"⑦ 但当雷蓓卡同霍塞·阿卡迪奥结婚后，她却断然拒绝了克雷斯庇的求婚，后来，她又拒绝了马尔克斯上校的求婚。晚年的阿玛兰塔日绣夜拆自己的裹尸布。阿玛兰塔的

---

① 〔哥伦比亚〕加西亚·马尔克斯：《百年孤独》，第 334 页。
② 〔哥伦比亚〕加西亚·马尔克斯：《百年孤独》，第 13 页。
③ 〔哥伦比亚〕加西亚·马尔克斯：《百年孤独》，第 34 页。
④ 〔哥伦比亚〕加西亚·马尔克斯：《百年孤独》，第 84 页。
⑤ 〔哥伦比亚〕加西亚·马尔克斯：《百年孤独》，第 62 页。
⑥ 〔哥伦比亚〕加西亚·马尔克斯：《百年孤独》，第 66 页。
⑦ 〔哥伦比亚〕加西亚·马尔克斯：《百年孤独》，第 78 页。

怪异，后来通过乌苏拉"以惋惜的心情彻底搞明白了，阿玛兰塔对皮埃特罗·克雷斯庇的一切不合情理的折磨，并非如大家所认为的那样是出于报复心理；她那使赫里奈多·马尔克斯上校终身失望的缓慢折磨，也不像人们认为的那样是出于她的一腔辛酸。所有这一切都是她那强烈的爱情与不可战胜的怯弱之间的殊死搏斗，而最后却是那种荒谬的恐惧占了上风，阿玛兰塔的这种害怕的感情始终凌驾于她自己那颗备受磨难的心"①。孙子阿卡迪奥更是"在乌苏拉注重实效的热情、霍塞·阿卡迪奥·布恩地亚的神志错乱、奥雷良诺的沉默寡言，以及阿玛兰塔与雷蓓卡之间誓不两立的环境中，他深受惊恐，惶惶不安。奥雷良诺心不在焉地教他读书写字，就像对待一个陌生人那样；送给他的衣服也都是些要丢掉的破烂，只是让维茜塔肖恩给他改改小，凑合着穿穿"②。所以，当阿卡迪奥长大后被发动起义的奥雷良诺上校委任为马贡多的行政首领和军事长官时，他颁布了一些荒唐的文告，甚至以冒犯当局的名义草菅人命。显然，阿卡迪奥通过荒唐和残暴获得了变异的心理释放，他"终于成了马贡多有史以来最凶残的统治者"③。第四代奥雷良诺第二起初同佩特拉·科特发生了爱恋关系，后来娶了一个老欧洲殖民者的女儿菲南达·阿卡庇奥为妻。菲南达的生命成长在墓碑石砌成的、从来不见阳光的深宅大院里，精神沉浸在母亲祖辈往昔荣华的女王梦幻中。菲南达在一贫如洗的婚前依靠编扎殡葬用的棕榈叶王冠勉强度日，而后带着一个镶有家族徽记的金便盆，带着一张标有克制性欲日子的年历嫁给了奥雷良诺第二。菲南达的虚拟的女王做派，显然不能匹敌具有特异功能的佩特拉·科特，更不能减少而只能增添布恩地亚家族的孤独。菲南达坚持以自己的母亲的名字雷纳塔为女儿命名，企图继续延伸自己的梦幻。女儿梅梅在修女学校学习期间，每15天会收到一封母亲写的内容详尽、但没有一句真话的信。学业结束后，梅梅获得了古钢琴琴师证书，满足了母亲的虚荣心。但是，梅梅却爱上了香蕉公司的机修工学徒巴比洛尼亚，并利用每天晚上洗澡的时机同巴比洛尼亚秘密约会。菲南达不动声色地请求镇长派警察去，误把巴比洛尼亚当成偷鸡贼开枪致残。梅梅则被送进了修道院。二个月后，一个修女送回来一个婴儿。修道院的神父为其

① 〔哥伦比亚〕加西亚·马尔克斯：《百年孤独》，第235页。
② 〔哥伦比亚〕加西亚·马尔克斯：《百年孤独》，第101—102页。
③ 〔哥伦比亚〕加西亚·马尔克斯：《百年孤独》，第96页。

洗礼，并依照外公名字取名奥雷良诺·布恩地亚，实际上，他应该叫奥雷良诺·巴比洛尼亚。这位小奥雷良诺最初被外婆锁闭在从前奥雷良诺上校的工作间里。后来被外公奥雷良诺第二发现后，小奥雷良诺开始同姑妈阿玛兰塔·乌苏拉一起玩耍、一起度过了一段快乐的童年时光。阿玛兰塔·乌苏拉到私塾里学习后。小奥雷良诺就在善良的圣索菲娅·德·拉·佩达和时而清醒、时而糊涂的乌苏拉监护下逐渐认识了周围的世界。后来，孤独的小奥雷良诺爱上了姑妈阿玛兰塔·乌苏拉，生下了一个长有猪尾巴的第七代。阿玛兰塔·乌苏拉分娩大出血去世后，孩子"成了一张肿胀干枯的皮了，全世界的蚂蚁群一起出动，正沿着花园的石子小路费力地把他拖到蚁穴中去。这时候，奥雷良诺动弹不得，倒不是因为惊呆了，而是因为在这奇妙的瞬间，他领悟了墨尔基阿德斯具有决定意义的密码，他发现羊皮纸上的标题完全是按照人们的时间和空间排列的：家族的第一人被绑在一棵树上，最后一人正在被蚂蚁吃掉"①。小奥雷良诺终于明白，"这是墨尔基阿德斯提前一百年写就的这个家族的历史，细枝末节无不述及。他用自己的母语梵文写成。那些逢双的韵文用的是奥古斯托大帝的私人密码，逢单的则用斯巴达国的军用密码"②。从家族几代人都未能破译的羊皮纸书中，小奥雷良诺在错综复杂的血缘迷宫中寻找到了自己。他发现阿玛兰塔·乌苏拉不是他的姐妹，而是他的姑妈。小奥雷良诺同时也发现了家族、民族孤独的症结。也就在他明白彻悟的一刻，马贡多在飓风的袭击下彻底消失了。

百年孤独既是布恩迪亚家族的孤独，也是拉美人的孤独，更是人类的孤独。第六代的奥雷良诺通过译读吉卜赛人墨尔基阿德斯写下的具有决定意义的、启示录般的羊皮纸书，终于领悟到家族、民族乃至人类孤独的症结，那就是不自知地挣扎在自以为是社会历史进步，其实只是循环往复、毫无意义的神秘迷宫里。所以，《百年孤独》的开头是："许多年之后，面对行刑队，奥雷良诺·布恩地亚上校将会回想起，他父亲带他去见识冰块的那个遥远的下午。"③ 这是在过去与未来的一个点上同时向过去和未来延伸，又通过现在将过去与未来凝定在一个奇妙的瞬间，因为马贡多村的历史就是一个首尾相接的圆，起点永远重合于终点。墨

---

① 〔哥伦比亚〕加西亚·马尔克斯：《百年孤独》，第384页。
② 〔哥伦比亚〕加西亚·马尔克斯：《百年孤独》，第384页。
③ 〔哥伦比亚〕加西亚·马尔克斯：《百年孤独》，第1页。

尔基阿德斯在羊皮纸书上写下的标题是：家族的第一人被绑在一棵树上，最后一人正在被蚂蚁吃掉。第六代的奥雷良诺突然大彻大悟，"墨尔基阿德斯没有把事情按人们惯用的时间程序排列，而是把一个世纪的琐碎事件集中在一起，使他们共存于一瞬间"①。加西亚·马尔克斯也是将马贡多村一百年的风云变迁共存在一个瞬间，从而建构起了一个首尾相联的、无休止循环往复的神秘迷宫。在这个神秘迷宫里，时间永远在无限地循环往复，终点也同样永远是起点。所以，老布恩地亚经历了无数次的失败后，终于发现了一个真理："地球是圆的，像一个桔子一样。"② 小说中的主要人物形象、第二代的奥雷良诺上校，发动过 32 次以失败告终的起义；同 17 个女人生过 17 个儿子，一星期内被看不见的凶手们像逮兔子似的打死了 16 个，最后一个儿子经过多年的东躲西藏，还是被两个像狗一样尾随了半个世界的警探开枪打死了。奥雷良诺上校终身的戎马征战毫无结果，不得不同政府签订了停战协议；他甚至对准自己的心脏开枪自杀，也未能如愿以偿。所以，面对行刑队枪口的奥雷良诺上校，脑海中闪现的是那个遥远的下午，父亲让他用手触摸吉卜赛人冰块时的神圣体验，父亲所谓的"时代的伟大发明"③ 就是他命运的预言。晚年的奥雷良诺上校，终日闭门用金子做小鱼，再用小鱼换回金币，然后再把金币做成小鱼。"这样循环往复，致使小鱼卖出越多，越要加紧干活来应付令人恼怒的恶性循环。其实，上校感兴趣的并不是买卖，而是干活。"④ 所以，甚至不再出售小金鱼以后，"他仍然每天做两条，等到积满了二十五条时，就把它们熔化在坩埚里，重新再做"⑤。这其实是对自己一生的孤独命运，家族、民族乃至人类的孤独命运的总结。所以，乌苏拉不断地发出惊叫："时间像是在打圈圈，我们又回到了刚开始的那个时候。""怎么世界好像老在打转转啊。"⑥ 甚而坚信"时光是在兜圆圈"⑦。最后不得不承认："时间的确是周而复始地循环着的。"⑧ 庇拉·

① 〔哥伦比亚〕加西亚·马尔克斯：《百年孤独》，第 384 页。
② 〔哥伦比亚〕加西亚·马尔克斯：《百年孤独》，第 4 页。
③ 〔哥伦比亚〕加西亚·马尔克斯：《百年孤独》，第 16 页。
④ 〔哥伦比亚〕加西亚·马尔克斯：《百年孤独》，第 187 页。
⑤ 〔哥伦比亚〕加西亚·马尔克斯：《百年孤独》，第 249 页。
⑥ 〔哥伦比亚〕加西亚·马尔克斯：《百年孤独》，第 183、280 页。
⑦ 〔哥伦比亚〕加西亚·马尔克斯：《百年孤独》，第 209 页。
⑧ 〔哥伦比亚〕加西亚·马尔克斯：《百年孤独》，第 315 页。

特内拉更是精辟地总结说："这个家族的历史是一架周而复始无法停止的机器，是一个转动着的轮子，这只齿轮，要不是轴会逐渐不可避免地磨损的话，会永远旋转下去。"① 七代人的兴盛衰亡，100 年的沧桑变化，镜子城的建立和消失。七代人犹如一个礼拜的七天，100 年犹似两个大圆圈，"霍塞·阿卡迪奥·布恩地亚始终未能揭开梦里用镜子作墙的房子这个谜，直到那天他认识了冰块，才自以为懂得了这个谜的意义"②。早在墨尔基阿德斯解读诺斯特拉达姆斯预言时的"有一天晚上，他以为找到了一则有关马贡多未来的预言。说马贡多将成为一座光明的城市，有许多高大的玻璃房子，而布恩地亚家族的血统将在那里销声匿迹。'这搞错了，'霍塞·阿卡迪奥·布恩地亚吼了起来，'不是什么玻璃房子，是冰屋子，我梦见过'"③。镜子城就是冰城，冰将化为水，水将成为连续四年十一个月零二天的大雨，从而最终化为无。小说《百年孤独》通过布恩迪亚家族的遭遇、镜子城马贡多的建立和消失，其实就是解读人类社会历史命运、追问生命存在价值和意义的一个《圣经》式的寓言。重要的是，当文学创作真正成为解读人类社会历史命运、追问生命存在意义寓言的时候，人们也就因为知道了自己的生命的缺失而隐约窥见到了希望的曙光。正如萨特曾经针对美国黑人作家里查·赖特的作品所说："作家向社会展示它的形象，他命令社会承担这个形象或者改变自身。不管怎样，社会起了变化；它失去了因无知而得到的平衡；它在羞愧和厚颜无耻之间摇摆不定，它实行自欺；作家于是使社会产生一种负疚心理，因此，他与维持平衡的保守力量永远处于对抗之中，他的目的就是要打破平衡。"④

加西亚·马尔克斯的《迷宫中的将军》可以视为《百年孤独》的孤独人物形象的新表现和神秘迷宫意识的新说明。小说描写主人公玻利瓦尔将军在经历了人生忧患、病痛折磨、理想幻灭后，"悚然清醒地认识到他的不幸和梦呓之间的疯狂追逐这时已经达到终点。其余只是一片昏暗。'妈的'，他叹息说。'我怎么才能走出这座迷宫'"⑤！这绝望的叹息总

① 〔哥伦比亚〕加西亚·马尔克斯：《百年孤独》，第 367 页。
② 〔哥伦比亚〕加西亚·马尔克斯：《百年孤独》，第 22 页。
③ 〔哥伦比亚〕加西亚·马尔克斯：《百年孤独》，第 48 页。
④ 〔法〕萨特：《什么是文学》，沈志明、艾珉主编：《萨特文集》（7），第 153 页。
⑤ 〔哥伦比亚〕加西亚·马尔克斯：《迷宫中的将军》，王永年译，《世界文学》1990 年 2 期，第 172 页。

结了他一生的追求与失败、希望与失望，倾诉了他的悲欢离合、兴衰荣辱。将军一生戎马倥偬，从西班牙殖民统治下解放了半个南美洲，为维护它的自由和独立辗转奋战了 20 个春秋，他狂热地妄想完成他最伟大的意愿，"把美洲变成迄今为止世界上最庞大、最不平凡、最强盛的国家联盟"①，实现他最辉煌的理想，"在覆雪峰顶插上大美洲共和国的三色旗，那个共和国千秋万代永远团结自由"②。但是，将军将他的人民从奴役地位中解救出来的同时，就使他的人民沉醉于盲目的独立迷梦。正如属下苏克雷元帅所说："我们似乎把独立的理想播种得太深，如今人们互相都在搞独立。"③ 战乱、纷争破碎了将军的理想，落后、愚昧破灭了将军的梦幻。没有人真正洞悉将军的胸怀、宏愿，也没有人深刻理解将军的追求、狂想，因而将军一直是在深深的精神孤独中奋斗。所以，孤独的将军甚至有些怀疑自己几十年努力奋斗的真正价值。他说："这几天我甚至为我们对西班牙人的做法感到遗憾。"④ 他叹息："这场狗屁独立叫我们付出了多么沉重的代价！"⑤ 他语重心长地告诉一个追随自己的年轻军官说："这里除了自相残杀外不会有别的战争，这简直像是在杀自己的母亲。"⑥

将军的孤独透漏出他效仿西方历史理性后的自我嘲讽，这种自我嘲讽表现为落后的拉美民族在挥舞欧洲人自由宝剑时的心理踌躇。欧洲人曾经挥舞自由宝剑斩断了封建王朝的锁链，建立了新兴的资本主义经济、政治制度，创造了前所未有的物质精神财富，但是，欧洲人挥舞的自由宝剑也划破了基督教"自由、平等、博爱"的旗帜，引发了两次灭绝人性的世界性大战，造成了普遍的信仰危机和精神迷惘。落伍的拉美民族如何使用这同样的自由宝剑，既斩断殖民主义的血腥奴役，又斩断落后、愚昧的长期羁绊，从而跻入世界文明的行列呢？将军关于欧洲文明既有情感上的隔膜和抵牾，又有理智上的思考与洞见。因此，将军对拉美人面临的文明与野蛮、落后与进步的选择就流露出超凡脱俗的疑虑和犹豫。他曾对一个法国人不无讥讽地说："欧洲人认为只有欧洲的发明才适用于

---

① 〔哥伦比亚〕加西亚·马尔克斯：《迷宫中的将军》，第 50 页。
② 〔哥伦比亚〕加西亚·马尔克斯：《迷宫中的将军》，第 165 页。
③ 〔哥伦比亚〕加西亚·马尔克斯：《迷宫中的将军》，第 15 页。
④ 〔哥伦比亚〕加西亚·马尔克斯：《迷宫中的将军》，第 93 页。
⑤ 〔哥伦比亚〕加西亚·马尔克斯：《迷宫中的将军》，第 111 页。
⑥ 〔哥伦比亚〕加西亚·马尔克斯：《迷宫中的将军》，第 121 页。

全世界，凡是与众不同的东西都该受到谴责。"①将军对欧洲文明历史付出的血与火代价有明确的认识，他说："欧洲人没有指责我的道德根据，因为如果说有哪一部分历史充斥了血腥、卑鄙和不公，那就是欧洲历史。"② 将军对拉美民族在现代世界中的历史际遇有清醒的见解。他说："我认为联邦制度行不通，联邦制度对我们这些国家过于完美，它要求的聪明才干远不是我们这种人现在所有的。"③将军对自我民族在长期闭锁、愚昧、迷信中养成的民族性也有深刻的洞悉，他说："使我们重新沦为奴隶的并不是西班牙人，而是我们自己的不团结。"④当将军的追随者中的一个人总结大家的想法后发问："我们现在有了独立，将军，您倒说说我们该怎么办。"将军回答说："独立问题比较简单，打赢仗就能取得，把这些人民组成一个国家还得作出更大的牺牲。"大家说："可是我们作的只有牺牲，将军。"将军寸步不让地回答："还不够，团结是没有代价的。"⑤

将军因为挚爱并追求自己的孤独，所以，他在把自由桂冠奉献给他解放的人民时，也就陷入了同人民的隔膜、疏离状态。将军痛苦地感觉自己"已经没有可以为之牺牲的祖国了"⑥，将军在孤独中怀着伤感、沮丧，放弃了他的"领袖"地位和权利，告别了孤独苦涩的"解放者"桂冠，心力交瘁地乘着舢板沿着马格达莱纳河顺流而下。他宁可退回为一个平凡而又普通的人，从而解除自己作为民族先驱的"高处不胜寒"，重归自我情感的淡泊、灵魂的静谧。当然，依然没有人理解他何以在荣誉的顶峰放弃了一切而离去。将军决定远赴欧洲，只身赶赴世界历史文明的盛宴。他逐渐将自己为之奋斗的土地和人民抛在了脑后。但是，多情的马格达莱纳河的潺潺流水声尤似母亲的摇篮曲，不断唤起他追问自我生命存在的价值和意义。只身远去的世界可能是幸福的彼岸，但是那灯红酒绿的天堂和是否能抚慰自己孤独彷徨的心灵、能寄托自己原始狂野的激情？将军终归忘不了给了他生命激情、痛苦悲哀、希望绝望的土地和人民。他禁不住时时想要"知道自己离开后发生了什么事，不由他

---

① 〔哥伦比亚〕加西亚·马尔克斯：《迷宫中的将军》，第80页。
② 〔哥伦比亚〕加西亚·马尔克斯：《迷宫中的将军》，第81—82页。
③ 〔哥伦比亚〕加西亚·马尔克斯：《迷宫中的将军》，第81页。
④ 〔哥伦比亚〕加西亚·马尔克斯：《迷宫中的将军》，第52页。
⑤ 〔哥伦比亚〕加西亚·马尔克斯：《迷宫中的将军》，第65—66页。
⑥ 〔哥伦比亚〕加西亚·马尔克斯：《迷宫中的将军》，第27页。

执政的城市怎么样了，没有他生活有什么变化"①。他面对大海，犹豫、徘徊，他故意给自己制造种种不便启航离去的理由。人们又迷惑不解他为什么久久眷恋着这块伤心的土地。将军最知心的贴身侍从忍不住还是那句老话："将军的心思只有将军自己知道。"②将军离不开这块充满痛苦与追求、苦难与梦幻的土地，也离不开满怀血泪与奋进、迷乱与希望的人民。

从某种意义上说，将军的孤独倾诉了拉美人历史命运的困惑、价值选择的艰难。拉美人眺望欧美历史的进步，深觉自己作为文明宴席迟到者的悲哀；拉美人目睹欧美社会的异化恶果，又深感自己无所适从的恐惧。这种前不前、后不后的心灵困惑和迷乱，也就酝酿出了他们甩不掉的孤独意识，同时也就倾诉了人类历史文明的困惑，表达了人类未来前途的迷茫。因此，将军的孤独是勇敢者的骄傲，是先驱者的梦。将军的孤独终归体现了拉美、人类先知先觉者，凭借深邃智慧洞悉客观历史现实处境，彰显主观人生态度的绝妙艺术符号。

加西亚·马尔克斯的反独裁者的小说《族长的没落》，则从反面继续说明拉美民族乃至人类的孤独问题。小说描写一位为所欲为的独裁暴君，依然挣扎在深深的孤独寂寞中。因为，无限制的权力滥用正如同丰裕的物质财富享受一样，并不意味着生命存在的价值和意义。所以，小说最后这样写道："他死了，死时领悟到了自己的结论：很久以前刚开始踏上人生道路时，曾相信自己既然没有能力爱，他便企图用权力欲来代替肉欲的爱，在心灵里培育着权欲的魔鬼，向这魔鬼献出了一切，他成了自愿的牺牲品并毕生在这怪物的祭坛的文火上燃烧着。他用欺骗和犯罪来喂养自己，在残忍和无耻中成长，压制住自己疯狂的贪婪和天生的怯懦，为了想到世界末日也能把自己的玻璃球掌握在死死的抓紧着的拳头中，却不懂得对权力的渴望只能产生对权力的无法满足的渴望，不懂得想对权欲获得餍足，这不仅到我们的世界末日不可能，即使到所有别的世界的末日也一样是不可能的，我的将军！"③

---

①　〔哥伦比亚〕加西亚·马尔克斯：《迷宫中的将军》，第48页。

②　〔哥伦比亚〕加西亚·马尔克斯：《迷宫中的将军》，第13、18、116页。

③　〔哥伦比亚〕加西亚·马尔克斯：《族长的没落》，伊信译，济南：山东文艺出版社，1985年，第279—280页。

第二章　人生意义追问引动了价值观的巨大转变

　　现代西方哲学的价值论转向下的人生意义追问，同时引动了价值观念的巨大转变，价值观念的转变则从根本上改变了西方人价值判断的依据和标准。传统西方哲学将追问世界本原、反思认识方法作为其中心任务的逻辑前提是坚信宇宙世界的发生、发展具有合乎理性的规律，坚信人类社会历史具有合乎理性的法则，同时，也坚信人们就是在凭借理性方式洞悉这些规律、法则的基础上实现人生的价值和意义。甚至西方哲学早期价值论转向中的斯多噶派，依然坚信宇宙是一个有秩序的、完善的整体，人只是宇宙体系的一部分，所以，人的本性、目的同宇宙的本性、目的是一致的。正如其代表性人物马可·奥勒留所说："无论什么事情对你发生，都是在整个万古永恒中就为你预备好的，因果的织机在万古永恒中织着你和与你相关联的事物的线。""不管宇宙是原子的集合，或者说自然是一体系，首先要确信我是本性所支配的整体的一部分；其次，我在某种程度上和与我自己同类的其他部分密切关联着。因为要记住这一点，由于我是一个部分，对于一切出于整体而分配给我的事物，我都不会不满意。因为凡是为了整体的利益而存在的，对于部分就不会有害。……因此，由于记住我是这整体的一部分，我就会对所有发生的事情满意了。"[1]这种整体支配部分的乐观信念延伸到近代，更是"或如培根所说'理性'装上一个单纯、统一和普遍的外表，替科学开了一条虚构的安逸的道路"[2]。从概括意义上说，宇宙世界、人类社会的规律、法则都在因果、目的制约下，体现为从低级往高级的辨证运动。这种辨

---

　　① 〔古罗马〕马可·奥勒留：《沉思录》，何怀宏译，北京：中国社会科学出版社，1989年，第90页。

　　② 〔美〕杜威：《哲学的改造》，第57页。

证运动在人们的思维逻辑和价值判断中的表现形式，可以归纳为一串二元对立矛盾：社会—自然、类—个体，必然—偶然，未来—现在，本质—现象，普遍—特殊，等等。矛盾的前一项享有对后一项的优先性，或者说，前一项天经地义地是判定社会历史和人生意义的价值依据。其要旨可以概括为：人类历史是不断进步的历史，它蕴含着无可置疑的必然性和指向未来的永恒性，它有权力要求个体为了必然的、类的未来而牺牲自我微不足道的偶然、现在。每一个人的生命价值就在于被纳入这个因果目的的框架和规律秩序的格局中，扮演着派定给自己的角色使命。现代西方哲学价值论转向的出发点是怀疑人类理性的可靠性，因而视传统价值观所谓的规律、法则皆为形而上的虚设。正如胡塞尔所说："对形而上学可能性的怀疑，关于作为新人指导者的普遍哲学的信仰的崩溃，恰好表明对'理性'的信仰的崩溃。这种理性是在古代人与意见对立的知识的意义上理解的。理性是最终赋予一切被认为的存在物，一切事物，价值，目的以意义的东西，即赋予一切事物，价值，目的与从有哲学以来真理——真理本身——这个词，以及相关地，存在者——真正的存在者——这个词所标志的东西以规范性关联的东西。与此同时，对于世界由以获得其意义的'绝对的'理性的信念，对于历史的意义的信念，对于人性的意义的信念，即对于人为他个人的生存和一般的人的生存获得意义的能力的信念，都崩溃了。"①　其实，黑格尔关于本质与现象不可分离的哲学思想里，就包含着对形而上学本质观的初步怀疑。黑格尔说："不仅关于上帝，即就别的对象而言，人们也常常将本质—范畴予以抽象的使用，而于观察事物时，将事物的本质认作独立自存，与事物现象的特定内容毫不相干。譬如，人们常习惯于这样说，人之所以为人，只取决于他的本质，而不取决于他的行为和他的动作。这话诚然不错，如果这话的意思是说，一个人的行为，不可单就其外表的直接性去评论，而必须以他的内心为中介去观察，而且必须把他的行为看成他的内心的表现；但是不可忘记，本质和内心只有表现成为现象，才可以证实其为真正的本质和内心。"②"殊不知直接的对象世界之所以只能是现象，是由于它自己的本性有以使然，当我们认识了现象时，我们因而同时即认识了本质，因为本质并不存留在现象之后或现象之外，而正由于把世界降

① 〔德〕胡塞尔：《欧洲科学的危机与超越论的现象学》，第23页。
② 〔德〕黑格尔：《小逻辑》，第245页。

低到仅仅的现象的地位，从而表现其为本质。"①现代西方哲学价值观的转变自然要颠覆前述二元对立项的相关规定。现代西方哲学价值观要直接询问每一个体生命的痛苦与欢乐、苦恼与幸福，它要把生命的权力、思维的权力、价值选择的权力，凭着"上帝已死"的名义还给每一个个体意义上的人。或者说，现代西方哲学价值观所关怀的是具体的、活生生的个人生命意义的实现。正如赖欣巴哈所说："用你的耳朵倾听你自己的意志说什么，并努力设法把你的意志和别人的意志结合起来。世界只有你自己加在里面的目的和意义，此外是再没有旁的目的或意义了。"②或如杜威所说："行动总是特殊的、具体的、个别的、单独的。因而对于所应做的行为的判断也必然是特殊的。"③

　　人本主义哲学中的唯意志主义的代表人物首先将哲学关注的焦点，转向了同个人密切相关的生命意志。叔本华用个体的"意志"摧毁了合乎理性规律的世界，世界的意义终归与个体"意志"密切相关。叔本华说："在历史上极为重大的一种行为在内在意义上很可能是平凡而庸俗的行为。相反，日常生活中的（任何）一幕，如果个体的人以及人的作为，人的欲求，直到最隐蔽的细微末节都能够在这一幕中毫发毕露，也可能有很大的内在意义。"④尼采从权力意志论出发，认为基督教传统轻视原始的生命本能，欺骗性地创造了抽象的灵魂、精神来压制个体的生命、肉体。所以，"从根本上说，上帝对我只不过是一道粗鲁的禁令：你们不应该思考"！⑤尼采惊世骇俗地宣称"上帝死了"，人生的目的就是要实现权力意志、扩张自我、成为超人。正如周国平先生所说："在尼采看来，只有一个世界，这就是我们生活于其中的此岸世界；只有一种生活，这就是尘世上充满着欲望和激情的生活。"⑥生命哲学家狄尔泰称自己的精神科学方法论为释义学，他所关注的完全是个人的主观内心体验和理解。生命哲学中最有代表性、影响最大的法国思想家柏格森认为人的本质就是世界的本质，人的本质是生命冲动，那么世界的本质也同样是生命冲动。因此，宇宙间的一切，不论是有生命的或无生命的东西，都是

---

① 〔德〕黑格尔：《小逻辑》，第 276 页。
② 〔德〕赖欣巴哈：《科学哲学的兴起》，第 234 页。
③ 〔美〕杜威：《哲学的改造》，第 99 页。
④ 〔德〕叔本华：《作为意志和表象的世界》，第 320 页。
⑤ 〔德〕尼采：《看哪这人！——自述》，《权力意志——重估一切价值的尝试》，第 22 页。
⑥ 引自徐崇温主编：《存在主义哲学》，北京：中国社会科学出版社，1986 年，第 94 页。

由生命冲动所派生。胡塞尔的现象学要求扩大和加深直接经验的范围，更加充分地尊重现象、倾听生活，科学知识与生命意义就在生活世界中。胡塞尔在《欧洲科学的危机与超越论的现象学》中就反复地说明生活世界的存在论问题。胡塞尔说："但是现在我们必须指出早在伽利略那里就已发生的一种最重要的事情，即以用数学方式奠定的世界暗中代替唯一现实的世界，现实地由感性给予的世界，总是被体验到的和可以体验到的世界——我们的日常生活世界。"①因此，胡塞尔认为伽利略"既是发现的天才又是掩盖的天才"②。胡塞尔认为："生活世界是原初的自明性的领域。"③"由于客观的科学置根于生活世界之中，它就与我们总是生活于其中，甚至是作为科学家生活于其中，因此也以科学家共同体的方式生活于其中的世界，——就是说，与普通的生活世界——有意义关联。"④"关于客观的—科学的世界的知识是'奠立'在生活世界的自明性之上的。生活世界对于从事科学研究的人来说，或对于研究集体来说，是作为'基础'而预先给定的。"⑤胡塞尔的结论是："通过以上一系列考察，我们就在一种有预见的洞察中，理解了生活世界问题的重要性、普遍的和独立的意义。与它相比，'客观上真的'世界的问题，或客观的——逻辑的科学问题——不管这些问题怎样以什么样正当理由一再地被提了出来——则显得是具有次要兴趣的问题。尽管我们的近代客观科学的特殊成就仍然未被理解，但是并不能动摇以下这件事实，即它是由特殊活动而产生的对于生活世界的有效性，它本身是属于生活世界的具体事物。因此，为了阐明人的活动的这种获得物以及所有其他的获得物，无论如何首先必须考察具体的生活世界。并且是按照真正具体的普遍性来考察。"⑥ 存在主义以研究人的"存在"可靠性为中心，以研究人的忧虑、悲伤、恐惧、绝望甚至死亡等人生"存在"的具体情态为对象。克尔凯郭尔认为，传统的哲学只是抽象地议论世界的本原、认识的本质、人的本性，却从根本上忽视了人的存在的基本前提。在克尔凯郭尔看来，哲学至关重要的核心和对象是"孤独的个体"。"孤独的个体"是"主观

---

① 〔德〕胡塞尔：《欧洲科学的危机与超越论的现象学》，第 64 页。
② 〔德〕胡塞尔：《欧洲科学的危机与超越论的现象学》，第 68 页。
③ 〔德〕胡塞尔：《欧洲科学的危机与超越论的现象学》，第 154 页。
④ 〔德〕胡塞尔：《欧洲科学的危机与超越论的现象学》，第 157 页。
⑤ 〔德〕胡塞尔：《欧洲科学的危机与超越论的现象学》，第 158 页。
⑥ 〔德〕胡塞尔：《欧洲科学的危机与超越论的现象学》，第 161 页。

思想者"，他只同自身发生关系，他自己领会自己、体验自己。海德格尔的《存在与时间》提出"存在"的问题是哲学的基本问题。海德格尔认为，西方传统的存在论把"存在"理解成"物"性或者"本质"属性，无疑使人忘掉了"存在"的真正"意义"。"存在"是"世界"向"人"显示出来的意义。正因为"人"是一种特殊的存在，所以"世界"才向"人"显现为"存在"和意义。海德格尔说："此在本质上就是：存在在世界之中。"①海德格尔指出，当把"存在"理解成"本质"属性时，"存在"往往就在人云亦云的他在中消失了。海德格尔说："这样的杂然共在把本己的此在完全消解在'他人的'存在方式中，而各具差别和突出之处的他人则又更其消失不见了。在这种不触目而又不能定局的情况中，常人展开了他的真正独裁。常人怎样享乐，我们就怎样享乐；常人对文学艺术怎样阅读怎样判断，我们就怎样阅读怎样判断；竟至常人怎样从'大众'中抽身，我们也就怎样抽身；常人对什么东西愤怒，我们就对什么东西'愤怒'。这个常人不是任何确定的人，而是一切人（却不是作为总和）都是这个常人，就是这个常人指定着日常生活的存在方式。"②海德格尔强调，真正"存在"意义上的"人"应该是古希腊前苏格拉底哲学家普罗泰戈拉"人是万物的尺度"所谈到的个体而非类或集体意义上的人。所以，海德格尔论证了"存在"就是"烦、畏、死、绝对毁灭"等人的个别精神状态。海德格尔说："我们所选择那样一种通达此在和解释此在的方式必须能使这种存在者可以在其本身从其本身显示出来。也就是说，这类方式应当像此在首先与通常所是的那样显示这个存在者，应当在此在的通常的日常生活中显示这个存在者。我们就日常生活提供出来的东西不应是某些任意的偶然的结构，而应是本质的结构；无论实际上的此在处于何种存在方式，这些结构都应保持其为规定着此在存在的结构。从此在的日常生活的基本状况着眼，我们就可以循序渐进，着手准备性地端出这种存在者的存在来。"③海德格尔在谈到黑格尔的著作《意识经验的科学》改为《精神现象学的科学》时说："取代'经验'一词的，是在学院哲学中已经常用的'现象学'。经验的本

---

① 〔德〕海德格尔：《存在与时间》，第17页。
② 〔德〕海德格尔：《存在与时间》，第156页。
③ 〔德〕海德格尔：《存在与时间》，第21页。

质乃是现象学的本质。"①海德格尔说:"我们怀疑地,也即睁开眼睛,去面对那种已经在在场中走向我们的现象知识的显现;结果,我们就在那条道路上了,在这条道路上,经验就是绝对之现象学。"②海德格尔的存在终归是个人心理状态形式,是寻常普通的个人主观意识。海德格尔说:"给予思想以有待思的东西的,并不是某种深深地隐藏着的深层意义,而是某种平易近人的东西,是最平易近人的东西;因为它只是这样一种东西,所以我们往往就已经把它忽略不顾了。"③ 海德格尔把时间也赋予本体论的意义,认为历史的真正意义不在于记述已成过去的陈迹,更不是从历史中发现什么"规律";历史只不过是标志着人在"过去"的经历中,发现自己并抉择自己的可能性。雅斯贝斯的"生存哲学"密切关注的就是个人的生存问题,他说:"哲学是站在真正的个人一边的,也就是说,它升起了自由的旗帜——不管它这样做是出于胆大妄为还是可能出于一个落魄者的幻觉。这个落魄者实际上是上帝的弃儿,他在教会之外无法获得拯救。""今天的哲学是那些因为具有充分的意识而不受宗教保护的人的惟一避难所。哲学不再是在一个有限圈子内的人的事情,也不是某个杰出人物的事情。因为,无论如何,它作为关于个人怎样才能更好地生活的紧迫问题,已成为无数人的事情。"④ 雅斯贝斯提出的"哲学信仰"概念,显然更强调学习哲学思维的个人领悟性。他说:"哲学信仰是一个人的私人生活的实质。""我在哲学思维中经验到超越存在的现实性,并没有中介,我是通过我自己而经验到它的,而通过我自己时,我自己被当作一种不是我自己的东西。"⑤ 所以,雅斯贝斯认为,我们每一个人的短暂一生,实际是在奋斗痛苦、错误死亡等为标志的"边缘处境"中,我们需要通过哲学思维洞悉自我"大全",领会死亡意义。他说:"如果说从事哲学活动就意味着学会死亡,那么这不是说我因想到死亡而恐惧,因恐惧而丧失当前现在,而是说,我按照超越存在的尺度永不停息地从事实践,从而使当前现在对我来说更为鲜明。"⑥ 萨特的"存

---

① 〔德〕海德格尔:《黑格尔的经验概念》,《林中路》,孙周兴译,上海:上海译文出版社,2008 年,第 185 页。

② 〔德〕海德格尔:《黑格尔的经验概念》,《林中路》,第 190 页。

③ 〔德〕海德格尔:《尼采的话"上帝死了"》,《林中路》,第 240 页。

④ 〔德〕雅斯贝斯:《时代的精神状况》,第 148 页。

⑤ 〔德〕雅斯贝斯:《生存哲学》,第 92 页。

⑥ 〔德〕雅斯贝斯:《生存哲学》,第 82 页。

在先于本质"也是要说明个别的具体自由应该优先于一般的抽象规定。所以，萨特说："事实上，我是一个通过活动而知晓自身自由的存在者，而我同样是一个以其个别及单独的存在作为自由时间化的存在者。"①"自为并非首先是人然后成为自我，他不是从先验地给定的人的本质出发把自己确定为自我本身；而是完全相反，正是在他要自我选择为个别自我的努力中，自为才保持某些使他成为一个人的社会的和抽象的特点的存在；而追随人的本质的因素而来的必然联系只能在一个自由选择的基础上出现；在这个意义上说，每一个自为在其实存的存在中都是对人类负责的。"②就是因为个别自我存在基础上的自由选择多维性，才可能彰显出自由选择的真正价值和意义。所以，萨特说："小说家们相反努力使我们相信，世界是由不可替代的人们组成的，他们即便是坏人也个个美妙，人人热情，各有特色。"③

科学理性哲学中的新康德主义者文德尔班认为，在自然科学中占主要地位的是"综合思维"形式，所采用的是"规范化"方法；而在历史学中占主要地位的是"个别记述思维"形式，所采用的是"表意化"方法。李凯尔特继承了文德尔班关于科学的认识目的不同而存在两种思维形式和研究方法的思想，进一步区别了自然科学与历史文化科学的所谓"形式分类原则"。李凯尔特强调，自然科学采用的是普遍化方法，历史的文化科学采用的是个别化方法。他说："必须把我们从和文化价值相联系的观点去观察的现实，也看成是特殊的和个别的。"④他还引用柏格森的一个生动比喻说："自然科学只缝制一套对保罗和彼得都同样适合的现成的衣服，因为这套衣服并不是按照这两个人的体形裁的。"⑤相反，历史的文化科学则"不想缝制一套对保罗和彼得都同样适合的标准服装，也就是说，它们想从现实的个别性方面去说明现实，这种现实绝不是普遍的，而始终是个别的"⑥。新黑格尔主义者克罗齐在强调历史与认识的统一时，认为"一切具体认识，同历史判断一样，不能不同生活或行动

① 〔法〕萨特：《存在与虚无》，第564页。
② 〔法〕萨特：《存在与虚无》，第665页。
③ 〔法〕萨特：《〈一个陌生人的肖像〉序》，施康强译，沈志明、艾珉主编《萨特文集》(7)，第325页。
④ 〔德〕李凯尔特：《文化科学和自然科学》，第72页。
⑤ 〔德〕李凯尔特：《文化科学和自然科学》，第42页。
⑥ 〔德〕李凯尔特：《文化科学和自然科学》，第50页。

相连"①。克罗齐还在肯定历史主义或具体理性主义何以能够超越启蒙运动的抽象理性主义时说："启蒙运动旧理性主义，由于把个别与一般割裂，并把它们变为两个抽象和两个不结果实的经验主义，不可能达到历史地个体，具体理性主义或历史主义能达到，显然它的个体化力量强于启蒙运动旧理性主义，然而恰恰因为这种个体化力量是普遍东西的逻辑力量。克服这种不适当的割裂后，普遍在实在中跳动，同个体跳动方式相同，目光越专注个别，就越能深入洞察普遍。"② 所以，克罗齐有理由在谈到历史学的前景时这样说："正如幸福存在于瞬间并从不脱离瞬间，同样历史真理以及全部真理，存在于对个别的认识中（一切在个别中一次次地出现），而不是存在于对一切的认识中（所有个别都被一劳永逸地包括和穷尽），这可能同认识——生命行动和新生活促进者——的概念相矛盾。"③"思维若是历史化，则思维永远只是个性化。"④

科学经验与方法哲学中的实证主义哲学，对一切探究世界基础和本原、探究事物内在联系和客观规律性的理论都采取了普遍的虚无主义态度。它们强调哲学应以实证科学为根据，甚至要求把哲学变成实证科学。实证主义本来就是休谟经验（现象）主义的继续，所以，它在强调实证科学作为人类知识力量的同时，仍然坚持将人类的知识和科学局限于经验（现象）范围。孔德就把一切正面回答哲学基本问题，探究世界本质的哲学都称之为"形而上学"。他宣称哲学只研究实在、有用东西的知识，摒弃关于事物本质、宇宙本原等虚妄的形而上学。孔德说："我们的实证研究基本上应该归结为在一切方面对存在物作系统评价，并放弃探求其最早来源和终极目的，不仅如此，而且还应该领会到，这种对现象的研究，不能成为任何绝对的东西，而应该始终与我们的身体结构、我们的状况息息相关。"⑤孔德认为，人类思想经历了神学阶段、形而上学阶段、实证（科学）阶段。神学阶段，人们通过自由幻想来探索万物的本原、成因，于是求助超自然的神来解释一切。形而上学阶段，人们以形而上学（超经验）的抽象概括代替了超自然的神力来解释一切，以为

① 〔意大利〕克罗齐：《作为思想和行动的历史》，田时纲译，北京：商务印书馆，2012年，第18页。
② 〔意大利〕克罗齐：《作为思想和行动的历史》，第47页。
③ 〔意大利〕克罗齐：《作为思想和行动的历史》，第222页。
④ 〔意大利〕克罗齐：《作为思想和行动的历史》，第249页。
⑤ 〔法〕孔德：《论实证精神》，第10页。

能获得关于事物本质的绝对知识。实证（科学）阶段，人们"不再探索宇宙起源和目的，不再求知各种现象的内在原因"①。重要的是，孔德所说的实证知识完全是现象范围以内的探讨，至于一切现象后面的本质、因果联系、规律性等皆不属于实证知识的范围。所以，孔德说："实际生活，尽管在这方面不能显示它具有任何新的特性，但它却更完整、更鲜明地表现我们认为应归之于实证精神的品质。""在思辨生活与实在生活之间直接建立全面协调关系的自发倾向，最终应该视作是实证精神最可贵的优势，没有任何其他属性可以同样显示其真正性质并促进真正的升华。"②穆勒也强调一切人类知识都源自感性和经验的直观。他说："借直观所认识的真理是一切其他真理所由之出发的根本前提。"③穆勒提出要建立人性学作为一门中介科学，而人性学是关于个人的科学，有了这门科学，人们就可以推导出社会的规律来。穆勒认为从一般大前提出发的三段论不能反过来证明特殊命题。因此，归纳应该代替演绎。穆勒说："一般无非是在种类上确定，在数量上不确定的特殊的结合。"④马赫主义比实证主义更进一步地否定现象、经验之外的所谓本质、实在。马赫在《感觉的分析》第二版序言里直接宣称："一切形而上学的东西必须排除掉，它们是多余的，并且会破坏科学的经济性。"⑤马赫认识论的基础是思维经济原则，根据这个原则，科学研究只是纯粹经验的描述，科学认识的任务只是简捷地、经济地描述感觉经验的事实。他说："我不能想象一个一般的人，而最多只能想象一个特殊的人，或者说，只能想象这样一个人，这个人结合了不同的人的偶然特征，而这些特征并不相互排斥。"⑥实用主义者威廉·詹姆士在把观念的真理性与观念的主观效用相等同时，特别强调主观效用往往同个体的经验和感受密切相关，所以，詹姆士认为哲学领域里的"一性和多性是绝对同等重要的"⑦。从这个哲学视角出发，"人们很容易从多元的角度看世界的历史，看成像一根绳

---

① 〔法〕孔德：《实证哲学教程》，引自《西方现代资产阶级哲学论著选辑》，北京：商务印书馆，1969 年，第 26 页。
② 〔法〕孔德：《论实证精神》，第 19、21 页。
③ 〔英〕穆勒：《逻辑体系》，引自全增嘏：《西方哲学史》下册，第 437 页。
④ 〔英〕穆勒：《逻辑体系》，引自全增嘏：《西方哲学史》下册，第 441 页。
⑤ 〔奥地利〕马赫：《感觉的分析》，"第二版序言"，iii 页。
⑥ 〔奥地利〕马赫：《感觉的分析》，第 246 页。
⑦ 〔美〕詹姆士：《实用主义》，第 72 页。

子，其中每股纤维都代表一个单独的故事"①。"如果你把宇宙当作只是以'个体形式'存在，那末，总的说来，你对宇宙的理解比你坚持非'总体形式'不可，就较为合理而令人满意了。"② "我们感到的每个目的、原因、动机、欲望的或者厌恶的对象，悲哀的或者欢乐的根据，都是在这个具有有限的多样性的世界里，因为只有在那个世界里任何事物才真正发生，只有在那个世界里事件才终于发生。"③ F.C.S.席勒也认为："人本主义坚持要包括个人心灵的全部丰富多彩的东西，而不是把它们全部压缩为一个单一类型的'心灵'，假充它是一体并且是不可变动的；人本主义还包括每个人的心灵的心理财富以及它的兴趣、感情、意志、抱负等各种复杂内容。"④ "人本主义就是对于下面这个见解的系统一贯和有方法条理的发挥：每一种思想都是一种个人的行为，作这个行为的是某个思想者，而对于这个行为是可以要让他负责的。"⑤经验自然主义者杜威说："和经验分立的一种能力，所谓'理性'，曾指引我们到普遍的真理的高级世界去，到如今已令我们觉得渺茫、没趣、无关重要了。"⑥ "哲学如能舍弃关于终极的绝对的实在的研究的无聊的独占，将在推动人类的道德力的启发中，和人类想获得更为条理、更为明哲的幸福所抱热望的助成中，取得补偿。"⑦杜威甚至一针见血地指出："种族优于个体和恒久的普遍优于变化的特殊这种形而上的学说，是政治的和宗教的制度主义的哲学支柱。"⑧新实在主义的代表人物怀特海也说："把精神当成独立实体的学说，不但直接引导出个人自有的经验世界，而且也引导出个人自有的道德世界。道德直觉被认为只能应用于全部个人自有的心理经验世界。"⑨

科学语言哲学中的日常语言学派认为，语言就是人们日常生活形式的组成部分。比如后期维特根斯坦的哲学研究就放弃了自己的《逻辑哲学论》所表达的观点。他从"理想语言"的形而上臆想，转归了"日常

---

① 〔美〕詹姆士：《实用主义》，第 75 页。
② 〔美〕詹姆士：《多元的宇宙》，吴棠译，北京：商务印书馆，1999 年，第 25 页。
③ 〔美〕詹姆士：《多元的宇宙》，第 28 页。
④ 〔英〕席勒：《人本主义研究》，第 13 页。
⑤ 〔英〕席勒：《人本主义研究》，第 177 页。
⑥ 〔美〕杜威：《哲学的改造》，第 56 页。
⑦ 〔美〕杜威：《哲学的改造》，第 15 页。
⑧ 〔美〕杜威：《哲学的改造》，第 26 页。
⑨ 〔英〕怀特海：《科学与近代世界》，第 187 页。

语言"的形而下生活。维特根斯坦这时相信："我们称之为语言的首先是我们的日常语言这一工具。"① "日常语言是完全正确的。"②而日常语言的正确就在于它在"生活形式"中成功地达到了各种生活目的。由此，维特根斯坦把"日常语言"同实际"生活形式"（form of life）联系了起来。他认为："想象一种语言就意味着想象一种生活形式。"③ "语言的述说乃是一种活动，或是一种生活形式的一个部分。"④后期维特根斯坦所以把"日常语言"与"生活形式"相连，就是要克服前期为理想中的"逻辑"而牺牲实际运用的偏颇。维特根斯坦强调："我们所做的乃是把词从形而上学的使用带回到日常的使用上来。"⑤ "一个词的意义就是它在语法中的地位。"或"一个词的意义就是它在语言中的使用"⑥。维特根斯坦强调语言的日常生活特性、不确定性、开放性，从而否定了基于传统形而上学基础的"理想语言"的权威。维特根斯坦还进一步提出了"语言游戏"（language game）和"家族相似"（family resemblances）概念。"语言游戏"概念表明语言的运用，往往是某种较广泛的"生活形式"的组成部分。语言在不同语境中服务于不同目的，从而获得不同或多重意义。"家族相似"概念表明语言的约略近似特征，可以概括为"家族相似"。一个家族诸成员彼此相貌只是大致相似而并不雷同。同理，各种日常语言活动的绝对共同特征并不存在，存在的只是彼此的约略近似而已。⑦以此为出发点，如果我们再讨论哲学中诸如"美"或者"艺术"问题，"美"或者"艺术"也就像日常语言的不确定一样，没有了共同的本质，只有在不同语境中的不同使用。

　　价值论转向下的人生意义追问所引动的价值观念转变，使西方现代主义文学公然让过去人类历史必然淹没下的个体情感偶然，成为了文学的主要内容，使原来上帝神性和理性原则遮蔽下的生命冲动和感性体验，

---

　　① 〔英〕维特根斯坦：《哲学研究》，李步楼译，北京：生活·读书·新知三联书店，1992年，第208页。

　　② Ludwig Wittgenstein, *The blue and brown books*, oxford：basil Blackwell publisher, 1969 p. 28.

　　③ 〔英〕维特根斯坦：《哲学研究》，第12页。

　　④ 〔英〕维特根斯坦：《哲学研究》，第17页。

　　⑤ 〔英〕维特根斯坦：《哲学研究》，第73页。

　　⑥ Ludwig Wittgenstein, *Philosophical Grammer*, Oxford：Basil Blackwell Publisher, 1974, p. 59.

　　⑦ 〔英〕维特根斯坦：《哲学研究》，第46页。

成为了文学的中心话语。正如苏联文艺理论家瓦·沃罗夫斯基所说："这种文学把个性提到了第一位，同社会对立起来。它提出个人的幸福同大众的幸福相对立，提出肉的享受同思想性相对立，提出性的渴望同思想的要求相对立。"①还如英国文学评论家詹姆士·麦克法兰所说："在九十年代，已约略可见，到了二十世纪初更引人注目的是保护人生完整性的权利从社会转入到了个人手中，转入到对生活持有独到见解、并体现了使世界获得合法存在的那些隐秘本质的个人手中。"② 现代主义文学作品中的主人公所投身其中的往往不是概括性的历史规律、社会本质，而是普通寻常的生活现象、鲜活忙碌的人生往来。他们的人生胜利或者失败都是芸芸众生的平凡境遇。现象、感性、个体就是人生意义、生命价值的根本。也就是说，现代主义文学所实现的是完全忠实个体生命，绝对崇奉自我心灵的自由象征。比如象征主义诗人里尔克就在《布里格随笔》里发问："这是可能的吗，过去是虚假的，因为人们总谈论它的大众，正好像述说许多人的一种合流，而不去说他们所围绕着的个人，因为他是生疏的并且死了？"③瓦雷里在诗作《海滨墓园》里庄严宣称："出色的忠犬，把偶像崇拜者赶跑！让我，孤独者，带着牧羊人笑貌，悠然在这里放牧神秘的绵羊——我这些宁静的坟墓，白碑如林，赶开那些小心翼翼的鸽群，那些好奇的天使、空浮的梦想。"诗人毫不遮掩地破碎了人们曾经寄寓于上帝处的缥缈幸福梦想，逼迫人们以赤裸裸的个体生命，直接面对宁静坟墓所标识的孤独、平凡，且注定通向死亡结局的人生，并从中吮吸生命的价值和意义。所以，诗人高声呼叫："起来，投入不断的未来！我的身体啊，砸碎沉思的形态！我的胸怀啊，畅饮风催的新生！从大海发出一股新鲜气息，还了我灵魂……啊，咸味的魅力！奔赴海浪去，跳回来一身是劲！"④叶芝的诗作则以洗练的口语和自然清新的意象，召唤现代人到最简单的生活状态中去寻觅自己的精神寄寓。比如他

① 〔苏联〕瓦·沃罗夫斯基：《论现代派的资产阶级性》，何长有译，袁可嘉等编选：《现代主义文学研究》上册，第112页。

② 〔美〕詹姆士·麦克法兰：《现代主义思潮》，高志华译，袁可嘉等编选：《现代主义文学研究》上册，第54页。

③ 〔德〕里尔克：《布里格随笔》，冯至译，袁可嘉等编选：《外国现代派作品选》第一册（上），第52页。

④ 〔法〕瓦雷里：《海滨墓园》，卞之琳译，袁可嘉等编选：《外国现代派作品选》第一册（上），第31、36页。

的《茵纳斯弗利岛》写道:"我就要动身了,去茵纳斯弗利岛,搭起一个小屋子,筑起泥笆房;支起九行云豆架,一排蜜蜂巢,独个儿住着,荫阴下听蜂群歌唱。"① 象征主义的戏剧如梅特林克的《青鸟》以梦幻的形式启示人们,幸福与欢乐的答案就在水、火、面包等人类息息相关的平常物之中,就在正义、善良、安慰、工作等日用伦常之中,就在母爱、友谊、同情、怜悯等平凡的良知善行之中。所以,梦幻中的幸福神告诉小蒂蒂尔说:"我们正是你所认识的!……我们一直在你周围!……我们同你一起吃、喝、睡、呼吸和生活!……"②小蒂蒂尔奇怪梦幻中的母亲为什么更漂亮?母亲告诉他:"你每微笑一次,我就年轻一岁……"小蒂蒂尔惊异梦幻中母亲的漂亮裙子是什么做的,母亲告诉他:"是亲吻、注视、抚摸做的……每给一个吻就在上面增加一缕月光或日光……"小蒂蒂尔表示不愿离开梦幻中的母亲,母亲告诉他:"可是,这是一码事,我就住在人间,我们都住在人间……你到这儿来,无非是要了解和学会你在下界看到我时该怎么看待我……现在你以为是在天国;其实凡是我们抱吻的地方都是天国……"③

表现主义文学尤其逆转了历史理性主义的一贯方向,公然将人伦情感、孤独个体、偶然现在等因素置于价值判断的优先地位。卡夫卡的小说创作就一贯表现平凡小人物,如何孤独地面对强大的社会异己力量,或为生命存在痛苦挣扎,或为生活权利束手无策。正如卡夫卡在谈到小说《城堡》中的主人公 K. 时所说:"同衙门各级办事机构直接打交道并不是件太困难的事,因为不论它们组织得如何严密,总是代表远在天边谁也看不见的老爷们维护一些远在天边谁也看不见的事情,而 K. 则是在为活生生的、近在眼前的事情奋斗,在为自己奋斗。"④ "K. 从来还没有在别处见过公务和生活像此地这样完全交织在一起,它们是如此纵横交错密不可分,以致他有时会觉得公务和生活似乎

---

① 〔爱尔兰〕叶芝:《茵纳斯弗利岛》,袁可嘉译,袁可嘉等编选:《外国现代派作品选》第一册(上),第 60 页。

② 〔比利时〕梅特林克:《青鸟》,郑克鲁译,袁可嘉等编选:《外国现代派作品选》第一册(上),第 257 页。

③ 〔比利时〕梅特林克:《青鸟》,郑克鲁译,袁可嘉等编选:《外国现代派作品选》第一册(上),第 261、262 页。

④ 〔奥地利〕卡夫卡:《城堡》,赵容恒译,叶廷芳主编:《卡夫卡全集》第四卷,石家庄:河北教育出版社,1996 年,第 64 页。

互换了位置。"① 《城堡》中的主人公 K. 在同奥尔嘉交谈时也这样说："我是自愿到此地来的，同样出于自愿留了下来，但我到这儿以后得到的一切，尤其是我在这里的前途——不管这前途多么黯淡，然而无论如何总还是有前途的——，这一切都要归功于弗丽达，这是说什么也抹煞不掉的。尽管我是以土地测量员身份被接纳到这里，但这不过是表面现象而已，实际上大家是拿我耍着玩，哪家都把我赶出门，到今天我也仍然被人耍着玩，只不过现在不那么容易了，可以说我在这里已经有了一点根基，而这一点就是不小的收获了，你看，不论听起来多么微不足道，我终归已经有了一个家，一个位置，也真正有事可做，我有了一个未婚妻，在我需要处理别的事务时她代我上班尽职，我将要同她结婚，成为村子里正式的一员。"② 所以，马克斯·勃罗德在《城堡》的第一版后记里说："这部作品与歌德的'谁不停地努力奋斗，我们就可以解救他'的格言是相似的（其相似程度极其微小，似乎讽刺性地减少到最低限度），——所以也许可以称之为弗兰茨·卡夫卡的浮士德诗剧的这部作品本来正是想以此告终的。这当然是一个故意衣着朴素，乃至衣衫简陋的浮士德，这个浮士德有一个本质的不同，推动这个新浮士德前进的不是对人类的最终目标以及终极认识的渴望，而是对最起码的生存条件、对安居乐业、对加入公众生活的需求。乍看起来，这个区别似乎很大，但是如果人们感觉到，对于卡夫卡来说这些简陋的目标具有宗教意义，并且完全是正当的生活、正当的道路，那么这个区别便会明显缩小。"③ "索尔替尼插曲非常类似克尔恺郭尔的书，这本书的出发点是，上帝甚至要亚伯拉罕去犯罪，拿他的孩子去祭供。书中的这种荒谬性有助于我们做出明确的判断：决不能把道德的范畴和宗教的范畴想象成是完全等同的。——二者反映了尘世活动和宗教活动的不可通约性，这种看法直接通向卡夫卡这部小说的核心。同时我们也不可忽略，克尔恺郭尔这个基督徒从不可通约性的这一冲突出发，在以后的作品中日益明显地走向放弃今生，而弗兰茨·卡夫卡的主人公却顽固地、不遗余力地坚持按照

---

① 〔奥地利〕卡夫卡：《城堡》，赵容恒译，叶廷芳主编：《卡夫卡全集》第四卷，第65页。

② 〔奥地利〕卡夫卡：《城堡》，赵容恒译，叶廷芳主编：《卡夫卡全集》第四卷，第218页。

③ 〔奥地利〕卡夫卡：《城堡》，赵容恒译，叶廷芳主编：《卡夫卡全集》第四卷，第409页。

'城堡'的指示去安排他的生活，虽然他遭到了所有城堡代理人的简直是粗暴无礼的拒绝。"①"他那描写上天的对立面，描写尘世的失意的表现力同样也很丰富。'怎么干都是错的'——K. 企图与村子和城堡建立适当的联系的所有那些徒劳无益的尝试为这句话作了一个最有切身体会的绝妙旁注。"②正如卡夫卡所说："上帝只能每个人自己去理解。每个人都有他的生活和他的上帝，都有他自己的辩护人和法官。神父和礼拜只是心灵的已经倦怠的体验和拐杖。""文学创作向来都只是对真理的一次探索。"③"真理是我们每个人生活所需要，而又不可能从某个人那里得到或买到的东西。每个人都必须从自己内心一次又一次地生产真理，否则他就会枯萎。没有真理的生活是不可想象的。真理也许就是生活本身。"④盖欧尔格·凯撒的戏剧《从清晨到午夜》同样表现了一个平凡小人物，如何孤独地反抗强大的社会异己力量对自己感性生命的长期压抑与扭曲。所以，一贯谨小慎微、循规蹈矩的银行出纳员，终于在经理的玩笑点拨和阔太太的故意挑逗下，点燃了自己几近枯萎的个体生命激情和自然本真感觉，一瞬间携带了银行的 6 万马克潜逃。其实，出纳员并不迷恋金钱，他最后来到救世军布道厅，站在讲台上高声说道："我坦白承认！任何有价值的东西用金钱都是无法买到的，就是用全世界所有银行里的金钱也买不到。……金钱把商品腐蚀了，金钱把真理蒙蔽了。金钱是这个世界上所有卑鄙龌龊的诈骗中最卑鄙的骗局。"⑤出纳员把 5 万多马克大把大把地抛向听众，引发了难解难分的混乱场面。同时因为误以为一个救世军女孩自始至终站在自己身边，出纳员高兴地一边击鼓，一边说："只有一个姑娘留下，坚定不移。一个姑娘和一个男人。古老的

---

① 〔奥地利〕卡夫卡：《城堡》，赵容恒译，叶廷芳主编：《卡夫卡全集》第四卷，第414 页。

② 〔奥地利〕卡夫卡：《城堡》，赵容恒译，叶廷芳主编：《卡夫卡全集》第四卷，第415 页。

③ 〔奥地利〕卡夫卡：《谈话录》，赵登荣译，叶廷芳主编：《卡夫卡全集》第五卷，第468 页。

④ 〔奥地利〕卡夫卡：《谈话录》，赵登荣译，叶廷芳主编：《卡夫卡全集》第五卷，第468 页。

⑤ 〔德〕凯撒：《从清晨到午夜》，傅惟慈译，袁可嘉等编选：《外国现代派作品选》第一册（下），第 507 页。

家园重新开放，天空多么晴朗。"① 出纳员不知道，姑娘正在谋划出卖男人，正如人们不知道失去乐园正是上帝创建乐园的初衷。所以，戏剧中的阔太太的儿子与母亲共同欣赏他（她）们所钟情的那幅画作时说："我们在这里看到的，无疑是第一幅、也是唯一的一幅描绘亚当和夏娃的情欲的画作。苹果还放在草地上——蛇躲在一片青葱的绿荫后窃笑——这就是说，这幕戏是在乐园里演出的，而不是在从乐园里放逐之后。这才是原罪——才是真正的堕落！"②

　　尤金·奥尼尔的戏剧《天边外》通过描写一个美国农民家庭的不幸命运，初步流露出关于个人身份认同（identity）和生命归宿的困惑。尤金·奥尼尔的戏剧《安娜·克里斯蒂》、《琼斯皇》更使个人身份认同和生命归宿的困惑得到了进一步的表现。比如《琼斯皇》既再现了琼斯种族历史中的辛酸事件（他们从非洲被贩运至美洲，在奴隶市场上像牲口一样被拍卖），也再现了琼斯个人历史中的重要事件（在赌博时杀人、在狱中用铁锹砍死看守后逃跑、在海岛上欺压和愚弄土人）。种族集体意识带给琼斯的是屈辱与仇恨，个人自我意识带给琼斯的是惶惑与恐惧。种族集体意识让琼斯沉沦在白人世界所奉行的历史理性主义逻辑的真理里，即"小偷迟早要坐牢，大偷可以作皇帝，死后还被送入名人殿"，因而变得残忍凶暴。个人自我意识则让琼斯体会到人与人永恒杀戮的罪孽感，因而陷入无所适从的心理迷乱。尤金·奥尼尔的戏剧《毛猿》在进一步表达个人身份认同和生命归宿困惑的同时，更延伸出了强烈的社会历史批判意识。戏剧描写主人公扬克曾经根据历史理性主义价值观所框定的理智判断，满怀信心地以为自己开动着大船，因而自己是世界的动力，是顶用的家伙。他曾经无比自豪、骄傲地说："炉膛口是地狱吗？当然！要在地狱里工作就得是一条好汉。""使它发热的是我！使它发出吼声的是我！使它转动的是我！不错，没有我，一切都要停顿。一切都要灭亡，懂得我的意思吗？开动这个世界的那些声音、烟和所有的机器都要停顿。什么都没有了！"③但是，一个资产阶级小姐的晕倒，却使扬

---

　　① 〔德〕凯撒：《从清晨到午夜》，傅惟慈译，袁可嘉等编选：《外国现代派作品选》第一册（下），第508页。

　　② 〔德〕凯撒：《从清晨到午夜》，傅惟慈译，袁可嘉等编选：《外国现代派作品选》第一册（下），第461页。

　　③ 〔美〕奥尼尔：《毛猿》，荒芜译，袁可嘉等编选：《外国现代派作品选》第一册（下），第703页。

克猛然从一瞬间的顿悟性情感感受中，开始了对自己真实地位的怀疑。一种孤独感、陌生感、归根到底也就是"异化"感产生了。扬克开始思考了，所以剧中多次出现了"思想者"的意象。因为思考，扬克发现了世界的真相，他禁不住忿忿然诅咒："见鬼，法律！见鬼，政府！见鬼，上帝！"① 正如霍克海默与阿多尔诺所说："被操纵的集体的统一性就在于否定每个个人的意愿，这是对那种能使被操纵的集体统一的社会的嘲讽。"②

恩斯特·托勒的《群众与人》以劳苦大众寻求社会解放象征人类社会历史舞台，以女人与无名氏分别象征人类社会历史中的人性与暴力、个人与群众、理想与现实的永恒冲突。这种永恒冲突赤裸裸地展示了西方源远流长的历史理性主义的深刻悖论。历史理性主义原则通常允许人们为了遥远的美妙目的，容忍血腥的暴力作为现实手段，忽略人性的丧失、个人的牺牲、理想的破灭，所以，无名氏反驳女人不赞成新的杀戮时理直气壮地说："住口，同志！为了事业。个人有什么价值？他的感情，他的良知又能干什么？群众才有真正的价值！你想想：只要一次流血的斗争，换来的是永远的和平。"③《群众与人》尤其通过女人与无名氏的两场争论，淋漓尽致地表现了人性与暴力、个人与群众、理想与现实冲突中前者牺牲于后者的悲剧性。第一场争论的发生，源自渴望复仇的群众枪毙了所俘获的资产阶级分子的一半，还准备遭到进攻时枪毙另一半。作为领导者的女人说："被战斗弄疯了的人，住手！我要阻拦你们。群众是相爱的人民。群众是一个集体。集体不应复仇。集体要摧垮不公平的基础，集体要栽植正义的树林。……我喊着：打垮这套制度！可是你却要打垮人类。我不能再沉默。那些在外边的是人，流血呻吟着的母亲所生下的人……人类永远都是兄弟……"同样作为领导者的无名氏则反驳说："最后一次，住口，同志！暴力……暴力……敌人可不珍惜我们的生命。用虔诚的目光不能进行严酷的斗争。——不要听这女人的话，妇女之见的空话。"无名氏甚至代表群众向女人严肃地宣布：你被逮

---

① 〔美〕奥尼尔：《毛猿》，荒芜译，袁可嘉等编选：《外国现代派作品选》第一册（下），第718页。

② 〔德〕霍克海默、阿多尔诺：《启蒙辩证法》，第10页。

③ 〔德〕托勒：《群众与人》，杨业治、孙凤城译，袁可嘉等编选：《外国现代派作品选》第一册（下），第543页。

捕了。女人则毫不妥协地辩解说："我保护的是我们的灵魂！我保护的是人性，永恒的人性。"①第二场争论的发生源自无名氏潜入监狱解救被当局逮捕的女人，无名氏问女人说："狂想治愈了么？幻觉驱散了么？智慧的利剑刺穿了你的心？法官说了'人性'和'我宽恕你'么？你受到了有益的教训。"他同时告诉女人，两个看守受贿，第三个看守被打倒。于是，产生了下面这样一段对话：

　　女人：把他打倒……为我的缘故？……

　　无名氏：为了事业的缘故。

　　女人：我没权利，拿看守的死亡换取我的生命。

　　无名氏：群众有救你的权利。

　　女人：看守的权利呢？看守是人。

　　无名氏：并没有一般的"人"，一边是群众的人！一边是国家的人！

　　女人：人是赤裸裸的。

　　无名氏：杀人的将军们为了国家而进行战争！

　　女人：他们杀人，但不是为了杀人的乐趣。他们跟你一样相信他们的使命。

　　无名氏：他们为压迫者的国家作战，我们是为了人类。

　　女人：你们为人类而进行杀戮，正如盲目的他们为他们的国家而杀戮。为国家杀人的人，你们叫他刽子手。为人类杀人的人，你们给他戴上花冠，称他为仁慈，合乎道德，高尚，伟大。

　　无名氏：理论高于一切！我爱未来的人！

　　女人：人高于一切！为了理论你牺牲现在的人。

　　无名氏：为了理论我必须牺牲他们。

　　女人：听着：没有人可以为了事业而杀死他人。任何要求这样做的事业都是邪恶的。②

---

　　①〔德〕托勒：《群众与人》，杨业治、孙凤城译，袁可嘉等编选：《外国现代派作品选》第一册（下），第559—562页。

　　②〔德〕托勒：《群众与人》，杨业治、孙凤城译，袁可嘉等编选：《外国现代派作品选》第一册（下），第577—582页。

女人拒绝接受群众的解救，坚定地迎受了被枪杀的悲剧命运。执行枪决命令的军官与无名氏一样冷漠机械地告诉女人说："命令是命令。服从是服从。安定、秩序是国家的利益。军官的职责。"①戏剧为了突出历史理性主义原则的亘古矛盾，还描写一位教士来到监狱与女人展开了这样一段对话：

> 教士：你以为人性是善的——你这样梦想，你犯下了无名的罪行，反对神圣的国家，神圣的秩序。开天辟地人性就是恶的。
>
> 女人：人企求善良。
>
> 教士：堕落的年代所造的谎言，败坏、绝望、逃遁的欲望产生了它，乞讨、祈求得来的信心的一层蜡样空壳护卫着它，良心的责备威胁着它。相信我吧，人甚至也不企求善良。
>
> 女人：他企求善良。甚至在做坏事时，他也以做好事的面具掩盖自己。
>
> 教士：民族成长又败落，世界上从未有天堂。②

卡莱尔·恰佩克的戏剧《万能机器人》则描写人类为了攫取自然原始储存、满足自己的物质需要，挖空心思地创造了成千上万比人更强壮、更能干的机器人，不料引发了人与自然关系的双重异化：一方面是机器人作为人类灵巧而万能的劳动代用品终于不满意人类对自己的统治，所以，他们组建了强大的机器人军队，最终不可遏止地成为消灭人的异己力量。其逻辑正如领导造反的一位机器人首领拉迪乌斯所宣告："世界属于强者。谁想活，谁就得掌握政权。我们是世界的主人！我们统治海洋和大地！统治星辰！统治宇宙！领土，领土，机器人要更多的领土！"③另一方面是成千上万的机器人代替了人的劳动，人因为无所事事而失去了恋爱、婚姻、生儿育女的必要，人终于变成了人工栽培的无果花。所以，建筑师阿尔奎斯特非常困惑地告诉海伦娜说："就是这个进步问题，

---

① 〔德〕托勒：《群众与人》，杨业治、孙凤城译，袁可嘉等编选：《外国现代派作品选》第一册（下），第585页。

② 〔德〕托勒：《群众与人》，杨业治、孙凤城译，袁可嘉等编选：《外国现代派作品选》第一册（下），第584页。

③ 〔捷克〕恰佩克：《万能机器人》，杨乐云、蒋承俊译，袁可嘉等编选：《外国现代派作品选》第一册（下），第671页。

闹得我头昏眼花。""我一点儿也不喜欢进步这玩意儿。"① 最后，建筑师阿尔奎斯特终于在绝望中发现一对异性机器人充满自我牺牲的真正爱情，从而找回了最简捷、最切实的获救之路。

超现实主义文学家艾吕雅在诗作《和平咏》里直接为寻常劳动生活、普通平凡亲情而歌唱："所有幸福的妇女和她们的男人重新见了面——男人正从太阳里回来，所以带来这么多的温暖。他先笑，接着温和地说：你好？然后抱吻他的珍宝。全世界的伙伴们，哈，朋友！都抵不上我的老婆和孩子们，坐在圆桌儿四周，哈，朋友！"②狄兰·托马斯在其诗作《死亡也一定不会战胜》里咏叹："他们虽然发疯却一定会清醒，他们虽然沉沦沧海却一定会复生，虽然情人会泯灭爱情却一定长存；死亡一定不会战胜。"③诗人用自然爱情的纵情歌唱代替了基督信仰的永生希望。

意识流小说公然背弃了西方传统理性主义对人类社会普遍性、必然性观念的依附和对历史现实规律性、公理的信赖。意识流小说要凸显一直被压抑、排斥的个别、特殊、唯一等不可重复的边缘性情感体验。所以，意识流小说常常呈现的是小说叙述人，或者小说主人公扑朔迷离、纵横交叉、上下重叠、前后渗透、千奇百怪、不可重复、自由漂移的个体感官印象。比如福克纳的小说《喧哗与骚动》中班吉的脑海里呈现出的感官印象，就特别包含着他关于姐姐的情感留恋和失去姐姐关爱后的悲哀。这些感官印象的呈现都是偶然因素所触发、所联结、所过渡的意识漂移。意识流小说因为赋予自己表现个别性、偶然性、特殊性等情感体验的美学任务。它们自然摒弃了传统小说编织具有因果必然律和具备归纳性、概括性的宏阔大故事，摒弃了传统小说热衷编撰戏剧化冲突、钟情传奇化渲染的浪漫情节。意识流小说着重描写人类社会生活平常状态中山便是山、水便是水的七情六欲的自然流淌，比如普鲁斯特的系列小说《追忆逝水年华》描写的是主人公病榻生活的一个不眠之夜所开始的潮水般纷至沓来、连绵不断的回忆，这些回忆所包括的都是家庭琐事、

---

① 〔捷克〕恰佩克：《万能机器人》，杨乐云、蒋承俊译，袁可嘉等编选：《外国现代派作品选》第一册（下），第628页。

② 〔法〕艾吕雅：《和平咏》，罗大冈译，袁可嘉等编选：《外国现代派作品选》第二册（上），上海文艺出版社1980年，第287页。

③ 〔英〕托马斯：《死亡也一定不会战胜》，巫宁坤译，袁可嘉等编选：《外国现代派作品选》第二册（上），第321页。

亲友交往、环境风光、内心感受等等没有任何戏剧性的日常生活。甚至
腥风血雨的一次世界大战和沸沸扬扬的德雷福斯事件，在小说中也只融
化成了淡淡的感官印象。乔伊斯的小说《尤利西斯》前 17 章重点描述了
普通人布卢姆和斯蒂芬一天生活的经历和感受。其中的第 10 章《游动山
崖》更出色呈现了都柏林下午 3—4 点之间各种人物的形形色色活动，展
现了一幅 19 个场景拼缀而成的都柏林城市动态图。没有激动人心的历史
变迁大事件与戏剧性的社会生活主旋律，只有杂乱、无序、琐屑的平凡
人生画面和芸芸众生、各色人等的共时性陈列。最后一章描述了女主人
公摩莉半睡半醒中喷涌翻滚、倾泻而出的一生寻常生活片断、零散回忆。
小说充分显现了普通人的真实、立体生活，揭示了长期以来被传统文学
的人性神话所涂抹、所遮蔽了的人性本真，从而把文学关注的焦点从理
想的超验陈述，转向了尘俗的经验呈现。正如匈牙利文学理论家盖·卢
卡契所说："乔伊斯运用意识流技巧不仅当作风格手法，而且当作支配叙
述方式和人物刻画的造型原则。这里技巧是某种绝对的东西，是标志
《尤利西斯》的美学意图的主要部分。"[1] 乔伊斯关于人类社会生活平凡
人生状态的描写，甚至也是他的《都柏林人》的主要内容。小说的 15
个故事里有小孩回想逝世的神父、学生的逃课游玩、少年的青春心萌
动、姑娘面临爱情和新生活的犹豫，有富家子弟寻求刺激、纨绔子骗
取女性财色，有母亲或为女儿的完满婚姻处心积虑，或为女儿的音乐
演奏酬金而讨价还价，有普通市民或想入非非，或酗酒成性，或经济
拮据而好礼，或情感外溢而克制，有年轻人受雇游说选民却无精打采、
老年人风采褪色却坚持传统的圣诞舞会等等。这些描写芸芸众生的寻
常生活故事里面，有难言的烦恼、尴尬和无可奈何，更有愉快、执拗
和自得其乐；有无所适从的价值茫然，更有脚踏实地的意义省悟。比
如故事之一《伊芙琳》描写准备同情人开拓新生活的女主人公，尽管
感受到父亲的暴虐威胁而心惊肉跳，回想到母亲的凄惨遭遇而灵魂颤
栗，从而心中生发出为何应该受苦受难的诘问和非逃走不可的决心；
同时还注意到父亲近一段时间来显得苍老，感觉到父亲某些时候不乏

---

① 〔匈牙利〕盖·卢卡契：《现代主义的意识形态》，李广成译，袁可嘉编选：《现代主义
文学研究》上册，第 137 页。

慈祥，心中又回响起自己在妈妈面前"保证全力支撑这个家"的诺言。①所以，伊芙琳在临上船的那一瞬间拒绝了出走。还比如故事之一《一朵小云》描写因为艳羡见多识广、春风得意的朋友，而一时想入非非、反感妻子、厌倦家庭的主人公，当面对怀抱中哭泣的儿子却束手无策时，仍然禁不住"觉得羞愧难禁，满脸飞起了红霞，只得躲开灯光，躲进黑暗中。他仔细地听着，孩子的哭声渐渐平息了下来，自己眼中却流下了悔恨的泪水"②。由此，我们也就不难理解乔伊斯在故事之一《圣恩》里，描写巴敦神父特意选择《新约·路加福音》16 章 8—9 节作为布道经文后这样写道："神父对他的会众说，他以为这段经文对某种人有着特殊的益处，他们注定了一生都在红尘中度过，却又不愿庸俗无为，了此浮生。总之，这一段经文是特意给那些生意人和自由职业者撰述的。耶稣基督用他烛照的灵光洞悉人性，无微不至，因此深知：芸芸众生不会都受到天启而过上宗教的生活，大多数凡人只能过着世俗的生活，并在某种意义上，是为了世俗而生活。因之，在这段经文里，天主以慈悲为怀，特意启迪凡人，有意地将膜拜财神的人称作宗教生活的楷模，即使在芸芸众生之中，他们最不关心的就是宗教事务。"③

存在主义文学尤其是对理性主义形而上学决定论的反叛和对理性主义历史乐观性的超越。存在主义认为，传统理性主义诉诸概括性的本质、追求普遍性的规律，皆因为忽略了现象层面的多元性、相对性和生命存在的个别性、偶然性而失去了可靠性、可信性。正如萨特所说："世上只有现象性的选择，如果人们真正懂得了在这里现象是绝对的话。"④萨特的文学创作或者通过彰显主观心理印象、片断人生感受，揭示未经理性主义粉饰、修整的人类现实真像；或者通过彰显世界荒诞和人生虚无，揭示社会历史不过是人为编织的谎言与自欺；或者通过彰显集体意志遮蔽个体情感，揭示人类自欺自娱的假面游戏其实是囚禁生命的地狱。萨特的文学创作要人们明白：客观世界其实本无所谓秩序、规律，只有人才能以其主体创造力，赋予世界以一定的秩序、规律；世界及其相应的

① 〔英〕詹姆斯·乔伊斯：《都柏林人》，《乔伊斯文集》I 集，安知译，成都：四川文艺出版社，1995 年，第 49—50 页。

② 〔英〕詹姆斯·乔伊斯：《都柏林人》，《乔伊斯文集》I 集，第 116 页。

③ 〔英〕詹姆斯·乔伊斯《都柏林人》，《乔伊斯文集》I 集，第 245 页。

④ 〔法〕萨特：《存在与虚无》，第 616 页。

人生也本无所谓意义，只有人的自由行为才能赋予世界人生以意义。萨特由此而将人生的意义从集体历史前景的遥远憧憬，转向了个人生命的当下体悟。所以，萨特在小说《恶心》扉页上引用这样一段话作为题词：他是一个没有集体重要性的小伙子，他仅仅是一个人而已。① 加缪的文学创作则彰显了人们不再期望凭借抽象的上帝信仰寄寓自己的心灵情感。比如小说《局外人》描写主人公默而索的情感世界里，情人玛丽所代表的具体个别关怀完全就超越了虚幻抽象上帝的普遍怜悯。所以，当一位教士告诉默而索："我知道你们当中最悲惨的人就从这些乌黑的石头中看见过一张神圣的面容浮现出来。我要求您看的，就是这张面容。"默而索却不无揶揄地回应说："我看着这些石墙已经好几个月了。对它们我比世界上任何东西，任何人都更熟悉。也许，很久以前，我曾在那上面寻找过一张面容。但是那张面容有着太阳的色彩和欲望的火焰，那是玛丽的面容。"②加缪的文学创作还彰显了荒诞处境中的人们，既没有外在的允诺，也没有内在的羁绊；既没有先验的好坏引导，也没有明确的善恶指示；一句话，他们没有任何外在的约束和义务，只有忠实个体存在价值的自由选择。比如小说《鼠疫》中的主人公里厄告诉朗贝尔"同鼠疫作斗争的唯一办法就是实事求是"，朗贝尔进一步追问"实事求是是指什么"时，里厄回答："我不知道它的普遍意义。但是就我而言，我知道它的意思是做好我的本分工作。"③ 里厄医生明白："人类的得救，这个字眼对我说来太大了。我没有这么高的精神境界。我是对人的健康感兴趣，首先是人的健康。"④ "我感到自己跟失败者休戚相关，而跟圣人却没有缘分。我想，我对英雄主义和圣人之道都不感兴趣。我所感兴趣的是做一个真正的人。"⑤ 所以，C.维里科夫斯基说："存在主义思想家们为能够不带成见地、'天真地'观察凌乱不堪的眼前现象，他们竭力排斥这样的思想观点，即必须认识现实的深刻的社会历史规律（以检验表面现象）；他们的这种努力，在存在主义的文学中，最后导致客观存

① 〔法〕萨特：《厌恶》，郑永慧译，见《厌恶及其他》，上海译文出版社 1986 年，第 2 页。

② 〔法〕加缪：《局外人》，郭宏安译，《加缪中短篇小说集》，外国文学出版社 1985 年，第 86 页。

③ 〔法〕加缪：《鼠疫》，顾方济、徐志仁译，译林出版社 1997 年，第 135 页。

④ 〔法〕加缪：《鼠疫》，第 179 页。

⑤ 〔法〕加缪：《鼠疫》，第 212 页。

在的图景被产生于客观存在的自我意识所替代。"① "与其说存在主义对理性的失望，只是植根于科技哲学中的、对历史在现存社会秩序的范围内沿着物质生活建设道路向前发展的自由启蒙主义希望的恐惧的话，还不如说它基本上是焦虑、压抑、彷徨所表现出的另外一种形式。"②

荒诞派戏剧武断地将戏剧的叙事、对话、描述，统统扯离历史理性主义的语言框架，从而将历史理性主义语境所孕育的宇宙规律、世界秩序的明确性、唯一性变得荒诞无序、偶然歧义。比如萨缪尔·贝克特的戏剧《等待戈多》得到观众接受的过程就体现出令人唏嘘的边缘性情感感受："1957 年 11 月 19 日那天，一群心神不定的演员正准备和观众见面。这些演员属于旧金山演员实验剧团。他们的观众是圣昆廷监狱的一千四百名囚犯。……将在这里上演萨缪尔·贝克特的《等待戈多》，选中这部戏的主要原因是戏里没有女人出现。难怪演员们和导演赫伯特·布劳如此忧心忡忡。这出戏非常晦涩难懂，需要很强的理解力，甚至在西欧很多非常老于世故的观众中，它都几乎引起骚动，他们又如何敢于面对世界上最粗鲁的一批观众呢？……帷幕拉开。戏开始了。把老练的巴黎、伦敦和纽约的观众弄得糊里糊涂的东西，却立即被囚犯观众所掌握。正如在监狱报纸《圣昆廷新闻》的专栏中，《首演备忘录》一文的作者所说：'三人一组的腕力充沛的大力士，把一共六百四十二磅的体重全停放在过道上，等着看姑娘和逗乐的那套玩艺儿。既然没有这些，于是，听得出来，他们发火了，而且打算一黑灯就溜出去。可是他们打错了主意。他们听了听，看了看，两分钟以后，就待了下来。一直到散场才离开。都震惊了……'……据说，从此以后戈多和剧中的台词、角色，都成了圣昆廷特有的语言和传说的一个永久组成部分。"③如果说，两个流浪汉的"等待戈多"是显现现代人在历史理性主义引导下，陷入了百无聊赖的生存状态，两个杀手的等待命令则是说明现代人在历史理性主义引导下，陷入了颠倒疯狂的荒诞境遇。哈罗尔德·品特的《送菜升降机》里的两个杀手紧张不安地等待着命令。他们从报纸上读到的是标明

---

① 〔俄〕C.维里科夫斯基：《文学中的存在主义》，郭家申译，《文艺理论译丛》(3)，第497 页。

② 〔俄〕C.维里科夫斯基：《文学中的存在主义》，郭家申译，《文艺理论译丛》(3)，第498 页。

③ 〔英〕马丁·埃斯林：《荒诞派之荒诞性》，陈梅译，袁可嘉编选：《现代主义文学研究》下册，第 670 页。

世界疯狂的若干事件："一个 87 岁的老人想要过马路。他不知道该怎样通过。因此他爬到一辆卡车底下。卡车开动了，从他身上辗了过去。""一个 8 岁女孩杀死一只猫。"或者"一个 11 岁孩子杀死一只猫，还赖在他 8 岁的小妹妹身上"①。他们需要喝一杯茶却没有烧水的煤气。一部升降机几次传递下来信息，是需要"两份炖肉加煎土豆片。两块椰子布丁。两杯茶，不加糖"。"现成的汤，肝和洋葱。果酱饼。"②总之，人们需要的是厨师、是维持生命的基本物品，不是毁灭生命的手枪和子弹。两个杀手为了体现他们存在的意义，只好把随身仅有的饼干、一块巧克力、半品脱牛奶、一包茶叶、一块果饼、一袋炸土豆片，运用升降机送上去。其中一位杀手还忍不住问："可是我们不在这儿的时候怎么办呢？他们怎么办呢？所有这些菜单送下来，却没有东西送上去。这样的事可能发生好些年了。"③两个杀手等待命令的荒诞境遇就像两个流浪汉"等待戈多"的生存状态一样，都是现代人类历史理性异化结果的隐喻。所以，上面通过一条通话管道反馈回来的信息是："果饼是馊的。巧克力是化的。牛奶是酸的。饼干是发霉的。"④ 历史理性主义创造出的丰硕物质成果，已经成为毒化生命的食品。这种物质成果的异化后果在尤奈斯库的《椅子》中表现为舞台上不断安放的椅子，使一对老夫妇失去了立足之地。《新房客》中源源不断像潮水涌来的家具堆积如山，挤占了房客的生存空间。

　　荒诞派戏剧还通过巧妙的反讽，表现了个人生命感受同利害盘算复杂纠缠的心灵迷惘。比如阿尔比的《谁怕维吉尼亚·吴尔芙》中的两个知识分子家庭的婚姻。玛莎嫁给乔治是谋划选择继承父亲所创立学院的接班人。乔治娶比自己大 6 岁的玛莎是考虑获得院长女儿的诱惑。但几年的婚姻生活后，父女俩和乔治或许都发现理性计较的婚姻终归难以代替感性感受的爱情。所以，失望苦闷、空虚无聊终于撕碎了掺杂着太多利害算计的温馨面纱。乔治与玛莎的夫妻生活里开始充满痉挛疯狂、歇斯底里的辱骂、嘲讽。互相的仇视、憎恨甚至扯裂了家庭与社会间的遮羞布，赤裸裸地暴露在刚认识的年轻夫妻面前。所以，年轻的男主人公

① 〔英〕品特：《送菜升降机》，施咸荣译，《荒诞派戏剧集》，第 280、283 页。
② 〔英〕品特：《送菜升降机》，施咸荣译，《荒诞派戏剧集》，第 302、303 页。
③ 〔英〕品特：《送菜升降机》，施咸荣译，《荒诞派戏剧集》，第 306 页。
④ 〔英〕品特：《送菜升降机》，施咸荣译，《荒诞派戏剧集》，第 312 页。

尼克禁不住问："如果你和你……夫人……想互相扑向对方的话，像一对……动物那样，我不明白为什么你们不在没有任何外人的情况下做……"①但反过来，表面温馨和谐的年轻夫妻果真是丈夫学业有成、妻子小鸟般依人吗？两个知识分子家庭不同寻常的对话让我们发现，尼克不得不承认自己的妻子"屁股苗条"、"动不动就生病"，自己"娶她是因为她怀孕了"。尼克甚至坦白自己同妻子哈妮在一个 8 岁、一个 6 岁时，就"一块玩医生看病的游戏"。"所以，我们就做了。""我们结婚了。"因此"我们之间可以说没有什么……特别的激情，从我们结婚……开始就这样。"当然，这一切还需要一个最终的重要保证，那就是尼克的岳父"他有了很多钱"②。阿达莫夫的《侵犯》中的主人公皮埃尔也有充足理由像忠于上帝的教义一样，费尽心机地从其遗漏与模糊的记忆中追索亡友文稿的原意。但是，他却在冥思苦想中疏离了属于自己的个人生活，忽略了属于自己的个人情感。感受不到生活情趣的妻子终于同"不速之客"一起离去了。注定失败的皮埃尔若有所悟地说："我现在决定要像一般人那样生活……只要我找不到办法过完全正常的生活，我将一事无成。"③最后，皮埃尔撕碎了文稿，走向了属于自己的死亡。荒诞派戏剧还常常通过戏剧叙事中的多次转换发展方向，既给戏剧中人物行为、戏剧的情节发展提供多种任其选择的人生结局，又给读者或观众提供多种任其选择的理解和阐释。比如尤奈斯库的《阿麦迪或脱身术》第三幕就有意安排了两种可供选择的衍变方向和结局，尤奈斯库的《秃头歌女》甚至考虑过设计三种结局方式。尤奈斯库无非是要将人们在历史理性主义原则下坚如磐石的唯一庄严人生，变成了随时随地任意装扮表演的多种戏谑玩笑。

　　法国"新小说"派作家认为，以巴尔扎克为代表的传统现实主义往往是作者通过人物的塑造、情节的安排、情景的设计、内心的分析、充满感情的语言描述等手段，诱导读者按照自己选择的视角去观看世界人生，倾听自己编造的"谎言的世界"。所谓巴尔扎克"选择的视角"，其

①　〔美〕阿尔比：《谁怕维吉尼亚·吴尔芙》，曹久梅译，黄晋凯主编：《荒诞派戏剧》，第 590 页。

②　〔美〕阿尔比：《谁怕维吉尼亚·吴尔芙》，曹久梅译，黄晋凯主编：《荒诞派戏剧》，第 589、591、598、599 页。

③　〔法〕阿达莫夫：《侵犯》，张闻、高苗译，袁可嘉等编选：《外国现代派作品选》第三册（上），上海：上海文艺出版社，1980 年，第 172 页。

实就是巴尔扎克坚定的历史理性主义视角，所谓巴尔扎克的"谎言的世界"，其实就是巴尔扎克《人间喜剧》吟唱的铁一般历史规律所谱写的高贵典雅文化和温馨人伦情感的命运挽歌。"新小说"派小说要以一鳞半爪的事件碎片、直观实在的物质视觉、瞬间闪烁的幻象梦境、交错重叠的时空组合，引导读者改变历史理性主义视角，改换虚幻的历史规律命运挽歌。比如罗伯-葛利叶的《橡皮》就借用一个侦探故事的戏拟嘲讽而实现了改变视角、改换挽歌的使命。小说从开始到结尾，一直描写主人公瓦拉斯的侦破案件过程就是行走。他不断行走在小城的大街小巷。他走进咖啡馆吃早餐，走进文具店买橡皮，走进警察局找局长，走进居民楼、医院、邮局、火车站大厅等等寻找调查对象。他循环往复地走过一个又一个十字路口，以至于"跑路太多，他的一双脚都肿起来了"①。整部小说就是各种杂乱、琐碎生活片断的堆砌。无所不能的传统智者型的侦探在此只是一个寻常人生的体验者，光明完满的大胜利也变成了"猎人落入自设陷阱"的失望结局。罗伯-葛利叶在小说的扉页上，引用了索福克勒斯的名言："时间，自己决定一切，不由你做主，它就已提供了问题的解决方案。"这让人不由自主地想到了跨越历史时空的"俄底浦斯"隐喻。所以，小说描写时间交织起的命运罗网使杜邦教授在侥幸逃脱刺客暗杀后，却不幸死在调查案情的密探瓦拉斯的枪口。瓦拉斯同俄底浦斯一样都是追查凶手的凶手。小说没有正面说明瓦拉斯的身世，但我们从他意识流动的幻觉里，知道了童年的瓦拉斯曾经同母亲一起，"在这城市里寻找的不是一个女亲戚，而是一位男的。这位亲戚，他可以说是以前并不认识。这一天他也没有见到这个人。原来这人是他的父亲"②。警察局的调查也显示，丹尼尔·杜邦 20 多年前曾经和一个出身寒微的女人生过一个儿子，但他坚决拒绝同这个女人结婚。③小说的序幕里有一个酒店的醉鬼，就像听写一样逐字逐句地念道："什么动物早上……"④小说的第五章里，醉鬼更是追逐着瓦拉斯，把他编制的"斯芬克斯"谜语完整地念了出来："是什么动物早上杀父，中午淫母，晚上瞎掉眼睛的？……不对……是早上瞎眼，中午淫母，晚上杀父。怎么样？

---

① 〔法〕罗伯-葛利叶：《橡皮》，林青译，上海：上海译文出版社，1981 年，第 268 页。
② 〔法〕罗伯-葛利叶：《橡皮》，第 248 页。
③ 〔法〕罗伯-葛利叶：《橡皮》，第 208 页。
④ 〔法〕罗伯-葛利叶：《橡皮》，第 11 页。

是什么动物?"①小说还多次从瓦拉斯的视角注意到一幅窗帘上的画:两个穿着古装的牧童在一棵树下捧着一个赤裸裸的小孩,让他在喝一只母羊的奶汁。②其实,小说里那个第一次对杜邦实施暗杀的格利纳蒂很有可能就是瓦拉斯。所以,警察局长就对瓦拉斯说:"您是我所见到的第一个真正有嫌疑的人。"警察局长发现瓦拉斯随身携带的手枪同暗杀者的一样,都是7.65毫米的自动手枪,瓦拉斯的手枪弹夹里也正好少一粒子弹。同时,瓦拉斯是在杜邦遭遇暗杀的那个晚上到达这个城市。尽管瓦拉斯自称暗杀发生时,自己在100多公里以外,但他既不能提供准确的住宿登记,也不能拿出"能够证明他到达这个城市确切时间的唯一证据"的火车票。反之,酒店的醉鬼和邮局的女职员都分别把他认作是早在前一天就已经出现过的人。③如果说,古希腊"俄底浦斯"的杀父隐喻里,蕴含着西方理性主义关于历史与人伦、必然与自由二元对立的坚定信念,小说《橡皮》的杀父故事里,却只有一个蹩脚侦探的偶然事故。

　　"新小说"派作家不认为世界本身有任何以人为参照系的终极目的,世界只是独立于人的物质构成。正如罗伯-葛利叶所说:"然而世界既不是有意义的,也不是荒诞的。它存在着,如此而已。"④ 所以,"新小说"派作家反对传统小说以塑造人物为中心。罗伯-葛利叶就宣称:"我们必须制造出一个更实体、更直观的世界,以代替现有的这种充满心理的、社会的和功能意义的世界。"⑤ 比如罗伯-葛利叶的小说《嫉妒》丝毫没有传统文学围绕情与仇的激情叙述,只有物象移动的静态描写,比如露台外的栏杆,远处的香蕉园,露台上的几把椅子,餐厅里的桌子,桌上的水杯,屋外的汽车发动机声音等等。但是,我们又不难发现,罗伯-葛利叶的小说里其实也不乏生动细腻的人物行为描写,《嫉妒》里就有一段关于副司机在车房里哼出的歌声的描写:"不过这歌声很清晰。虽然音调很低,但很有力,很洪亮,而且又很流畅,一个音符接着一个音符。随后,戛然止住了。鉴于这种歌唱所特有的性质,很难断定歌声的停止

---

① 〔法〕罗伯-葛利叶:《橡皮》,第242页。
② 〔法〕罗伯-葛利叶:《橡皮》,第46、108页。
③ 〔法〕罗伯-葛利叶:《橡皮》,第76、118、172、270页。
④ 〔法〕罗伯-葛利叶:《未来小说的道路》,朱虹译,柳鸣九主编:《新小说派研究》,第62页。
⑤ 〔法〕罗伯-葛利叶:《未来小说的道路》,朱虹译,柳鸣九主编:《新小说派研究》,第63页。

究竟是因为到了该结束的尾，还是碰到了意外障碍——比如由于边唱边干的活计。同样道理，它重新响起时也是那样唐突，开头的几个音符既不像序曲，也不像复歌。"①显然，罗伯-葛利叶不是完全不描写人物言行，而是不关心形而上的本质，只注重记录生活现象，不追求传统文学寄寓人伦道德、认识历史规律为目的的审美意义，只希望表现每一个个体生命存在的生生死死。所以，《嫉妒》的叙述者或许就是女主人公阿 X 的丈夫，他一直在静静地观察、不动声色地叙述自己妻子和邻近的种植园园主弗兰克的一言一行、一举一动。而女主人公阿 X 同弗兰克的会面几乎都是共同进餐、喝饮料。小说还多次描写弗兰克手里拿着揉成一团的餐巾或毛巾，捻死一条墙上的蜈蚣，多次描写阿 X 阅读或同弗兰克评论一本关于非洲殖民地的小说等等寻常生活内容。米歇尔·布托尔说："叙述这一现象大大超过文学的范畴，是我们认识现实的基本依据之一。从我们听懂说话开始直到老死，我们始终处于叙述的包围之中。"② "我们对世界的了解大部分是通过别人对我们叙述的：谈话，课程，报纸，书籍等等。因此我们亲眼所见的东西，我们亲耳所闻的东西仅在这片叙述的大合唱中才具有意义。"③ "新小说"派作家要努力挣脱社会历史说明、现实道德评价等"叙述的大合唱"对心灵自由、写作自由的羁绊。所以，米歇尔·布托尔的《度》就犹如一个摄影师，只随意地拍摄一些偶然的、表面的生活琐碎现象。娜塔丽·萨洛特的作品里虽然有人，但没有动人心魄的生生死死，代之而起的只是转瞬即逝、漂泊无定的意识活动。正如萨特在《〈陌生人肖像〉序》中所说："娜塔丽·萨洛特让我们看到非真实性之墙，她指给我们看这堵墙无处不在。墙后面有些什么呢？正好空空如也。或者几乎空空如也。有的只是人们为躲避被猜到潜伏在暗处的某个东西而做的不分明的努力。真实性，即人与别人，与自身，与死亡的真正关系无处不被提出，但是看不见。因为人们躲避它，所以人们是预感到它的存在的。""娜塔丽·萨洛特看到我们的内心世界好比一团原生质：搬开老生常谈的石头，你就会找到熔岩、涎沫、粘液，

---

① 〔法〕罗伯-葛利叶：《嫉妒》，李清安译，柳鸣九主编：《新小说派研究》，第222页。
② 〔法〕米歇尔·布托尔：《作为探索的小说》，张裕禾译，柳鸣九主编：《新小说派研究》，第88页。
③ 〔法〕米歇尔·布托尔：《对小说技巧的探讨》，沈志明译，柳鸣九主编：《新小说派研究》，第136页。

犹豫不决的阿米巴虫一般的运动。"①

　　美国"黑色幽默"文学思潮的思想基础是存在主义哲学。存在主义认为每个人孤独地被抛到世界上来的思想，道出了人们关于世界人生的荒谬感、空虚感、孤独感，成为了黑色幽默作家探索社会病症、估量人生价值的思想武器。比如约瑟夫·海勒的小说《第二十二条军规》借用战争作为一个中介符号，深刻表现了人类社会制度的异化恶果。小说中的"第二十二条军规"充满了极端泛滥的权力和异常诡秘的欺瞒。"第二十二条军规"规定，一个人如果发疯了，"可以允许他停止飞行。只要他提出请求就行。可是他一提出请求，他就不再是个疯子，就得再去执行飞行任务"②。"第二十二条军规"还规定："无论何时，你都得执行司令官命令所做的事。"③所以，尽管一个飞行员完成了上级规定的飞行任务，依然不得违抗任何飞行任务的命令。根据"第二十二条军规"，在以任何方式任意处治任何人的时候，不需要提供任何解释，不需要说明任何理由。其实，所谓"第二十二条军规"根本没有任何文本意义上的存在，从而也"就没有具体的对象或条文，可以让人对它嘲弄、驳斥、控告、批评、攻击、修正、憎恨、辱骂、唾弃、撕毁、践踏或者烧掉"④。"第二十二条军规"只是一个任意作弄人、摧残人的绝妙圈套，一种变幻无常、莫测高深的抽象力量，它实际上就是人类现代社会官僚机器总是有理的象征，就是人类现代社会制度异化的隐喻。它具有说服力地表明，人类自己怀着最大合理性意愿而精心构建、不断完善的社会制度，反过来成了最不具合理性结果的异己力量。这种异己力量在蹂躏了人类最初美好意愿的同时，也就幻化出了一个愚弄、迫害、毁灭普通人生命价值的普遍荒诞境遇。小说中的战争就是人类普遍荒诞境遇的绝妙象征，所以，小说中的主人公尤索林有充足的理由站在个人生命存在的立场上宣称："谁让你去送死，谁就是你的敌人。"⑤当尤索林表示拒绝执行更多飞行任务后，飞行大队的许多官兵有充足理由怀揣着希望，"不

---

　　① 〔法〕萨特：《〈一个陌生人的肖像〉序》，施康强译，沈志明、艾珉主编：《萨特文集》(7)，第325—326页。

　　② 〔美〕约瑟夫·赫勒：《第二十二条军规》，第66页。

　　③ 〔美〕约瑟夫·赫勒：《第二十二条军规》，第86页。

　　④ 〔美〕约瑟夫·赫勒：《第二十二条军规》，第625页。

　　⑤ 〔美〕约瑟夫·赫勒：《第二十二条军规》，第190页。

断地从黑暗中突然走向他来，带着疲倦、苦恼的神情问他当天的情况如何"①。当目睹一个又一个朋友死于非命后，"尤索林现在已经明白，奈特雷的妓女为什么要把奈特雷牺牲的责任归到他身上，而且要杀死他。她为什么不该这样呢？这是个男人的世界。她和每个年龄较轻的人完全有权为她们遭受到的一切非自然灾害的大不幸责怪他和每个年岁较大的人"②。当得知一个朋友奥尔巧妙地逃离战场，成功到达瑞典后，随军牧师有充足理由"惊喜若狂，激动万分，有一两分钟前言不搭后语，眼睛里闪耀着欣喜的泪花"，情不自禁地感叹："这可是奇迹！奇迹！我现在又信上帝啦。真的又信上帝啦，在海上度过这么多星期之后，终于漂到瑞典上岸啦！这真是奇迹。"③ 当尤索林最终选择逃离战场时，他也有充足理由强调："我并不打算逃避责任，我是迎着责任上。为了救自己的性命而逃跑，这不算是什么消极的行动。"④ "第二十二条军规"在恰当象征了现代人类社会的"有组织混乱"和"制度化疯狂"的同时，在深刻嘲讽了西方传统理性主义合理性的同时，也就彻底颠覆了传统理性主义的价值观。如果说，《第二十二条军规》毕竟还借用了战争这一非常现象，表现了人类社会异化力量从外部给人的沉重压抑，海勒的另一部文学作品《出了毛病》则完全描写平凡人在寻常日子里不断发生的情感恐惧和精神忧虑。重要的是，这种种的恐惧、忧虑的缘由都只是无数琐细生活小事的累积。小说已经完全剔除了对具体社会矛盾的指认，甚至完全剔除了对外在社会关系的指认。它所充分揭示的只是人生本身的不自在、不愉快、不安全、不和谐。

其他黑色幽默文学家，如库尔特·冯内古特的《五号屠场》所描写的战争与和平都像任何日常生活画面一样，呈现在同一的二维平面上。小说记载："毕利·皮尔格里姆挣脱了时间的羁绊。他就寝的时候是个衰老的鳏夫，醒来时却正举行婚礼。他从1955年的门进去，却从另一个门1941年出来。他再从这个门回去，却发现自己在1963年。"⑤时空变幻的实质皆在于作者要故意消弭人类历史的时空感，以之将人类的现实境遇

---

① 〔美〕约瑟夫·赫勒：《第二十二条军规》，第 614 页。
② 〔美〕约瑟夫·赫勒：《第二十二条军规》，第 619 页。
③ 〔美〕约瑟夫·赫勒：《第二十二条军规》，第 686、687 页。
④ 〔美〕约瑟夫·赫勒：《第二十二条军规》，第 691 页。
⑤ 〔美〕库尔特·冯内古特：《五号屠场》，云彩、紫芹、曼罗译，南京：译林出版社，1998 年，第 20 页。

凝定在一个二维的瞬间，从而删削人类社会所包含的落后与进步、野蛮与文明的历史内涵，烛照出人类悲惨命运的寻常性、亘古性。为此，作品还铺排了一长串从古至今、从严酷战争到日常人生的人类灾难：比如《圣经》记载"上帝将硫磺与火，从天上降到所多玛和蛾摩拉"。一本书叙述十字军东征招募了三万儿童，船把大部分孩子运出马赛港，"其中大约半数在船只失事时淹死，另一半到达北非后被贩卖了"。另一本书讲述"兵士斯洛威克在美国行刑队前被处死"。一位少校赞成轰炸北越升级，"把它炸回到石器时代"。一个波兰人"因为同一个德国女人发生性关系而被吊死"。一位德国著名女演员"在克里米亚慰问军队时被杀害"。罗伯特·肯尼迪和马丁·路德·金遭遇枪击死亡。一支炮兵队在 88 毫米口径坦克大炮的轰击下全部毁灭。"德国的 V1 飞弹和 V2 飞弹按照预定计划和预定发射目标，投掷到英国，不分青红皂白地杀害了无数的平民百姓。"德累斯顿大轰炸使 13.5 万人丧生。东京大空袭炸死 83793 人，扔在广岛的原子弹夺去 71375 人的生命等等。①小说还叙述了一个退伍军人因为结婚戒指钩住电梯门的饰边、主人公毕利的父亲因为打猎、毕利的一批同行因为飞机坠毁、毕利的妻子因为一氧化碳中毒等等生命夭折的事件。毕利的朋友奥黑尔的小笔记本里记载，全世界每天平均有 32.4 万婴儿出生，每天平均有一万因饥饿或营养不良死亡，有 12.3 万因为其他原因死亡。②小说故意将所有痛苦血腥的事件和灾难在二维平面上同时浮现，甚至设想主人公准备写一本关于德累斯顿的书，认为"处死可怜的老埃德加·德比是全书的高潮"，"整个城市化为灰烬，成千上万的人被杀害。就在这时候一个美国士兵因为拿一只茶壶而在废墟中被抓了起来。他受到一般的审讯后，就被行刑队枪毙了"。③小说在描写德累斯顿大轰炸时，尤其描写了一大群正光着身子洗澡的姑娘被活活炸死的悲惨细节。④小说为了凸显人类悲惨命运的寻常性、亘古性，甚至更虚构一个科幻小说家想象一个人通过时间机器，看见 12 岁的耶稣同父亲非常高兴地为罗马士兵赶制了一个十字架，处死了一个暴动的头目。⑤正因为如

　　① 〔美〕库尔特·冯内古特：《五号屠场》，第 19、15、36、47、121、127、160、29、144、145 页。

　　② 〔美〕库尔特·冯内古特：《五号屠场》，第 9、21、22、162 页。

　　③ 〔美〕库尔特·冯内古特：《五号屠场》，第 6 页。

　　④ 〔美〕库尔特·冯内古特：《五号屠场》，第 137 页。

　　⑤ 〔美〕库尔特·冯内古特：《五号屠场》，第 156 页。

此，所以那么多的痛苦、不幸、灾难才会被主人公凝缩为轻松自然的一句话：就这么回事。幻想中的外星人才会告诉主人公说："如果地球上的人想刻苦学习的话，有一件事他们可以效法的：不去理会糟糕透顶的日子，专注于美好的时光。"① 《五号屠场》毕竟还是以战争灾难等非常事件，描写了人类社会里的血腥和痛苦，从而唤醒人们更关注、关怀寻常的个体生命存在价值。库尔特·冯内古特的《上帝保佑你，罗斯瓦特先生》则描写一个和平环境里的富裕年轻主人公埃利奥特·罗斯瓦特，因为继承了家族的巨额财富而神不守舍、无所适从。传统理性主义价值观钟情的物质财富显然没有给他带来相应的幸福感。当然，他从个人感受出发而无视赚钱、利润原则的行为，被人们视为瞎胡闹、精神不正常。但是，当有律师伙同他的远亲颇费心机想要剥夺他的继承权，而许多妇女宣布罗斯瓦特是她们孩子的父亲时，罗斯瓦特立刻起草文件，赋予所有这些孩子合法的继承权。罗斯瓦特说："要对他们说，不管他们可能成为什么人，他们的父亲都是爱他们的。还要告诉他们一定要多子多孙。"② 他从普通寻常、繁衍不息的活生生的生命存在中终于发现了精神的寄寓和生命的意义。

价值论转向下的人生意义追问所引动的价值观念转变在加西亚·马尔克斯的《百年孤独》中表现为布恩地亚家族的孤独，除了在历史境遇的困厄中无可奈何的痛苦感以外，还有在个人自由意志激励下大胆蔑视社会常规的幸福感。最典型的比如第二代的奥雷良诺上校，他既不满意镇长为代表的保守派在选举投票中作弊，用他的话说就是"保守派是些搞阴谋诡计的家伙"③，更愤恨政府军士兵收缴了居民的猎枪、砍刀、厨房用的菜刀，理由居然"是为了证明自由派正在准备战争"④。同时也不赞同杀死保守政权官员的家人。他对筹划暗杀活动的诺盖拉医生说："您不是自由派，也不是任何别的什么派，您只不过是一个屠夫。"他甚至警告说："哪天他们去谋害莫科特一家时，将会发现他奥雷良诺正守着大门。"所以，诺盖拉医生认为"他不拨不动的性格和定了型的孤独天性

① 〔美〕库尔特·冯内古特：《五号屠场》，第 92 页。
② 〔美〕库尔特·冯内古特：《上帝保佑你，罗斯瓦特先生》，曼罗、紫芹译，南京：译林出版社 1998 年，第 344 页。
③ 〔哥伦比亚〕加西亚·马尔克斯：《百年孤独》，第 89 页。
④ 〔哥伦比亚〕加西亚·马尔克斯：《百年孤独》，第 88 页。

使他成了毫无前途的多愁善感者"①。但是，当一支政府的小部队来到镇上，收缴了耕作的农具，不经任何审判就枪毙了诺盖拉医生；一位上尉每天早晨都要收取维持公共秩序的人口税，四个士兵遵照上尉的命令用枪托砸死了一个疯狗咬伤的女人；就是这位多愁善感的奥雷良诺率领镇上的 21 人夺取了政府部队的枪支，枪毙了那个上尉和四个士兵。显然，奥雷良诺参加战争的理由不符合自由派，或任何别的什么派的政治目的。因为，在奥雷良诺的理解里，"自由派和保守派的唯一区别不过是自由派五点钟去望弥撒，而保守派是八点钟去"②。所以，自由党的领导人为参加议会而进行谈判时，"他们声称，奥雷良诺·布恩地亚上校是不代表任何党派的冒险分子。国民政府则把他归于强盗流匪一类，悬赏缉拿，将他的首级交来者可得赏金五千比索"③。"当政府当局和反对派在一份联合公报中宣布战争结束的时候，却传来了奥雷良诺·布恩地亚上校在西部边境发动第一次武装起义的消息。""当自由党和保守党企图使全国都相信两派已经和解的时候，他又策划了另外七次起义。"④ 正如奥雷良诺对最亲密的战友马尔克斯上校所说："对我来说，我现在才知道我是因为高傲而去打仗的。"⑤这种个人的高傲使他蔑视客观的历史境遇、忠实主观的自由意志；"他目标明确，即最终是为了自身的解放而不是为了抽象的理想、为那些政治家们的根据情况可以翻过来倒过去进行解释的口号而战，这激发起他昂扬的战斗热情"⑥。他高傲地沉醉在自己独一无二的孤独中，蔑视一切世俗的虚荣。因此，"他讨厌那些被攻占的村镇里的人们向他欢呼，在他看来，正是这些人，也同样向他的敌人欢呼"⑦。他拒绝一切政府给予的赞誉。有一次，有消息说共和国总统想来马贡多亲自出席授予他功德勋章的仪式。"奥雷良诺·布恩地亚上校派人去传话，他一字一句地说，他确确实实渴望这一虽然为时已晚却还值得一试的机会来给总统一枪，这倒不是因为他施政的专横霸道和不合时宜，而是因为

---

① 〔哥伦比亚〕加西亚·马尔克斯：《百年孤独》，第 223 页。
② 〔哥伦比亚〕加西亚·马尔克斯：《百年孤独》，第 228 页。
③ 〔哥伦比亚〕加西亚·马尔克斯：《百年孤独》，第 121 页。
④ 〔哥伦比亚〕加西亚·马尔克斯：《百年孤独》，第 134 页。
⑤ 〔哥伦比亚〕加西亚·马尔克斯：《百年孤独》，第 126 页。
⑥ 〔哥伦比亚〕加西亚·马尔克斯：《百年孤独》，第 160 页。
⑦ 〔哥伦比亚〕加西亚·马尔克斯：《百年孤独》，第 156 页。

他对一个不伤害任何人的老人缺乏尊敬。"①

再比如第二代的霍塞·阿卡迪奥和雷蓓卡。霍塞·阿卡迪奥刚成人的时候，父亲把自己炼金实验分离出来的黄澄澄的干碴放到他面前，意在炫耀地问是什么时，他坦率地回答："狗屎。"②出走三年后回来的霍塞·阿卡迪奥更难以让乌苏拉相信，"那个被吉卜赛人带走的小伙子就是眼前这个一顿午饭要吃半头猪，放出臭屁能把花朵都熏蔫了的蛮汉"③。但是，就是这位"在饭桌上打起饱嗝来简直像野兽咆哮"④ 的蛮汉却深深吸引了雷蓓卡。霍塞·阿卡迪奥向雷蓓卡的前未婚夫克雷斯庇通报情况时，克雷斯庇吃惊地认为他们是乱伦，霍塞·阿卡迪奥惊世骇俗地回答："伦理这玩意儿，我要往它上面拉上两堆屎！"⑤霍塞·阿卡迪奥与雷蓓卡结婚后，霍塞·阿卡迪奥在雷蓓卡面前经常出现的形象是"一位裹着绑腿、鞋带马刺的巨人，他提着一杆双筒猎枪，手里几乎总是提着一串野兔或野鸭，有时肩上扛一头野兽"⑥。以致很多年以后，当奥雷良诺的儿子之一奥雷良诺·特里斯特无意中撞开了雷蓓卡久久封闭的大门时，雷蓓卡"透过弥漫的灰雾，她看见了他在往昔的灰茫茫的尘埃中，背上斜拎一支双筒猎枪，手里提着一串野兔子"⑦。这对我行我素的夫妻"得知奥雷良诺将被枪决后，雷蓓卡天天早晨三点钟就起身。她摸黑呆在房里，透过半开的窗户盯着墓地的围墙，……她像从前等待皮埃特罗·克雷斯庇的来信那样，不露声色地、执拗地等了整整一个星期"⑧。而后霍塞·阿卡迪奥端着随时准备射击的双筒猎枪，从政府军行刑队的枪口下解救了弟弟奥雷良诺。最后，当一颗不知来由的子弹将霍塞·阿卡迪奥打死后，雷蓓卡封闭了门窗，断绝了一切外界联系直到死亡。其间"奥雷良诺第二作出决定：应该把雷蓓卡接回家中来并加以保护。但是他的善良愿望被雷蓓卡决不屈服的不妥协精神挫败了。她含辛茹苦这么多年好不容易才获得了这一安于孤独的殊荣，她不准备放弃她而去换取一个

① 〔哥伦比亚〕加西亚·马尔克斯：《百年孤独》，第 202 页。
② 〔哥伦比亚〕加西亚·马尔克斯：《百年孤独》，第 26 页。
③ 〔哥伦比亚〕加西亚·马尔克斯：《百年孤独》，第 83 页。
④ 〔哥伦比亚〕加西亚·马尔克斯：《百年孤独》，第 83 页。
⑤ 〔哥伦比亚〕加西亚·马尔克斯：《百年孤独》，第 85 页。
⑥ 〔哥伦比亚〕加西亚·马尔克斯：《百年孤独》，第 104 页。
⑦ 〔哥伦比亚〕加西亚·马尔克斯：《百年孤独》，第 206 页。
⑧ 〔哥伦比亚〕加西亚·马尔克斯：《百年孤独》，第 118 页。

被虚假而迷人的怜悯所扰乱的晚年"①。所以，我们也就不难理解，乌苏拉为什么在真正理解了阿玛兰塔的时候，也"开始提起雷蓓卡的名字了。一种迟来的悔悟和蓦地产生的敬仰唤起了旧日的情意，她想念起雷蓓卡来了。……只有雷蓓卡，这个内心焦躁、情欲外露的女人才是唯一具有无限勇气的人，乌苏拉曾希望自己的家族也具有这种勇气"。她甚至充满愧疚地说："我们对你真是太不公平啊！"②

还比如第四代的俏姑娘雷梅苔丝是在父亲被政府军枪毙后，随同母亲圣索菲娅·德·拉·佩达和双胞胎弟弟们一起被乌苏拉所收留。雷梅苔丝非常美丽，她的超凡脱俗显现出她绝对不是这个世界上的人。她吃饭从不用餐具，总喜欢赤身裸体在家里走来走去，每天两个小时的沐浴。她的真率天性抵制一切常规习俗。有个年轻的警卫队长向他表达爱情，她简简单单就回绝了。"'你看，这人头脑多简单！'她对阿玛兰塔说，'他说他正在为我而死，好像我是绞肠痧似的。'当看到那青年真的死在她窗下时，她觉得更可证实她最初的印象了。'你们看到了吧，'她评论道，'他真是个十足足头脑简单的家伙。'"③有一天，一个外乡客揭开了她浴室屋顶上的一片瓦。"她从破瓦洞里也看到了他那双忧郁的眼睛，可是她的反应不是羞辱，而是惊恐。'当心，'她叫了起来，'你会掉下来的。''我只是想看看你。'外乡人咕哝着。'啊，那好，'她说，'不过你得当心点，瓦片都烂得发酥了。'……她一边用浴池里的水冲洗身子，一边还对他说屋顶坏成这副样子可真是个问题。……当她开始擦肥皂时，他的试探又进了一步。'我来帮你擦肥皂吧。'他低声说。'谢谢你的好意，'她说，'用我的两只手就够了。''我就给你擦擦背也行呀。'那个外乡人恳求说。'真是闲得没事做了，'她说，'从来没见过有谁背上还擦肥皂的。'后来，在她擦干身子的时候，外乡人眼泪汪汪地向她求婚。她真心实意地回答说，他在这里浪费了几乎整整一个小时，饭也顾不上吃，只是为了看一个女人洗澡，对这样一个头脑简单的人，她是决不会同他结婚的。"④孤独的奥雷良诺上校对超凡脱俗的俏姑娘雷梅苔丝自有独树一帜的赞赏和钦佩，他认为："好像有股洞察一切的光亮使她能看到

————————

① 〔哥伦比亚〕加西亚·马尔克斯：《百年孤独》，第 207 页。
② 〔哥伦比亚〕加西亚·马尔克斯：《百年孤独》，第 235 页。
③ 〔哥伦比亚〕加西亚·马尔克斯：《百年孤独》，第 186 页。
④ 〔哥伦比亚〕加西亚·马尔克斯：《百年孤独》，第 219—220 页。

一切事物形壳之外的本质。"① 当然，超凡脱俗的"俏姑娘雷梅苔丝虽然背上没有十字架，却开始在孤独的荒漠里游荡了。她在没有恶梦的睡眠中，在没完没了的水浴中，在没有定时的饮食中，在没有回忆的深沉而长久的沉默中一点点成熟起来"②。最后，她在一阵发光的微风中抓住床单飞升上了天。她没有忘记向曾祖母乌苏拉挥手告别，然后才永远地消失在浩渺的太空中。同样属于第四代的两个孪生儿子中的霍塞·阿卡迪奥第二是在父亲被枪杀后五个月出生的。他在生命的最后时期，当过香蕉园的工头、工会领袖，经历了罢工，目睹了流血镇压。这个时候，"尽管所有的人都把霍塞·阿卡迪奥第二当作疯子，但实际上，他却是当时家里最清醒的一个成员"③。最后，霍塞·阿卡迪奥第二在解读墨尔基阿德斯的羊皮纸书中逝世，他的最后一句话是："要永远记住，有三千多人，他们把尸体扔到了海里。"④

最后，尤其值得注意的是第六代的奥雷良诺与姑妈阿玛兰塔·乌苏拉。当老修女送回来小奥雷良诺的时候，外婆菲南达把他看作家庭耻辱的见证而锁闭在从前奥雷良诺上校的工作间里。三年以后，也就是那连续四年十一个月零二天的大雨时期，小奥雷良诺因为菲南达的一时疏忽，逃出房间在走廊里露面，外公奥雷良诺第二才看见"他光着屁股，头发蓬乱，那像火鸡鼻子上的肉瘤似的下身特别触目。他简直不像一个人类的后代，而是像百科全书上下过定义的野人"⑤。奥雷良诺第二给小奥雷良诺理发、穿衣，教他不害怕生人。已经换牙的阿玛兰塔·乌苏拉感觉这个外甥就像是一件难以捉摸的玩具，正好在连绵的雨天里解闷。奥雷良诺第二利用雨天里的闲暇，给两个孩子翻看英文百科全书中的画片，因为不懂英文，所以就自己编造了许多故事，以满足孩子们的好奇心。这段下雨的日子应该是阿玛兰塔·乌苏拉和小奥雷良诺童年里最快乐的时光。他们常常在院子里的泥潭中戏水。菲南达让多数人都相信了自己编造的谎言，即小奥雷良诺"是在飘来的篮子里发现的"⑥。阿玛兰塔·乌苏拉进私塾学习后，孤独的小奥雷良诺开始翻看百科全书消遣。阿玛

---

① 〔哥伦比亚〕加西亚·马尔克斯：《百年孤独》，第 186 页。
② 〔哥伦比亚〕加西亚·马尔克斯：《百年孤独》，第 223 页。
③ 〔哥伦比亚〕加西亚·马尔克斯：《百年孤独》，第 326 页。
④ 〔哥伦比亚〕加西亚·马尔克斯：《百年孤独》，第 330 页。
⑤ 〔哥伦比亚〕加西亚·马尔克斯：《百年孤独》，第 275 页。
⑥ 〔哥伦比亚〕加西亚·马尔克斯：《百年孤独》，第 281 页。

兰塔·乌苏拉到布鲁塞尔学习后，落落寡欢，终日沉思不语的小奥雷良诺同墨尔基阿德斯屋里研读羊皮纸书的霍塞·阿卡迪奥第二建立了很好的关系。小奥雷良诺在霍塞·阿卡迪奥第二的教导下认字念书，研读羊皮纸书，聆听霍塞·阿卡迪奥第二讲述关于香蕉公司、大罢工、血腥镇压的事件。以致后来有人谈到香蕉公司与马贡多镇时，"他的观点与一般人不同"，与"历史学家们写进教科书的观点截然相反"；而且，他还能"把来龙去脉说得有板有眼"，"讲得头头是道，在菲南达看来，这好像是一出亵渎神明的、模仿耶稣给圣徒们讲学的讽刺剧"。①霍塞·阿卡迪奥第二去世后，已经进入青年时代的小奥雷良诺继续在墨尔基阿德斯的指导下研读羊皮纸书。墨尔基阿德斯还指引他到加泰罗尼亚的书店里寻找需要的书籍。圣索菲娅·德·拉·佩达负责照料他的生活，为他理发、抓虱子，改造一些旧衣服给他穿。"她关心奥雷良诺，就好像他是他亲生的，可是连她自己也不知道，她是他的曾祖母。"② 小奥雷良诺学会了梵文，"看得懂英文，曾经像看小说一样从第一页看到最后一页，读完了六卷羊皮纸的百科全书"③。他知识的渊博让罗马回来的舅舅霍塞·阿卡迪奥、随同阿玛兰塔·乌苏拉来马贡多的加斯东皆感到迷惑不解。他的回答始终如一："一切都是可知的。"④阿玛兰塔·乌苏拉的回来，似乎是家族命运的新希望。"在她回家的三个月的时候，这里重又呼吸到了买自动钢琴那个年代的青春和节日的气氛。在这个家里，还从来没有见到过一个人像她那样不论时间不论场合始终乐哈哈的，没有哪个人像她那样爱唱爱跳，像她那样乐意把陈腐的东西和陈腐习俗扔进垃圾堆的。"⑤ "她那样谈笑自若，那样不拘旧俗，思想那么新式、那么自由，这使奥雷良诺在看到她回来时不知如何摆弄自己的身子才好。'真不得了！'她伸开双臂，高兴地叫了起来，'瞧我的野人都长这么大了！'没等他反应过来，她已经在随身带来的手提留声机上放了一张唱片，试图教会他跳最时髦的舞步。她还逼着他换掉那条奥雷良诺·布恩地亚上校传下来的、满是污垢的裤子，让他穿年轻人的时髦衬衣和双色皮鞋。他在墨尔基阿

---

① 〔哥伦比亚〕加西亚·马尔克斯：《百年孤独》，第 325—326 页。
② 〔哥伦比亚〕加西亚·马尔克斯：《百年孤独》，第 334 页。
③ 〔哥伦比亚〕加西亚·马尔克斯：《百年孤独》，第 348 页。
④ 〔哥伦比亚〕加西亚·马尔克斯：《百年孤独》，第 348、355 页。
⑤ 〔哥伦比亚〕加西亚·马尔克斯：《百年孤独》，第 351 页。

德斯屋子里呆得时间长了，她就把他赶到街上去玩。"① "那个时期他每天下午外出，阿玛兰塔·乌苏拉每周给他一笔零用钱，这么一来他的房间就好像成了加泰罗尼亚学者书店的分部。他如饥似渴地看书，天天熬到深夜。"② 他学会了英语和法语，还懂一点拉丁语、希腊语。小奥雷良诺的生活逐渐地开始发生了变化，"他在马贡多积满尘灰的僻静街道上迈步，以一种科学家的而不是普通人的兴趣察看着东倒西歪的房屋、锈坏了的铁窗纱、垂死的小鸟和因怀旧而萎靡不振的人们"③。小奥雷良诺还有幸聆听了自己不知道的高祖母庇拉·特内拉关于布恩地亚家族的兴衰荣辱和马贡多的昔日盛况的讲述。综合阿玛兰塔·乌苏拉和小奥雷良诺的生长过程，我们会发现，阿玛兰塔·乌苏拉和小奥雷良诺在童年生活阶段，经历过一段两小无猜的快乐时光，他们受到了奥雷良诺第二别出心裁却也明朗健康的启蒙教育，得到了圣索菲娅·德·拉·佩达沉默寡言却充满了慈爱的关心照料，从而在他们的心灵世界播下了真诚相爱的种子。我们还会发现，阿玛兰塔·乌苏拉和小奥雷良诺在少年生活阶段的不同机遇，使其生命的追求体现为两个方向，一个走向了越来越广阔的外在世界，一个走向了越来越封闭的内在世界。但阿玛兰塔·乌苏拉和小奥雷良诺在青年生活阶段的不同选择，却又使其情感的寄托呈现为两个反方向：一个从广阔的外在世界回归到了内在世界，一个从封闭的内在世界扩展到了外在世界；这种奇妙的正反方向生命轨迹的迭合，无疑使两颗命运万有引力驱动下的心灵，互相碰撞出了真诚相爱的火花。最后，我们还发现，阿玛兰塔·乌苏拉无疑秉承了这个家族女性的最优良品性，比如乌苏拉的精力充沛、热情倔强、圣索菲娅·德·拉·佩达的善良真诚和毫无怨言的坚韧、俏姑娘雷梅苔丝天使般的单纯天真；小奥雷良诺则遗传了这个家族男性标志性的高傲和孤独。所以，当阿玛兰塔·乌苏拉与奥雷良诺的生命轨迹骤然交汇碰撞的瞬间，真诚相爱的火花自然引发了火山爆发般的熊熊烈焰。正如阿玛兰塔·乌苏拉所说："最叫我伤心的是，我们失掉了那么多时间。"④ "此刻，两个孤独的情人正在末日的时光里逆水行舟，那蛮横的、不祥的时间徒劳地想把他俩推向

---

① 〔哥伦比亚〕加西亚·马尔克斯：《百年孤独》，第 351 页。
② 〔哥伦比亚〕加西亚·马尔克斯：《百年孤独》，第 355 页。
③ 〔哥伦比亚〕加西亚·马尔克斯：《百年孤独》，第 356 页。
④ 〔哥伦比亚〕加西亚·马尔克斯：《百年孤独》，第 374 页。

失望和遗忘的荒漠。奥雷良诺和阿玛兰塔·乌苏拉感觉到了这种危险。在最后几个月的时间里，他俩手拉着手，以至诚的爱情育成了在偷情中得到的孩子。""他们相信，即使他俩变成鬼魂，即使虫子从人手中夺走，其他动物又从昆虫的口中夺走了这座贫困的乐园，他俩还会长久地相爱下去。想到这点，他们又感到沉浸在幸福之中了。"一个星期天的下午，阿玛兰塔·乌苏拉生下了他们的孩子。"这孩子生下来就是为了重振血统、清除它的恶习、改变它孤独的本性的，因为他是一个世纪来唯一由爱情孕育出来的后代。"阿玛兰塔·乌苏拉称他为"一个十足的野小子"，小奥雷良诺果断地要"叫他奥雷良诺，他准能打赢三十二场战争"。①我们也相信，即使这个孩子长了一条猪尾巴，即使他被一起出动的全世界的蚂蚁群拖到蚁穴中去了，即使马贡多在飓风的袭击下彻底消失了，但曾经拥有过真爱的小奥雷良诺和阿玛兰塔·乌苏拉依然是幸福的。犹如象征主义诗人波德莱尔《腐尸》描写的诗人对情人的寄语："可是将来，你也要像这臭货一样，像这令人恐怖的腐尸，我的眼睛的明星，我的心性的太阳，你，我的激情，我的天使！是的！优美之女王，你也难以避免，在领过临终圣事之后，当你前去那野草繁花之下长眠，在白骨之间归于腐朽。那时，我的美人，请你告诉它们，那些吻你吃你的蛆子，旧爱虽已分解，可是，我已保存爱的形姿和爱的神髓！"②

加西亚·马尔克斯的《迷宫中的将军》还可以视为《百年孤独》的孤独人物形象的升华和神秘迷宫意识的超越。小说描写主人公玻利瓦尔将军在经历了人生忧患、病痛折磨、理想幻灭后，因为没有人真正洞悉他的胸怀、宏愿，也没有人深刻理解他的追求、狂想，所以，忍不住深深叹息道："我没有朋友。"禁不住在迷迷糊糊的梦中自语："谁都不理解。"③ 将军的追求是那么遥远，那么闪闪烁烁、似隐似现，将军的理想是那么缥缈，那么恍恍惚惚、似真似假。所以，将军绝望地感觉到自己是"在迷梦中摸索，寻求根本不存在的东西"④。应该说，将军的追求太理想、浪漫，它注定了在现实中的挫折和失败；将军的追求太缥缈、遥

---

① 〔哥伦比亚〕加西亚·马尔克斯：《百年孤独》，第380—381 页。
② 〔法〕波德莱尔：《恶之花》，钱春绮译，北京：人民文学出版社，1986 年，第76—77 页。
③ 〔哥伦比亚〕加西亚·马尔克斯：《迷宫中的将军》，第8、10 页。
④ 〔哥伦比亚〕加西亚·马尔克斯：《迷宫中的将军》，第144 页。

远，它注定了在常人中的误解和畏惧。这种理想的梦幻只属于咀嚼历史苦涩的孤独者。所以，将军"悲哀地确信自己必将孤苦无告地死在床上，并且不能从公众的感戴中得到安慰"①。将军知道自己作为孤独的先知先觉者，不得不肩扛起孤独的沉重命运，所以，当将军坐在群众集会的贵宾席很不舒服时，市长不无调侃地说："人民的敬爱是要付出代价的，阁下。"将军则严肃地回答："不幸的是，这不是敬爱，而是凑热闹。"②将军曾经为排斥在文明进程外的苦难民族浴血战斗，也为摆脱自己命定的孤独浴血战斗，但将军的一切追求、奋战都只是违逆初衷的困惑、迷乱。将军的生命只是从孤独走向孤独的循环往复。所以，"在那些淫雨霏霏的日子里，将军抚今追昔，不知道自己在等什么、等谁、为什么要等，悲切之极竟然在睡眠中哭泣"③。将军的哭声吐出了心底的痛苦、哀怨，吐出了无可如何的孤独苦闷。但问题是，将军的孤独命运是将军自己的自由选择。他挚爱自己清醒预见到的孤独，因为这里面蕴涵着他对生存死亡、爱恋仇恨的真知灼见。将军挚爱并追求自己的孤独，还因为这中间充满了洞察人生真谛后的大悲大哀、大智大勇、大彻大悟，所以，他庄严地宣称自己"戏剧性的命运已经注定"④。他以迎受人生磨难的超越性称自己是"有史以来最伟大、最孤独的军人"⑤。孤独是将军的生命自由演奏的悲哀与幸福的二重奏，孤独是将军走不出的迷宫、是将军逃不脱的客观历史境遇，也是将军生命存在的主观自由选择。将军就像萨特戏剧《苍蝇》中的俄瑞斯忒斯、《魔鬼与上帝》中的葛茨一样，既在寻觅对孤独的逃逸，又是在追求对孤独的拥抱。这中间不乏孤独者的悲哀，也充溢着孤独者的幸福。所以，将军在自己的孤独中欣喜、自豪地向人宣告，孤独中的将军是幸福的。

捷克作家米兰·昆德拉说："现代社会使人、使个体、使一个思想着的自我成了世间万物的基础。从这样一个新的世界观出发，产生了一种新的艺术作品观。它成了一个独一无二的个体的独特表达。正是在艺术中，现代社会的个人主义得以实现，得以确立，得以找到它的表达、它

---

① 〔哥伦比亚〕加西亚·马尔克斯：《迷宫中的将军》，第9页。
② 〔哥伦比亚〕加西亚·马尔克斯：《迷宫中的将军》，第70页。
③ 〔哥伦比亚〕加西亚·马尔克斯：《迷宫中的将军》，第148页。
④ 〔哥伦比亚〕加西亚·马尔克斯：《迷宫中的将军》，第55页。
⑤ 〔哥伦比亚〕加西亚·马尔克斯：《迷宫中的将军》，第54页。

的认可、它的荣耀、它的里程碑。"①所以，米兰·昆德拉的文学艺术实践干脆把人类社会的生存活动全部用性爱的叙述轴串联了起来。比如小说《生命中不能承受之轻》中贯穿始终的故事是主人公托马斯与妻子、与特丽莎、与情人萨宾娜为代表的一系列情人的不断幽会；另一个主人公弗兰茨与妻子、与情人萨宾娜、与大眼镜的学生情人的复杂纠缠。托马斯的幽会也好，弗兰茨的纠缠也罢，都包含着许许多多的人生偶然。其实，生命本身就是唯有一次的偶然，也正因为其偶然，才体现出了人生存在的意义。小说《身份》中贯穿始终的故事是主人公让-马克与情人珊达尔的同居生活和欲望交汇。正如弗朗索瓦·里卡尔所说："因为人类生活的复杂性正是在爱情和肉欲的无穷无尽变化着的魔力与陷阱中被清晰地揭示出来，而这却是小说家惟一的艺术目的与想象。"②小说《笑忘录》中有这样一段描写："一九四八年二月，在决定国家前途的一次政治集会上，捷共领导人哥特瓦尔德顶着大雪站在布拉格一座巴洛克式宫殿的阳台上，向聚集在老城广场上的数十万民众发表演说。他的战友，靠在他身边站着的克莱门蒂斯关怀备至地摘下自己的皮帽，把它戴在哥特瓦尔德的头上。宣传部门复制了成千上万份哥特瓦尔德哥站在阳台上向人民发表演说的照片。四年以后，克莱门蒂斯因叛国罪被处以绞刑。宣传部门立即让他从历史上消失了，且自然也从所有的照片上消失了。从此以后，哥特瓦尔德就一个人站在阳台上。从前站着克莱门蒂斯的地方，现在只剩下宫殿的一堵空墙。与克莱门蒂斯有关的，只剩下哥特瓦尔德头上的那一顶皮帽。"③ 抽象历史的政治与具体生活的皮帽交织在了一起。抽象历史的必然政治不得不借助具体生活的偶然皮帽而得以逃脱遗忘的遭遇。永恒的必然总是伴随着遗忘的偶然，偶然的遗忘终归挽救了必然的永恒。

---

① 〔捷克〕米兰·昆德拉：《被背叛的遗嘱》，第 284 页。

② 〔法〕弗朗索瓦·里卡尔：《关于毁灭的小说》，袁筱一译，〔捷克〕米兰·昆德拉：《玩笑》，蔡若明译，上海：上海译文出版社，2003 年，第 396 页。

③ 〔捷克〕米兰·昆德拉：《笑忘录》，王东亮译，上海：上海译文出版社，2004 年，第 3 页。

第三章　价值观的巨大改变引动了密切关注语言符号

　　现代西方哲学的价值论转向下的价值观巨大改变，同时引动了人们对语言符号的密切关注。我此处所说的语言符号更具有广义的指示性。它包括思维范畴、先验逻辑、主观意识等隐性语言。如前所说，传统西方哲学坚信宇宙世界的发生、发展具有合乎理性的规律，人类社会历史具有合乎理性的法则，同时也坚信人们能够凭借理性的方式掌握这些规律、法则。从概括意义上讲，人们凭借理性思维掌握规律、法则的方式，体现为从低级往高级的主客观辩证运动，这种辩证运动在人类认识论中的表现形式，同样可以归纳为一串二元对立矛盾：客体—主体，存在—思维，事物—言说，历史真实—历史叙述，客观再现—主观评价等等。其中前一项依然享有对后一项的优先性，或者说，前一项依然天经地义地是判定社会历史和人生意义的价值依据。其要旨可以概括为：客体由主体反映，存在被思维再现，事物决定了言说，历史真实限制了历史叙述，客观再现规定了主观评价。亚里士多德关于真理、真实的"符合论"就是影响深远的经典表述。价值观改变所引动的密切关注语言符号，同样要颠覆这二元对立项的传统设定，其要旨如同海德格尔所指出："我们说，并且说语言。我们所说的语言始终已经在我们之先了。我们只是一味地跟随语言而说。"① 其实，早在康德的理性批判哲学里就预示了这种颠覆的可能性。康德说："吾人之一切知识必须与对象一致，此为以往之所假定者。但借概念，先天的关于对象有所建立以图扩大吾人关于对象之知识之一切企图，在此种假定上，终于颠覆。"② "彼等乃知理性之所能洞察者，仅限于理性按其自身之计划所产生之事物，又知理性不容

---

① 〔德〕海德格尔：《语言的本质》，《在通向语言的途中》，第147页。
② 〔德〕康德：《〈纯粹理性批判〉第二版序文》，蓝公武译，《纯粹理性批判》，第14页。

其自身机械的为自然所支配，必以依据固定法则之判断原理指示其进行途径，而强抑自然以答复理性自身所规定之问题。""但理性之受教于自然，非如学生之受教于教师，一切唯垂听教师之所欲言者，乃如受任之法官，强迫证人答复彼自身所构成之问题。"① 所以，康德认为，人类的知性为自然界颁布规律、法则。"'吾人所名为自然之现象'中所有之顺序及规律，乃吾人自身所输入者。若非吾人自身（即吾人心之本性）创始在自然中设立顺序及规律，则吾人决不能在现象中见及之。""故悟性乃仅由比较现象以构成规律之能力以上之事物；其自身实为自然之立法者。"② 现代西方哲学的价值论转向下的价值观改变，更让现代西方人发现，传统形而上学和本质决定论所坚信的所谓宇宙规律、社会法则都只是语言的虚设，所谓真理也都只是语言编织出的话语。

人本主义哲学中的唯意志主义首当其冲。叔本华就把现象归结为人的表象世界，他实际上是将世界的存在归结于人的主观意识，从而也将人类认识对象归结为先天思维范畴所建构出的领域。尼采也摈弃了传统哲学先认识世界、后确定人生的哲学，主张将现象的世界完全看作是由主体加工改造过的世界，从而也是由主体赋予意义的世界。柏格森因为认为所谓自然规律是人类主体意志所建立，所以，顺理成章地强调语言符号在人类社会生活中的重要性。他说："必须有一种语言，以使人们每时每刻从已知的东西转到未知的东西。必须有一种语言，其符号不可能在数量上是无限的，但能延伸到无限的事物中。"③ "词语不仅能从一个被感知的物体延伸到另一个被感知的物体，而且还能从被感知物体延伸到被感知物体的回忆，从确切的回忆延伸到一个转瞬即逝的表象，从一个仍然呈现的转瞬即逝的表象延伸到一种人们得以想象它的行为表象，也就是延伸到观念。"④ 现象学家胡塞尔更强调，认识的对象不过是"自我"的构造物。因为这个世界是由"自我"意识活动所"构造"的，也是人赋予其意义和价值的。他说："预先给定的生活世界的存在意义是主观的构成物，是正在经历着的生活的，前科学的生活的成就。""因此自

---

① 〔德〕康德：《〈纯粹理性批判〉第二版序文》，蓝公武译，《纯粹理性批判》，第 13 页。
② 〔德〕康德：《纯粹理性批判》，第 138 页。
③ 〔法〕柏格森：《创造进化论》，第 133 页。
④ 〔法〕柏格森：《创造进化论》，第 134 页。

在的第一性的东西并不是处于其毫无疑问的不言而喻性之中的世界的存在，而且不应仅仅问什么东西客观地属于世界；相反，自在的第一性的东西是主观性；而且是朴素地预先给定这个世界存在，然后将它合理化，或者也可以说，将它客观化的主观性。"① 所以，胡塞尔尽管不满意笛卡尔不彻底的主观性而走向了二元论，但仍然高度赞赏笛卡尔的"我思"所孕育的启示性，他说："也许正是笛卡儿本人在发现这个自我时所感受到的那种震动，对我们这些平凡的人具有重要意义，它表明，这里预示着某种真正重要的东西，最重要的东西，它通过种种错误和迷失，总有一天会作为一切真哲学的'阿基米德点'而显露出来。"② 胡塞尔的超越论的现象学就强调："但是世界，正如它以前曾对我存在过，而现在仍然存在着一样，它作为我的世界，作为我们的世界，人类的世界，以任何时候都是主观的方式而有效的世界，并没有消失，只不过，在坚持不懈地实行悬搁时，它是纯粹作为赋予它以存在意义的主观性之相关物而落入到我们视线之中的，由于主观性所起的作用世界才'存在'。"③ 海德格尔曾通过《存在与时间》试图返回西方形而上学传统产生以前的纯"虚无"状态，他发现语言构成他返回障碍的同时又成为他返回的凭借。因为海德格尔相信："人之为人，只是由于人接受语言之允诺，只是由于人为语言所用而去说语言。"④ 强调语言是存在的寓所（house of being），用语词思索和创作的人们是这个寓所的守护者。⑤ 海德格尔在语言问题上的思考可以归结为一种通向"存在"本真的语言寻求。海德格尔说："语言不只是人所拥有的许多工具中的一种工具；相反，惟语言才提供出一种置身于存在者之敞开状态中间的可能性。惟有语言处，才有世界。"⑥ "语言，凭借给存在物的首次命名，第一次将存在物带入语词和显像。这一命名，才指明了存在物源于其存在并到达其存在。"⑦海德格尔所以真心向往具有原初性的诗意语言（poetic language），就因为诗意语言是与人的原初存在方式相连的东西，是直接使存在呈现的本真或纯

---

① 〔德〕胡塞尔：《欧洲科学的危机与超越论的现象学》，第 87 页。

② 〔德〕胡塞尔：《欧洲科学的危机与超越论的现象学》，第 101 页。

③ 〔德〕胡塞尔：《欧洲科学的危机与超越论的现象学》，第 184 页。

④ 〔德〕海德格尔：《语言的本质》，《在通向语言的途中》，第 163 页。

⑤ 〔德〕海德格尔：《关于人道主义的信》，见贺麟主编：《存在主义哲学》，第 87 页。

⑥ 〔德〕海德格尔：《荷尔德林和诗的本质》，《荷尔德林诗的阐释》，第 40 页。

⑦ 〔德〕海德格尔：《艺术作品的本源》，《诗·语言·思》，第 69 页。

朴语言。海德格尔说："诗乃是存在的词语性创造。"① "诗的活动领域是语言。因此，诗的本质必得从语言之本质那里获得理解。"②海德格尔心目中的语言，已然不是传统语言观所认为的传达体验、意志、信息的工具，而是一种具有创造世界、命名万物并赋予事物以意义的"上帝"。于是，万事万物再也不存在一种内在的、永恒的、抽象的本质，存在的只是一种特定历史框架中的语言建构。所以，海德格尔有理由认为："一切历史学都是根据它们被当代所规定的关于过去的图景来计算未来。"③

科学理性哲学紧随其后。新康德主义的马堡学派认为，人的认识以自己的表象为限，人在认识中没有任何东西不是由思维规定的，也没有任何东西不能为思维所规定，认识与其对象的区别只是思维内部的区别。事物及其规律是纯粹思维通过逻辑范畴利用无穷小数而创造的。事物及其规律也就是作为纯粹思维产物的数学关系和逻辑关系的总和。新康德主义的弗赖堡学派代表性人物文德尔班所说的两个世界中的事实世界只是主体的表象，而"价值"世界虽有本体（自在之物）世界之名，但实际上仍然是主体的创造。其追随者李凯尔特也认为："无论如何，即使就超验的真理概念来说，逻辑学一开始就不能把认识看作是反映，而只能看作是通过概念对直接所与材料进行改造，因为只有这种改造才是认识所能直接接触的过程，而所探讨的超验现实的映象要通过这个过程才能形成。"④新黑格尔主义在英国的领袖人物布拉德雷认为，人类的理智是有限的。所以，人不可能认识宇宙的一切因素及其相应的一切联系。布拉德雷认为理性和逻辑概念不是实在的反映，它们只能充当实在的形容词，它们只能作为人们用以说明事物的符号、记号，或者说人们提出的某种假设。新黑格尔主义在意大利的代表克罗齐承袭了黑格尔将绝对和普遍精神当作世界基础的思想，他更把这种绝对和普遍精神与人的主观心灵相提并论，从而认为精神以外没有任何真实的存在，一切经验和认识的对象都是出于精神的创造。他说："精神就是整个实在；……除了精神没有其他实在，除了精神哲学，没有其他哲学。"⑤ 克罗齐还认为一切

① 〔德〕海德格尔：《荷尔德林和诗的本质》，《荷尔德林诗的阐释》，第45页。
② 〔德〕海德格尔：《荷尔德林和诗的本质》，《荷尔德林诗的阐释》，第47页。
③ 〔德〕海德格尔：《阿那克西曼德之箴言》，《林中路》，孙周兴译，上海：上海译文出版社，2008年，第296页。
④ 〔德〕李凯尔特：《文化科学和自然科学》，第29页。
⑤ 〔意大利〕克罗齐：《实践哲学》，引自全增嘏：《西方哲学史》下册，第514页。

事物的区分无非是精神活动的形态区分，不同事物无非是不同精神活动的产物。他对直觉、概念、经济、道德四种精神活动的论述构成了自己哲学体系的基本内容。其中，直觉作为四种精神活动的起点，首先需要主动地组织、整理混沌的、无形式的经验材料，他说："在直觉线以下的是感受、或无形式的物质。这物质就其为单纯的物质而言，心灵永不能认识，心灵要认识它，只有赋予它以形式，把它纳入形式才行。"① 所以，克罗齐认为历史经常是一种叙述，历史就是历史学家的历史。他说："历史在直觉原质中找到自己的素材，所以历史经常是一种叙述；虽然在历史的基础上有理论和体系，但它从来不会是理论和体系。"②以此为基础，克罗齐认为不可能有关于历史发展规律的客观理论，而只能有关于历史事件的主观评价，因为人们总是根据现有立场和观点来解释和估价历史。他宣布："一切历史都是当代史。"③"在一切历史判断的深层存在的实际需求，赋予一切历史'当代史'的性质，因为从年代学上看，不管进入历史的事实多么悠远，实际上它总是涉及现今需求和形势的历史，那些事实在当前形势下不断震颤。"④

科学经验与方法哲学也不甘落后。实证主义主张只陈述事实，不问事实的客观根据，归根到底是把事实、知识视为人的主观经验。穆勒认为哲学以及人类一切知识均应以经验范围为限。他将物质定义为"感觉的恒久可能性"⑤。哲学不应当去寻求经验以外的世界本质和基础，哲学的任务是从主体的经验中去寻找相对稳定的因果关系。马赫主义更把整个世界归结为感觉经验的存在，把物质和精神、存在和意识的区别只看作是经验内部的区别。马赫认为科学不是研究人心以外的客观物质世界，而只是研究人的感觉要素。他说："并不是物体产生感觉，而是要素的复

① 〔意大利〕克罗齐：《美学原理》，朱光潜译，《美学原理·美学纲要》，北京：外国文学出版社，1983 年，第 11—12 页。
② 〔意大利〕克罗齐：《黑格尔哲学中的活东西和死东西》，王衍孔译，北京：商务印书馆，1959 年，第 76 页。
③ 〔意大利〕克罗齐：《历史学的理论与实际》，傅任敢译，北京：商务印书馆，1997 年，第 2 页。
④ 〔意大利〕克罗齐：《作为思想和行动的历史》，田时纲译，北京：商务印书馆，2012 年，第 6 页。
⑤ 〔英〕穆勒：《汉弥尔顿爵士哲学研究》，引自全增嘏：《西方哲学史》下册，第 437 页。

合体（感觉的复合体）构成物体。"① "我们所谓的物质是各个要素（感觉）之间的某种合乎规律性的联系。一个人的不同感官的感觉，和不同的人的感觉一样，都是合乎规律地互相依存的。物质就是从这里产生的。"② 以此为基础，所谓的人类认识也就具有完全不同的含义。马赫说："我们如果将抽象概念应用到事实方面，这种概念就会成为引起感性活动的简单冲动。这种感性冲动会引导我们得到新的感性要素，而这些要素又能决定我们未来的思想过程，使之适应于事实。我们使用这些活动来丰富和扩充我们对事实的极其贫乏的认识。"③ "我们所能希望知道的一切东西，通过解决数学形式的课题，通过查明感性要素的函数的相互依存关系，都可以提供出来。这种知识已经把关于'实在'的知识包罗无遗。"④阿芬那留斯则要从经验中"清洗"掉评价和拟人化等主观内容，又要"清洗"掉客观外部世界及其因果性、必然性等客观联系，剩下来的只有纯粹的、完全的"感觉经验"。由此，感觉经验构成的申述决定了客观环境。他的"原则同格论"就认为作为主体的自我同作为对象的环境出于不可分割的同格之中。他把自我叫作同格的中心项，环境叫作同格的对立项。彭加勒也在对事实、客观性、实在性作解释的时候，根据其约定论思想认为，科学的概念、理论、原则等等不是客观实在的反映，而是一些经验符号、记号。这些经验符号、记号不是起源于具有客观基础的经验，而是科学家们彼此约定、共同同意。他说："我们的欧几里得几何亦不过是一种公约的言语。"⑤ "凡原理都是些伪装的定义与公约。"⑥他又说："几何学中基本命题，例如欧几里得公设，也不过是些公约，但如果要问它们是真的，或是假的，则其不合理正如问米达制是真的或是假的了。"⑦彭加勒认为科学约定所反映的实在不是指人的意识之外的客观事物本身，而只是外界事物之间的关系。这种关系最终毕竟不能离开感知这种关系的人。这种关系的客观性仅仅在于它们是为一切人所共通的方便性。怀特海从其有机论出发，反对客体与主体、客观事

---

① 〔奥地利〕马赫：《感觉的分析》，第23页。
② 〔奥地利〕马赫：《感觉的分析》，第255页。
③ 〔奥地利〕马赫：《感觉的分析》，第248页。
④ 〔奥地利〕马赫：《感觉的分析》，第284页。
⑤ 〔法〕彭加勒：《科学与假设》，第67页。
⑥ 〔法〕彭加勒：《科学与假设》，第98页。
⑦ 〔法〕彭加勒：《科学与假设》，第97页。

物与主观感觉的区别，认为自然界不过是感觉知觉的表现。他也把时间空间看成是主观的。他认为空间就是主观经验的扩张，时间就是主观经验的延续。所以，赖欣巴哈在梳理科学哲学的成果后说："我们必须把我们关于未观察到的客体的陈述不视为可证实的陈述，而视为我们为了大大简化语言而采取的协定。"①

科学语言哲学把对语言符号的关注推向了高潮。分析哲学家主张哲学的一项重要任务是"语言分析"，哲学史上有很多问题争论不休就是因为误解语言而产生的。语言分析的具体方法有二：一是罗素所开创的人工语言分析方法，二是摩尔所开创的日常语言分析方法。前期的维特根斯坦倾向于人工语言分析方法，他的《逻辑哲学论》的所关注的就是一种逻辑完美语言必须符合的条件。维特根斯坦相信存在着一个界定清晰、人所共享的语言结构。哲学研究所要作的就是探索人的语言结构以及语言结构建构起的世界结构。人类所有的哲学问题原则上都可以通过展示这种结构而得到理解。他认为："我的语言的界限意味着我的世界的界限。"②语言结构决定了世界结构，语言规定了人的所思、所视、所是。尽管这一时期的维特根斯坦对语言本质的理解过于理想化，但是，维特根斯坦毕竟开始将哲学问题表述为语言问题，从而使语言取代了传统哲学中"思维"、"意识"、"经验"所占据的哲学中心位置。罗素也认为："语言的功用不仅是表达思想，它还使一些没有语言就不能存在的思想成为可能。""语言一旦开始发生就获得一种独立性：特别在数学上，我们知道一个句子肯定某种关系为真，但是它所肯定的那种关系却复杂到连头脑最好的人也不能直接领悟。"③索绪尔的语言学理论，适时地为现代西方哲学价值论转向下的价值观转变引动的密切关注语言符号，提供了方法论启迪。索绪尔的语言学理论把语言确定为一种潜伏在每个人大脑中的"自足自律"的符号系统，所有来到这个世界的人都被迫接受这个系统，并按照其规则从事理解和交流。当然，索绪尔的语言学研究所以被誉为语言学中的"哥白尼式的革命"，更主要是他关于语言符号的人为随意性、符号意义源自符号差异性的重要观点。索绪尔认为，一个语言单位有两重性：一方面是概念，一方面是声音形象（sound image）。一

---

① 〔德〕赖欣巴哈：《科学哲学的兴起》，第 139 页。
② 〔英〕维特根斯坦：《逻辑哲学论》，郭英译，北京：商务印书馆，1962 年，第 79 页。
③ 〔英〕罗素：《人类的知识——其范围与限度》，第 72 页。

个语言符号是把概念和声音形象结合起来，不是把物和名结合起来。语言符号的能指与所指之间不存在必然的联系，只存在任意的联系。语言是一个系统（结构），一个语句的意义不是一串孤立的词的总和，而是语句整体中的词与整体的关系，部分和系统的关系。索绪尔没有研究物和名的结合，而是研究概念和声音形象的结合，这不表明索绪尔否认物和名的结合问题。应该说，物和名的结合就是人对事物的命名过程，就是概念的诞生过程。比如人类早期的神话就是人们通过一个个具体神灵为内外在世界诸多事物命名，从而以语词的魔力使诸多事物在直觉上有了确定的名称，有了笼统却也明确的概念。索绪尔的语言学理论因为不关注单独的词，更关注词如何通过纵横组合关系形成语句，进而扩展为"自足自律"的符号系统，所以，他撇开了单个概念的发生问题，重点研究概念的排列、组合，进而形成人类思维活动的问题。显然，概念的排列、组合离不开声音形象的结合，索绪尔研究概念和声音形象的结合，也就是研究概念的排列、组合如何形成人类思维活动的问题。如果说事物依赖概念实现了命名过程，那么，概念则依赖声音形象实现了思维活动。索绪尔关于概念与声音形象关系的研究终归是人的思维活动的研究。所以，索绪尔语言学的语言分析，为人类社会文化研究提供了有效的思维方法论启示，其直接结果就是结构主义、解构主义哲学的发生。

结构主义不是一个统一的哲学流派，而是由各门具体科学如语言学、社会学、历史学、文学所共同使用的研究方法而形成的一种思潮，所以，结构主义首先是一种方法论。詹姆逊认为，结构主义是"从语言学角度重新理解一切事物"的尝试。①法国社会学家、人类学家列维-施特劳斯将索绪尔"表层结构"和"深层结构"的划分同弗洛伊德、荣格的意识和无意识概念综合起来，创立了结构主义人类社会学。列维-施特劳斯认为，语言本质上是一种深层无意识的"逻辑程序"。②语言作为无意识的逻辑程序，是在文化深层起支配作用的符码结构或规范体系。心理学家拉康则把结构主义方法与弗洛伊德精神分析学中的"无意识"研究结合

---

① Fredric Jameson, *The Prison—House of Language*, Princeston: Princeston University Press, 1972, p. Ⅶ.

② 〔法〕列维-斯特劳斯：《结构人类学》，陆晓禾、黄锡光等译，北京：文化艺术出版社，1989 年，第62 页。

起来，认为无意识也像语言一样构成，无意识本是语言的产物。在维特根斯坦关心日常语言、海德格尔追问诗意语言的基础上，拉康全力探索奇诡难测的无意识语言，并追问语言如何组织起欲望而形成了无意识语言。在历史学和知识史方面运用结构主义方法的法国理论家米歇尔·福柯认为，各种文化知识都有一种无意识的结构——"知识型"。福柯的《疯狂与文化》和《医院的诞生》从结构主义的角度，考察了中世纪以来对疯狂与理性的看法。福柯认为疯狂也有其语言结构，社会对疯狂看法的变化其实就是不同时期中关于疯狂的语言结构变化。福柯认为医学有一套分析病理和病人的语言符号，医生按照这一套符号来分析病理和病人，因而具有很大的话语建构权力。罗兰·巴特把结构主义运用于文学创作和文学批评，开创了结构主义文学理论。美国的语言学家乔姆斯基提出的转换生成语法理论，认为语言结构是一种先验的语法规则，语言结构通过转换程序就构成人们的日常言语。法国哲学家阿尔图塞用结构主义解释马克思主义，提出了所谓结构主义的马克思主义。现代西方人终于开始对语言作为人的思维、视域、存在的建构有了充分的体认。他们知道了历史真实与历史叙述、客观再现与主观评价之间的模糊混同和复杂纠缠。人类行为由抽象意识系统制约，社会话语也由抽象的语言系统制约。这种系统同一切社会惯例一样，是一切社会成员约定俗成并同意遵守的社会制度。

从结构主义只需往前跨半步，就是解构主义的哲学舞台。广义的解构主义本是一个弥漫在哲学、语言学、历史、法律、政治学、社会学和文学等广泛领域中的思想建构。解构主义延伸了结构主义的思维逻辑，进一步认为世界上不存在什么先验的、客观的价值和意义，所谓价值只不过是人类思维的虚构，所谓意义只不过是语言符号的创造物。解构主义认为西方传统的历史、真理其实都只是"话语"建构出来的历史叙述、真理文本。所以，解构主义否定一切整体性、确定性、目的性概念，拒绝一切深度模式和中心设定，主张无限制的开放性、多元性、相对性。解构主义的主要思想表达者德里达的"解构"概念源自海德格尔在《存在与时间》一书中的"解析"概念。海德格尔说："如果要为存在问题本身而把这个问题自己的历史透视清楚，那么就需要把僵硬化了的传统松动一下，需要把由传统做成的一切遮蔽打破。我们把这个任务了解为：以存在问题为线索，把古代存在论传下来的内容解析为一些源始经验。

那些最初的，以后又起着主导作用的存在规定就是借这些源始经验获得的。"①海德格尔的"解析"概念，意思包含分解、去蔽、摧毁等等。德里达从自己的解构立场出发补充了消解、摧毁、抹去等等涵义。德里达的"解构"也是对结构主义者"结构"概念的批判。在他看来，结构主义者认为结构是自给自足的，这就意味着结构内有一个起规定作用的"中心"。同时，结构主义者又认为结构外有一种先在力量使结构得以固定，这又意味着起规定作用的"中心"在结构外面。结构主义理论的自我悖论，就蕴含了结构主义通向解构主义的可能性。索绪尔强调语言结构的系统性，决定结构系统性意义的不是同一性而是差异性。也就是说，语言符号系统是一系列声音差异和一系列概念差异的结合。德里达更加使索绪尔所说的语言符号的任意性充分凸现了出来。他认为语言不是一个稳定的能指与所指组成且含义明确的结构，而是像一张无限展开、永无止境和漫无头绪、错综复杂的差异性网络。德里达把一切语言都视为同"中心化"（centering）相对的"移心化"（decentering）的语言。中心化意味着确立或维护中心权威，移心化意味着消解或颠覆中心权威。移心化语言是指非中心或无中心语言。它没有整体，只有碎片；它不存在同一，只存在差异。德里达认为移心化语言的本质在于延异（differance）。德里达感觉现有的词不能充分表达自己的意思，他把 difference 中的 e 改换成 a 生造了这个词（人们勉强译为延异、分延），用以表达差异与延缓这两层意思。德里达要按移心化的需要，来扩展和强化索绪尔关于语言是差异系统的思想，并且制定相应的解构战略。延异有两层含义：一是 to differ，即差异、区分；二是 to deffer，即延期或推迟。它们表明语言的意义总是充满差异和延宕，语言的意义总是支离破碎或延期出场。比如所指（概念）与能指（声音）相关，但能指并非特定所指的能指，所指也不一定先于能指存在，两者的关系是既相关又有别，它们交织着差异和裂隙；书写与说话有关，但书写并不是说话的模仿，它具有自己的意义；结构是一种组织，但并非封闭的或中心化的，而是由无限开放的"意指链"（a chain of signification）构成。德里达指出："延异是差异的系统游戏，是差异的印迹（trace）游戏，是种种要素彼此相关

---

① 〔德〕海德格尔：《存在与时间》，第 28 页。

的分隔（espacement）的游戏。"①比如传统美学中的"美"不过是中心化语言的产物。假定存在理念中心，美就是中心向边缘辐射的结果，假如否定中心化而标举移心化，美也就解体了。于是，美不再是确定的、整体的或和谐的东西，美只是语言中"差异系统的游戏"，或者只是所指一再延期出场的"能指的游戏"。解构主义的另一主要思想表达者福柯则认为，人类社会迄今为止所积累的知识都是人类的理智按照一定的认知范式所进行的一种理性实践活动的结果。福柯的知识考古就是要弄明白：知识是何以被认定为知识的，知识形成过程中起作用的规则、标准、程序、方法到底是什么。哪些东西在这种过程中被包容、吸纳，哪些东西又被排斥、摒弃，哪些东西被移向了中心，哪些东西又被挤到了边缘。福柯认为，过去的人们对知识真相视而不见，是因为传统研究方法认定研究者（认识主体）具有无可怀疑的理性意识和逻辑思维能力。其实，知识源自人们有意无意地将本是断裂的话语片段连接在一起，使它们在外表上具有了统一性和连续性，从而呈现出一种整体状态。福柯指出，在这种认知过程中真正起作用的是秘密的力量。因此，所谓知识只不过是某些特定力量的组合，知识的本质只是为某些特定的力量服务。到此为止，我们禁不住会问，所谓"秘密的力量"又是什么呢？这个疑问是否预示着从19世纪中后期开始的现代西方哲学价值论转向的终结呢？

　　哲学价值观巨大转变引动的密切关注语言符号，也深刻影响了西方现代主义的文学艺术实践。美国当代文学评论家欧文·豪说："形式的实验经常可以是现代主义的后果或必然结果。然而某个作家或作品具备这个特征并不构成被称为现代主义的足够条件。这一点意味着文学运动或文学风格中的关键因素是某种振奋人心的'观照'，是一种重新看待世界及人类存在的新方法。这个'观照'无疑将引起形式和语言的巨变，但同时两者之间根本不存在直接或不变的联系。"② 所谓"重新看待世界及人类存在的新方法"其实就是价值观的巨大转变，它强有力地推动了西方现代主义文学把原来被客观存在、现实事物所确定的主观思维、语

---

① Jacques Derrida, *Position* (1972). Alan Bass, trans. Chicago: University of Chicago Press, 1981, pp. 38 – 39.

② 〔美〕欧文·豪：《现代主义的概念》，刘长缨译，袁可嘉等编选：《现代主义文学研究》上册，第181页。

言表现，被历史真实所规定的历史叙述，被社会生活内容所制约的文学艺术形式推向了前沿。

象征主义文学所追求的就是要赋予抽象的思想观念、内心的"最高真实"以具体可感知的形式。所以，象征主义的诗作里大量使用了怪僻生疏的语言言语、突兀奇异的意象构筑和隐晦曲折的语义隐喻。正如欧文·豪评论象征主义诗人兰波时所说："他冲破了视语言为传递理性思维方式的概念，而回到了语言最原始的性质，使语言起到咒语的作用，神奇地、自动地激起人们的种种情感。"① 比如艾略特的《荒原》就故意把纷繁复杂的现代生活安放在远古神话所提供的框架里，以繁殖神崇拜的神话祈丰仪式和"圣杯"传奇故事给《荒原》提供了一套象征性语言。因为繁殖神崇拜的悠久历史，以及它对于西方文学的发生学意义，因为"圣杯"故事的基督教外衣，以及它对于西方文学的文化背景意义，《荒原》的神话语言框架在产生巨大历史暗示力量的同时，更使欧洲文明荒原渴求借助原始初民祈丰仪式完成戏剧性死而复生的希望得到了诗性的表达。艾略特的《荒原》还采用纷繁复杂的互文文本，使整首诗歌呈现为一幅色泽斑斓的镶嵌画。有一些互文文本表现为诗句意蕴的复杂纠缠。比如第一章《死者葬仪》里有这样的诗句："并无实体的城，在冬日破晓时的黄雾下，一群人鱼贯地流过伦敦桥，人数是那么多，我没想到死亡毁坏了这许多人。叹息，短促而稀少，吐了出来，人人的眼睛都盯住在自己的脚前。"其中就分别包含着波德莱尔的《恶之花》里的诗句："这拥挤的城，充满了迷梦的城，鬼魂在大白天也抓过路的人。"但丁《神曲》里的诗句："这样长的一队人，我没想到死亡竟毁了这许多人。""根据听到的声音判断，这里没有其他痛苦的表现，只有叹息使永恒的空气抖颤。"②另有一些互文文本则表现为叙事内涵的广泛牵连。比如第二章《对弈》的题目，出自英国剧作家托马斯·密特尔顿的剧本《对弈》，实际上又暗指密特尔顿的另一个剧本《女人谨防女人》中的对弈。《女人谨防女人》中的对弈又牵涉到一个公爵与一位美丽姑娘的幽会，因而使对弈又暗指性的游戏。《对弈》里同时又呈现了两个女人的场景：一

---

① 〔美〕欧文·豪：《现代主义的概念》，刘长缨译，袁可嘉等编选：《现代主义文学研究》上册，第 188 页。
② 〔英〕艾略特：《荒原》，赵萝蕤译，袁可嘉等编选：《外国现代派作品选》第一册（上），第 94 页。

个是上流社会妇女在卧室里空虚无聊、烦躁不安、搔首弄姿地等待着敲门的声音，同时不断百无聊赖地呵斥自己的丈夫说："我现在该做些什么？我该做些什么？我就照现在这样跑出去，走在街上，披散着头发，就这样。我们明天该做些什么？"① 其间还穿插了一个"翡绿眉拉"变形的典故，暗示现代世界里诸如"翡绿眉拉"遭遇强暴的罪行仍然在继续。另一个是叫丽儿的女人，在下层社会酒吧里同一位女人谈论自己的私情、堕胎，以及怎么对付退伍回家的丈夫。《对弈》里还同时镶嵌了重重叠叠的历史悲剧，比如莎士比亚剧作《安东尼与克莉奥佩特拉》中的罗马将军安东尼与埃及女王克莉奥佩特拉，维吉尔史诗《伊尼德》中的特洛亚王子伊尼亚斯与迦太基女王狄多，爱得轰轰烈烈、死去活来的悲剧性恋情等等。《荒原》通过若干互文文本的交叉重叠，显现出了无数差异性的文学景观，创造出了浓郁的反讽意味。所以，第一章《死者葬仪》从埋葬死者而灵魂得救，过渡到冬天过去而春天来到时，却又写道："四月是最残忍的一个月。"②因为春天的到来令人真正发现了冬雪掩盖的荒原。第二章《对弈》更围绕人类亘古的性爱主题，以其深厚的历史感，把现代文明中一个个猥亵、空虚的性爱场景与历史纵深处的性爱悲剧串联成了一体。现实是历史的延续，但令人惊惧的是，尚具人类心灵、情感深度的过去历史性悲剧延伸至现代社会，却蜕化而成委琐空虚、令人厌恶的荒诞性"喜剧"。第三章《火诫》取自佛家劝其门徒禁情欲、事神圣，最终达到涅槃的告诫。但为了凸显西方现代人深陷情欲之火中的空虚、堕落，诗中特别切入了一个"有着布满皱纹的女性乳房"、同时具备男女性别的贴瑞西斯的声音。通过两性人贴瑞西斯冷眼旁观的慧眼，展示了一个女打字员和房地产职员有欲无情的淫乱场面：一位淫欲宣泄后的女人，"她回头在镜子里照了一下，没大意识到她那已经走了的情人；她的头脑让一个未成形的思想经过：'总算完了事，完了就好'。美丽的女人堕落的时候，又在她的房里来回走，独自地用手机械抚平头发，又随手在留声机上放上一张片子"③。现代人的爱情畸变、淫乱宣

---

① 〔英〕艾略特：《荒原》，赵萝蕤译，袁可嘉等编选：《外国现代派作品选》第一册（上），第 99 页。

② 〔英〕艾略特：《荒原》，赵萝蕤译，袁可嘉等编选：《外国现代派作品选》第一册（上），第 89 页。

③ 〔英〕艾略特：《荒原》，赵萝蕤译，袁可嘉等编选：《外国现代派作品选》第一册（上），第 107 页。

泄、情感堕落、心灵荒芜、精神萎顿等，皆通过贴瑞西斯的跨时空视角得到了鲜明的显现。由此，《荒原》使现代西方人深陷庸俗和低级欲念里既不生、也不死的绝望处境获得了诗性的说明。所以，《荒原》开首是这样的题词："是的，我自己亲眼看见古米的西比尔吊在一个笼子里，孩子们在问她'西比尔，你要什么'的时候，她回答说：'我要死'。"① 失去历史合理基础的西方现代人只有一条获救的路，那就是祈求现在彻底的死，以换取今后全新的生，以此回应了《荒原》的神话语言框架所表达的死而复生希望。梅特林克的戏剧《青鸟》则在采用梦幻方式的同时，也采用了神话语言框架的变形形式"童话"。童话因为诉诸儿童的天真单纯而同原始神话一样具有天然的"诗性智慧"，讲述童话也就等于在间接地讲述神话。因此，《青鸟》也具有了与《荒原》共通的对人生情感感受的无限扩展。

表现主义文学家普遍认为外在的客观世界只是混沌的、无形式的经验材料，它们还需要由主动的心灵活动予以组织、整理、成型；表现并不是认识主体对客体的被动识记，而是认识主体的主动创造。所以，表现主义文学变幻莫测地将怪诞离奇从神秘的彼岸移置于日常生活的中心，在赋予心灵的朦胧感受以清晰形式的同时，整合并组织了人类历史、社会现实的悲剧性感受。比如瑞典作家斯特林堡的《鬼魂奏鸣曲》以荒诞离奇的情节结构，让死尸（木乃伊）、亡魂、活人同时登场，成功表现了人们因为利欲熏心、敲骨吸髓而造成了痛苦无穷、罪孽无尽、恩仇纠葛难解的人与人异化关系。捷克作家卡莱尔·恰佩克的《万能机器人》采用科学幻想的表达方式，一方面触目惊心地展示了人类极度掠夺和破坏自然原生态而招致自然报复的可怕后果，另一方面更表现了人类长久疏离自然母亲而失去自然原始生命的悲惨结局。尤金·奥尼尔的《琼斯皇》、《毛猿》用封闭性的符号化方式，生动表现了现代社会中人的精神的无所适从、无所皈依，从而表现了人与人、人与社会、人与自我异化关系的复杂纠葛。《琼斯皇》除首尾两场以外，中间6场全是表现琼斯一个人的内心世界独白。这些独白不是通过描述，而是通过一个个象征性的戏剧形象，生动表现了琼斯的精神崩溃过程。戏剧还通过外在的不断加快的鼓声和内在的不断紧促的心跳声融合一体，一方面表现土人们追

---

① 〔英〕艾略特：《荒原》，赵萝蕤译，袁可嘉等编选：《外国现代派作品选》第一册（上），第88页。

逐不舍的外在现实，另一方面更显示琼斯走不出黑森林的惊恐不安。《毛猿》中的主人公扬克先是生活在一排排床铺立柱交叉的船舱笼子里，继而又关进一间间囚禁犯人的监狱笼子里，最后再钻入动物园大猩猩的笼子里，生动地表现了现代西方人失去自由的人生境遇。尤金·奥尼尔的《天边外》的演出分成三幕，一幕两场：一场在室外，一眼看到天边；一场在室内，看不到天边。两种场景的交替出现，既表现了现代人类社会理想与现实的巨大距离，更表达了现代人失去生命归宿、或个人身份认同（identity）的困惑。卡夫卡更以其一贯的小说人物行为、情节发展在形式逻辑上的模糊、荒诞、离奇、古怪特征，表现了人类社会历史的异化后果。卡夫卡在《致菲莉斯情书》中说："我无法同任何人交谈，因为我找不到适当的话语，而话语并不是以情绪的变化为转移的，它们不因情绪的变化而匮乏。"①德国文学批评家汉斯·马耶尔认为卡夫卡"改变了德意志语言"②。

　　未来主义文学全面开辟了现代主义情绪宣泄和形式实验的新道路。比如意大利的诗人、戏剧家马里内蒂的戏剧《他们来了》完全背弃了西方戏剧关注人物行动形成情节、情节展开冲突、冲突显示性格的久远传统，代之以无行动、无情节、无冲突、无性格的舞台形式实验。我们不知道《他们来了》里的他们是谁？仆人们的忙碌和等待都只显现出虚无，唯一表明人存在和意义的只是舞台上的桌椅（物的象征）。当然，依靠舞台上的桌椅来表明人的存在和意义，无疑也就表现了人的不存在和无意义。

　　超现实主义文学根据弗洛伊德的潜意识学说和梦的阐释，认为潜意识里隐藏着解释世界和人生的最高真实，而挖掘潜意识的最佳方式就是探索梦境。所以，超现实主义特别注重梦幻记录的创作方法。布勒东的诗作《警觉》就完全是关于梦境的描写。布勒东的诗体小说《娜嘉》则描写主人公娜嘉作为一个介于现实与梦幻间的幽灵，给作者揭示了一个肉眼看不见的超现实世界。超现实主义文学还认为，要表现和描写刹那间的潜意识和梦幻境界，需要一种非常的言语形式，那就是不考虑文字有机联系并背离传统美学规定的"自动写作法"。超现实主义的戏剧家

---

　　① 〔奥地利〕卡夫卡：《致菲莉斯情书书信》，卢永华等译，叶廷芳主编：《卡夫卡全集》第九卷，石家庄：河北教育出版社，1996 年，第 274 页。
　　② 叶廷芳：《〈卡夫卡全集〉总序》，叶廷芳主编：《卡夫卡全集》第一卷，石家庄：河北教育出版社，1996 年，第 4 页。

查拉甚至以自己的随意表现方式，创作了具有荒诞性的戏剧《正面或反面》。戏剧的第一幕里，导演上场作自我介绍：我是这戏的导演。我指导剧情的进展。现在我代表作者、他的剧本和他的思想。①然后导演介绍三个演员，再后是导演同三个演员就表演、台词等问题的无休止胡搅蛮缠。最后，其中一个演员对导演开了枪，三个演员逃跑。第二幕缺。第三幕的六个场景，都是伴随一张大银幕的字幕，三个演员和追逐的宪兵分别做出相应的符号化表演。传统文学的思想与语言、内容与形式的关系皆遭遇到了颠覆性的挑战。马塞尔·雷芒在《从波德莱尔到超现实主义》中说："灵魂从事于一种游戏，却追求一种高于一切游戏的活动——试图以词句为手段，重新创造它已失落的幸福。"②

意识流小说家接受了柏格森关于"心理时间"的观点。柏格森认为，人们通常理解的时间是采用空间概念认识的客观物理时间，是把时间理解为各个时刻依次延伸的、表现宽度的数量概念（理性秩序的规定）；主观"心理时间"则是各个时刻相互渗透、表示强度的质量概念（个体生命的体验）。我们越是进入人类意识的深处，"心理时间"的理解就越适用。意识流小说家据此打破了传统小说以物理时间为序的结构，采用过去、现在和未来彼此颠倒、互相渗透的写作方法。比如美国作家福克纳的《喧哗与骚动》中的班吉和昆丁的意识都呈现出浑然一体的时空状态。过去、现在、未来的时式区分往往不存在。当前可以跃到过去，过去又可以跳到未来。一天可以透视出几十年，几十年又可以显示为一天。萨特说："昆丁砸毁他的手表这一动作具有象征意义：它使我们进入没有钟表的时间。白痴班吉的时间也是没有钟表的，因为他不识钟表。"③福克纳还在小说的创作中采用多角度的表现方法，比如《喧哗与骚动》通过三兄弟班吉、昆丁、杰生和女佣迪尔西各自的主观意识、情感印象而呈现出了他们内心中的爱恋、仇恨、希望、绝望等等，由此而多层次地折射出了美国南方世界的日趋衰颓与没落。《我弥留之际》更是通过十几个人的交互叙述和意识活动而呈现出了他们的人生体会、心灵波澜、情

① 〔法〕查拉：《正面或反面》，樊元洪译，袁可嘉等编选：《外国现代派作品选》第二册（上），第 309 页。

② 转引自袁可嘉等编选《现代主义文学研究》上册，第 187 页。

③ 〔法〕萨特：《关于〈喧哗与骚动〉·福克纳小说中的时间》，施康强译，沈志明、艾珉主编：《萨特文集》(7)，第 47 页。

感曲折，由此而多层次地折射出了现代人生的无奈与尴尬。普鲁斯特的小说《追忆逝水年华》为了呈现主人公对往事的自然追忆，采用同一个事件在不同部分重复出现，不同的事件在同一部分共时显现，从而呈现出交叉重叠、彼此渗透的复杂时空形式。意识流小说就这样超越了传统流浪汉小说的线型叙事模式、巴尔扎克小说的网状型叙事模式，而以自己独特的发散型叙事模式，使人类心灵的自由翅膀、文学艺术的自由翅膀获得了充分的解放。

存在主义关于生命意义的阐明无疑是一个晦涩暗昧的问题，是一种始终处于不透明状态中的朦胧顿悟。所以，存在主义不得不诉诸文学语言来阐释其哲学思考，同时也更深透地解读生命的意义。海德格尔说："按诗意经验和思想的最古老传统来看，词语给出存在。于是，我们在运思之际必须在那个'它给出'中寻找词语，寻找那个作为给出者而本身决不是被给出者的词语。"[1]海德格尔还说："让值得思的东西向我们道说，这意味着——思。在倾听诗歌之际，我们思索诗。以这种方式存在，即是：诗与思。""诗与思的相互归属渊源深远。当我们回首思入此种渊源，我们便直面那古老的从未获得充分思索的值得思的东西。诗人突然洞见的东西，诗人没有对之拒绝自身的东西，就是这同一个值得思的东西。"[2]所以，海德格尔一直真心向往具有原初性质的诗意语言（poetic language）。海德格尔认为，诗意语言是与人的原初存在方式紧密相连、是直接使存在呈现出来的本真纯朴语言。他说："语言本身在根本意义上是诗。……语言不是诗，因为语言是原诗；不如说，诗歌在语言中产生，因为语言保存了诗意的原初本性。"[3]萨特说："言语归结到思想，而思想又归结到言语。"[4]所以，安德烈·莫洛亚在《论让·保尔·萨特》中说："把哲学和文学联系起来的念头，造就他成为一个名人。"[5]《词语》的译者潘培庆先生说："存在主义认为人是被莫名其妙抛到这个世界上来的，然而当萨特自以为是为写作而生的时候，他的人生却获得了一个目的；当萨特说，因为上帝是不存在的，所以关于死后升天，获救的说教都是

---

① 〔德〕海德格尔：《语言的本质》，《在通向语言的途中》，第160页。
② 〔德〕海德格尔：《词语》，《在通向语言的途中》，第202页。
③ 〔德〕海德格尔：《艺术作品的本源》，《诗·语言·思》，第69页。
④ 〔法〕萨特：《存在与虚无》，第663页。
⑤ 〔法〕莫洛亚：《论让·保尔·萨特》，齐彦芬、葛雷译，柳鸣九编选：《萨特研究》，北京：中国社会科学出版社，1981年，第311页。

骗人的鬼话，然而当萨特自以为为文学献身时，他的获救却悄悄得到了保证，因为他将通过词语而获得永恒。"① "当他把想象中的事件写在稿纸上的时候，他也就把虚幻的东西变成了现实。这向他昭示了他的巨大威力：他可以随心所欲地在词语的天国里制造种种事件，而这些事件一旦用词语表现出来，它们也就随同词语变成了绝对而获得了永恒。"②萨特通过小说《恶心》中的主人公洛根丁说："大多数时候，由于缺少字句可以依附，我的思想始终模模糊糊，它们形成一些不明确的、有趣的形体，互相吞噬消失，我马上就把它们遗忘了。"③加缪的小说《鼠疫》更揭示了人们因为"把最真实的痛苦通过庸俗的套语来表达"④而把社会生活中的沉重灾难变成了轻飘飘的抽象数字，从而失去了关于人生处境的真正认识。正如海德格尔所说："公众讲法的统治甚至已经决定了情绪的可能性，也就是说，决定了此在借以同世界发生牵连的基本样式。人们先行描绘出了现身状态，它规定了我们'看'什么，怎样'看'。"⑤所以，小说中充分觉悟到荒诞、反抗荒诞的里厄医生，为了找回人生处境的真正认识，不得不重新把庸俗套语下的抽象数字再回归为自由的具体想象："可是一亿人死亡又算得了什么？对打过仗的人来说，死人这件事已不怎么令人在意了。再说一个人的死亡只是在有旁人在场的情况下才会得到重视，因此一亿具尸体分散在漫长的历史里，仅是想象中的一缕青烟而已。""一万个死者相当于一座大型电影院观众人数的五倍，这是完全比拟得当的。把走出五座电影院的观众集合在一起，带领到市里的广场上，让他们成堆地死去，这就能看得更清楚。"⑥现代西方人的"思"与"诗"、哲学与文学、意义与言说，在存在主义的文学实践里实现了合二而一。

荒诞派戏剧在表现荒诞感受、荒诞意识方面的一致性，尤其体现为内容与形式、意蕴与言说传统关系的颠覆。具体而言，荒诞派戏剧采用了荒诞与怪异的艺术实践形式，来表现人类社会历史的自身悖论。比如

---

① 潘培庆：《噩梦醒来是早晨》，〔法〕萨特：《词语》，潘培庆译，北京：生活·读书·新知三联书店，1988 年，第 8 页。

② 潘培庆：《噩梦醒来是早晨》，〔法〕萨特：《词语》，第 5 页。

③ 〔法〕萨特：《厌恶》，郑永慧译，见《厌恶及其他》，第 14 页。

④ 〔法〕加缪：《鼠疫》第 61 页。

⑤ 〔德〕海德格尔：《存在与时间》，第 206 页。

⑥ 〔法〕加缪：《鼠疫》第 32 页。

尤奈斯库的《阿麦迪或脱身术》，为了表现具有充足历史理性理由的杀戮终归会在人的心灵里投射下永恒的阴影、引发无限的恐惧，居然让发生在 13 或 15 年前一次情杀的受害人尸体，在舞台上不断以几何级数生长。男主人公阿麦迪对妻子绝望地说："我把事情都搅混了，梦境和现实，回忆和幻想……我现在连自个儿都不知道是怎么回事啦。"① 其实，不是主人公的糊涂，而是尤奈斯库清醒地为撕破历史理性遮羞布的戏剧艺术实验表达出的情感困惑。尤奈斯库的独幕短剧《椅子》，以老夫妇不断搬来的椅子挤得老夫妇没有了立足之地，代替语言表明，老人要向人类宣告的真理就是"物"对"人"的压迫，就是发达的物质文明对人类生养栖居园地的侵占。同样的真理宣告还表现在尤奈斯库的戏剧《未来在鸡蛋》、《新房客》里面。尤奈斯库最大限度地利用物的无限扩张和极度增多来代替语言的言说，让人们充分体味到人被非人力量所压迫的异化境地。热奈的《阳台》更将现实与想象、历史与虚构、社会政治与舞台表演，通过真真假假的方式在一个妓院的阳台上生动地展示了出来；背景还辅以表示暴动的爆炸声、机关枪声，从而拆解了宏伟壮阔的历史叙事；尤其还将妓院老板与女王形象交织于一体，更使国家政权的严肃更替变成了人生无聊的荒诞嬉戏。正如同剧中的传令官与摄影师的会话所说："人们重视的只是书本和图片。历史之所以存在就是为了将光辉的一页写出来让大家看。"剧中的法官也说："我原来是因为穿上了这身长袍才有了现在这个地位。"②

　　荒诞派戏剧艺术实验还运用所指与能指的错位、断裂告诉人们：人是按照语言所呈现给他们的样子同世界生活在一起，人根据自身的需要创造出语言表达，又在同一过程中编织出语言陷阱。荒诞派戏剧就是要以其文学艺术实践，重新启迪人们认识到世界的真相：浑沌、歧义、含混，从而在捣碎语言陷阱的基础上，消解理性主义确定的中心、唯一、因果、必然等等形而上权力对人心的统治。所以，《等待戈多》里面的两个流浪汉只是语无伦次的闲谈和各说各的独白，同时发生一些无意义的动作。脖子上套着绳子的幸运儿的长篇演讲，则引出大堆乱七八糟的词语堆砌，使在场的三个人或垂头丧气、紧张厌烦，或痛苦呻吟、大声抗议，最终皆忍无可忍。所以，幸运儿最后终于成为了哑巴。《等待戈

---

① 〔法〕尤奈斯库：《阿麦迪或脱身术》，屠珍、梅绍武译，《荒诞派戏剧集》，第 170 页。
② 〔法〕热奈：《阳台》，王以培译，黄晋凯主编：《荒诞派戏剧》，第 494、499 页。

多》因为断然拆解了文学语言能指与所指的联接点，豁然醒目地显示出现代语言话语漂浮破碎的本然形态，所以，人类世界成了黄昏下的荒原，社会人生也成了无意义的漂泊流浪。尤奈斯库的《秃头歌女》的剧名干脆采用排演过程中扮演消防队长演员的偶然口误而确定。剧情里有史密斯夫妇前言不搭后语的闲谈。有消防队长讲述的不伦不类的故事。还有女仆玛丽朗诵题目叫《火》的莫名其妙的诗。最后更有两对夫妇的谈话引出的一大堆莫名其妙的句子等等，皆充分表现了荒诞派戏剧家对"崩溃现实"的意识。显示"崩溃现实"的最佳方式，就是让戏剧里的语言成为无内容的声响外壳。正如作者所说："在这个剧本中，正是通过深入日常的平庸生活、把那些日常语言中最滥用的口头禅夸张到极点的办法，来表现我觉得整个生活都沉浸在其中的奇特性。"①如品特所说："有两种沉默，一种是在不说话的时候，另一种则可能是在语言如注的时候。这时所说的，是一种被隐藏在语言之下的语言，它始终是外在语言的参照。我们听到的语言，暗示着我们没有听到的语言。"②说话是为了什么也不说，而什么也不说，也就说出了什么。正如美国文学批评家大卫·盖洛威所说："在荒诞派艺术中，语言的全面贬值起于两种原因：不相信体现在语言里的已过时的'真实'和在现代文化中无法进行交流的悲剧意识。"③

传统理性主义规定的语言能指与所指的对应关系，在阿尔比的戏剧中通过绝妙的"反讽"，受到了前所未有的挑战，语言言语终于陷入了语塞的尴尬之中。比如阿尔比的《动物园的故事》分别由代表理性的彼得和代表非理性的杰利各自叙述。代表理性的彼得不无得意地自我介绍说："我在一家小出版社里管点事。我们出版教科书。"④他以符合逻辑的语言叙述了自己体面、有序的生活，表达了自己作为中产阶级代表人物的自信。所以，彼得的言行似乎也在发挥成功人士的教科书功用。代表非理性的杰利则以颠三倒四的语言叙述了自己糟糕的流浪生活，表达了自己作为草根阶层代表人物的疑惑。杰利尤其语无伦次地讲述自己如何

①　〔法〕尤奈斯库：《戏剧经验谈》，闻前译，黄晋凯主编：《荒诞派戏剧》，第51页。
②　〔英〕品特：《为戏剧写作》，徐立京译，黄晋凯主编：《荒诞派戏剧》，第117页。
③　〔美〕大卫·盖洛威：《荒诞的艺术，荒诞的人，荒诞的主人公》，杉木译，袁可嘉等编选：《现代主义文学研究》下册，第648页。
④　〔美〕阿尔比：《动物园的故事》，郑启吟译，《荒诞派戏剧集》，第245页。

通过毒杀计谋而实现了同房东那条狗和平共处的故事，从而影射人类与自然的相互隔膜。杰利说："我得到了冷落的却是畅通无阻的过道，如果更为重大的损失可以是一种得到的话。我懂得，单单是善良，或是残忍，如果互不相关，都不能造成超越它本身的效果；我懂得，善良和残忍如果结合在一起，就成为指导性的情感。得到就是损失。"①杰利还进一步通过自己与狗或人与自然关系，引向了人与人关系的动物园隐喻。杰利告诉彼得自己为什么去动物园的原因说："我去那儿是为了更深入了解人和动物共同生存的方式。由于所有的生物都用栅栏彼此隔开，动物之间绝大部分是相互隔开的，人和动物也总是隔开的。"②戏剧中代表理性的彼得和代表非理性的杰利也是相互隔开的：彼得是一个有教养的、体面的已婚男人，有两个女儿、两只猫、两只长尾巴鹦鹉，通常在公园的长凳上，手捧着书、度过阳光灿烂的星期天下午。杰利是一个随便马虎、极其厌倦的单身男人，他所有的只是梳洗用具、几件衣服、一只电炉、一把刀、两把叉子、两把匙子、三只盘子、一只茶杯等最基本的生活用具。所以，剧中出现了这样别有深意的对话：

> 彼得：你提过好几次动物园了。
> 杰利：动物园？啊，对了，动物园。我在上这儿来之前在那儿。我告诉过你的。嗨，中产阶级的上中层和中产阶级的下上层之间的界线是什么？③

人类社会何以会有这样的差异呢？上帝凭借其全知全能予以保证的理性语言，显然已经失去了揭示真理的基本功能，因为杰利知道："这个上帝，我听说，前些时候对整个世界已经都置之不理了"。④所以，杰利敢于嘲讽彼得说："你想干吗？理出个头绪来？让事情井井有条？搞老一套的分类归档？"⑤杰利还敢于通过一步步侵占彼得所坐的长凳来解释人类社会历史的奥秘：

---

① 〔美〕阿尔比：《动物园的故事》，郑启吟译，《荒诞派戏剧集》，第263页。
② 〔美〕阿尔比：《动物园的故事》，郑启吟译，《荒诞派戏剧集》，第267页。
③ 〔美〕阿尔比：《动物园的故事》，郑启吟译，《荒诞派戏剧集》，第246页。
④ 〔美〕阿尔比：《动物园的故事》，郑启吟译，《荒诞派戏剧集》，第262页。
⑤ 〔美〕阿尔比：《动物园的故事》，郑启吟译，《荒诞派戏剧集》，第248页。

　　杰利：我说了我要这条长凳，我决心要占住它，现在你给我上那儿去。

　　彼得：人不可能要什么就有什么，这个你总该知道，这是一条规律。人可以拥有他所想要的一部分东西，但是不可能一切都有。①

　　最后，代表非理性的杰利与代表理性的彼得，终于将语言叙述的战争推向了白热化。代表非理性语言叙述、糟糕流浪生活、草根阶层疑惑的杰利，迫使代表理性语言叙述、体面有序生活、中产阶级自信的彼得，拾起了扔在地上的刀子。当刀子不意间刺进杰利的身体时，彼得终于放弃了自己所坚信的价值观念和道德戒律，不得不在杰利的言语引导下，落荒而逃。杰利也终归通过自己的血和生命，击碎了理性语言"能指"与"所指"的坚韧关系，揭开了人类社会的历史奥秘。阿尔比的《谁怕维吉尼亚·吴尔芙》里的语言则成了驱除遮蔽的武器。乔治与玛莎夫妻相互间的歇斯底里诋毁、辱骂的目的是要解除年轻夫妻尼克与哈妮的思想戒备，从而不自觉地袒露家庭温馨和睦生活中的丑陋、裂隙。正如乔治所说："你当然意识到，我一直在引诱你说话，不是因为我对你可怕的生活感兴趣，只是因为你代表着一种直接关系到我的生活的威胁，我想在你身上找点罪证。"②当然，语言也是一把建构意义和解构意义的双刃剑，所以，乔治夫妇可以用语言虚构出一个关于儿子的谎言，乔治为了折磨妻子玛莎，也可以虚构出另一个关于儿子撞车死亡的谎言来拆解前一个谎言，从而实现打击妻子玛莎的目的。荒诞派戏剧终归让"能指"通过自身的变幻游戏而创造出了全新的、包藏着更丰厚内涵的"所指"，语言终归通过自身的自由嬉戏而创造出了全新的、包藏着更深厚暗示性的意义。

　　法国"新小说"派作家反对以所谓表现社会真实生活而强调叙述内容、忽略叙述形式的传统小说创作主旨。"新小说"派作家要把传统文学创作论称之为形式的东西放在首要的、也是唯一显要的位置上。"新小说"派作家都非常大胆地从事复杂的叙述形式实验，他们要以"怎么写"代替传统的"写什么"，以"叙述的历险"代替传统的"历险的叙

---

　　① 〔美〕阿尔比：《动物园的故事》，郑启吟译，《荒诞派戏剧集》，第 268 页。

　　② 〔美〕阿尔比：《谁怕维吉尼亚·吴尔芙》，曹久梅译，黄晋凯主编：《荒诞派戏剧》，第 590 页。

述"。所以，米歇尔·布托就毫不讳言地把自己的小说看作"叙述者的
实验室"①。克洛德·西蒙说："当我面对白纸而坐时，我遇到两件东西：
一方面是我内心各种感情、回忆和印象的模糊混杂体，另一方面是语言，
我所寻觅的借以表达的词和单纯赖以排列成序的句式，它们将凝聚在那
句式中。""人们从来不是记述（或描写）一件在写作之前已经发生的事
情，相反，对象是在写作过程中产生（这里'产生'一词应取其一切意
义）并与写作本身同时出现的。它并非来自最初非常模糊的写作计划与
语言间的冲突，而是形成于以上两者的紧密结合，至少在我身上这种结
合所产生的结果比起最初的意图来不知要丰富多少。"②罗伯-葛利叶说：
"在我们的周围，世界的意义只是部分的、暂时的、甚至是矛盾的，而且
总是有争议的。艺术作品又怎么能先知先觉预先提出某种意义，而不管
是什么意义呢？""作品成立之前，什么也没有，没有肯定、没有主题、
没有信息，认为小说家'有些事要讲'，然后又寻求如何讲，这是一种
最严重的误解。"③ 相反，罗伯-葛利叶认为，往往是文学创作的虚构
"叙述"文本，可以建构起世界存在、人生意义。所以，他的电影小说
《去年在马里安巴》描写主人公 X 在一家豪华的国际大旅馆的墙、走廊、
门厅、圆柱、房间中游移，既非荒诞，也无意义，存在着，如此而已。
他极力想说明他所以来此，所以如现在所思、所为的理由，从而确定自
己现实存在的依据和意义。他以动人的、诗一般的"叙述"说："在这
里我自己以前等待过您，但和我现在的处境相距非常遥远了，现在我在
您跟前，正等待您永远不会再来的人，不可能再来了，不可能再一次使
我们分离，不可能把您从我身边夺走。您走吗？"④ 这个"叙述"起初是
大旅馆剧场舞台剧里面的男女主人公的戏剧表演。所以，接下来是这样
一段舞台上男女演员与 X 相互交叉的声音：

> 女演员的声音：我们必须再等待——几分钟——再等一
> 等，——几分钟，几秒钟……

---

① 〔法〕米歇尔·布托尔：《作为探索的小说》，张裕禾译，柳鸣九主编：《新小说派研
究》，第 89 页。

② 〔法〕克洛德·西蒙：《在斯德哥尔摩的演说》，傅先俊译，《世界文学》1986 年 4 期。

③ 〔法〕罗伯-葛利叶：《新小说》，董友宁译，《法国作家论文学》，第 400 页。

④ 〔法〕罗伯-葛里叶：《去年在马里安巴》，沈志明译，柳鸣九主编：《新小说派研究》，
第 277 页。

　　X 的声音：还要等几秒钟，好像您在跟他分手，——跟您自己告别以前，您还在犹豫不决，……

　　女演员的声音：……整个事情现在已经过去了。事情结束了，——再等几秒钟……

而后我们看见舞台上一男一女两个演员的表演：

　　女演员：……再等几秒钟——事情已经了结啦……

　　男演员：……永远了结啦……永远凝结在大理石般的过去之中，好似这些塑像，好似这个修建在石头上的花园——好似这座旅馆，旅馆里的屋子从此空空荡荡，仆人们僵着不动、哑然无声，大概早已死亡，但仍站在走廊的角上站岗放哨；沿着长廊，穿过空无人影的屋子，我曾来与您会面，我跨过一道道敞开的门来与您会面，好像我经过两道人墙似的，他们的脸呆板、僵化、专注、冷漠，而我始终等待着您，一直瞧着这座花园的入口处，但也许您还在犹豫……

　　女演员：现在行了。我是您的了。①

　　幕落。剧场灯火通明。观众慢慢离场。我们看见一个离群的女人，"她二十五岁到三十岁，美貌，但似乎茫然若失（我们用字母 A 来代替她），她修长，有塑像的身段。她的姿态正好跟幕落时女演员的姿态相同"②。旅馆剧场舞台剧里的"叙述"延续为主人公 X 的"叙述"，舞台剧里面的男女主人公的戏剧表演，延续为男主人公 X、女主人公 A 的人生抉择：

　　X："您还是老样子，我好像昨天才离开您。""您好像记不得我了。""我第一次看到您的时候是在弗雷德里克巴花园里……"

　　A："我想这不是我吧，您大概搞错了。"

　　X："请回顾一下：当时在我们附近有一个石雕群像，底座相当

---

　　① 〔法〕罗伯-葛里叶：《去年在马里安巴》，沈志明译，柳鸣九主编：《新小说派研究》，第 278—279 页。

　　② 〔法〕罗伯-葛里叶：《去年在马里安巴》，沈志明译，柳鸣九主编：《新小说派研究》，第 280 页。

高，上有一男一女，古装打扮，他们正在活动的姿态好像表现了某个确切的情景。您问我这些人物是谁，我回答说不知道，您作了好几种猜想，我说也可能是您和我。"

X："我的变化那么大吗？——还是压根您装作认不出我呢？" "一年了——也许一年多了。——至少您没有变化。——您的眼睛总是那样走神，同样的微笑，同样地突然发出笑声。" "请回忆一下，当时是在弗雷德里克巴花园里……"

X："您在等我呢。"

A："……不……我为什么等您？"

X："我自己等您很久了。"

A："在您的梦中吗？"

X："您又想逃脱。"

A："您说些什么啊？您说的话使我莫名其妙。"

X："一天晚上，我上楼到了您的房间……" "……您当时单独一人……"

A："请离开我吧……我恳求您……"

X："您要求我不再见您。——我们自然又见面了，——第二天——或第三天，或就在第三天。——也许是偶然的。" "我对您说应该跟我一块离开。您回答我说这当然是不可能的。但您明知道这是可能的，并且知道现在除此以外您没有别的事可做了。"

X："我再次走进您的房间时，您很害怕他的到来，或害怕他在那儿。" "反正这个时候他在赌厅。——我事先对您说过我要来的。——我到的时候，发现所有的门都微开着：您套房的前厅门，小客厅门，您的房间门。——我只要一扇一扇推开，然后一扇一扇关上。" "接下来的事情您是知道的。"

X："这串手镯，您也认不出来了吗？"

A："认得，不，不认得……我过去有过类似的手镯。"

X："这是在去年。您没有丢手镯。您把手镯留给了我……当作保证。在搭扣上有您的名字。"

A："是的。我看见了……但这是最常见的名字。所有的珍珠都相象……像这类手镯……大概有成百上千……"

X："就在这天您把这个小白手镯给了我。您要求我离开您一年，也许是想考验我……或让我厌烦……或让您自己忘记我。但是时间，算不了什么。现在我来找您啦。""这个事情发生一年了……我等了您一年……您也等了我一年……"①

主人公 X 的"叙述"使女主人公 A 经历了诧异、抗拒、矛盾、认可的痛苦过程，最后终于作出了人生的艰难抉择，告别了习以为常的旧我，走向了充满未知的新生。罗伯-葛利叶说："主人公强行把往事引进这个封闭而空虚的天地，好像是他杜撰的，他一边编，一边讲。其实没有什么去年，马里安巴在地图上也不存在。"②但是，男女主人公却似乎发见、确信，他们应该经历了"叙述"中的去年。因为，他们只有果真有"叙述"中的去年，现实的生命存在就可以继续生发出价值与意义。"新小说"派的小说创作要打破通常的时空局限，让过去、现在、未来和现实、想象、记忆、幻觉、梦境互相交错或重叠，要努力重新建立一个纯属内心世界的时间和空间，从而让人们领悟到小说叙述对世界存在、人生意义的建构性。比如罗伯-葛利叶的小说《嫉妒》中正面出现的是两个人，一个是女主人公阿 X，另一个是客人弗兰克。侧面出现的有随时听从召唤的仆人。女主人公的丈夫始终没有出现。只是餐桌上的三套餐具，说明还有第三个人，即女主人公的丈夫。另外，阿 X 乘坐弗兰克的汽车到城里去后，小说三次分别写"餐桌上只摆了一个人的餐具"。"在饭厅里，桌子上只放了一套刀叉，以备吃午饭。""餐桌上，仆人只摆了一套刀叉。"以及一个仆人的问话："太太没有回来？"③其实，女主人公阿 X 的丈夫或许就是叙述者，他一直在静静地观察、注视妻子和弗兰克的一言一行、一举一动，从而建构起了一种完全陌生化的"嫉妒"情感表现。黄晞耘先生在研究玛格利特·杜拉斯笔下的"情人"形象时发现，从《抵挡太平洋的堤坝》到《情人》、再到《来自中国北方的情人》越来越远离了历史真实，而逐渐幻化为作家本人心灵追求、情感寄寓的神话。具体而言，"情人"形象从"丑陋"而愈来愈趋于"英俊"，二人的

---

① 〔法〕罗伯-葛里叶：《去年在马里安巴》，沈志明译，柳鸣九主编：《新小说派研究》，第 290、294、297、298、304、305、312、313、321、328、337、340、341、343、344、348 页。

② 〔法〕罗伯-葛里叶：《去年在马里安巴·作者导言》，沈志明译，柳鸣九主编：《新小说派研究》，第 270 页。

③ 〔法〕罗伯-葛利叶：《嫉妒》，李清安译，柳鸣九主编：《新小说派研究》，第 218、228、235、246 页。

关系愈来愈从功利算计到肉欲的满足、再到炽热的爱情。所有这一切的实现完全在于杜拉斯通过语言叙述将实际不存在，但内心希望存在的东西写了出来，由此完成了写作就是生活的转换。①克洛德·西蒙说："在启蒙世纪末和'现实主义'神话诞生以前，诺瓦利斯就以惊人的明达指出了下列矛盾表象：'语言像许多数学公式一样，自己就构成了一个自身的世界，而且只在相互之间发生作用，除了表现它们本身的奇妙特性外，什么都不表达。正是这一点使它们变得那么富有表现力。以致事物间各种关系的奇特作用就体现在它们身上。'或许正是研究这一奇特作用的过程中，人们才构想出写作行为。每当写作行动稍微改变了一下以语言维系的人与世界的关系时，它也同时潜移默化地改变着世界。"②比如罗伯-葛利叶的小说《橡皮》描写主人公瓦拉斯一方面是一个奉命调查刺杀杜邦教授案件的侦探，他在小城的大街小巷行走，寻找调查对象。另一方面又是误杀杜邦教授的凶手，他在意识流的幻觉里漂泊，寻觅自己的父亲。现实中的瓦拉斯与古希腊的"俄底浦斯"都在破解"斯芬克斯"的谜语中追问：我们是谁？我们从哪儿来，应该到哪儿去？这一切皆没有非常明确的回答，因为生活本身就是一堆扑朔迷离的疑团，根本没有理性主义坚信的因果和目的。从这个意义上讲，"新小说"派文学以语言叙事的不确定性、含混性、漂浮性，以及似是而非、模棱两可性，创建了一个个万花筒般令人眼花缭乱的灿烂景观，从而建构起了人类社会历史、社会现实处境的全新说明。从这个意义上说，"新小说"派文学也就通过形式实验，创造了吻合现代西方人的心灵、情感的艺术形式符号，而后通过艺术形式符号产生了破除语言障碍、解决社会问题的重要功用。正如米歇尔·布托尔所说："如果你主张男女平等，你首先就会碰到语言上的障碍，男女不平等在语言上就有反映，在法文里，'教授'一词只用于男性，如果教授是一位女性，那就要在'教授'一词的前面加上'妇女'一词，这一件具体的事就反映了社会问题，你要解决男女不平等，那你在语言上就要改变上述这类情况，而要改变人们习惯的语言，那是很困难的一个问题，对此，政治家、社会活动家是无能为力的，但是作家却可以解决这个问题，他可以在作品中改变说法，改变表现的

---

① 黄晞耘：《一个形象的神话—从〈抵挡太平洋的堤坝〉到〈来自中国北方的情人〉》，《外国文学评论》2001 年 1 期。
② 〔法〕克洛德·西蒙：《在斯德哥尔摩的演说》，傅先俊译，《世界文学》1986 年 4 期。

方法，这虽然是很不容易的一件事，但作家总可以慢慢地起些作用，因此，新的表现方法、新的叙述方法实际上关系到了社会问题，而不是一种纯粹技巧上的变化。"①

"新小说"派作家否认有一个等待着被传达、诉说的现成的称之为内容的东西，否认在形式外套下面有一个赤裸裸的内容身躯，他们确信语言叙述形式就能够创造出所谓内容。反过来，"新小说"派作家也就同样毫不居高临下地对待读者，因为读者在阅读一本小说之前，也不可能从作品中接受现成的内容，相反，读者的主动阅读、积极参与才能够创造出内容。所以，罗伯-葛利叶的小说《橡皮》中的一切皆没有非常明确的说明，因为生活本身就是一堆扑朔迷离的疑团，没有理性主义坚信的因果和目的，也没有作家自以为是的真相告知。罗伯-葛利叶为了避免读者受作者的支配而产生"如临其境"的真实幻觉，还在小说叙事结构上摒弃了通常的时间顺序，让场景重复出现，其中只可能借助"物"的细节提示其场景的时间性差异。小说甚至在许多关键场景出现后，借用一块人物在文具店里所买的"橡皮"，把可能产生的情节连贯性和发展线索察抹掉，借以告诉读者所阅读到的东西只不过是一种虚构的言说文本，其中有许多断裂、空隙，读者完全有权利按自己的阅读行为去连接、去填充，去说明作品价值、阐释人生意义。罗伯-葛利叶这样说过："我劝读者们阅读时要有完全自由的思想，彻底忘却固有的观念。"②如罗伯-葛利叶的《窥视者》描写一个叫马弟雅思的旅行推销员回到他童年时代住过的一个小岛上推销手表，在路上捡到一条卷成 8 字形的绳子。马弟雅思在走门串户的过程中，发现一个牧羊女子雅克莲非常像小时候的女友奥维莱。后来，马弟雅思骑自行车路过海滨，看见雅克莲在一个僻静处牧羊。再后来，有人在海边发现了雅克莲被绳子捆绑着双手的尸体。再后来，雅克莲 18 岁的男朋友看见马弟雅思在雅克莲牧羊的海滨，把什么东西扔进了大海。马弟雅思在岛上住了两天后乘船回到了陆地。我们可以想象，马弟雅思用一条捡到的绳子将雅克莲捆绑了双手，强奸后杀死，尸体扔进了大海。这一切不需要什么重要的理由，只因为她长

① 柳鸣九：《现代派文学的"工匠"——访米歇尔·布托尔》，柳鸣九主编：《新小说派研究》，第 598 页。

② 〔法〕罗伯-葛利叶：《彻底忘却固有的观念》，余中先译，见《世界文学》1988 年 5 期。

得像小时候的女友，当年的希腊联军不是为夺回海伦而大规模跨海远征吗？还因为身上恰好有一条绳子，当年的希腊联军不是拥有强大的船队吗？但是，小说《窥视者》的故事叙述同样支离破碎，人物行为也断断续续。我们所看见的只是主人公眼睛所看到的一个个偶然的场景、所摄取的一个个随意的镜头。所有这些场景或镜头往往是某种物象的杂乱拼凑。小说最终没有明确告诉读者主人公马弟雅思是不是强奸、杀人的罪犯。从某种意义上说，小说根本没有完整的言说文本，从而给读者提供了无限思考、想象的空间。小说《嫉妒》的主要内容，大约可以归纳为：一个种植园园主的妻子阿 X 准备乘坐邻近另一个种植园园主弗兰克的汽车到城里，而后乘坐弗兰克的汽车到城里去了，再后据说因为汽车抛锚，不是按照原定的当天夜里而是第二天中午才回家，在一个蹩脚的旅馆里度过了一夜。但是，小说的叙述时序却交叉颠倒、发生的事情也反复呈现，比如弗兰克用餐巾或毛巾捻死一条蜈蚣的情景出现了三次。第一次的具体描写是："他无声地从椅子里站起身，手里依然拿着餐巾。他一边揉弄着餐巾，一边凑到墙边。……揉成一团的餐巾以更快的速度按了下去。……弗兰克把餐巾从墙上抬起来，用脚继续在地板上踩着什么。在大约离地一米高的墙上，留下了一块黑斑，样子像一个小小的问号。"相应的关于阿 X 的描写是："她直挺挺地坐在椅子里，双手平放在碟子两侧的台布上，……她的左手渐渐地握紧餐刀……纤细的手指攥紧了刀柄。"第二次的具体描写是："他无声地从椅子里站起身。……这时候，弗兰克一边揉着餐巾，一边凑到墙边。弗兰克把餐巾从墙上抬起来，用脚继续在地板上踩着什么。然后，他回到自己的座位上。"相应的关于阿 X 的描写是："阿 X 也僵在那儿……纤细的手指紧张地在白台布上握在了一起。"第三次的具体描写是："弗兰克一言不发，站起身，拿着毛巾。他一边悄悄地走去，一边把毛巾揉成一团，把蜈蚣往墙上一捻。随后，又用脚在地上踩着。接着他走回床边，顺手把毛巾搭在洗脸池旁边的铁棍上。"相应的关于阿 X 的描写是："白被单上的纤手紧张地蜷缩着，五个手指合拢来，用力过大把被单也抓绉了，被单上出现了五个辐聚的沟痕。"[①]根据小说的情景描写，我们可以揣测；弗兰克第一次捻死一条蜈蚣的时间是他（她）们准备进城前，第二次的时间是他（她）们

---

① 〔法〕罗伯-葛利叶：《嫉妒》，李清安译，柳鸣九主编：《新小说派研究》，第 213、221、243 页。

进城回来后，第三次可能发生在他（她）们进城后，忍了一夜的蹩脚旅馆房间里。同时，第一、第二次捻死蜈蚣留下的斑痕分别出现了四次，总共出现八次。这些揣测结合其他的细节描写比如阿 X 写信、阿 X 阅读或同弗兰克评论小说等等，可以勉强还原出故事发生的时序。当然，小说完全没有告诉我们阿 X 与弗兰克是否有私情。始终没有正面出现的丈夫是否有理由嫉妒，甚至是否发生了嫉妒。罗伯-葛利叶在《去年在马里安巴》的作者导言里说："但据说，如果对每个场景不作一定的'解说'，说明事情发生的时间和客观的现实性，观众有可能摸不着头脑。但是，我们决定相信观众的理解力，让观众自始至终陷于纯主观的想象中。这样，可能出现两种态度：一种态度是，观众竭力恢复某种'笛卡儿'格局，尽可能弄清来龙去脉，使之合情合理，那么这样的观众大概会认为这个电影难懂，如果不说无法理解的话；另一种态度则相反，观众随遇而安，随着眼前展现的异乎寻常的影像，随着演员的声音，随着音乐，随着镜头剪辑的节奏，随着主人公的激情，而进入电影，那么这样的观众会认为这是最容易看得懂的电影：这种电影只需要观众的感受性就行了，即他的视觉、听觉、感觉，任凭被感动就行了。他将感到影片中所讲的故事是最现实的，最真实的，最符合他日常的感情生活，如果他摆脱成见，摆脱心理分析，摆脱那些老一套的小说或电影给他灌输的粗劣得令人作呕的理解框框，其实这些理解框框是最抽象不过的。"[1]也就是说，在审美游戏活动中的读者是自由的，他（她）们可以、而且应该凭自己的能动参与、积极对话而获得自我存在的明证和意义。这犹如在球类游戏活动中一样，大家争抢的那个球没有什么意义，有意义的是围绕那个球而展开的争夺本身。比如米歇尔·布托的《变》采用第二人称叙述方式，也就将每个读者推入对自身生活现状的深刻反思，从而迫使每个读者不管"情愿与否，总要在自己的内心深处进行一番比较、排斥、认同，甚至不自觉或被迫戴上代尔蒙这个人物面具进入小说"[2]。布阿德福尔认为小说《变》"强调的既是对人物又是对读者提出的抽象而又玄妙的问题：您从何处来，您要什么，您要去哪里？主人公不能回答这些

---

① 罗〔法〕伯-葛利叶：《〈去年在马里安巴〉作者导言》，沈志明译，柳鸣九主编：《新小说派研究》，第 272 页。
② 林青：《〈变〉的第二人称的叙述视角》，见《外国文学评论》1989 年 2 期，第 85 页。

问题，他转弯抹角地从这部艺术作品里逃之夭夭了"①。其实，主人公不是逃跑，作者也不是逃跑，而是旨在改变读者与作品的传统关系，要给读者提供参与作品、参加审美"游戏"的多种可能性。读者完全可以自由地从自我生命的感悟出发，通过"阅读"而发掘或创造出不同的意蕴，从而获得一种绝对自主的精神自由实现。新小说派作家以其独特的艺术实践，赋予万千世界、芸芸众生以追问人生意义的自由精神，他们不仅像存在主义大师萨特以"我写作故我存在"替换了笛卡尔"我思故我在"的传统命题，还更进一步以"我阅读故我存在"的命题，拓展了萨特文学创作期望的自由召唤。

黑色幽默文学家充分理解了陌生化语言、奇思妙想的形式具有扩展、深化乃至创造审美意蕴的作用，所以，他们在小说中表现人物形象与周围世界的荒诞关系时，故意采用过度的夸张、扭曲的方式，使人们在忍俊不禁的喜剧性感受基础上产生了冷峻的反讽性，从而实现了颠覆不合理世界的审美目的。正如桑塔耶纳所说："我们对人们的同情愈少，我们对他们愚行的欣赏就愈细致：讽刺的乐趣非常近似残酷无情。"② "当幽默变得更深刻，而且确实不同于讽刺时，它就转入悲怆的意境，而完全超出了滑稽的领域。"③ 或者如米兰·昆德拉说："幽默是一道神圣的闪光，它在它的道德含糊之中揭示了世界，它在它无法评判他人的无能中揭示了人；幽默是对人世之事之相对性的自觉迷醉，是来自于确信世上没有确信之事的奇妙欢悦。"④比如约瑟夫·海勒的小说《第二十二条军规》描写迈洛中尉建立了一个国际卡特尔，在世界各地的硝烟炮火中自由地从事投机贸易生意。迈洛中尉作为小说中的离经叛道者主要代表之一，像尤索林一样也是一个非英雄、反英雄形象。但是，迈洛中尉不像尤索林始终在思索个人的"死还是不死"问题，拒绝执行更多的飞行任务，最后逃离了战场，迈洛中尉则创造性地增添了更多的飞行任务，因为"每个中队派给他一架飞机和一名驾驶员"，"飞机穿梭般地每周七天都在空中飞来飞去"。⑤ 甚至敌方军队的飞机也加盟其"迈—明联合公

① 〔法〕布阿德福尔：《新小说派概述》，肖曼译，柳鸣九主编：《新小说派研究》，第506页。

② 〔美〕桑塔耶纳：《美感》，缪灵珠译，北京：中国社会科学出版社，1982年，第173页。

③ 〔美〕桑塔耶纳：《美感》，缪灵珠译，第175页。

④ 〔捷克〕米兰·昆德拉：《被背叛的遗嘱》，余中先译，上海：上海译文出版社，2003年，第33页。

⑤ 〔美〕约瑟夫·赫勒：《第二十二条军规》，第209页。

司"，成为他经营投机贸易生意的运输工具。他非常精明地利用军队中的各种机会赚钱、发财，比如他偷走救生衣中的二氧化碳充气筒，做杨梅和菠萝冰淇淋苏打；偷走救急包里的止痛吗啡片，做黑市毒品交易。甚至战争中敌我双方的对峙都成为他谋取利润的捷径："迈洛跟美军当局订立了合同，轰炸德军在奥尔维耶托防守的一座公路桥梁；他同时又跟德军当局订立合同，用高射炮火攻击他自己的进攻，保卫奥尔维耶托的那座公路桥梁。他轰炸桥梁，美军得付他一笔轰炸费用，外加百分之六的小费；他保卫桥梁，德军也得付他一笔防卫费用，外加百分之六的小费。另外约定，迈洛每击落一架美军飞机，德军就再给他一千元奖金。"[1] 西方传统小说中的英雄都是西方传统理性主义历史进步主旋律大合唱中的好声音，迈洛中尉不像尤索林在理性主义历史进步主旋律大合唱中保持缄默，而是发出了歇斯底里的怪异声，从而巧妙地冲破了理性主义历史进步主旋律，表现了自己具有反讽意味的价值判断。

迈洛中尉同小说中的驯服工具人物类型则形成了复杂的反讽关系。他们就像古老的喜剧中，被称为"埃伊龙"（eiron）的佯装无知的人和被称为"阿拉仲"（alazon）的自夸自擂的人。迈洛中尉利用蹩脚的荒唐表演公然追逐自己的个人利益，人们看见的是"迈洛那张单纯、老实的面孔，这张面孔是不可能干出狡猾的事情或施展出阴谋诡计来的"。"那种铁面无私的神情，显出他不可能做任何有意识地违反自己所依赖的道德准则的事，就像他不可能变一只令人讨厌的癞蛤蟆一样。这些道德准则之一是：只要生意还能维持，要价就是再高也不算犯罪。"[2] 迈洛中尉曾经为自己收购了埃及市场的所有棉花而不能出手苦恼万分，更对尤索林赤身裸体可能会进一步影响自己所囤积棉花的销售而忧心忡忡。尤索林劝他行贿，"'行贿！'迈洛大发雷霆，险些儿又失却平衡，跌折自己的脖子。'你这么说真可耻！'他声色俱厉地说，好像从起伏的鼻孔和拘谨的嘴唇中喷出来似的，气得连干枯的口髭也抖动了"[3]。因此，人人都认为迈洛是一个笨蛋。尤索林也认为迈洛是个笨蛋，但同时也是个天才。有一次，他率领四架德国轰炸机，满载着甘薯、甘蓝、芥菜和黑斑豌豆等蔬菜降落在美军机场。他发现机场上等候着一排武装宪兵，要没收他

---

[1] 〔美〕约瑟夫·赫勒：《第二十二条军规》，第394页。
[2] 〔美〕约瑟夫·赫勒：《第二十二条军规》，第95页。
[3] 〔美〕约瑟夫·赫勒：《第二十二条军规》，第410页。

的轰炸机时，"他怒火中烧，暴跳如雷，用手指着卡思卡特上校、科恩中校和那个脸上有疤、手执冲锋枪带领宪兵的上尉这三张自知理亏的脸痛骂起来。'这里是俄国吗？'迈洛直着嗓子不相信地大声斥责他们。'没收？'他好像不相信自己的耳朵似的大叫着。'请问打哪一天起美国政府的政策是要没收公民的私人财产的！真可耻！你们这伙人竟想得出这样一个混蛋主意，真可耻！'"①然后，他的机械师在众目睽睽之下用双层白漆覆盖掉了德国轰炸机机翼、机尾和机身上的纳粹徽号，写上了"迈——明水果土产联合公司"的字样。迈洛中尉深刻理解了西方传统理性主义的历史内涵，他坚信争夺物质利益是天经地义的权利，也是毋庸置疑的人生真理。战争不过是在民族、国家名义下争夺物质利益的激烈化、白热化。反过来，物质利益就是凌驾在战争之上的总原则。所以，迈洛在同敌我双方订立轰炸或防卫的合同时，特别指出："由于两国的军队都是社会性的团体，作成这样的交易是私人企业的重大胜利。合同一经签定，不论轰炸公路桥梁还是保卫公路桥梁，迈洛的联营机构似乎全不需要出一兵一卒，也不需要破费分文，因为德美两国政府有足够的人力、物力在那儿可以办这件事，何况它们全乐于投入各自的力量。结果，迈洛只在两张合同上签两回字，就从合同的双方得到了极大的利润。"②他甚至希望政府把整个战场留给私人企业。③所以，这位佯装无知的"埃伊龙"非常清楚地知道，那三位长官作为传统理性主义的驯服工具代表，一直在分享战争的物质利益；三位长官也在自己的国际卡特尔享有股份，一直在分享硝烟炮火中投机贸易的利润。其中，卡思卡特上校、科恩中校前不久还在利用迈洛从事倒卖梅红番茄的生意。所以，自夸自擂的"阿拉仲"终于因为"自知理亏"而呆如木鸡。迈洛中尉的故事在以游戏化方式消解战争意义的同时，更深刻地反讽了西方传统理性主义历史进步理想已经走向方面的严峻异化后果。

黑色幽默文学在故意采用过度的夸张、扭曲的方式，使人们在喜剧性感受基础上产生了冷峻的反讽性的同时，也没有忘记对传统小说叙事语言的颠覆性实验。比如冯内古特的《顶呱呱的早餐》就全面背弃了西方小说注重故事情节、人物性格的传统，而是随心纵笔、随意讥讽，甚

---

① 〔美〕约瑟夫·赫勒：《第二十二条军规》，第392页。
② 〔美〕约瑟夫·赫勒：《第二十二条军规》，第394页。
③ 〔美〕约瑟夫·赫勒：《第二十二条军规》，第401页。

至在小说里穿插许多图画等等。托马斯·品钦的《V》、《万有引力之虹》等小说甚至把热力学和信息论的"熵"理论引入了文学创作，一方面从"熵"定律视角探讨人类社会和人类认识的必然命运，另一方面以寓言化叙事破解现代人类社会和人类认识在"熵"定律下的必然命运。

同黑色幽默文学相映成辉的另一美国文学艺术景观是所谓元小说（meta-fiction）。应该说，元小说的美学目的，就是要从一个全新的层次上揭示语言叙述与社会现实的全新关系。元小说的小说叙事者常常直接对小说的叙述进行评论，以此越过小说文本界限，中断小说叙事的连续性。比如巴思的小说《迷失在开心馆中》在以第三人称叙述故事的同时，大量直接插入作者对小说叙述的评论，甚至标点符号的使用方法等等，让读者充分意识到了小说创作的语言虚构性时恍然明白：所谓迷失在开心馆中其实是迷失在语言的神秘网络中。主人公安布罗斯在肉体上、精神上探索走出开心馆的现实路径，其实是在探索走出语词迷宫的思维路径。同时，小说的读者不是在阅读社会生活，而是在阅读文字叙述。还比如唐纳德·巴塞尔姆的小说创作为了揭示文学构思和写作过程的语言虚构性，不惜采用异常庞杂的行文形式：广告、图像、画片、市井俚语、黑语行话、陈词滥调、插科打诨等等杂糅在一起；有时候为展示字句的声音和质地而大量使用对话，有时候为达到某种绘画的效果而在字体和版面上费尽心机。巴塞尔姆的《白雪公主》全书有107节，长的有五页半，短的只有一行。有一节的字形是全黑体，另一节是全斜体。在小说第一部分和第二部分之间是两页读者意见问卷调查表。巴塞尔姆很有特色的小说《句子》里，一个始终未完成的句子像一条具有生命的线条蜿蜒延伸，串联起了两千多个英语单词。巴塞尔姆的小说《亡父》甚至被有些评论家认为是作家用小说形式写成的文学论文。其实作者是故意以晦涩难解的方式写成一部离奇古怪的小说，借以表达现代小说对传统小说的僭越。小说里的"亡父"最后被埋入墓穴，象征着传统小说最后被彻底埋葬。正如莫里斯·迪克斯坦所说："巴塞尔姆有意识地阻碍我们读者在传统小说中进行的那种低劣而肤浅的识别，但他却找不到什么东西取而代之。我猜想，巴塞尔姆从戈达德的电影中得到启示，删除了大部分原始的叙事渣滓，以便使当代文化的糟粕能更加势不可挡地显示自己。"①

─────────────

① 〔美〕莫里斯·迪克斯坦：《伊甸园之门》，方晓光译，上海：上海外语教育出版社，1985年，第221页。

元小说的表现方式还通过戏拟式模仿和反讽，在嘲弄人们相信文学真实表现人类社会生活的同时，更让人们重新体验文学的语言游戏性。比如罗伯特·洛厄尔·库弗的《火刑示众》所涉及的事件是1953年的罗森堡夫妇案。小说描写副总统尼克松在行刑前想得到一些情报而偷偷专访罗森堡夫人，却鬼使神差地发生了做爱的念头。正待做爱时，狱吏闯进来告知行刑时间到。尼克松没有束好裤带就赶到执行死刑的时代广场作公开演讲。语言虚构的滑稽性、戏谑性代替了历史、政治的严肃性、庄重性。约翰·巴思的小说《漂浮的歌剧》的书名《漂浮的歌剧》既是小说中主人公托德·安德鲁企图炸毁的演戏船的名字，又是主人公托德·安德鲁为自己所写作的小说拟订的标题。这样，"漂浮的歌剧"作为一个中介符号既是巴思的小说，又是小说中主人公托德·安德鲁的小说。并且，托德在巴思和他自己的小说中都是以第一人称的叙事方式，以1937年那一天的事件为中心，穿插了从1900年诞生到1954年写此书时的一生。所以，主人公托德既是巴思小说的主人公，又是自己小说的主人公。这样，巴思的小说文本与托德的人生生活、托德的小说文本与托德的人生生活既构成了双重的语言虚构，又形成了浑然一体的生活真实。生活好比一艘漂浮的演戏船，小说好比船上上演的戏剧。生活是永远漂浮不定的，小说呈现的场景也是断断续续的。正如约瑟芬·韩丁所说："在安德鲁的生存定理之外有着巴思关于生活的看法，即生活像是支离破碎的插曲，像是漂浮着的歌剧，你可以在河岸边观看它，但是只能看到在你那个特定地点跟前演出的那一段，其余部分一点也看不到。"[1]由此，托德所写出的东西充满了不确定性、模糊性、矛盾性，甚至连事件的具体日期都讲不清楚。于是，"巴思完成了对整个逻辑过程的极端戏弄，完成了对组合生活、排列生活、给生活编目使之有意义的那种心灵力量的极端戏弄"[2]。实际上，不管是托德还是巴思，他们所重视的不是讲述什么，而是讲述本身。因为，讲述什么既不清楚，也不重要；讲述才是借以证明自己存在的方式。巴思的《路的尽头》可视为《漂浮

---

[1]〔美〕约瑟芬·韩丁：《实验小说》，韩邦凯、冯国忠译，丹尼尔·霍夫曼主编：《美国当代文学》（上），北京：中国文联出版公司，1984年，第363页。

[2]〔美〕约瑟芬·韩丁：《实验小说》，韩邦凯、冯国忠译，丹尼尔·霍夫曼主编：《美国当代文学》（上），第363页。

的歌剧》的延伸。小说中的主人公雅科布像《漂浮的歌剧》中的托德一样也是巴思小说的主人公、叙述者兼自己小说的作者。这样，雅科布的生活故事以及他作为故事的主人公本来是巴思虚构的，但雅科布又作为小说中的作者虚构出他自己和他人的故事。这种故事套故事、主人公兼作者的叙事模式为小说创作的随意性、不确定性、虚幻性提供了巨大的自由空间，也为读者理解现实生活的随意性、不确定性、虚幻性提供了广阔的参照维度。生活与叙述、语言与现实，交相建构起了人们的所视、所感、所思的无限可能性。还如约瑟芬·韩丁所说："在爱好艺术的作家手里，艺术可以是生存的工具。对具有实际想象力的作家来说，生活的无意义或个性的分裂可以像轮盘赌一样充满可能性。约翰·巴思把对'自我本质'的关心，把对现实主义者关于我们是谁、是干什么的探索的关心变成了纯粹的娱乐。艺术家可以表现得跟隔壁靠撒谎过日子的人一样，那个人为了减轻他生活的真相所造成的痛苦，就篡改他自己的身世。"①

拉美作家有幸同时秉承了几种文化遗产。加西亚·马尔克斯说："在拉丁美洲，我们一直被说成是西班牙人。一方面确实如此，因为西班牙因素组成了我们文化特性的一部分，这是无可否认的。不过我在那次安哥拉之行中还发现，原来我们还曾经是非洲人，或者说，是混血人。我们的文化是一种混合文化，是博采众长而发展起来的。那时我才认识到这一点。在我的故乡，有些文化样式来源于非洲，而与高原地区的土著民族文化大不相同。在我们加勒比地区，非洲黑奴与殖民时期之前的美洲土著居民的丰富想象力结合在一起了；后来又与安达卢西亚人的奇情异想、加利西亚人对超自然的崇拜掺合在一起。这种以魔幻手法来描绘现实的才干来源于加勒比地区和巴西。"②显而易见，拉美人的历史文化中包含着古老的西班牙文化、古老的印第安文化和古老的非洲黑人文化。三种文化里包含的原始意象、神话原型，无疑为魔幻现实主义文学家表现其繁复的情感痛苦、广袤的心理错综、命运的诗意猜测、深邃的精神

---

① 〔美〕约瑟芬·韩丁：《实验小说》，韩邦凯、冯国忠译，丹尼尔·霍夫曼主编：《美国当代文学》（上），第360页。

② 〔哥伦比亚〕加西亚·马尔克斯：《番石榴飘香》，林一安译，北京：生活·读书·新知三联书店，1987年，第73页。

困惑准备了庞大的"艺术语言"储藏。危地马拉的阿斯图里亚斯的《总统先生》就运用了印第安民族文化观念形式描绘世界、人生，预感和征兆充斥了作品。比如小说描写安赫尔爱上卡米拉、放走将军后，应召进入总统府时，看见院子里有一群印第安人正在跳托依尔神舞蹈。这就预示了安赫尔将作为一个祭奠用的活人，供奉给托依尔神的化身——总统先生。委内瑞拉的乌斯拉尔·彼特里的《雨》运用了印第安民族文化观念形式描绘世界、人生，"万物有灵"思想贯穿了作品。比如小说中同下雨有着神秘交感关系的小孩，实际上就是印第安神话《波波尔—乌》中供奉雨神而流着泪水的小孩化身。所以，赫苏索老人最初发现那个来历不明的小孩时，"小孩正在玩着撒尿，没有发觉。地上出现了一条弯弯曲曲的细流，一端较宽，泥水混浊，上面漂着几片很小很小的叶子。这时，只看见从小孩的肮脏的手里掉下一只蚂蚁。"小孩嘴里还大声喊着："一瞬间，堤坝决口了。轰隆……轰隆……轰隆……洪水翻滚着，人们飞奔逃命……青蛙叔叔的庄园被冲毁了……蚱蜢阿姨的饲料场被淹没了……所有的大树，啪嚓！……轰隆！……都被冲倒了，蚂蚁婶婶也被卷进了急流……"① 古巴的阿莱赫·卡彭铁尔的《人间王国》则运用了非洲黑人信仰的原始伏都教文化观念形式描绘世界、人生，人与动物相互转化的思想贯穿了作品。比如小说描写黑人领袖麦克康达尔领导的大规模武装暴动失败后，被活活烧死了。但是，黑人们分明看见麦克康达尔在烈焰中化作大鸟飞升了。

拉美作家还有幸始终对欧洲文明呈开放状态，他们接受了欧洲精神文化的新成果，完成了思维方式的更新，拓展了艺术想象的纵深度。比如阿根廷的路易斯·博尔赫斯的小说《交叉小径的花园》中的颠倒时间顺序、错乱空间界限、杂糅潜意识与意识、融会哲理和梦幻的现代主义审美观念，无疑促进了魔幻现实主义从民族走向世界的艺术升华。墨西哥的胡安·鲁尔弗的小说《佩德罗·帕拉莫》（也译为《人鬼之间》）在以墨西哥人生与死传统观念，展示似人似鬼、似生似死、似梦似醒魔幻氛围的同时，也成功运用了原始神话所孕育、现代主义充分发挥的"象征"艺术手段，比如小说描写主人公佩德罗·帕拉莫在童年的梦幻追忆

---

① 〔委内瑞拉〕乌斯拉尔·比埃特利：《雨》，毛金里译，《拉丁美洲短篇小说选》，北京：人民文学出版社，1981年，第158页。

中，同自己挚爱的姑娘苏萨娜一起放风筝的情景，他曾从心底里呼唤："我想念你，苏萨娜，也想念那绿色的小丘。在那刮风的季节，我们一起放风筝。……麻绳顺着大风从我们手指间跳出，最后，轻轻地喀嚓一声折断了，好像是被什么鸟的翅膀碰断一样。那风筝拖着它的尾巴和麻绳从天空中落下，消失在翠绿的大地上。""你躲藏在几百米的高空里，躲藏在云端，躲藏在很远很远的地方，苏萨娜。你躲在上帝那无边无际的怀抱里，躲藏在神灵的身后。我追不上你，也看不到你，连我的话语也传不到你那里。"① 无疑是以象征的方式重现了古希腊神话中的阿莉阿德尼的故事。风筝的麻绳一次次地折断，苏萨娜也永远离去，主人公将永远陷落在仇恨与罪恶的迷宫中直至被仇恨与罪恶所吞没。还比如主人公佩德罗·帕拉莫的名字来源于 Pebro（石头）和 Paramo（荒野），象征主人公是荒野里无血无热的石头。科马拉村的村名 Comala 是引伸于 Comal（一种陶土制的烤炉上的饼铛），象征科马拉村是折磨着孤魂病鬼们的炼狱般的迷宫。

魔幻现实主义融汇了迷离惝恍的幻觉与触目惊心的现实，结合了神奇怪异与平日习见的事物，运用了人神相通、亦梦亦觉、生与死交替、过去与现在重复、现在与未来往返的原始神话，创造了一个个具有循环往复迷宫意识的现代寓言，充分表现了拉美大陆新旧文明撞击乃至人类文明发展的心灵迷惘和精神困惑。比如加西亚·马尔克斯《百年孤独》没有一个完整的故事，而是由纷繁复杂的人物事件，建构了一个具有符号意味的孤独寓言。

寓意之一：孤独作为拉美人的生存处境，具体体现为两种状态：首先，孤独是一种绝对的空间隔绝和封闭。它映照出拉美人几百年僵化与愚昧，几百年被隔离在世界文明圈外的痛苦。所以，外面世界涌进的磁铁、望远镜、放大镜、假牙、冰块等皆使马贡多人感觉无比惊异，火车、电灯、电影、电话、留声机等皆使马贡多人茫然不知所措。"上帝似乎决意要考验一下人们的全部惊讶能力，他让马贡多的人们总是处于不停的摇摆和游移之中，一会儿高兴，一会儿失望；一会儿百思不解，一会儿

---

① 〔墨西哥〕胡安·鲁尔弗：《人鬼之间》，屠孟超译，北京：人民文学出版社，1986 年，第 12—14 页。

疑团冰释，以至谁也搞不清现实的界限究竟在哪里。"① 其次，孤独是一种完全的时间阻断和停滞。它映照出拉美人几百年的停滞与落后，几百年被遗弃在世界历史外的悲哀。所以，殖民结束后是无休止的内战。内战的结果不过如奥雷良诺上校所说："一切只不过是为了别把我们的房子涂成蓝色。"② 发动过 32 次起义，经历过 14 次暗杀、73 次埋伏和一次行刑队的枪决的奥雷良诺上校，也无非只是每天循环往复地炼金制作小金鱼。因为，相应的文化传统没有赋予他们先进的制度更新意识。奥雷良诺上校的所谓自由斗争起义，一方面注定要失败，因为他"是因为高傲而去打仗的"③。它没有，也不可能有明确的人类理想的社会制度设想；另一方面就算是侥幸获得成功，也无非是再产生出一个《族长的没落》中的独裁者。比如小说描写了一个保守党将军蒙卡达，同自己的军事对手奥雷良诺上校"成了很好的朋友。他们甚至还设想这样一种可能性：协调两党的民众力量，消除军人和政客们的影响，以建立一个吸收两党学说中最好部分的合乎人性的政权"④。蒙卡达将军担任政府任命的马贡多市长期间，"他穿起了自己的便服，用徒手的警察代替了军人。他使大家遵守停战法令，还抚恤了一些在战争中阵亡的自由党的家属。……他创造了互相信任的气氛，使大家想起战争就像是回忆过去一场荒唐的恶梦"⑤。后来，奥雷良诺上校的军队打败了政府军，占据了马贡多，逮捕了蒙卡达将军。尽管乌苏拉坚称蒙卡达将军"是咱们马贡多有史以来最好的统治者"，甚至动员了"创建马贡多的老妪们一个接一个地颂扬着蒙卡达将军的恩德"⑥，但是，蒙卡达将军还是被枪决了。蒙卡达将军临刑前一针见血地告诉奥雷良诺上校说："你不仅将成为我国历史上最暴虐无道、最残忍凶狠的独裁者，而且还会杀了我的乌苏拉大婶以宽慰你的良心。"⑦ 奥雷良诺上校显然在不可驾驭的历史异化力量作用下，在独裁暴虐的道路上失去了控制。"这个时候只有他一个人明白，自己那颗惶惑

① 〔哥伦比亚〕加西亚·马尔克斯：《百年孤独》，第 212 页。
② 〔哥伦比亚〕加西亚·马尔克斯：《百年孤独》，第 225 页。
③ 〔哥伦比亚〕加西亚·马尔克斯：《百年孤独》，第 126 页。
④ 〔哥伦比亚〕加西亚·马尔克斯：《百年孤独》，第 136 页。
⑤ 〔哥伦比亚〕加西亚·马尔克斯：《百年孤独》，第 136—137 页。
⑥ 〔哥伦比亚〕加西亚·马尔克斯：《百年孤独》，第 148 页。
⑦ 〔哥伦比亚〕加西亚·马尔克斯：《百年孤独》，第 149—150 页。

不安的心已注定永远飘忽不定了。起初，他被凯旋的荣耀、被难以置信的胜利冲昏了头脑，觊觎深渊中的权势……正是此时，他决定不管什么人——包括乌苏拉在内——都不许靠近到离他三米以内的范围。无论他走到哪里，他的副官都用粉笔在他周围的地上画上一个圈，他站在圈中央——那个圈里只有他一个人能进去——用简略而不能违抗的命令决定着外界的命令。"① 甚至他最亲密的战友马尔克斯上校也忍不住说："奥雷良诺，你得注意自己的良心。你这个大活人已经在腐烂了。"② 奥雷良诺上校甚至面对自己饱经半个世纪风霜、艰辛折磨而无比衰老的母亲，"他最后一次作出努力，在自己心底寻找柔情泯灭腐烂的地方，却还是没有找到"③。另外，内战期间担任马贡多地方行政首脑和军事长官的阿卡迪奥，随意地颁布一些荒唐的文告，甚至以冒犯当局的罪名，草菅人命，"终于成了马贡多有史以来最凶残的统治者"④。同时，阿卡迪奥还同父亲霍塞·阿卡迪奥合谋，父亲强占了许多土地，自己则滥用权力在那里收税。以致"数年后，当奥雷良诺·布恩地亚上校检查财产证书时，发现从霍塞·阿卡迪奥院子的土丘上放眼四顾，凡目力所及之处，包括公墓在内，统统登记在他哥哥的名下；还发现阿卡迪奥在当政的十一个月内，不仅侵吞了所有的税款，而且还搜刮居民们为能在霍塞·阿卡迪奥的属地上埋葬死者而交付的一切款项"⑤。所以，加西亚·马尔克斯一直认为独裁暴政"是拉丁美洲文学有史以来一个永恒的主题"⑥。

寓意之二：孤独作为拉美进步知识分子的哲学体验。它表现为文明与落后、前进与倒退的深刻反思。他们一方面作为欧美文明宴席上的迟到者，痛苦地反思自我民族的愚昧、落后；另一方面又怀着对人类命运的思考，深切地关注着欧美文明的集体悲剧。所以，他们的文学既体现了拉美人繁复的情感痛苦，又揭示了现代人类广袤的心理错综；既显现了拉美人对命运的诗意猜测，又表达了现代人类深邃的精神困惑。所以，小奥雷良诺和阿玛兰塔·乌苏拉以其至诚爱情孕育的孩子，也是一个世

---

① 〔哥伦比亚〕加西亚·马尔克斯：《百年孤独》，第 154 页。
② 〔哥伦比亚〕加西亚·马尔克斯：《百年孤独》，第 155 页。
③ 〔哥伦比亚〕加西亚·马尔克斯：《百年孤独》，第 163 页。
④ 〔哥伦比亚〕加西亚·马尔克斯：《百年孤独》，第 96 页。
⑤ 〔哥伦比亚〕加西亚·马尔克斯：《百年孤独》，第 105 页。
⑥ 〔哥伦比亚〕加西亚·马尔克斯：《番石榴飘香》，第 127 页。

纪来唯一因为爱情孕育的后代，却长了一条猪尾巴。尽管阿玛兰塔·乌苏拉不无自豪地称之为"一个十足的野小子"，奥雷良诺果断地要"叫他奥雷良诺"，并坚信"他准能打赢三十二场战争"，① 他还是被一起出动的全世界的蚂蚁群拖到蚁穴中去了。因为人类文明史就是历史与人伦二律背反无情原则下的痛苦历程，真爱的缺失就是人类历史至今为止的现实。改变现实的唯一途径就是《圣经》中记载的毁灭人类的大洪水。所以，唯一懂得真爱的小奥雷良诺，终于从家族几代人都未能破译的羊皮纸书中，在错综复杂的血缘迷宫中领悟到了家族、民族乃至人类孤独的症结，那就是命中注定只能挣扎在自以为是的社会历史进步，其实是循环往复的、毫无意义的神秘迷宫里。这是家族、民族、乃至人类的宿命。所以，就在小奥雷良诺大彻大悟的那一刻，马贡多在飓风的袭击下彻底消失了。小说无疑是深刻阐释人类社会历史亘古悖论的《圣经》式寓言。《百年孤独》的结尾有这样一句话："命中注定要一百年处于孤独的世家决不会有出现在世上的第二次机会。"② 但加西亚·马尔克斯在诺贝尔文学奖的授奖仪式讲话中却说："我们这些相信一切的寓言创造者们感到，我们有权利认为，着手建造一个与之抗衡的乌托邦还为时不晚。这将是一个崭新的、灿烂如锦的、生意盎然的乌托邦，在那里任何人都不会被人决定死亡的方式，爱情真诚无欺，幸福得以实现，而命中注定一百年处于孤独的世家最终会获得并将永远享有出现在世上的第二次机会。"③ 作为周而复始地围绕着虚无轴心无限循环的马贡多，作为一个有形和无形的人类心灵迷宫，再也不会在世上出现第二次了。正如上帝曾以洪水后的彩虹与挪亚庄严立约，他不会再一次毁灭人类了。但是，劫后余生的挪亚的子孙命中注定会重蹈人类的覆辙，上帝不能不认可人类历史的发展法则。他只能派遣自己的儿子来到人间代替人类受难赎罪。所以，作为一个类似《圣经》中耶稣受难的神话寓言，一个寄托人类理想追求的故事，一个净化魂灵的悲剧，一个倾诉不幸与痛苦的媒介，一个表现人类亘古历史情感与现实经验的艺术符号，一个抗衡孤独神秘迷宫的心灵乌托

---

① 〔哥伦比亚〕加西亚·马尔克斯：《百年孤独》，第381页。

② 〔哥伦比亚〕加西亚·马尔克斯：《百年孤独》，第386页。

③ 〔哥伦比亚〕加西亚·马尔克斯：《在诺贝尔文学奖金授奖仪式上的讲话》，何榕译，张国培编：《加西亚·马尔克斯研究资料》，天津：南开大学出版社，1984年，第155页。

邦，却将永远享有出现在世上的第二次机会。

　　魔幻现实主义运用诗性的语言符号，成功地建构起了一个个贝尔所称的"有意味的形式"，其绝妙的艺术实践正如路易斯·博尔赫斯的小说《交叉小径的花园》中的人物史蒂芬·阿尔贝告诉主人公说："有一个时候，崔朋说：我要隐居，去写一本小说。另一个时候，他说：我要隐居，去造一座迷宫。所有的人都以为这是两项工作，谁也没有想到写小说和造迷宫是一回事。"①

---

　　① 〔阿根廷〕博尔赫斯：《交叉小径的花园》，《博尔赫斯短篇小说集》，王央乐译，上海：上海译文出版社，1983 年，第 77 页。

下 编

哲学价值论转向中的现代主义文学微观阐释

我们在前面宏观描述了现代西方哲学的价值论转向在引动人生意义追问、价值观转变、关注语言符号的变化时，如何影响了西方现代主义文学表现出追问人生意义的价值论倾向，关心个体、偶然、现象的价值观转变，注重语言艺术形式的创新实验。在此基础上，我们不妨再进一步通过微观阐释最有代表性的现代主义文学艺术家的文学艺术创作和现代哲学家的文学艺术思考，说明西方现代哲学之"思"与西方现代文学之"诗"、存在意义追问与语言形式实验的复杂、微妙关系。

第四章　卡夫卡小说的"悖谬"迷宫

在表现主义文学乃至现代西方文学作品中，卡夫卡的小说艺术始终充满着令人百思不得其解的困惑。叶廷芳先生说："卡夫卡的思维特点乃至创作特点都与一个哲学术语有关，这个哲学术语就是'悖谬'（Paradox）。悖谬，一个事物两条逻辑线的相互矛盾与抵消。"① 由此，破解卡夫卡小说艺术困惑的最有效方式，就是深入卡夫卡小说中的"悖谬"迷宫，而深入卡夫卡小说"悖谬"迷宫的路径可以有三条：社会批判与自我批判、勇敢追问真理的反抗与无可奈何的妥协、文学叙事逻辑与社会历史逻辑的对立统一。

1. 社会批判与自我批判

所谓社会批判，主要是指卡夫卡小说通过一系列孤独、苦闷、恐惧的小人物形象，显示了挤压人、虐待人、折磨人的社会异己力量的强大和无情。这种社会异己力量往往显示为人类社会机器如何制造了普遍的荒诞生活处境和广泛的荒诞精神感受。比如短篇小说《一次日常的混乱》中的 A 与 B 始终在日常混乱中不能相会。《叩击庄园的大门》中的普通人无缘无故地遭受恐吓与监禁。《最初的痛苦》中的空中飞人表演者夜以继日地追求高秋千上的完美表演，适应高秋千上的生活习惯而失去了生命的本真。长篇小说《美国》（也译为《失踪者》）中的卡尔·罗斯曼，因为朴实、善良的本性而受尽社会的愚弄和欺凌。尤其是长篇小说《诉讼》中的约瑟夫·K 更是无端地遭受残酷的迫害和杀戮。小说描写主人公约瑟夫·K 在无端被宣布逮捕、经历百般折腾后，被律师的女看护劝告："别再这么倔强，你斗不过法院，你得认罪。下次审讯时就认

---

① 叶廷芳：《卡夫卡全集·总序》，叶廷芳主编：《卡夫卡全集》第一卷，第13页。

罪吧，只有这样你才能逃脱他们的魔掌，只有这种办法才能救你自己。"①被律师告知："有不少玩忽职守和贪赃枉法的官员。"② "千万别去惹法官们！不管多么违背自己的意愿，你也得委曲求全。你应该懂得，这个庞大的司法机构始终保持着一种微妙的平衡，如果有人稍微变动一下这个机构的组织，就会摔跟头从而彻底毁灭，而这个机构则可以靠自身其他部分的补偿作用而恢复平衡，因为它的各部分是相互关联的。它一点也不会改变，相反，会变得更加牢固，更加警惕，更加严酷，更加凶恶。"③被画师告知："还从来没见过有哪一件案子是真正宣判无罪的。"④谷物商告诉主人公，他为自己的案子已经请了六个律师，折腾了五年多，几乎"把所有的钱都花在打官司上了"⑤。现在已经耗尽了资金、耗尽了精力，几乎倾家荡产了。于是，主人公终于发现："起诉不是轻率做出的，一旦对某人提出起诉，法院就认定被告有罪，并且很难改变这种看法。"⑥果然，约瑟夫·K终归没有逃脱无妄之灾对自我的重击，最后无可奈何地接受了"像狗一样"死去的命运。长篇小说《城堡》则充分揭示了普通老百姓因为残忍的社会异化力量而普遍地麻木驯顺、浑浑噩噩。小说主人公K来到城堡下属的村子里，发现大桥酒店那些喝酒的农民看上去"一张张简直就是受苦受难的脸——他们的颅骨似乎被人打扁了，面部线条则是挨打后的痛苦表情勾勒出来的——和厚大的翻嘴唇"⑦。当他们偶尔撞见新鲜的人或事时，往往"张开大嘴站在一旁观看，但同时又没有观看，因为他们的目光游移不定，茫然若失地盯住某种无关紧要的东西瞅一阵"⑧。他们知道K的"土地测量员"身份后，一个个赶快"都把脸背过去使劲往外挤，可能是怕明天被他认出来吧"。

---

① 〔奥地利〕卡夫卡：《诉讼》，章国锋译，叶廷芳主编：《卡夫卡全集》第三卷，第89页。
② 〔奥地利〕卡夫卡：《诉讼》，章国锋译，叶廷芳主编：《卡夫卡全集》第三卷，第96页。
③ 〔奥地利〕卡夫卡：《诉讼》，章国锋译，叶廷芳主编：《卡夫卡全集》第三卷，第99页。
④ 〔奥地利〕卡夫卡：《诉讼》，章国锋译，叶廷芳主编：《卡夫卡全集》第三卷，第124页。
⑤ 〔奥地利〕卡夫卡：《诉讼》，章国锋译，叶廷芳主编：《卡夫卡全集》第三卷，第139页。
⑥ 〔奥地利〕卡夫卡：《诉讼》，章国锋译，叶廷芳主编：《卡夫卡全集》第三卷，第121页。
⑦ 〔奥地利〕卡夫卡：《城堡》，赵容恒译，叶廷芳主编：《卡夫卡全集》第四卷，第25页。
⑧ 〔奥地利〕卡夫卡：《城堡》，赵容恒译，叶廷芳主编：《卡夫卡全集》第四卷，第25页。

甚至酒店老板也"带着乞求的目光不断围着他转"①。城堡派来的两个助手则"唯名是从、唯唯诺诺到可笑的地步"②。K在村子里走了大半天，进入了第一道打开大门的农户，看见角落里坐在靠椅上的女人面带倦容，"泥塑木雕似地靠在椅背上，甚至连胸前的孩子她也不低头看上一眼，而只是视而不见地仰望空中"，犹如"凝滞不动的、美丽、忧郁的雕像"。③K第一次会面的盖尔斯泰克用雪橇把艰难跋涉在雪地中的K送回酒店时，K发现紧跟在瘦弱小马后面的盖尔斯泰克，"躬腰、虚弱，一瘸一拐地走着，那张瘦脸冻得通红，又看得出在患鼻伤风。一条毛围巾把头和脖子紧紧裹住，使这张脸显得特别小。这个人显然有病，仅仅为了能把K赶快送走而勉为其难地出门"④。K第一次到巴纳巴斯家，看见"那位患风湿病的老态龙钟的父亲，他更多地靠那双瑟瑟摸索的手而主要不是靠那两条僵硬的、慢吞吞移步的腿走路，再看那位双手交叉放在胸前的母亲，她全身虚胖，也是步履维艰，移动半步也难上加难"⑤。K来到所谓贵宾楼酒店，看见这儿的农民也"都是扁平脸庞，额头、颧骨、下巴突出，却又有多肉的面颊。他们一概少言寡语，几乎纹丝不动地坐着，只用目光尾随新来者，然而眼神又是迟滞、冷漠的"。弗丽达则"是个头发金黄、脸膛瘦削、有着一双忧伤眼睛、不引人注目的小个子姑娘"⑥。我们还可以把《美国》、《诉讼》、《城堡》中的主人公的人生遭遇作为一个整体，理解为现代社会中一个普通人的命运象征。《美国》中的卡尔·罗斯曼，在经受了愚弄欺凌、漂泊流离的痛苦生活后，最终在"每一个人都受欢迎"⑦的巨幅广告吸引下，乘上了通往遥远希望世界的列车。我们可以设想，主人公经过若干年的勤奋工作，熬成了《诉讼》里的银行高级职员。这位三十而立的成功人士却无端地纠缠上了莫名的官司，从此失去了正常的生活。我们还可以设想，主人公没有等待最后判决的来临，而是幸运地逃离了荒诞的法律社会。经过若干年的颠沛流浪，主人

---

① 〔奥地利〕卡夫卡：《城堡》，赵容恒译，叶廷芳主编：《卡夫卡全集》第四卷，第7页。
② 〔奥地利〕卡夫卡：《城堡》，赵容恒译，叶廷芳主编：《卡夫卡全集》第四卷，第23页。
③ 〔奥地利〕卡夫卡：《城堡》，赵容恒译，叶廷芳主编：《卡夫卡全集》第四卷，第14—15页。
④ 〔奥地利〕卡夫卡：《城堡》，赵容恒译，叶廷芳主编：《卡夫卡全集》第四卷，第18页。
⑤ 〔奥地利〕卡夫卡：《城堡》，赵容恒译，叶廷芳主编：《卡夫卡全集》第四卷，第35页。
⑥ 〔奥地利〕卡夫卡：《城堡》，赵容恒译，叶廷芳主编：《卡夫卡全集》第四卷，第40页。
⑦ 〔奥地利〕卡夫卡：《失踪者》，张荣昌译，叶廷芳主编：《卡夫卡全集》第二卷，石家庄：河北教育出版社，1996年，第226页。

公成了《城堡》里的外来者，却始终无法提供说明自己合法身份的居留许可证。所以，马克斯·勃罗德在《失踪者》的第一版后记里说："这部小说（《失踪者》）与他（按年月顺序）依次排列的《诉讼》和《城堡》有着内在的联系。这是卡夫卡留下的孤独三部曲。主题就是人的陌生感、孤独感。……所有三部小说所探讨的都是个人进入人类社会的问题，而且，由于这涉及最崇高的公正，所以同时也是个人进入天国的问题。恰恰是谨慎善良和公正诚实的人所遭遇到的那种巨大的障碍被揭示出来了。在《诉讼》和《城堡》中，这些障碍占了上风——这使这两本书成了悲剧性的文献。在《失踪者》——小说中则相反，由于主人公的天真无邪和感人肺腑的质朴、纯洁，灾祸恰恰还刚刚受到控制。"① 马克斯·勃罗德还在《城堡》的第一版后记里说："《诉讼》里主人公受到一个看不见的神秘莫测的当局的迫害，受到法庭的传讯，《城堡》里的主人公则同样受到这样一个当局的摈弃。约瑟夫·K 躲藏、逃跑——K 强求、进攻，尽管方向相反，但基本情感是完全相同的。"② 我们还可以再进一步设想，主人公终于得到了城堡的居留权，但谁又能保证不会有新的官司、新的强暴、新的蹂躏再度降临其身呢？所以，奥地利文艺批评家恩斯特·费歇尔说到卡夫卡小说的主人公时说："他们都想适应社会，对社会的日常生活，对家庭、婚姻、职业都采取肯定的态度，然而这已行不通了。裂痕是无法弥合的：职业生活的成功，私人生活的幸福，社会上的飞黄腾达，富有人情味的个性，这一切都无法统一起来了。"③卡夫卡在《随笔》中更绝望地说："猎狗们仍在院子里嬉耍，可是那个猎物却无法逃脱它们，尽管它现在正飞速穿越了重重树林。"④所以，当来自城堡的埃尔朗格命令 K 让弗丽达回到酒吧后，K "感到这条命令向他宣布了自己全部努力的破产。各种各样的命令，对他不利的也好，对他有利的也好，都在他头顶上嗖嗖地飞来飞去，就是那些对他有利的到头来也许还是包藏着一个不利的核心，不管怎么说，横竖一切命令都忽视

① 〔奥地利〕卡夫卡：《失踪者》，张荣昌译，叶廷芳主编：《卡夫卡全集》第二卷，第264 页。

② 〔奥地利〕卡夫卡：《城堡》，赵容恒译，叶廷芳主编：《卡夫卡全集》第四卷，第410 页。

③ 〔德〕恩·费歇尔：《卡夫卡学术讨论会》，袁志英译，袁可嘉编选：《现代主义文学研究》下册，第 974 页。

④ 〔奥地利〕卡夫卡：《随笔》，黎奇译，叶廷芳主编：《卡夫卡全集》第五卷，第 46 页。

他这个人的存在，而他自己地位又太低太低，不能奈何它们，更无法制止它们，不能让人听到自己的声音"①。现代人类社会机器异化的荒诞性，可以高度概括为卡夫卡的一个生动比喻性描述："来了两个士兵，抓住了我。我挣扎着，可他们抓得很紧。他们把我押到他们的主人那儿，那是个军官。他的制服是多么的花！我说：'你们想要干什么？我是个老百姓。'那军官微笑着说：'你是个老百姓，但这并不妨碍我们抓你。军队拥有对一切的权力。'"②现代人类社会机器异化的残酷性，则可以高度抽象化为短篇小说《在流放营》里，那台判决程序横蛮、残忍、血腥达到了完美境界的"独特的装置"。任何被假定为有罪的人，在这台独特的装置下要忍受 6 个小时的痛苦折磨，在凭其伤口来辨认毋庸置疑的"深刻"判决的同时，丧失其生命。

卡夫卡小说中的社会批判，因为具有一种深沉的愧疚感和自觉的负罪意识，而常常密切地与自我批判交织于一体，从而使卡夫卡小说呈现出一种双重批判特征。比如《诉讼》中的主人公形象就包含着尖锐的双重性问题。这个问题又可以分为两个层次来看待：第一，主人公约瑟夫·K 在现实社会中所处位置的双重性：他既是一个普通的小人物，一个无辜被社会机器无情轧压的受害者；他又同时是一个银行的高级职员，一个维系社会机器正常运转的齿轮和螺丝钉。卡夫卡就曾经这样说："今天，一个诚实的、按照公务条例得到丰厚薪水的公务员就是一个刽子手。"③因此，他既有权利抗拒法庭的逮捕而申诉自己的无辜，又有责任接受法庭的判决而以此自我赎罪。第二，主人公作为西方历史文化中的一位成员所天然秉承的双重性：他既是一个西方理性主义文化轨道上滚滚行进的历史列车的搭乘者，享用着历史进步所分配给自己的佳肴美味，又是一个历史无情车轮下粉身碎骨的殉道者，分担着伦理受害所遗赠给自己的苦涩牺牲。正如卡夫卡在《致密伦娜情书》中说："在人与人的共同生活中事情只能如此，罪过层层堆积着，无穷无尽地排列着遥至远

---

① 〔奥地利〕卡夫卡：《城堡》，赵容恒译，叶廷芳主编：《卡夫卡全集》第四卷，第410 页。

② 〔奥地利〕卡夫卡：《随笔》，黎奇译，叶廷芳主编：《卡夫卡全集》第五卷，第119 页。

③ 〔奥地利〕卡夫卡：《谈话录》，赵登荣译，叶廷芳主编：《卡夫卡全集》第五卷，第309 页。

古的原罪。"①"原罪"问题实际上触及了西方理性主义文化的核心部分。西方理性主义文化曾经勇敢地认可了人类历史发展中历史与人伦、理性与感性的二律背反法则，并义无反顾地认可了这个法则所派定的前项对后项的优先地位和权力。古希腊神话里的子辈神不断起而杀死父辈神的故事，俄瑞斯忒斯杀母复父仇、俄底浦斯杀父娶母的故事，以及基督教《圣经》中的失去乐园、挪亚方舟、耶稣受难的故事等等，皆是其思想内涵的象征性表述。伴随西方历史突飞猛进而日益深重的罪孽感，也就成了西方人心灵中永远抹不去的阴影。这就是所谓"原罪"的文化底蕴。卡夫卡曾经讲到自己小时候，每当打架后，又脏又破，哭着回家时，厨娘好几次嘟嘟囔囔地说："你是拉瓦荷尔！"卡夫卡于是想到："这样，她就把我归入了我自己也不清楚的某一类人中了。她使我成了某个神奇秘密的组成部分，这秘密让我感到害怕。我是拉瓦荷尔！这个字眼像符咒那样震慑住了我，使我紧张得无法忍受。"卡夫卡为了摆脱这种难以承受的压力，一天晚上趁父母在起居室打牌的机会，问他们什么是拉瓦荷尔。父亲说："拉瓦荷尔是罪犯，杀人凶手。"幼年的卡夫卡绝望地感到："厨娘认出了我是个罪犯，这种意识使我舌头发硬，说不出话来。"第二天，可怜的卡夫卡开始发烧，医生诊断是喉炎。此后，"我们再也没有提过拉瓦荷尔这个名字，但它却像一根刺那样留在我身上，或者像一根断了的钉子尖在我身上移动。喉炎好了，但我依然是遭了内伤的病人，是个拉瓦荷尔。从外表上看，什么也没有变。家里人还像从前那样对待我，但是我知道，我是个被开除的人，是罪犯，简言之，是个拉瓦荷尔。这改变了我的整个态度。我不再参加男孩子的打架斗殴，我每次都乖乖地跟着女教师回家。我不能让别人发现，我是个拉瓦荷尔"。"没有什么别的东西比这种毫无根据的负罪感更牢固地粘附在我的灵魂里，正因为它没有真实的理由，所以不管悔恨也好，还是弥补也好，都无法消除这种负罪感，因此，即便我后来似乎早就忘了厨娘那件事，也听说了这个词的真正意思，我依然还是拉瓦荷尔。"②这种来自童年的"拉瓦荷尔"罪孽认同，无疑与西方人的历史"原罪"意识融会而升华为卡夫卡观察

---

① 〔奥地利〕卡夫卡:《致密伦娜情书》，叶廷芳、黎奇译，叶廷芳主编:《卡夫卡全集》第十卷，石家庄：河北教育出版社，1996年，第393页。

② 〔奥地利〕卡夫卡:《谈话录》，赵登荣译，叶廷芳主编:《卡夫卡全集》第五卷，第385—387页。

社会人生问题、创造艺术形象的心理动力和情感资源。卡夫卡在《致费利克斯·韦尔奇》的信里说："我之所以怀着负罪意识，仅仅因为它对于我的本性来说是懊悔的最美形式。"①所以，《诉讼》中的主人公约瑟夫·K从宣布逮捕起，心灵里的负罪感就逐步觉醒，并且随着时间的推移而逐步沉重。正如卡夫卡在关于《诉讼》的一段论述中所说："我们发现自身处于罪孽深重的状态中，这与实际罪行无关。《诉讼》那部小说的线索，是我们对时间的观念使我们想象有'最后的审判'这一天，其实审判是遥遥无期的，只是永恒法庭中的一个总诉讼。"② 因此，约瑟夫·K既有权利对自己莫须有的罪名提出疑问，同时又有责任对自己与生俱来的"原罪"低首忏悔。所以，小说《诉讼》描写主人公约瑟夫·K阴差阳错地来到了大教堂。教堂里只有约瑟夫·K和一位老妇人。一位神父准备布道，约瑟夫·K赶忙往大门外走，却突然听到神父并非针对众教徒而是明白无误针对自己的喊叫："约瑟夫·K!"神父的声音如此洪亮而训练有素，在死寂的教堂里久久回荡。③

　　卡夫卡小说所呈现出的双重批判特征，在短篇小说《判决》中表现为另一种隐喻形式。从某个角度说，小说中的父亲似乎可以看作与《诉讼》中的国家机器一样性质的家庭暴君。所以，父亲对儿子的判决同《诉讼》中的法律之网对约瑟夫·K的捕获具有合谋性质。卡夫卡曾经在《致父亲》的信中谈到自己童年时的一个夜晚，可能一部分为了惹恼父亲，一部分为了寻乐而不停地要水喝，父亲在一些强烈的威胁未生效后，把他抱到了阳台上，然后关紧门，让他独自穿着衬衫站了一阵子。卡夫卡说："许多年后我还经常惊恐地想象这么个场面：那个巨大的人，我的父亲，审判我的最后法庭，会几乎毫无理由地向我走来，在夜里把我从床上抱到阳台上去，而我在他眼里就是这样无足轻重。"④ 但小说中作为儿子的主人公真的那么无辜吗？小说告诉我们，主人公似乎没有能够尽到作为儿子的责任与义务。比如他几个月没到过他父亲的房间。父

　　① 〔奥地利〕卡夫卡：《书信》，叶廷芳、赵乾龙、黎奇译，叶廷芳主编：《卡夫卡全集》第七卷，石家庄：河北教育出版社，1996年，第153页。

　　② 引自叶廷芳：《西方现代艺术的探险者》，载《文艺研究》1982年6期。

　　③ 〔奥地利〕卡夫卡：《诉讼》，章国锋译，叶廷芳主编：《卡夫卡全集》第三卷，第177页。

　　④ 〔奥地利〕卡夫卡：《致父亲》，黎奇译，叶廷芳主编：《卡夫卡全集》第七卷，第241页。

亲的房间阴暗无光。父亲穿着不那么洁净的衬衣。主人公暗自打算结婚后，要把父亲接到未来的新居。但是，"如果仔细考虑一下，搬进新居后再去照顾父亲，看来可能为时已经太晚了"①。而后，当父亲站在床上怒气冲冲地大声呵斥时，主人公在脑海中一闪而过地想到："现在他的身子将往前弯曲了，要是他倒下来摔坏了怎么办！"②当然，主人公并不是一个穷凶极恶的坏人。他只是一个忙忙碌碌、勤于盘算、工于心计的小商人。他扮演着社会、历史分配的角色，遵循着社会机器运转法则所规定的生活方式。他可能没有尽到一个儿子应当履行的伦理责任和精神义务。更有甚者，他或许还天然秉承着西方理性主义文化传统所一贯张扬的"杀死父亲"的历史进取精神，担当着为未来而否决现在、毁弃过去的历史任务。卡夫卡在《致父亲》的信中，还谈到自己童年对父亲的教育产生抗拒、反感甚至仇恨心理时，母亲则以温柔体贴、谆谆劝诫保护着自己，并常常私下给自己一些东西、允许做一些事。卡夫卡说："当然我渐渐习惯于在这些偷偷摸摸行进途中，也顺便寻找些即使在我看来也是我无权得到的东西，而这么做又扩大了我的负罪意识。"③所以，父亲的歇斯底里发作，只是唤醒了他心中的负罪感，复苏了他灵魂深处所积淀的、属人类亘古历史所赋予自己的忏悔意识。因此，他忍受不了心灵冲突的痛苦折磨，只得选择以死亡来替自己、替父辈、替整个人类社会历史而赎罪的道路。所以，主人公在跳向河水时低声喊道："亲爱的父母亲，我可一直是爱着你们的。"④

如前所述，我们还可以把《美国》、《诉讼》、《城堡》中的主人公的人生遭遇作为一个整体，理解为现代社会中一个普通人的命运象征。这时候，我们还会发现一个贯穿三部作品的有趣现象，生发出一个新的人物形象的双重性问题。《美国》中17岁的主人公，从所谓的舅舅家应邀前往波伦德尔家，遭遇到了波伦德尔女儿克拉拉的近乎野蛮疯狂的纠缠；在流浪途经西方饭店时，又得到了女厨师长近乎母爱般的关怀帮助；在西方饭店当电梯工后，又受到小女打字员近乎姐妹似的温情信赖。甚至

---

① 〔奥地利〕卡夫卡：《判决》，孙坤荣译，叶廷芳主编：《卡夫卡全集》第一卷，第42页。
② 〔奥地利〕卡夫卡：《判决》，孙坤荣译，叶廷芳主编：《卡夫卡全集》第一卷，第45页。
③ 〔奥地利〕卡夫卡：《致父亲》，黎奇译，叶廷芳主编：《卡夫卡全集》第七卷，第252页。
④ 〔奥地利〕卡夫卡：《判决》，孙坤荣译，叶廷芳主编：《卡夫卡全集》第一卷，第47页。

《诉讼》中事业有成的主人公尽管惹上了官司，却不意被法庭听差的妻子爱上了。她告诉主人公说："您第一次来的时候，我就喜欢上了您。"①后来，主人公又被律师的女看护列妮爱上了。《城堡》中漂泊流离的主人公尽管身份不明，却被城堡官员克拉姆的情人弗丽达爱上了。后来又被代替弗丽达在酒吧的佩碧喜欢上了。值得注意的是，从《美国》、《诉讼》到《城堡》，所有这些喜欢或爱恋男主人公的女性，应该说都不乏真心实意。这大概是始终生活在社会边缘状态的女性们，同一时不幸被抛掷到社会边缘状态的男性产生了同病相怜情感的缘故。卡夫卡说过："社会生活在圈子里进行着，唯有尝过痛苦滋味的人才互相理解。他们根据他们痛苦的性质组成一个圈子，并互相支持。他们沿着他们圈子的内部边缘轻声走动，互相谦让，或在拥挤中互相轻柔地推移。"②所以，《诉讼》中的律师告诉主人公说："列妮觉得大多数被告都很可爱。她喜欢他们，爱上了他们每一个人，显然也被他们所爱。"③但是，从《美国》、《诉讼》到《城堡》中的男性主人公，却未必真诚地回馈来自女性的喜欢或爱恋。《美国》的主人公涉世不深，因而还不乏真情的自然流露。《诉讼》与《城堡》的主人公经过了世事的历练，不能说没有用情感装饰遮蔽着更加实际的个人谋划。凑巧的是，《诉讼》中的法庭听差的妻子与预审法官有暧昧关系，所以，约瑟夫·K感觉到："那女人确实对他产生了诱惑力，他思来想去，觉得没有任何理由不屈服于这种诱惑。"④爱上约瑟夫·K的列妮本来就是律师的女看护，或许也有利用的机会。《城堡》中的弗丽达本来是克拉姆的情人，佩碧当过客房的女招待，可能同城堡有一定的关系。所以，主人公K一方面可能真的为弗丽达的爱情所感动而惦念、眷恋她，另一方面也不排除将弗丽达作为自己通往克拉姆的一条桥梁，所以，他曾经向老板娘表示要立刻同弗丽达结婚，但在举行婚礼前必须同克拉姆谈一谈。后来，当他看见在酒吧代替弗丽达的佩碧时，心中也不禁想到："不管她多么幼稚、多么糊涂，却很可能同

---

① 〔奥地利〕卡夫卡：《诉讼》，章国锋译，叶廷芳主编：《卡夫卡全集》第三卷，第44页。

② 〔奥地利〕卡夫卡：《日记》，孙龙生译，叶廷芳主编：《卡夫卡全集》第六卷，石家庄：河北教育出版社，1996年，第320页。

③ 〔奥地利〕卡夫卡：《诉讼》，章国锋译，叶廷芳主编：《卡夫卡全集》第三卷，第148页。

④ 〔奥地利〕卡夫卡：《诉讼》，章国锋译，叶廷芳主编：《卡夫卡全集》第三卷，第46—47页。

城堡有一定的关系；要是她没有说谎，她不是当过客房女招待吗？她真是不知道自己拥有一笔财富却在这里糊里糊涂混日子呢，但是拥抱一下这个胖胖的、稍微有点虎背的娇小身子，虽说还不能一举把她这笔财富完全夺到手，然而却可以有点滴收获，鼓舞自己去走面前这条艰难的路吧。那么，同她在一起跟同弗丽达在一起也许没有两样？"①因此，弗丽达曾经几分认真地引述老板娘的劝诫而一针见血地告诉 K 说："你觉得占有了我就是把克拉姆的一个情人夺到手，也就等于有了一个人质，只有出最高的价码才能赎回。……我在你心中的价值就是做过克拉姆的情人。"② 由此，我们不难发现，卡夫卡在倾诉现代社会普通人无端遭受愚弄、欺凌、强暴、蹂躏而永远漂泊流离的不幸命运的同时，又在控告现代社会普通人潜意识里深深藏匿的，当然也是传统理性主义所孕育的欺瞒、愚弄女性的霸权陋习。卡夫卡就这样一方面为主人公所遭受的迫害而对社会给予了猛烈批判，另一方面又为主人公自身背负的罪孽，给予了同样不算温和的自我批判。

2. 勇敢追问真理的反抗与无可奈何的妥协

所谓勇敢追问真理的反抗，主要是指卡夫卡小说中的主人公不轻易接受外在的捉弄和迫害，表达了坚定不移的怀疑精神和自由理想。卡夫卡在《致菲莉斯情书》中说："哥白尼学说的伟大之处就在于，它敢于对亲眼看到的事物提出疑问，同样在判断一种行为是否合乎道德时，人们仍应该敢于提出疑问。"③ 所以，《诉讼》中的主人公约瑟夫·K 在被宣布逮捕后，先是毫不在乎，因为"他向来不把事情看得过于严重，只有最坏的事发生后才相信世界上竟会有这种事，因此从不为自己的未来担忧，甚至危险即将降临时也如此"④。约瑟夫·K 甚至想："倘若这是一场喜剧，那么他也应当参加演出。"⑤因此，他敢于理直气壮地告诉监

---

① 〔奥地利〕卡夫卡：《城堡》，赵蓉恒译，叶廷芳主编：《卡夫卡全集》第四卷，第109页。

② 〔奥地利〕卡夫卡：《城堡》，赵蓉恒译，叶廷芳主编：《卡夫卡全集》第四卷，第169页。

③ 〔奥地利〕卡夫卡：《致菲莉斯情书书信》，卢永华等译，叶廷芳主编：《卡夫卡全集》第十卷，第110页。

④ 〔奥地利〕卡夫卡：《诉讼》，章国锋译，叶廷芳主编：《卡夫卡全集》第三卷，第5页。

⑤ 〔奥地利〕卡夫卡：《诉讼》，章国锋译，叶廷芳主编：《卡夫卡全集》第三卷，第6页。

督官："我猜想，虽然我被控告，但你们却找不到任何指控我的罪证。"① 坚信自己的无罪的主人公甚至在预审法庭上大义凛然地宣讲："我所要求的仅仅是公开讨论一下人们普遍蒙受的一种极不正常的状况。"② "毫无疑问，在这个法庭采取的一切行动——在我的案子里对我的逮捕以及今天的审讯——后面，有一个庞大的机构在操纵。这个机构不但雇佣了索贿的看守，愚蠢的监督官和至少是不中用的预审法官，而且豢养了一批高等的，甚至最高级别的法官，这些人手下还有一大帮不可缺少的听差、办事员、宪兵和其他助手，也许还有刽子手，我并不忌讳这个词。先生们，这个庞大机构存在的意义在哪儿呢？在于逮捕无辜的人，对他们进行荒谬的审讯，这种审讯在大多数情况下没有结果，就像我的案子一样。既然一切都是荒唐的，官员们贪赃枉法又怎么能避免呢？"③离开法庭前，约瑟夫·K甚至放肆地大笑着喊："我把所有的审讯都送给你们吧！"④但是，渐渐地"那件案子萦绕在他心头，他再也无法摆脱。他经常想，他是否应当写一份辩护词呈交法院。他要在辩护词中简述自己的生平，每涉及一件大事就详细解释一下他当时为什么要那样做，现在他对那时的做法是赞同还是反对，理由是什么"⑤。约瑟夫·K开始努力不懈地通过一切能够作出的努力，去寻找相应的法律机构，为自己无须说明的清白无辜找出一个合理说明。这个过程既是他努力抗争的过程，也是他坚定不移地追问真理的过程。甚至在他最后被两个人秘密押解往刑场的时刻，约瑟夫·K还曾想到："我需要用力的时间已经不多了，现在就把它用光吧，他们将发现我不是那么容易对付的。"⑥约瑟夫·K从宣布逮捕起就坚信自己无罪，表明他面对现存社会制度的不驯顺，从而胆敢将人们熟视无睹的正常事情理解为不正常。正如谢莹莹先生所说，约瑟夫·K在千人一面的社会里，"实际上是边缘人，也即尚未被纳入社会整体、被标准化、被同质化的人"⑦。《城堡》中的主人公K偶尔来到一个小村镇，

---

① 〔奥地利〕卡夫卡：《诉讼》，章国锋译，叶廷芳主编：《卡夫卡全集》第三卷，第11页。
② 〔奥地利〕卡夫卡：《诉讼》，章国锋译，叶廷芳主编：《卡夫卡全集》第三卷，第36页。
③ 〔奥地利〕卡夫卡：《诉讼》，章国锋译，叶廷芳主编：《卡夫卡全集》第三卷，第38页。
④ 〔奥地利〕卡夫卡：《诉讼》，章国锋译，叶廷芳主编：《卡夫卡全集》第三卷，第40页。
⑤ 〔奥地利〕卡夫卡：《诉讼》，章国锋译，叶廷芳主编：《卡夫卡全集》第三卷，第93页。
⑥ 〔奥地利〕卡夫卡：《诉讼》，章国锋译，叶廷芳主编：《卡夫卡全集》第三卷，第180页。
⑦ 谢莹莹：《权力的内化与人的社会化问题——读卡夫卡的〈审判〉》，《外国文学评论》2003年3期。

深夜被摇醒过来，要求出示居留许可证。K 以对权威的无比轻蔑，声称自己是土地测量员，因而享有居住此地的自由权利。后来，K 又怀着坚定的信心，毫不动摇、时时处处寻求与城堡长官直接会晤的机会。他在同村长会面时，甚至斩钉截铁地声明："我不需要城堡的恩赐，我只想讨个公道。"① 表现出了一种穷根究底追问真理的大无畏精神。他曾经坚决拒绝克拉姆的村秘书的审问，并非常具有尊严感地告诉大桥酒店老板说："我不知道为什么要服服帖帖受人审问，为什么要让别人拿我开玩笑，为什么要让人在我身上使官老爷性子。也许哪天我也来了兴致，开开玩笑，使使性子，那时可以奉陪，可是今天不行。"②所以，小说这样写道："他现在是在千方百计要求一见克拉姆的，却不觉得一个能在克拉姆眼皮底下过日子的人有什么了不起，更谈不上欣赏和羡慕，因为，说实在的，接近克拉姆本人并不是他认为值得追求的目标，而是：他 K 要亲自（不是别人）带着自己的（不是其他任何人的）要求去会见克拉姆，会见克拉姆并不是为了在那里歇着而是经过他身边继续前进，到城堡里去。"③也因为此，K 使克拉姆的情人弗丽达心甘情愿奉献自己如痴如醉的爱恋，使奥尔嘉推心置腹诉说家庭的不幸遭遇，甚至使小汉斯充满敬意地表示自己长大后要做一个像 K 一样的人，大概是"在汉斯心中逐渐生出一个信念，就是 K 目前虽然还地位低下，令人退避三舍，但将来——当然这个将来遥远得很，还在虚无缥缈中——，将来他终归会出人头地的。正是这种虚无缥缈的远景，以及那种可以引为骄傲的、朝着这个方向的步步发展，对汉斯有很大的吸引力"④。的确，K 作为一个漂泊而至的外乡人，他的身上有一股现代人普遍缺乏的追问真理的傲慢态度，现代人普遍生疏的慌不择路的超验想望。所以，马克斯·勃罗德在《城堡》的第一版后记里说："K 设法在城堡脚下的村里扎下根，以寻求与神的恩惠的联系，——他为在一定的生活圈子谋得一个职位而奋斗，他想通过选定职业和结婚来巩固自己内心的信念，想作为'陌生人'，即从孤立的地

---

① 〔奥地利〕卡夫卡：《城堡》，赵容恒译，叶廷芳主编：《卡夫卡全集》第四卷，第82页。
② 〔奥地利〕卡夫卡：《城堡》，赵容恒译，叶廷芳主编：《卡夫卡全集》第四卷，第127页。
③ 〔奥地利〕卡夫卡：《城堡》，赵容恒译，叶廷芳主编：《卡夫卡全集》第四卷，第121页。
④ 〔奥地利〕卡夫卡：《城堡》，赵容恒译，叶廷芳主编：《卡夫卡全集》第四卷，第164页。

位出发，作为一个与众不同的人去争取那普通人简直不费吹灰之力唾手可得的东西。"①

但是，卡夫卡小说中主人公追问真理的反抗，又往往与无可奈何的妥协交融在一起，从而赋予了作品更复杂、更含蓄的暗示性。尽管这种不自觉的妥协投降里，包含着深长久远的自我谴责与愧疚，但毕竟是放弃了对现成社会毫不退让的自由理想。如同米兰·昆德拉所说："受罚者不知道惩罚的原因，惩罚的荒谬性难以忍受，致使被告者为了获得安宁，总想给自己的痛苦找到一个说明：惩罚寻找错误。"②《诉讼》中的主人公约瑟夫·K阴差阳错地来到了大教堂，一位神父给他讲述了一个"法门之前"的寓言：一个乡下人来到"法"的门前要求见法，法的大门敞开着，但守门人说"现在你不能进去，以后可以进去"。于是，乡下人就坐在门外等待。一年、二年、多少年过去了，准许乡下人进去的许可却一直未到来。乡下人却已经老了。临死前，乡下人偶然想到向守门人提一个问题："但这么多年，除了我之外，却没有一个人求见法，这是为什么呢？"守门人回答说："因为这道门是专为你而开的，现在我要去把它关上了。"③法门是什么？法门大开为什么又不让人进去？为什么不让人进去的法门，却又偏偏专门为想进去的人所开？从某种意义上说，法门就是通往真理和意义的象征，也是回答约瑟夫·K不幸遭遇之谜的谜底的象征。世上现成的真理虽然已不存在，荒诞不经的背后的现成逻辑虽然已经破碎，但是，作为一个人，只要你坚决去追问，勇敢去闯荡，那么，就一定会有一道为你而敞开的门。你的追问和闯荡也就会为你创造出意义。但问题是，在通往追问和闯荡的门前都有一个守门人，他们命定会阻挠你的追问和闯入。因为，他们作为守门人，其实也只是在履行历史所派定给他们的社会角色任务。所以，神父告诉约瑟夫·K说："有人认为，真正受骗的是守门人。""他用来吓唬乡下人的东西恰恰是他自己害怕的东西。"④约瑟夫·K听完神父的寓言和说明后，也终于明

---

① 〔奥地利〕卡夫卡：《城堡》，赵容恒译，叶廷芳主编：《卡夫卡全集》第四卷，第411页。

② 〔捷克〕米兰·昆德拉：《小说的艺术》，第100页。

③ 〔奥地利〕卡夫卡：《诉讼》，章国锋译，叶廷芳主编：《卡夫卡全集》第三卷，第173页。

④ 〔奥地利〕卡夫卡：《诉讼》，章国锋译，叶廷芳主编：《卡夫卡全集》第三卷，第175页。

白:"谎言构成了世界的秩序。"①既然如此,那位乡下人也就可以无视守门人的存在,大胆怀疑他的职责与使命。约瑟夫·K也可以无视"法庭"的存在,勇敢反抗它的判决与权威。卡夫卡在《随笔》中描写一个乡村牧师不能进入两个人守卫着的门时,"忽然他想起了一个念头,又折转身来。这两位先生是否知道他要到谁那儿去呢?他是到他姐姐雷贝卡·措法尔那儿去,那是一个上了年纪的女士,跟她的女仆一起住在三楼。守门的这两位果然不知道这回事。现在他们不再反对牧师进去了,当他从他们之间穿过时,他们甚至还向他鞠了个躬。到了过道里,牧师忍不住笑了起来,他没想到能这么容易地骗过这两个人。他回头瞥了一眼,他惊讶地看到,这两个守卫正手挽手地离去,难道他们仅仅是为了他的缘故才站在这里的吗"②?但是,乡下人、约瑟夫·K,以及许多生活在现代社会制度里的人,他们共同的可悲性常常就在于没有那位乡村牧师的自我决断勇气,他们往往不自觉地默认守门人、法庭、社会制度的存在,默认守门人、法庭、社会制度的权威性,也默认守门人、法庭、社会制度对自我制约的合理性。所以,他们只有坐以待毙。《城堡》中的普通百姓们,或者懵懂无知地尾随纠缠,或者讳莫如深地直眉瞪眼,或者战战兢兢地守口如瓶;他们一方面提心吊胆地过着颤颤巍巍、委琐灰暗的日子,另一方面又为自己有资格作为城堡的顺民而庆幸。大桥酒店老板娘不是为自己曾经接受过克拉姆那走马灯式的三次召见而引以为自豪吗?她不是尤其为自己收藏有克拉姆第一次召见她的信差的照片,以及克拉姆的手绢、睡帽作为纪念品而得意洋洋吗?她甚至告诉K说:"克拉姆一发话,世界上哪个男人能挡住我跑到他那儿去?"③更可怕的是,他们不自觉地甘心接受官方愚弄和欺瞒的同时,还对一切逾规越矩的非驯顺行为深感恐惧。这种恐惧甚至成为一种心理疾患,它加深了人与人之间的疏离、隔膜,加剧了人自身的内心惶惑、困窘,更加强了邪恶势力的张狂、蛮横。比如城堡的一位官员索尔替尼,喜爱上了奥尔嘉的妹妹阿玛莉娅。他派人带给阿玛莉娅一张字条,要阿玛莉娅立即在半小时里到他那里去。因为字条上全是不堪入耳的话,从而使阿玛莉娅毅然拒绝,

---

① 〔奥地利〕卡夫卡:《诉讼》,章国锋译,叶廷芳主编:《卡夫卡全集》第三卷,第177页。

② 〔奥地利〕卡夫卡:《随笔》,黎奇译,叶廷芳主编:《卡夫卡全集》第五卷,第185页。

③ 〔奥地利〕卡夫卡:《城堡》,赵蓉恒译,叶廷芳主编:《卡夫卡全集》第四卷,第91页。

并愤怒地将字条撕成碎片扔向送信人的脸。阿玛莉娅的举动居然把全村人吓坏了，熟人、朋友看见他们，只急急忙忙几句话便告辞，顾客们纷纷到她父亲的库房里把送来修补的靴子、准备制作的皮料等讨要了回去。父亲的合伙人也要求分手单独干。村消防协会也取消了父亲的会员资格。整个村子里的人像躲避瘟疫一样躲避着他们一家子。奥尔嘉告诉 K 说：“人人都满意能这样干净利索地同我们家断绝关系，即使在了结这些事情时受点损失也不在乎。”①阿玛莉娅全家不得不从所居住的房子里搬迁到了一个上头分配的小棚子里。其实，阿玛莉娅一家并没有遭受到来自城堡的任何官方的直接迫害，只是村里人由于恐惧、害怕而疏远了他们。正如卡夫卡在《随笔》中谈到一个皇家军队上校靠什么维持统治时所说：“他的处境完全取决于我们是否顺从，可他既不通过残暴手段来迫使我们，也不通过献殷勤来拉拢我们顺从。那么我们为什么会容忍他这令人憎恶的统治存在下去呢？毫无疑问：仅仅由于他的目光。”②反过来看，阿玛莉娅一家也不自觉地任自己在这种疏远中越滑越远、越陷越深。奥尔嘉还告诉 K 说：“现在再说村里的人吧，我刚才说过，要是这档子事最终能得到皆大欢喜的解决，那就最符合他们的心意了。”③ “只要我们又走到众人面前，只要我们让过去的事过去算了，只要我们用行动证明我们已经把那件事完全甩开（不管是用什么办法），这样大家就会确信，那件事无论在发生的当时掀起过多大的波浪，以后再也不会旧事重提——，只要情况是这样，那也就皆大欢喜了。”④ 但是，“事情渐渐发展到了这步田地，就是我们几个人自然而然地不断反复讲那封信，横着讲，竖着讲，讲大家都确有把握的全部细节，也讲谁也说不准的各种可能，我们自然而然地每天挖空心思绞尽脑汁想一些能使问题得到妥善解决的办法，一个高招赛过一个高招，一个主意压倒一个主意，这些都成了家常便饭，一天不这样也过不去，可是很不妙，因为这样一来，我们

---

① 〔奥地利〕卡夫卡：《城堡》，赵容恒译，叶廷芳主编：《卡夫卡全集》第四卷，第222 页。

② 〔奥地利〕卡夫卡：《随笔》，黎奇译，叶廷芳主编：《卡夫卡全集》第五卷，第188 页。

③ 〔奥地利〕卡夫卡：《城堡》，赵容恒译，叶廷芳主编：《卡夫卡全集》第四卷，第228 页。

④ 〔奥地利〕卡夫卡：《城堡》，赵容恒译，叶廷芳主编：《卡夫卡全集》第四卷，第229 页。

本想从那个泥潭里爬出来，实际上反而在烂泥中愈陷愈深"①。同时，"人们发觉我们老是在撕信事件上想不开，庸人自扰，不能自拔，就对我们全都没好气。……如果我们自己摆脱了这件事的阴影，人家就会非常敬佩我们，但因为我们没有做到这点，人家就往前进了一步，把原先只是暂时对我们采取的态度变成永久性的了：终于把我们排除在每一个社交圈子外面"②。更有甚者的是，奥尔嘉继续告诉 K 说："在那段时间里，后来我们又干了什么呢？我们做了一件糟得不能再糟的事，我们让人瞧不起，原本还有点冤枉，可是一做出这种事，恐怕人家瞧不起我们就理所应当了：我们甩开了阿玛莉娅，挣脱了她那无声命令的束缚，我们感到没法再那样生活下去，那种没有丝毫希望的日子，我们确实过不下去了，于是我们各显其能，各人按自己想出的办法去行动，去向城堡提出请求或者苦苦哀求，求上头宽恕我们"③。父亲"总觉着别人是在瞒着他，不告诉他有什么过失，而原因又是他打点得不够"④。于是，一家人变卖了家中的生活必需品，好让父亲有足够的钱财去行贿。后来，父亲还在无可奈何中"想好了一个计划，就是到城堡附近大路上官员们乘车总要经过的地方去站着，一有机会赶紧抓住，向当官的提出希望得到原谅的请求"⑤。父亲每天坐在一个菜园的石头基座上。秋天的雨、冬日的雪使父亲和后来陪伴的母亲，都患上了严重的风湿病。奥尔嘉继续告诉 K 说："我们有多少次看到两位老人背靠背地瘫在那块巴掌大的石头基座上，缩成一团，披着一块不能将两人完全裹严实的薄薄的毯子，包围着他们的只有一片灰蒙蒙的雪花和雾气，方圆几里内几天不见一个人影和一辆马车，哎呀，真是太惨了，K，真是太惨了！就这样一天又一天过

---

① 〔奥地利〕卡夫卡：《城堡》，赵容恒译，叶廷芳主编：《卡夫卡全集》第四卷，第230页。

② 〔奥地利〕卡夫卡：《城堡》，赵容恒译，叶廷芳主编：《卡夫卡全集》第四卷，第232页。

③ 〔奥地利〕卡夫卡：《城堡》，赵容恒译，叶廷芳主编：《卡夫卡全集》第四卷，第233页。

④ 〔奥地利〕卡夫卡：《城堡》，赵容恒译，叶廷芳主编：《卡夫卡全集》第四卷，第235页。

⑤ 〔奥地利〕卡夫卡：《城堡》，赵容恒译，叶廷芳主编：《卡夫卡全集》第四卷，第237页。

去，直到一天早上父亲怎么也没法把那双僵硬的腿从被子里伸出来……"①为了解脱父亲的心灵重负，奥尔嘉想到："只要一谈起我们家的过错，一概都是只提侮辱索尔替尼的信差那件事，谁也不敢再接着追问下去。所以我就琢磨，既然大家都只知道侮辱信差一事，即使只是装装样子，那么，如果可以做到去给信差道个歉，说几句好话，哪怕也是做做样子，不也就行了吗，不也就可以弥补我们的过失了吗？"②于是，两年多来，奥尔嘉为了找到当初替索尔替尼官员送信的侍从，"最少每星期两次整夜同那些仆人一起待在马厩里"③。哥哥巴纳巴斯也不得不撂下成堆通过转接而得到的鞋匠活，跑到城堡去充当似有似无、似真似假的所谓信差。当然，《城堡》中阿玛莉娅的行为所引起的官方迫害，就像《诉讼》中约瑟夫·K所遭遇到的逮捕一样，本就是现代社会时时刻刻皆充溢着难以捉摸阴谋的情感感受。正如奥尔嘉所说："这里的人也好，城堡的人也好，全都一样，但也有不一样的地方，就是这里的人避开我们当然是看得见觉得出的，而城堡方面我们就影子也见不着。""这种一点动静也没有的滋味是最难受的了。"④所以，阿玛莉亚的父亲四处求情也就像约瑟夫·K的四处申诉一样，面临着一个问题："想请人家宽恕、原谅什么？"⑤所以，主人公K充分知晓了城堡村里老百姓的景况后，对奥尔嘉说："你们这里的人是天生对官府抱着诚惶诚恐的敬畏态度，出生后又有人用各种各样的方式从四面八方不断向你们灌输一辈子这种敬畏心理，你们自己也竭尽全力配合人家向自己灌输。"⑥ 其实，《城堡》中的主人公K希望会见城堡官员克拉姆，也就像"法门之前"寓言里的乡下人企图进入法门、《诉讼》中的主人公约瑟夫·K企图逃避法庭一样是永

---

① 〔奥地利〕卡夫卡：《城堡》，赵容恒译，叶廷芳主编：《卡夫卡全集》第四卷，第240页。

② 〔奥地利〕卡夫卡：《城堡》，赵容恒译，叶廷芳主编：《卡夫卡全集》第四卷，第241页。

③ 〔奥地利〕卡夫卡：《城堡》，赵容恒译，叶廷芳主编：《卡夫卡全集》第四卷，第243页。

④ 〔奥地利〕卡夫卡：《城堡》，赵容恒译，叶廷芳主编：《卡夫卡全集》第四卷，第227页。

⑤ 〔奥地利〕卡夫卡：《城堡》，赵容恒译，叶廷芳主编：《卡夫卡全集》第四卷，第233页。

⑥ 〔奥地利〕卡夫卡：《城堡》，赵容恒译，叶廷芳主编：《卡夫卡全集》第四卷，第200页。

远不可能实现的妄想。K 在酒店曾经假装助手身份与城堡通电话问："什么时候我的主人可以到城堡来？"城堡回答："什么时候都不行。"①然而，主人公 K 仍然费尽心机地努力争取允准进入城堡。他卑躬屈膝地到学校当勤杂工，忍受了男女教师的呵斥、辱骂、嘲讽。他甚至为面见城堡官员克拉姆，在严寒的夜晚守候在雪橇旁，冻得浑身哆嗦。车夫告诉他："可能还要等很久很久呢"，"到您离开这里那会儿"②。果然，一位年轻先生要求 K 说："您跟我走。"K 回答："可是一走开我不就错过了我等的那个人了吗？"年轻先生告诉他："您反正是要错过他的，等和走都一样。"③年轻先生命令车夫卸了马，将马和雪橇推回了马厩、车房。但正当 K 回到酒店的那一瞬间，克拉姆却突然乘着雪橇走了。如果说，寻求城堡表现出了追问真理的大无畏精神，反过来，承认城堡对自己居留权的确认，不仍然如"法门之前"寓言中的乡下人一样是不自觉默认了守门人的权威吗？主人公为什么不能彻底蔑视包括城堡在内的一切官方权威和外在证明，只忠实属于人自我的自由本性呢？其实，K 在刚来到村子里的那个晚上，当被施瓦尔策摇醒过来，要求出示居留许可证时，K 就严肃地声称："我是伯爵招聘来的土地测量员。"④城堡也不得不在电话里认可了 K 的身份，并且在第二天派来了两个助手。K 甚至同克拉姆的情人弗丽达一见钟情而坠入爱河，"当听到克拉姆房间传出一个低沉的冷冰冰的带着命令语气的声音呼唤弗丽达时，至少开始并不惊吓，而是感到一种给人以慰藉的清醒。'弗丽达'，K 凑近弗丽达的耳朵说，算是把这呼唤传达给她了。在那几乎可以说是天生的唯命是从心理的驱使下，弗丽达立刻想纵身起来，但紧接着她想到了自己现在待的地方，便伸了个懒腰，轻轻地笑起来，说道：'我怎么能走呢，我决不去他那儿。'K本想提出反对，他很想催促她到克拉姆那儿去，开始动手把她散乱的衣衫拉平整，但是他一句话也说不出来，因为拥抱着弗丽达他感到太幸福了，同时幸福与惧怕交织在一起，因他觉得弗丽达一旦离开他，他便失去了一切。弗丽达呢，仿佛有 K 的默许为她壮胆，便攥起拳头捶门，并

---

① 〔奥地利〕卡夫卡：《城堡》，赵容恒译，叶廷芳主编：《卡夫卡全集》第四卷，第 24 页。
② 〔奥地利〕卡夫卡：《城堡》，赵容恒译，叶廷芳主编：《卡夫卡全集》第四卷，第 111 页。
③ 〔奥地利〕卡夫卡：《城堡》，赵容恒译，叶廷芳主编：《卡夫卡全集》第四卷，第 114 页。
④ 〔奥地利〕卡夫卡：《城堡》，赵容恒译，叶廷芳主编：《卡夫卡全集》第四卷，第 4 页。

大声叫道:'我在土地测量员这儿呢!我在土地测量员这儿呢!'现在克拉姆倒是不吭声了。K却坐起身来,然后在弗丽达旁边跪下,在凌晨扑朔迷离的光线中环顾四周,究竟发生了什么事?他的希望在哪里?现在一切都暴露了,他还能指望从弗丽达那里得到什么呢?"① K的迷惘泄露了自己与克拉姆共同分享的色厉内荏,就像"法门之前"寓言中的乡下人与守门人共同扮演的角色使命,谁都拥有"狭路相逢勇者胜"的机会。正如卡夫卡所说:"藏身处不计其数,可救命的只有一处,但是救命的可能性又像藏身处一样多。"②但是,K终归没有坚持住同克拉姆的对峙,没有抛弃对现成社会权威的默认,终归选择了不自觉的妥协投降。如果说,城堡是奥匈帝国摧残人、折磨人的国家机器象征的话,主人公K就是一个拼命把双手高举在头上,从而向这个机器表明自己驯顺、服从的典型代表。正如卡夫卡在《致密伦娜情书》中所说:"诚然,人们对于自身的谜也是无法拆解的。没有别的,唯有'恐惧'。"③ "法门之前"寓言中的乡下人、《诉讼》中的约瑟夫·K、《城堡》中的普通百姓和阿玛莉娅一家人,以及主人公K,无疑揭示了人类社会非常可怕的异化后果,它造成了人性与人自身的分离。这种分离使人难以确证自我的真实存在。所以,他们需要通过同他人的比照,获得对自我的信任。这种惧怕本真孤独的附加值就是相互的欺瞒、麻痹,以至于达到不自知的境地。人们拼命争作以"法"、城堡为标志的现代社会机器的驯顺奴隶,大家都如此,你不这样行么?

　　人类社会可怕异化后果制约下的无可奈何妥协性在短篇小说《变形记》里则以另一种形式表现了出来。小说告诉我们,现代社会生活中的家庭犹似一个按部就班的舞台剧组,每个人的价值就在于自己所扮演角色的完美恰切。一旦你失去了对角色使命的良好表演,家庭的剧目就会因你的演砸而陷于崩溃。人们于是不得不抛弃你而重新分配角色任务,以之结成新的舞台剧组。这一切在通常情况下,是人们难以觉察因而也不可能戳穿的人生把戏。小说里写道:"当初格里高尔一心只想着要竭尽全力,让家里人尽快忘掉父亲事业崩溃使全家沦于绝望的那场大灾难。

---

　　① 〔奥地利〕卡夫卡:《城堡》,赵容恒译,叶廷芳主编:《卡夫卡全集》第四卷,第47页。
　　② 〔奥地利〕卡夫卡:《随笔》,黎奇译,叶廷芳主编:《卡夫卡全集》第五卷,第41页。
　　③ 〔奥地利〕卡夫卡:《致密伦娜情书》,叶廷芳、黎奇译,叶廷芳主编:《卡夫卡全集》第十卷,第437页。

所以他以不寻常的热情投入工作，几乎是一夜之间便从一个小办事员变成一个旅行推销员，从此自然便有了更多的赚钱的机会，他在工作上的成就立刻便以佣金的形式转化成现金，可以放在家里桌上呈现在惊诧而又喜悦的家人面前。那真是无比美好的时刻，这样美好的时刻以后再也没有出现过，至少没有这样风光地出现过，虽然格里高尔后来挣钱很多，他有能力承担并且也确实承担了全家的开支。家里人也好，格里高尔也罢，大家都习以为常了嘛。人们感激地接过这钱，他乐意支付这钱，可是一种特殊的温暖感却怎么也生不出来了。只有妹妹还令格里高尔感到十分亲近，他秘密盘算着，想在明年送她到音乐学院去学习，她跟格里高尔不一样，她酷爱音乐，拉得一手好小提琴，进音乐学院学习势必要花一大笔钱，他会想别的法子筹措这笔钱的。格里高尔在城里短暂逗留期间，在和妹妹谈话中间就经常提到音乐学院，但是始终只把这当作一个永远无法实现的美梦；这种不着边际的话父母连听都不愿意听；但是格里高尔却念念不忘这件事，打算在圣诞前夜隆重宣布这件事。"①然而格里高尔在一个早晨醒来后，变成了一只大甲虫，成了一个表演砸锅的倒霉鬼而将整个家庭置于阴郁、痛苦的深渊。家人们一开始面对自己的亲人变为虫子这个事实时，还能出于亲情慈爱，照料这只令人厌恶的虫子，表现出了某种崇高的同情心和仁爱精神。但是，随着时日的拖延，"妹妹现在再也不考虑怎样才能让格里高尔吃上可口称心的饭食，她总是在早晨和中午去商店上班前急急忙忙用脚往格里高尔的房间里随便推进一点吃的，晚上根本不管这食物是否只是尝了几口，还是——大多数情况下——连碰也没碰一下，她便一扫帚将其扫了出去"②。最后，妹妹甚至理直气壮地告诉父母说："这样下去是不行的。你们也许不明白这个道理，我明白。我不愿意当着这头怪物的面说出我哥哥的名字来，所以只是说：我们必须设法摆脱它。我们照料它、容忍它，我们仁至义尽嘛，我认为，谁也不会对我们有丝毫的指责。"③他们终于从厌恶到憎恨到仇视，终于不无轻松地期待着虫子的死去。这其实也是一种惧怕责任、惧

---

① 〔奥地利〕卡夫卡：《变形记》，张荣昌译，叶廷芳主编：《卡夫卡全集》第一卷，第128页。

② 〔奥地利〕卡夫卡：《变形记》，张荣昌译，叶廷芳主编：《卡夫卡全集》第一卷，第142页。

③ 〔奥地利〕卡夫卡：《变形记》，张荣昌译，叶廷芳主编：《卡夫卡全集》第一卷，第149页。

怕情感无偿支付的无可奈何的妥协性。这种妥协性往往会转化为一种有意无意的敌视、仇恨，最后变成挤压自己亲人的外在合力，使其不堪最后的重击而扭曲、变形直至死去，然后默默地被永远忘却。这种妥协性使家里人有理由在格里高尔死后，长长地松一口气，而后到郊外去享受温暖的阳光；父母亲也有理由在看见女儿、格里高尔的妹妹"第一个站起来并舒展她那富有青春魅力的身体时，他们觉得这犹如是对他们新的梦想和良好意愿的一种确认"①。我们可以设想，一个好女婿或许可以填补格里高尔死后留下的家庭空缺，重新使家庭人生之戏有滋有味地演下去。家里人将很快忘记那位曾经在家庭剧组里担当主要角色，而后不幸倒霉的格里高尔。尽管这种家庭成员的冷漠，是社会生活本身的残酷加诸人的异化恶果，但这异化恶果毕竟是源自人类长期历史文化活动所培养出的无可救药的自私、怯懦。这种家庭成员的冷漠，在短篇小说《在流放营》里终于扩展成为人与人之间的普遍麻木。所以，"行刑前的那一天，整个的山谷里人山人海，所有的人只是来这里看热闹的"。当第6个小时来临时，人人都希望在近处看，司令官命令首先满足孩子们的要求。于是，担任审判长的军官"左右手臂上各抱着一个年幼的孩子"。军官甚至禁不住神采飞扬地告诉旅行者说："我们大家看到犯人那备受折磨的脸上焕发出的幸福的表情时，是多么地高兴啊！我们的脸颊沐浴在终于出现但马上消逝的正义的光辉之中。那是多么美好的时光啊，我的同志！"②

　　卡夫卡小说中所表现出的妥协性，其实是卡夫卡对于人类社会生活境遇的心灵惶惑和精神恐惧。这种心灵惶惑和精神恐惧在成为卡夫卡小说世界主导氛围的同时，也提供了卡夫卡小说艺术创造性的无限丰富的情感源泉。正如卡夫卡在《致菲莉斯情书》中说："人们应该更多地在放弃做无谓的历史证明的情况下，把自己的精力集中在表述历代衰亡的心理因素上，比如，强权对于施暴者以及受害者的心理影响，只有用这种方法人们才能够揭开历史事件模糊的外表看清事物的本质。"③ "我一直怕见人，其实不是害怕其本身，而是担心他们侵入我虚弱的本性。"

---

　　① 〔奥地利〕卡夫卡：《变形记》，张荣昌译，叶廷芳主编：《卡夫卡全集》第一卷，第156页。

　　② 〔奥地利〕卡夫卡：《在流放营》，洪天富译，叶廷芳主编：《卡夫卡全集》第一卷，第92页。

　　③ 〔奥地利〕卡夫卡：《致菲莉斯情书书信》，卢永华等译，叶廷芳主编：《卡夫卡全集》第十卷，第111页。

"在这个意义上，我内心的惶惑和不安很可怕，这也是创作的唯一和根本理由。"① 叶廷芳先生在卡夫卡《谈话录》的《译本序》中说："卡夫卡，这个不幸的犹太人，由于自己的血统而深深感觉着是被排斥于人类世界之外的'无家可归的异乡人'，他仿佛站在世界之外，以'异乡人'的陌生眼光和惊讶神情观察人类社会，发现这个亲亲热热、熙来攘往的社会表面，掩盖着一种可怕的东西，一种不利于人类生存的异己的东西，人人参与其中而又人人受其控制。于是他满怀恐惧，发出惊叫，一种凄厉的、大难临头似的绝望的喊叫。起初多数人对于这种声音不以为然、充耳不闻。经过两次世界大战的空前灾难，人们变得清醒些了，越来越多的人对于卡夫卡对那些异常现象的揭示，那种警报性的'喊叫'，日益领悟了，共鸣了，以至把卡夫卡的作品视为'现代启示录'。"② 从这个意义上说，卡夫卡小说主人公的无可奈何妥协性终归又在新的层次上表现出追问真理的反抗性，或者说，卡夫卡的小说是通过揭示人们在社会生活中的无可奈何妥协性，创造了振聋发聩的警世意义，预示了通往真理的可能性。

3. 文学叙事逻辑与社会历史逻辑

所谓文学叙事逻辑，主要是指卡夫卡小说里关于人物行为、情节发生发展的特殊逻辑。在这个特殊逻辑下，人物行为、情节发生发展皆呈现出一种模糊、荒诞、离奇、古怪的特征。比如《美国》尽管还不完全具备鲜明的卡夫卡小说艺术特色，但卡夫卡小说一贯的叙事形式逻辑的模糊、荒诞、离奇、古怪特征却已经基本成形。比如16岁的少年卡尔·罗斯曼来到了美国。先是因为寻找自己的雨伞而莫名其妙地进入了轮船司炉的房间。然后又因为帮助司炉到船长舱申辩心中的委屈，而莫名其妙地碰见了参议员舅舅。后来又因为接受了舅舅朋友的邀请而莫名其妙地遭到舅舅的放逐，从此开始漂泊流离。充分具有卡夫卡特色的《诉讼》，更描写约瑟夫·K在自己的公寓里被莫名其妙、无缘无故地宣布逮捕。奇怪的是，约瑟夫·K既没有被告知罪名，也没有被真正实行逮捕。K继续像通常一样工作、生活、恋爱，只是在被传讯的日子，才转弯抹角地来到一个大院的二楼。主人公随心所欲地想出一个主意，打听"一

---

① 〔奥地利〕卡夫卡：《致菲莉斯情书书信》，卢永华等译，叶廷芳主编：《卡夫卡全集》第九卷，第390页。

② 叶廷芳：《谈话录·译本序》，叶廷芳主编：《卡夫卡全集》第五卷，第278页。

位细木匠兰茨"。一个年轻女人指引他进入一间会议室,屋子里挤满了各种各样的人。审讯是由一些奇怪的人问一些不着边际的话。比如第一句话问:"您是房屋油漆匠罗?"①约瑟夫·K作为一个职业竞争中的成功人士,尽管无端地纠缠上了莫名的官司,却仍然坚信:"现在还没有理由过分忧虑。他曾在较短的时间内巧妙地谋到了银行的一个高级职位,并赢得了许多人赞赏,保住了这一职位。现在,他只须把上天赋予他的才干,用一点点来对付这个案子,便肯定会取得良好的结果。假如他想达到这一目标,首先必须彻底排除他有罪的想法。他是无辜的,这场官司只不过是一桩大交易,就像他经常做的、能为银行带来利益的交易一样。"②但是,主人公却逐步发现:"起诉不是轻率做出的,一旦对某人提出起诉,法院就认定被告有罪,并且很难改变这种看法。"③ 果然,前面所述的一切都没有妨碍法律机器的正常运转,没有影响法律判决的最终到来。按照法院的时间表,K被判决的日子来到了。一天夜里,两个身穿黑色礼服的人将K带到了一个采石场,主人公"已经意识到反抗毫无意义"④。所以,他不逃避死亡判决,并最终认定自己真正有罪。他最后更"清醒地意识到,当刀在他头顶上传来传去的时候,他应当把它抢过来刺进自己的身体"。终于,"一个人的双手扼住了K的喉咙,另一个人将刀深深地刺进他的心脏,并转了两下。K的目光渐渐模糊了,他看见那两个人就在他的面前,头挨着头,观察着这最后一幕。'真像是一条狗!'他说,意思似乎是,他的耻辱应当留在人间"⑤。《城堡》中的主人公K偶尔来到一个小村镇,突然在半夜被叫醒,要求出示居留许可证。主人公在情急中声称自己是土地测量员。城堡居然也在电话里认可了K的土地测量员身份,第二天还为K派来了两位协助工作的助手。城堡的官员克拉姆还两次给K带来肯定其身份、表扬其工作的信件。但是,当K按照克拉姆的指示要求村长分配具体工作时,却被村长告知:他们并

---

① 〔奥地利〕卡夫卡:《诉讼》,章国锋译,叶廷芳主编:《卡夫卡全集》第三卷,第34页。
② 〔奥地利〕卡夫卡:《诉讼》,章国锋译,叶廷芳主编:《卡夫卡全集》第三卷,第103页。
③ 〔奥地利〕卡夫卡:《诉讼》,章国锋译,叶廷芳主编:《卡夫卡全集》第三卷,第121页。
④ 〔奥地利〕卡夫卡:《诉讼》,章国锋译,叶廷芳主编:《卡夫卡全集》第三卷,第180页。
⑤ 〔奥地利〕卡夫卡:《诉讼》,章国锋译,叶廷芳主编:《卡夫卡全集》第三卷,第183页。

不需要土地测量员。那一系列的认可只是部门间互不通气的错误。所以，K 说："我听了这事后，对那种可笑的混乱算是窥见了一斑，这种混乱有时能决定一个人的命运呢。"①无可奈何的 K 始终在莫名其妙的生活之流中寻找自我身份的确认。

所谓社会历史逻辑，主要指的是卡夫卡小说中人物行为、情节发生发展之所以模糊、荒诞、离奇、古怪的文化心理原因。它们表现了现代西方人清醒地意识到社会主流意识形态如何通过束缚、禁锢社会话语，精心编制、修饰文本世界来规定人们理解社会现实的方式，甚至驯化人们体验生命的情感方式。所以，卡夫卡的小说创作意在唤起人的瞬间心灵直觉和生命体悟。这种瞬间心灵直觉和生命体悟并不是一种对外在客体世界的被动识记，而是主动创造。所谓主动创造，指的是认识主体凭借"诗性智慧"启发下的想象力、创造力赋予漂浮不定、晦涩朦胧的情感感受以清晰的形式，从而完成对人类历史、现实人生的重新说明、解释。换句话说，卡夫卡小说中不合叙事逻辑的人物行为、情节发生发展恰恰是卡夫卡凭着自己魔鬼般的心灵穿透力、想象力，发掘出长期以来被理性主义的乐观色彩所遮蔽掩盖的悲剧性情状，并赋予其生动可见的外观形象，从而通过改变话语方式来改变人的思维方式、生活方式、感觉方式，最终实现外在形象与内在意蕴的对立统一。所谓"诗性智慧"启发下的想象力、创造力在卡夫卡的小说创作中的具体运作，主要表现为极大限度地利用了非直接真实描写而间接象征隐喻的意象构筑方式。这些象征隐喻的意象构筑方式又具体表现为三种方式：细节象征、情节象征、整体象征。

所谓细节象征是指卡夫卡小说中的许多细节就具有象征性的表现意义，比如《变形记》的主人公格里高尔无端地变成了大甲虫，其实是象征性地表现西方现代社会里的普通小人物不堪生活重负的心理变异和扭曲。所以，小说中变成了大甲虫的格里高尔悲叹："啊，天哪，我挑上了一个多么累人的差事！长年累月到处奔波。"② 还比如《在流放营》中的一段关于旅行者与军官的对话描写："旅行者本想提些各式各样的问题，可是见到这个犯人，他仅仅问：'他知道自己的判决是什么吗？''不知

---

① 〔奥地利〕卡夫卡：《城堡》，赵容恒译，叶廷芳主编：《卡夫卡全集》第四卷，第70页。
② 〔奥地利〕卡夫卡：《变形记》，张荣昌译，叶廷芳主编：《卡夫卡全集》第一卷，第107页。

道'，军官说，急于要往下解释，可是旅行者打断了他：'他不知道对他
所作的判决吗?''不知道'军官重复道，然后停顿了片刻，似乎在要求
旅行者进一步论证自己的问题，然后说：'压根儿没有必要向他宣布判
决。他会从自己的身上知道对他的判决的。'"①后来，军官终于告诉旅行
者，犯人只是一个因为睡过头而玩忽职守的勤务兵。这是象征性地表现
西方现代社会里的普通小人物无端遭受社会异化机器杀戮的可怕现实。
再比如《诉讼》里的律师告诉主人公约瑟夫·K，"第一份申诉很重要，
因为辩护留下的第一印象常常决定今后的整个诉讼程序。不幸的是，他
必须提醒 K 注意，头几份申诉往往不起作用，因为法院根本不看。法官
们把它们往卷宗里一塞，说什么目前对被告的审查和审讯比任何书面申
诉都更加重要。假若申诉人催促，他们会说，做出判决前他们会认真研
究全部案卷的，其中当然包括第一份申诉书。可惜的是这一点在许多案
子的审理过程中并不能完全做到，第一份申诉常常放错地方，甚至不翼
而飞，即使幸存到最后，也很少有人看过"②。那位世代相传专替法官画
肖像的画家，一方面肯定地告诉主人公约瑟夫·K"假如您真是无辜的，
那事情就简单了"；另一方面又承认："法院永远不会撤回起诉。假如我
把所有的法官并排画在这块画布上，而你站在画布前为自己进行辩护，
成功的希望也会比在真的法院里要大得多。"③然后，画家又认为约瑟
夫·K 的前景有三种可能性："一种是真正宣判无罪，另一种是表面宣判
无罪，第三种是无限期延期审判。"④同时又告诉约瑟夫·K 说："真正宣
判无罪当然是最好的结局，但我对这种解决方式不能施加任何影响，我
觉得任何人都无法促使法庭作出这样的判决。唯一决定的因素是被告是
否的确清白无辜。既然您是无辜的，您完全可以放心大胆地等待这种结
局。那样一来您就既不需要我也不需要任何人的帮助了。"⑤所以，"这种
有条理的分析开始使 K 感到吃惊，他用同样轻的声音对画家说：'我觉

---

① 〔奥地利〕卡夫卡：《在流放营》，洪天富译，叶廷芳主编：《卡夫卡全集》第一卷，第
83 页。
② 〔奥地利〕卡夫卡：《诉讼》，章国锋译，叶廷芳主编：《卡夫卡全集》第三卷，第94页。
③ 〔奥地利〕卡夫卡：《诉讼》，章国锋译，叶廷芳主编：《卡夫卡全集》第三卷，第
121 页。
④ 〔奥地利〕卡夫卡：《诉讼》，章国锋译，叶廷芳主编：《卡夫卡全集》第三卷，第
124 页。
⑤ 〔奥地利〕卡夫卡：《诉讼》，章国锋译，叶廷芳主编：《卡夫卡全集》第三卷，第
124 页。

得您自相矛盾.'"①其实，表面宣判无罪和无限期延期审判，都无非是让诉讼过程转来转去地耽搁时间而已，前者包含随时被重新逮捕的可能性，后者包含每隔一段时间接受一次审问。这无疑是象征性地表现生活在现代社会机器中的人，任意被无情宰割而无可奈何的荒诞命运。所以，《美国》里的主人公卡尔在饭店里当电梯工，被人误解而有口难辩时暗自思忖："如果人家没有良好的愿望，我是无法为自己辩护的。"②《城堡》中的主人公 K 半夜被摇醒，要求出示居留许可证，则是象征性地表现西方现代人不仅漂泊流浪、无所归依，而且随时随地都可能突然被要求说明自己的人生依据、解释自己的生存理由。阿玛莉娅的哥哥巴纳巴斯跑到城堡，充当了克拉姆似有似无、似真似假的所谓信差，却始终无法确认克拉姆是否是真正的克拉姆。这种无法确认终使主人公 K 所收到的两封信件产生了问题，于是 K 的土地测量员身份的确认也成为似有似无、似真似假的东西了。这是象征性地表现现代社会官僚的千人一面，现代社会管理的荒诞混乱，现代人自我身份的难以确认。大桥酒店的老板娘为自己曾经接受过克拉姆走马灯式的三次召见而引以为自豪，特别为自己珍藏有克拉姆第一次召见她的信差的照片、克拉姆的手绢、睡帽作为纪念品而得意洋洋。她甚至告诉 K 说："克拉姆一发话，世界上哪个男人能挡住我跑到他那儿去?"③这是象征性地表现现代人不自觉地甘心接受官方愚弄和欺瞒的生存境遇。《和祈祷者谈话》里描写我"无意中发现一个年轻人，他整个瘦削的身子扑倒在地板上。他不时地用全身的力量揪住他的脑袋，唉声叹气地把脑袋咚咚地撞击在平放在石块上的手心上。教堂里只有几个年老的妇女，她们常把自己包裹着小头朝侧面转过去，以便向那位祈祷者望去。她们的这种全神贯注的观察似乎使他感到幸福，因为每当他那虔诚的感情爆发之前，他都要巡视一番，看看观察他的人是否很多"④。这是象征性地表现现代人普遍戴着遮蔽本真自我人格面具的悲哀。《城堡》中的那位村长，家里堆满半间屋子的文件只是他正在

---

① 〔奥地利〕卡夫卡:《诉讼》，章国锋译，叶廷芳主编:《卡夫卡全集》第三卷，第124 页。

② 〔奥地利〕卡夫卡:《失踪者》，张荣昌译，叶廷芳主编:《卡夫卡全集》第二卷，第156 页。

③ 〔奥地利〕卡夫卡:《城堡》，赵容恒译，叶廷芳主编:《卡夫卡全集》第四卷，第91 页。

④ 〔奥地利〕卡夫卡:《和祈祷者谈话》，洪天富译，叶廷芳主编:《卡夫卡全集》第一卷，第252 页。

处理的一小部分，大宗的文牍还存放在库房里。城堡官员索尔蒂尼的房间四壁也全堆满大捆大捆的卷宗，一捆摞一捆，形成了一根根高大的方柱，而且这些还仅仅是他正在处理的文件。这是象征性地表现现代社会里僵死的文牍海洋，如何淹没了活生生的生命存在。《判决》里的主人公把父亲抱到床上躺下后，父亲连续两次问"我已经盖严实了吗"？当得到确认后，父亲却突然用力掀开了被子，直挺挺地站在床上对主人公说："你要把我盖上，这我知道，我的好小子，不过我可还没有被完全盖上。即使这只是最后一点力气，但对付你是绰绰有余的。"①这是象征性地表现西方现代人追问理性主义文化传统中"杀死父亲"问题的情感负疚。所以，卡夫卡说："儿子造老子的反，这是文学中的古老题材，一个更古老的世界问题。"②《美国》里的主人公卡尔，在街角处看见俄克拉荷马大剧场招聘广告牌上有一句有很大吸引力的词语："每一个人都受欢迎。"③卡尔来到招募处，他不能出示有效的身份证明，只说明自己曾经在欧洲上过中学，最终卡尔被录用了。卡夫卡这样写道："记录员显然是认为，是一名欧洲中学生，这已经就是某种十分可耻的事情了，所以谁声称自己是，旁人尽可以放心地相信他的话。"④无独有偶，《一份为某科学院写的报告》中的猴子为了寻求生存的出路，选择了模仿表演人类愚蠢行为，同时不无揶揄地自称："我以世上从来没有过的努力，使自己达到了一个欧洲人的中等文化水平。"⑤这是象征性地表现现代人对西方历史文明发展的深刻嘲讽。

所谓情节象征是指由小说故事情节而构建成的象征。比如《诉讼》中的主人公约瑟夫·K从理直气壮地坚信自己无辜，到四处找人申诉、托人通关节，再到彻底放弃的过程，象征性地表现了现代社会中，人面对强大社会机器束手无策、无可奈何的悲剧性命运。《乡村医生》中的医生在一个狂风呼啸、大雪纷飞的日子，必须赶紧上路去看急诊，却没

---

① 〔奥地利〕卡夫卡：《判决》，孙坤荣译，叶廷芳主编：《卡夫卡全集》第一卷，第43页。

② 〔奥地利〕卡夫卡：《谈话录》，赵登荣译，叶廷芳主编：《卡夫卡全集》第五卷，第362页。

③ 〔奥地利〕卡夫卡：《失踪者》，张荣昌译，叶廷芳主编：《卡夫卡全集》第二卷，第226页。

④ 〔奥地利〕卡夫卡：《失踪者》，张荣昌译，叶廷芳主编：《卡夫卡全集》第二卷，第236页。

⑤ 〔奥地利〕卡夫卡：《一份为某科学院写的报告》，洪天富译，叶廷芳主编：《卡夫卡全集》第一卷，第208页。

有马和马车。医生心不在焉地向一直不用的猪圈破门踢了一脚，从猪圈里突如其来地钻出来一个马夫和两匹马。马拉走了出诊的医生，马夫强占了医生的女佣。医生来到病人家里后，又无端被人强行脱掉了衣服，抱住头、拖住脚，按倒在病人的床上。医生躺在床上后，又被病人埋怨缩小了睡床的面积，表示恨不能挖掉医生的眼睛。最后，仓皇逃跑的医生赤裸着身子在茫茫雪原上漂泊流浪。所以，医生禁不住感叹："受骗了！受骗了！只要有一次听信深夜急诊的骗人的铃声——这就永远无法挽回。"①象征性地表现了现代社会中人心叵测、陷阱密布的人与人异化关系。还如医生自己所说："开张药方是件容易的事，但是人与人之间要互相了解却是件难事。"②《乡村教师》则通过乡村教师的遭遇把现代人异化状态的描述扩展到了所谓科学发现的领域。一位乡村教师发现了一只巨大的鼹鼠，但是，"他知道自己在没有得到任何人支持的情况下所做出的一星半点的努力终究是毫无价值的"③。果然，乡村教师去拜会一个学者却遭到不置可否的非难，他投稿给一份有分量的农业杂志，却遭到肆意的嘲讽。所以，当得知小说中的"我"在为自己辩护时，乡村教师高兴地对妻子说："这么多年了，我们都是孤军作战，可是现在城里似乎有一个有地位的赞助者在为我们辩护，城里一个名叫某某的商人。"④ 小说象征性地表现了现代社会里的所谓科学发现或者真理认定皆受制于无形权力的力量。西方人几百年来深信不疑的"知识就是力量"，终于转换成了无可奈何的"权力就是知识"。所以，小说中的"我"对乡村教师说："我不了解学术界的章程，但是我相信，即便在最顺利的情况下，你也不会受到哪怕只是稍稍近似于您向您那位可怜的妻子所描述的那种接待。""我"还直言不讳地告诉乡村教师，他或许能引起某一位重要教授的注意，然后委派一位大学生调查后写出了科学论述的文章，并且获得了成功。乡村教师或许会得到尊敬，会得到一个好心教授弄到的奖学

---

① 〔奥地利〕卡夫卡：《乡村医生》，孙坤荣译，叶廷芳主编：《卡夫卡全集》第一卷，第163 页。

② 〔奥地利〕卡夫卡：《乡村医生》，孙坤荣译，叶廷芳主编：《卡夫卡全集》第一卷，第160 页。

③ 〔奥地利〕卡夫卡：《乡村教师》，张荣昌译，叶廷芳主编：《卡夫卡全集》第一卷，第353 页。

④ 〔奥地利〕卡夫卡：《乡村教师》，张荣昌译，叶廷芳主编：《卡夫卡全集》第一卷，第361 页。

金，会调入城里的市立国民小学等等。但是，人们赞赏他的同时，也会把他归结为上了年纪而不适宜科学研究的人，甚至把他的发现也归结为一种偶然。从此，乡村教师再也听不到，或者听到了，也不能理解有关这个发现的情况。因为"每一个新发现将立刻被纳入科学宝库的总体之中，因此在某种程度上也就不再是一种发现了，它便整个地升华了，消失了，人们得有一种经过科学训练的眼力才能将其辨认。有人会将一个新发现同一些我们从未听说过的原理联系在一起，在学术争论中，同这些原理联系在一起的新发现又会被抛到九霄云外去"①。更令人遗憾的是，小说中的"我"试图用自己的文章替乡村教师辩护时，却不意陷入了一种特殊的尴尬境地。因为，"我""要让人心服口服，那我就不能援引教师的文章，因为教师本人都未能让人信服嘛"。结果，"在一些关键问题上我们的意见并不一致，尽管我们两人都自以为已经证明了那件主要的事情，即证明了那只鼹鼠的存在。不管怎么说，因为那些意见分歧，我未能建立起我曾竭力希望建立的那种同教师的友好关系。从他那方面几乎产生了某种敌意。他虽然始终对我谦逊而恭顺，但是人们却可以越发明显地觉察出他的真实心情。因为他认为，我已经完全损害了他和那件事情的利益，我自以为帮了他的忙或者可能帮了他的忙，这说得好听点是天真，其实多半还是自负或诡计呢"②。由此，小说象征性地说明了人与人关系的异化，如何使互相的沟通成为不可能。《城堡》中的主人公 K 声称自己是土地测量员，既得到了城堡的电话认可，又得到了两位协助工作的助手，还得到了克拉姆两次给 K 带来的信件。于是，小说写道："它给予 K 的，反倒只是处处（当然只限于村里）开绿灯让他顺利通行，用这种方法娇惯他、削弱他的斗志，在这里把任何斗争都取消掉，把他置入一种非公务的、完全莫名其妙的、摸不清看不透的、与自己格格不入的生活之中。这样下去，如果他不是时时保持警觉，就可能出现这种情况，即有朝一日尽管衙门对他多方照顾，尽管交给他的全部轻而易举的任务都圆满完成，他也会在人家给予他的似是而非的恩宠的蒙蔽下在公务以外的生活中有失检点，致使自己在这方面栽大跟头，那

---

① 〔奥地利〕卡夫卡：《乡村教师》，张荣昌译，叶廷芳主编：《卡夫卡全集》第一卷，第363—364 页。

② 〔奥地利〕卡夫卡：《乡村教师》，张荣昌译，叶廷芳主编：《卡夫卡全集》第一卷，第355 页。

时衙门就不得不出面，依旧是文雅而和蔼可亲地、摆出一副违反本意爱莫能助的姿态，根据某一条他不知道的有关公共秩序的法令把他清除掉。"① 这无疑象征性地表现了现代社会里，无时无刻不藏匿着阴谋算计的心理恐惧。后来，当主人公 K 按照克拉姆的指示要求村长分配具体工作时，却又被村长告知："如您所说，您已被录用为土地测量员；但是遗憾得很，我们并不需要土地测量员。这里可以说一点适合他做的工作也没有。"那么，前面那一系列的认可又是为什么呢？村长的解释是："有时难免会发生一个部门发出这一项指令，另一个部门发出另一项指令而互相不通气的事。"② 具体说来，好多年前，上头哪一个部门给村长发出了一份拟聘任土地测量员的公函，村长回复说不需要土地测量员。但是复信没有送到发出公函的那个部门，另一个收到复信的部门，却遗失了复信而只留存了一个封面注明"关于聘任土地测量员"的空文件袋。很久以后，另一个部门里以认真著名的主管人，派人送回空文件袋，要求补充内容。村长只笼统回答完全不知道聘任的事，并且不需要什么土地测量员。认真的主管人发生了怀疑，反问为什么突然说不要聘用土地测量员，村长回答此事最初就是你们上头提出来的。认真的主管人又追问为什么到现在才提起上级的这封公函。这样，不但引发了一连串的通信往来、一连串的上下活动，而且发生了 K 在混乱中的身份认定。但是，村长更强调："压根不考虑有出错的可能性，正是衙门的一条工作原则。"③ 所以，K 说："我听了这事后，对那种可笑的混乱算是窥见了一斑，这种混乱有时能决定一个人的命运呢。"④这是象征性地表现了现代社会管理机制的极度异化变形。K 曾经向老板娘表示自己要立刻同弗丽达结婚，但在举行婚礼前必须同克拉姆谈一谈。这种合情合理的想法不但引起了老板娘和弗丽达一致的坚决否定，甚至使老板娘怒不可遏地告诉 K 说："您听清楚了，土地测量员先生！克拉姆老爷是城堡的人，即便撇开克拉姆担任的职务不说，仅仅这一点本身，是城堡的人这一点，就是一个很高很高的级别了。可是您究竟是什么人呢？我们居然还在这里低三下四地求您同意同弗丽达结婚！您一不是城堡的人，二不是村里

① 〔奥地利〕卡夫卡：《城堡》，赵容恒译，叶廷芳主编：《卡夫卡全集》第四卷，第 68 页。
② 〔奥地利〕卡夫卡：《城堡》，赵容恒译，叶廷芳主编：《卡夫卡全集》第四卷，第 66 页。
③ 〔奥地利〕卡夫卡：《城堡》，赵容恒译，叶廷芳主编：《卡夫卡全集》第四卷，第 71 页。
④ 〔奥地利〕卡夫卡：《城堡》，赵容恒译，叶廷芳主编：《卡夫卡全集》第四卷，第 70 页。

的人，您什么也不是。但是可惜的是您又确实是个人，您是一个外乡人，一个多余的人，一个在这里处处碍事的人，一个不断给人找麻烦的人。"①K则振振有词地陈述自己的理由。二人你来我往互相争辩。表面上看，K的话似乎更符合情理，老板娘的话则似乎始终语焉不详。所以，老板娘只好无可奈何地告诉固执的K说："您对这里各方面的情况无知得惊人，听您说话，再在心里把您说的、想的同实际情况比一比，那简直就让人觉得天花乱坠天旋地转。"②但是，最后的结果却无情地证明，K的话只是理想化的希望，老板娘的话更是现实的写照。正如弗丽达后来决定同K分手后所说："你别反驳我，我敢断定，这会儿你什么全能驳倒，可是到末了还是什么也没有驳倒的。"③更是象征性地表现了现代社会生活里的似是而非、颠倒混乱。如同汉娜·阿伦德所说："卡夫卡的人物发现，正常世界和社会实际上是不正常的。"④所以，萨特说："关于卡夫卡，人们把一切都说尽了：说他想描绘官僚阶层，疾病的进展，东欧犹太人的状况，对不可企及的超越性的追求，乃至当世界上缺少圣宠时描绘了圣宠的世界。这一切都是对的，我甚至会说他曾想描绘人的状况。但是我们特别敏感的是，我们在他的作品中认出历史和处于历史中的我们自己。他的作品总是写在审理过程中的案件，有朝一日审理突然结束而且结束得很坏，同案的法官们无人认识而且永远找不到，被告们为了解对他们提出的控告而作的努力纯属徒劳，他们耐心地建立起来的辩护体系有朝一日会反过来变成对他们不利的证据；他的作品写出这个荒谬的现时，人物认真地在这个现时中生活，然而理解它的钥匙却在别处。"⑤

所谓整体象征是指由小说的整体符号性产生的象征。比如卡夫卡的短篇小说《地洞》描写了一个不知名的小动物，建造了一个又大又坚固的地洞，里面有分散的城廓、广场，有若干出入口、迷津，储藏了大量

---

① 〔奥地利〕卡夫卡：《城堡》，赵容恒译，叶廷芳主编：《卡夫卡全集》第四卷，第54—55页。

② 〔奥地利〕卡夫卡：《城堡》，赵容恒译，叶廷芳主编：《卡夫卡全集》第四卷，第61页。

③ 〔奥地利〕卡夫卡：《城堡》，赵容恒译，叶廷芳主编：《卡夫卡全集》第四卷，第282页。

④ 引自谢莹莹《权力的内化与人的社会化问题——读卡夫卡的〈审判〉》，《外国文学评论》2003年3期。

⑤ 〔法〕萨特：《什么是文学》，施康强译，沈志明、艾珉主编：《萨特文集》(7)，第260页。

事物。但小动物却时时担心外敌的侵袭，它一会儿决定将食物集中存放，一会儿决定将食物分散存放。小动物还时时沉浸在莫名灾难的预感中，它一会儿探听洞口的动静，一会儿跑出洞外观察洞口的隐蔽情形，一会儿又感觉远处有另外动物的挖掘声音。小说通过一个小动物的惶惑不安，象征性地表现了现代人朝不保夕、患得患失的恐惧感受。《城堡》描写了主人公 K 作为一个不知从何而来的漂泊流浪者，连起码的安身之处都没有，夜晚只能栖居在酒店、学校的草袋上，无疑象征性地表现了西方现代人在理性主义历史进取里的精神流浪、心灵漂泊，特别是在面对理性主义负面后果无限扩张后的情感无所适从、心灵无所皈依的伊甸园情结。《城徽》中借《圣经》里人们建巴别塔的故事，说："起初，在建巴别塔的时候，一切还算井井有条。"因为不少人认为后来的一代人或许在知识准备和建筑艺术方面更完善，所以"这样一些想法使得人心涣散，于是，人们更多地关心建造一座工人城市，而很少关心建塔。每个同乡组织都想占有最好的市区，于是发生了无休止的争吵，乃至发展到流血的战斗"。"人们并没有把时间仅仅用在战斗上，在战斗的间隙，人们也去美化城市，这样，必然又诱发了新的嫉妒和新的冲突。第一代人的时间就这样过去了，往后几代的时间并没有好一些，只是伎俩不断得到提高，随之而来的是，战斗的狂热也与日俱增。""所有在这座城市里产生出来的传说和歌谣，都充满了对一个预言之日的渴望，到了那一天，这座城市将被一只巨大的拳头连续迅击五下而粉碎。所以，这座城市的市徽也是一只拳头。"①更象征性地表现了西方现代人对人类文明历史的荒诞无稽感受。卡夫卡说："人们以公正的名义做了多少不公正的事情？多少使人愚昧的事情在启蒙的旗帜下向前航行？没落多少次乔装成跃进？这些现在已经看得非常清楚了。战争不仅焚烧摧毁了世界，而且也照亮了世界。我们看见，这是由人自己建造的迷宫，冰冷的机器世界，这个世界的舒适和表面上的各得其所越来越剥夺了我们的权利和尊严。"②《饥饿艺术家》告诉人们，时尚表演已经成为现代人流行的生存方式之一。饥饿艺术家要生存下去，就不得不将"自我克制"也作为表演的方

---

① 〔奥地利〕卡夫卡：《城徽》，洪天富译，叶廷芳主编：《卡夫卡全集》第一卷，第401—402页。

② 〔奥地利〕卡夫卡：《谈话录》，赵登荣译，叶廷芳主编：《卡夫卡全集》第五卷，第349页。

式之一。所以，饥饿艺术家在弥留之际告诉管事的人说："因为我只能挨饿，我没有别的办法。""因为我找不到适合自己胃口的食物。假如我找到这样的食物，请相信，我不会这样惊动视听，并像你和大家一样，吃得饱饱的。"[1]然而，饥饿艺术家的悲剧在于他没有真正领会现代社会表演的实质。既然是表演就免不了要掺杂招摇撞骗、弄虚作假等伎俩和诡计，饥饿艺术家却选择了真实的饥饿表演。所以，许多人始终不理解"他的艺术荣誉感禁止他吃东西"。有些夜班看守"有意要留给他一个空隙，让他得以稍稍吃点儿东西，他们以为他会从某个秘密的地方拿出储藏的食物来"[2]。"只有饥饿艺术家自己才能知道，因此只有他自己才是对他能够如此忍饥耐饿感到百分之百满意的观众。"[3]饥饿艺术家不但将自己的生命透支竭尽，而且注定还会因为时尚的时间性而失去对人们欣赏的刺激力。所以，"经理默默无言，双手举到饥饿艺术家的头上，好像他在邀请上苍看一看他这草堆上的作品，这值得怜悯的殉道者"[4]。《饥饿艺术家》所涉及的表演在《约瑟芬，女歌手或耗子的民族》又以新的方式提了出来。作为一个现代人流行生存方式之一的表演，需要充分突出表演性。约瑟芬的口哨之所以不只是口哨声，"要了解她的艺术，不仅需要听她唱，而且还要看她唱。即便这只是我们日常吹出的口哨，但在这里它却首先给人一种奇特的印象，即某人装出一副郑重其事的样子，但他所做的无非是一件极为普通的事情"[5]。尤其在面对耗子般的听众时，"约瑟芬多半只有一个办法，那就是后仰着小脑袋，半张着嘴巴，眼睛向上瞧，摆出一副即将歌唱的姿势"[6]。由此，表演与看表演的观众融为了一体，因为，"这个民族是这样理解它与约瑟芬的关系的：她，这个

---

① 〔奥地利〕卡夫卡：《饥饿艺术家》，叶廷芳译，叶廷芳主编：《卡夫卡全集》第一卷，第231页。

② 〔奥地利〕卡夫卡：《饥饿艺术家》，叶廷芳译，叶廷芳主编：《卡夫卡全集》第一卷，第223页。

③ 〔奥地利〕卡夫卡：《饥饿艺术家》，叶廷芳译，叶廷芳主编：《卡夫卡全集》第一卷，第224页。

④ 〔奥地利〕卡夫卡：《饥饿艺术家》，叶廷芳译，叶廷芳主编：《卡夫卡全集》第一卷，第226页。

⑤ 〔奥地利〕卡夫卡：《约瑟芬，女歌手或耗子的民族》，洪天富译，叶廷芳主编：《卡夫卡全集》第一卷，第235页。

⑥ 〔奥地利〕卡夫卡：《约瑟芬，女歌手或耗子的民族》，洪天富译，叶廷芳主编：《卡夫卡全集》第一卷，第238页。

脆弱的、需要别人爱护的、总之是杰出的、在她本人看来是由于她的歌唱而出类拔萃的女人，已经把自己托付给了这个民族，因此，它必须照料她；至于原因是什么，谁也不清楚，只有事实看来是肯定了的。既然她被托付给了自己，就不能嘲笑她；若是嘲笑她，就等于是玩忽职守"①。约瑟芬的悲剧也在于她不理解这种微妙关系，"她认为是她在保护这个民族。据她说，她的歌唱能把我们从恶劣的政治或经济处境里解救出来，它的作用就在于此，她的歌唱即使不能消除不幸，但至少也能赋予我们力量去承受不幸"。她不明白，"她拯救不了我们，也给不了我们力量"②。当然，约瑟芬的口哨属于这个民族斗争短暂间隙的梦的世界。"在她的口哨声里，包含着某些我们短暂而不幸的童年情景，包含着某些一去不复返的幸福，也包含着某些积极的今日生活，包含着今日生活中小小的、不可理解、然而的确存在的、并且无法消灭的快乐。"③所以，现实社会里的人们有理由深深地感叹："真奇怪，她怎么会打错算盘，这个聪明的女人，竟会如此失策，以至人们觉得，她压根儿没有进行算计，只不过是在听凭命运的摆布，而在我们的世界里，她的命运只会变成一种非常悲惨的命运。"④ 应该说，约瑟芬与其民族都挣扎在作茧自缚的异化境遇中。所以，卡夫卡在《约瑟芬，女歌手或耗子的民族》中甚至直接借用约瑟芬的口说："在我们这个民族中，人们没有青年时代，也几乎没有非常短暂的童年时代。虽然一再提出这样的要求：应当保证让孩子们得到特殊的自由，特殊的爱护，让他们有权利稍许逍遥自在些，稍许胡闹几下，多少玩一玩，应当承认孩子们有这些权利，并且帮助实现这些权利；这样的要求提出来的时候，几乎人人都赞成，没有什么东西比这些要求更应该得到赞成的了，但是在我们的实际生活里，没有什么东西比这些要求更少地得到承认，大家赞同这些要求，并试图

---

① 〔奥地利〕卡夫卡：《约瑟芬，女歌手或耗子的民族》，洪天富译，叶廷芳主编：《卡夫卡全集》第一卷，第 239 页。

② 〔奥地利〕卡夫卡：《约瑟芬，女歌手或耗子的民族》，洪天富译，叶廷芳主编：《卡夫卡全集》第一卷，第 240 页。

③ 〔奥地利〕卡夫卡：《约瑟芬，女歌手或耗子的民族》，洪天富译，叶廷芳主编：《卡夫卡全集》第一卷，第 244 页。

④ 〔奥地利〕卡夫卡：《约瑟芬，女歌手或耗子的民族》，洪天富译，叶廷芳主编：《卡夫卡全集》第一卷，第 251 页。

按照它们的意思去做，但随即又一如往昔。"①两个作品皆象征了现代社会中那种不甘沉沦，追求精神寄托和心灵自由的人，必然与公众疏离隔膜以及自我注定孤独寂寞、无所适从的悲剧性处境。在卡夫卡的短篇小说中，还有不少作品通过动物的眼睛、动物的感觉，来启迪人体味出寻常情况下难以察觉的事实。比如《一份为某科学院写的报告》中的猴子说："在人们之间，有人常常拿自由欺骗自己。如同自由被视为最崇高的感情之一一样，相应的欺骗也被视为一种最崇高的感情。好多次，在游乐场里，在我登台之前，我看到一对艺术家在紧挨天花板的吊架上做着空中飞人表演。他们在秋千上荡来荡去，然后向空中跳去，伸开双臂相互扑在一起，这一个用牙齿咬住那一个的头发。这时我就在想，'这种自负的动作居然也称得上是人类的自由。'这是对神圣的自然的莫大讽刺！要是猴子们看到这种表演，游乐场的整个建筑不给笑坍才怪呢。"②猴子嘲弄人们的自由表演。但猴子也清醒知道自己像人类一样"无处可逃"的悲哀。于是，它终于找到了一条"明确的道路"，那就是模仿表演人类的愚蠢行为，来博取人类喜悦的欢呼声。猴子学会了"互相朝脸上吐唾沫"，学会了"抽起烟斗来就像个老头儿"，学会了"拔去瓶塞，然后把酒瓶放到嘴上，毫不犹豫地、嘴也不歪地像个内行的酒徒那样喝起酒来"等等。猴子就这样"跳入了人类社会"。③ 其实，猴子心里清楚自己模仿表演人类愚蠢行为的真实动机。所以，它理直气壮地说："我重复一遍，模仿人类对我来说并没有什么吸引力，我之所以模仿人类，唯一的原因只在于寻求一条出路。"④所以，猴子同时不无揶揄地自称："我以世上从来没有过的努力，使自己达到了一个欧洲人的中等文化水平。"当然，踏上这条人类之路的关键还是在于，"我没有别的出路，其前提始终是：自由是无法选择的"⑤。《一条狗的研究》则借用狗的口说："大家都

---

① 〔奥地利〕卡夫卡：《约瑟芬，女歌手或耗子的民族》，洪天富译，叶廷芳主编：《卡夫卡全集》第一卷，第242页。

② 〔奥地利〕卡夫卡：《一份为某科学院写的报告》，洪天富译，叶廷芳主编：《卡夫卡全集》第一卷，第203页。

③ 〔奥地利〕卡夫卡：《一份为某科学院写的报告》，洪天富译，叶廷芳主编：《卡夫卡全集》第一卷，第205—207页。

④ 〔奥地利〕卡夫卡：《一份为某科学院写的报告》，洪天富译，叶廷芳主编：《卡夫卡全集》第一卷，第207页。

⑤ 〔奥地利〕卡夫卡：《一份为某科学院写的报告》，洪天富译，叶廷芳主编：《卡夫卡全集》第一卷，第208页。

生活在一个群体里！我们相互挤在一起，什么都无法妨碍我们对这拥挤感到满足，我们所有的法律和公共设施——少数的我还知道，无数的我已经忘记——溯源于对那最大的、我们能够达到的幸福的渴望：对温暖地聚集在一起的渴望。但是，在这方面，也产生了对立面。据我所知，没有任何生物像我们狗这样如此分散地生活着，没有任何生物有这么多的、简直无法明了的等级、种类和职业的差别。我们总想团结在一起，而且在那些感情奔放的时刻，我们总能成功地聚集在一起，但是从另一方面说，恰恰是我们相互隔得很远，各自从事着自己特有的、旁的狗往往无法理解的职业，遵守着那些并非是我们狗类的规章制度；更确切地说，甚至反对我们狗的规章制度。"① "在这个世界里，没有人会告诉你真理，包括我这个谎言之国的土生土长的公民。"②的确，人们常常因为习惯的遮断而对人生悲剧境遇见惯不怪，所以，卡夫卡故意使用动物的心态而使人们跨越了日常习惯的障碍，深切感知到人类世界、人生境遇的真相，从而启发人们用新的眼光看待世界、人生。卡夫卡说："每个人都生活在自己背负的铁栅栏后面，所以现在写动物的书这么多。"③ 从某种意义上说，动物的生存状态不正是现代社会人性失落的象征性表现吗？正如叶廷芳先生所说："它在荒诞外衣的掩盖下包含着多么丰富的寓言的意蕴！"④

正是借助于卡夫卡小说中象征隐喻的意象构筑方式，使人们终于在震惊之余猛然深省、悚然察觉到自我人生的真实境遇。恩·费歇尔说："卡夫卡所使用的是一种幻想性的讽刺方法，是有意把事物变形，使之荒诞地步的方法。通过这种夸张到荒诞的手法，使读者在震惊之余发现他们所赖以生存的世界并非那么舒心适意，而是一个充满着畸形变态的世界。这种讽刺所引起的震惊超出它的范围所抓住人心的地方乃是：使这个世界的生存者不象格列佛那样面对这个世界，而是认识到自己被这个世界所污染，自己也有罪责。因此，不会出现一笑了之的场面。"⑤的确，

---

① 〔奥地利〕卡夫卡：《一条狗的研究》，洪天富译，叶廷芳主编：《卡夫卡全集》第一卷，第427—428页。

② 〔奥地利〕卡夫卡：《一条狗的研究》，洪天富译，叶廷芳主编：《卡夫卡全集》第一卷，第459页。

③ 〔奥地利〕卡夫卡：《谈话录》，赵登荣译，叶廷芳主编：《卡夫卡全集》第五卷，第313页。

④ 叶廷芳：《城堡·编者前言》，叶廷芳主编：《卡夫卡全集》第四卷。

⑤ 〔德〕恩·费歇尔：《卡夫卡学术讨论会》，袁志英译，袁可嘉编选：《现代主义文学研究》下册，第973页。

卡夫卡小说通过象征隐喻揭示了更符合社会历史逻辑的本然真实，并且对生存其中的人发出了撼人心魄的召唤。

卡夫卡具有代表性的作品里，关于人物行为、情节发生发展的特殊逻辑，还经常表现为人物遭遇、故事发生，往往被突兀离奇地置放于模糊不清的时空背景和毫无前因说明的已然结果上。怪异无比的事物被极其平常，同时又难以理喻地引入了日常生活。如同加缪所说："在卡夫卡的作品中，这两个世界一方面是日常生活，另一方面是超自然的不安。""卡夫卡就是这样用日常表达悲剧，用逻辑表达荒诞。"①比如《诉讼》中的主人公约瑟夫·K突然在一个早晨被宣布逮捕。《城堡》中的主人公K突然在半夜被叫醒，要求出示居留许可证。《变形记》中的主人公格里高尔一个清早醒来突然发现自己变成了一只大甲虫。这一切荒唐怪异的文学叙事逻辑下面的所谓社会历史逻辑，依然是指卡夫卡小说中人物遭遇、故事发生突兀离奇、荒唐怪异的文化心理原因。它们表现了现代西方知识分子对人类共同命运的担忧和焦虑。具体而言，现代西方知识分子非常悲观地将现代西方社会所固有的矛盾、危机及人的不幸遭遇皆视为人类命定的、无所规避的末日劫难，但普通人却因为生活在物质财富无限膨胀的繁荣里，生活在主流意识形态不断推陈出新的话语圈套里，不能深刻感受到现代社会的深重危机。卡夫卡故意让事件的发生突然开始于一个神话般的起点，以此武断地预先掐断小说人物事件与通常话语习惯的联系，不容分说地将读者扯离主流意识形态圈套，阻断原有话语方式对人们思维的习惯性羁绊。这样，小说主人公的人生行为、小说事件的发生发展于是便顺着一条新的话语轨道运行，读者的审美期待也同时不自觉地服从了新的话语方式的诱导，其注意力、理解力也循着新的话语方向而延伸，他们一方面挣脱了旧话语的束缚，另一方面也接受了新话语的启迪。这就好像在浑浑噩噩中沉睡的《城堡》里，突然闯入一个漂泊而至的外乡人，无疑给生活在城堡中的人，给站在城堡外面的人，提供了一个新的看待世界的视角、一个新的理解人生的机会。正如在卡夫卡删去的一段文字里，奥尔嘉曾经对K这样说："有时候你能一语道破，帮我看清问题，唔，也许因为你是外乡来的人，旁观者清吧。"② 具

① 〔法〕加缪:《西绪福斯神话》，郭宏安译，《文艺理论译丛》(3)，第410页。
② 〔奥地利〕卡夫卡:《城堡》，赵容恒译，叶廷芳主编:《卡夫卡全集》第四卷，第397页。

体而言，在卡夫卡的小说中，人与法、人与社会组织、人与国家机器、人与人的关系问题既是西方社会生产、物质文明高度发展后的问题，也是人类历史与生俱来、永恒存在的问题。所以，《诉讼》只在表面上像狄更斯的《荒凉山庄》一样，猛烈地抨击了资本主义司法体系的腐朽溃烂。其实，小说中的法律仅仅是现代人类无所不在的社会权力机制的一个缩影、一种象征。现代人类社会权力机制本身就是一部预先编制好了害人程序的硕大机器、一所无固定形式的开放型巨大监狱，它从一开始就预先判定了所有生活于其中的人被制约、被监禁的身份，然后又任意宣布其中的随便某人的死亡归宿。同时，人们因为已经习惯了害人机器的运行程序、习惯了开放监狱的监禁方式，逮捕也就不是一种具体的司法行为，它只是任何一个人被抛入这个社会以前的先验判定。因此，约瑟夫·K发现似乎到处都是法院，所有人都同法院有一定的关系，都包罗在法院的巨网中。法院甚至就设在普通民居的阁楼上，法官的办公室必须经过差役夫妇的卧室，法院的职员就在同一个民居阁楼里工作和生活。当约瑟夫·K同画家会面时，画家告诉主人公约瑟夫·K，那些不断打搅他们谈话的小姑娘也是"法院的人"①。当约瑟夫·K试图从画家床后面的门出去，却发现门外是法院办公室，画家说："每一幢房子的阁楼上都有法院办公室，这儿干吗要例外呢？我的画室实际上也是法院办公室的一部分。"② 甚至，约瑟夫·K最后会晤的大教堂神父也告诉约瑟夫·K说："我是属于法院的。"③ 约瑟夫·K还发现尽管自己竭力严守秘密，但所有人，比如自己远在乡下的叔叔、没有私人交往的厂主、第一次见面的律师、工作单位的员工、毫无关系的画家等等，都心照不宣地知道自己纠缠在某种官司里。所以，逮捕只是人们已经见惯不惊的日常生活的一部分，因而也就不存在具体的发生原因，以及具体的发生时空问题。换句话说，逮捕既然不是具体的司法行为，只是抽象的人类处境的象征，只是现代人与生俱来的宿命，因而它无法申辩，同时也无须申辩。如同卡夫卡所说："一切都挂着错误的旗帜航行，没有一个字名副

---

① 〔奥地利〕卡夫卡：《诉讼》，章国锋译，叶廷芳主编：《卡夫卡全集》第三卷，第112页。

② 〔奥地利〕卡夫卡：《诉讼》，章国锋译，叶廷芳主编：《卡夫卡全集》第三卷，第132页。

③ 〔奥地利〕卡夫卡：《诉讼》，章国锋译，叶廷芳主编：《卡夫卡全集》第三卷，第178页。

其实。比如我现在回家，然而这只是表面上如此。实际上，我在走进一座专门为我建立的监狱，而这座监狱完全像一幢普通的民宅，除了我自己，没有人把它看成监狱，因而就更糟糕更残酷。任何越狱的企图都没有了。倘若不存在看得见的镣铐，人们也就无法打碎镣铐。监狱被组织得很好，完全像普通的、并不过分舒适的日常生活。"①《城堡》中的城堡也就是卡夫卡一生中所感到的那种与人敌对、压抑着人的肉体和精神的社会超验存在。这种存在既有"无处不在"的强迫性，又有"不可捉摸"的隐匿性。所谓无处不在，表明它作为折磨人、摧残人的社会机器，正从各个方面，以各种方式挤压人、虐待人，随时随地无端地强迫人出示自己生存的许可证，为自己无须辩解的自由权利作外在的说明。所以，小说中的主人公K不得不在茫茫雪原中永恒不息地寻找城堡，其实是寻找自我身份的确认。我们还可以设想，如果K不是试图走入而是试图走出城堡，他的命运势必会像《一道圣旨》（或《中国长城建造时》）中那位皇帝弥留之际派出的使者，尽管他"如入无人之境，快步向前"，但他"一直奋力地穿越内宫的殿堂，他永远也通不过去；即便他通过去了，那也无济于事：下台阶他还得经过奋斗，如果成功，仍无济于事；还有许多庭院必须走遍；过了这些庭院还有第二圈宫阙；接着又是石阶和庭院；然后又是一层宫殿；如此重重复重重，几千年也走不完"②。所谓不可捉摸，表明它实际上是人类自身本质的畸变，是人自己面对异化社会制度而产生的心理幻觉。追寻城堡就像阳光下的人试图抓住自己的身影一样徒劳无功。因此，主人公K始终找不到证明自我的那个虚幻的城堡。如同卡夫卡所说："目的虽有，却无路可循。我们称之为路的，只是彷徨而已。"③《变形记》中的主人公从人变成虫，也同样揭示了社会现实的异化后果。因为，人之为人也就在于他具有社会性的劳动能力，这种社会性劳动能力的恰当组合也就构成了人类有效的社会生产实践活动。人的本质的完满实现就在于他与社会组织所形成的等距离完美关系。一旦这种等距离关系失度，社会组织对人而言将变得越来越庞大，越来越非

---

① 〔奥地利〕卡夫卡：《谈话录》，赵登荣译，叶廷芳主编：《卡夫卡全集》第五卷，第346页。

② 〔奥地利〕卡夫卡：《一道圣旨》，叶廷芳译，叶廷芳主编：《卡夫卡全集》第一卷，第185—186页。

③ 〔奥地利〕卡夫卡：《随笔》，黎奇译，叶廷芳主编：《卡夫卡全集》第五卷，第170页。

人性，相对而言，人也就变得越来越渺小、越来越蜕化，终于失去了属人的本质而褪变成了一只虫子。卡夫卡在此不过是将其深刻的辩证原理物化为活生生的艺术形象，从而让人直观其人类社会发展的可能恶果。当然，卡夫卡小说在创造了令人耳目一新话语方式的同时，更使人获得对世界人生、自我责任的新认识、新启迪。比如《诉讼》中那无端降临的无妄之灾，既揭示了社会机器对人的折磨、挤压，又提出了社会中人对其所应承担的如磐责任。《城堡》中那莫名的查讯而引起的漂泊流浪，既显示了社会组织对人的愚弄、凌辱，又提出了社会中人的自我异化问题。《变形记》中那突然而至的变形及随之而来的寂寞、孤独到默默死亡，既显示了社会机制对人的压抑，又提出了人与人之间注定隔膜、冷酷的现代社会问题。所有这一切皆是由于卡夫卡采取了全新的话语方式、创造了一种神话式背景，才得以淋漓尽致地展示与说明。由此，卡夫卡小说不合文学叙事逻辑的人物遭遇、故事发生，仍然恰好是更符合社会历史逻辑的卓越阐释。卡夫卡小说创作终于在更高层次上实现了文学叙事逻辑与社会历史逻辑的对立统一。

卡夫卡小说中特有的文学叙事逻辑与社会历史逻辑的奇妙交汇和对立统一，使卡夫卡的小说呈现出一种似是而非、似非而是的奇妙交汇和对立统一。当我们阅读卡夫卡这些作品的时候，根本不能追问事件发生发展的真实与否，也不能考究人物行为方式的可能与否。如同加缪所说："若是想把卡夫卡作品中的一切都从细节上解释清楚，那就错了。"①我们只能像观看毕加索的绘画一样，撇开日常生活长期习惯所赋予我们的观看方式，故意地与小说所呈现的浑沌世界拉开距离，以特殊的原始理解力、判断力构建起一个特殊的审美视界。这个审美视界将帮助我们的眼睛穿透一个个表面细节的扑朔迷离、云遮雾障，看出深藏潜隐的心理困顿和情感错综。于是，我们会感受到卡夫卡融化了具体事物而生发出的一种气氛。透过这种气氛同现实时空交相映衬时所产生的幻象，我们会豁然开朗、已然顿悟，体会到在文学叙事逻辑之瓜下面的那条社会历史逻辑之藤。

---

① 〔法〕加缪：《西绪福斯神话》，郭宏安译，《文艺理论译丛》(3)，第408页。

第五章　萨特存在主义文学的价值论意蕴

　　萨特存在主义文学是最直接、具体表现现代西方哲学价值论转向的文学现象，它以自己的文学艺术实践深化了西方现代主义文学的价值论意蕴，丰厚了西方现代主义文学的审美自由实践。

　　从思想渊源看，萨特的存在主义哲学，兼容了胡塞尔的现象学的方法论和海德格尔的本体论思想，他将二者结合孕育出了他的现象学的本体论。康德在研究人的认识何以可能时，认为人类的认识世界可以分成两个部分：一是现象界，一是物自体。我们人的认识只能达到现象界，不能达到物自体。因为现象界是人的先天感性形式、知性形式，作用于客观世界所产生的东西。具体而言，感性形式把感觉材料整理为相应的观念，知性形式通过纯概念和范畴把观念联结起来构成判断。所以，现象界本来就是人的理性所创造的，这是人的理性能够认识世界的依据，也是人的理性能够认识世界的界限，超过这个界限之外的物自体，也就超出了理性的范围，超出了认识的限度。由此，康德认为人类可以认识的现象界是客观材料与主观形式的统一。正如康德自己的辩解："作为我们的感官对象而存在于我们之外的物是已有的，只是这些物本身可能是什么样子，我们一点也不知道，我们只知道它们的现象，也就是当它们作用于我们的感官时在我们之内所产生的表象。因此无论如何，我承认在我们之外有物体存在，也就是说，有这样一些物存在，这些物本身可能是什么样子我们固然完全不知道，但是由于它们的影响作用于我们的感性而得到表象使我们知道它们，我们把这些东西称之为'物体'，这个名称所指的虽然仅仅是我们所不知道的东西的现象，然而无论如何，它意味着实在的对象的存在。""提供了现象的物，它的存在性并不因此就像在真正唯心主义里那样消灭了，而仅仅是说，这个物是我们通过感官所决不能按照它本身那样来认识的。"① 胡塞尔的现象学完全摒弃了康德现象观中的客观材料，并极度扩张了康德现象观中的主观形式。于是，在胡塞尔那里，现象也就完全成了主观自我意识的产物。海德格尔主张对人的"此在"进行"存在状态"的分析，他把"此在"之"在"称为存在。海德格尔把这种关于此在存在的本体论分析称为基本本体论。海德格尔的"此在"其实指的就是"人的存在"。所以，海德格尔的哲学要弄清的是人的存在意义问题。萨特一方面将胡塞尔现象学关于主观自我意识的构成作用的肯定，作为自己哲学思想的方法论，另一方面又将海德格尔以人为本的基本本体论，作为自己哲学思想的基本立场和出发点，从而有了自己的存在主义的现象学本体论。

从思想意义看，萨特的存在主义哲学，撇开了传统本体论关于物质与精神、传统认识论关于思维与存在的关系问题，摒弃了西方理性主义形而上学决定论的思想传统，而将关注的中心转向了关于人生态度的价值论问题，从而凭借相对于客观"自在"的主观"自为"，深化了西方现代文明危机下人的精神"转向"。萨特说："人们为了生活而工作，并且为了工作而生活。'生活—工作'整体的意义的问题：'我这个活着的人为什么工作？如果是为了工作，那又为什么活着呢？'只能在反思的水平上提出，因为这问题意味着自为的一种自身发现。"②萨特关于人生态度的价值论问题的说明，包含着两个方面的内涵：一是否定客观世界的真实性，否定客观世界发生发展的符合逻辑性，反将客观世界视为漂浮不定的虚设，将客观世界发生发展的诸多关系视为无意义的荒诞；二是肯定人的主观自由和自由选择，将主观自由精神视为对世界意义的谋划。所以，萨特说："实际上，价值既为价值，它就拥有存在，但这个规范的存在作为实在恰恰没有存在。它的存在是要成为价值，就是说不是存在。"③"价值，就是自我，因为它纠缠着自为的核心，即自为为之存在的肯定方面。"④萨特关于人生态度的价值论问题的经典阐释就是其"存在先于本质"。在萨特的"存在先于本质"的命题中，存在是人的主观意识，是无具体限定的、有待充实和展开的自由，它永远有待于人的主

① 〔德〕康德：《任何一种能够作为科学出现的未来形而上学导论》，第50—51页。
② 〔法〕萨特：《存在与虚无》，第274页。
③ 〔法〕萨特：《存在与虚无》，第138页。
④ 〔法〕萨特：《存在与虚无》，第139页。

动选择，所以，人是自由的。"本质"则是强加在人身上的客观规定，是社会、历史等等赋予人的抽象属性，它是人类在不自觉中自己替自己编制的文化牢狱。其实，世界是荒诞的、无意义的，它永远有待人的充实、肯定。所以，萨特说："人的自由先于人的本质并且使人的本质成为可能，人的存在的本质悬置在人的自由之中。"① "然而，自由没有本质。它不隶属任何逻辑必然性；正是在谈及自由时，我们应该重复海德格尔在概括地谈到此在时所说的话：'在自由中，存在先于并支配本质'。" "当然，我不能描述别人和我本身所共有的自由；所以我亦不能考察自由的本质。恰恰相反，自由才是所有本质的基础，因为人是在超越了世界走向他固有的可能性时揭示出世界内部的本质的。"② "说自为应是其所是，说它在不是其所是时是其所不是，说存在先于本质并是本质的条件，或反过来按黑格尔的公式说'本质是过去的存在'，其实说的都是同样的一件事，即人是自由的。"③由此，"存在先于本质"中的"先于"，不是一个现实生存状态的陈述，而是理想生命价值的阐明；"先于"也不是一个已然的事实说明，而是一个本然的意义揭示。换句话说，"先于"不是一个人类现存状态的判断性描述，而是一个人类应该状态的谋划性设想。由此，萨特的思想更是提倡一种直面人生又超越人生的精神选择，其深远与奥妙在于为生活在荒诞世界中的现代人提供一种全新的人生态度，其具体意义可以归纳为三个方面：第一，它是对西方理性主义形而上学决定论的反叛，表明现代西方人不理会所谓本质规律的唯一性、绝对性，更关切现象层面的多元性、相对性。第二，它是对西方传统历史理性主义的超越，表明现代西方人不信任所谓社会历史的合理性、目的性，更关心生命存在的个别性、偶然性。第三，它是对西方理性主义社会规范的否定，表明现代西方人不顺从人云亦云的思想"地狱"，更追求孤独的精神自由。

从思想方式看，萨特存在主义哲学，从根本上说是关于人的生命意义的学说。生命意义的阐明，无疑是最晦涩暧昧的问题，它完全是一种始终处于不透明状态中、信不信由你的朦胧顿悟。这种朦胧顿悟往往不能诉诸语言的逻辑，它既不可言说也无从表达。萨特不得不诉诸文学的

①　〔法〕萨特：《存在与虚无》，第 56 页。
②　〔法〕萨特：《存在与虚无》，第 563 页。
③　〔法〕萨特：《存在与虚无》，第 565 页。

言说来阐释自己的哲学，同时也更深透地解读人生的存在意蕴。按海德格尔的理论说法，思与诗是永恒的邻居，思想需要诗意，诗意需要思想。思与诗二者相互包容而获得存在的澄明。也就是说，人的存在之思与诗，本来就是二而一的东西。由此，我们也就不难理解，萨特的存在主义哲学与文学为什么具有互相包容性和互为阐释性。从某种意义上说，萨特的哲学非以诗性方式才能言说，萨特的文学则是诗意化的哲学。

1. 小说《恶心》的"思"与"诗"

萨特的第一部小说，也是他的第一部文学作品《恶心》，是存在主义"思"与"诗"密切相依的典范作品。小说的哲学意蕴和表述言说如同卡夫卡的小说，呈现出模糊晦涩、怪异离奇等景状。柳鸣九先生在谈及萨特的文学作品时，曾把萨特的文学作品分为两类：一类是直接写现实政治题材或社会题材的作品；另一类则是以虚构的非现实故事为题材的作品。这后一类作品不像前一类作品那样意思清楚明白，而是寓意深藏费解，且带有极大的象征性和主观随意性，更便于作者在其中贯注和阐发自己的哲理思想。柳鸣九先生所说的另一类作品里就包括小说《恶心》。萨特自己认为："从纯粹文学的角度来说，《恶心》是我最好的文学作品。"①从某种意义上说，小说《恶心》既是在表述萨特的哲学观念，更是在建构萨特的哲学意蕴。由此，解读小说《恶心》无疑是在萨特最抽象晦涩的哲学迷宫中经历心灵的冒险。

小说《恶心》没有连贯的情节，甚至也没有基本的故事。整部小说全由一个虚构的主人公洛根丁的日记组成，这些日记又仅仅是随意式的叙述，这些随意式的叙述又似乎仅仅是主人公大量微不足道的主观心理印象和枯燥琐屑的片断感受的杂乱堆砌。所以，加缪认为："它不像是小说，倒更像是一席滔滔不绝的独白。"②作为萨特哲学的诗意化表述，小说《恶心》否弃了现实生活的本质确定性和因果、目的合理秩序，反将漂浮破碎的杂乱人生现象视为事物的本真呈现。正如萨特所说："现象是什么，就绝对是什么，因为它就是像它所是的那样的自身揭示。我们能对现象作这样的研究和描述，是因为它是它自身的绝对表达。"③以此为基础，传统小说所钟情的客观反映社会生活规律的功能消失了。传统小

---

① 柳鸣九：《编选者序》，柳鸣九编选：《萨特研究》，第17—18页。
② 〔法〕加缪：《评让-保尔·萨特的〈恶心〉》，杨林译，《文艺理论译丛》(3)，第303页。
③ 〔法〕萨特：《存在与虚无》，第2页。

说所注重的揭示世界本质的作者权威，转换成了主人公的个体心理感受和情感体验，而主人公的个体心理感受和情感体验所显现的又只是漂浮破碎的人生片断。正如 W. 斯特劳斯所说："小说采用私人记事形式记录了存在主义意识闯入主人公内心的情况。记录采用包含着陈腐、反感和恶心的痛苦语言，并且屡屡使用拙劣模仿和粗野诙谐。"①传统小说所追求的共性与个性有机结合的典型人物形象也消失了。小说主人公洛根丁只是一个主观的诗性符号。他心理上发生了不知其原因、不明其形态的奇怪变化。他精神上遭受到了忧郁、烦躁、焦虑的侵扰。他过往的人生经历似乎失去了明确的目的和清晰的意义。所以，洛根丁一直在努力寻求着人生的位置，但又注定找不到属于自己的安身立命之地。这种对自在生命意义的虚无感受、对惯常生活把持的恍然若失，转化成了一种莫名其妙的惶惑、困窘，转化成了难以忍受的荒诞感，最后转化成了生理上的恶心。这种拒斥世界的恶心，使一切皆显得那么疏远、陌生，那么漂浮、破碎的同时，也使主人公迎来了重新追问人生意义的自由机会。正如萨特所说："自由是相对一个给定物的存在而言的欠缺，而不是一个充实存在的涌现。"②所以，洛根丁只是一个充分体现萨特哲学观念的个体，但绝不是传统典型化原则里的个性。作为这样一个哲学观念的个体，没有什么现存的东西能够激起他的兴趣、唤起他的热情。日记中曾提到的侍女露茜的巨大痛苦也只引起他一瞬间的关注，感到"一瞬间的怜悯"。他立即主动拒绝了任何悲剧进入自己无动于衷的生活。一个按字母顺序读书的自学者的空前热情也只是引起了他的注意，但仍然排遣不了他心灵世界里的空虚和沉寂。现代人的生命真实境遇以及对真实境遇的意识就这样活灵活现地呈现了出来。所以，柳鸣九先生谈及小说《恶心》的时候也这样说："作者根本无意于写出吸引人的故事，无意于设计完整的结构，而只求写出一种哲理性的证实：现实是荒诞的，如何才能更好地表现这种认识呢？最充分、最方便的方法，就是写出人对这种荒诞现实的感受，而在不满、愤怒、烦躁、反感等等否定的感受之中，最能说明现实的性质、对现实最具有强烈否定的感受的，莫过于萨特所

---

① Wolfgang Bernard Fleischmann edited. *Encyclopedia of World Literature in the 20th century*, Volume 1.

② 〔法〕萨特：《存在与虚无》，第 623 页。

描写的'恶心'、'作呕'这种感受了。"①加缪在《评让-保尔·萨特的〈恶心〉》中说:"活着,却又认为这是无谓的,这就造成了焦虑。由于总是逆着潮流生活,一种厌恶、一种反抗便充满了整个生命,这种反抗在身体上的表现,就叫作恶心。"②漂浮破碎的人生片断和惶惑困窘的人物个体,共同组合成为一连串平庸和乏味的主观任意符号,从而将人们关于世界人生的真实感受和心灵否定生动形象地凸现了出来。

小说《恶心》的非传统小说表现形式和主人公洛根丁作为一种诗性符号,皆标示出了客观世界荒诞、人生意义虚无的存在主义意识。正如罗杰·加洛蒂所说:"他道出了我们时代的混乱状态,也表明了要摆脱这种状态的意志。"③以此为出发点,小说必然会引出萨特存在主义思想的自由选择问题。萨特说:"正是我的自由来向我提供了我的位置并把它定义为我所处的位置,我只能完全被限制在我所是的那个此在内,因为我的本体论结构就是不是我所是而又是我所不是的。"④从"不是我所是"的事实性否定命题向"是我所不是的"价值性肯定命题的转换,终归又使小说《恶心》的表述从杂乱无章、漂浮破碎的"不是小说"过渡到了清楚明晰、完整成形的"是小说"。所谓"不是小说"是为了疏离社会集体惯常的思维模式,从而破除掉旧有的思想羁绊;所谓"是小说"则是为了贴近社会大众理解的思维模式,从而引导出全新的人生体验。这其实也是现代西方文学作家使命的特殊悖论在萨特身上的反射形式之一。他们既要凭个体自我的自由精神反叛社会的规则(包括语言表述规则),又不得不借社会的符号结构建构起通行的规则(包括语言表述规则)。正如萨特所说:"正是在句子的自由谋划内部,言语的规则才形成;我正是通过讲话造成语法;自由是语言规则的唯一可能的基础。"⑤ "在这个意义上说,句子显现为对其法则的自由发明。这里,我们只不过重新找到一切处境的原始特点:正是通过对这样的给定物(语言工具)的超越本身,句子的自由谋划将使给定物显现为这个给定物(这些方言的组织

---

① 柳鸣九:《编选者序》,柳鸣九编选:《萨特研究》,第19页。

② 〔法〕加缪:《评让-保尔·萨特的〈恶心〉》,杨林译,《文艺理论译丛》(3),第304页。

③ 〔法〕罗杰·加洛蒂:《萨特的戏剧与小说是我们时代的见证》,徐家顺译,柳鸣九编选:《萨特研究》,第330页。

④ 〔法〕萨特:《存在与虚无》,第632页。

⑤ 〔法〕萨特:《存在与虚无》,第662页。

和发音规则）。"①

《恶心》虽然没有连贯情节和基本故事，但拨开藤蔓枝叶，还是能够找到一条潜隐于底层的基本线索：主人公洛根丁在周游了欧洲和东方各国、经历了活跃而冒险的生活后，现正在一个小城市布维尔定居，收集、研究18世纪法国革命的一个同时代人洛勒旁侯爵的历史资料，以便写出关于这个侯爵的传记。在此期间，他接到四年前的恋人安妮邀他到巴黎会面的信，两人见面后又只不过是沮丧的分别。这条线索里面有一个深层次的轴心：过去的历史。这个轴心又连接着三个方面：第一，洛根丁漂泊不定的过去经历；第二，洛根丁要撰写的洛勒旁侯爵的过去历史传记；第三，洛根丁怀恋的过去恋人。围绕这个轴心及其相连接的三个方面，小说充分铺展开了主人公流离失所、无所皈依的心理意识描写。这些心理意识的形象化就是生理上无缘无故的恶心。这种无缘无故的生理恶心，就是通往自为存在状态前对自在本质状态的一种反思，因而也就是处于觉悟中的现代人对自身处境的一种反省。这种反省表现为一种不适、一种醒悟，一种"众皆沉醉我独醒"的孤独感，一种背弃大众浑浑噩噩现状的虚无感。这里已经初步透露出了萨特后来在剧本《间隔》中所陈述的那个惊世骇俗的命题：地狱，就是别人。小说中的洛根丁在日记中曾经这样写道："我是孤零零地活着，完全孤零零一个人。我永远也不跟任何人谈话；我不收受什么，也不给予什么。"②但是，沉醉中的大众却并非如此。比如咖啡馆的经理"在孤独一人的时候，就要打瞌睡"③，其他顾客也"要有几个人在一起才能存在"④，侍女露茜也要"当她和人们在一起的时候，因为人们会安慰她，也因为她能够用毫不激动的声调和劝告的口气叙述自己的痛苦，这样可以使她感到轻松一点"⑤。所以，孤独享受清醒的洛根丁禁不住惊叹："不过我再也不能够把我知道的解释出来，不能对任何人解释。""我孤零零地在这一片欢乐和正常的人声中。所有这些人把他们的时间花在互相解释和庆幸他们的意见相同上，我的天，他们多么看重所有人意见相同这件事。"⑥为了说

---

①　〔法〕萨特：《存在与虚无》，第663页。
②　〔法〕萨特：《厌恶》，郑永慧译，见《厌恶及其他》，第13页。
③　〔法〕萨特：《厌恶》，郑永慧译，见《厌恶及其他》，第12页。
④　〔法〕萨特：《厌恶》，郑永慧译，见《厌恶及其他》，第13页。
⑤　〔法〕萨特：《厌恶》，郑永慧译，见《厌恶及其他》，第21页。
⑥　〔法〕萨特：《厌恶》，郑永慧译，见《厌恶及其他》，第16页。

明人们惧怕孤独的严峻后果，小说富有想象力地运用了"镜子"的意象。洛根丁似乎看见："墙上有一个白色的洞，那是镜子。这是一个陷阱。"①他由此而想起了他的伯母说过的一句话："如果你朝镜子里看得时间过久，你就会看见一只猴子。"②他自己更深有体会地感叹："我大概看得更久了些，我看见的已经远远在猴子之下，到达了植物界的边缘，和腔肠动物在同一水平上了。"③也就是说，那些依赖别人而获得生命勇气和意义的人，无疑任外在的镜子剥蚀了自己属于人的自由性，从而也就失去了人的生命本真。所以，洛根丁深深地感受到："一个人想理解一件事物的时候，就孤单一人无援无助地面对着这件事物；整个世界的过去都不能帮助你丝毫。"④洛根丁的孤独感还同时背弃了西方人长期以来已经习以为常的对物质利益的无限依赖和眷恋。洛根丁为自己没有能够随心所欲地捡起一张废纸而羞耻。他说："我再也不自由了，我再也不能够做我要做的事情了。"⑤他从中体悟出功用利害原则长期以来对人心灵的羁绊。因此，他还这样说："我们使用物件，把它们放好，在它们中间过日子，它们对我们是有用的，只不过这样罢了。"⑥更为重要的是，这种孤独感也是对人类自我过去的背弃，这种自我过去往往使人类在不自觉中自己替自己编制了语言文本，而后以历史的名义长期麻痹着人的精神自主性，让人不辨方向，迷失本真。由此，绝望的洛根丁感到："我是自由的：我再也没有任何活下去的理由，所有我尝试过的理由都站不住脚了，我再也想象不出别的了。"⑦洛根丁对正在研究的，关于洛勒旁侯爵的历史资料也就自然生发出了怀疑和诘问，他想："问题在于所有这些资料都缺乏坚定性和稳定性。"⑧其实，所谓历史不过就是人们自己构建的文本史。洛根丁终于明白："要使最平凡的一件事变成奇遇，必须把这件事加以叙述，也只要这样就够了。叫人上当的是：一个人是经常要讲历史的，他在自己的历史和别人的历史的包围中活着，他是通过这些历史

---

① 〔法〕萨特：《厌恶》，郑永慧译，见《厌恶及其他》，第30页。
② 〔法〕萨特：《厌恶》，郑永慧译，见《厌恶及其他》，第31页。
③ 〔法〕萨特：《厌恶》，郑永慧译，见《厌恶及其他》，第31页。
④ 〔法〕萨特：《厌恶》，郑永慧译，见《厌恶及其他》，第124页。
⑤ 〔法〕萨特：《厌恶》，郑永慧译，见《厌恶及其他》，第20页。
⑥ 〔法〕萨特：《厌恶》，郑永慧译，见《厌恶及其他》，第20页。
⑦ 〔法〕萨特：《厌恶》，郑永慧译，见《厌恶及其他》，第974页。
⑧ 〔法〕萨特：《厌恶》，郑永慧译，见《厌恶及其他》，第24页。

来看自己身上所发生的一切的；他尽力要像他叙述的历史那样活着。"
"可是必须加以选择：或者活着，或者叙述。"①于是，洛根丁似乎觉悟到
了历史所强加给自己的虚无规定，同时也感受到了自己肩负着与生俱来
的自由使命，正如萨特所说："生命决定它自己的意义，因为它总是延期
的，它本质上拥有一种自我批评的能力和自我变化的能力，这种能力使
得它被定义为'尚未'，或者如果人们愿意，可以说它是它所是的东西
的变化。"②

《恶心》所包含的萨特存在主义思想的事实性否定命题，其要旨在
于显示客观世界无非是由一系列偶然、琐碎的东西凑成的无规律、无法
则、无必然性的混乱和荒诞，从而向人的生命存在发出震撼心灵的自由
召唤。萨特在《加缪的〈局外人〉》中说："我们一方面面对着散漫无形
的日常生活之流构成的现实，另一方面又面对着语言和人类理智对这一
现实的哲理化了的再现。当读者与那种简简单单的现实直接相逢，又无
法借助与之对应的理性的变调来理解它时，就不得不重新去探求真
实。"③《恶心》所包含的萨特存在主义思想的价值性肯定命题，则是以
"恶心"这一现代生理体验为起点，建构起一个具有深度内涵的心理世
界，既昭示了人的主动性、自由性，又显示了人在其主动性、自由性驱
动下的觉醒和省悟，从而预示着主人公必将作出自己的自由选择，以证
实人生而自由，不得不自主选择的悲壮、崇高。所以，萨特说："实际
上，我们是进行选择的自由，但是我们并不选择是自由的：我们命定是
自由，正如我们在前面说过的，我们被抛进自由，或者像海德格尔说的
那样是'被遗弃的'。正如人们看到的，这种遗弃的根源只是自由的存
在本质。"④小说《恶心》所展开的否定与肯定命题，共同构筑了有待自
由选择的巨大时空。最后，主人公洛根丁放弃了对自己过往经历的回忆
和依赖，放弃了写洛勒旁侯爵的历史传记，也放弃了对旧情人安妮的眷
恋。"伟大的洛勒旁事件就像一种伟大的爱情一样结束了。"⑤一句话，洛
根丁挣脱了"过去历史"文本对自己的束缚。因为重要的不是过去历史

①　〔法〕萨特：《厌恶》，郑永慧译，见《厌恶及其他》，第72页。
②　〔法〕萨特：《存在与虚无》，第695页。
③　〔法〕萨特：《加缪的〈局外人〉》，黄梅、黄晴译，《文艺理论译丛》（2），北京：中
国文联出版公司，1984年，第341页。
④　〔法〕萨特：《存在与虚无》，第622页。
⑤　〔法〕萨特：《厌恶》，郑永慧译，见《厌恶及其他》，第174页。

的叙说，而是以后未来的行动。萨特说："我们知道人的实在是赋予意义者，这意思是说他通过不存在的东西显示出自己是什么，或者，也可说他是他将要成为自己将要成为的东西。因此，如果他永远介入他自己的未来，这就引导我们说他等待对这个未来的证实。""由于这个现在本身将是在一个新的未来的启示下对过去的自由恢复，我们也就不可能规定它，而仅仅只能谋划它和等待它。""自由限制自由，过去从现在获得意义。"①过去已经消逝，已经成了无可变更的"自在"，未来却需要自己去创造，它是有待于充实、展开的"自为"。以此为转折点，主人公同时有了新的体悟：重要的不是客观现实，而是主观精神，重要的不是驻足于已然过去的消极思考，而是诉诸现在的积极行动。因为，现在不但预示着未来，而且决定着过去。于是，洛根丁在停止徘徊于过去的同时，也就排遣了无休无止的体验反思。他终于决定"不要写一本历史书：历史书说的是存在过的事情，而一个存在着的东西从来不可能证实另一个存在着的东西的存在"。他"要写另一种类的书"，"必须能使人透过印出来的字和书页，猜出某些不可能存在的、超出于存在之上的东西"。②

小说从揭示客观世界的混乱、荒诞，过渡到号召生存于世界上的人忠实于自己与生俱来的自由权利，作出属于自己的自由选择。当然，这种选择因为缺乏明确、具体的社会历史内容而仅仅是一种形而上的人生观设想，一种人生价值论的追求，一种审美超越的召唤。正如洛根丁在静心聆听动人音乐时的感受："它是许多音符在多么遥远的过去牺牲自己的生命而使它诞生的。……最后的和弦消失了。在接下来的片刻静寂里，我强烈地感到行了，有件事情发生了。……所发生的事情就是'恶心'消失了。歌声在静寂中响起来时，我觉得我的躯体坚硬起来，'恶心'走得无影无踪。"③也还如罗杰·加洛蒂所言："摆在洛根丁面前的出路，很可能是逃往与这个世界相反的另一个世界，系统地否定这个世界，摧毁偶然性，使每个细节各得其所、均有意义，而另一个世界，就是想象及艺术品的世界。"④萨特的小说《恶心》也就正如一首动人心魄的乐曲，

---

① 〔法〕萨特：《存在与虚无》，第687页。
② 〔法〕萨特：《厌恶》，郑永慧译，见《厌恶及其他》，第310页。
③ 〔法〕萨特：《厌恶》，郑永慧译，见《厌恶及其他》，第38—39页。
④ 〔法〕罗杰·加洛蒂：《萨特的戏剧与小说是我们时代的见证》，徐家顺译，柳鸣九编选：《萨特研究》，第333页。

它要实现的就是赋予现代人生一种审美的心灵解放。

萨特后来的某些小说由于第二次世界大战的特殊历史际遇和人生体验，尽管更多地涉及具体历史内涵和社会责任，涉及反法西斯战争等等人类历史和社会现实，但这些涉及更重要的还是提供一种主人公自主选择的抽象境遇，它与社会的善与恶、历史的进步与落后的关涉仍然未脱出人生价值论追求的范畴。所以，萨特说："我们开始瞥见关于自由的悖论：只有在处境中的自由，也只有通过自由的处境。人的实在到处都碰到并不是他创造的抵抗和障碍；但是，这些抵抗和障碍只有在人的实在所是的自由选择中并通过这种选择才有意义。"①比如小说《墙》中的法西斯不过是一种社会灾祸的形而上象征，主人公的遭遇也不过是一种人类生存的普遍境遇，主人公的选择也不过是一种人生意义的自由选择。换句话说，战争并不是产生于一定历史发展阶段的社会邪恶现象，而是世界永远荒诞的一个证明。当然，战争可以最大限度地加重万物疯狂而残酷的气氛，可以撕碎人类社会固有的井然秩序之假面，让人更尖锐地领悟到自己被抛弃的孤独，从而也更集中地显示出人直面孤独、忠于自由的崇高与庄严。所以，小说《墙》仍然从两个方面表现了否定外在羁绊、肯定内在自由的存在主义价值论寓意：第一，小说使用了大量的篇幅描写以主人公伊比埃塔为首的几位革命战士，在被西班牙法西斯分子逮捕并宣判死刑以后，临刑前一个夜晚的生理、心理反应。几个被强行推向死亡的人，又被给予了充足的时间来等待死亡的临近，并咀嚼死亡的意味、思考死亡的内涵。作为肉体存在的人，他们禁不住恐惧、害怕、绝望。他们中有人叫喊，有人任随尿撒在裤子里，有人在寒气袭人的地下室里大汗淋漓。这一切无可遏止的心理反应，全是出于人的生命必然，是人无法选择的客观现实的一部分。法西斯没有枪毙伊比埃塔，要他说出雷蒙·格里的藏身之处。伊比埃塔为了嘲弄法西斯，随口编造说雷蒙·格里藏身于墓地。结果本来藏身于堂兄弟处的雷蒙，却因为与堂兄弟发生了争吵，又不愿意再牵连别人，果真鬼使神差地来到了墓地，因而被前来搜寻的法西斯打死了。墙里墙外、英雄懦夫、斗士叛徒、生存死亡只是咫尺之间的偶然。所以，主人公伊比埃塔知道自己未被枪毙的原因后，禁不住泪流满面。第二，客观的结果虽然是人无法把握的东西，

---

① 〔法〕萨特：《存在与虚无》，第627页。

但主观的选择却仍然是人自己应该肩负起的责任。因此，伊比埃塔为首的几位革命战士，尽管作为肉体存在的人禁不住恐惧、害怕、绝望等无可遏止的心理反应，却始终没有失落人作为人的精神自尊。他们直至死亡也没有屈服、妥协，更没有出卖朋友。当然，这种坚定不是为了某种外在的强制性义务，而完全是出自于人的自由本性。小说中的伊比埃塔这样想："我宁愿死也不愿意出卖格里。为什么？我再也不爱雷蒙·格里了。我对他的友情已经在黎明的前一刻，我对贡妮的爱情消失的时候，我的求生欲望消失的时候，同时消失了。毫无疑问，我仍然敬重他，他是一个硬汉。可是这不是我愿意代替他死亡的理由；他的生命并不比我的生命更有价值。任何生命都是没有价值的。人们叫一个人贴着墙站立，然后向他开枪，直到把他打死为止，这个人到底是我还是格里还是另一个人都是一样的。我知道得很清楚，对于拯救西班牙他比我更有用。可是，我不在乎什么西班牙，什么无政府主义，什么都不再重要了。虽然如此，我却仍然在这里，我可以出卖格里来挽救自己的性命，而我拒绝这样做。我觉得这简直有点滑稽：这是一种固执。我想：'我多么固执呀！'于是一种特殊的愉快心情侵占了我。"① 的确，固执是人才具有的特性，也是人可以拒绝功利算计的本真，更是人有幸享用的自由福分。再比如萨特的长篇小说《自由之路》也从揭示现实世界的混乱荒诞，过渡到号召理想人生的自由选择。主人公马蒂厄在自我反思和自我批判的基础上，获得了关于生命存在的最后决断，参加了一个村庄的钟楼阻击战，创造了生命自由选择的价值和意义。

萨特小说的审美意义终归不是要发挥传统文学的认识论功能，而是要实现现代文学的价值论使命，从而终归为不幸的人们提供生存的勇气和生命的智慧。我们只需屏息静气地感受生命与生命的交流，聆听心与心的对话，体味"思"之意蕴与"诗"之言说的启迪，就一定能够获得生命存在的价值阐发和意义说明。

2. 戏剧艺术的人生价值论提倡

萨特的戏剧作为萨特文学的卓绝成果，尤其是萨特存在主义人生价值论提倡的艺术图解和诗性阐明。萨特说："事实上我以不是我所是和是

---

① 〔法〕萨特：《墙》，郑永慧译，见《厌恶及其他》，第310页。

我所不是的方式存在。"①萨特还说："一个要求自由的自由，事实上就是不是其所是和是其所不是的存在，这个存在把是其所不是的存在和不是其所是的存在选择为理想的存在。"② 萨特存在主义人生价值论提倡里包含的"不是其所是"的否定性命题与"是其所不是"的肯定性命题，也就成为萨特戏剧需要充分图解和阐明的基本命题，从而通过戏剧艺术实践完成萨特所追求的"我们的目的恰恰是建立一个价值模式的人的王国，有别于物质的世界"③。

(1)"不是其所是"的否定性命题

萨特存在主义的人生价值论所包含的"不是其所是"的否定性命题，一方面是对西方传统宗教—理性观念的反叛，另一方面又是对西方近代科学—哲学认识的反叛。西方传统宗教—理性观念、近代科学—哲学认识皆坚信宇宙自然、人类社会不以人的意志为转移的客观规律。这种毫无疑问的世界真理严格地规定着西方人思维和行动的准则、思维和行动的界限，牢牢地维系着西方传统理性主义的形而上学决定论的基础。所以，西方历史上的经典哲学都致力于确定客观世界的发展规律，以及人类在客观世界发展规律中的作用和意义。如同黑格尔所说："正如宗教和宗教崇拜在于克服主观性与客观性的对立，同样科学，特别是哲学，除了通过思维以克服这种对立之外，没有别的任务。认识的目的一般就在于排除那与我们对立的客观世界的生疏性，如人们常说的那样，使我们居于世界有如回到老家之感。"④更为重要的是，传统理性主义的形而上学决定论，武断地将人类社会历史无可避免的矛盾形式，通过本质与现象的二元对立出发点，概括性地引申出了一连串的二元对立项，如：类—个体、必然—偶然、未来—现在、普遍—特殊等等，并同时预先规定了二元对立项中前项对后项的优先性，后项对前项的服从性。在此基础上，西方传统理性主义价值观也就顺理成章地坚信：历史进步蕴含着牺牲偶然、个体的现在而实现必然、类的未来的充分合理性。萨特存在主义人生价值论所包含的"不是其所是"的否定性命题，则从根本上颠覆了西方传统理性主义的形而上学决定论。它告诫人们，客观世界本无

---

① 〔法〕萨特：《存在与虚无》，第362页。
② 〔法〕萨特：《存在与虚无》，第798页。
③ 〔法〕萨特：《存在主义是一种人道主义》，第21页。
④ 〔德〕黑格尔：《小逻辑》，第378页。

所谓秩序、规律，只有人才能以其主体创造力赋予世界以一定的秩序、规律；社会人生也本无所谓意义，只有人的自由行为才能赋予社会人生以意义。萨特说："我们说存在先于本质的意思指什么呢？意思就是说首先有人，人碰上自己，在世界上涌现出来——然后才给自己下定义。"①所以，W.斯特劳斯说："存在主义从更宽泛的广义上讲是关于现代人的生存状况的思考，而现代人的生存状况则同历史的、知识的、精神的极度危机密切相关。存在主义的历史基础是首先在19世纪就清楚显现出来的西方传统价值观的崩溃，存在主义的社会和政治基础是18世纪末以来，政治、社会和个人生活的日益破碎，存在主义的知识来源是康德、黑格尔以后，传统哲学和神学的不稳定，是传统哲学和神学教义的学术化和平面化的结果。理解存在主义的语境是自从浪漫时代以来人的知识情况特征化以后，自我意识的强化和自我痛苦的强化。存在主义的要害可以称之为本体论的重估或者革命，它的主要任务就是重新界定 Being 和 Existence。"②萨特存在主义人生价值论颠覆西方传统理性主义形而上学决定论的否定性命题，在萨特戏剧里主要表现为，捣毁本质与现象二元对立的出发点，开展对西方传统理性主义价值观为基础的历史想象和社会现实的批判。萨特说："现象是什么，就绝对是什么，因为它就是像它所是的那样的自身揭示。"③"最终，我们同样能否认显象和本质的二元论。显象并不掩盖本质，它揭示本质，它就是本质。""于是，现象的存在显露其自身，它就像显露它的存在一样显露它的本质。"④由此，"不是其所是"的否定性命题尤其需要说明：人类遥远未来的历史憧憬，经常不过是政治骗子诱惑人们丧失本真自我、陷入现实地狱的谎言，注定自由的孤独个体，只有勇敢地捣碎理性主义价值观念的心灵枷锁，以"自为"的未充实性投入社会历史人生，才能真正获得生命存在的自由意义。

萨特戏剧的否定性命题首先破碎了传统理性主义价值观所制约的历史想象。在萨特的戏剧世界里，历史不过是人为编织的谎言与自欺。戏

---

① 〔法〕萨特：《存在主义是一种人道主义》，第8页。

② Wolfgang Bernard Fleischmann edited. *Encyclopedia of World Literature in the 20th century*, Volume 1.

③ 〔法〕萨特：《存在与虚无》，第2页。

④ 〔法〕萨特：《存在与虚无》，第3页。

剧《恭顺的妓女》中的丽瑟所以违心地编造自己遭遇黑人强奸的谎言，就在于她听从了参议员以国家名义所制造的谎言。因此后来有所觉悟的丽瑟说："如果他们强迫不成，他们就用花言巧语把人弄糊涂。"①戏剧《脏手》中的雨果所以欣然接受谋杀贺德雷的任务，则是因为听从了所谓"党的命令"。然而"党的命令"可以不断地发生变化。当初党命令雨果谋杀贺德雷是正确的，现在党采纳了贺德雷的路线政策，需要恢复贺德雷的名誉也是正确的；雨果则符合逻辑地应该为党的两次正确而殉难牺牲。由此，雨果顺理成章地在监狱里收到了党送给他的有毒的巧克力。所以，侥幸未死的雨果告诉奥尔嘉说："我用了充分的时间细想过这件事，我只能找到一种解释：那就是，开头党组织认为我还可以用，但后来改变了想法。"②"（模仿奥尔嘉的口吻）'党的命令，我一定执行。'可是，有些事你是想不到的。你哪怕诚心诚意去干，也永远不能确切地完成党命令你去做的工作。"③当然，党永远没有错，理性主义的历史想象决定了党必须有效地处理现实与理想、手段与目的的关系。正如黑格尔所说："无疑地，必然作为必然还不是自由；但是自由以必然为前提，包含必然性在自身内，作为被扬弃了的东西。"④戏剧中的贺德雷也坚定地告诉雨果说："一个政党永远只是一种手段，目的只有一个，那就是政权。"⑤"只要是有效的手段，就值得采用。"⑥所以，1948 年《脏手》预演，萨特接待记者采访时说："如果要为该剧题词，可以引用圣鞠斯特的这句话：'没有人无辜执政。'换言之，搞政治的人（不管搞什么政治），没有不弄脏手的，没有不被迫在理想与现实之间妥协的。"⑦萨特还在《什么是文学》的第四节《一九四七年作家的处境》的注释〔24〕里进一步从理论上解释说："但是共产党人也以自由为依仗，不过这是黑格尔

---

　　① 〔法〕萨特：《恭顺的妓女》，罗大冈译，沈志明、艾珉主编：《萨特文集》（5），北京：人民文学出版社，2000 年，第 251 页。
　　② 〔法〕萨特：《脏手》，林秀清译，沈志明、艾珉主编：《萨特文集》（5），第 266 页。
　　③ 〔法〕萨特：《脏手》，林秀清译，沈志明、艾珉主编：《萨特文集》（5），第 267 页。
　　④ 〔德〕黑格尔：《小逻辑》，第 323 页。
　　⑤ 〔法〕萨特：《脏手》，林秀清译，沈志明、艾珉主编：《萨特文集》（5），第 368 页。
　　⑥ 〔法〕萨特：《脏手》，林秀清译，沈志明、艾珉主编：《萨特文集》（5），第 369 页。
　　⑦ 〔法〕米歇尔·孔塔和米歇尔·里巴尔卡：《一种处境剧》，沈志明选译，沈志明、艾珉主编：《萨特文集》（6），北京：人民文学出版社，2000 年，第 544 页。

的自由，即必然的升华。"①《涅克拉索夫》中的主人公乔治·瓦莱拉，假扮苏联逃亡的内政部长涅克拉索夫，佯称自己手里有一份苏联当局的处决名单，从而为自己编纂了一段欺瞒人的历史骗局。《巴黎晚报》的董事长穆东苦苦央求冒充涅克拉索夫的乔治·瓦莱拉，在那张根本不存在的所谓黑名单上加上自己的名字，遭到拒绝后不禁恼怒异常。其他董事们则因为自己的名字上了那张根本不存在的所谓黑名单而自觉荣幸万分。其实，自鸣得意的乔治·瓦莱拉不过是掉进了当局的政治需要而故意纵容的圈套里，也就是掉进了资产阶级的历史需要而精心编纂的骗局中。骗人者又最终成了受骗者。所以，1955 年 6 月 19 日《人道报》星期增刊，发表萨特在《涅克拉索夫》首演后引起反应的谈话中说："涅克拉索夫，这个个人主义的骗子，逍遥取乐，自以为暗中操纵，而实际上他也只不过是整个制度的一颗小齿轮，跟其他人一样，最后不得不妥协，所有的人都只能在一定的阶段上起作用。制度、机构决定着人。"②萨特试图以此告诉人们，在这个世界中，不管是乔治·瓦莱拉，还是其他主人公如西比洛、儒勒、穆东，每一个人一旦被无端地抛入这个世界，便自觉不自觉地接受了上帝或历史派给他们的角色，同时也就自觉不自觉地将自己生命的全部追求禁闭于那个角色之中，不自知地按照上帝或历史预设的轨道，走着上帝或历史要他们走的路，说着上帝或历史要他们说的话，做着上帝或历史要他们做的所有招摇撞骗的事。这种由人自己编造的所谓上帝、历史的神话，居然让一代代人盲目地为之奋斗不息，他们或搏斗于生死之间，或陶醉于得失之内，这中间其实就包含着真正的人生大悲痛。萨特特意设计了《涅克拉索夫》中的骗子乔治·瓦莱拉在假扮涅克拉索夫之前，同报社经理儒勒的一段对话：

乔治：（讥讽地）您非常需要我就是涅克拉索夫。
儒勒：唉！
乔治：那我就是。
儒勒：您说什么？

① 〔法〕萨特：《什么是文学》，施康强译，沈志明、艾珉主编：《萨特文集》(7)，第321 页。
② 〔法〕米歇尔·孔塔和米歇尔·里巴尔卡：《一种处境剧》，沈志明选译，沈志明、艾珉主编：《萨特文集》(6)，第562 页。

乔治；您把基本的教理都忘了吗？要从人们需要上帝这一点上证明上帝是存在的。①

同理，《魔鬼与上帝》中的海因里希也以上帝的名义，说服格茨从秘密地道进城，救助 200 个将要被穷人谋害的教士；银行家则以社会利益的名义，劝导格茨放弃攻城毁城；纳斯蒂更以人人平等、人人皆兄弟的美妙理想的名义，鼓动格茨攻城，杀掉有钱人和教士，同穷人建立起联盟。所有这些言之凿凿的"名义"，其实都是人在历史与现实复杂境况下的人为虚设和诱惑，这些人为虚设和诱惑经常使人以为自己肩负着神圣、庄严的角色任务，从而遗忘了生命存在的自由价值。《阿尔托纳的隐居者》中的冯·格拉赫就在理性主义历史想象纵容的功利原则下，接受了这些人为虚设和诱惑。他在战时同纳粹主义合作，任凭所厌恶的纳粹杀死了儿子试图保护的犹太囚犯，容忍所厌恶的纳粹带走了具有崇高精神的儿子；在战后又同美国冷战计划和资本家合作，任凭失落了崇高想望、失去了生命意义的儿子逃避现实世界。1959 年 9 月 17 日《新法兰西报》刊登萨特关于《阿尔托纳的隐居者》的谈话说："剧本讲的是德国一个大企业主家族，这个家族在威廉二世时获得爵位，拥有巨大的船厂和船队。……纳粹分子上台执政，冯·格拉赫认为这是贱民篡权。他是一个冷酷无情和厚颜无耻的人。但是客观上，希特勒主义寻找海外市场，所以尽管他对希特勒主义有所保留，他仍然采取合作态度。怎么会这样呢？这个矛盾正是格拉赫灵魂的核心！"② "他家产万贯，是一个工业巨头。他是他那个不断变化的社会环境的产物：一方面他跟纳粹主义合作，另一方面在道德上他厌恶纳粹主义，一种无能为力的厌恶。""战争结束，等到一切罪行了结后，他再次面临同样深刻的矛盾，即心理状态和德国现实之间的矛盾。在西德重建商船队的计划纳入了美国在欧洲进行冷战的轨道。格拉赫跟美国资本家合作。他的企业又一次脱离了他的控制，因为有别的合伙人，因为有别的因素使当今资本主义的经济生活变得错综复杂，技术官僚深入到资本主义各个领域。财产拥有者的

---

① 〔法〕萨特：《涅克拉索夫》，郭安定译，沈志明、艾珉主编：《萨特文集》（6），第 88 页。

② 〔法〕米歇尔·孔塔和米歇尔·里巴尔卡：《一种处境剧》，沈志明选译，沈志明、艾珉主编：《萨特文集》（6），第 565—566 页。

职能和管理者的职能分开了，个人权力，或者确切地说，个人权力的基础消失了。"①萨特戏剧的否定性命题就是要人们领悟到这些人类自欺自娱的假面游戏，从而勇敢地打碎这些先验的羁绊，以人与生俱来的"自为"来证明人的真正价值。所以，萨特说："这意味着价值与自为的关系是特别特殊的：价值是自为应该是的存在，因为自为是其存在的虚无的基础。"②"有多少种使用物的方式，物就有多少种面貌。我们不是与想占有世界的人们站在一起，而是想与改变世界的人们站在一起，世界只对改变世界的计划透露其存在的秘密。"③

　　萨特戏剧的否定性命题，其次更顺理成章地揭示了传统理性主义价值观所孕育的社会现实。在萨特的戏剧世界里，人类社会往往凭集体意志、类属存在的范式吞没了、遮蔽了个体情感、独特体验，将人的生命变成了社会机器上既无差别、又无变化，同时也无鲜活生命活力的螺丝钉。所以，《苍蝇》描写阿耳戈斯城的居民面对 15 年前的那桩血腥罪恶，面对象征罪恶的苍蝇，只有无止无尽的忏悔。忏悔完全成了他们自我麻痹的人生习惯、自我欺瞒的人生假面游戏。剧中描写阿耳戈斯人举行每年一度的忏悔祭奠时，一位妇女对同样跪在巨石前的小男孩说："乖点，人家一对你说该哭了，你就和其他人一起哭。"④俄瑞斯忒斯的姐姐厄勒克特拉也说："当众公开忏悔是我们国民的一种游戏。此刻，王后就是在以这种游戏作为消遣。"⑤ 所以，朱庇特一方面劝解俄瑞斯忒斯说："他们感到内疚，满心恐惧。而恐惧与内疚却使诸位神灵的鼻孔嗅到一股令人惬意的芳香。是的，这些可怜的灵魂正中神灵的下怀。""他们在心安理得地进行消化，他们在享受外省的悒郁不欢，毫无生气的安定和百无聊赖，啊！他们整天在享受这幸福的倦怠。"⑥ 另一方面又毫不掩饰地告诉埃癸斯托斯说："我们两个人都在维护秩序，你是在维护阿耳戈斯的秩序，我是在维护宇宙界的秩序。"⑦埃癸斯托斯则心领神会地告诉朱庇特

----

① 〔法〕米歇尔·孔塔和米歇尔·里巴尔卡：《一种处境剧》，沈志明选译，沈志明、艾珉主编：《萨特文集》(6)，第 566 页。

② 〔法〕萨特：《存在与虚无》，第 139 页。

③ 〔法〕萨特：《什么是文学》，沈志明、艾珉主编：《萨特文集》(7)，第 267 页。

④ 〔法〕萨特：《苍蝇》，谭立德、郑其行译，见《魔鬼与上帝》，南宁：漓江出版社 1986 年，第 38 页。

⑤ 〔法〕萨特：《苍蝇》，谭立德、郑其行译，见《魔鬼与上帝》，第 32 页。

⑥ 〔法〕萨特：《苍蝇》，谭立德、郑其行译，见《魔鬼与上帝》，第 14 页。

⑦ 〔法〕萨特：《苍蝇》，谭立德、郑其行译，见《魔鬼与上帝》，第 81 页。

说："为了向他们掩盖这种权利，我已经演了十五年的滑稽戏了。"①《苍蝇》中阿耳戈斯人的沉醉不醒，表明他们已经习惯了自我欺罔的消遣游戏，习惯了在历史长河中集体沉沦的生存形式。西方人更习惯了这种自我欺罔、集体沉沦：多少年来，他们用上帝的十字架、用原罪的护身符、用天堂的幸福幻象、地狱的阴暗恐吓，一方面使人间的罪恶不断衍续，另一方面又使陷于罪孽中的人，找到了自甘堕落的理由。俄瑞斯忒斯遇见姐姐而知晓了自己家庭遭遇同这桩罪行的关系时，姐姐厄勒克特拉告诉俄瑞斯忒斯说："他们热爱他们的罪恶，他们需要精心维持一种习以为常的创伤，用肮脏的指甲去搔它，让它不再愈合。"②难怪 1948 年《苍蝇》在柏林上演时，萨特在围绕演出的讨论会上发言说："我创作这个剧本是想用我惟一的手段，非常微弱的手段，为把我们从悔恨病中解脱出来，为把我们从耽于懊丧和羞耻中摆脱出来做出微薄的贡献。"③《阿尔托纳的隐居者》描写那位父亲不得不无可奈何地告诉儿子弗朗茨说："我原想你在我之后领导企业。其实企业在领导我们，企业在选择它需要的人才，企业把我淘汰了，我拥有所有权，但我指挥不了了。"④ 所以，弗朗茨只能在历史现实的裹挟下随波逐流，他无论战前或战后皆无所作为，只能不由自主地从拯救犹太囚犯的高尚行为堕落到参与纳粹分子的残忍暴行；从逃离战争废墟退到闭门隐居躲藏。1959 年 9 月 17 日《新法兰西报》刊登萨特关于《阿尔托纳的隐居者》的谈话说："在我看来，世界造人，人造世界。我不仅想在舞台上塑造性格，而且想指出客观环境在一定时刻决定着某某人的成长和行为。……我着意描写一个真实存在的情境，如实笔录一个世界的死亡。我调遣人物，借用马克思的说法，资本主义通过这些人物暴露无遗。当我谈到我们时代的暧昧，我的意思是想说人类从来没有像今天这样时刻准备获得自由，又同时陷入最严重的战斗。"⑤ 1960 年《阿尔托纳的隐居者》在德国上演，萨特接受德国

① 〔法〕萨特：《苍蝇》，谭立德、郑其行译，见《魔鬼与上帝》，第81页。
② 〔法〕萨特：《苍蝇》，谭立德、郑其行译，见《魔鬼与上帝》，第57页。
③ 〔法〕米歇尔·孔塔和米歇尔·里巴尔卡：《一种处境剧》，沈志明选译，沈志明、艾珉主编：《萨特文集》(6)，第536页。
④ 〔法〕萨特：《阿尔托纳的隐居者》，沈志明译，沈志明、艾珉主编：《萨特文集》(6)，第363页。
⑤ 〔法〕米歇尔·孔塔和米歇尔·里巴尔卡：《一种处境剧》，沈志明选译，沈志明、艾珉主编：《萨特文集》(6)，第567页。

一周刊记者采访时说："不过弗朗茨的情形有点特别，他不能什么也不干，而无论战前或战后，他一概无所作为，因为他从小是作为工业巨头加以培养的，而给他安排的这种地位已不复存在，就是说弗朗茨本来要成为家庭企业的总裁，以前产业主同时是企业主。而现在面临一种巨大的联合企业，他只能起一个次要的作用。"① 萨特希望人们清醒意识到社会现实对自我生命自由的扼杀，主动摒弃认识、解释周围世界和人生行为的群体标准，从人生注定孤独无援的客观境遇，走向自觉追求孤独无绊的主观精神，从而凭借先行者的大智大勇，体味出集体性假面游戏的不幸，咀嚼出生命自由存在的幸福。当然，孤独所需要的勇气往往不是许多人能够具备的。比如俄瑞斯忒斯的姐姐厄勒克特拉就曾经明确表示："我没有这种勇气。一个人孤零零地在大路上跑，我会害怕的。"② 所以，俄瑞斯忒斯杀死了母亲和埃癸斯托斯以后，一直期盼着弟弟回来为父亲复仇的姐姐厄勒克特拉，却也谴责俄瑞斯忒斯的行动，甚至不承认他是自己的弟弟。阿耳戈斯人更是咒骂俄瑞斯忒斯是凶手、屠夫、亵渎神灵的人，他们叫嚷着、追赶着要用石头砸死他。正如萨特所说："在世的存在是占有这个世界的谋划，而纠缠着自为的价值是对被这个自为和这个世界的综合作用构成的个体存在的具体指示。事实上，存在无论在什么地方，无论从那里来，无论人们用什么方法观察它，无论它是自在还是自为，或是成为自为自在的不可实现的理想，它在其原始偶然性中都是一种个体的遭遇。"③ 毫无疑问，阿耳戈斯人（西方人）陷入朱庇特（上帝）的世界中太深太久了，他们乐于这种既无行动、又无责任的蝇营狗苟。他们通过忏悔而使罪恶的心灵重负得以习惯化的同时，也使罪恶有了坚实的合理性，也就有了重新犯罪和目睹新罪恶而无动于衷的理由。所以，他们仇恨俄瑞斯忒斯捣碎了他们用以自我陶醉、相互赞许的骗人把戏。虚设的集体意志终于吞没了本真的个体情感。人们不得不对一切非循规蹈矩的行为感到恐惧。这种恐惧已经成了一种心理疾患，它加深了人与人之间的隔膜、疏离，加剧了人内心的惶恐、困惑，更加强了社会统治势力的张狂、蛮横。所以，《涅克拉索夫》中的乔治在假扮涅克

① 〔法〕米歇尔·孔塔和米歇尔·里巴尔卡：《一种处境剧》，沈志明选译，沈志明、艾珉主编：《萨特文集》（6），第572页。

② 〔法〕萨特：《苍蝇》，谭立德、郑其行译，见《魔鬼与上帝》，第25页。

③ 〔法〕萨特：《存在与虚无》，第764页。

拉索夫前，同报社记者希比洛有过这样的一段对话：

> 乔治："你认识我以前，就没有撒过谎吗？"
>
> 希比洛："那时候，即使我撒谎，也有上级的批准。我编的谎言是有控制的，经检验放行的，都是些假的重大新闻，于公众有益的谎言。"
>
> 乔治：那你现在的谎言呢，对公众就无益了吗？其实都一样，你说呢？
>
> 希比洛：是都一样。可是，现在的谎言没有政府的保障。世上只有我一个人知道你是什么人。这压得我喘不过气来。这次我的罪过不是骗人，而是独自一个人骗人。①

萨特要激励人勇敢地肩负起扭转被动地位的使命，要让人以忠实于自己的生活态度君临博大世界，以个体的孤独追求展示人之为人的自由使命。也就在这个意义上，引出了萨特戏剧《间隔》里那一句振聋发聩的"地狱，就是别人"的名言。这一名言无疑是揭示理性主义价值观所制约社会现实的经典表述。《间隔》剧里出场人物只有三个鬼魂：加尔森、伊奈司、埃斯泰乐和一个旅馆（象征地狱）的服务员。剧情主要描写加尔森、伊奈司、埃斯泰乐三个鬼魂，偶然相逢在一个没有窗户的旅馆大房间里。加尔森生前是一个自诩和平主义者的报社编辑，他虐待妻子、背叛祖国，最后被 12 颗子弹枪毙。伊奈司是个凶残的同性恋，曾经导致他人共同丧失生命。埃斯泰乐是个自私的色情狂，曾经因为个人的放荡而溺死亲生女儿。这样三个生前苟且于现实诱惑、胆怯于自由选择的卑鄙家伙来到地狱，仍然是互相折磨、彼此摧残。戏剧形象地表明，所谓"地狱，就是别人"所关注的仍然是个体生命选择的人生价值问题。萨特说："这个选择是荒谬的，不是因为它是无理性地存在的，而是因为它没有不选择的可能性。"②如前所述，西方漫长的文明发展历史里，理性主义价值观规定了个体的角色使命，因而扼杀了人的生命存在的本真价值。这种扼杀功能在人类社会现实中，除了通过一般文化意识形态

---

① 〔法〕萨特：《涅克拉索夫》，郭安定译，沈志明、艾珉主编：《萨特文集》（6），第111 页。

② 〔法〕萨特：《存在与虚无》，第 615 页。

的毒化作用外，更经常是通过人与人相互关系的纽带而得以实现的。换句话说，人类文化牢笼对人的羁绊常常是通过人与人的相互欺瞒而实现的。人在相应的文化牢笼中常常不能确定自己，常常不得不试图通过他人的眼光来折射出关于自己面目的揣测和描绘。或者说，常常借助他人的评判来确定自己所作所为的价值和意义。为此，他们经常不得不为了取悦他人而戴上为大家所共同认可的人格面具。久而久之，这种人格假面的塑造力量甚至使他们自己也完全认同了自己呈现给他人看的面貌，从而完全剥蚀了自己的生命自由。就在这个人们戴上后取不下、也根本不想取下的罪孽遮阳伞下，多少皇帝新衣的丑剧、闹剧在众目睽睽之下匆匆登台上演。1965 年《间隔》灌制唱片时，萨特说："'地狱即他人'一直被曲解。人们以为我想说我们跟他人的关系总是很坏的，关系始终恶劣的。然而我想说的完全不是这么回事。我的意思是说，如果跟他人的关系起了疙瘩，变坏了，那么他人只能是地狱。为什么？因为人要有自知之明，实际上他人最为重要。当我们捉摸自己，当我们试图了解自己，所用的其实是他人对我们的认识，我们运用他人掌握的手段，运用他人判断我们的手段来判断自己。不管我对自己怎么想，反正他人的判断已经进入我的脑海，不管我感觉自己怎么样，反正他人对我的感觉已经在我身上扎根。这就是说，我跟他人的关系之所以不好，是因为我自己完全依附于他人，于是我当然犹如处在地狱里。世界上有大量的人处在地狱的境地，因为他们太依附他人的判断。"①为了进一步洞悉萨特这个命题的深意，我们还必须注意萨特这部戏剧作品中反复出现的"镜子"意象。剧中的主人公之一加尔森随招待员进屋后，沉吟片刻，便自言自语道："没有镜子，没有窗户，当然啦。"后来平静下来后，又自问自地说："究竟为什么要照镜子呢？"②另一个主人公伊奈司来到后，她与加尔森的对话也这样说："我说什么，我心里有数，我照过镜子。"③再后来的埃斯泰乐也问加尔森："先生，你带了镜子没有，大镜子，或者随身带的小镜子，随便什么镜子都成，有没有。既然你让我一个人在一边儿

---

① 〔法〕米歇尔·孔塔和米歇尔·里巴尔卡：《一种处境剧》，沈志明选译，沈志明、艾珉主编：《萨特文集》（6），第 540 页。

② 〔法〕萨特：《间隔》，李恒基译，见《魔鬼与上帝》，第 122、123 页。

③ 〔法〕萨特：《魔鬼与上帝》，罗嘉美译，见《魔鬼与上帝》，第 129 页。

呆着，至少得给我一面镜子照照。"①为什么他们都尽力想找寻一面镜子呢？埃斯泰乐说出了谜底："要是我不照镜子，尽管摸到自己，我也不能肯定我究竟是不是真的存在。"②于是，伊奈司让埃斯泰乐靠近自己并告诉她说："往我的眼睛里看，你看到你自己没有。""没有哪一面镜子会比我这双眼睛更牢靠。"③旁人的眼睛也就是镜子，镜子里显出了外在的你、我、他。但旁人的眼睛同时也编织了囚笼和罗网，它诱惑你就像古希腊神话中的美少年那喀索斯一样，在顾影自怜中失去了生命的存在。镜子甚至就像古希腊神话中的女妖墨杜萨的头颅，让你在瞧见它的同时，就吸吮了你的生命精髓，变你为冰凉冰凉的石头人。所以，剧情中的埃斯奏乐与加尔森拥抱在一起时，伊奈司恶狠狠地威胁说："我看见你们了，看见你们了，我一个人就能代表一群人，代表众人。"于是，剧情引出了这样的对话：

> 加尔森：这里老也不黑？
> 伊奈司：永远不黑。
> 加尔森：你老是能看到我？
> 伊奈司：永远看得到。
> 加尔森：……那一双双眼睛象是要把我吃了……。啊！你们不过才两个人哪？我刚才还以为有好多人呢。原来这就是地狱。我万万没有想到……你们的印象中，地狱该有硫磺、有熊熊的火堆，有用来烙人的铁条……啊！真是天大的笑话！用不着铁条。地狱，就是别人。
> 埃斯泰乐：我的爱！
> 加尔森：别缠着我。咱们之间，有她挡着呢，只要她看得见我，我就没法爱你。④

这段对话里包含了传统理性主义价值观所孕育社会现实的两个方面：一是历史文明的进步，给每个文明人戴上了经成批制作的假面，它遮蔽

---

① 〔法〕萨特：《魔鬼与上帝》，罗嘉美译，见《魔鬼与上帝》，第143页。
② 〔法〕萨特：《魔鬼与上帝》，罗嘉美译，见《魔鬼与上帝》，第144页。
③ 〔法〕萨特：《魔鬼与上帝》，罗嘉美译，见《魔鬼与上帝》，第145页。
④ 〔法〕萨特：《魔鬼与上帝》，罗嘉美译，见《魔鬼与上帝》，第180—181页。

着人的本来面目，使人在千人一面的交际往返中，感到自己与自我的疏离和陌生。人们渴望黑夜的降临，从而借夜幕的遮掩，露出属于自己的狰狞面目，趁黑夜的掩护，发一声属于自己的孤狼似的长嚎。二是旁人的眼光、旁人的注视，会使人不自觉地将自己的脸捂得更严实、盖得更周全，逐渐自觉地将假面所显示的自我误以为是自己的本来面目，从而完全枯萎了自我生命的欲望和激情。《间隔》中的三个人本来就是三个社会生活里的懦夫，他们注定要惧怕他人的眼光。他们不管生前死后都在地狱中绝望、彷徨。只有勇敢者才能任其他人的眼光，将自己剥离得一丝不挂而毫无惧色。换句话说，只有不惧怕下地狱的人，才能走出地狱而重返乐土。

在西方遥远的历史进程里，当上帝还以洞察一切的眼光关注着人类时，世界井然有序地分成了天堂和地狱。善者上天堂，沐浴神明的光辉；恶者下地狱，受尽千般酷刑、万种折磨。萨特的"地狱，就是别人"，直端端地将上帝曾经引导而建立的人类社会秩序，以及这个社会秩序中芸芸众生的无所作为和根深蒂固的依赖性、惰性，直斥为戕害人之灵魂的地狱。萨特告诉人们，所谓的上帝曾以天堂的诱惑腐化了无辜者的心灵，以地狱的惩戒庇护了罪恶的衍续，以公然的伪善、无尽的忏悔，锈蚀了人的自我追求、自我证明的生命冲动，以相互的纵容和宽恕消解了人的自由意志，最终使人真正地陷入了地狱。正如《苍蝇》中的阿耳戈斯人，他们一方面忏悔着罪恶，一方面又极端仇视斩断罪恶之锁链的俄瑞斯忒斯。因为，阿耳戈斯人的集体性忏悔就是他们怯懦软弱、随俗入流、惧怕责任的最好庇护。1959 年 9 月 23 日《人民戏剧》第四期刊登的萨特关于《阿尔托纳的隐居者》的谈话说："我在《阿尔托纳的隐居者》中想说明的是，在一个正向暴力社会演变的社会历史阶段，谁都逃脱不了折磨别人的危险。"[①] 1960 年《阿尔托纳的隐居者》在德国上演，萨特接受德国一周刊记者采访时说："如果每个人都无动于衷，或甘心头脑半不清醒或容忍，那么集体犯罪必然存在。""人们缺乏起码的求知愿望，求真理的愿望，结果，严格地说来，人们集体犯了罪。"[②] 人是幸运

[①] 〔法〕米歇尔·孔塔和米歇尔·里巴尔卡：《一种处境剧》，沈志明选译，沈志明、艾珉主编：《萨特文集》(6)，第 565 页。

[②] 〔法〕米歇尔·孔塔和米歇尔·里巴尔卡：《一种处境剧》，沈志明选译，沈志明、艾珉主编：《萨特文集》(6)，第 570 页。

而又聪慧的造物，因为人能以自己丰富的情感、颇具创生力的想象，创造出内涵丰厚的上帝形象，编织出辉煌灿烂的文化锦绣。人又是不幸而愚蠢的生物，因为人常常在自己创造的偶像脚下匍匐、颤栗，在自己编织的文化罗网上痛苦挣扎。人尤其更常常自觉不自觉地成为既定偶像、罗网的忠实护卫者，用自己因痛苦而浑浊的眼睛严密监视着他人的生命力冲动可能造成的越位，同时又时时处处承受着他人警惕眼睛的严密关注。萨特说："自为并不与一个完全给定的目的一起涌现的。而是在'造就处境'的同时，也造就了自己，反之亦然。"①　"地狱，就是别人"的警告，就是要人勇敢而又毫无顾忌地以忠实于自己的大无畏精神，冲决世俗的他人眼光对自己自由的妨碍，从而把自己，也把别人从相互构筑的地狱中解放出来。因为勇于承受孤独、热爱孤独的人生态度里尽管包含着孤独的痛苦，却也孕育着新生的喜悦。

（2）"是其所不是"的肯定性命题

萨特存在主义的人生价值论所包含的"不是其所是"的否定性命题，颠覆了西方传统理性主义的形而上学决定论基础上的价值观，破碎了理性主义价值观所制约的历史想象，揭示了理性主义价值观所孕育的社会现实。由此，人该如何活下去？这个本不是问题的问题终于尖锐地摆放在人们面前。萨特说："欠缺者以及所欠缺物的理想的溶合，作为不可实现的整体，纠缠着自为，并将正在其存在中的自为构成为存在的虚无。我们说，这就是自为的自在，或价值。"②　"自为进行选择是因为他是欠缺，自由与欠缺是同一回事，他是存在的欠缺的具体存在方式。"③萨特还说："事实上，就人们已能谈论自为地存在而言，我们发现自己面对着两种根本不同的存在方式，应该是其所是的自为的存在方式，就是说，是其所不是和不是其所是的自为的存在方式，还有是其所是的自在的存在方式。"④萨特以"自在"事物与"自为"意识的区分，说明了人的自由与自由选择问题。所谓"自在"事物只是被意识到的客观物，它自身是盲目的、无动于衷的；所谓"自为"意识则是主体精神，它是自由自主的，既可以摆脱其过去，又可以投入到未来。萨特说："说自为应

---

① 〔法〕萨特：《存在与虚无》，第705页。
② 〔法〕萨特：《存在与虚无》，第265页。
③ 〔法〕萨特：《存在与虚无》，第723页。
④ 〔法〕萨特：《存在与虚无》，第786页。

是其所是，说它在不是其所是时是其所不是，说存在先于本质并是本质的条件，或反过来按黑格尔的公式说'本质是过去的存在'，其实说的都是同样的一件事，即人是自由的。""我命定是自由的，这意味着除了自由本身以外，人们不可能在我的自由中找到别的限制，或者可以说，我们没有停止我们自由的自由。"①萨特的自由与自由选择问题也就使萨特戏剧中包含的"不是其所是"的否定性命题转向了"是其所不是的"的肯定性命题。

在萨特的戏剧里，人类社会仿佛陷入了无穷的灾难和崩溃、陷入了毫无理喻的混乱和荒诞，个体人生也仿佛陷入了不幸与痛苦、陷入了毫无出路的苦闷与彷徨。正如《苍蝇》中的主人公俄瑞斯忒斯面对十五年不能清算的罪孽时所说："我原来还以为神祇是公正的呢？"②或者如《涅克拉索夫》中的主人公乔治·瓦莱拉在总结自己漂泊流离的人生体验时所说："生活，就像剧院里失了火，一片慌乱。大家都找太平门，可是谁也找不到，你挤我，我撞你。谁要跌倒了，那就活该倒霉，马上被众人踩在脚下。"③萨特戏剧中的肯定性命题就是要告诉人们，人无法自由地选择自己的历史现实处境，但人可以自由地选择自己对待历史现实处境的态度。所以，萨特戏剧中的主人公常常是在完全不自知的情况下，被无缘无故抛入这个被称作人类社会的地方，不得不孤零零地面对异己而陌生的世界。比如《涅克拉索夫》中的乔治·瓦莱拉告诉男流浪者说："我这条命是不属于任何人的，就连生我养我的父母我也不欠他们的账。他们没掐算好，这才倒霉地生出了我。"④《苍蝇》中的俄瑞斯忒斯来到人类世界时，他的父亲被杀、母亲另嫁，他命定要四处漂泊流浪。他说："我从一个城市走到另一个城市。对别人来说，我是个异乡人，对我自己来说，也是个陌生人。"⑤《魔鬼与上帝》中的格茨来到人间世界时，也是一个身份不明的私生子。他命定在失去了幸福童年襁褓的同时，也失去了确定的归宿。戏剧《凯恩》中的主人公凯恩也告诉自己试图勾引的

---

① 〔法〕萨特：《存在与虚无》，第565页。
② 〔法〕萨特：《苍蝇》，谭立德、郑其行译，见《魔鬼与上帝》，第9页。
③ 〔法〕萨特：《涅克拉索夫》，郭安定译，沈志明、艾珉主编：《萨特文集》（6），第13页。
④ 〔法〕萨特：《涅克拉索夫》，郭安定译，沈志明、艾珉主编：《萨特文集》（6），第10页。
⑤ 〔法〕萨特：《苍蝇》，谭立德、郑其行译，见《魔鬼与上帝》，第62页。

大使夫人爱莲娜说："我是个私生子，您懂吗？私生子最得意之举，乃是勾引达官贵人之妻。您呢？您想要诱惑的是伦敦之王。"①萨特强调：正是这种无所依靠的客观现实，敞开了无所羁绊的主观精神。换句话说，正因为人孤独无援地面对荒诞绝望的现实世界，因而才可能孤独无绊地选择直面荒诞绝望的人生态度。这种人生态度的自由选择，能够推动个体的人穿越自在的虚无，通过自为的行动在荒诞中发现意义、在绝望中寻觅希望。萨特说："存在，对于自为来说，就是把他所是的自在虚无化。在这些情况下，自由和这种虚无化只能完全是一回事。"②"自为的这种特征意味着他是这样一个存在，他在他曾是的东西上面找不到任何救助，任何支撑点。而是相反，自为是自由的，他可以使一个世界存在，因为他是在他将要是的东西的启示下应该是他所已经是的存在。因此自为的自由显现为他的存在。但是，由于这种自由不是一种给定物，或一种属性，它只能在自我选择中存在。自为的自由总是在介入；这里的问题并不涉及一种将作为不被决定的权力和可能先于它的选择而存在的自由。我们从来只不过把自己理解为正在进行中的选择。但是，自由之为自由却仅仅是因为选择永远是无条件的。"③所以，《苍蝇》中的俄瑞斯忒斯的存在，因为没有阿耳戈斯人的先验心灵羁绊和精神奴役，他必须通过自我的自主选择来确定自己存在的自由。所以，俄瑞斯忒斯尽管发生过犹豫，经历过陪同老师的怀疑、劝阻，遭受过"死亡之神、苍蝇之神"朱庇特的恐吓，他终于毫不妥协地行动了起来。他勇敢地宣称："朱庇特管我什么事？正义是人类的事，我并不需要某个上帝来教训我。"④他甚至理直气壮地强调，朱庇特只是"繁星之王、海浪之王"，不是"人类之王"。他庄严地申明："我就是我的自由。""我已被判处为没有别的法律可循，只能遵循我自己的法律了。"⑤反过来，面对俄瑞斯忒斯可能采取的自由选择行动，埃癸斯托斯只能恐慌地请求朱庇特说："他知道他是自由的。那么，这岂不足以把他投入铁窗。一个自由人在城里就好比害群之马。它会污染我整个王国，毁了我的事业。万能的上帝，

① 〔法〕萨特：《凯恩》，郭安定译，沈志明、艾珉主编：《萨特文集》（6），第514页。
② 〔法〕萨特：《存在与虚无》，第564页。
③ 〔法〕萨特：《存在与虚无》，第614页。
④ 〔法〕萨特：《苍蝇》，谭立德、郑其行译，见《魔鬼与上帝》，第84页。
⑤ 〔法〕萨特：《苍蝇》，谭立德、郑其行译，见《魔鬼与上帝》，第107页—110页。

你还等什么？快用雷把他劈死。"朱庇特则无可奈何地回答说："一旦自由在一个人的头脑里爆发开，神祇对这个人也就无能为力了，因为这是世人的事，得由别人——也只能由这些人——来决定，听其逃之夭夭还是把他扼死。"①俄瑞斯忒斯勇敢地杀死了埃癸斯托斯和自己的母亲，他在为父亲报仇雪恨的同时，也结束了阿耳戈斯人对罪孽的无休止忏悔，彻底动摇了天神朱庇特与人间统治者埃癸斯托斯共同维持的社会现存秩序，从而颠覆了"神"、"人"统治对人的愚弄和欺瞒。所以，朱庇特禁不住哀叹："必然有一个人来宣告我的末日，难道这个人就是你吗？"②1943年《苍蝇》预演，萨特在回答记者谈到自己的创作意图时说："我想从一个处境自由的人着手，他不满足于想象中的自由，而不惜采取特殊的行动来获得自由，哪怕这个行动是极其残酷的，因为只有这样的行动才能使他获得他自己的最终自由。"③当代罗马尼亚文学批评家吕·戈德曼在评价萨特的《苍蝇》时说："俄瑞斯忒斯确实杀了埃癸斯托斯，不仅仅为了替父亲报仇，他透过这个谋杀事件发现了在阿耳戈斯建立起的暴政和压迫，发现了使厄勒克特拉以及阿耳戈斯的公民同胞们沦落的奴隶制度。他找到了自己真正的根，他懂得了只有参加争取人类自由的斗争才能得到自我完成。就这样，他发现朱庇特是一切压迫之神、一切暴政同盟、一切技术主宰以及政治欺诈的化身；对于接受这一切的人们来说，朱庇特是强大的、可怕的，然而在选择为自由而战的人们面前，他就完全失去了力量。"④ 甚至《凯恩》中的几个重要主人公，都试图通过背离自己被规定的人生轨辙，来重新确定和创造自己的存在意义。比如凯恩拼命地勾引上层社会的女人，亲王则竭力模仿戏子凯恩的衣帽穿戴和所作所为，大使夫人爱莲娜则想要诱惑戏剧界的伦敦之王。凯恩曾经坦率地告诉亲王说："你们什么也不让我做，那就只有一条路：搞女人。只有上了你们那些女人的床，我才是个男子汉；只有上了女人的床，

---

① 〔法〕萨特：《苍蝇》，谭立德、郑其行译，见《魔鬼与上帝》，第83页。
② 〔法〕萨特：《苍蝇》，谭立德、郑其行译，见《魔鬼与上帝》，第111页。
③ 〔法〕米歇尔·孔塔和米歇尔·里巴尔卡：《一种处境剧》，沈志明选译，沈志明、艾珉主编：《萨特文集》（6），第534页。
④ 〔法〕吕·戈德曼：《先锋派文学与资本主义社会的演化》，薛鸿时译，袁可嘉编选：《现代主义文学研究》上册，第76页。

我才能同你们平起平坐。"①他还告诉自己的仆从索罗门说："要是把我投入监牢，那就说明他们把我当成一个人来看待了。我宁愿如此。"②《阿尔托纳的隐居者》中的格拉赫父子则干脆以直面死亡的勇敢精神，显示出最后的自由选择。所以，1960 年《阿尔托纳的隐居者》在德国上演，萨特接受德国一周刊记者采访时谈论剧中的父亲说："剧中的意思是酷爱儿子的父亲情愿他死而不愿他逃避现实。归根结底，逃避是最难以忍受的判决，不是吗？逃避，不断地逃避，对自己说谎，继续逃避……这种逃避使人堕落，所以父亲决意使他的逃避变为自杀。"③1960 年《戏剧的独特风格》月刊连载萨特关于《阿尔托纳的隐居者》的谈话里评价儿子说："此人曾经想望崇高，到头来却严刑拷打了别人。若是一个卑微的人，他也许会想：'我是跟着干的啊！'有人干了这种事，会承认：'上帝啊，真恶心，我还以为干得不错呢。'这种人比较容易复原，而那种把赌注全盘下在崇高上，甚至一度以为出于高贵才走到那个地步的，突然发现他的行为毫无意义。他所追求的是虚假的崇高和虚无，这种人则很难恢复正常。"④

　　萨特关于人可以自由地选择对待现实处境人生态度的强调，从某种意义上说，也是一种自由使命的自我赋予，是一种人生价值、生命意义的自我允诺，当然也是一种人生价值、生命意义的自我超越。萨特在《词语》中曾作过这样一个比喻："既然没有一个人正儿八经地需要我，我便自命不凡，声称我是宇宙不可缺少的人，世上还有比这更傲慢、更愚蠢的事吗？事实上，我没有别的选择。我是偷偷混进列车的旅客，我在座席上睡着了，查票员摇醒了我，'请出示你的票！'我必须承认我没有车票，身上也没有钱可以立即补足这笔旅费……我只有扭转局势才能拯救自己，所以我向他透露了一点情况：我身负着重大而又秘密的使命，事关法国，甚至整个人类，我必须到第戎去一趟。从这个新的角度来看，

　　① 〔法〕萨特：《涅克拉索夫》，郭安定译，沈志明、艾珉主编：《萨特文集》（6），第415 页。

　　② 〔法〕萨特：《凯恩》，郭安定译，沈志明、艾珉主编：《萨特文集》（6），第 496 页。

　　③ 〔法〕米歇尔·孔塔和米歇尔·里巴尔卡：《一种处境剧》，沈志明选译，沈志明、艾珉主编：《萨特文集》（6），第 568 页。

　　④ 〔法〕米歇尔·孔塔和米歇尔·里巴尔卡：《一种处境剧》，沈志明选译，沈志明、艾珉主编：《萨特文集》（6），第 574 页。

整个列车中绝找不出一个人能像我那样有权利占有一席之地。"①萨特的终身伴侣西蒙娜·德·波伏瓦说:"每个主体都要十分明确地通过开拓或设计去扮演自己的角色,而这种开拓和设计被视为一种超越方式。"②世界是无理性的荒诞,人生是无意义的虚无,但人的自由和自由选择却能赋予世界和人生以充足的理由与意义,这理由与意义其实就是自由的价值。萨特说:"如果我问自己:'这样的社会理想有没有可能成为现实呢?'我没法说,我只知道凡是我力所能及的,我都去做;除此以外,什么都没有把握。"③《魔鬼与上帝》中的主人公格茨无论选择作恶还是选择行善,都只是为了证实自己所承担的自由使命。传统文学中的"恶"常是人受本能欲望和功利原则驱使,因而不得不违逆善和良知。但格茨却只是为证明自己的自由使命而作恶。银行家告诉他说:"三十年来,我信守一条原则:主宰世界的是利益。在我面前,人们总是用最最高尚的动机来标榜他们的行为。而我只是心不在焉地听他们说,心里却想:找出利益之所在。"④格茨回答银行家说:"但我不完全相信人的行动是从利益出发的。"⑤由此,格茨捣碎了银行家三十年来、西方人几千年来信守的原则:主宰世界的是利益,从而挣脱了外在的功利枷锁,担当起了自我赋予的自由使命。他更抛掷了人们梦寐以求的对天堂的向往和对地狱的恐惧。他要以作恶来换取上帝给予他下地狱的判决。他想象地狱是一片荒野,等待着他去充实。所以,当海因里希向他指出世上的人全都在作恶,从来没有人行善,地狱就像热闹的庙会,只要呆在床上就可以获得下地狱的资格时,格茨毅然决然地同海因里希打赌,自己要通过行善来确保自己的自由使命。最后,当格茨终于发现,自己所选择的所谓行善,其实只是将自己摆放在人类世界活生生的存在之外;面对现实人生中的饥饿、愚昧、贫困、战争与屠戮,自己无所作为的同时也失落了人的自由使命的履行;他勇敢地回到了残酷、血腥的屠戮与争战之中。他说:"既然有这场战争要打,我就打这场战争。"⑥ 格茨在宣告"现在人

---

① 〔法〕萨特:《词语》,第77—78页。

② 〔法〕西蒙娜·德·波伏瓦:《第二性·作者序》,《第二性》,陶铁柱译,北京:中国书籍出版社,1997年,第25页。

③ 〔法〕萨特:《存在主义是一种人道主义》,第18页。

④ 〔法〕萨特:《魔鬼与上帝》罗嘉美译,见《魔鬼与上帝》,第236页。

⑤ 〔法〕萨特:《魔鬼与上帝》,罗嘉美译,见《魔鬼与上帝》,第240页。

⑥ 〔法〕萨特:《魔鬼与上帝》,罗嘉美译,见《魔鬼与上帝》,第380页。

的统治开始了"① 的时刻，更宣告了自己人生自由价值的实现。如萨特所说："自为是自由的，然而是在处境中，我们企图在处境的名下表明的正是这种处境与自由之间的关系。"② "而存在对人的实在来说，就是行动，而停止行动，就是不再存在。"③脱离具体处境的所谓抽象的"善"、"恶"判断，不过是人类自欺自娱、逃避自由的谎言。1951 年 6 月 2 日《星期六晚报》登载萨特关于《魔鬼与上帝》的答记者问的谈话说："格茨所走过的道路是一条自由之路：他从笃信上帝到无神论，从抽象的伦理，不着边际的伦理到具体的介入。"④其实，世界上没有洞察人间善恶的上帝引导，也没有存心毁掉人类的魔鬼诱惑，所谓上帝与魔鬼、善与恶都是偷换人类自由精神的概念阴谋。所以，自由的格茨忍不住高声叫道："我要对你揭穿一个弥天大谎，上帝并不存在，上帝不存在，我太高兴了，高兴得眼泪都流出来了！…… 我把我们都解放出来了，再没有天堂、也没有地狱了，只有人间。"⑤的确，世上根本不存在一把外在的善恶尺度来判定人的行为。既无天堂、地狱，也无历史目的和理性允诺，更无他人的感恩报德。人只有背负着与生俱来的亘古不变的自由，面对着人世间的诸多境遇，逼迫自己作出属于人间的自由选择。1951 年 6 月 2 日《星期六晚报》登载的萨特关于《魔鬼与上帝》的答记者问说："不管他行善或作恶，结果都一样，同样以惨败告终。为什么？因为行善也罢，作恶也罢，他的行为总跟上帝有关而与世人无关。""于是格茨面临更彻底的选择：他判断上帝不存在，这是格茨信仰的转变，他开始皈依人。在抛弃绝对的伦理之后，他发现了历史的伦理、人类的伦理和具体的伦理。他起先酷爱暴力以便对抗上帝，后来屏弃暴力以便讨好上帝。现在他懂得有时应该强暴，有时应该平和。从此他跟兄弟们为伍，参加农民的造反。在魔鬼与上帝之间，他选择了人。"⑥当代罗马尼亚文学批评家吕·戈德曼在评价格茨时说："他选择要体现绝对的恶，为作恶而作

---

① 〔法〕萨特：《魔鬼与上帝》，罗嘉美译，见《魔鬼与上帝》，第 380 页。
② 〔法〕萨特：《存在与虚无》，第 665 页。
③ 〔法〕萨特：《存在与虚无》，第 611 页。
④ 〔法〕米歇尔·孔塔和米歇尔·里巴尔卡：《一种处境剧》，沈志明选译，沈志明、艾珉主编：《萨特文集》（6），第 555 页。
⑤ 〔法〕萨特：《魔鬼与上帝》，罗嘉美译，见《魔鬼与上帝》，第 370 页。
⑥ 〔法〕米歇尔·孔塔和米歇尔·里巴尔卡：《一种处境剧》，沈志明选译，沈志明、艾珉主编：《萨特文集》（6），第 554—555 页。

恶；但他发现这样做充其量不过在玩弄压迫者的游戏而已。于是，他走向另一极端，选择了要为行善而行善，结果发现自己还是在为压迫者玩他们的游戏。就这样，他转向道德行为的第三种可能性：退缩到孤独中去，取消一切行动。然而，他又发现：'不行动'也是一种行动的方式，它和可以按照绝对原则衡量的所有道德行为一样，它对强者欺凌弱者、贵族压迫农民的事业有利。最后，当他懂得了没有一种道德行为是可行的、上帝和审判并不存在时，他杀死了海因里希（他的替身，他的良心），接受了谎言，并参加了纳司蒂的组织；起先他提出想当一名普通士兵，后来接受了军事首领的位置。"①在萨特看来，世界本无所谓正确与错误、光明与黑暗，世界就只是冷漠的本然自在。人生也无所谓幸福与苦难、希望与失望，人生永远只是未充实的空乏、虚无，它永远期待着通过有限的境遇而敞开无限的自由，从而给自己创造出存在的理由和生命的意义。所以，戏剧《死无葬身之地》里游击队员索比埃遭受审讯折磨回来，意外发现若望时，禁不住高兴地说："我说，算我运气。现在我可有秘密向他们隐瞒了。"另一个游击队员亨利也高兴地说："真的哟。现在我们大家都有秘密向他们隐瞒了。"②亨利还告诉若望说："听着！倘若你不来，我们将像牲畜一样受罪而不知道为什么。现在你在这里，这儿发生的一切将有一定的意义。"③正因为此，游击队员们必须掐死弗朗索瓦，他们不能让自己所遭受的痛苦折磨因为弗朗索瓦的可能妥协而丧失了意义，他们还希望弗朗索瓦凭绝不屈服的尊严感赋予人生以意义。

以此为出发点，萨特的自由与自由选择顺理成章地会强调伦理责任的担当，使本体论的理论思辨同伦理学的道德实践相沟通，从而为自由的抽象哲学思虑充实了历史的具体生活内涵，也为价值论的主观追求充实了社会现实意义。萨特说："我们以上意见的主要结论，就是人，由于命定是自由，把整个世界的重量担在肩上：他对作为存在方式的世界和他本身是有责任的。"④"我被遗弃在世界中，这不是在我在一个敌对的

---

① 〔法〕吕·戈德曼：《先锋派文学与资本主义社会的演化》，薛鸿时译，袁可嘉编选：《现代主义文学研究》上册，第80页。

② 〔法〕萨特：《死无葬身之地》，沈志明译，沈志明、艾珉主编：《萨特文集》(5)，第170页。

③ 〔法〕萨特：《死无葬身之地》，沈志明译，沈志明、艾珉主编：《萨特文集》(5)，第174页。

④ 〔法〕萨特：《存在与虚无》，第708页。

宇宙里像一块漂在水上的木板那样是被抛弃的和被动的意义下说的。而是相反，这是在我突然发现自己是孤独的、没有救助的、介入一个我对其完全负有责任的世界的意义下说的。"①如 1969 年萨特接见《新左派杂志》记者，对自由选择作新的解释时说："我有一个想法，也是我不断加以发挥的，就是每个人归根结底总是对别人所造就的自己负责，甚至除了承担这种责任外，不可能有其他作为，但我又认为一个人总能为别人所造就的自己做点什么，这就是我今天对自由所下的定义。自由是一种小小的行动：把完全受社会制约的生物变成部分摆脱他所受到的制约的人。"②人是唯一可以不断选择其生存方式的"自为"的存在，面对世界、面对自己，人都有不可推卸的责任。人区别于动物的伟大就在于他的自由选择是在人类社会中的自由选择。人类社会中的个人与集体终归是一对互为艰难的矛盾，任何人的自由并不意味着他的为所欲为。相反，自由的意义总是与责任的担当紧紧地联结在一起。不管你听从还是拒绝自由的召唤，都有相应的责任需要承担。萨特说："人可以作任何选择，但只是在自由承担责任的高水准上。"③人在被抛入社会之初，对任何人或物都不负有责任。但是，当人一旦作出自己的自由选择后，便肩负着对世界、对人、对自己的责任。当然，这个责任不是对上帝、不是对成规旧俗的服从，而是对自我赋予的自由使命负责，同时也是对别人的生命意义负责。萨特曾这样说过："存在主义者坦然说人是痛苦的。他的意思是这样——当一个人对一件事情承担责任时，他完全意识到不但为自己的将来作了抉择，而且通过这一行动同时成了为全人类做出抉择的立法者——在这样一个时刻，人是无法摆脱那种整个的和重大的责任感的。"④1947 年，萨特在加利玛出版社出版的《萨特戏剧选》的介绍文字里说："在任何情况，在任何时间，在任何地点，人自由选择自己当叛徒或当英雄，当懦夫或当胜者。在为自己选择受奴役或获自由的同时，人必将选择一个受奴役或有自由的天地，悲剧在于人必定尽心竭力证明他的选择是对的。在上帝面前，在死亡面前，在暴君面前，我们有一条是

---

① 〔法〕萨特：《存在与虚无》，第 711 页。
② 〔法〕米歇尔·孔塔和米歇尔·里巴尔卡：《一种处境剧》，沈志明选译，沈志明、艾珉主编：《萨特文集》（6），第 577—578 页。
③ 〔法〕萨特：《存在主义是一种人道主义》，第 29 页。
④ 〔法〕萨特：《存在主义是一种人道主义》，第 10 页。

确信无疑的，得意洋洋也罢，惴惴不安也罢，反正确信我们是自由的。"①以此，人生就有了懦夫与英雄的区别。正如萨特所说："我这样既对自己负责，也对所有的人负责；我在创造一种我希望人人都如此的人的形象。在模铸自己时，我模铸了人。"②英雄就是《脏手》中主动背叛自己上层资产阶级家庭，孤身投入到无产阶级的斗争里，并坚信理想主义原则的雨果。当雨果以为自己的谋杀行动符合党的利益时，并不掩饰自己的动机与结果的不完全一致。他对奥尔嘉说："我知道你会对我说的话；你会对我说：'雨果，你要谦虚点。你的理由，你的动机，人家并不放在眼里。我们要求你去把这个人杀死，而你的确把这个人杀死了。重要的是结果。'我……我并不是谦虚，奥尔嘉。要我把谋杀的行动和动机分开，我办不到。"③尽管雨果最后明白一切后，笑得眼泪直流地感叹："这是一场闹剧！"并且告诉奥尔嘉说："贺德雷、路易、你，你们全都属于一个种类——优秀的种类。你们都是一些冷酷无情的人，一些征服者，一些领袖人物。只有我走错了门。"④但是，雨果并不违心地完全把自己枪杀贺德雷解释为情杀。他说："你们已经把贺德雷树成一个伟人。可是我过去敬爱他的程度比你们将来可能达到的要深得多。如果我否定了自己过去所干的事，他就会变成一具默默无闻的尸体，变成党内的渣滓。为了一个女人偶然被杀。""一个像贺德雷这样的人不会死于偶然的。他是为了他自己的想法、自己的政策而死去的，他对自己的死亡负起全部责任。如果我在大家面前承担我的罪行，如果我宣布我的名字是拉斯柯尼科夫，如果我同意付出应有的代价，那么，贺德雷就死得其所了。"⑤雨果坚定地作出了庄严的抉择，从而确定了往昔行动的巨大意义；当然，雨果也勇敢地承担了哪怕付出生命代价的沉重责任。英雄还如《苍蝇》中的俄瑞斯忒斯，他一方面作出了自己勇敢的自由选择；另一方面又无所畏惧地承担了责任，带着成群的苍蝇一去不复返了。1943年《苍蝇》预演，萨特在答记者问中谈到自己的创作意图时说："信仰自由的人，思想境界很高，但只有在为他人重建自由之后，只有他的行为导

① 〔法〕米歇尔·孔塔和米歇尔·里巴尔卡：《一种处境剧》，沈志明选译，沈志明、艾珉主编：《萨特文集》（6），第575—576页。

② 〔法〕萨特：《存在主义是一种人道主义》，第9页。

③ 〔法〕萨特：《脏手》，林秀清译，沈志明、艾珉主编：《萨特文集》（5），第390页。

④ 〔法〕萨特：《脏手》，林秀清译，沈志明、艾珉主编：《萨特文集》（5），第396页。

⑤ 〔法〕萨特：《脏手》，林秀清译，沈志明、艾珉主编：《萨特文集》（5），第398页。

致现存秩序的消亡和恢复原来应有状况之后，他自己才有处境自由。"①
英雄还如《魔鬼与上帝》中的格茨，他最后回到了充满血腥和灾难的人
间社会，在实现自己的自由选择的同时，也就注定成为了刽子手和屠夫。
他说："既然有这场战争要打，我就打这场战争。"②正如1951年5月31
日《观察家》杂志刊登萨特关于《魔鬼与上帝》的一段谈话所说："格
茨发觉上帝完全无动于衷，上帝听凭他行动，从来不显灵。所以当失去
信仰的海因里希给他指出这一点的时候，他不得不断定上帝不存在。于
是他恍然大悟，转向人生。"③英雄还有《死无葬身之地》里决不屈服的
游击队员们，尽管他们的假装招供也没有换来法西斯分子兑现其允诺，
但毕竟在揭示世界荒诞的同时显现了人生选择的庄严；反过来，懦夫就
是枪杀游击队员们的刽子手，他们正如1946年《死无葬身之地》首演
前，萨特向记者发表讲话所说："民团的头头需要使抵抗运动分子屈服，
迫使他们像他那样贪生怕死，这是惟一能使他聊以自慰的东西。"④当然，
懦夫还有《苍蝇》中那些自甘愚昧、堕落的阿耳戈斯人，他们怯于选
择，因为他们惧怕由选择而生的沉重责任；他们宁可用无尽的空虚忏悔
来编织自己的生命理由，来掩盖自已的懦弱和懒骨头。懦夫还有《间
隔》中的三个鬼魂，他们生前死后都怯于勇敢地选择，慑于别人眼光的
关注。他们不敢理直气壮地为自己的堕落行为承担责任，而是在东躲西
闪、巧言粉饰中痛苦地挣扎。其实，英雄与懦夫都必须直面生命存在的
自由选择问题，英雄勇敢地作出了肩负责任的选择，懦夫胆怯地作出了
躲避责任的选择，用萨特的话说："自由是选择的自由，而不是不选择的
自由。不选择，实际上就是选择了不选择。"⑤ 当然，英雄与懦夫的区别
没有事实上的允诺与报偿，只有价值意义上的自我评判。萨特说："我首
先应当承担责任，然后按照我的承担责任行事，根据那个古已有之的公
式：'从事一项工作但不必存在什么希望。'"⑥所以，《苍蝇》中的自由

　　① 〔法〕米歇尔·孔塔和米歇尔·里巴尔卡：《一种处境剧》，沈志明选译，沈志明、艾
珉主编：《萨特文集》(6)，第534页。
　　② 〔法〕萨特：《魔鬼与上帝》，罗嘉美译，见《魔鬼与上帝》，第380页。
　　③ 〔法〕米歇尔·孔塔和米歇尔·里巴尔卡：《一种处境剧》，沈志明选译，沈志明、艾
珉主编：《萨特文集》(6)，第557页。
　　④ 〔法〕米歇尔·孔塔和米歇尔·里巴尔卡：《一种处境剧》，沈志明选译，沈志明、艾
珉主编：《萨特文集》(6)，第542页。
　　⑤ 〔法〕萨特：《存在与虚无》，第617页。
　　⑥ 〔法〕萨特：《存在主义是一种人道主义》，第18页。

英雄俄瑞斯忒斯，只能像斯基罗斯岛上那位勇敢的吹笛子少年，用悠扬的笛声带领着老鼠一去不返一样，吸引着全部象征罪孽的苍蝇走出了阿耳戈斯城。《魔鬼与上帝》中的自由英雄格茨，也只能毫无惧色地脚踏广袤的大地，头顶一无所有的天空，肩负起了属于自己的人间自由责任。

3. 文学艺术创作论

  萨特的文学艺术创作论，是萨特的人生价值论在文学创作方面的理论表达，其核心是自由问题。那么，文学创作所要实现的自由是什么呢？萨特看到了作家的自由不能脱离关于社会人生的认识问题，他在《想象心理学》里说："没有一种构成表象的认识，表象就不会存在。这就是表象所以是一种观察现象的基本原因。"① "在某种意义上说，情感表现为一种认识。"②当然，萨特所说的认识是以"诗性智慧"为基础、审美解放为目的认识。所以，萨特说："小说给人的不是物，而是物的符号。"③也就是通过艺术符号，文学创作实现了关于社会人生的认识功能。正如萨特在评价卡夫卡的创作成就时所说："关于卡夫卡，人们把一切都说尽了：说他想描绘官僚阶层，疾病的进展，东欧犹太人的状况，对不可企及的超越性的追求，乃至当世界上缺少圣宠时描绘了圣宠的世界。这一切都是对的，我甚至会说他曾想描绘人的状况。但是我们特别敏感的是，我们在他的作品中认出历史和处于历史中的我们自己。他的作品总是写在审理过程中的案件，有朝一日审理突然结束而且结束得很坏，同案的法官们无人认识而且永远找不到，被告们为了解对他们提出的控告而作的努力纯属徒劳，他们耐心地建立起来的辩护体系有朝一日会反过来变成对他们不利的证据；他的作品写出这个荒谬的现时，人物认真地在这个现时中生活，然而理解它的钥匙却在别处。"④萨特的小说《自由之路》第一部《不惑之年》就通过描写主人公马蒂厄为同居 7 年的情人玛赛尔堕胎而四处借钱，同另一位姑娘依维什的含糊爱恋，充分展示

---

  ① 〔法〕萨特：《想象心理学》，杨力译，胡经之、张首映主编：《西方二十世纪文论选》第三卷，北京：中国社会科学出版社，1989 年，第 87 页。
  ② 〔法〕萨特：《想象心理学》，杨力译，胡经之、张首映主编：《西方二十世纪文论选》第三卷，第 102 页。
  ③ 〔法〕萨特：《弗朗索瓦·莫里亚克先生与自由》，施康强译，沈志明、艾珉主编：《萨特文集》(7)，第 18 页。
  ④ 〔法〕萨特：《什么是文学》，施康强译，沈志明、艾珉主编：《萨特文集》(7)，第 260 页。

了以马蒂厄为代表的年轻人沉湎声色的无聊、纠缠男女性爱的荒唐等非本真生活状态和心灵感受。第二部《缓期执行》则以慕尼黑会议为背景，围绕战争问题而扩展描写了上至首相张伯伦，下至酒吧女等各阶层人们，如何普遍处于被动观望、侥幸期待等宛如缓期执行的心理踌躇状态。第三部《痛心疾首》围绕二战发生后的法国惨败，描写大批溃退或被俘年轻人们在荒诞、虚无、不幸人生境遇里的复杂情感体验和深邃心灵反省等等。

萨特始终不渝地将认识问题同人的自由行动紧密联系在一起。萨特认为，文学创作中的自由"无非是人们持续不断地借以自我挣脱、自我解放的运动"①。"不管这里涉及的书是什么样的，总可以作如下界定：它具有解放性。"② 所以，萨特说："在情感中首要的内容是激起一种非常特殊类型的意向。"③ "思想，不能归结为感觉，它逐渐由意义和意向性所规定。它是一种行动。"④萨特的意义和意向性强调的是主观自我意识对世界的构成作用。由此，文学创作中的自由，就绝不是关于客观普遍世界的再现，而是关于主观个别心灵情感世界的建构。萨特还说："而存在对人的实在来说，就是行动，而停止行动，就是不再存在。"⑤这样，萨特文学创作中的自由行动，在反对传统形而上决定论和传统道德规定，诉诸个体自由选择的同时，也就常常不免表现为脱离历史内涵、社会责任的"为行动而行动"。比如小说《一个厂主的早年生活》描写主人公吕西安，因为早早地被预先规定了做一个厂主的命运，他无所事事、困窘无聊地想："单凭一篇哲学论文是不能说服人们，他们并不存在的。需要做的是，要有行动，真正绝望的行动，能够剥去外表，充分显露出世界的虚无的行动。一声枪响，一个年轻的身躯浴血躺在地毯上，一页纸上涂着这几个字：'我自杀是因为我并不存在。我的弟兄们，你们也一样，你们都是虚无！'人们早上阅读报纸时会看到：'一个青年人敢作敢

① 〔法〕萨特：《什么是文学》，施康强译，沈志明、艾珉主编：《萨特文集》(7)，第143 页。
② 〔法〕萨特：《什么是文学》，施康强译，沈志明、艾珉主编：《萨特文集》(7)，第173 页。
③ 〔法〕萨特：《想象心理学》，杨力译，胡经之、张首映主编：《西方二十世纪文论选》第三卷，第103 页。
④ 〔法〕萨特：《想象心理学》，杨力译，胡经之、张首映主编：《西方二十世纪文论选》第三卷，第90 页。
⑤ 〔法〕萨特：《存在与虚无》，第611 页。

为！'每一个人都会感到心乱如麻，思索着：'而我呢？我存在着吗？'"①小说《艾罗斯特拉特》甚至描写主人公因为人生意义的困惑而这样想："到目前为止我从来没有听说过艾罗斯特拉特，现在他的故事鼓励着我。他死了已经有二千年，而他的行为仍然发出光辉，像一颗黑色的钻石一样。我开始相信我的命运将是短促和悲惨的了。这使我在开头感到害怕，后来我也就习惯了。如果从某一方面看来，这是残酷的，可是从另一方面看来，这样却能把十分巨大的力量和美给予正在消逝的一瞬间。"②所以，主人公怀揣着手枪寻找自我实现自由的牺牲者。戏剧《凯恩》中的几个重要主人公，都试图通过背离自己被规定的人生轨辙，来重新确定和创造自己的存在意义。上述种种主人公的"为行动而行动"，无非都是要获得抽象个体的"我行动故我存在"的证明。

萨特同时又通过其文学创作，表现了对"为行动而行动"的抽象个体选择的反省。因为人终归不能脱离人类社会关系而为所欲为。比如小说《自由之路》的第一部《不惑之年》重点描写了主人公马蒂厄，不能担当起自己的责任，而总让他人为自己的行动奔波与负责：马蒂厄向哥哥雅克、朋友丹尼尔借钱，让朋友鲍里斯向酒吧歌女洛拉借钱；托萨拉寻找堕胎的医生，甚至使鲍里斯为自己偷了洛拉的五千法郎承担罪名；最后，还是丹尼尔决定娶玛赛尔而终止了马蒂厄的堕胎计划，才使他从困境中解脱了出来。所以，小说里有这样的描写："他肯定并不处于最佳状态：他是在这郁闷的酷暑中苟活，忍受着日常生活里那种古老而单调的感觉；他徒然反复念叨从前激励他的句子：'得到自由。成为自身的动因。要能够宣告：我欲故我在。成为自身的发端。'这些空洞而夸张的句子，是令人恼火的知识分子用语。"③从一定意义上说，自由应该包含着人们必须面对的历史处境和必须担当的社会责任。正如马蒂厄的哥哥所说："自由在于正视自己心甘情愿投入的处境，在于接受自己应当承担的责任。"④ 所以，小说还针对马蒂厄进一步写道："他是自由的，可以自

---

① 〔法〕萨特：《一个厂主的早年生活》，郑克鲁译，袁可嘉等选编：《外国现代派作品选》第二册（下），上海：上海文艺出版社，1981年，第465页。

② 〔法〕萨特：《艾罗斯特拉特》，郑永慧译，见《厌恶及其他》，第355页。

③ 〔法〕萨特：《自由之路》第一部《不惑之年》，丁世中译，沈志明、艾珉主编：《萨特文集》（2），北京：人民文学出版社，2000年，第64页。

④ 〔法〕萨特：《自由之路》第一部《不惑之年》，丁世中译，沈志明、艾珉主编：《萨特文集》（2），第135页。

由地做任何事情，自由地做牺畜或机器。自由地接受、自由地拒绝，或自由地支吾搪塞。娶她、甩掉她、将这个包袱再背上许多年。他可以随便怎么做，任何人都无权出主意。对他来说，无所谓善恶，除非他自己加以界定。在他周围，各种问题排列成一个圆圈，它们不作任何表示地静静等待着不提供任何暗示。在这极度沉寂之中，他是孤独的。自由而孤独，无人相助，无可自恕，命定要不可更改地做出决定，永远命定得拥有自由。"① 所以，小说《自由之路》的第三部《痛心疾首》终于在充分表现主人公非本真状态下的无所事事后，发出了寻求生命意义的自由呐喊。小说描写主人公马蒂厄参加了一个村庄的钟楼阻击战，他终于首次开枪射杀了一名德国人，"几年来他一直想有所作为，但总是无所作为：每每他采取行动的时候，总被别人抹杀，他无足轻重。然而眼前他这个行动，谁也无法一笔抹杀。他扣动了扳机，终于实实在在有了一点结果，心想：'发生了无可挽回的事情，'不由得笑得更欢"②。马蒂厄在激战中清算了自己过去的懦弱存在和逃避责任。在一阵前所未有的激烈抵抗射击中，"他走近栏杆，直挺挺站着射击。这是一次极大的复仇，每发子弹都是对他过去不敢有所作为的报复。'一枪射向洛拉，因为我不敢偷她的钱；一枪射向玛塞尔，因为我早该甩掉她；一枪射向奥黛特，因为我不敢吻她。这一枪射向我不敢写的书，还有一枪射向我所拒绝的旅行，再有一枪射向全体我原本憎恶却又竭力去理解的人们。'他还在射击，法律被打得满天飞舞；你说爱你的邻人如同爱你自己，'砰'一枪打烂你的臭嘴；你说你永不杀生，'砰'一枪正中伪君子的嘴脸。他向大写的人开火，向德行开火，向世界开火：自由就是恐怖；火在村公所燃烧，火在他头脑里燃烧：子弹在呼啸，自由得如同空气，世界连同我一起爆炸。他开枪射击，他看了看表：十四分三十秒；他别无它求了，只要半分钟的期限，刚好来得及射击那个趾高气扬向教堂跑来的漂亮军官，他向漂亮的军官开火，向地球一切美丽的东西开火，向大街开火，向花朵开火，向花园开火，向他曾经喜爱过的一切开火。美的东西做个下流的姿势便溜走了，马蒂厄还在射击。他开火：他是纯洁的，他是万

① 〔法〕萨特：《自由之路》第一部《不惑之年》丁世中译，沈志明、艾珉主编：《萨特文集》(2)，第320页。
② 〔法〕萨特：《自由之路》第三部《痛心疾首》，沈志明译，沈志明、艾珉主编：《萨特文集》(4)，北京：人民文学出版社，2000年，第234页。

能的，他是自由的。十五分钟。"① 马蒂厄是在借射击敌人的行动，表达自己在社会传统规范中的存在困窘，反思自己个人自由选择的意义。萨特是通过描写马蒂厄的存在困惑和人生意义寻觅，表现自己关于自由行动的深入思考："自为是自由的，然而是在处境中，我们企图在处境的名下表明的正是这种处境与自由之间的关系。"② "我绝对是自由的并对我的处境负有责任。但是，同时，我永远只在处境中才是自由的。"③由此，萨特终于开始在自由行动里充实历史内涵、社会责任。萨特的文学艺术创作论中的自由行动，也就包含了对人类现实处境的否定性和超越性。萨特说："在索福克勒斯的悲剧里，安提戈涅需要在国家的道德和家族的道德中间做出选择。这一左右两难的问题今天已没有多大意义了。但是我们有我们自己的问题，目的和手段的问题，暴力的合法性问题，行动后果的问题，人和集体的关系问题，个人事业与历史常数关系问题等等。我以为剧作家的任务是在这些极限处境中选择那个最能表达他的关注的处境，并把它作为向某些人的自由提出的问题介绍给公众。"④ "虽然文学是一回事，道德是另一回事，我们还是能在审美命令的深处觉察到道德命令。"⑤比如戏剧《脏手》就通过主人公雨果的遭遇而显示了现实与理想、手段与目的的复杂关系，展示了不惜生命代价而坚决忠实社会理想和道德责任的自由意识。所以，萨特说："我绝不反对用人的处境来解释作品，我一向把写作计划看成对某种人类的和整体的处境的自由超越。"⑥萨特甚至更具体地说："这个世界便是异化、处境、历史，我应该把它接过来，承担起来，应该为了我也为了别人改变它或保存它。"⑦ "我们的角色已经指定：就文学是否定性而言，文学将对劳动的异化提出

---

① 〔法〕萨特：《自由之路》第三部《痛心疾首》，沈志明译，沈志明、艾珉主编：《萨特文集》（4），第242页。
② 〔法〕萨特：《存在与虚无》，第665页。
③ 〔法〕萨特：《存在与虚无》，第653页。
④ 〔法〕萨特：《提倡一种处境剧》，施康强译，沈志明、艾珉主编：《萨特文集》（7），第455页。
⑤ 〔法〕萨特：《什么是文学》，施康强译，沈志明、艾珉主编：《萨特文集》（7），第140页。
⑥ 〔法〕萨特：《什么是文学》，施康强译，沈志明、艾珉主编：《萨特文集》（7），第148页。
⑦ 〔法〕萨特：《什么是文学》，施康强译，沈志明、艾珉主编：《萨特文集》（7），第145页。

异义；就它是创造和超越而言，它将把人表现为创造性行动，它将伴随人为超越自身的异化，趋向更好的处境而做的努力。"① "如果我们能够写出成功的作品，它们将不是消遣，而是强迫意念。它们不是让人'观看'世界，而是去改变它。"②戏剧《阿尔托纳的隐居者》通过主人公格拉赫父子的遭遇，在显示历史现实使人随波逐流、无所作为的异化状态时，表达了改变异化状态的召唤。1959 年 9 月 17 日《新法兰西报》刊登的萨特关于《阿尔托纳的隐居者》的谈话说："在我看来，世界造人，人造世界。我不仅想在舞台上塑造性格，而且想指出客观环境在一定时刻决定着某某人的成长和行为。……我着意描写一个真实存在的情境，如实笔录一个世界的死亡。我调遣人物，借用马克思的说法，资本主义通过这些人物暴露无遗。当我谈到我们时代的暧昧，我的意思是想说人类从来没有像今天这样时刻准备获得自由，又同时陷入最严重的战斗。"③萨特所说的人类处境就是人类社会历史活动中的具体境遇。萨特说："所以，我在说话时，正因为我计划改变某一情境，我才揭露这一情境；我向自己，也向其他人为了改变这一情境而揭露它；我触及它的核心；我刺穿它，我把它固定在众目睽睽之下；现在它归我摆布了，我每多说一个词，我就更进一步介入世界，同时我也进一步从这个世界冒出来，因为我在超越它，趋向未来。"④ "作家选择了揭露世界，特别是向其他人揭露人，以便其他人面对赤裸裸向他们呈现的客体负起他们的全部责任。"⑤戏剧《苍蝇》就通过揭露集体沉沦、沉醉不醒的阿耳戈斯人，既暗示了法国面对德国占领军的妥协投降，也揭示了西方历史文明和上帝统治对生命自由性的遮蔽。所以，萨特说："因为当我感知自己的自由是与所有其他人的自由不可分割地联系在一起的时候，人们不能要求我使用这个自由去赞同对他们其中某些人的奴役。……作家作为自由人诉

---

① 〔法〕萨特：《什么是文学》，施康强译，沈志明、艾珉主编：《萨特文集》(7)，第 265 页。

② 〔法〕萨特：《什么是文学》，施康强译，沈志明、艾珉主编：《萨特文集》(7)，第 266 页。

③ 〔法〕米歇尔·孔塔和米歇尔·里巴尔卡：《一种处境剧》，沈志明选译，沈志明、艾珉主编：《萨特文集》(6)，第 567 页。

④ 〔法〕萨特：《什么是文学》，施康强译，沈志明、艾珉主编：《萨特文集》(7)，第 106 页。

⑤ 〔法〕萨特：《什么是文学》，施康强译，沈志明、艾珉主编：《萨特文集》(7)，第 108 页。

诸另一些自由人，他只有一个题材：自由。"①"因此，不管你是以什么方式来到文学界的，不管你曾经宣扬过什么观点，文学把你投入战斗；写作，这是某种要求自由的方式；一旦你开始写作，不管你愿意不愿意，你已经介入了。"②萨特的自由也就顺理成章地转换成了更加具体的社会介入意识。具体而言，这种介入意识是出于人道立场对不人道社会的指责，所以，萨特说："因为社会不人道，艺术才能自称是人道的。"③"问题不在于将我们同时代人关进牢笼，他们已在其中了；相反，是要我们与他们相结合，砸碎铁栏。"④萨特的存在主义的哲学自由与文学自由终于在一个新的层次上实现了完美的融会。

萨特文学创作论要以未充实的敞开世界，期待人的自由创造性。这种自由创造性首先表现为作者对自由的召唤。这种自由召唤所要实现的就是"作家既不预测也不臆断：他在作谋划"⑤。"在世界要求人的自由的意义上，作品以想象方式介绍世界。"⑥但同时，文学作品所创造的这些非现实的心灵情感世界，又是一个未充实的敞开世界。萨特说："让我们再次回想一下心理表象的本质特点：它是一个对象在其真实存在中所具有的某种不存在的方式。"⑦从这个意义上说，文学创作的作者和文学阅读的读者就应该具有互为对应的自由性。作家的创作要呈现自己的自由，读者的阅读也要实现自己的自由。作家的创作活动既是以审美的方式向读者奉献作家的自由，又是以自由创造向公众发出自由的呼吁。萨特说："倘若这本书是一部富于变化的小说，客观意义的领域就变成了非现实的世界，读小说就是采取意识的一般态度，这种态度有点像观众在剧院中看到帷幕升起时的那种态度。他正在准备发现整个的心理表象世

---

① 〔法〕萨特：《什么是文学》，施康强译，沈志明、艾珉主编：《萨特文集》（7），第141页。

② 〔法〕萨特：《什么是文学》，施康强译，沈志明、艾珉主编：《萨特文集》（7），第142页。

③ 〔法〕萨特：《〈艺术家和他的良心〉序》，吴岳添译，见《文艺理论译丛》（2），第433页。

④ 〔法〕萨特：《答加缪书》郭宏安译，柳鸣九编选：《萨特研究》，第39页。

⑤ 〔法〕萨特：《什么是文学》，施康强译，沈志明、艾珉主编：《萨特文集》（7），第123页。

⑥ 〔法〕萨特：《什么是文学》，施康强译，沈志明、艾珉主编：《萨特文集》（7），第140页。

⑦ 〔法〕萨特：《想象心理学》，杨力译，胡经之、张首映主编：《西方二十世纪文论选》第三卷，第106页。

界。"读者的"阅读就是根据符号而接触一个非现实的世界"①。柳鸣九先生在谈到萨特的文学作品时，认为萨特的另一类以虚构的非现实故事为题材的作品，通常寓意深藏费解，而且带有极大的象征性和主观随意性。其实也就是这类作品既是作者阐发自己的哲理思想，又是读者实现自己的参与意识的有待充实的巨大时空领域。从这个意义上说，当小说《恶心》中的主人公洛根丁放弃了"过去历史"文本对自己思想的束缚，开始着手要写出"必须能使人透过印出来的字和书页，猜出某些不可能存在的、超出于存在之上的东西"②的书时，也就向读者发出了完成生命与生命、心与心自由对话的召唤。在萨特看来，就像作家应该拒绝外在规定的束缚一样，读者也应该拒绝作家意志的制约。萨特说："但是在写作行动里包含着阅读行动，后者与前者辩证地相互依存，这两个相关联的行为需要两个不同的施动者。精神产品这个既是具体的又是想象出来的客体只有在作者和读者的联合努力之下才能出现。只有为了别人，才有艺术；只有通过别人，才有艺术。"③"因此，作家为诉诸读者的自由而写作，他只有得到这个自由才能使他的作品存在。"④"既然写作者由于他不辞劳苦去从事写作，他就承认了他的读者们的自由，既然阅读者光凭他打开书本一件事，他就承认了作家的自由，所以不管人们从哪个角度去看待艺术品，后者总是一个对于人们的自由表示信任的行为。"⑤比如戏剧《苍蝇》中的俄瑞斯忒斯，吸引着全部苍蝇走向了通往无限可能的自由境界；《魔鬼与上帝》中的格茨勇敢地回到了残酷、血腥的屠戮与争战，庄严宣告："现在人的统治开始了。"⑥他们的自由行为就给读者留下了无限的心灵想象，从而也为读者开拓了无垠的自由启迪。所以，萨特说："简单地说，读者意识到自己既在揭示又在创造，在

---

①　〔法〕萨特：《想象心理学》，杨力译，胡经之、张首映主编：《西方二十世纪文论选》第三卷，第95页。

②　〔法〕萨特：《厌恶》，郑永慧译，见《厌恶及其他》，第310页。

③　〔法〕萨特：《什么是文学》，施康强译，沈志明、艾珉主编：《萨特文集》(7)，第124页。

④　〔法〕萨特：《什么是文学》，施康强译，沈志明、艾珉主编：《萨特文集》(7)，第131页。

⑤　〔法〕萨特：《什么是文学》，施康强译，沈志明、艾珉主编：《萨特文集》(7)，第140页。

⑥　〔法〕萨特：《魔鬼与上帝》，罗嘉美译，见《魔鬼与上帝》，漓江出版社1986年，第380页。

创造过程中进行揭示，在揭示过程中进行创造。"① "一句话，阅读是引导下的创作。"② "既然创造只能在阅读中得到完成，既然艺术家必须委托另一个人来完成他开始做的事情，既然他只有通过读者的意识才能体会到他对于自己的作品而言是最主要的，因此任何文学作品都是一项召唤。写作，这是为了召唤读者以便读者把我借助语言着手进行的揭示转化为客观存在。"③ "因此作家向读者的自由发出召唤，让它来协同产生作品。"④同时，作家向读者的自由发出召唤，还在于告诫读者不要陷于人云亦云的"地狱"里，如同《脏手》面世的历史遭遇，就显示出社会现实政治的复杂纠缠对真理的遮蔽、对读者的诱骗。萨特曾在《阿尔托纳的隐居者》上演时与人交谈而谈到《脏手》时说："极左派评论家和资产阶级报刊的评论家都在等待对方首先表态。后来，前者终于断定这个剧本是反对他们的党的，——其实我毫无此意——于是后者就鼓掌喝彩，这样一来前者就言之成理了。从此以后，剧本获得一个客观意义，我再也不能改变它。"⑤ 所以，萨特强调："因此书与工具不一样，它不是为某一目的提供的手段：它是作为目的被提供给读者的自由。"⑥ "阅读是一场自由的梦。"⑦ 正像萨特的抽象个人自由选择与具体社会历史责任的辩证关系一样，萨特的作者与读者同样具有辩证关系。萨特说"作家为诉诸读者的自由而写作，他只有得到这个自由才能使他作品存在。但是他不能局限于此，他还要求读者们把他给予他们的信任再归还给他，要求他们承认他的创作自由，要求他们通过一项对称的、方向相反的召唤来吁请他的自由。这里确实出现了阅读过程中的另一个辩证矛盾：我

---

① 〔法〕萨特：《什么是文学》，施康强译，沈志明、艾珉主编：《萨特文集》(7)，第124页。

② 〔法〕萨特：《什么是文学》，施康强译，沈志明、艾珉主编：《萨特文集》(7)，第126页。

③ 〔法〕萨特：《什么是文学》，施康强译，沈志明、艾珉主编：《萨特文集》(7)，第126页。

④ 〔法〕萨特：《什么是文学》，施康强译，沈志明、艾珉主编：《萨特文集》(7)，第127页。

⑤ 〔法〕萨特：《作者、作品与公众》，施康强译，沈志明、艾珉主编：《萨特文集》(7)，第473页。

⑥ 〔法〕萨特：《什么是文学》，施康强译，沈志明、艾珉主编：《萨特文集》(7)，第127页。

⑦ 〔法〕萨特：《什么是文学》，施康强译，沈志明、艾珉主编：《萨特文集》(7)，第130页。

们越是感到我们自己的自由，我们就越承认别人的自由；别人要求于我们越多，我们要求于他们的就越多。"①因为，萨特认为："事实上作家知道他是面对一些陷于泥淖、被掩盖、不能支配的自由说话的；他本人的自由也不是那么纯净，他必须清洗它；他为了清洗它而写作。"②作者创作自由与读者阅读自由的辩证统一，才能充分拓展开文学创作的自由维度。萨特还说："谁也不能迫使作者相信他的读者将会运用自己的自由；谁也不能迫使读者相信作者已经运用了自己的自由。这是他们双方做出的自由决定。于是就产生一种辩证的往复关系；当我阅读的时候，我有所要求；如果我的要求得到满足，我已读到的东西就使我对作者要求得更多，这就是说，要求作者对我的自由提出更多的要求。相反地，作者要求的是我把我的要求提高到最大限度。就这样，我的自由在显示自身的同时揭示了别人的自由。"③当然，作者与读者辩证关系的依据，更在于人类社会历史处境与自由斗争。所以，萨特说："写作和阅读是同一历史事实的两个方面，而作家怂恿我们去争取的那个自由并非以纯粹抽象的方式意识到自己是自由的。确切说这个自由没有定性，它是在一个历史处境中争取到的；每本书从一个特殊的异化出发建议一种具体的解放途径。"④所以，作者与读者的辩证关系最终皆统一于自由与责任的辩证关系。"你完全有自由把这本书摆在桌子上不去理睬它。但是一旦你打开它，你就对它负有责任。因为自由不是在对主观性的自由运行的享用中，而是在为一项命令所要求的创造性行为中被感知的。这一绝对目的，这一超越性的然而又是为自由所同意的、被自由视作已出的命令，这便是人们称之为价值的那个东西。艺术品是价值，因为它是召唤。"⑤"既然作者与读者的自由通过一个世界彼此寻找，相互影响，我们既可以说作者对世界某一面貌的选择确定了他选中的读者，也可以说他在选择读者

①　〔法〕萨特：《什么是文学》，施康强译，沈志明、艾珉主编：《萨特文集》(7)，第131页。

②　〔法〕萨特：《什么是文学》，施康强译，沈志明、艾珉主编：《萨特文集》(7)，第143页。

③　〔法〕萨特：《什么是文学》，施康强译，沈志明、艾珉主编：《萨特文集》(7)，第134页。

④　〔法〕萨特：《什么是文学》，施康强译，沈志明、艾珉主编：《萨特文集》(7)，第145页。

⑤　〔法〕萨特：《什么是文学》，施康强译，沈志明、艾珉主编：《萨特文集》(7)，第128页。

的同时决定了他的题材。"① "不仅如此：我们生活在愚弄的时代。有一些根本性的愚弄与社会结构有关。无论如何，今天的社会秩序建立在对群众意识的愚弄之上，混乱亦然。"② "由于作家对读者的自由说话，由于每个被愚弄的意识因其与束缚它的那项愚弄同流合污，趋向于维持自己的状态，我们只有致力于为读者们揭穿骗局，才能拯救文学。基于相同的理由，作家的责任是表明立场反对所有不正义行为，不管它们来自何方。"③

萨特的文学艺术创作论，以认识与行动、抽象个人自由选择与具体社会历史责任、作者召唤与读者参与的辩证统一，具体化了存在主义的自由命题。17 世纪的笛卡尔以"我思故我在"赋予人以超越上帝的权力，但同时又以思维的理性限定了人性自由的内涵。天上上帝的想象权力与人类社会历史的抽象权力合二而一，共同实现着对人的血肉之躯的统治。萨特则以"我写作故我存在"、"我阅读故我存在"的命题，一方面为个体的生存方式敞开了独立不羁的自由行动，另一方面更为个体的生命决断充实了新的历史内涵、社会责任。

---

① 〔法〕萨特：《什么是文学》，施康强译，沈志明、艾珉主编：《萨特文集》（7），第145 页。

② 〔法〕萨特：《什么是文学》，施康强译，沈志明、艾珉主编：《萨特文集》（7），第300 页。

③ 〔法〕萨特：《什么是文学》，施康强译，沈志明、艾珉主编：《萨特文集》（7），第301 页。

第六章　加缪文学的"荒诞"意蕴和语言表现

　　尽管加缪的"荒诞"意识不同于萨特的"虚无"观念，但他描写人类直面"荒诞"的主体精神，无疑与萨特描写人类直面"虚无"的主体意识有着共通的存在主义哲学意蕴。应该说，萨特的存在主义重在召唤人们挣脱传统形而上学、历史理性主义所锻造的人性本质的枷锁，他希望人们以承受虚无的大无畏精神，从事"自为"基础上的自由选择。萨特说："自为曾对我们显现为不是其所是和是其所不是地存在着的存在。"①加缪的存在主义则重在强调世界与人的不协调关系、荒诞关系，他期待人们在觉悟到荒诞的基础上，凭借从容不迫的主观态度蔑视荒诞、反抗荒诞。加缪在哲学随笔《西绪福斯神话》中，既以西绪福斯注定循环往复的寓言式命运，写出了人与世界的荒诞关系，即"荒诞产生于人类的呼唤和世界的无理的沉默之间的对立"②，又以西绪福斯迎受循环往复命运的从容微笑和幸福感，写出了人蔑视、反抗荒诞的主体精神，从而发出了存在主义的人生意义追问。所以，加缪说："我感兴趣的是返回中、停歇中的西绪福斯。那张如此贴近石头的面孔已经成了石头了！我看见这个人下山，朝着他不知道尽头的痛苦，脚步沉重而均匀。"③ "登上顶峰的斗争本身足以充实人的心灵。应该设想，西绪福斯是幸福的。"④加缪的文学作品，通过生动地表现觉悟到荒诞的局外人态度、蔑视荒诞的怀疑意识、反抗荒诞的自由精神和特殊的"失语现象"、叙事方式，完成了其"荒诞"意蕴同语言表现的绝妙统一，从而实现了自己

---

　　①〔法〕萨特：《存在与虚无》，第395页。

　　②〔法〕加缪：《西绪福斯神话》，郭宏安译，《文艺理论译丛》（3），第331页。

　　③〔法〕加缪：《西绪福斯神话》，郭宏安译，《文艺理论译丛》（3），第405页。

　　④〔法〕加缪：《西绪福斯神话》，郭宏安译，《文艺理论译丛》（3），第407页。

的艺术主张："小说从来都是形象的哲学。在一部好的小说里，其全部哲学都融汇在形象之中。"①

1. 觉悟到荒诞的局外人态度

觉悟到荒诞的局外人态度，表现为现代人类社会中奔波劳顿的芸芸众生、日复一日辗转反侧的饮食男女，某一天突然对自己常规的生存状态发生了疑问，从而开始了心灵的无所皈依、漂泊流离。正如加缪所说："起床。电车、四小时办公室或工厂里的工作。吃饭、电车，四小时的工作，吃饭、睡觉，星期一二三四五六，总是一个节奏，大部分时间都轻易地循着这条路走下去。仅仅有一天，产生了'为什么'的疑问，于是，在这种带有惊讶色彩的厌倦中一切就开始了。"②就是这种"为什么"疑问的产生，引发了加缪文学作品中的主人公游离现成社会习俗，背弃主流社会观念的局外人态度。比如短篇小说集《流放与王国》的题目就明确彰显了游离、背弃的局外人态度。其中《不贞的妻子》描写主人公雅妮娜作为一个商人的妻子，却突然极不情愿跟随丈夫马赛尔到高原和南方村庄去做生意，到阿拉伯商人那里去销售布匹，也不情愿认同丈夫"除了生意，似乎对什么都不感兴趣"的生活方式。③ 于是，"她越来越不自在，渴望早些离开这里。'我为什么到这个地方来呢？'"④ 有一天，她听从了一位旅馆老板的介绍，登上一个城堡的平台，眺望广袤的沙漠。继而更在夜深人静时，忍不住悄悄地离开酣睡中的丈夫，再次来到城堡的平台上，遥望千万颗星星的闪烁、坠落。这时候，"她的呼吸平缓了，她已忘却寒冷，忘却放荡不羁的生活或心如古井的生活，忘却生与死无穷忧虑。这么多年，她一直为恐惧所驱，疯狂地、无目的地奔逃，现在她终于停下来了"⑤。《来客》则描写生活在偏僻的山村小学的主人公达吕，突然遭逢一位不速来客而被强迫押送一个阿拉伯犯人去塔吉特的监狱。达吕不愿意遵循社会法规的羁绊，他给了阿拉伯犯人一个包着面包干、椰枣、糖的包裹和一千法郎，任随阿拉伯犯人自己选择是往东去塔吉特的监狱，还是往南去穿越高原进入游牧人群。《约拿——或工作

---

① 〔法〕加缪：《论让-保尔·萨特的〈恶心〉》，《文艺理论译丛》（3），第 302 页。
② 〔法〕加缪：《西绪福斯神话》，郭宏安译，《文艺理论译丛》（3），第 318 页。
③ 〔法〕加缪：《不贞的妻子》，郭宏安译，《加缪中短篇小说集》，第 188 页。
④ 〔法〕加缪：《不贞的妻子》，郭宏安译，《加缪中短篇小说集》，第 196 页。
⑤ 〔法〕加缪：《不贞的妻子》，郭宏安译，《加缪中短篇小说集》，第 204 页。

中的艺术家》中的主人公约拿，作为一个具有独特艺术气质的画家，"自认为福星高照。尽管他尊重别人的信仰，甚至怀有某种钦佩之情，却还是只相信自己的福分"①。他完全以无所挂念的局外人态度应付自己的社会生活环境。当一个画商向他提出按月付款时，他说："随您的便吧。"② 当女朋友给他讲词语运用的细微差别时，他说："随你们的便。"③ 当房主同他商谈取暖补贴问题时，他说："随您的便。"④ 他请求画商允许自己把一幅画作一次义卖，画商建议他老老实实遵守合同时，他也只好说："随您的便。"⑤ 这种无所挂念的人生态度，使约拿"对日常生活中的人和事，他只是报以善意的微笑，免得关心。幸亏有一次拉多开摩托，后面带着他，开得太猛出了事，他的右手缠上了绷带不能动，心里烦闷，这才对爱情发生了兴趣"⑥。这种无所挂念的人生态度，使他的女朋友"路易丝所奉献的牺牲精神的珍宝在约拿的日常生活中闪耀出最美丽的光辉"⑦。约拿和路易丝的婚姻大事就是因为"她怀着同样的热情上了那张床，然后安排与区长见面，把约拿领去，组织一次遍游美术馆的新婚旅行，两年后他的天才终于得到承认。虽然那个时期住房紧张，她却事先找好一套三间的房子，回来时安了家"⑧。《叛教者——或一个精神错乱的人》中的主人公则通过反叛粗鲁野蛮的父亲，并在修道院"偷了总务的钱箱，脱去道袍，穿越阿特拉斯、高原和沙漠"⑨，从而游离了社会主流意识的人生方向。《沉默的人们》中的主人公伊瓦尔是个瘸腿的制桶技工，瘸腿的制桶技工所从事的制桶业又遭遇到船舶和罐槽车制造业的威胁而很不景气，不景气的制桶业工人们要求老板提高工资的罢工又遭遇了失败，他们只好选择沉默来表达对规定生活状态的情感决裂。《生长的石头》中的主人公达拉斯特选择从高度文明的法国来到巴西莽林中的小城镇伊瓜贝，则直接表达了自己脱离欧洲文明社会生活的全新意愿。戏剧《卡利古拉》则揭示出宫廷里的人们，长期浸淫在千

---

① 〔法〕加缪：《约拿》，郭宏安译，《加缪中短篇小说集》，第 255 页。
② 〔法〕加缪：《约拿》，郭宏安译，《加缪中短篇小说集》，第 256 页。
③ 〔法〕加缪：《约拿》，郭宏安译，《加缪中短篇小说集》，第 258 页。
④ 〔法〕加缪：《约拿》，郭宏安译，《加缪中短篇小说集》，第 261 页。
⑤ 〔法〕加缪：《约拿》，郭宏安译，《加缪中短篇小说集》，第 268 页。
⑥ 〔法〕加缪：《约拿》，郭宏安译，《加缪中短篇小说集》，第 257 页。
⑦ 〔法〕加缪：《约拿》，郭宏安译，《加缪中短篇小说集》，第 258 页。
⑧ 〔法〕加缪：《约拿》，郭宏安译，《加缪中短篇小说集》，第 259 页。
⑨ 〔法〕加缪：《叛教者》，郭宏安译，《加缪中短篇小说集》，第 209 页。

人一面的脸谱和浑浑噩噩的谎言中，皇帝卡利古拉的三天不见踪影，突然触动了人们想望改变的人生态度。正如卡利古拉的心腹埃利孔说："我们这些同时代的人，要是三天两头能换换嘴脸，那就会让人看着好受多了。"①

"为什么"的疑问在加缪文学作品中，更常常因为"死亡"问题的严酷拷问而引发。17 世纪的法国思想家帕斯卡尔说过，人"比致他于死命的东西更高贵得多，因为他知道自己要死亡"②。小说《局外人》的主人公默而索的生活轨迹，就伴随着三个连续的"死亡"事件（其一是默而索的母亲去世，其二是默而索杀死阿拉伯人，其三是默而索被判处死刑）。这三个死亡事件无疑不断引发他对社会主流意识形态、固定生存方式的疑问，从而表现出一律冷漠拒绝人类社会一切习惯规定、一切利害算计的局外人态度。比如小说描写默而索为母亲守灵时，他制止了门房想为他打开棺材的行为，门房问"为什么"，他回答"不知道"③。默而索的老板准备在巴黎设一个办事处，问他能否去巴黎工作，默而索回答怎么样都行。"他于是问我是否对于改变生活不感兴趣。我回答说生活是无法改变的，什么样的生活都一样，我在这儿的生活并不使我不高兴。"④默而索的女朋友玛丽问他"愿不愿意跟她结婚"，默而索回答怎么样都行，如果她愿意就可以结。"她想知道我是否爱她。我说已经说过一次了，这种话毫无意义，如果一定要说的话，我大概是不爱她。她说：'那为什么又娶我呢？'我跟她说这无关紧要，如果她想，我们可以结婚。再说，是她要跟我结婚的，我只要说行就完了。"⑤总之，经历了三个"死亡"事件的默而索，对母亲的去世、情人的爱恋、自己的工作与生活境况、邻里的关系，甚至对开枪杀人、被捕入狱、法庭判刑皆全然无动于衷、漠然置之。吃饭、睡觉、上班、交友、看电影、性交、杀人全是一系列脱离社会习俗规定的随意行为。玛丽就"低声说我是个怪人，她就

---

① 〔法〕加缪：《卡利古拉》，李玉民译，见《正义者》，南宁：漓江出版社，1986 年，第 66 页。

② 〔法〕帕斯卡尔：《思想录——论宗教和其他主题的思想》，何兆武译，北京：商务印书馆，1985 年，第 158 页。

③ 〔法〕加缪：《局外人》，郭宏安译，《加缪中短篇小说集》，第 6 页。

④ 〔法〕加缪：《局外人》，郭宏安译，《加缪中短篇小说集》，第 26 页。

⑤ 〔法〕加缪：《局外人》，郭宏安译，《加缪中短篇小说集》，第 31 页。

是因为这一点才爱我"①。传统社会通行的行为标准、生活习惯,传统文学常用的是非、善恶、好坏等价值尺度都不适宜于判定默而索的形象意义。正如萨特在论及《局外人》时所说:"在读者和他的人物之间置放一块玻璃隔板。……玻璃似乎能让一切穿透而过,它只阻隔了一样东西:人的姿势的意义。"②其实,默而索的局外人态度就是要唤起人们自我感觉的苏醒,领悟到习惯成自然的社会生活常轨里面包含着人与世界的荒诞关系。小说《鼠疫》中的奥兰城本来也是现代社会里日复一日、辗转反侧的芸芸众生的活动场所之一,人们的生存景况如同小说叙述者所说:"不错,在今天的社会里,我们看到人们从早到晚地工作,而后却把业余生活的时间浪费在赌牌、上咖啡馆和闲聊上,这种情况,看来是再自然不过的事。"③"这个没有景色、没有草木和灵魂的城市却给人们一种宁静的感觉,最后会把人带入梦乡。"④但是,不知从何缘起、也不知为何消退的死亡事件却突然降临到奥兰城。这场发生、发展、消失皆不以人的意志为转移,更不受人的理智制约的灾难,仿佛把奥兰城抛到了一个没有任何具体人类历史位置、任何具体社会条件的孤岛上。"这样,鼠疫给市民们带来的第一个影响是流放之感。"⑤这种流放之感酿造了奥兰城的群体局外人态度,实现了"荒谬既是一种事实,又是某些人对这种事实的清醒的意识"⑥。戏剧《卡利古拉》中失踪三天后回来的卡利古拉,也凭借自己独特的死亡体味,对社会长期规范驯化下的浑浑噩噩和谎言欺骗产生了无法容忍的感受。卡利古拉声称自己认识到了一个"极其简单、极其明了、有点儿迂拙,但是很难发现"的真理,那就是"人要死亡,他们并不幸福"⑦。"这个世界,在目前状态下,是无法容忍的。"⑧戏剧《正义者》的主人公卡利亚耶夫为了反抗专制政权的革命事业而执行炸大公马车的任务,却因为不愿意用自己的双手将死亡降临到无辜儿童的头上,而突然忘记了"革命是不承认任何道德束缚而去征服一个新

① 〔法〕加缪:《局外人》,郭宏安译,《加缪中短篇小说集》,第31页。
② 〔法〕萨特:《加缪的〈局外人〉》,黄梅、黄晴译,《文艺理论译丛》(2),第346页。
③ 〔法〕加缪:《鼠疫》,第2页。
④ 〔法〕加缪:《鼠疫》,第3页。
⑤ 〔法〕加缪:《鼠疫》,第57页。
⑥ 〔法〕萨特:《加缪的〈局外人〉》,黄梅、黄晴译,《文艺理论译丛》(2),第332页。
⑦ 〔法〕加缪:《卡利古拉》,李玉民译,见《正义者》,第73页。
⑧ 〔法〕加缪:《卡利古拉》,李玉民译,见《正义者》,第72页。

的存在的企图"①。他痛苦地说明自己不能投出炸弹的原因："我万万没有料到……孩子，尤其是孩子。你注意看过孩子吗？"② "我没想到会碰见他们。这一切都是瞬间发生的。那两张严肃的小脸，而我手中，却是这可怕的重物。是要往他们身上投啊。就是这样，直投过去。哎，不行，我没有做到。"③卡利亚耶夫的瞬间踌躇里所包含的局外人态度，甚至使坚信目的决定手段的革命者斯切潘也不得不承认："他有一颗虔诚的心灵。正是这一点使我们产生分歧。"④

觉悟到荒诞的局外人态度所开启的心灵无所皈依、漂泊流离，因为源自主人公关于现代社会规则如何使每一个人都在毫无区别、毫无差异，也毫无意义的二维平面上的深切体味，源自主人公关于现代社会生活如何只是永无休止的厌倦无聊、循环往复、周而复始荒诞性的自觉领会，所以又会延伸为超越芸芸众生、饮食男女的孤独感，从而更加剧了主人公与社会的荒诞关系。苏联文学批评家雅·艾里斯别格指出："加缪的哲学的基础，正如一般的存在主义的基础一样，就是这样的信念：人是命定着要孤独的，在他对更好的生活的追求中，也不过扮演着希腊神话中西绪福斯的角色，而——这是最主要的——任何改组社会、改革现实的企图不仅不会有结果，而且是有害，甚至是敌对的，因为这些企图都是强加于人的。"⑤小说《局外人》里的主人公默而索就因为拒绝接受大家习以为常的社会角色规定，而成了一个人类社会的误入者。默而索的老板对默而索能否去巴黎工作的回答"好像不满意"，说他"答非所问，没有雄心大志，这对做买卖是很糟糕的"。⑥默而索在法庭受审时，更发现法庭上的人"都在握手，打招呼，谈话，好像在俱乐部里碰到同一个圈子里的人那样高兴"。于是"我明白了为什么我刚才会有那么奇怪的感觉，仿佛我是个多余的人，是个擅自闯入的家伙"⑦。默而索这种同社会无矛盾、无冲突、无斗争的深度隔膜里，无疑隐藏着人与社会荒诞关

---

① 〔法〕加缪：《反叛者》，引自徐崇温主编：《存在主义哲学》，第411页。
② 〔法〕加缪：《正义者》，李玉民译，见《正义者》，第186页。
③ 〔法〕加缪：《正义者》，李玉民译，见《正义者》，第187页。
④ 〔法〕加缪：《正义者》，李玉民译，见《正义者》，第207页。
⑤ 〔苏联〕雅·艾里斯别格：《现实主义和现代主义》，陶春宝译，袁可嘉编选：《现代主义文学研究》上册，第265页。
⑥ 〔法〕加缪：《局外人》，郭宏安译，《加缪中短篇小说集》，第26页。
⑦ 〔法〕加缪：《局外人》，郭宏安译，《加缪中短篇小说集》，第61页。

系的致命危机。果然，我们一方面听见检察官高喊道："我控告这个人怀着一颗杀人犯的心埋葬了一位母亲。"①我们另一方面也知道，默而索"只因在母亲下葬时没有哭而被处决"②。或者说，默而索只因为在妈妈去世时没有表现、表演"哭"之悲哀情状，而被恼羞成怒的社会视为敌人夺去了生命。正如萨特所说："不正是他曾向我们揭示，所谓'习俗'和'消遣'不过是人们借以回避自己的'渺小、孤独、贫乏、低能和空虚'的一层掩饰吗？""荒谬的基本之点表现为一种割裂，即人们对统一的渴望与心智同自然之间不可克服的二元性两者的分裂，人们对永恒的追求同他们生存的有限性之间的分裂，以及构成人本质的'关切心'同人们徒劳无益的努力之间的分裂，等等。"③默而索的孤独感，无疑使人们更加领悟到了世界与人的严重不协调，更加认识到了世界与人的极度荒诞关系。小说《鼠疫》中首先意识到鼠疫严重危害的里厄医生，也是一位同周围的平常大众形成了尖锐、鲜明区别的先知先觉的孤独者。当里厄医生开始隔离那些染病的病人时，病人对他深怀着冷漠和敌意，病人的家人同他争吵、叫骂。重要的是，里厄医生因为特殊的孤独感，更能够充分领悟到死亡灾难无非是人与世界荒诞关系的形而上证明。所以，里厄医生就像《西绪福斯神话》中那位注定同循环往复寓言式命运抗争的西绪福斯，当十个月后，鼠疫就像它来时一样无声无息消失时，他"倾听着城中震天的欢呼声，心中却沉思着：威胁着欢乐的东西始终存在，因为这些兴高采烈的人群所看不到的东西，他却一目了然。他知道，人们能够在书中看到这些话：鼠疫杆菌永远不死不灭，它能沉睡在家具和衣服中历时几十年，它能在房间、地窖、皮箱、手帕和废纸堆中耐心地潜伏守候。也许有朝一日，人们又遭厄运，或是再来上一次教训，瘟神会再度发动它的鼠群，驱使它们选中某一座幸福的城市作为它们的葬身之地"。④短篇小说《不贞的妻子》中的主人公雅妮娜登上城堡平台，眺望广袤沙漠时，不得不陪伴妻子的丈夫"在一边不耐烦了。他冷。想下去。这里有什么好看的"⑤？而"她的心里，这时候有一个人因痛苦和

① 〔法〕加缪：《局外人》，郭宏安译，《加缪中短篇小说集》，第70页。
② 〔法〕加缪：《局外人》，郭宏安译，《加缪中短篇小说集》，第88页。
③ 〔法〕萨特：《加缪的〈局外人〉》，黄梅、黄晴译，《文艺理论译丛》(2)，第332页。
④ 〔法〕加缪：《鼠疫》，第260页。
⑤ 〔法〕加缪：《不贞的妻子》，郭宏安译，《加缪中短篇小说集》，第198页。

惊喜在哭泣"①。雅妮娜产生了脱胎换骨的人生领悟和意义追问，但这是沉醉在生意奔忙中的丈夫始终不能理解的。所以，当雅妮娜夜深人静离开酣睡中的丈夫，再次来到城堡平台，遥望千万颗星星的闪烁、坠落，再回到房间、躺在丈夫旁边时，起床喝水的丈夫"看了她一眼，感到莫名其妙。她哭了，哭成了个泪人儿，还止不住"②。《来客》中的主人公达吕不愿意遵循社会法规的羁绊，任随阿拉伯犯人自己选择自己的归宿。遗憾的是，当达吕回头爬上山顶时，却眼睁睁看见阿拉伯犯人正慢慢走在通往塔吉特监狱的小路上。更遗憾的是，"过了一会，小学教师伫立在教室的窗前，茫然地望着那一片从高空奔泻到整个高原上的灿烂阳光。在他身后的黑板上，曲曲弯弯的法国河流之间，有一行写得很笨拙的粉笔字：'你交出了我们的兄弟。你要偿还这笔债。'"③ 达吕不自觉地成了那位阿拉伯犯人和他的兄弟们的双重外来客。《约拿——或工作中的艺术家》中的主人公约拿为了回避应接不暇的社交活动，他给自己建造了一个可以躲藏、思考、绘画的阁楼。他甚至要求妻子路易丝把吃的饭食、睡觉的铺盖都送上了自己的阁楼。《生长的石头》中的主人公达拉斯特，自愿来到巴西莽林中的小城镇伊瓜贝时，也禁不住想到："那边，在欧洲，是羞耻和愤怒。这里，却又是流放和孤独。"④

　　戏剧《正义者》中被称为诗人的革命者卡利亚耶夫也自我辩解说："我很想向他们解释我并不特殊。他们觉得我有点儿胡来，有点儿任性。然而，我像他们一样有思想信仰。像他们一样，我要献身。我也可以变得机灵、沉默寡言、精明强干。不过，我始终觉得生活是美好的。我喜爱美，喜爱幸福！正因为如此，我才憎恨专制政权。如何向他们解释呢？革命，毫无疑问！可是，革命是为了生活，是为了给生活增添希望，你明白吗？"⑤ 卡利亚耶夫出自钟情伦理道德的心灵理想，不愿意接受革命利益驱动下的手段与目的关系的理性主义规定，不愿意承认革命前途名义下的屠戮解释。他真诚地表明自己参与谋杀行动的理由："我们谋杀，是为了创建一个永远不再有杀人的世界！我们情愿成为凶手，就是要让

①　〔法〕加缪：《不贞的妻子》，郭宏安译，《加缪中短篇小说集》，第199页。
②　〔法〕加缪：《不贞的妻子》，郭宏安译，《加缪中短篇小说集》，第204页。
③　〔法〕加缪：《来客》，郭宏安译，《加缪中短篇小说集》，第254页。
④　〔法〕加缪：《生长的石头》，郭宏安译，《加缪中短篇小说集》，第310页。
⑤　〔法〕加缪：《正义者》，李玉民译，见《正义者》，第176—177页。

大地最终布满清白的人。"① 当然，卡利亚耶夫的这种坚定性，仍然表现了游离出人类社会历史的孤独感。所以，充分理解卡利亚耶夫的多拉说："的确，我们爱人民。不过，我们对人民的爱没有凭依，是博大的、不幸的。我们远远脱离人民，关在自己房间里，沉溺在自己的思想里。而人民呢，他们爱我们吗？他们知道我们爱他们吗？人民默然无声，多么寂静，多么寂静……"② "我仇恨专制政权，也知道我们别无他法。然后，我是怀着愉快的心情做出这种选择，却怀着忧伤的心情坚持。这就是差别。我们是囚徒。"③ 戏剧《卡利古拉》中披着古罗马暴君衣装的主人公，也像小说《局外人》里的主人公默而索一样在充分显示出自己同社会深度隔膜的孤独感时，更进一步凸显了世界与人的极度荒诞关系。所不同的是，默而索是以孤独的冷漠来昭示荒诞，卡利古拉是以孤独的残暴，孤独的装疯卖傻、嬉笑怒骂、正话反说等方式来暴露荒诞。所以，具有诗人气质的卡利古拉皇帝三天不见踪影时，舍雷亚说："这个年轻人，过分喜爱文学了。""皇帝当艺术家，是不可想象的。"④ 失踪三天后回来的卡利古拉认为"世界无法容忍"、"人们并不幸福"时，周围的人却依然觉得一切正常。所以，埃利孔说："这个真理，人们处理得很好。看看你的周围吧。大家还照样吃饭。"⑤ 舍雷亚告诉卡利古拉说："我们要想在这个世界里生活，就应该替它辩护。"卡利古拉则回答："这个世界并不重要，谁承认这一点，就能赢得自由。我憎恨你们，恰恰是因为你们不自由。"⑥ 卡利古拉的情妇卡索尼娅说："世上有好与坏，伟大与卑下，正义与非正义之分，我敢肯定，这一切是不会改变的。"卡利古拉激动地回答："我就立志改变这种状况，我将平等馈赠给本世纪。等到一切全被拉平，不可能的事终于在大地上实现，月亮到了我的手中，那时，我本身也许会发生变化，世界也许会随着我而变化，人终于不再死亡，他们将幸福地生活。"⑦ 卡利古拉还告诉卡索尼娅说："别人总以为一个人痛苦，是他所爱的人一日之间逝去的缘故。然而，他真正的痛苦价值

① 〔法〕加缪：《正义者》，李玉民译，见《正义者》，第177页。
② 〔法〕加缪：《正义者》，李玉民译，见《正义者》，第204页。
③ 〔法〕加缪：《正义者》，李玉民译，见《正义者》，第234页。
④ 〔法〕加缪：《卡利古拉》，李玉民译，见《正义者》，第69页。
⑤ 〔法〕加缪：《卡利古拉》，李玉民译，见《正义者》，第73页。
⑥ 〔法〕加缪：《卡利古拉》，李玉民译，见《正义者》，第80页。
⑦ 〔法〕加缪：《卡利古拉》，李玉民译，见《正义者》，第83页。

要高些：那就是发现悲伤也不能持久。甚至痛苦也丧失了意义。""今天，我比前几年更自由了，因为我摆脱了记忆和幻想。我知道了什么也不久远。""没有这种自由，我本来会成为心满意足的人。多亏这种自由，我赢得了孤独者的非凡洞察力。"① 所以，年轻诗人西皮翁深情地评价卡利古拉说："我热爱他。他对我特别好。他鼓励我，说的那些话，有的我还记在心里。他对我讲过，生活不容易，但是，世上有宗教、艺术，有别人对我们的爱。他不厌其烦地说，给别人制造痛苦，只能自误。他想要做一个公正的人。"② 卡利古拉的情妇卡索尼娅充满理解地说："他是个孩子。"③ 甚至反抗卡利古拉的舍雷亚，在同其他贵族们讨论对付卡利古拉的计谋时也说："他运用手中的权力，是为更高的、更致命的一种激情服务，他威胁了咱们更深一层的东西。""你们要明白，我不是为了你们所蒙受的小小的凌辱，而是反对一种伟大的思想，因为，那种思想的胜利，就意味着世界的末日。我可以容忍他把你们耍得丑态百出，但是不答应他干他梦想干的事。他要把哲学化为如山的尸骨，而且，对我们不利的是，这种哲学无懈可击。"④ 反过来，卡利古拉也因为憎恶那些带着虚伪假面奉承自己的人，而特别喜欢坦率表示不满的舍雷亚。因此，当有贵族向卡利古拉举报舍雷亚参与谋反时，卡利古拉却认为自己和舍雷亚是两个心灵和自豪感不分高下的人。卡利古拉甚至当着舍雷亚的面，把可以作为谋反证据的书板放在烛火上焚烧了。舍雷亚因此也这样对共同密谋造反的贵族们说："起码要承认，这个人有不可置疑的影响。他迫使人思考，迫使所有人思考。把人置于朝不虑夕的处境，这就发人深省。因此，他引起那么多人的仇恨。"⑤从某种意义上说，卡利古拉以自己特别的人生方式，实现了加缪所说："如果我确信这种生活只有荒诞的面目，如果我体验到它的全部平衡系于我的有意识的反抗和它挣扎其中的黑暗之间的永恒对立，如果我承认我的自由只就其有限的命运而言才有意义，那么我应该说，重要的不是生活得最好，而是生活得最多。"⑥ 也就从这种意义上说，卡利古拉因为破碎了人们长期坚信并依赖的生活理

---

① 〔法〕加缪：《卡利古拉》，李玉民译，见《正义者》，第155—156页。
② 〔法〕加缪：《卡利古拉》，李玉民译，见《正义者》，第75页。
③ 〔法〕加缪：《卡利古拉》，李玉民译，见《正义者》，第75页。
④ 〔法〕加缪：《卡利古拉》，李玉民译，见《正义者》，第90页。
⑤ 〔法〕加缪：《卡利古拉》，李玉民译，见《正义者》，第138页。
⑥ 〔法〕加缪：《西绪福斯神话》，郭宏安译，《文艺理论译丛》(3)，第358页。

由，从而如同使人恼羞成怒的默而索一样，把人们推向了不得不憎恨他的尴尬境遇中。当然，卡利古拉梦想惊醒世人的愿望终归未能实现。这里面既有主观与客观相互悖谬的荒诞，又有主观超越客观的精神胜利。所以，卡利古拉有理由像西绪福斯神话中的西绪福斯、《局外人》中的默而索一样，在临死前仍然充溢着局外人的幸福感。这种局外人的幸福感一方面属于存在主义文学世界里的主人公默而索、卡利古拉等；另一方面也属于人类社会现实世界中的存在主义作家、人道主义战士加缪。

2. 蔑视荒诞的怀疑意识

加缪在《评让-保尔·萨特的〈恶心〉》里说："看到生活的荒诞，这还不能成为目的，而仅仅是个起点。这是一个真理，几乎所有的伟大思想都由此起步。令人感兴趣的不是发现（荒诞），而是人从其中引出的结论和行动准则。"①加缪在其戏剧《卡利古拉》中借主人公卡利古拉的口说："如果我影响不了这个世界的秩序，我睡觉还是醒着，也就无所谓了。"②戏剧中的诗人西皮翁问卡利古拉："在你的生活中，难道没有任何类似的东西吗？珠泪盈眶啦，寂静的寄托之所啦？"卡利古拉回答："怎么没有呢？"西皮翁问："到底是什么？"卡利古拉回答："蔑视。"③应该说，加缪在其文学作品中描写的人对荒诞的主观蔑视态度，无疑是人从发现生活荒诞中引出的结论和行动准则之一。

加缪的小说《局外人》描写了主人公默而索一概冷峻地拒绝现成社会角色规定和要求，表现了人对荒诞的主观蔑视态度。比如默而索在杀死阿拉伯人、被捕入狱后，默而索的辩护律师告诉默而索，预审推事们经过调查，知道他在妈妈下葬那天"表现得麻木不仁"，"这将成为起诉的一条重要的根据"。律师问默而索那一天是否感到难过，默而索回答说："毫无疑问，我很爱妈妈，但是这不说明任何问题。所有健康的人都或多或少盼望过他们所爱的人死去。"律师要求默而索"保证不在庭上说这句话，也不在预审法官那儿说"。律师想了想，启发默而索是否可以说那一天是"控制住了我天生的感情"。默而索的回答是："不能，因为

---

① 〔法〕加缪：《评让—保尔·萨特的〈恶心〉》，杨林译，《文艺理论译丛》（3），第305页。

② 〔法〕加缪：《卡利古拉》，李玉民译，见《正义者》，第83页。

③ 〔法〕加缪：《卡利古拉》，李玉民译，见《正义者》，第113—114页。

这是假话。"① 一位预审推事问默而索是否信仰上帝，默而索真诚地回答说："不"。②因此，萨特说："他最主要的特征就是思想坦率明晰，不加掩饰。"③我们不妨把默而索同萨特小说《恶心》中的洛根丁作一个简单的对照：洛根丁更烦躁不安，他一直在寻求属于自己的社会人生位置；默而索则更沉默冷漠，他一直在回避社会人生的固定轨辙。洛根丁始终有一种对外在世界不适的感觉，这不适可以外化为他生理上的恶心；默而索则只有一种对一切皆无所挂念的超级平淡和漠然，这超级平淡和漠然可以外化为他的口头禅：这不是我的错。洛根丁始终是在尽力把自己从社会世俗的蒙昧中拔出来，并揭示自己所处社会的惯常虚伪，从而以撕碎社会角色假面的大无畏气概发掘生命的本真意义；默而索则从来没有自觉接受和承认社会试图强加给自己的角色任务，他是从来不说谎的诚实人。从某种意义上说，"横于内在精神世界和周围外部世界间的鸿沟，在加缪的主人公身上，同萨特的主人公相比，显得更深，更没有出路"④。小说还描写默而索如何经过监狱生活的种种不自由，比如性欲的冲动被遏止、吸烟的习惯被禁止等等，逐步体悟到失去"自由"、遭遇"惩罚"如何成为自己不得不屈从的社会规约，从而也成为自己无从逃逸的客观荒诞境遇。但是，默而索却凭借自己应付客观荒诞境遇的主观蔑视态度，发明了消磨时间的办法，那就是享受自己的回忆。他回想自己从前住过的房子，从一个角落开始，心里细致地数着所看见的东西。"于是我明白了，一个人哪怕只生活过一天，也可以毫无困难地在监狱里过上一百年。他会有足够的东西来回忆而不至感到烦闷。"⑤ 正如加缪在《西绪福斯神话》里所说："没有轻蔑克服不了的命运。"⑥默而索坚决拒绝通过个人努力与世界认同，坚决拒绝通过妥协接受社会宽赦的主观蔑视态度，终于使恼羞成怒、无计可施的社会将其视为敌人而夺去了生命。所以，萨特说："现在我们完全理解加缪的小说的题目了。他打算刻画的局外人就是一名这种极其天真的人，他们不承认社会的游戏规则，因而

① 〔法〕加缪：《局外人》，郭宏安译，《加缪中短篇小说集》，第46—47页。
② 〔法〕加缪：《局外人》，郭宏安译，《加缪中短篇小说集》，第49页。
③ 〔法〕萨特：《加缪的〈局外人〉》，黄梅、黄晴译，《文艺理论译丛》(2)，第338页。
④ 〔苏联〕叶夫尼娜：《阿尔贝·加缪》，白嗣宏译，《文艺理论译丛》(3)，第517页。
⑤ 〔法〕加缪：《局外人》，郭宏安译，《加缪中短篇小说集》，第57页。
⑥ 〔法〕加缪：《西绪福斯神话》，郭宏安译，《文艺理论译丛》(3)，第406页。

震惊了社会。"① 戏剧《卡利古拉》也描写了主人公卡利古拉凭借忠实自我的主观蔑视态度，勇敢地扮演疯癫怪异、甚至浸染着邪恶的狂人角色，从而无情地戳穿了广泛流行的谎言欺骗与批量制作的集体假面。戏剧第四幕第三场描写卡索尼娅告诉众贵族卡利古拉胃疼、吐血的消息，贵族乙说："啊！万灵的神呀，我许愿，如果他能康复，我就向国库捐赠二十万两银币。"贵族丙说："朱庇特啊，让我做他的替身吧。"这时候，躲藏在一旁偷听的卡利古拉走出来，向贵族乙说："我接受你的捐赠，卢西乌斯，谢谢你。我的财政官明天到贵府上去。"拥抱贵族丙说："你难以想象我是多么感动。"然后命令两个卫士把贵族丙带下去受死。贵族丙大声嚷叫："我不干，这不过是开玩笑呀。"卡利古拉严肃地说："生命，朋友，你要是对生命有足够的爱，就不会把它当成儿戏了。"② 当然，默而索、卡利古拉终归以生命为代价，在把荒诞视为自己不得不肩负的命运，表现出决不妥协的主观蔑视态度的同时，也就实际上"揭示了人身上一直需要加以捍卫的东西"③。所以，默而索有理由像西绪福斯一样，面对永恒的荒诞，仍然相信："我觉得我过去曾经是幸福的，我现在仍然是幸福的。"④ 卡利古拉也有理由像默而索一样，面对死亡的降临，充满信心地高声呼叫："历史上见，卡利古拉，历史上见。我还活着！⑤"也就从这个意义上说，"幸福和荒诞是同一块土地的两个儿子。他们是不可分的"⑥。而勇于蔑视荒诞的人也就享有了"西绪福斯式的幸福感"。

　加缪竭力张扬的这种超越客观荒诞现实的主观蔑视态度，因为其强烈的个体生命价值取向而必然表现出对传统上帝信仰的颠覆性怀疑意识。所以，加缪说："荒诞，就是没有上帝的罪孽。"⑦戏剧《误会》描写亲手杀死哥哥的玛尔塔说："我不喜欢用暗语。犯罪就是犯罪，自己想干什么要一清二楚。"⑧ 玛尔塔甚至理直气壮地告诉母亲说："得救有什么用，

① 〔法〕萨特：《加缪的〈局外人〉》，黄梅、黄晴译，《文艺理论译丛》（2），第336页。
② 〔法〕加缪：《卡利古拉》，李玉民译，见《正义者》，第143—144页。
③ 〔法〕加缪：《反叛者》，引自徐崇温主编：《存在主义哲学》，第408页。
④ 〔法〕加缪：《局外人》，郭宏安译，《加缪中短篇小说集》，第89页。
⑤ 〔法〕加缪：《卡利古拉》，李玉民译，见《正义者》，第159页。
⑥ 〔法〕加缪：《西绪福斯神话》，郭宏安译，《文艺理论译丛》（3），第406页。
⑦ 〔法〕加缪：《西绪福斯神话》，郭宏安译，《文艺理论译丛》（3），第341页。
⑧ 〔法〕加缪：《误会》，李玉民译，见《正义者》，第5页。

这话真可笑。"① "这种得救掌握在我们手中。"② 戏剧还描写玛尔塔接过哥哥让的护照正要查看时，老仆人出现在门口，中断了玛尔塔对护照的仔细查看。③当玛尔塔翻看麻痹状态中哥哥的衣服口袋，让的护照滑落到床后面时，老仆人趁两个女人没看见，悄悄拾起护照退了出去。④当一切都结束后，"老仆人在楼梯上，这时走下来，把护照递给玛尔塔，一句话没讲又出去了"⑤。妻子玛丽亚知道丈夫被他自己的母亲、妹妹亲手杀死后，绝望地呼喊："上帝啊！我不能在这荒漠中生活！我要对您讲，也能知道讲什么。对，我完全信赖您。可怜可怜我吧，转过来看看我吧！听听我的呼声，把手伸给我！"这时候，只有那位装聋作哑的老仆人走进来，声调平淡地问："您叫我吗？"玛丽亚转身看着他说："我不知道！来了就帮帮我吧，我需要人帮助。可怜可怜吧，千万帮帮我！"老仆人回答："不行。"⑥ 戏剧《卡利古拉》描写埃利孔告诉西皮翁说："我大体上也懂得，要想和神仙分庭抗礼，只有一个办法：同神一样残酷无情。"卡利古拉告诉西皮翁说："其实，暴君就是为自己的思想或野心牺牲黎民百姓的人。而我呢，我没有思想，在荣誉和权力上，我再也没有任何渴求。我运用这个权力，也是为了补偿。"西皮翁问："补偿什么？"卡利古拉回答："补偿神的愚蠢和仇恨。"⑦ 加缪还在小说《局外人》里描写主人公默而索三次拒绝了神父的拜访，他在明确宣称自己不相信上帝的同时，还居高临下、充满怜悯地想到神父，"他甚至连活着不活着都没有把握，因为他活着就如同死了一样。而我，我好像是两手空空。但是我对我自己有把握，对一切都有把握，比他有把握，对我的生命和那即将到来的死亡有把握。是的，我只有这么一点儿把握。但是至少，我抓住了这个真理。正如这个真理抓住了我一样。我从前有理，我现在还有理，我永远有理。我曾以某种方式生活过，我也可能以另一种方式生活"⑧。小说《鼠疫》描写虔诚的帕纳卢神甫因为目睹一个无辜孩子的痛苦死

---

① 〔法〕加缪：《误会》，李玉民译，见《正义者》，第27页。
② 〔法〕加缪：《误会》，李玉民译，见《正义者》，第28页。
③ 〔法〕加缪：《误会》，李玉民译，见《正义者》，第17页。
④ 〔法〕加缪：《误会》，李玉民译，见《正义者》，第43页。
⑤ 〔法〕加缪：《误会》，李玉民译，见《正义者》，第46页。
⑥ 〔法〕加缪：《误会》，李玉民译，见《正义者》，第61页。
⑦ 〔法〕加缪：《卡利古拉》，李玉民译，见《正义者》，第120页。
⑧ 〔法〕加缪：《局外人》，郭宏安译，《加缪中短篇小说集》，第88页。

亡，终于在认识到鼠疫灾难邪恶性的同时，也觉悟到了上帝信仰的虚幻性。他说："很久以来，这个世界已经成为罪恶的渊薮，很久以来，它一直依靠天主的宽容而存在。人们以为只要能忏悔，什么罪过都可以犯。有了忏悔，每个人都有恃无恐，到时候，肯定会起忏悔心，那就行了。从现在起到那时的一段时间里，最容易做的就是因循下去，得过且过，余下的事，仁慈的天主自会安排。"①里厄医生则更坦率地告诉帕纳卢神甫说："我对爱有另一种观念。我至死也不会去爱这个使孩子们惨遭折磨的上帝的创造物。"②里厄医生在同塔鲁的交谈中说明，假如他相信天主是万能的，他将不再去看病，让天主去管好了。③小说《生长的石头》描写主人公达拉斯特，不得不把厨子再也顶不起来的石头放在自己头上，迈开了有力的步伐，就在他已经看见教堂和圣人遗骸时，却突然向左离开了通往教堂的那条路。"他加快了步子，终于到了小广场，厨子的茅屋就在那儿。他朝茅屋跑过去，一脚踢开门，一下子把石头扔在屋中央，砸在还冒着红光的火上。他站在那儿，挺直身子，突然高大无比，拼命地大口呼吸着他已不感到陌生的那种苦难和灰烬的气味，他听见他身上升起一股欢乐的暖流，这欢乐是模糊的、急切的，他说不出是什么。""屋子的主人们到了，……他们在石头旁围了一圈，默不作声。惟有河水声穿过浓厚的空气，传了进来。达拉斯特在黑暗中站着、倾听着，什么也看不见。流水声使他的心头充满了纷乱的幸福之感。他闭着眼睛，愉快地欢呼他自己的力量，又一次欢呼生命重新开始。"④说不出欢乐是什么的主人公达拉斯特，无疑要告诉人们，上帝允诺、理性保证已经一去不复返，现代人不得不孤独地背负起自己命运的真实处境。屋子的主人们也明白了，失去上帝指引，因而也挣脱上帝束缚的人，可以凭借自己胆大妄为的行动获得存在价值、生命意义复归的幸福。

随着关于上帝信仰的颠覆性怀疑意识的伸展，问题的思考自然会触发西方历史理性主义价值观的许多方面。比如历史理性主义价值观要人们凭借抽象的人类社会普遍原则和遥远的人类历史美妙憧憬，将个人的命运判定为微不足道的、可以随意勾销的偶然存在。但是，当小说《局

---

① 〔法〕加缪：《鼠疫》，第 77 页。
② 〔法〕加缪：《鼠疫》，第 178 页。
③ 〔法〕加缪：《鼠疫》，第 103 页。
④ 〔法〕加缪：《生长的石头》，郭宏安译，《加缪中短篇小说集》，第 319 页。

外人》中的默而索听见法庭庭长宣布"以法兰西人民的名义在一个广场上将我斩首示众"时，①他却发生了深刻的怀疑："尽管我有善良的愿望，我也不能接受这种咄咄逼人的确凿性。因为，说到底，在以这种确凿性为根据的判决和这一判决自宣布之时起所开始的不可动摇的进程之间，存在着一种可笑的不相称。判决是在二十点而不是在十七点宣布的，它完全可能是另一种结论，它是由一些换了衬衣的人做出的，它要取得法国人民的信任，而法国人（或德国人，或中国人）却是一个很不确切的概念，这一切使得这决定很不严肃。但是，我不得不承认，从做出这项决定的那一秒钟起，它的作用就和我的身体靠着的这堵墙的存在同样确实，同样可靠。"② 默而索明白，法庭庭长是在以自己的傲慢偏见假冒法兰西人民的正义判决。小说《鼠疫》中的一个主人公塔鲁，也因为对自己当法官的父亲以社会的名义宣布处死一个人的谋杀行为大为震惊和反感而离家出走。塔鲁告诉里厄医生说："当然，我当时懂得，我们偶尔也判人死刑。但是，人们告诉我，为了实现一个再也没有人杀人的世界，这些人的死是必要的。在某种意义上来说，当时这是对的，不过无论如何，现在我恐怕不能坚持这类真理了。"③ 小说《堕落》中的叙述者兼主人公若望-巴蒂斯特·克拉芒斯更通过自己忏悔式的独白说："我更理解的是那位朋友，他带头戒烟，凭着意志而成功了。一天早晨，他打开报纸，读到第一颗氢弹爆炸了，知道了它值得钦佩的威力，就立即走进一家烟店。"④默而索、塔鲁、若望-巴蒂斯特·克拉芒斯的怀疑意识，通过小说《叛教者——或一个精神错乱的人》中的主人公回想自己粗鲁野蛮的父亲、回想自己进修道院的遭遇后，终于扩展成为理直气壮的愤怒控诉："我有一笔帐要跟他算，跟他的老师算，跟我的老师算，他们骗了我，跟卑鄙的欧洲算，所有人都骗了我。"⑤ "他们欺骗了我，唯有恶的统治才是无懈可击的，他们欺骗了我，真理是方的、沉的、密的，不容有任何细微的差别，善是个梦幻，是个竭力追求而不断推迟的计划，是个永远不可到达的极限，它的统治是不可能的。唯有恶能到达极限，能

---

① 〔法〕加缪：《局外人》，郭宏安译，《加缪中短篇小说集》，第77页。
② 〔法〕加缪：《局外人》，郭宏安译，《加缪中短篇小说集》，第79页。
③ 〔法〕加缪：《鼠疫》，第207页。
④ 〔法〕加缪：《堕落》，郭宏安译，《加缪中短篇小说集》，第143页。
⑤ 〔法〕加缪：《叛教者》，郭宏安译，《加缪中短篇小说集》，第206页。

绝对地统治，应该为恶效劳，以便建立起它的王国，然后再考虑干什么，然后是什么意思，就是说，唯有恶是现实的，打倒欧洲，打倒理性，打倒荣誉，打倒十字架。"① 其实，蒙受欺骗并不是个别人的偶然遭遇，而是现代人类社会生活荒诞性超越阶级、阶层，扩展至所有人的普遍境遇。所以，小说《沉默的人们》描写从事不景气制桶业的工人们，要求人品不坏的老板提高工资而举行的罢工失败后，不得不选择沉默的工人们却因为老板女儿的不幸患病而心生无可奈何的怜悯同情。正如叶夫尼娜谈到小说《缄默者》时所说："然而工人们的社会'精神病'，即阶级团结的感情和他们对拒绝他们的要求，使他们过着贫困生活的主人的反抗，则是工人们的'流放'。而他们真正的生存或'王国'，则是当他们得知老板的孩子生病后对这位可怜主人的无声怜悯。可见，这里还是将人人都看成是不幸的，人人（无论工人还是老板）都值得怜悯。"② 更进一步说，现代人类社会生活荒诞性的普遍境遇又是人类千百年历史的永恒阴影。所以，小说《约拿——或工作中的艺术家》在看得见的画家故事下面，隐藏了一个看不见的《旧约·约拿书》里约拿的故事，即约拿不听从耶和华要他往尼尼微城去宣告城市居民罪恶的吩咐，私自躲藏在一艘海船里。耶和华使海面风浪大作，使船上人不得不将约拿抛入大海以平息风浪。正如霍克海默与阿多尔诺所说："个性从来没有真正实现过。各个阶段上维持自我生存的阶级形式，只是保持住了类本质。……个人通过他表面上的自由，而成为社会经济和社会机制的产物。……但是个人的每一个这种进步，都是以牺牲个性为代价的，个人是以牺牲个性的名义取得成就的，个人只能表示决心，提出自己的执行计划。"③黑格尔的历史哲学作为西方历史理性主义的最高理论总结，尤其规定了革命与人道、行为与动机、手段与目的、集体与个体关系里，前项对后项的绝对优先权力。所以，加缪在戏剧《正义者》中描写一位钟情人道主义理想的革命者卡利亚耶夫，因为看见大公乘坐的马车上有两个儿童而放弃了刺杀行动。卡利亚耶夫没有坚守现在服从将来、手段服从目的、个人服从集体的历史理性主义信念，反而对手段的正义性产生了怀疑与反思。这种怀疑与反思引发了多拉、卡利亚耶夫与斯切潘的激烈争论：

---

① 〔法〕加缪：《叛教者》，郭宏安译，《加缪中短篇小说集》，第218页。
② 〔苏联〕叶夫尼娜《阿尔贝·加缪》，白嗣宏译，《文艺理论译丛》(3)，第539页。
③ 〔德〕霍克海默、阿多尔诺：《启蒙辩证法》，第146页。

多拉：睁开眼睛吧，要知道，组织那怕有片刻容忍儿童死于我们炸弹之下，也要丧失它的能力和影响。

斯切潘：我可没有心思听这种傻话。我们什么时候忘掉儿童，到了那一天，我们就将成为世界的主人，革命就将胜利。

多拉：到了那一天，革命就将受到全人类的憎恨。

斯切潘：那有什么关系，只要我们深深地爱全人类，我们就能把革命强加给它，并把它从它自身的奴役中拯救出来。

多拉：如果全人类抛弃革命呢？如果你为之战斗的全国人民不同意杀儿童呢？也要打击全国人民吗？

……

斯切潘：孩子！你们嘴里只有这两个词。难道你们什么也不明白吗？就因为雅奈克没有干掉那两个，成千上万的俄国儿童，还要在几年当中饿死。

……

斯切潘：你们并不相信革命。如果你们完全彻底地相信，如果你们确信，我们通过牺牲和胜利，定会建起一个摆脱专制主义的俄国，而这片自由的土地终将覆盖全世界，如果你们不怀疑到那时候，从主人手中和成见中解放出来的人，将向天空仰起真正神的面孔，那么，两个孩子的死又有多大分量呢？那么，你们就会认为自己有一切权利，一切，你们听清楚了。如果你们顾惜他俩的性命，裹足不前，这就表明你们对自己的权利没有把握。你们不相信革命。

卡利亚耶夫：斯切潘，我感到惭愧，可是，我不能让你讲下去。我接受谋杀，是为了推翻专制政权。然而，我看你的话里显露了一种专制主义，它一旦确立起来，就会把我变成杀人凶手，而我却极力做一个伸张正义的人。

斯切潘：如果实现了正义，即使由杀人凶手实现了正义，你是不是伸张正义的人又有什么关系。你和我，都不足挂齿。

……

卡利亚耶夫：我热爱今天跟我生活在同一块土地上的人，我要向他们致敬。我是为他们战斗，为他们牺牲。为了一个我没有把握的遥远的国度，我不会迎面打击我的兄弟们。我不能为一种不复存在的正义，再增添活生生的非正义。弟兄们，我愿意开诚布公，至少告诉你们最纯朴的农民都会说的话：屠杀孩子不光彩。假如有一天，我还活在世上，革命要脱离荣誉，我就会脱离革命。①

多拉、卡利亚耶夫与斯切潘之间的激烈争论，生动地折射出了现代人深刻质疑历史理性主义价值观的困惑与梦魇。加缪忍不住直接说："现代的每一次革命都导致了国家权力的加强。1789 年的革命带来了拿破仑第三，1917 年的革命带来了斯大林，二十世纪的意大利骚动带来了墨索里尼，魏玛共和国带来希特勒。""所有的革命者在最后都或者成为一个压迫者，或者成为一个异端分子。在他们所选择的纯粹历史的领域内，反叛和革命最后都陷入同样进退两难的境地，或者是警察统治，或者是疯狂。"②"历史的革命总是不得不怀抱着对真正存在的某一天的希望进行活动，而这个希望总是落空的。"③

历史理性主义价值观一直肯定历史进步与人伦情感的二律背反原则，以及这个原则下历史进步相对人伦情感的优先性。因此，人与人的相互关系常常处在深深的疏远和隔离甚至深重的罪孽纠缠中。正如小说《堕落》的叙述者兼主人公若望-巴蒂斯特·克拉芒斯通过自己的忏悔式独白所说："一座精致的房子，是不是？您看见的是两个奴隶的脑袋。一块招牌。房子原来属于一个奴隶贩子。啊！不，那时这种把戏并没有人想隐瞒！人们高声谈论，说：'看，我临街有幢房子，我运奴隶，卖黑肉！'"④所以，加缪在戏剧《误会》中描写主人公的妹妹玛尔塔告诉自己不认识的哥哥说："多少晦暗的岁月，在这个小村子和我们头上过去，渐渐使这座房子冷却了，并且消蚀了我们的同情心。我再跟你说一遍，你在这里见不到丝毫类似亲切的情感。"⑤"我的人情味儿，就是我的渴望，而为了得到我渴望的东西，我相信会踏碎路上碰到的一切。"⑥《误会》中主人公的妻子玛丽亚也感叹："自从进入这个国家，竟看不到一张幸福

① 〔法〕加缪：《正义者》，李玉民译，见《正义者》，第189—193页。
② 〔法〕加缪：《反叛者》，引自徐崇温主编：《存在主义哲学》，第410页。
③ 〔法〕加缪：《反叛者》，引自徐崇温主编：《存在主义哲学》，第412页。
④ 〔法〕加缪：《堕落》，郭宏安译，《加缪中短篇小说集》，第118页。
⑤ 〔法〕加缪：《误会》，李玉民译，见《正义者》，第24页。
⑥ 〔法〕加缪：《误会》，李玉民译，见《正义者》，第33页。

的面孔。我对什么都怀疑起来。这个欧洲多么凄凉。"①历史进步相对人伦情感的优先性早已经无情规定了人与人之间、尤其是男性与女性之间，在分配自然和社会资源时的不平等权力。资本主义制度的发展更从实践上强化了人与人（尤其是男人与女人）的相互不平等。所以，当母亲和妹妹发现她们谋杀了自己的亲人后，妹妹玛尔塔仍然愤愤地说："生活可能给予一个男人的，都给了他。他离开这地方，了解了别的地区、大海、自由的人。而我呢，死守在这里。我们死守在大陆中心，在寂寞中又渺小又可怜，我是在土地深层长大的。"②妹妹玛尔塔决心以冷漠来对付这种不平等。甚至当母亲怀疑地问道："你认出他来了？"玛尔塔坚定地告诉母亲说："没有！我没有认出他来。……不过，您向我提这个问题并不完全错。因为，我现在清楚，即使我认出他来，事情也不会有丝毫改变。"母亲心有不甘地说："我情愿相信这不是真的。最残忍的凶手，也知道有于心不忍的时刻。"但玛尔塔回答说："我也知道。但是，面对一个陌生而冷淡的哥哥，我是不会低下头的。"③玛尔塔甚至在母亲绝望地出走后，仍然自言自语："我恨他，我恨他，就因为他如愿以偿！而我呢，只能把这偏僻蔽塞的狭窄天地认作家园，只能用这地方的酸涩的李子充饥，只能用我抛洒的鲜血解渴。""我恨这世界，因为我们在这里只能屈从于上帝。可是我，蒙受冤屈，没有得到公正待遇，我绝不跪下。"④玛尔塔明白，这种不公正一定有一个超验的形而上依据，所以，她若有所悟地告诉嫂子玛丽亚说："要知道，我们都命定在秩序之中。您必须相信这种秩序。"⑤"要明白，无论对他还是对我们，无论是生还是死，既没有祖国可言，也没有安宁可言。这片幽深、没有阳光的土地，人进去就成为失明的动物的腹中食，总不能把这种地方称为祖国。"⑥

加缪把主观蔑视态度作为人从发现生活荒诞中引出的结论和行动准则之一，终于在颠覆性怀疑上帝信仰以及西方历史理性主义价值观的同时，寄寓了自己的存在主义自由精神。所以，加缪有理由在论述西绪福斯蔑视荒诞的英雄性时不无赞羡地说："既是由于他的激情，也是由于他

---

① 〔法〕加缪：《误会》，李玉民译，见《正义者》，第10页。
② 〔法〕加缪：《误会》，李玉民译，见《正义者》，第49页。
③ 〔法〕加缪：《误会》，李玉民译，见《正义者》，第50页。
④ 〔法〕加缪：《误会》，李玉民译，见《正义者》，第52页。
⑤ 〔法〕加缪：《误会》，李玉民译，见《正义者》，第59页。
⑥ 〔法〕加缪：《误会》柳鸣九译，见《正义者》，第60页。

的痛苦。他对神的轻蔑，他对死亡的仇恨，他对生命的激情，使他受到了这种无法描述的酷刑，用尽全部心力而一无所成。这是为了热爱这片土地而必须付出的代价。"①

3. 反抗荒诞的自由精神

P. 吉奈斯蒂埃说："反抗，就是加缪的最终的回答，它构成了加缪思想的核心。"② 加缪的小说《鼠疫》就通过讲述人们面临突然而至的灾难，不愿束手就擒而奋起反抗的故事，在表现反抗荒诞自由精神的同时，阐释了加缪关于生命意义的理解："反叛所起的作用与'我思故我在'在思想方面所起的作用是一样的……我反抗，所以我们存在。"③小说中反抗者的主要代表里厄医生最先觉察到鼠疫的来临，他毫不犹像地担当起了领导人们奋力反抗鼠疫的重任。几个月前才来到奥兰定居的知识分子塔鲁也组织起志愿者防疫队伍，积极地投入反抗鼠疫的斗争，最终在胜利来临的时刻献出了生命。政府小职员格朗一直是个生活和事业上的失败者，一直津津乐道自己的伟大作家梦幻："我希望的是有朝一日当我的手稿送到出版者手中的时候，他看后站起身来向他的助手们说：'先生们，脱帽致敬！'"④格朗尽管始终没有琢磨出自己小说的第一个完美语句，却因为担当起志愿者防疫队伍的秘书工作、积极参加救护工作而谱写了自我人生的完美篇章。"他埋着头默默地工作的美德推动整个卫生防疫组织的工作。他怀着他那特有的善良愿望不假思索地用'我干'来回答一切。他只要求做些小事情出点力，其他的事，对他说来，年事太大，胜任不了。"⑤所以，小说叙述者说："假如人们真的坚持要树立一些他们所称的英雄的榜样或模范，假如一定要在这篇故事中树立一个英雄形象的话，那么作者就得推荐这位无足轻重和甘居人后的人物。此人有的只是一点好心和一个看来有点可笑的理想。这将使真理恢复其本来面目，使二加二等于四，把英雄主义正好置于追求幸福的高尚要求之后而绝不是之前的次要地位，这还将赋予这篇故事以特点，这个特点就是用真实的感情进行叙述，而真实的感情既不是赤裸裸的邪恶，也不是像戏剧里

---

① 〔法〕加缪：《西绪福斯神话》，郭宏安译，《文艺理论译丛》(3)，第405页。
② 〔法〕P. 吉奈斯蒂埃：《阿尔贝·加缪》，施益译，《文艺理论译丛》(3)，第510页。
③ 〔法〕加缪：《反叛者》，引自徐崇温主编：《存在主义哲学》，第408页。
④ 〔法〕加缪：《鼠疫》，第83页。
⑤ 〔法〕加缪：《鼠疫》，第109页。

矫揉造作的慷慨激昂。"① 小说通过若干寻常人物的人生态度、生命选择，表现了 P. 吉奈斯蒂埃所说的"真正的反抗只能是对于我们所不能阻挡的命运的一种觉悟，艰难地获得了清醒的头脑，这只能带来一种可引为自豪的深切的欢愉"②。小说中的反抗鼠疫也像西绪福斯的注定命运一样，无法阻挡鼠疫作为一场灾难的发生和蔓延。所以，里厄医生在意识到鼠疫来临的同时，也认识到鼠疫的本质意味着人们的反抗可能"是一串没完没了的失败"③。正如同加缪在《西绪福斯神话》里所说："他们有某种理由认为最可怕的惩罚莫过于既无用又无望的劳动。"④ "如果说这神话是悲壮的，那是因为它的主人公是有意识的。如果每一步都有成功的希望支持着他，那他的苦难又将在哪里？今日之工人劳动，一生中每一天都干着同样的活计，这种命运是同样的荒诞。因此它只在工人有了意识那种很少的时候才是悲壮的。西绪福斯，这神的无产者，无能为力而又在反抗，他知道他的悲惨的状况有多么深广：他下山时想的正是这种状况。造成他痛苦的洞察力同时也完成了他的胜利。"⑤ 尽管如此，人们仍然要努力通过反抗以减轻人们的痛苦与死亡。如《鼠疫》的叙述者所说："我们城中许多新的伦理学家当时说，做任何事都不会有什么用，还是屈膝投降为佳。而塔鲁和里厄以及他们的朋友们可能作过这样或那样的回答，但是结论总是他们所看清楚的东西：必须作这样或那样的斗争而不该屈膝投降。整个问题是设法使尽可能多的人不死，尽可能多的人不致永远诀别。对此只有一个办法：与鼠疫作战。这个真理并不值得大书特书，它只不过是理所当然而已。"⑥ 小说显然已经将人与世界荒诞关系的抽象性，具体化为人类社会中的善良与邪恶的斗争，从而让人领悟到了应该肩负的社会道德责任。所以，小说《鼠疫》不像加缪以往的作品通常只关注个人的遭际，而是关注某个城市，即某个社会集体的共同命运。加缪说："在荒谬的体验中，痛苦是个人的，而从反叛运动开始，人们则意识到痛苦是集体的经历。"⑦ 由此，我们发现，加缪的文学创作

---

① 〔法〕加缪：《鼠疫》，第 112 页。
② 〔法〕P. 吉奈斯蒂埃《阿尔贝·加缪》，施益译，《文艺理论译丛》（3），第 514 页。
③ 〔法〕加缪：《鼠疫》，第 104 页。
④ 〔法〕加缪：《西绪福斯神话》，郭宏安译，《文艺理论译丛》（3），第 404 页。
⑤ 〔法〕加缪：《西绪福斯神话》，郭宏安译，《文艺理论译丛》（3），第 405—406 页。
⑥ 〔法〕加缪：《鼠疫》，第 108 页。
⑦ 〔法〕加缪：《反叛者》，引自徐崇温主编：《存在主义哲学》，第 407 页。

在表现反抗荒诞时，尤其彰显出存在主义哲学所包含的消极否定与积极肯定、个人生命存在与集体道德责任的深刻矛盾。因为存在主义哲学的出发点是人的烦、畏、忧虑、悲伤、恐惧、绝望、死亡等具体精神状态，是自己领会自己、体验自己的"孤独的个体"。萨特的"存在先于本质"就是要说明个别的具体自由，应该优先于一般的抽象规定。萨特说："事实上，我是一个通过活动而知晓自身自由的存在者，而我同样是一个以其个别及单独的存在作为自由时间化的存在者。"[1] 加缪在《尼采和虚无主义》中也说："苏格拉底所展示的，或基督教教义所主张的道德行为本身就是没落的标志。它想以影子的人代替血肉的人。它以完全虚构的和谐的世界的名义谴责充满七情六欲和呼唤的人世间。"[2] 所以，小说《鼠疫》描写那位从巴黎来访的新闻记者朗贝尔，试图要里厄医生给他一张没有患病的证明而遭到拒绝时，理直气壮地谴责医生："您是在讲大道理，您生活在抽象观念中。"[3] "您就要讲些为了公众利益之类的话了，但是公众利益也要以个人幸福为基础！"[4]朗贝尔有权利为了自己的个人幸福，或努力请求政府部门的特殊批准，或不择手段地尝试买通黑社会非法偷渡。我们也就不难理解，为什么里厄医生不但不阻止，甚至还在心灵深处对朗贝尔的选择怀着理解、同情、支持和赞赏。当官方已经注意到朗贝尔与走私者之间的联系时，里厄医生还催促朗贝尔最好快一点实行他的逃跑计划。当朗贝尔问里厄为什么不阻止他，反而催促他快一点行动时，医生回答说："这可能是我自己也想为幸福出点力吧。"[5]同时，小说叙述者又这样说："对朗贝尔说来，抽象观念就是一切和他的幸福背道而驰的东西。说真的，里厄也知道这位记者在某种意义上是对的。但是他也知道有时候抽象观念比幸福更要紧，而在这种情况下，也只是在这种情况下就必须重视前者。"[6] 所以，既在意想之外，又在意料之中的是，朗贝尔在逃离计划即将付诸实现的时刻，突然找到里厄医生说："我不走了，我想留下来跟你们在一起。"[7]他告诉医生，"他经过再三考

---

① 〔法〕萨特：《存在与虚无》，第564页。
② 〔法〕加缪：《尼采和虚无主义》，郭强译，《文艺理论译丛》（3），421页。
③ 〔法〕加缪：《鼠疫》，第69页。
④ 〔法〕加缪：《鼠疫》，第70页。
⑤ 〔法〕加缪：《鼠疫》，第165页。
⑥ 〔法〕加缪：《鼠疫》，第73页。
⑦ 〔法〕加缪：《鼠疫》，第169页。

虑，虽然他的想法没变，但是，如果他走掉，他会感到羞耻，这会影响他对留在外边的那个人儿的爱情"①。尽管里厄医生用有力的声音回答他，选择幸福谈不上什么羞耻。朗贝尔仍然坚持说："是啊，不过要是只顾一个人自己的幸福，那就会感到羞耻。"② "我一直认为我是外地人，我跟你们毫无关系。但是现在我见到了我所见的事，我懂得，不管我愿意或者不愿意，我是这城里的人了。这件事跟我们大家都有关系。"③ 里厄医生说："世界上没有任何事物是值得人们为了它而舍弃自己的所爱。然而，不知什么原因，我自己就像您一样，也舍弃了我的所爱。"④ 一方面是个人的幸福权利，另一方面是社会的道德责任，从前者到后者完全没有正确与错误的形而上先验规定，但有充分证明生命价值的自由选择。由此，消极否定与积极肯定、个人生命存在与集体道德责任的矛盾，终归通过人的自由选择而得到了统一。所以，当鼠疫无声无息消失、人们载歌载舞欢呼胜利时，"里厄医生于是决定编写这篇到此为止的故事。他之所以要这样做是因为不愿在事实面前保持缄默，是为了当一个同情这些鼠疫患者的见证人，为了使人们至少能回忆起这些人都是不公平和暴力的牺牲品，为了如实地告诉人们他在这场灾难中所学到的东西，并告诉人们：人的身上，值得赞赏的东西总是多于应该蔑视的东西"⑤。

人的自由选择基础上的道德责任，使加缪文学作品经过觉悟到荒诞、蔑视荒诞所开展的历史理性主义批判也发生了微妙的变化，即从抽象的历史质疑衍生出了具体的自我审判。正如加缪在《西绪福斯神话》里所说："反抗就是人和他自己的阴暗面之间的永恒对抗。"⑥加缪在戏剧《正义者》中描写大公夫人到监狱探望因为不愿伤害无辜儿童而放弃爆炸大公马车的卡利亚耶夫时说："其实，我来这里，是要指引您回到上帝身边。现在我明白了，您要自行审判，自救。"⑦所谓"自我审判"，"同自己的阴暗面对抗"，"自行审判、自救"，无非都是要说明，历史是人自己创造的历史，每一个人在创造历史的活动中，都可以自由选择自己的

① 〔法〕加缪：《鼠疫》，第 169—170 页。
② 〔法〕加缪：《鼠疫》，第 170 页。
③ 〔法〕加缪：《鼠疫》，第 170 页。
④ 〔法〕加缪：《鼠疫》，第 170 页。
⑤ 〔法〕加缪：《鼠疫》，第 259 页。
⑥ 〔法〕加缪：《西绪福斯神话》，郭宏安译，《文艺理论译丛》(3)，第 352 页。
⑦ 〔法〕加缪：《正义者》，李玉民译，见《正义者》，第 226 页。

社会角色，从而担负起相应的道德责任。因此，社会历史批判应该有一个自我道德审判的原点。正如小说《堕落》的叙述者兼主人公若望-巴蒂斯特·克拉芒斯所说："既然人不审判自己就不能判决别人，那就得自己攻击自己以获得审判别人的权力。既然任何一位法官有朝一日都得成为忏悔者，那就应该走相反的路，当忏悔者，以便能够最后成为法官。"① 这样，抽象历史理性主义的一般性社会批判，也就自然转化成了具体的个人道德责任清算。小说《堕落》就描写叙述者兼主人公凭借超越历史现实的自由伦理理想，进行了反讽式的自我审判。他说："我由着自己的天性，任其发展，我们都知道幸福即在于此。""我天性中的这一部分我任其发展，对寡妇孤儿我必然产生共鸣。""我特别喜欢帮助盲人过马路。""我总是喜欢回答问路的行人，借过他们火，助推车的人一臂之力，推抛锚的汽车，买救世军的报纸，或买老妇人的鲜花。""我还乐善好施。""早晨在公共汽车里或地下电车里，给一些看起来应该坐着的人让座，拣起一个老妇人掉在地上的东西，然后带着我惯有的微笑还给她，或仅仅是把我叫的出租汽车让给更急需的人，这样，我的一天就充满了光明。""我也被认为是慷慨大方的，我也的确如此。公开或私下，我都有赠与。当我该拿出一件东西或一笔钱时，我所感到的远远不是痛苦，而是经久不衰的快乐，有时我看到这些赠与毫无回报以及有可能变成忘恩负义，不免产生某种伤感，但是这与我所获得的哪怕最微不足道的快乐相比也是不可同日而语的。""这是些小事，但是，它们将使您理解我在我的生活中，尤其是在我的职业中发现的持久的乐趣。"②通过这一切反讽式的自我审判，叙述者兼主人公揭示了人们常常清楚知晓却又往往忽略实行的最简单、直接的社会生活道德，从而实现了叶夫尼娜谈到《堕落》时所说："加缪在这里不是去揭露人的生存条件，而是揭露内心的不完善、空虚、虚伪和卑鄙；仿佛这些东西是人的天性。"③戏剧《误会》则描写开黑店的母女俩的复杂精神困窘和极端心灵绝望，表现了反省式的自我审判。比如母亲说："我只盼望安宁，放松一点儿。说起来真糊涂，有几天晚上，我差点产生出家的念头。"④尤其当母亲知道她

① 〔法〕加缪：《堕落》，郭宏安译，《加缪中短篇小说集》，第175页。
② 〔法〕加缪：《堕落》，郭宏安译，《加缪中短篇小说集》，第103—105页。
③ 〔苏联〕叶夫尼娜《阿尔贝·加缪》，白嗣宏译，《文艺理论译丛》(3)，第535页。
④ 〔法〕加缪：《误会》，李玉民译，见《正义者》，第4页。

们亲手害死儿子后，更是若有所悟地说："我就知道，迟早有一天要自作自受，这才罢休。"① "当母亲认不出自己儿子的时候，不管怎么说，她在大地的使命结束了。"②女儿玛尔塔问："您不是教过我蔑视一切吗？"母亲回答："对，然而，我刚刚明白我错了，在这片一切都无定准的大地上，我们有自己确定的东西。母亲对儿子的爱，就是我今天确信的。"③玛尔塔不无嘲讽地问："忘掉您二十年，多美妙的爱呀！"其话语中显然包含着西方人已经遗忘自己母亲的千年痛苦隐喻。④但母亲回答说："对，是美妙的爱，断绝音信二十年还依然存在。其实又有什么关系！对我来说，这种爱相当美好，既然没有它我不能生活。"⑤玛尔塔反驳说："您从前可不这么讲。这么多年来，您始终跟我寸步不离，紧紧抓住来送死的人的双腿。那时您却没想自由和地狱。您一直干下来。这种情况，您儿子能改变什么呢？"母亲回答说："我一直干下来，的确如此，可这是因循守旧，就像一个死人。只要一阵痛苦，就能使一切变易。我儿子来改变的正是这一点。""其实，这不过是恢复爱所感到的伤痛，可这伤痛就叫我吃不消。我也明白，这种伤痛同样没有道理。但是，人世本身就不合理，这话我完全可以讲，因为从诞生到陨灭，我尝到了它的全部滋味。"母亲绝望地痛苦叹息："我丧失了自由，开始堕入地狱！"⑥

小说《局外人》描写主人公默而索尽管有种种理由把母亲送往养老院，但他仍然感觉参加守灵的妈妈生前的朋友们，"他们都面对着我"，"我有一种可笑的印象，觉得他们是审判我来了"⑦。小说别出心裁地通过"阳光"、"灯光"等意象生动地表现了主人公的自我审判意识。比如默而索在给母亲守灵时，他感觉"照在白墙上的灯光使我很难受"⑧。在给母亲送葬时，也感觉"周围仍然是一片被阳光照得发亮的田野。天空

---

① 〔法〕加缪：《误会》，李玉民译，见《正义者》，第46页。
② 〔法〕加缪：《误会》，李玉民译，见《正义者》，第47页。
③ 〔法〕加缪：《误会》，李玉民译，见《正义者》，第47页。
④ 古希腊神话里有一个俄瑞斯忒斯在阿波罗神怂恿下，杀死母亲为父亲复仇的悲剧故事。这个冲突和结局皆出人意料的悲剧性故事，一方面表明了父权制代替没落的母权制、法制精神代替血族复仇的历史进步，另一方面宣告了"女性的具有世界历史意义的失败"。历史进步无疑翻开了人们遗忘母亲的残酷篇章。
⑤ 〔法〕加缪：《误会》，李玉民译，见《正义者》，第47页。
⑥ 〔法〕加缪：《误会》，李玉民译，见《正义者》，第48—49页。
⑦ 〔法〕加缪：《局外人》，郭宏安译，《加缪中短篇小说集》，第8页。
⑧ 〔法〕加缪：《局外人》，郭宏安译，《加缪中短篇小说集》，第7页。

亮得让人受不了"①。默而索因杀人被捕以后，一位预审推事"在一间挂着窗帘的房子里接待我的，他的桌子上只有一盏灯，照亮了他让我坐的那把椅子，而他自己却在黑暗中。"②玛丽到监狱探望默而索时，默而索感觉接待室里，"明亮的阳光从天上泻到玻璃上射进大厅，使我感到头昏眼花"③。默而索来到法庭受审时，更感觉"尽管挂着窗帘，有些地方还是有阳光射进来，空气已经闷得不行"④。小说《叛教者——或一个精神错乱的人》中的主人公回想自己被"带到一个阳光照耀下的广场的中央"。"时值正午。天空像一块白热化的铁板，在炽烈的阳光的敲击下振颤不已，他们盯着我，时间在消逝，他们没完没了地盯着我，而我承受不住他们的目光，气喘得越来越厉害，终于，我哭了，他们却突然不声不响地转过身去，朝着同一个方向走了。"⑤《生长的石头》中的主人公达拉斯特从法国来到巴西莽林中的小城镇伊瓜贝时，"看着对面墙上反射的阳光，看得他又感到了疲倦和眩晕"⑥。

表现自我审判的"阳光"、"灯光"等意象，在戏剧《卡利古拉》里则变换为主人公卡利古拉三番五次面对的镜子。比如戏剧第一幕第十一场描写卡利古拉一面招呼贵族们："全都过来。靠前来。"一面拉起情妇卡索尼娅的手，把她领到镜子前，用锣槌狂乱地擦掉光滑镜面上的一个形象后，哈哈大笑说："瞧，什么也没有了。记忆不存在了，所有面孔都逃开了！没有了，什么也没有了。留下来的是什么，你知道吗？再靠前点儿，你瞧。你们都上前来，瞧一瞧吧。"然后，卡利古拉自己伫立在镜子前，让镜子里映照出他所摆出的发狂姿势，使卡索尼娅恐惧地看着镜子惊叫："卡利古拉。"卡利古拉用指头戳在镜子上，突然定睛凝视着镜子欢呼："卡利古拉。"⑦第四幕第十四场描写卡利古拉亲手勒死了卡索尼娅后，神色惊慌地原地转了一圈后，又朝镜子走去，并自言自语地说："卡利古拉！你也一样，你也一样，你有罪呀。其实，罪过只是轻点儿重点儿罢了！然而，在这个没有法官、没有清白人的世上，谁敢判我的罪

①　〔法〕加缪：《局外人》，郭宏安译，《加缪中短篇小说集》，第 13 页。
②　〔法〕加缪：《局外人》，郭宏安译，《加缪中短篇小说集》，第 45 页。
③　〔法〕加缪：《局外人》，郭宏安译，《加缪中短篇小说集》，第 52 页。
④　〔法〕加缪：《局外人》，郭宏安译，《加缪中短篇小说集》，第 60 页。
⑤　〔法〕加缪：《叛教者》，郭宏安译，《加缪中短篇小说集》，第 212 页。
⑥　〔法〕加缪：《生长的石头》，郭宏安译，《加缪中短篇小说集》，第 314 页。
⑦　〔法〕加缪：《卡利古拉》，李玉民译，见《正义者》，第 86 页。

啊!"卡利古拉紧贴着镜子,以悲痛的声调说:"我怕。原先鄙视别人,现在感到自己的心灵同样怯懦,这多叫人厌恶啊!"卡利古拉后退两步后,又走向镜子。声音低沉地独白:"一切看似那么复杂,其实又那么简单。"同时,他哭着把双手伸向镜子说:"只要不可能的事实现就成。不可能的事!我走遍天涯海角,在我周身各地寻觅。我伸出过双手,现在又伸出双手,碰到的却是你,总是你在我的对面,我对你恨之入骨。我没有走应该走的路,结果一无所获。我的自由不是好的。埃利孔!埃利孔!杳无音讯!"埃利孔从远处高喊:"当心,卡伊乌斯!当心哪!"这时候,一只隐蔽的手用匕首刺中埃利孔。卡利古拉站起来,操起一只矮凳,气喘吁吁地走到镜子前,对着镜子观察,模拟地向前一跳,朝着镜子里有同样动作的身影飞掷去矮凳。镜子破碎了,携带兵器的谋反者从四面八方上来。① 这一切如同加缪所说:"一个人在玻璃隔墙后面打电话,人们听不见他说话,但看得见他的无意义的手势:于是就想他为什么活着。这种面对人本身的非人性所感到的不适,这种面对着我们自己的形象的无法估量的堕落,这种如当代一位作者所说的'恶心',也是荒诞。同样,某些时候在镜子里朝我们走来的陌生人,我们在自己的照片中看见的那个亲切然而令人不安的兄弟,仍然是荒诞。"② "如果思想在现象变化不定的镜子里发现能把现象和自身概括为一种唯一的原则的永恒联系,人们就能谈精神的幸福了,而真正的幸福者的神话也只不过是一种可笑的伪造品。"③

光亮,以其洞烛一切阴暗的透明性;镜子,以其审视自我丑陋的直观性:皆使主人公感到审判是无所逃遁的注定命运。所以,《局外人》描写默而索被判死刑后,想起了妈妈讲述的关于父亲看处决犯人的往事,他忍不住想到:"如果一旦我能从这座监狱里出去,我一定去观看所有的处决。"④ 因为观看处决可以将自我审判意识延伸到其他人,甚至扩展到全社会。等待死亡的默而索被神甫看望后,他更这样想:"据他说,人类的正义不算什么,上帝的正义才是一切。我说正是前者判了我死刑。他说它并未因此而洗刷掉我的罪孽。我对他说我不知道什么是罪孽。人家

---

① 〔法〕加缪:《卡利古拉》,李玉民译,见《正义者》,第157—159页。
② 〔法〕加缪:《西绪福斯神话》,郭宏安译,《文艺理论译丛》(3),第320页。
③ 〔法〕加缪:《西绪福斯神话》,郭宏安译,《文艺理论译丛》(3),第322页。
④ 〔法〕加缪:《局外人》,郭宏安译,《加缪中短篇小说集》,第79页。

只告诉我，我是个犯人。我是个犯人，我就付出代价，除此之外，不能再对我要求更多的东西了。"① 默而索一方面对人类社会的判决心存绝不服罪的抵触，另一方面又自觉自己是应该接受惩罚的犯人。正因为此，默而索不无幸福感地想："为了把一切都做得完善，为了使我感到不那么孤独，我还希望处决我的那一天有很多人来观看，希望他们对我报之以仇恨的喊叫声。"② 我们有理由相信，默而索不会那么孤独，默而索的希望也不会落空，因为他是一个生活在局外人状态中的叛逆者，人们会自觉地视他为应该接受惩处的敌人而叫喊；又因为他不是唯一、而是众多沐浴在西方历史理性主义文化中的罪人，人们又会不自觉地视他为替代大家接受惩罚的殉道者而哀悼，从而将围观默而索的死亡变成实现人类全体自我审判的集体仪式。《卡利古拉》描写卡利古拉在朝镜子飞掷去矮凳的同时，忍不住喊叫："历史上见，卡利古拉，历史上见。"③ 卡利古拉坚信，他所经验的自我审判终归会通过历史而与他人审判纠缠成为了一体，从而将自我审判扩展到全社会。

自我审判扩展到全社会的结果，自然会酝酿出针对自我和社会的双重审判。比如小说《约拿——或工作中的艺术家》描写主人公约拿，终归因为社会文化商业化的诱惑而审美精神丧失、艺术创造力枯竭。正如小说中的一位行家所说："他退步了。""这是由于成功啊，人们抵抗不了成功。他完了。"④果然，"约拿画得少了，他也不知道为什么。他还是那样勤奋，但他现在甚至一个人独处的时候，画画也有了困难。这些时刻，他是望着天空度过的。他总是精神涣散，疲惫不堪，想入非非"⑤。小说《堕落》更通过叙述者兼主人公若望-巴蒂斯特·克拉芒斯的忏悔式独白，使自我审判意识进一步表现为自我堕落忏悔与社会堕落判决的合二而一。小说叙述者兼主人公屡次郑重地申明："我是法官——忏悔者。"⑥小说还通过第一人称的叙述方式，使小说叙述者兼主人公仿佛同听者、读者浑然为一体地自言自语："我满身污秽，慢慢地揪着头发，脸上划过一道道指甲印，然而目光敏锐，站在全人类面前，回顾我的耻辱，

---

① 〔法〕加缪：《局外人》，郭宏安译，《加缪中短篇小说集》，第 86 页。
② 〔法〕加缪：《局外人》，郭宏安译，《加缪中短篇小说集》，第 90 页。
③ 〔法〕加缪：《卡利古拉》，李玉民译，见《正义者》，第 159 页。
④ 〔法〕加缪：《约拿》，郭宏安译，《加缪中短篇小说集》，第 272 页。
⑤ 〔法〕加缪：《约拿》，郭宏安译，《加缪中短篇小说集》，第 274 页。
⑥ 〔法〕加缪：《堕落》，郭宏安译，《加缪中短篇小说集》，第 97 页。

同时盯着我所制造的效果，说：'我是无耻之尤。'于是，神不知鬼不觉，我在谈话中从'我'过渡到'我们'。……我越是认罪，我越是有权审判你们。更有甚者，我激起你们自己审判自己，这使我感到轻松。啊！亲爱的，我们是奇怪而可悲的人，只要我们回想一下我们自己的生活，使自己惊讶和反感的机会就不会少。试试吧。请放心，我将怀着深厚的博爱之情倾听您的忏悔。"①小说叙述者兼主人公就这样让每一个听者、读者都无一例外地感受到自己既是应该接受审判的罪人，又是可能从事审判的审判者。正如 P.吉奈斯蒂埃说："那段用第一人称叙述的，并通过一个未出场的交谈者而直接传达给读者的神秘的'法官——忏悔者'让-巴蒂斯特·克拉芒斯的那段午夜忏悔，就是新小说中的毫无传统性主人公特点的人物的先兆。随后，又加上了形式精巧的、深不可测的哲理：让-巴蒂斯特·克拉芒斯不是别人，就是小说的读者——你、我，因为我们全都既是罪人又是审判者。"②如小说的叙述者兼主人公说："我们不能肯定任何人的无辜，却可以肯定一切人的罪状。每个人都是他人的罪行的见证，这就是我的信念，我的愿望。"③ "我总觉得我们的同胞有两大狂热：思想和通奸。乱七八糟，姑且这样说吧。不过，我们不要谴责他们；不独他们如此，整个欧洲也这样。我有时梦想着未来的历史学家将如何评说我们。对于现代人，一句话足矣：通奸和读报。我敢说，下了这个有力的断语之后，文章就作尽了。"④ "我认为，如果您未曾奉行过《圣经》的教导，您是不会晋升得更快的。这使您晋升？那您知晓《圣经》喽？"⑤整个欧洲的广阔空间、古今贯穿的纵深时间，甚至《圣经》所代表的超验精神领域，皆无可避免地被描绘为充斥着肮脏与污秽，从而皆无一幸免地受到了严厉审判。由此，自我道德审判终归又扩展、延伸了社会历史批判的广度、深度。所以，小说《堕落》的叙述者兼主人公有理由凭借洞察一切的口吻说："我的职业成功地完成了这种攀登高峰的志愿……它使我高踞于法官之上，该我来审判他们，高踞于

---

① 〔法〕加缪：《堕落》，郭宏安译，《加缪中短篇小说集》，第 176 页。
② 〔法〕P.吉奈斯蒂埃《阿尔贝·加缪》，施益译，《文艺理论译丛》（3），第 513—514 页。
③ 〔法〕加缪：《堕落》，郭宏安译，《加缪中短篇小说集》，第 157 页。
④ 〔法〕加缪：《堕落》，郭宏安译，《加缪中短篇小说集》，第 95 页。
⑤ 〔法〕加缪：《堕落》，郭宏安译，《加缪中短篇小说集》，第 106 页。

被告之上，迫使他们认罪。"①"对确立罪状和惩罚来说上帝是不必要的。在我们自己的帮助下，有我们的同类就足够了。您刚才说末日审判。请允许我毕恭毕敬地付之一笑。我正站稳脚跟等着它呢：我见识过更可怕的、人类的审判。"②加缪文学中的反抗荒诞，终归充分实现了小说的审美自由性，即"同时执行两个任务，一方面是否定，另一方面是激励，这就是展现在荒诞的创造者面前的道路"③。

4. "失语"现象

萨特说："感到我们不能凭借语言和概念来思考世间的事物，这就是荒谬情感的来源。"④ 从某种意义上说，"感到不能凭借语言和概念来思考世间的事物"就是一种"失语"现象。

"失语"现象在加缪文学作品中，首先表现为人们遗忘了如何使用最简单的语言表现内心想法。比如小说《约拿——或工作中的艺术家》中的主人公约拿，他最擅长的语言就只是"随您的便吧"。千篇一律的"随您的便"，表明主人公完全失去了应付复杂社会的生活语言。后来，约拿给自己建造了一个可以躲藏、思考、绘画的阁楼，以回避应接不暇的社会活动。再后来，"约拿画得少了，他也不知道为什么。他还是那样勤奋，但他现在甚至一个人独处的时候，画画也有了困难。这些时刻，他是望着天空度过的。他总是精神涣散，疲惫不堪，想入非非"⑤。最后，约拿终于在失去应付社会的生活语言后，继而失去了表达内心世界的艺术语言。他的好朋友拉多"看着画布，上面空空如也，只是在当中，约拿写了两个非常小的字，可以看得出来，但不知道应该读作 Solitaire（孤独的）还是 Solidaire（团结的）"⑥。小说《沉默的人们》中瘸腿的制桶技工伊瓦尔与不景气的制桶业工人们表达他们沮丧、愤懑的方式也唯有无言的沉默。小说《不贞的妻子》中的主人公雅妮娜，极不情愿认同丈夫"除了生意，似乎对什么都不感兴趣"的生活方式⑦，但她背离丈夫生存宗旨和价值依据的局外人态度，却始终不能借助语言恰当表达。

---

① 〔法〕加缪：《堕落》，郭宏安译，《加缪中短篇小说集》，第 106 页。
② 〔法〕加缪：《堕落》，郭宏安译，《加缪中短篇小说集》，第 157 页。
③ 〔法〕加缪：《西绪福斯神话》，郭宏安译，《文艺理论译丛》（3），第 401 页。
④ 萨特：《加缪的〈局外人〉》，黄梅、黄晴译，《文艺理论译丛》（2），第 341 页。
⑤ 〔法〕加缪：《约拿》，郭宏安译，《加缪中短篇小说集》，第 274 页。
⑥ 〔法〕加缪：《约拿》，郭宏安译，《加缪中短篇小说集》，第 283 页。
⑦ 〔法〕加缪：《不贞的妻子》，郭宏安译，《加缪中短篇小说集》，第 188 页。

她只能默默地登上一个城堡的平台，静静地眺望广袤的沙漠；只能在夜深人静时，悄悄离开酣睡的丈夫，在城堡平台上遥望千万颗星星的闪烁、坠落。小说《来客》中的小学教师达吕，默许阿拉伯犯人具有选择往东去塔吉特的监狱，或往南穿越高原进入游牧人群的权利。遗憾的是，达吕既不能让阿拉伯犯人明白自己的意思，又难以向阿拉伯犯人的兄弟作有效的辩解，他只能"凝视着天空、高原和那一片一直伸向大海的看不见的土地。在这片他如此热爱的广阔土地上，他是孤零零的。"①

"失语"现象在加缪文学作品中，其次表现为人们遗忘了如何使用最平凡的语言表达亲昵情感。比如戏剧《误会》描写远离家乡多年的哥哥回到故乡，准备接母亲和妹妹到富裕的海边，却不幸因为面对亲人时的拘谨、严肃，遗忘了使用最简单直接的亲昵方式表达自己，从而遭遇开黑店的母亲和妹妹的谋害。戏剧中的主人公让和妻子玛丽亚曾经有这样一段对话：

> 让：她们看着我，却视而不见，一切比我原来想的要困难。
>
> 玛丽亚：你完全知道这并不难，一说开就行了。要容易好办，你就说："是我"，一切便恢复正常了。
>
> 让：对，可是当时，我头脑里充满了想象。……我内心很激动，但难于开口。
>
> 玛丽亚：一句话的事儿。
>
> 让：我却没有想出来。有什么关系，我并不那么急呀。我来到这里，带回财富，还可能带回幸福。我一听说父亲去世，就明白我对她们母女二人有责任，既然明白，就应当履行职责。不过我猜想，回到自己家，并不像一般说的那么容易，要把一个陌生人认作儿子，还需要一点时间。
>
> 玛丽亚：那么，为什么不事先捎个信儿，说你要回来呢？有些情况就得随俗，大家怎么做就怎么做。要想让人认出来，就报上名字，这是明摆着的道理；装成外人的样子，到头来就会把一切都搅乱了。你以陌生人的身份去见人家，怎么能不被人家看成陌生人呢？不行，不行，这些都不吉利。

---

① 〔法〕加缪：《来客》，郭宏安译，《加缪中短篇小说集》，第254页。

让：算了，玛丽亚，没这么严重。其实有什么，这正有助于我的打算。我趁此机会从旁观察一下，更容易发现什么能使她们幸福。然后，我再想法儿让她们认下我。总之，想好词就成。

玛丽亚：只有一个办法，就是像换了任何人都会做的那样，说一声：“我回来了”，就是让自己的心说话。

让：心并不这么简单。

玛丽亚：但是它只使用简单词。就说：“我是您儿子，这是我妻子。我同她生活在我们喜爱的地方，那里临海，充满阳光。然而我们还不够幸福，现在需要你们。”这话并不怎么难说。

让：讲话要公道，玛丽亚。我并不需要她们，而是明白她们可能需要我，一个男子汉从来不孤独。①

本来，事情完全可以如戏剧中主人公让的妻子玛丽亚告诫自己丈夫所说：“你做这一切，完全可以使用简明的语言。”②让也曾忍不住低声祈祷：“天主啊！启示我想出我要说的话吧，或者让我放弃这种徒劳之举，回到玛丽亚的爱中去吧。”③但是，让还是因为“失语”而被母亲和妹妹害死了。所以，玛丽亚非常懊恼地告诉玛尔塔说：“真是祸从天降。他本想让你们认出来，本想回到家里，给你们带来幸福，不知道怎样说才好。正在他想词的时候，你们把他害死了。”④当然，让“想词”的过程所以那么沉重、艰难，是因为里面潜藏着西方理性主义强化历史优先人伦的深邃隐喻。所以，让因为“想词”而遭遇血缘亲族的杀戮，必然有扮演上帝的老仆人装聋作哑的推波助澜。

不管是人们遗忘了如何使用最简单的语言表现内心想法，还是遗忘了如何使用最平凡的语言表达亲昵情感，其实都是西方理性主义长期关注人类历史目的下的普遍社会意志，忽略个人生存处境中的特殊个别感情的严峻恶果。正如黑格尔在追溯古希腊赫拉克利特哲学思想时，关于西方理性主义基本原则的高度概括：“意识只有作为普遍性的意识才是真理的意识；但是，个别性的意识和个别的行为，一种在内容或形式方面

① 〔法〕加缪：《误会》，李玉民译，见《正义者》，第9—10页。
② 〔法〕加缪：《误会》，李玉民译，见《正义者》，第14页。
③ 〔法〕加缪：《误会》，李玉民译，见《正义者》，第37页。
④ 〔法〕加缪：《误会》，李玉民译，见《正义者》，第56页。

特别异样的创新，是非真理的，是坏的。因此错误只在于思想个别化——罪恶与错误是由于与普遍分离。""而理性自身所知道的也同样是必然性或存在的普遍性。这就是思想的本质，亦即世界的本质。"①这种强调普遍、排斥个别的历史理性主义，终归在驯化人们的思维与语言的同时，更孕育出泛滥在社会各方面的、冠冕堂皇的闲谈。正如海德格尔所说："言谈本质上属于此在的存在机制，一道造就了此在的展开状态。而言谈有可能变成闲谈。闲谈这种言谈不以分解了的领悟来保持在世的敞开状态，而是锁闭了在世，掩盖了世内存在者。""无根的人云亦云竟至于把开展扭曲为封闭。"②冠冕堂皇的闲谈常常与道貌岸然的谎言相差只有一步。因为闲谈的后面往往是人云亦云的懦弱妥协、是"皇帝新衣"的伪善欺骗。正如戏剧《卡利古拉》中失踪三天回来的卡利古拉与舍雷亚的一段对话所表明：

> 卡利古拉："我不喜欢文人，不能容忍他们的谎言。他们讲的话不是给自己听的。他们要是听听自己讲的话，就会明白他们一文不值，再也不会开口了。好啦，到此为止，我讨厌假见证。"
> 舍雷亚："我们即使说谎，也常常是不自觉的。我要申辩；不知者不为罪。"
> 卡利古拉："谎言向来没有清白的。你们的谎言抬高了人和物，这正是我不能宽恕你们的。"③
> 舍雷亚："我们要想在这个世界里生活，就应该替它辩护。"④

所以，小说《堕落》里的叙述者兼主人公若望-巴蒂斯特·克拉芒斯说："有时候，人们看一个说谎的比看一个说真话的还要清楚呢。真相，如同光亮，炫人眼目。谎言则相反，是一抹美丽的霞光，它使每样东西都显出价值。"⑤ 戏剧《正义者》里的革命者斯切潘也说："人人都说谎。谎话要说的圆，关键是要做到这一点。"⑥

---

① 〔德〕〔德〕黑格尔：《哲学史讲演录》第一卷，第316页。
② 〔德〕〔德〕海德格尔：《存在与时间》，第205页。
③ 〔法〕加缪：《卡利古拉》，李玉民译，见《正义者》，第80页。
④ 〔法〕加缪：《卡利古拉》，李玉民译，见《正义者》，第80页。
⑤ 〔法〕加缪：《堕落》，郭宏安译，《加缪中短篇小说集》，第163页。
⑥ 〔法〕加缪：《正义者》，李玉民译，见《正义者》，第169页。

当虚假的闲谈、谎言替代真实的情感表达充斥世界时，诚实无疑就是严重的"失语"。从这个意义上说，加缪文学中的"失语"无疑包含着深刻的社会批判性。具体而言，"失语"的人不是不会说话，而是不愿说人云亦云的闲话、假话，因此而可能成为孤独的局外人，甚至成为危险的敌人。比如小说《局外人》描写默而索制止门房打开母亲棺材时，门房问"为什么"，他只能回答"不知道"①。默而索的老板问他能否去巴黎工作，得到怎么样都行的回答后，老板"好像不满意"，说他"答非所问，没有雄心大志"②。默而索来到法庭受审时，发现法庭上的人"都在握手，打招呼，谈话，好像在俱乐部里碰到同一个圈子里的人那样高兴"。于是"我明白了为什么我刚才会有那么奇怪的感觉，仿佛我是个多余的人，是个擅自闯入的家伙"③。默而索就因为在守护母亲灵柩时，没有要求看妈妈的遗容；在参加母亲葬礼时，没有表现悲痛的哭；在会见辩护律师时，没有采纳"控制住了天生感情"的劝告；一句话，没有用虚假的闲谈、谎言装扮自己，从而让法庭上的诸位证人和检察官巧妙地制造了罪不可赦的证词。正如施康强先生在谈到萨特的《〈局外人〉的诠释》时所说："萨特指出，读者读这部小说时会产生荒诞感，那是因为一方面作者描写了主人公逐日经历的现实生活，另一方面他在叙述这一现实生活时又使它变得难以辨认，如检察官在起诉书中叙述的谋杀经过，便与读者在上文读到的、从主人公默尔索的角度体验的事件完全不同。"④因此，检察官与律师的激烈辩论，始终让默而索感到自我人生被强行篡改歪曲的诧异与惊奇。我们终于不难理解，默而索的女朋友玛丽为什么在证人席上提供了证词后，突然情绪失控、泪水夺眶而出。她在一瞬间豁然彻悟、理解到了默而索的坦率与真诚何以遭到社会的误解、敌视。玛丽的彻悟、理解可能帮助"失语"的默而索，重新找回消除社会误解、敌视的语言吗？遗憾的是，玛丽的彻悟和感受与社会公众闲谈、谎言之间仍然有巨大的裂缝，这种裂缝使玛丽也陷入了"失语"的困窘中。所以，充分理解玛丽的默而索说："忽然，玛丽大哭起来，说情况不是这样，还有别的，刚才的话不是她心里想的，是人家逼她说的，

---

① 〔法〕加缪：《局外人》，郭宏安译，《加缪中短篇小说集》，第6页。
② 〔法〕加缪：《局外人》，郭宏安译，《加缪中短篇小说集》，第26页。
③ 〔法〕加缪：《局外人》，郭宏安译，《加缪中短篇小说集》，第61页。
④ 施康强：《文论卷导言》，沈志明、艾珉主编：《萨特文集》（7），第2页。

她很了解我，我没做过任何坏事。但是执达吏在庭长的示意下把她拖了出去。审讯继续。"①实际上，谁也没有逼迫玛丽，她只是说了一些符合默而索人生情理的真话。但这些真话不符合社会闲谈、谎言的规范，反而无意间成了默而索罪行的证词，当然也成了个人与社会、人与世界荒诞关系的证词。默而索知道，自己"只因在母亲下葬时没有哭而被处决"②，但他不知道，自己不管是面对人类的法庭、还是面对上帝的审判，只要不愿意参与闲谈、运用谎言就必然没有为自己辩解的机会。这样，不愿意参加闲谈，又不愿意接受谎言的默而索只能以沉默、冷漠作为自己的语言方式，最终被社会视为最危险的敌人而判处了死刑。从这个意义上说，一方面"只有懂得如何说话的人才能缄默不语"③；另一方面，荒诞的世界、荒诞的人生，只要是表达个体的真实情感，不管是发声还是沉默、热情还是冷漠，都可能加剧人与人、人与社会隔断的"失语"状态。正如加缪所说："在这一片喧嚣之中，作家再也不能希望置身局外继续其心爱的沉思和想象了。到目前为止，弃权在历史上好歹总算还是可能的。但是今天一切都变了，沉默本身也具有了一种可怕的意义。"④所以，戏剧《卡利古拉》中的主人公卡利古拉，面对社会广泛的谎言欺骗与成批量制作的集体假面时，不得不通过佯狂中的装疯卖傻、嬉笑怒骂、正话反说等方式，来无情地撕碎形形色色集体性假面，还归个人赤裸裸的、甚至浸染着邪恶的生命本真。或者说，卡利古拉知道周围的人都普遍生活在浑浑噩噩的荒谬迷信中，自己不得不扮演任意杀戮的暴君角色，以选择作恶来演绎世界的无法容忍和极端荒诞。卡利古拉充满自信地告诉埃利孔："我周围的一切，全是假象；而我，我要让人生活在真实之中！我恰恰有这种手段，能让他们在真实当中生活。因为，埃利孔，我知道他们缺少什么。埃利孔，他们缺乏认识，还缺乏一位言之有物的教师。"⑤ 当然，卡利古拉的佯狂、残暴就像默而索的沉默、冷漠一样，无疑也使自己陷入了双重的"失语"困窘。卡利古拉一方面使周围人感到不可理解的怪异，另一方面也甚至使自己觉得难以确定的陌

① 〔法〕加缪：《局外人》，郭宏安译，《加缪中短篇小说集》，第68页。
② 〔法〕加缪：《局外人》，郭宏安译，《加缪中短篇小说集》，第88页。
③ 〔法〕萨特：《加缪的〈局外人〉》，黄梅、黄晴译，《文艺理论译丛》（2），第342页。
④ 〔法〕加缪：《瑞典演说》（1957年12月14日），郭宏安译，《文艺理论译丛》（3），第468页。
⑤ 〔法〕加缪：《卡利古拉》，李玉民译，见《正义者》，第73页。

生。他不得不三番五次地从镜像中重新寻找自我。

　　让因为没有及时想出恰当的"词语"被母亲、妹妹夺去了生命，默而索因为自己的沉默、冷漠被社会判处了死刑，卡利古拉则因为自己的佯狂、残暴使许多人难以容忍而遭遇刺杀身亡。所以，他们的语言方式采纳不一定是幸运的精神选择。但反过来说，他们的语言方式采纳也不一定是不幸的精神选择。因为，让以自己"想词"的延宕过程，展示了理性主义对人们语言功能的残酷戕害；默而索以自己的真诚人生态度，暴露了社会恼羞成怒、黔驴技穷的荒诞性；卡利古拉以自己惊醒世人的佯狂，撕碎了社会谎言泛滥、表演盛行的形形色色假面。所以，默而索有理由像西绪福斯一样坚信："我觉得我过去曾经是幸福的，我现在仍然是幸福的。"① 卡利古拉也有理由像默而索一样，充满信心地高声呼叫："历史上见，卡利古拉，历史上见。我还活着！"② 海德格尔说："真正的沉默只能存在于真实的言谈中。"③ "我们曾把沉默描述为言谈的本质性的可能性。谁默默给出供人领会的东西，总必'有的可说'。此在在召唤中让自己领会到它最本己的能在，因而这一呼唤是一种沉默。良知的言谈从不付诸音声。良知只默默呼唤，亦即呼声来自无家可归的无声无闻，并把被唤起的此在作为静默下来的此在唤回到它本身的静默中去。从而，愿有良知只有在缄默中才恰当地领会到这种默默无语的言谈。"④ 从某种意义上说，加缪文学作品中的"失语"现象可能意味着"大音无声"的全新言谈。借助这种全新的言谈，加缪试图破碎"语言的囚笼"、冲决"存在的困惑"，从而实践"反抗就是人为地制造一个世界。这也是对艺术的一种规定性。的确，反抗的要求，部分地也是美学要求"。⑤

5. 小说《局外人》的特殊叙事方式

　　加缪的小说《局外人》所采用的不是传统小说所特别钟情的第三人称客观叙事，而是小说主人公的第一人称主观叙事。重要的是，主人公兼第一人称叙事者又是一个被社会视为敌人判处了死刑，随时等待死亡降临、咀嚼死亡意蕴的人。从小说艺术的传统本体目的看，这种选择势

---

① 〔法〕加缪：《局外人》，郭宏安译，《加缪中短篇小说集》，第89页。
② 〔法〕加缪：《卡利古拉》，李玉民译，见《正义者》，第159页。
③ 〔德〕海德格尔：《存在与时间》，第200页。
④ 〔德〕海德格尔：《存在与时间》，第352—353页。
⑤ 〔法〕加缪：《反抗与艺术》，冯汉津译，《文艺理论译丛》（3），第438页。

必限制小说故事开展的时空广度，因而也不利于描写人与社会关系的时空广度。但是，这种选择却有利于将旁观者貌似公允的解释性讲述，转化成了在场者生存感受的呈现性描述，从而有利于人与社会荒诞关系的诗性彰显。

《局外人》虽然像传统小说一样还有故事，但小说中的故事却全没有传统小说围绕中心主线拣选材料、安排结构的一贯原则。反之，小说只有遵循自然时空流转的线型排列、延伸而出的一系列散漫无形、自然流动的瞬间生命轨迹。比如小说一开始写主人公默而索去为母亲送葬的叙述："今天妈妈死了。……我乘的是两点钟的汽车。……天一下就黑了。……一夜过去了。…… 天空中阳光灿烂……"①接着写默而索回到城里后的活动："醒来的时候……晚上，玛丽把什么都忘了。……我醒来的时候，玛丽已经走了。……一直睡到十点钟。……吃过午饭，我有点闷得慌。……五点钟……有点暗了，……街灯一下子亮了。"② 语句仅仅回归于自然的排列，时间顺序代替了因果顺序。所以，萨特说："《局外人》并非解释性的作品。荒谬的人不作解释，只是描述。"③ 重要的是，这种自然伸展的时空排列所构成的故事里，没有主要与次要，必然与偶然，现象与本质的区分。传统小说所追求的规律、本质在此完全回归了杂乱、现象的本然状态，回归了微不足道、琐屑平常的事件发生发展。其结果如同萨特在《存在与虚无》中所言："现象是什么，就绝对是什么，因为它就是像它所是的那样的自身揭示。我们能对现象作这样的研究和描述，是因为它是它自身的绝对的表达。"④ 这样，小说也就非常有效地消解了西方理性主义人类自我中心地位的乐观主义信念，反之以直面现实的勇气还外在世界、人类社会以无序的、偶然发生的本来面目。

《局外人》甚至也还有基本情节，但小说的情节全没有传统小说表现中心人物思想、感情的语言方式。反之，小说人物的语言常常只是枯燥、拘谨、呆板、闪烁其词和意义上互不承接的短句，体现社会典型性格的丰富语言已然被淡漠、简练甚至枯涩的语言所替代。比如主人公的大多语句都只是直接说明其行为：我走了。看见了。做了。说了。……

---

① 〔法〕加缪：《局外人》，郭宏安译，《加缪中短篇小说集》，第3—12页。
② 〔法〕加缪：《局外人》，郭宏安译，《加缪中短篇小说集》，第14—18页。
③ 〔法〕萨特：《加缪的〈局外人〉》，黄梅、黄晴译，《文艺理论译丛》（2），第336页。
④ 〔法〕萨特：《存在与虚无》，第2页。

等等。正如萨特所说："每个句子都不承接上一句话造成的语势，每句话都是一个新的开端。每句话都像是在给一个姿势或一件物品抢镜头拍照。而对于每一个新姿态或话语，又都相应地制造一个新句子。"① "《局外人》中的句子都是孤岛，我们从一句话跳到另一句话，从空无到空无。""不言自喻，这些句子彼此并无关系，它们只是被并列在一起。"② 因为，作为社会存在物的人已经成为脱离社会实践交往的局外人，已经判定相应社会生活为无意义的荒诞，其语言自然因为社会生活意义的匮乏而全面萎缩。正如施康强先生在谈到萨特的《〈局外人〉的诠释》时所说："事实本无意义，是理性的叙述赋予事实以意义。因此，加缪在叙述时大量使用不相连贯的短句，避免表示因果关系与时间关系，好像现实无非是个别因素的总和，本可以还原成互不相关的因素。"③ 从某种意义上说，这些互不承接的短句，比较准确地把生命瞬间存在的堆砌状态模拟了出来，同时也就把人生的偶然性、漂泊性、虚无性鲜活生动地展示了出来。所以，萨特说："柏格森把时间视为一种不可摧毁的整体结构，而加缪却仅仅把它看成一连串的瞬间。正是这种互不关联的多元的瞬间将最终说明存在的多元性。"④ 语句的断裂恰是社会人生断裂的感性表征，也是现代人心灵深处充满孤独感、漂泊感的诗性彰显。

《局外人》的情节也全没有传统小说通过中心人物的人生行为表现因果、目的原则下的社会规范、心理逻辑，代之而来的只是主人公破碎零乱、互不相干的偶然情绪和绝对个别的心理感受。比如主人公在开枪杀人前的一段自我叙述："我等着，太阳晒得我两颊发烫，我觉得汗珠聚在眉峰上。那太阳和我安葬妈妈那天的太阳一样，头也像那天一样难受，皮肤下面所有的血管都一齐跳动。我热得受不了，又往前走了一步。我知道这是愚蠢的，我走一步并逃不过太阳。但是我往前走了一步，仅仅一步。这一次，阿拉伯人没有起来，却抽出刀来，迎着阳光对准了我。刀锋闪闪发光，仿佛一把寒光四射的长剑刺中了我的头。就在这时，聚在眉峰的汗珠一下子流到了眼皮上，蒙上一幅温吞吞的、模模糊糊的水幕。这一泪水和盐水掺和在一起的水幕使我的眼睛什么也看不见。我只

---

① 〔法〕萨特：《加缪的〈局外人〉》，黄梅、黄晴译，《文艺理论译丛》(2)，344 页。
② 〔法〕萨特：《加缪的〈局外人〉》，黄梅、黄晴译，《文艺理论译丛》(2)，第 348 页。
③ 施康强：《文论卷导言》，沈志明、艾珉主编：《萨特文集》(7)，第 2 页。
④ 〔法〕萨特：《加缪的〈局外人〉》，黄梅、黄晴译，《文艺理论译丛》(2)，第 347 页。

觉得铙钹似的太阳扣在我的头上，那把刺眼的刀锋总是隐隐约约地对着我。滚烫的刀尖穿过我的睫毛，挖着我的痛苦的眼睛。就在这时，一切都摇晃了。大海呼出一口沉闷而炽热的气息。我觉得天门洞开，向下倾泻着大火。我全身都绷紧了，手紧紧握住枪。枪机扳动了，我摸着光滑的枪柄，就在这时，猛然一声震耳的巨响，一切都开始了。"①生命攸关的重大事件，对肇事者默而索而言，似乎没有合乎因果、目的的发生理由，也没有具说服力的心理逻辑，只因为阳光、炎热、汗水所引起的焦虑与烦躁，只因为手里碰巧有一支能杀人的枪。由此，主人公默而索的社会局外性通体透明、无所遮拦地凸现了出来。其实，默而索的莽撞源自于加缪彰显人类社会荒诞处境的主观意图，这种主观意图彻底颠覆了人们长时期以来引以为骄傲的理性思维逻辑。所以，萨特说："像所有的艺术家一样，他在编造、发明，因为他自称是在重新构筑人的初始的直接经验，也因为他巧妙地排除了作为经验组成部分的一切有意义的联系环节。""写这种事实与意义的差异和矛盾就是要在读者心中激起荒谬感。"②

　　《局外人》的第一人称主观叙事的汩汩流泻，因为完全冲破了个人意识长期被社会制度化意识形态所禁锢与羁缚的悲哀，自我个体的生存状态以及与周围世界的关系被置放于新的眼光下予以全新的审视和敞明，小说的许多具体细节也就变成了浸润着主人公孤独的个体心理体验的话语奔涌而出。一切外在事实的陈述经过主人公心灵的过滤，一切客观的物象描写经过主人公感受的浸染。比如小说里的主人公默而索为母亲送葬时，对母亲生前的老朋友多玛·贝莱兹的痛苦伤心是这样叙述的："他又激动、又难过，大滴的泪水流上面颊。但是，由于皱纹的关系，泪水竟流不动，散而复聚，在那张形容大变的脸上铺上了一层水。"③ 苏联文学理论家叶夫尼娜说："他只是观察和记录人们各种各样的只言片语和互不连贯的手势，或是葬礼的个别方面，他注意到了令人窒息的酷暑，极度的疲倦，但是却闭口不谈与死者有关的自己的内心感受。这个人在全书的表现都具有这种麻木不仁和精神疲沓的特点。"④ 重要的是，现代社

---

① 〔法〕加缪：《局外人》，郭宏安译，《加缪中短篇小说集》，第43页。
② 〔法〕萨特：《加缪的〈局外人〉》，黄梅、黄晴译，《文艺理论译丛》(2)，第347页。
③ 〔法〕加缪：《局外人》，郭宏安译，《加缪中短篇小说集》，第13—14页。
④ 〔苏联〕叶夫尼娜：《阿尔贝·加缪》，白嗣宏译，《文艺理论译丛》(3)，第516页。

会公众共同认可，并借以广泛流通的情感方式也就因为主人公自我个体心理感受而被消解了交流的意义。同时，主人公也就明目张胆地扯断了现存社会普遍认可的伦理情感表现方式，呈现了自我漠视世界的存在主义主体意识。比如小说主人公默而索来到法庭候审时有这样一段叙述："我们坐在门旁等着，隔着门，听见一片说话声，叫人的声音和挪动椅子的声音，吵吵嚷嚷地让我想到那些群众性的节日，音乐会之后，大家收拾场地准备跳舞。"① 主人公默而索走进法庭时则有这样一段叙述："我看见我面前有一排面孔，都在望着我，我明白了，这是陪审员。但我说不出来这些面孔彼此间有什么区别。我只有一个印象，仿佛我在电车上，对面一排座位上的旅客盯着新上来的人，想发现有什么可笑的地方。我知道这种想法很荒唐，因为这里他们要找的不是可笑之处，而是罪恶。不过，区别并不大，反正我是这样想的。"②主人公默而索接受庭长发问时有这样一段叙述："他还是先让我自报家门，我想这也的确是相当自然的，万一把一个人当成另一个人，那可就太严重了。"③主人公默而索在法庭上倾听检察官讼词时有这样一段叙述："我听着，我听见他们认为我聪明。但我不太明白，平常人身上的优点到了罪犯身上，怎么就能变成沉重的罪名。至少，这使我感到惊讶。"④默而索被宣判死刑后，三次拒绝接待指导神甫。他只是多少次想到是否有判了死刑的人逃脱那不可逆转的无情进程。"于是，我就怪自己从前没有对描写死刑的作品给予足够的注意。对于这些问题，一定要经常关心。谁也不知道会有什么事情发生。"⑤社会公众共同关注的、生命攸关的严重事件，因为主人公这种无动于衷的冷漠叙述而顿时变得滑稽、逗趣，本该有痛感的悲壮也因为人与社会的极度脱节、错位而转化成了只包含荒诞感的调侃。悲剧转化成了带着现代主义黑色幽默的喜剧，愤怒的批判转化成了冷峻的自嘲。小说鲜活生动地一方面表现出主人公孤独、寂寞，以及同社会不能沟通、认同的荒诞感；另一方面又表现出局外人自主、自为，以及对荒诞处境无比轻蔑的自由想象性。

① 〔法〕加缪：《局外人》，郭宏安译，《加缪中短篇小说集》，第59页。
② 〔法〕加缪：《局外人》，郭宏安译，《加缪中短篇小说集》，第60页。
③ 〔法〕加缪：《局外人》，郭宏安译，《加缪中短篇小说集》，第63页。
④ 〔法〕加缪：《局外人》，郭宏安译，《加缪中短篇小说集》，第72页。
⑤ 〔法〕加缪：《局外人》，郭宏安译，《加缪中短篇小说集》，第78页。

　　《局外人》的第一人称主观叙事在很多时候还故意把人物对话转化为间接引语，以此消解了对话的相互沟连、疏通的通常伦理意义，同时也消解了人与人相互理解、认同的社会学意义。比如主人公默而索同情人玛丽的爱情交往有这样的叙述："晚上，玛丽把什么都忘了。片子有的地方挺滑稽，不过实在是很蠢。她的腿挨着我的腿。我抚摸她的乳房。电影快结束的时候，我吻了她，但吻得很笨。出来以后，她跟我到我的住处来了。"①"她笑的时候，我心里又痒痒了。过了一会儿，她问我爱不爱她。我回答说这种话毫无意义，我好像不爱她。她好像很难过。可是在做饭的时候，她又无缘无故地笑了起来，笑得我又吻了她。"②这种第一人称的自言自语叙述完全破坏了人物对话的特定语境，使人们在社会习惯中充满激情与兴奋的交流和对话被挤压成了干燥、枯涩的主体精神符号。同时，也就将自我人生与外在社会的隔断性、孤独性充分地呈现了出来，在彰显出语言的枯涩、干燥的同时，也呈现出人生的枯涩、干燥。所以，萨特说："他书中的句子都彼此平等，正如荒谬的人的所有的经验都平等一样。每句话都确立自身，而把其余一切都驱入渺渺虚无之中。""对话是解释和表现意义的时刻，若是突出了对话的地位，也就无异于承认意义的存在。加缪对对话进行整理和概括，常常把它们转化为间接引语。他不给对话以任何印刷上的特权，因此人们说的话与其他别的事实似乎毫无差别。"③

　　《局外人》的超乎寻常的语言叙述虽然在认识论意义上限制了小说表现宽广的社会生活内涵，却在审美意义上凭借其抽象简化的符号性而具有了极其丰厚的哲学暗示意蕴。它一方面显示了主人公的人生与社会脱节后的空乏、虚无；另一方面又显示了主人公的主体意识对社会的谨慎戒备、疏远轻蔑。当然，同时也揭示了现代人默而索的存在主义悲剧性生存境遇，已经无须特别的注解与更多的说明，因为语言的透明与单薄已彻底去掉了对其荒诞人生处境的掩饰、遮蔽。

　　从这个意义上说，《局外人》中特殊的小说叙事，无疑使作为叙事者的主人公成了传统社会意识形态垄断人生话语权的反对者。所以，叙事者兼主人公语言与行为必遭致传统社会意识形态阐释人的故意歪曲。

---

① 〔法〕加缪：《局外人》，郭宏安译，《加缪中短篇小说集》，第15页。
② 〔法〕加缪：《局外人》，郭宏安译，《加缪中短篇小说集》，第26页。
③ 〔法〕萨特：《加缪的〈局外人〉》，黄梅、黄晴译，《文艺理论译丛》（2），第350页。

因此，我们也就不难理解，为什么当默而索在法庭上，诸位证人如实讲述了若干叙事者兼主人公的语言与行为后，检察官却巧妙地整理出另外一套解释，这种解释与默而索的语言与行为自身逻辑形成了巨大的差异。所以，默而索一直觉得他们是在谈与自己无关的别的什么人。默而索忍不住想到："他们好像在处理这宗案子时把我撇在一边。一切都在没有我的干预下进行着。我的命运被决定，而根本不征求我的意见。"①这种令人惊异的错裂，也就更进一步显现出忠实于语言与行为自身逻辑的个人同现成体制化社会关系的深度隔膜与陌生。如萨特所评："现在我们完全理解加缪的小说的题目了。他打算刻画的局外人就是一名这种极其天真的人，他们不承认社会的游戏规则，因而震惊了社会。"② 难怪默而索的女友玛丽在证人席上提供了证词后，突然情绪失控、泪水夺眶而出。因为，她在一瞬间豁然彻悟、理解到默而索的坦率与真诚。同时也终于感受到默而索被社会所误解、疏远的悲愤与凄凉。这种彻悟、感受无意间使善良多情的玛丽成了沟通默而索与现实社会的桥梁。但是，玛丽所说的一些符合默而索语言与行为自身逻辑的真话，却因为默而索与社会的深度裂隙而被社会意识形态侍卫们置换了意义语境。因此，它们无意间成了默而索罪过的证词。当然，它们也是默而索与社会极度疏离的证词，是个人与社会、人与世界荒诞关系的证词。所以，"《局外人》是一部表现矛盾、分裂、无所适从的小说"③。面对这种难以道明、难以说清的人生处境，我们终于理解了默而索那一以贯之的沉默与冷淡。荒诞的世界、荒诞的人生，任何表达自己个体真实情感的语言，都可能加剧人与人、人与社会的隔断。因此，沉默乃是现代人默而索的语言方式，也是他关于人类生存状态的表达方式。正如加缪所说："只有懂得如何说话的人才能缄默不语。"④所以，当一位预审推事问默而索，人家把他描绘成一个生性缄默孤僻的人，他自己有什么看法时，默而索回答说："因为我没什么可说的，于是我就不说话。"⑤ 海德格尔说："言听奠基于领会。领会既不来自喋喋不休也不来自忙忙碌碌的东听西听。唯有所领会者能审听。

---

① 〔法〕加缪：《局外人》，郭宏安译，《加缪中短篇小说集》，第 71 页。
② 〔法〕萨特：《加缪的〈局外人〉》，黄梅、黄晴译，《文艺理论译丛》(2)，第 336 页。
③ 〔法〕萨特：《加缪的〈局外人〉》，黄梅、黄晴译，《文艺理论译丛》(2)，第 341 页。
④ 〔法〕萨特：《加缪的〈局外人〉》，黄梅、黄晴译，《文艺理论译丛》(2)，第 342 页。
⑤ 〔法〕加缪：《局外人》，郭宏安译，《加缪中短篇小说集》，第 48 页。

所以，言谈的另一种本质可能性即沉默也有其生存论基础。比起口若悬河的人来，在交谈中沉默的人可能更本真地'让人领会'，也就是说，更本真地形成领悟。"①默而索的"没什么可说的，于是我就不说话"，其实是说出了更深邃的人生感悟。反过来说，《局外人》也就终归运用特殊的叙事方式，凸现了一个从人类主体精神角度充分意识到自己与世界的荒诞关系，并对荒诞关系持蔑视、反抗态度的人物形象，从而以另一种方式完成了"荒诞"意蕴与语言表现的审美统一。

---

① 〔德〕海德格尔：《存在与时间》，第200页。

第七章　海德格尔的存在之思与语言、诗

　　海德格尔是当代西方哲学界最有创见的思想家之一。海德格尔在前期代表性著作《存在与时间》里，首先把人的存在当成哲学的基本问题，他说："任何存在论，如果它未首先充分地澄清存在的意义并把澄清存在的意义理解为自己的基本任务，那么，无论它具有多么丰富多么紧凑的范畴体系，归根到底它仍然是盲目的，并背离了它最本己的意图。"①海德格尔所谓的"存在"不是传统形而上学关注的超验存在，而是同我们个体生存密切相关的经验存在。海德格尔说："如果'我'确是此在的本质规定性之一，那就必须从生存论上来解释这一规定性。""然而人的'实体'也不是作为灵肉综合的精神，而是生存。"②西方近代科学一方面破碎了有限个体生存通往永生彼岸的美妙希望，另一方面更说明了世界、宇宙无边无限、无始无终的真正事实，无疑使生命存在的意义问题变得空前严肃和紧迫。海德格尔在《存在与时间》里主要通过所谓"此在"的阐释，初步完成了自己关于生命存在意义的说明。20世纪30年代以后，海德格尔又在《存在与时间》的基础上，通过梳理从古希腊前苏格拉底时期到近现代黑格尔、尼采的哲学思想，表达了自己对西方思想史的独特观点。海德格尔认为，古希腊前苏格拉底时期是西方原初的存在之"思"的时代，柏拉图和亚里士多德开始把思想弄成了寻求抽象性、普遍性的形而上学哲学，这就使最初的"存在"思考，忽略了人的存在。同时，人因为惧怕自然强大力量而钟情科学技术的发明创造，也忽略了人的存在。海德格尔说："今天，科学在它的所有领域内都成了一种获取知识与传授知识的技术的、实用的事务。从这样的科学出

---

① 〔德〕海德格尔：《存在与时间》，第15页。
② 〔德〕海德格尔：《存在与时间》，第144页。

发根本不可能发生精神的唤醒，倒是科学自身需要一种唤醒。"①所以，从柏拉图和亚里士多德到黑格尔和尼采的时代，都是以"存在被遗忘"为特征的哲学、科学时代。这样，海德格尔通过"存在被遗忘"或"非存在"的否定反驳或"证伪"，补充了自己关于生命存在意义的说明，从而提请人们重新关注这个长久被忽略的问题，即人的存在意义是什么？海德格尔更通过探讨存在之"思"与语言、"诗"的原始发生关系，说明人的存在意义之"思"可以通过语言、诗而挣脱"存在者"的禁锢，捣毁科学技术霸权的奴役，从而开辟一条人的存在意义回归的路径。

1. 存在之思与语言

海德格尔在《存在与时间》里通过阐释"此在"说明生命存在意义时指出："此在作为此在一向已经对自己有所筹划。只要此在存在，它就筹划着。"②"在向可能性作筹划之际，已经先行设定了存在之领悟。"③因此，人的存在是一个不断自我筹划、领悟的过程。存在的领悟也就是人生真理的洞悉。那么，真理是什么呢？西方从亚里士多德以来，"符合论"对这个问题的回答影响极大。所谓符合论，就是强调再现、表现、判断与实际相符合。亚里士多德在《形而上学》中说："每一事物之真理与各事物之实是必相符合。"④"凡以不是为是、是为不是者，这就是假的，凡以实为实、以假为假者，这就是真的。"⑤他还在《范畴篇》中举例说："一个人存在着这个事实，蕴涵着'他存在着'这个命题的正确性，并且这种蕴涵的关系是交互的；因为，如果一个人存在，那么，我用来断定他是存在的那个命题也就是正确的，反过来说，如果我们用来断定他存在的那个命题是正确的，那么他就是存在的。但是，那个正确的命题绝不能是这个人的存在的原因，而这个人存在这个事实，看来才是这个命题之所以为正确的原因，因为命题的正确或错误取决于这个人存在或不存在这一事实。"⑥但"符合论"里却隐藏着一个悖论。当再现、表现、判断要符合实际时，我们怎么确定那个所谓的实际呢？如果

---

① 〔德〕海德格尔：《形而上学导论》，第49页。
② 〔德〕海德格尔：《存在与时间》，第177页。
③ 〔德〕海德格尔：《存在与时间》，第180页。
④ 〔古希腊〕亚里士多德：《形而上学》，吴寿彭译，北京：商务印书馆，1959年，第34页。
⑤ 〔古希腊〕亚里士多德：《形而上学》，第81页。
⑥ 〔古希腊〕亚里士多德：《范畴篇》，方书春译，《范畴篇·解释篇》，商务印书馆，1959年，第46页。

不能先确定实际，也就没有办法符合它；如果能先确定实际，也就没有必要符合它。所以，海德格尔说："陈述的'真在'（真理）必须被理解为揭示着的存在。所以，如果符合的意义是一个存在者（主体）对另一个存在者（客体）的肖似，那么，真理就根本没有认识和对象之间相符合那样一种结构。"①海德格尔认为，真理应该是存在的揭示，揭示的程度相对于遮蔽的程度，所以，真与不真永远紧紧相连。海德格尔说："此在的实际状态中包含有封闭状态和遮蔽状态。就其完整的生存论存在论意义来说，'此在在真理中'这一命题同样原始地也是说：'此在在不真中'。不过，只因为此在是展开的，它才也是封闭的，只因为世内存在者一向已随着此在是揭开的，这类存在者作为可能的世内照面的东西才是遮蔽的（晦蔽的）或伪装的。"②"引导巴门尼德的真理女神把他带到两条道路前面，一条是揭示之路，一条是晦蔽之路。这不过意味着此在一向已在真理和不真中罢了。"③揭示就是去除遮蔽，去除遮蔽的方法就是解释。从某种意义上说，海德格尔的《存在与时间》就是从现象学方法论出发的存在意义解释。海德格尔说："现象学描述的方法上的意义就是解释。此在现象学的 λόγos 具有诠释的性质。通过诠释，存在的本真意义与此在本己存在的基本结构就向居于此在本身的存在之领悟宣告出来。此在的现象学就是诠释学。"④ 解释则必须依赖语言。海德格尔说："规定着此之在，规定着在世的展开状态的基本存在论性质乃是现身与领会。领会包含有解释的可能性于自身。解释是对被领会的东西的占有。只要现身同领会是同样源始的，现身就活动在某种领悟之中。同样有某种可解释性来自现身。"⑤而"言谈同现身、领会在存在论上是同样源始的。""现身在世的可理解状态道出自身为言谈。可理解状态的含义整体达乎言辞。""把言谈道说出来即成为语言。"⑥"言谈通常说出着自身，而且也总已说出了自身。言谈即语言。而在被说出的东西里向已有领悟与解释。语言作为被说出的状态包含有此在之领悟的被解释状态于自身。被解释

---

① 〔德〕海德格尔：《存在与时间》，第 263 页。
② 〔德〕海德格尔：《存在与时间》，第 267 页。
③ 〔德〕海德格尔：《存在与时间》，第 268 页。
④ 〔德〕海德格尔：《存在与时间》，第 47 页。
⑤ 〔德〕海德格尔：《存在与时间》，第 196 页。
⑥ 〔德〕海德格尔：《存在与时间》，第 196—197 页。

状态像语言一样殊非仅止现成的东西；它的存在是此在式的存在。"① 所以，《存在与时间》的译者这样说："'领会'本身是可能性的'筹划'，'筹划'的基本方式是'解释'，而'解释'通过'言谈'来进行。"②

18 世纪的意大利历史哲学家维柯曾经从发生学的角度，揭示了原始人如何凭借诗性智慧给外在的万千气象和内在的繁复情感命名，使人类如何有了一套可以指示千奇百怪现象事实、可以表达超经验感觉的语言工具。维柯告诉我们，古希腊人、希伯来人的神话就是通过一个个以具体神灵为标志的象征隐喻，给内外在世界的诸多事物命名，从而凭借语词的魔力使诸多的事物有了笼统的概念，使人类的思维活动有了特定的概念排列、组合及分类。正如恩斯特·卡西尔所说："神祇力量的真来源，每每是神的名称，而不是神本身。"③也可以说，古希腊人、希伯来人就是通过象征隐喻性语言为内外在世界事物的逐一命名过程，使人头脑里关于世界的表象逐步清晰、完整，使人心灵的原始经验与情感逐步累积、沉淀，从而推动了人类思维意识的逐步发展；古希腊人、希伯来人尤其更借助各种神灵的名称作为其精神追求的寓宅，促进了人更积极主动与世界相交往，更深刻认识世界、改造世界实践活动的扩展和深化。海德格尔一方面从发生学的角度指出："语言，凭借给存在物的首次命名，第一次将存在物带入语词和显象。这一命名，才指明了存在物源于其存在并到达其存在。这种言说即澄明的投射。"④另一方面更说明人的存在意义与语言的密切关系，他说："在一种更源始的意义上，语言是一种财富。语言足以担保——也就是说，语言保证了——人作为历史性的人而存在的可能性。""我们——人——是一种对话。人之存在建基于语言；而语言根本上惟发生于对话中。"⑤ 甚至直接强调有语言的地方才有人的世界，语言是存在家园。他说："语言不只是人所拥有的许多工具中的一种工具；相反，惟语言才提供出一种置身于存在者之敞开状态中间的可能性。惟有语言处，才有世界。"⑥ "语言的本质既非意谓所能穷尽，

---

① 〔德〕海德格尔：《存在与时间》，第 203 页。

② 〔德〕海德格尔：《存在与时间》，第 522 页。

③ 引自〔美〕卫姆塞特、布鲁克斯《西洋文学批评史》，颜元叔译，北京：中国人民大学出版社，1987 年，第 644 页。

④ 〔德〕海德格尔：《艺术作品的本源》，《诗·语言·思》，第 69 页。

⑤ 〔德〕海德格尔：《荷尔德林和诗的本质》，《荷尔德林诗的阐释》，第 41 页。

⑥ 〔德〕海德格尔：《荷尔德林和诗的本质》，《荷尔德林诗的阐释》，第 40 页。

语言也绝不是某种符号和密码。因为语言是存在之家，所以，我们是通过不断地穿行于这个家中而通达存在者的。"①以此为基础，海德格尔断定重新检查一切基本哲学观念和语言本质是一个至关紧要的重大任务。②海德格尔在《存在与时间》里探讨"逻各斯"概念时指出，"逻各斯"（logos）在希腊原文中的意义是言谈。亚里士多德曾经把言谈的功能精细地解释为"合乎语法的言谈"，"逻各斯"就是让人看某种东西，让人看言谈所谈及的东西。言谈"让人"从某某东西方面"来看"，也就是让人从话题所及的东西方面来看。只要言谈是真切的，言谈之所谈就当取自言谈之所涉，只有这样才能把所涉的东西公开出来，从而使他人也能够通达所涉的东西。这种"使公开"的意义就是展示出来让人看。③"逻各斯"这个词后来具有的各种含义以及人们所作的随心所欲的阐释，例如它一向被解释为理性、判断、概念、定义、根据、关系等等，皆不断遮蔽着它的本真意义。海德格尔在探讨"道"的概念时认为："也许'道路'一词是语言的源始词语，它向沉思的人道出自身。老子的诗意运思的引导词语就是'道'，'根本上'意味着道路。但是由于人们太容易仅仅从表面上把道路设想为连接两个位置的路段，所以人们就仓促地认为我们的'道路'一词是不适合于命名'道'所道说的东西的。因此，人们把'道'翻译为理性、精神、理由、意义、逻各斯等。但'道'或许就是产生一切道路的道路，我们由之而来才能去思理性、精神、意义、逻各斯等根本上也即凭它们的本质所要道说的东西。"④"澄明着和掩蔽着之际把世界端呈出来，这乃是道说的本质存在。"⑤海德格尔进而强调："表示如此这般思的词语之运作的最古老的词语，即表示道说的最古老的词语，叫作逻各斯——即显示着让存在者在其'它是'中显露出来的道说。然而，表示道说的同一个词语逻各斯，同时也是表示存在即在场者之在场的词语。道说与存在，词与物，以一种隐蔽的、几乎未曾被思考的、并且终究不可思议的方式相互归属。一切本质性的道

　①〔德〕海德格尔：《诗人何为?》，《林中路》，第280页。

　②　Wolfgang Bernard Fleischmann edited. *Encyclopedia of World Literature in the* 20ᵗʰ *century*, Volume 1.

　③〔德〕海德格尔：《存在与时间》，第40—43页。

　④〔德〕海德格尔：《语言的本质》，《在通向语言的途中》，第165页。

　⑤〔德〕海德格尔：《语言的本质》，《在通向语言的途中》，第167页。

说都是对道说与存在、词与物的这种隐蔽的相互归属关系的响应和倾听。"①海德格尔深感忧虑地告诫人们：言谈所谈及的东西、道说所道出的存在，却可能僭越言谈、道说，甚至反过来成为支配言谈、道说的形而上的理性规定。

言谈所谈及的东西、道说所道出的存在，何以可能僭越言谈、道说，反过来成为支配言谈、道说的形而上理性规定呢？海德格尔从人类社会实践活动的角度考察了其中的原因。他指出，科学研究不是个别人的事业，必须有众多的人加入其中，这就需要相互交流，而交流又必须借助符号，特别是书面的、口头的语言符号。这样，随着科学技术的发展，语言越来越被视为一种交流知识的工具，一个能为人们所了解、使用的符号系统。海德格尔对此在的"思"深感兴趣，而所谓此在的"思"既然同语言的道说密切相关，那么，语言就应该具有哲学本体论意义，同时也应该是探问人存在意义的路径。海德格尔说："现行的观点将语言认作为交流的工具。""但是，语言并非是且并非首先是所要交流的听得见的和写出来的表达。语言并非只是将公开的和遮蔽的作为意图才转化到语句中去，不如说语言自身使所是，作为所是之物，首先进入了敞开。"②"语言乃是一地域，也就是说，它是存在的家园。语言的本性并非在指称之中消耗自身，它也不仅仅是具有指号或密码特性的事物。因为语言乃是家园，我们依靠不断穿越此家园而到达所是。"③海德格尔意在强调，语言更应该是存在之居，语言包含有对存在的显露，语言使人的存在呈展开状态，仅仅把语言视为工具就大大贬低了语言作为"逻各斯"的意义。海德格尔说："人表现为言谈的存在者。这并不意味着唯人具有发音的可能性，而是意味着这种存在者以揭示着世界和揭示着此在本身的方式存在着。"④海德格尔相信，当人思索存在时，存在问题就进入了语言。语言是存在的寓所（house of being），人栖居在语言寓所中，使用语词思索和创作的人们就是这个寓所的守护者。

海德格尔的语言观是对传统语言观的解构，更是对传统哲学观的解构，具体而言，更是对传统哲学观关于人与世界关系的解构。按照传统

---

① 〔德〕海德格尔：《词语》，《在通向语言的途中》，第203页。
② 〔德〕海德格尔：《艺术作品的本源》，《诗·语言·思》，第68页。
③ 〔德〕海德格尔：《诗人何为》，《诗·语言·思》，第120页。
④ 〔德〕海德格尔：《存在与时间》，第201页。

哲学观关于人与世界关系的理解，人理所当然地是认知的主体，世界是人的认知客体，人总是面对着一个被动地等待着自己去认识的世界。在人与世界的这种关系中语言的功能是"再现"和"表现"，即帮助人这个认知主体"再现"客体的外在世界，"表现"主体的内心世界。亚里士多德的"符合论"就是其经典表述。正如海德格尔所说："亚里士多德写道：'有声的表达（声音）是心灵的体验的符号，而文字则是声音的符号。而且，正如文字在所有的人那里并不相同，说话的声音对所有人来说也是不同的。但它们（声音和文字）首先是符号，这对所有的人来说都是心灵的相同体验，而且，与这些体验相应的表现的内容，对一切人来说也是相同的。'亚里士多德的这几句话构成了一个经典的段落，它让我们看到了作为有声表达的语言所具有的结构：字母乃是声音的符号，声音乃是心灵的体验的符号，心灵的体验乃是事物的符号。符号关系构成了这个结构的支柱。"①海德格尔的语言观及其基础上的哲学观告诉我们，人类的心智不是一面消极的镜子，只被动地映照现成外在世界的倒影，人类的心智更有一种主动的框架组织功能和想象创造功能。更进一步说，人类的心智可以通过想象性创造功能，创造出一个人类不得不相交往的人文文化世界，并在创造人文文化世界的同时建构起更有广度和深度的主观心智世界。海德格尔由此把传统的人与世界二元对立关系解构了，再也没有主体与客体之分了。人向世界开放，与此同时，世界也向人显露。在这种情况下，语言顺理成章地从原来的"再现"和"表现"的工具跃居到超越主体的地位。也就是说，不再像过去认为的那样是人讲语言，而是语言有自行道出的特点。海德格尔说："在言谈之所云中得到传达的一切关于某某东西的言谈同时又都具有道出自身的性质。"②"但是在事实上，语言才是人的主人。""因为，严格地说，是语言在言说。人只是在他倾听语言的呼唤并回答语言的呼唤的时候才言说。在我们人类存在物可以从自身而来并和自身一道成为言说的全部呼唤中，语言是至高无上的。"③海德格尔这种观点的意义具有重要的思想分水岭性质。很久以来，人们一直以为自己面对的是一个实实在在的世界。海德格尔却告诉人们，这个实实在在的世界并不存在，我们面对的只是一

---

① 〔德〕海德格尔：《语言的本质》，《在通向语言的途中》，第 171 页。
② 〔德〕海德格尔：《存在与时间》，第 198 页。
③ 〔德〕海德格尔：《人诗意地居住》，《诗·语言·思》，第 187 页。

个能够实现存在意义的文本世界、语言世界。

2. 存在之思与诗

海德格尔所关注的语言既不是严密、完善的理想语言，也不是具体多样的日常语言。理想语言追求逻辑的确定性，这正是海德格尔所反对的那种与存在相敌对的形而上学的根源。海德格尔更强调的是："语言首先而根本地遵循着说的本质因素，即道说。语言说，因为语言道说，语言显示。"① 日常语言则仅仅是交际工具，它直接与此在的沉沦、烦、闲聊等非人状况相关，从而也不足以亮出存在并且形诸语言。海德格尔说："言谈本质上属于此在的存在机制，一道造就了此在的展开状态。而言谈有可能变成闲谈。闲谈这种言谈不以分解了的领悟来保持在世的敞开状态，而是锁闭了在世，掩盖了世内存在者。""无根的人云亦云竟至于把开展扭曲为封闭。"② "此在的展开状态则从本质上包含有言谈。""在大多数情况下，人们不是借亲身揭示来占有被揭示状态的，而是通过对人云的道听途说占有它的。消散于人云之中是常人的存在方式。"③ "事物在言词中、在语言中才生成并存在起来。因此，语言在纯粹闲谈中，在口号以及习语中的误用使我们失去了与事物的真实关系。"④海德格尔所真心向往的是诗意语言（poetic language）。因为诗是最具有原始创生性的语言。维柯的诗性智慧研究深入探讨了人类语言文化符号的诗性发生学原理，他说："在诗的起源这个范围之内，我们就已发现了语言和文字的起源。"⑤维柯认为："野蛮人的最初的语言一定是在歌唱中形成的。"⑥ "所有异教各民族的历史都有神话故事性的起源。"⑦ "一切野蛮民族的历史都从寓言故事开始。"⑧ "最初的哲人们都是些神学诗人。"⑨诗性智慧凭诗性的歌唱创造出识别外在事物和内在心灵的语言，语言又编织出解说人类历史的神话。神话就是人类文化世界的诞生，人类文化世界的诞

① 〔德〕海德格尔：《走向语言之途》，《在通向语言的途中》，第 217 页。
② 〔德〕海德格尔：《存在与时间》，第 205 页。
③ 〔德〕海德格尔：《存在与时间》，第 269 页。
④ 〔德〕海德格尔：《形而上学导论》，第 15 页。
⑤ 〔意大利〕维柯：《新科学》，朱光潜译，北京：人民文学出版社，1986 年，第 220 页。
⑥ 〔意大利〕维柯：《新科学》，第 107 页。
⑦ 〔意大利〕维柯：《新科学》，第 151 页。
⑧ 〔意大利〕维柯：《新科学》，第 102 页。
⑨ 〔意大利〕维柯：《新科学》，第 151 页。

生就是人类历史性的发生，从而也就是人性的实现。歌唱（诗）、语言浑然融会于诗性，诗性与历史性的交相纠缠建构起了人类文化世界，人类文化世界的创造完成了人类从野蛮自然本性向文明社会人性的脱胎换骨，从而实现了人的存在。海德格尔也认为诗意语言是同人的原初存在方式相连并直接使存在呈现的本真语言、纯朴语言。海德格尔说："语言就是原始诗作，一个民族就在原始诗作吟咏这个在。反过来，一个民族赖以进入历史的伟大诗作才开始去塑造此民族的语言。"① "与诗人这首独一的诗的真正对话不外乎是诗意的对话：诗人之间的诗意对话。但也可能是——甚至有时必须是——思与诗的对话，这乃是因为两者与语言之间有着一种突出的、尽管各各不同的关系。思与诗的对话旨在把语言之本质召唤出来，以便终有一死的人能重新学会在语言中栖居。"② "语言本身在根本意义上是诗。……语言不是诗，因为语言是原诗；不如说，诗歌在语言中产生，因为语言保存了诗意的原初本性。"③海德格尔更强调诗是"真正的存在之思"。海德格尔说："人类此在在其根基上就是'诗意的'。"④ "诗与思，两者相互需要，就其极端情形而言，两者一向以它们的方式处于近邻关系中"⑤ "因此，关于诗与思之近邻关系的谈论就意味着，诗与思相互面对而居住，一方面对着另一方而居住，一方定居于另一方的近处。"⑥ "幸好我们既不需要去发现也不需要去寻找这种近邻关系，我们已经栖身于这种近邻关系中了。我们就在这种近邻关系中活动。诗人的诗向我们说话。我们已经面对这首诗而有所思，尽管还只是粗略大体的思索。"⑦ "诗与思乃是道说的方式，而且是道说的突出方式。"⑧ "诗与思，两者都是一种别具一格的道说，因为它们始终被委诸于作为其最值得思的东西的词语之神秘，并因此一向被嵌入它们的亲缘关系中了。"⑨海德格尔从诗意语言、诗与思的研究出发，自然地生发出了相应的文学艺术观。

① 〔德〕海德格尔：《形而上学导论》，第 172 页。
② 〔德〕海德格尔：《诗歌中的语言》，《在通向语言的途中》，第 25 页。
③ 〔德〕海德格尔：《艺术作品的本源》，《诗·语言·思》，第 69 页。
④ 〔德〕海德格尔：《荷尔德林和诗的本质》，《荷尔德林诗的阐释》，第 46 页。
⑤ 〔德〕海德格尔：《语言的本质》，《在通向语言的途中》，第 141 页。
⑥ 〔德〕海德格尔：《语言的本质》，《在通向语言的途中》，第 154 页。
⑦ 〔德〕海德格尔：《语言的本质》，《在通向语言的途中》，第 154 页。
⑧ 〔德〕海德格尔：《语言的本质》，《在通向语言的途中》，第 169 页。
⑨ 〔德〕海德格尔：《词语》，《在通向语言的途中》，第 203 页。

海德格尔说:"艺术所是,应从作品推论。艺术品所是,我们只能在艺术的本性中获知。任何人都轻易地看到我们游弋于循环之中。一般的理解要求避免这种循环,因为它违反了逻辑。艺术所是,能从现实的艺术品的比较考察中获取。如果我们事先不知道艺术所是,我们又如何断定我们的这种考察是真正地建基于艺术品之上呢?从更高概念的派生与由现实的艺术品的特性的集合一样,也不能达到艺术的本性。因为这种派生事先已经考虑到这种特性,它必须充分地把我们事先对作品的认识向我们演示为它本身。"①海德格尔认为探讨艺术的本源还不得不从这种循环开始,他说:"为了发现在艺术品中真正支配的艺术的本性,让我们探及一下具体的艺术品,并询问一下艺术是何和艺术为何。"② 他询问的第一个结果是:"艺术品肯定是一制作物,但是它所表达的东西超过了自身所是。作品将这别的东西诉诸于世,它使之敞开。""但是在艺术品中使这别的什么敞开出来的唯一因素以及与别的什么因素结合起来的唯一因素,仍是艺术品的物性。"③海德格尔归结出三种关于物性的传统解释:第一,"物作为其特征的载体"④;第二,"物无非它者而只是感觉的复合"⑤;第三,"物是有形的质料"⑥。海德格尔进一步认为:"第一种解释避免物与我们亲近,将它弃置甚远;第二种解释则使之过分急切强压在我们身上。在这两种解释中物消失了。因此必须避免这两者的夸大。物自身必须让它居留于自我包容之中,必须承认其坚固性。"⑦而"物的恒定,物的坚固性,建立在质料与形式共生的事实上。物是有形的质料"⑧。第三种解释尽管也不能给出"物性"的满意回答,却可能指出一个正确的方向,那就是通过质料与形式引向了自然物质存在与人工制造活动,引向了人工制造活动中的功用性器具。所以,海德格尔说:"在解释物的过程中,那种把质料和形式作为尺度要求获得独特支配地位的观点难道是偶然的吗?对物的这种规定源于器具的器具性存在的解释。器

① 〔德〕海德格尔:《艺术作品的本源》,《诗·语言·思》,第22页。
② 〔德〕海德格尔:《艺术作品的本源》,《诗·语言·思》,第22页。
③ 〔德〕海德格尔:《艺术作品的本源》,《诗·语言·思》,第23页。
④ 〔德〕海德格尔:《艺术作品的本源》,《诗·语言·思》,第27页。
⑤ 〔德〕海德格尔:《艺术作品的本源》,《诗·语言·思》,第28页。
⑥ 〔德〕海德格尔:《艺术作品的本源》,《诗·语言·思》,第29页。
⑦ 〔德〕海德格尔:《艺术作品的本源》,《诗·语言·思》,第29页。
⑧ 〔德〕海德格尔:《艺术作品的本源》,《诗·语言·思》,第29页。

具，因为通过人的制造活动而进入存在，所以，它与人的思考特别熟悉。同时，这种熟悉的存在物在作品中占据一独特的位置。我们将循着这条线索去首先寻找器具的器具性因素。也许这将启发我们思考关于物的物的因素，作品的作品因素。"①那么，"哪条道路是通向器具的器具性呢？我们又如何知道器具事实上是什么呢"②？海德格尔选择了凡高的"一双农鞋"的油画，作为其说明器具性、物的因素、作品因素的例子。海德格尔说："器具的器具性存在于其有用性之中。但是，这种有用性本身又是什么呢？凭借这种有用性我们抓住了器具的器具性吗？为了成功地做到这样，我们必须在其功用中去考察有用的器具吗？田地里的农妇穿着这种鞋。唯有如此，它们才是其所是。农妇在劳作时，对它想得越少，或者完全不去看它，甚至也不感觉到它，那么，它们将更真实地是其所是。农妇穿着鞋站着和走着。这就是鞋如何真正地发挥作用。我们正是在器具的使用过程中，实际地遇到了器具的器具因素。"③ "只要我们只是一般地想象一双鞋，或者简单地观看画中徒然在此的空空洞洞无人使用的鞋，我们将永远不会发现器具的器具存在真正是什么。""但是，从农鞋磨损的内部那黑洞洞的敞口中，劳动者艰辛的步履显现出来。这硬邦邦、沉甸甸的破旧农鞋里，聚集着她在寒风料峭中迈动在一望无际永远单调的田垄上步履的坚韧和滞缓。鞋皮上粘着湿润而肥沃的泥土。夜幕降临，这双鞋底在田野小径上踽踽而行。在这农鞋里，回响着大地无声的召唤，成熟谷物宁静馈赠及其在冬野的休闲荒漠中的无法阐释的冬冥。这器具聚集着对面包稳固性无怨无艾的焦虑，以及那再次战胜了贫困的无言的喜悦，隐含分娩时阵痛的哆嗦和死亡逼近的战栗。这器具归属大地，并在农妇的世界得到保护。正是在这种保存的归属关系中，产生器具自身居于自身之中。"④ "器具的器具性确实存在其有用性之中。但是这种有用性又植根于器具有根本存在的充实性之中。充实性即可靠性。凭此可靠性，农妇被置于大地无声的召唤中去。凭此器具的可靠性，她把握了自己的世界。世界和大地为她而在，伴随她在她的存在方式中

---

① 〔德〕海德格尔：《艺术作品的本源》，《诗·语言·思》，第33—34页。
② 〔德〕海德格尔：《艺术作品的本源》，《诗·语言·思》，第34页。
③ 〔德〕海德格尔：《艺术作品的本源》，《诗·语言·思》，第34页。
④ 〔德〕海德格尔：《艺术作品的本源》，《诗·语言·思》，第34—35页。

的一切存在只在这儿，即在器具中采用器具的方式。"① 海德格尔在这里从"有用性"出发分别引出了两对特殊内涵的术语：充实性与可靠性，世界与大地。充实性来自人战胜贫困、争取自由的艰辛劳动，而艰辛劳动又展示了人创造世界的喜悦；可靠性来自人无怨无艾、顺应自然的坚韧步履，而坚韧步履则显示了人归属大地的实在。由此，凡高这幅"一双农鞋"的油画无疑是要给人们揭示人与自然的真实关系，从而也揭示人类存在的真理。海德格尔进一步说："我们已经寻找到了器具的器具存在。然而，这是如何寻到的呢？我们不是通过对一双实际在眼前的鞋的描述和解释，不是通过对制鞋工序的讲述，也不是通过对发生于此处或彼处的鞋的实际运用的观察，而是使我们面对凡高的绘画。这幅画告诉了一切。在作品的亲近中，我们突然处于另一天地，与我们平常习惯的存在迥然不同。"②"凡高的绘画揭示了器具，一双农鞋真正是什么。这一存在者从它无蔽的存在中凸现出来。古希腊人称存在者的显露为 aletheia。我们称为'真理'，但在使用这一字眼时几乎不假思索。如果在作品中发生了一特别存在者的显露，它的为何和如何的显露，那么，艺术中的真理便产生了和发生了。"③"在艺术品中，存在者的真理将自身设入作品。'设入'此处意味着，即置放在显要位置上，一个存在者，一双农鞋，进入作品，处于其存在的光亮之中，存在者的存在的显现恒定下来。那么，艺术的本性将是：存在者的真理将自身设入作品。但是，迄今为止，人们还认为艺术是与美的东西和美有关，而与真理没有关系。"④海德格尔显然是要明确地说明：艺术作品既不是人对现成事物的简单模仿，也不是人对美的东西的单纯表现，而是人的存在真理的显示。所以，海德格尔说："但是，艺术即真理将自身设入作品的命题，是否会使已经过时的观点，即艺术是现实的模仿和反映卷土重来呢？……长久以来，真理的本质被看作是与所是的一致。但是我们是否以为，凡高的绘画描绘了一双现实存在的农鞋，而且是因为他成功地做到如此，它才是一艺术品呢？我们是否认为，这幅画把现实之物描画下来并使之成为

---

① 〔德〕海德格尔：《艺术作品的本源》，《诗·语言·思》，第35页。
② 〔德〕海德格尔：《艺术作品的本源》，《诗·语言·思》，第36页。
③ 〔德〕海德格尔：《艺术作品的本源》，《诗·语言·思》，第37页。
④ 〔德〕海德格尔：《艺术作品的本源》，《诗·语言·思》，第37页。

进入艺术家制造的产品中去呢？绝对不是。"①海德格尔以迈耶尔的诗作《罗马的喷泉》为例说："这首诗既不是对实际现身的喷泉的诗意描绘，也不是罗马喷泉的普遍本质的再现。但是，真理却设入了作品。"②海德格尔进一步追问："艺术是以自己的方式敞开了存在者的存在。这种敞开，即显露，亦即存在者的真理产生于艺术品中。在艺术品中，所是的真理将自身设入作品。艺术乃是真理将自身设入作品。那么，什么是这种不时作为艺术出现的真理自身呢？什么是这种将自身设入作品呢？"③海德格尔为了更清楚阐明真理自身设入作品的问题，又以希腊神殿为例进一步解释了前面引出的"世界与大地"。海德格尔说："这一建筑包含了神的形象，并在此遮蔽之中，通过敞开的圆柱式大厅让它显现于神性的领域。凭此神殿，神现身于神殿之中。神的这种现身是自身中作为一种神圣领域的扩展和勾勒。然而，神殿及其围地不会逐渐隐去进入模糊。正是神殿作品首先使那些路途和关系的整体走拢同时聚焦于自身。在此整体中，诞生和死亡，灾难和祝福，胜利和蒙耻，忍耐和衰退，获得了作为人类存在的命运形态。这种敞开的相联的关系所决定的广阔领域，正是这种历史的民众的世界。只是由此并在此领域中，民族为实现其使命而回归自身。"④我们不难明白，神殿是人创造出来的一个自足的精神世界，它寄托着人的希望、梦想。"建筑屹立于此，建立在岩石的基础之上。作品的这种建基道出了岩石那种笨拙然而无所迫促的承受的神秘。建筑屹立于此，建筑顶住了其上凶猛的暴风雨，同时也首先使暴风雨自身显现了其暴力。……它澄明和启明了人靠何和在何之中，建立其居住。我们称这种基础为大地。"⑤我们还不难明白，神殿又是矗立在大地上的一个类同于石头、树木的存在物，它承受着自然的日晒、风吹、雨淋等。海德格尔所说的世界与大地其实分别表示人性与自然性，或者人存在的主体性与自然环境的客体性。从某种意义上说，人的主体存在依赖自然的客体环境而享有根基，自然的客体环境则依赖人的主体存在而发生意义。所以，海德格尔进一步说："当一世界敞开了自身，它提出胜利和失

---

① 〔德〕海德格尔：《艺术作品的本源》，《诗·语言·思》，第 37 页。
② 〔德〕海德格尔：《艺术作品的本源》，《诗·语言·思》，第 38 页。
③ 〔德〕海德格尔：《艺术作品的本源》，《诗·语言·思》，第 40 页。
④ 〔德〕海德格尔：《艺术作品的本源》，《诗·语言·思》，第 42 页。
⑤ 〔德〕海德格尔：《艺术作品的本源》，《诗·语言·思》，第 42 页。

败，祝福和咒诅，支配和奴役问题的历史性的人性的决断。"① "当世界敞开自己时，大地也出现了。它显示为万物的承受者显现为守护在其规律之中的自我隐含者。世界要求它的决断和衡量并让存在物达到其道途的敞开。大地，承受和凸现，力图保持自身关闭和将万物交付给自己的规律。冲突并非作为一撕裂的裂口般的裂缝（Riss）；不如说，它是敌对相互归属的亲密关系。这一裂缝以一共同基础使它们达到它们统一的本源。"② 人性与自然性、人的存在主体性与自然环境的客体性，作为前面所说形式与质料、人工制造活动与自然物质存在的结果，还可以作为出发点，派生出一系列的辩证统一：比如人类社会目的与自然生态规律、超验精神理想与经验生活现实、价值设定与知识判断、自由游戏与道德功用等等。所以，海德格尔说："神殿作品屹立于此，它敞开了一个世界，同时又使这个世界归回于大地。如此大地自身才显现为一个家园般的基础。"③ 人的世界与自然大地辩证地交融发生在艺术作品中，即"通过建立世界，作品显现了大地"，"作品使大地进入到世界的敞开之中，并使它保持于此。作品使大地成为大地"。④ "世界是在历史性民众的命运中，简单和基本决定的宽阔道路的自我显露的敞开。大地是那永久的自我归闭者及其庇护者的无所迫使的显现。世界和大地相互根本不同但又不可分离。世界建基于大地，大地通过世界伸出。"⑤ "世界和大地的对立是一种抗争。"⑥海德格尔还说："真理的发生的一种方式便是作品的存在。建立世界和显现大地，作品是那种斗争的承担者，在斗争中存在者整体的显露，真理产生了。"⑦ "我们在现实的作品中寻找其本性。艺术的现实性的规定根据那在作品中发挥作用所是，根据真理的发生。这种发生，我们认为是世界和大地之间冲突的抗争。"⑧ 海德格尔使用"世界与大地"的比喻，说明了文学艺术活动是人类社会目的与自然生态规律、超验精神理想与经验生活现实、价值设定与知识判断、自由游戏与

---

① 〔德〕海德格尔：《艺术作品的本源》，《诗·语言·思》，第60页。
② 〔德〕海德格尔：《艺术作品的本源》，《诗·语言·思》，第60页。
③ 〔德〕海德格尔：《艺术作品的本源》，《诗·语言·思》，第43页。
④ 〔德〕海德格尔：《艺术作品的本源》，《诗·语言·思》，第43页。
⑤ 〔德〕海德格尔：《艺术作品的本源》，《诗·语言·思》，第48页。
⑥ 〔德〕海德格尔：《艺术作品的本源》，《诗·语言·思》，第48页。
⑦ 〔德〕海德格尔：《艺术作品的本源》，《诗·语言·思》，第54页。
⑧ 〔德〕海德格尔：《艺术作品的本源》，《诗·语言·思》，第56页。

道德功用等等对立统一的历史文化实践活动。所以，海德格尔尤其倾慕荷尔德林的诗句："充满劳绩，但人诗意地居住在此大地上。"① 那么，包含着"世界与大地"的作品又是如何发生的呢？海德格尔说："作品的作品因素就在于它由艺术家所创造。"②什么又是艺术家的创造呢？海德格尔说："一作品的创造需要技艺。伟大的艺术家给予技艺以极高的评价。"③ "人们已充分指出，对艺术品知道相当多东西的古希腊人用 techne 代表技艺和艺术，并用同样的名字 technites 称为技艺者或艺术家。"④而"所有艺术作为让所是的真理出现的产生，在本质上是诗意的。艺术的本性，即艺术品和艺术家所依靠的，是真理的自身设入作品。这由于艺术的诗意本性，在所是之中，艺术打开了敞开之地，在这种敞开之中，万物是不同于日常的另外之物"⑤。"如果全部艺术在本质上是诗意的，那么，建筑、绘画、雕刻和音乐艺术，必须回归这种诗意。"从这个意义上说，"语言作品，狭义的诗歌，在艺术领域中占据着特殊的位置"⑥。

海德格尔通过从诗意语言为起点追问"艺术品的物性"引出了"质料与形式基础上的器具性"，再通过追问器具性而引出了"真理的设入"和"世界与大地"的比喻，最后通过说明"真理的设入"和"世界与大地"的发生而回到了诗意语言的终点。海德格尔的存在之思与语言、诗终归获得了本体意义上的统一。所以，海德格尔认为："艺术是真理设入作品，是诗。"⑦ "艺术的本性是诗。诗的本性却是真理的建立。"⑧ 而"诗意并非作为异想天开的无目的的想象、单纯概念与幻想的飞翔去进入非现实的领域。诗作为澄明的投射，在敞开性中所相互重叠和在形态的间隙中所预先投下的，正是敞开。诗意让敞开发生，并且以这种方式，即现在敞开在存在物中间才使存在物发光和鸣响"⑨。"诗意并非飞翔和超越于大地之上，从而逃脱它和漂浮在它之上。正是诗意首先使人进入

---

① 〔德〕海德格尔：《人诗意地居住》，《诗·语言·思》，第 188 页。
② 〔德〕海德格尔：《艺术作品的本源》，《诗·语言·思》，第 56 页。
③ 〔德〕海德格尔：《艺术作品的本源》，《诗·语言·思》，第 57 页。
④ 〔德〕海德格尔：《艺术作品的本源》，《诗·语言·思》，第 57 页。
⑤ 〔德〕海德格尔：《艺术作品的本源》，《诗·语言·思》，第 67 页。
⑥ 〔德〕海德格尔：《艺术作品的本源》，《诗·语言·思》，第 68 页。
⑦ 〔德〕海德格尔：《艺术作品的本源》，《诗·语言·思》，第 69 页。
⑧ 〔德〕海德格尔：《艺术作品的本源》，《诗·语言·思》，第 70 页。
⑨ 〔德〕海德格尔：《艺术作品的本源》，《诗·语言·思》，第 68 页。

大地，使人属于大地。并因此使人进入居住。"①总而言之，海德格尔既反对把文学艺术当作急功近利的道德教化工具，也反对把文学艺术视为一种非功利的纯精神梦幻和人生饰物，他认为二者都忽视了文学艺术与人存在的原始的、固有的联系。从某种意义上说，海德格尔的艺术观是康德的审美判断"没有明确的目的，却有符合目的性"②的现代阐释。所以，海德格尔一方面说："作诗显现于游戏的朴素形态之中。作诗自由地创造它的形象世界，并且沉湎于想象领域。……诗宛若一个梦，而不是任何现实，是一种词语游戏，而不是什么严肃行为。"③另一方面又说："诗看起来就像一种游戏，实则不然。相反地，在诗中，人被聚集到他的此在的根基上。"④海德格尔的文学艺术研究，本是其置疑现代科学技术物化威胁、批判传统哲学背离存在思考的重要内容。所以，海德格尔要把文学艺术活动还原为围绕人"存在"意义的历史文化实践活动。这种历史文化实践活动使人趋向存在的真实、领悟生命的价值。正如海德格尔所说："在一贫乏的时代里作一诗人意味着，去注视、去吟唱远逝诸神的踪迹。"⑤"看来必定是诗人才显示出诗意本身，并把它建立为栖居的基础。为这种建立之故，诗人本身必须先行诗意地栖居。"⑥

---

① 〔德〕海德格尔：《人诗意地居住》，《诗·语言·思》，第189页。
② 〔德〕康德：《判断力批判》上卷，宗白华译，北京：商务印书馆，1964年，第57—74页。
③ 〔德〕海德格尔：《荷尔德林和诗的本质》，《荷尔德林诗的阐释》，第37页。
④ 〔德〕海德格尔：《荷尔德林和诗的本质》，《荷尔德林诗的阐释》，第49页。
⑤ 〔德〕海德格尔：《诗人何为》，《诗·语言·思》，第69页。
⑥ 〔德〕海德格尔：《追忆》，《荷尔德林诗的阐释》，第107页。

第八章　语言能指与所指关系的背离与重建
——尤奈斯库戏剧的审美意义

戏剧通常应该有围绕主题思想的情节叙述与人物对话。情节叙述与人物对话都通过语言能指与所指的约定关系表达出人们可以理解的意义，人们可以理解的意义与主题思想的有机结合就实现了戏剧的审美意义。尤奈斯库戏剧中的情节叙述与人物对话却背离了语言能指与所指的约定关系，因而也就中断了人们通往可理解意义的路径，同时也就中断了人们通往戏剧审美意义的路径。正如最早为荒诞派戏剧作理论概括的英国戏剧评论家马丁·埃斯林所说："假如说，一部好戏应该具备构思巧妙的情节，那么这类戏（荒诞派戏剧）则根本谈不上情节或结构；假如说，衡量一部好戏凭的是精确的人物刻画和动机，那么这类戏剧常常缺乏能够使人辨别的角色，奉献给观众的几乎是动作机械的木偶；假如说，一部好戏要具备清晰完整的主题，在剧中巧妙地展开并完善地结束，那么，这类戏剧既没有头也没有尾；假如说，一部好戏剧要作为一面镜子照出人的本性，要通过精确的素描去刻画时代的习俗或怪僻，那么这类戏剧则往往使人感到是幻想与梦魇的反射。"[①] 那么，尤奈斯库戏剧中的情节叙述与人物对话，如何在背离语言能指与所指传统约定关系的同时，又重建起语言能指与所指的新约定关系呢？这无疑是我们理解尤奈斯库戏剧审美意义的重要问题。

1. 背离与重建语言能指与所指约定关系的理论依据

瑞士语言学家费迪南·德·索绪尔认为，一个语言单位有两重性，一方面是概念，一方面是声音形象（sound image）。索绪尔把概念称为符

---

① 〔英〕马丁·埃斯林：《荒诞派之荒诞性》，陈梅译，袁可嘉编选：《现代主义文学研究》下册，第673页。

号所指（signified），把声音形象称为符号能指（signifier）。索绪尔指出，语言符号的能指与所指之间只存在任意的联系。语言是一个系统（结构），一个语句的意义不是一串孤立的词的总和，而是语句整体中部分和系统的关系，决定结构系统意义的不是同一性而是差异性。也就是说，语言符号系统是一系列声音差异和一系列概念差异的结合。索绪尔说："语言不可能有先于语言系统而存在的观念或声音，而只有这系统发出的概念差别和声音差别。"①那么，概念差别和声音差别如何结合起来决定语言符号的意义呢？索绪尔进一步说明，语言符号的能指呈现为线形关系（linear nature）。也就是说，符号能指在言语中是一种声音，必须依照时间顺序一个一个地出现，不可同时出现两个成分，所以，它是一段时间，是一条线，一个连锁。索绪尔利用这种性质区分了语言符号的两种关系：一是连锁关系（syntagmatic relation）；一是联想关系（associative relation），或者是后来人所称的选择关系（paradigmatic relation）。连锁关系可以用坐标形式标识为历时的横组合关系。联想关系，或选择关系可以用坐标形式标识为共时的纵组合关系。语言符号的意义就是在这个纵横交织的关系网结构中发生。在语言中，任何一个要素或符号的意义都取决于前后上下各要素或符号的差异与对立。用索绪尔的话说，即"在语言里，每项要素都由于它同其他各项对立才能有它的价值"②。所谓语言能指与所指的约定关系，就是这种纵横组合关系交织而成的一个坐标系。

文学艺术创作因为诉诸复杂幽微的情感体验，其认识意义与审美意义的产生，常常需要扩展语言纵横组合关系中的自由选择性。那么，这种自由选择性在怎样的尺度上是可以广泛交流、普遍接受的呢？西方传统文学艺术创作遵循的语言纵横组合关系的自由选择性的相应尺度，最初源自古希腊哲学家柏拉图推崇的"模仿理式"、亚里士多德推崇的"模仿生活"。实现模仿"理式"或者"生活"的能力则依赖神灵授予或自然天赋的普遍理性本质。后来的古罗马诗人贺拉斯依据古希腊普遍理性本质为依据的"模仿"，延伸出了"适度、合式"的原则，比如绘画

---

① 〔瑞士〕索绪尔：《普通语言学教程》，高名凯译，北京：商务印书馆，1980 年，第 167 页。

② 〔瑞士〕索绪尔：《普通语言学教程》，第 128 页。

不可"在树林里画上海豚，在海浪上画条野猪"①。这时候，语言纵横组合关系的自由选择性尺度在文学创作、文学欣赏中具体化为"情理"。所以，人们通常认可文学艺术创作的自由在"预料之外，情理之中"。我们可以得出一个结论：语言纵横组合关系的自由选择性同符合人的普遍理性本质的"情理"密切相依。但是，人的普遍理性本质不是固定不变的永恒存在，而是人类社会劳动实践不断变化发展的历史性产物，"在其现实性上，它是一切社会关系的总和"②。尤奈斯库也认为："在我看来，一般的人并不是具有一般的、抽象人性的人，而是具有真实的、具体的人性的人。"③ 所以，人的普遍理性本质的规定性在西方历史发展中至少可以区分为传统理性主义与现代非理性主义④，相应的语言纵横组合关系中的自由选择性，也至少可以区分为符合传统理性主义或现代非理性主义的"情理"尺度。

尤奈斯库的戏剧情节叙述、人物对话的语言纵横组合关系的自由选择性，显然只是不符合传统理性主义的"情理"尺度，正如马丁·埃斯林所说："这类戏剧，使批评家和戏剧评论家接受起来仍然莫名其妙，它们已经造成和还在继续制造的令人迷惑的现象，这一切都是由于它们属于一种新的、发展中的舞台程式，这种程式既没有被普遍认识，更谈不到对它做出解释。用另外一种评论标准和原则来衡量以这种新程式写出的戏剧，则不可避免地要被视为令人难以容忍的不礼貌的欺骗。"⑤也就是说，"我们在这里谈论的戏剧和传统的戏剧两者追求的目的是大不相同的，因此，它们所采取的方法也大不相同。只能用荒诞派戏剧的准则来衡量这些戏"⑥。反过来说，尤奈斯库的戏剧情节叙述、人物对话的语言纵横组合关系的自由选择性，却符合现代非理性主义的"情理"尺度。从某种意义上说，尤奈斯库的戏剧情节叙述、人物对话，在背离了传统

---

① 〔古罗马〕贺拉斯：《诗艺》，杨周翰译，《诗学·诗艺》，北京：人民文学出版社，1962 年，第 138 页。

② 〔德〕马克思：《关于费尔巴哈的提纲》，《马克思恩格斯选集》第一卷，第 18 页。

③ 〔法〕尤奈斯库：《谈我的戏剧兼谈他人的观点》，吴康如译，黄晋凯主编：《荒诞派戏剧》，第 99 页。

④ 非理性并不是反理性。非理性只是从传统理性主义框架中的价值理性立场出发，以更加张狂放肆的方式抨击历史理性。详细论说见拙著《荒原上有诗人在高声喊叫——西方现代主义文学研究》（10·西方现代主义文学的非理性问题），中国社会科学出版社，2004 年。

⑤ 〔英〕马丁·埃斯林：《荒诞派之荒诞性》，第 673 页。

⑥ 〔英〕马丁·埃斯林：《荒诞派之荒诞性》，第 673 页。

理性主义"情理"尺度的同时，无疑又重建了现代非理性主义的"情理"尺度。正如马丁·埃斯林所说："以前人们试图使人类面对其状况的终极现实，从而突出一种关于真理的前后一致、受到普遍承认的解释，但荒诞派戏剧则仅仅传达出一个诗人对人类状态最本质、最个性化的直觉，他自己的存在意识，他对世界的个人看法。"①马丁·埃斯林所说的"关于真理的前后一致、受到普遍承认的解释"与"诗人对人类状态最本质、最个性化的直觉"，其实就是西方传统理性主义与现代非理性主义"情理"尺度的区别之一。马丁·埃斯林说："荒诞派戏剧不关心信息的传递，或者表现存在于作者内心世界之外的人物的问题或命运，它不详细阐述一个主题或者讨论意识形态的命题。它也不重视事件的描绘、人物命运和冒险经历的叙述，但它却关心一个人基本境遇的呈现。它是一种境遇剧，而不是情节剧，因此它运用的语言立足于各种形式的具体形象，而不是立足于论据和推论。由于荒诞派戏剧试图呈现出一种存在意识，所以它既不研究也不解决行为或道德问题。"② 以尤奈斯库为代表的荒诞派戏剧，显然是依据现代非理性主义语言纵横组合关系中自由选择性的"情理"尺度，在情节叙述与人物对话中背离了传统语言能指与所指的约定关系，建构了新的语言能指与所指的约定关系，从而也为人们铺设了新的通往戏剧审美意义的路径。正如尤奈斯库所说："如果诗人觉得语言不再能够写出真实，不再能够表达出一种真理时，他们就还要努力以一种更加激烈、更加雄辩、更加清楚、更加准确、更加合适的方式，把真实写出来，最好地表达出来。"③ 我们通过剖析尤奈斯库戏剧情节叙述、人物对话中语言能指与所指约定关系的背离和重建，就不难发现尤奈斯库如何以令人瞠目结舌的"更加"，完成了对世界、人生的说明，创造了令人耳目一新的审美意义。

2. 背离传统语言能指与所指约定关系的审美意义

在西方历史发展中，科学经常推动哲学的发展，哲学又往往促进语言学的思考。如何观察世界往往决定了如何看待语言。世界观决定了相

---

① 〔英〕马丁·埃斯林：《荒诞的意义》，杨恒达等译，黄晋凯主编：《荒诞派戏剧》，第16页。

② 〔英〕马丁·埃斯林：《荒诞的意义》，杨恒达等译，黄晋凯主编：《荒诞派戏剧》，第16页。

③ 〔法〕尤奈斯库：《论先锋派》，李化译，《法国作家论文学》，第575页。

应的语言观。所以，西方传统理性主义的因果、目的决定论的世界观，也就规定了语言社会沟通、交流的目的性、有用性。但在现代西方人看来，宇宙世界、人类历史并非那么合乎因果、目的，社会人生也并非那么具有因果性、目的性。人的生活就是一系列邋遢琐屑的任意堆积，就是一串串空虚无聊的偶然排列。正如加缪所说："起床，公共汽车，四小时办公室或工厂里的工作。吃饭，公共汽车。四小时的工作，吃饭，睡觉。星期一二三四五六，总是一个节奏。"①语言的一切社会沟通、交流的目的性、有用性都在这种循环往复的日常习惯中失去了相应的意义。所以，尤奈斯库的戏剧作品里，语言的沟通、交流的目的性、有用性，也失落了相应的意义。这种意义的失落首先体现在戏剧人物的对话中。比如《秃头歌女》第一场里，史密斯太太连续九大段台词只是自说自语的独白，其间仅因为穿插了八次史密斯先生的"看报，嘴里啧啧作响"，才表明还有一个对话者存在。史密斯太太说至第九段话后，终于与史密斯先生有了对话，但其内容却颠三倒四、矛盾百出。例如谈到去世的博比·沃森，先说死了二年，继而说一年半，再后说三年、四年。更后又问到博比·沃森打算什么时候结婚。此后谈到博比·沃森太太年轻守寡，没孩子。后面又谈到她如果再嫁，谁照看她的一个男孩、一个女孩。最后恍然发现他们所谈的博比·沃森几乎是不同的几个人。第七场里，史密斯夫妇与马丁夫妇见面时，史密斯太太说："我们刚得知你们没有预先通知，就光临敝舍。"史密斯先生则说："我们整整一天什么都没吃。我们等了你们四个小时。你们为什么来迟？"然后，双方夫妇依次分别发出"嗯"、"嗯"……而后，马丁太太说："哦，很明显。"马丁先生说："我们都感冒了。"每一个人一句话后，是延续18次的沉默。②《阿麦迪或脱身术》中的主人公阿麦迪告诉一个上门的邮差说："先生，这真是搞错啦。我不是阿麦迪·布西尼奥尼，我是阿一麦一迪一布西尼奥尼；我不住在将军街29号，而是住在将军街29号……"③《犀牛》描写主人公贝兰吉的同事，在看见新闻报道、听见苔丝陈述自己亲眼所见"一只猫被一头厚皮动物踩死"的事件时，引发了一段莫衷一是的对话：

①〔法〕加缪：《西绪福斯神话》，郭宏安译，《文艺理论译丛》（3），第318页。
②〔法〕尤奈斯库：《秃头歌女》，史亦译，《当代外国文学》1981年2期。
③〔法〕尤奈斯库：《阿麦迪或脱身术》，屠珍、梅绍武译，《荒诞派戏剧集》，第151页。

博塔尔：那么，涉及的是一只郎猫，还是一只女猫？还有是什么颜色的？是什么种的？我不是种族主义者，我甚至是反种族主义的。

巴比雍先生：瞧瞧，博塔尔先生，问题不在这里，种族主义和这有什么相干？

博塔尔：科长先生，我请您原谅。您不能否认，种族主义是这个世纪的重大错误之一。

狄达尔：当然，这我们都同意，不过，问题不在这里……

博塔尔：狄达尔先生，不能轻率地对待此事。历史事件业已向我们证明了种族主义……

狄达尔：我对您说的问题不在这里。

博塔尔：那可说不准。

巴比雍先生：这里不存在种族主义的问题。

博塔尔：不应该放过任何机会去指控它。①

《新房客》中的新房客来到后，女门房一直在旁边唠叨，甚至对搬家具的搬夫大喊大叫，却得不到任何反馈性的回应。所以，马丁·埃斯林说："荒诞派戏剧表达了由于以下认识而形成的忧虑和绝望：人类被无法穿透的黑暗层层包围，他们决不可能知道他们的真正本性和目的，没有人会向他们提供现成的行为法则。"② 或者如美国文学批评家大卫·盖洛威所说："在荒诞派艺术中，语言的全面贬值起于两种原因：不相信体现在语言里的已过时的'真实'和在现代文化中无法进行交流的悲剧意识。"③

随着戏剧人物对话意义失落而来的则是戏剧叙事意义的失落。具体而言，就是戏剧与观众（读者）之间也发生了语言的沟通、交流的意义失落。比如我们很难明白《阿麦迪或脱身术》中主人公阿麦迪的妻子玛德琳太太，居然可能在自己家里的总机接线台担任接线员工作。玛德琳

---

① 〔法〕尤奈斯库：《犀牛》，萧曼译，《荒诞派戏剧选》，北京：外国文学出版社，1983年，第354页。

② 〔英〕马丁·埃斯林：《荒诞的意义》，杨恒达等译，黄晋凯主编：《荒诞派戏剧》，第35页。

③ 〔美〕大卫·盖洛威：《荒诞的艺术，荒诞的人，荒诞的主人公》，杉木译，袁可嘉等编选：《现代主义文学研究》下册，第648页。

太太不断接电话说："喂，您找谁？共和国总统？总统本人还是他的秘书？……哦，总统……""共和国总统视察去了，先生，过半小时您再来电话吧！……""食品店老板，查理·卓别林先生？我就给您接。喂，喂……""不行，先生，自从上次大战结束后就没有煤气室啦……等下一次吧……""喂……对不起，消防队星期四不上班；他们休息，带孩子遛弯儿去啦……可我没说今天是星期四呀。是的……喂……我正在给您接呐……""喂……您要跟他太太说话吗？……她在浴室里接，您不介意吧？""……不对，夫人，不对，我们现在是共和国了……从1870年起就是了，夫人……"① 等等。我们更难以理解《秃头歌女》里应史密斯夫妇邀请前来吃晚饭的马丁夫妇，面对面地相对而坐，互相腼腆地微笑。二人互相觉得好像在曼彻斯特见过面，继而回想起在两个星期前离开曼彻斯特时，二人都乘坐的是8点30分开、4点45分到伦敦的火车。二人坐的是2等车厢、8号车、第6室、3号和6号座位。到伦敦后，二人都住在布朗菲尔德路19幢6楼8号房，睡的卧室在过道尽头的厕所和图书室之间，床上有绿色的鸭绒被。二人都有一个女儿，两岁，名叫艾丽斯，一只眼珠子白，一只眼珠子红。经过多方面回忆，二人终于恍然大悟他们是同床共枕的夫妻。所以，尤奈斯库说："在这样一个现在看起来是幻觉和虚假的世界里，存在的事实使我们惊讶。那里，一切人类的行为都表明荒谬，一切历史都表明绝对无用，一切现实和一切语言都似乎失去彼此之间的联系，解体了，崩溃了；既然一切事物都变得无关紧要，那么，除了使人付之一笑之外，还能剩下什么可能出现的反应呢？"②

更有甚者，西方传统理性主义的因果、目的决定论的世界观所孕育的异化力量，还可能使语言扭曲、变异成为禁锢、驯化人们思想的牢笼。语言的社会沟通、交流的目的性、有用性不仅是多余的累赘，甚至是有害的毒瘤。正如海德格尔所说："此在的展开状态则从本质上包含有言谈。""在大多数情况下，人们不是借亲身揭示来占有被揭示状态的，而

---

　　① 〔法〕尤奈斯库：《阿麦迪或脱身术》，屠珍、梅绍武译，《荒诞派戏剧集》，第134—137页。
　　② 〔法〕尤奈斯库：《出发点》，杨知译，《外国现代剧作家论剧作》，北京：中国社会科学出版社，1982年，第168页。

是通过对人云的道听途说占有它的。消散于人云之中是常人的存在方式。"① 或者如马丁·埃斯林所说："普通人受到永远喋喋不休的大众传播、报刊、广告等无休止的冲击，变得越来越怀疑他们所面对的语言了。极权主义国家的公民们十分清楚地知道，他们被告知的大部分话都是模棱两可的，没有真正的意义。他们变得擅长于读解字里行间的言外之意，这就是说，揣测语言所隐藏的而不是所揭示的真实含义。在西方，婉转的话和迂回说法充斥着新闻界，回响在讲经坛上。广告则通过不断使用最高级形容词，成功地把语言贬值到这样一步田地：人们在广告牌或杂志的广告彩页上看到的大多数话都像电视广告中唱的歌一样毫无意义，这已经成为一条普遍接受的公理。在语言和现实之间形成了一条鸿沟。"②这时候，人们不得不保持沉默。如海德格尔说："我们曾把沉默描述为言谈的本质性的可能性。谁默默给出供人领会的东西，总必'有的可说'。此在在召唤中让自己领会到它最本己的能在，因而这一呼唤是一种沉默。良知的言谈从不付诸音声。良知只默默呼唤，亦即呼声来自无家可归的无声无阒，并把被唤起的此在作为静默下来的此在唤回到它本身的静默中去。从而，愿有良知只有在缄默中才恰当地领会到这种默默无语的言谈。"③ 所以，《椅子》描写两个老人委托一位演说家说："让你替我用我的智慧之光照耀着人类的后代……这样让整个宇宙都能够理解我的哲学。"④ 他们高呼着皇帝万岁，从窗口投入了大海。舞台上那位代替老人宣告人生奥秘的演说家却是一个张口结舌的哑巴。《秃头歌女》、《椅子》的人物对话中出现了数十次的"沉默"。显然，沉默已经成为现代西方人应对宇宙世界、社会人生的最常见的语言方式。但是，沉默作为一种严重的"失语"却可能使"沉默者"成为孤独的局外人，甚至成为社会主流意识的敌人。比如加缪的小说《局外人》中的主人公默而索就因为以沉默、冷漠作为自己的语言方式，最终被社会视为最危险的敌人而判处了死刑。所以，加缪说："在这一片喧嚣之中，作家再也不能希望置身局外继续其心爱的沉思和想象了。到目前为止，弃权在历史上好

---

① 〔德〕海德格尔：《存在与时间》，第 269 页。
② 〔英〕马丁·埃斯林：《荒诞的意义》，杨恒达等译，黄晋凯主编：《荒诞派戏剧》，第 21 页。
③ 〔德〕海德格尔：《存在与时间》，第 352—353 页。
④ 〔法〕尤奈斯库：《椅子》，黄雨石译，《荒诞派戏剧选》，第 294 页。

歹总算还是可能的。但是今天一切都变了，沉默本身也具有了一种可怕的意义。"① 如果不愿意说人云亦云的谎话，又不敢保持忠实自我的沉默，唯一的选择就是说空话、废话。所以，在尤奈斯库戏剧的人物对话中，就有许多对话虽然没有自身矛盾，内容也算完整，但因为完全没有相互交流的语言契机，实际上只是一大堆废话的堆砌。比如《秃头歌女》第七场里，在每一个人说一句话后面的"沉默"延续18次后，史密斯太太对马丁夫妇说："你们游历过好多地方，你们总有些有趣的事给我们谈谈的啰。"马丁太太于是热情洋溢地告诉大家，她看见一个人单膝跪地、身子前倾系鞋带。马丁先生告诉大家，他看到一位先生坐在地铁长椅上静静地看报。第八场，一个消防队长上场，先给大家讲了一通关于灭火的话，又讲了一个所谓"狗和公牛"的寓言，再后来讲了一个所谓"感冒"的故事，其实都是乱七八糟的废话。更有甚者，还有许多对话干脆只是无内容的语言空壳，比如在《秃头歌女》第十一场里，史密斯夫妇与马丁夫妇的对话是一大堆莫名其妙的句子，如"人们走路用脚，但是人们取暖用电或煤"，"今天有谁卖出一头牛，明天会有一个蛋"，"天花板在上，地板在下"等等。后来他们的对话干脆变成了无意义词语的重复。如十次重复"卡夫卡埃斯"，九次重复"拉什么屎"、"拉了那么多的屎"，两次重复"狗身上尽是跳蚤"。这些重复句子之间毫无关系，全是突如其来的孤零零的句子排列。这种排列之后又是乱七八糟的词语："仙人掌"、"尾骨"、"球菌"、"猪罗"。再后又是莫名其妙的句子：三次重复"可可园里的可可树不结花生结可可"，"老鼠有眉毛，眉毛没老鼠"，"碰一下苍蝇，别擤出琴键来"等等。再后是法语的五个元音、十六个辅音。十一次重复模拟火车声"特弗"。最后全体一致六次重复"不从那儿走，从这儿走"!② 据说尤奈斯库是受了英语会话手册的启发而写出了《秃头歌女》。他认为会话手册中的许多语句都代表了各种不同的真理。比如"一周有7天"、"天花板在上，地板在下"等等。剧本的开始几场中就原封不动地引用了会话手册中的句子。所以，舞台戏剧里的空话、废话与日常人生中的空话、废话浑然一体，而就是这些日常空话、废话里包藏着许多别有用心的无聊敷衍和热情洋溢的遮掩欺

---

① 〔法〕加缪：《瑞典演说》（1957年12月14日），郭宏安译，《文艺理论译丛》（3），第468页。

② 〔法〕尤奈斯库：《秃头歌女》，史亦译，《当代外国文学》1981年2期，第24—26页。

瞒。尤奈斯库谈到剧本《秃头歌女》时说："在这个剧本中，正是通过深入日常的平庸生活、把那些日常语言中最滥用的口头禅夸张到极点的办法，来表现我觉得整个生活都沉浸在其中的奇特性。"①马丁·埃斯林说："这就是为什么人们之间的交流在荒诞派戏剧中常常以崩溃状态表现出来。这仅仅是对现存事物状态的一种讽刺性的夸大。在大众传播时代，语言变得无法无天。"②

3. 重建新语言能指与所指约定关系的审美意义

虽然世界观决定了语言观，但因为思维和语言是相互依赖、不可分割的东西，如法国 18 世纪思想家孔狄亚克在探讨人类语言起源时指出："这些信号的使用逐渐扩展了心灵活动的运用，而且反过来，心灵活动的运用更频繁了，又使信号日趋完善，并且使信号的使用更臻熟练。我们的经验证明了这两件东西是相辅相成的。"③语言的不同，人们关于客观世界的理解和解释也会不同，从而思维体系也会不同。18 世纪后期的德国哲学家海德在《论语言的起源》中也认为，语言与思维是不可分割的，语言是思维的工具。19 世纪德国语言学家洪堡特在海德的基础上进一步认为，各民族的语言和思维是不可分割的。他说："民族的语言即民族的精神，民族的精神即民族的语言。"④洪堡特还在康德哲学思想的影响下，认为语言的内在形式整理和概念化了感觉经验。语言不同，相应的感觉经验不同，关于客观世界的理解和解释也不同。20 世纪维特根斯坦的前期哲学研究，就是探索人的语言结构如何建构起世界结构。他认为："我的语言的界限意味着我的世界的界限。"⑤语言结构决定了世界结构，语言规定了人的所思、所视、所是。换句话说，语言建构了人的世界，使用不同语言的人们也就生活在不同的世界之中。从这个意义上说，尤奈斯库的戏剧情节叙述、人物对话的语言"能指"没有通向现成的"所指"，而是创造出了全新的、包藏着更丰厚社会生活内涵的语言"所指"。尤奈斯库的戏剧情节叙述、人物对话的语言也没有传达现成的意

---

① 〔法〕尤奈斯库：《戏剧经验谈》，闻前译，黄晋凯主编：《荒诞派戏剧》，第 51 页。
② 〔英〕马丁·埃斯林：《荒诞的意义》，杨恒达等译，黄晋凯主编：《荒诞派戏剧》，第 22 页。
③ 〔法〕孔狄亚克：《人类知识起源论》，第 137 页。
④ 〔德〕洪堡特：《论人类语言结构的差异及其对人类精神发展的影响》，伍铁平、姚小平译，胡明阳主编：《西方语言学名著选读》，第 29 页。
⑤ 〔英〕维特根斯坦：《逻辑哲学论》，第 79 页。

义，而是创造出了全新的、包藏着更深厚历史暗示性的意义。所以，尤奈斯库有理由相信："我甚至常这样想：虚构的真实比日常现实更深刻、更富有意义。"①

（1）揭示物质丰裕的畸形结果

从古希腊开始，西方理性主义一直把以征服、改造自然为中心的生产力发展、物质财富的增加作为社会历史进步的重要内容。但在生存短缺与匮乏已经基本解决的现代西方人看来，理性主义所长期追求并获得的经济繁荣和财富累积只是一种片面甚至畸形的世界目的。因此，尤奈斯库戏剧充分揭示了长期以来物质欲望无限膨胀、功利索取无限扩张而造成的恶劣后果。正如尤奈斯库所说："一道帷幕，或者说一堵并不存在的墙矗立在我和世界之间、我和自我之间；物质填满各个角落，充塞所有的空间，在它的重压之下，一切自由全部丧失；地平线迫近人们面前，世界变成令人窒息的土牢。语言支离破碎，面目全非，文字落地如石块，或如死尸；我感到自己为沉重的力量所侵袭，对此，我只能做出徒劳的反抗。"② 尤奈斯库所谓的"徒劳的反抗"，就是最大限度地利用了戏剧的虚构性，直接使用物的无限扩张和极度增多来代替语言，从而直接让人们感受到物质力量对人生命存在的极度排挤、压抑。比如《椅子》描写两个老人邀请了社会各界人物来参加他们的演讲会。老夫妇不断地搬来一些椅子安放在舞台上，不断招呼、安排应邀前来参加演讲会的客人。可舞台上其实没有出现真正的客人，只有数量不断增多的椅子表明宾客接踵而至、络绎不绝。突然，一道强光从门窗中照进来，据称是皇帝陛下驾临，两夫妇又兴奋、又激动。最后，舞台上不断安放的椅子，终于使老夫妇失去了立足之地。戏剧用满台的椅子表明老人要向人类宣告的真理就是"物"对"人"的压迫，就是发达的物质文明对人类生养栖居园地的侵占。《新房客》中的房客搬进一所新居后，指挥搬夫甲、乙，先两次搬来两只方凳，四次搬来一个花瓶，六次搬来一个圆桌，而后开始搬来大量的家具。其高潮时，所有的家具轮番在两侧的门口出现一半，然后被搬夫拉进房间。当家具一拉进房间，另外的家具立刻出现一半。

---

① 〔法〕尤奈斯库：《戏剧经验谈》，闻前译，黄晋凯主编：《荒诞派戏剧》，第40页。
② 〔法〕尤奈斯库：《出发点》，杨知译，《外国现代剧作家论剧作》，第169页。

房客一直站在房中间，指点着"那儿……那儿……（计26次）"① 最后，房客坐在家具三面包围的沙发里，只有面向观众的那边敞开着。这时候，搬夫向房客报告："楼梯上全满了。人家都不能上下楼了。院子里也是，满了。街上也是。城里的车子不通了。满是家具。"② 源源不断像潮水般涌来、堆积如山的家具，既遮蔽了人所享用的自然光亮，又阻断了人所具有的进退自由；外在的物质堆终于排挤了人的栖居之地。《未来在鸡蛋里》描写青年杰克与罗伯达结婚后，接受了社会的规范，专心致志地生儿育女。所以，罗伯达不断地下蛋，杰克嘴里不断咯咯发声，搬出来一筐筐妻子罗伯达不断生下的鸡蛋摆满了舞台。人类社会的生产活动，创造出了丰富的物质财富，却占据了人的生命空间和精神空间。这一切所孕育的审美意蕴正如马丁·埃斯林所说："荒诞派戏剧家用以对我们正在瓦解的社会进行——主要是本能的、无意的——批判的手段，立足于使观众突然面对一幅关于一个疯狂世界的怪诞而混乱的图像。这是一种休克疗法，它实现了布莱希特在理论上提出，但在实践中未能实现的'陌生化效果'的原理——禁止观众与舞台上人物的认同（这是传统戏剧古老的、非常行之有效的方法），并代之以一种冷静的、批判的态度。"③

物质欲望无限膨胀、功利索取无限扩张而造成的恶劣后果的另一种表现就是人与人之间不可沟通的孤独感。这种不可沟通的孤独感表现了现代人为满足无餍足的奢侈享乐，无止境地攫取自然资源，无限度地相互贪婪争夺，从而使每个人命定在空虚无聊中漂泊流离、孤独放逐。比如《秃头歌女》里应史密斯夫妇邀请前来吃晚饭的马丁夫妇，需要经过多方面的回忆，才恍然大悟他们是同床共枕的夫妻。《椅子》描写年逾90的一对老人住在一座孤岛上。他们通过玩假装的游戏、反复讲一个"最后咱俩来到了"的故事来克服生活的无聊。突然，老头儿哇哇哭喊着要妈妈，不断重复说："我是一个孤儿。"④ 老太太把老头儿紧紧地搂在怀里，百般地哄他、吹捧他，说他已经掌握了人生的"秘密"，要向

① 〔法〕尤奈斯库：《新房客》，谭立德、杨志棠译，袁可嘉等主编：《外国现代派作品选》第三册（上），第132页。

② 〔法〕尤奈斯库：《新房客》，第135页。

③ 〔英〕马丁·埃斯林：《荒诞的意义》，杨恒达等译，黄晋凯主编：《荒诞派戏剧》，第22页。

④ 〔法〕尤奈斯库：《椅子》，黄雨石译，《荒诞派戏剧选》，第239—241页。

人类宣告。老太太告诉老头儿说："我们的观念是在说话中产生的，先有话，然后才有我们，用咱们自己的话来说，咱们也许会找到一切，找到那个城市，那个花园，那咱们也就不再是孤儿了。"①因此，为了摆脱难以忍受的孤独痛苦，老夫妇准备召开一个邀请各界人士参加的演讲会。老头儿忍不住告诉看不见的、应邀前来参加演讲会的客人们说："我们的生活非常孤单。"②但老太太却没有忘记趁机在看不见的、应邀前来参加演讲会的客人们中间，兜售节目单、埃斯基摩饼、焦皮糖……水果汁……老头儿还不无辩解地告诉一位看不见的、应邀前来参加演讲会的客人说："是的，我的亲爱的，她在那边，再往前去，她在卖节目单……任何一种生意买卖都是高尚的……那就是她……你瞅见她了吗?"③他甚至理直气壮地告诉看不见的、应邀前来参加演讲会的客人说："我是相信进步的，持续不断地进步，也有时跳跃，不管怎样……"④ "为了制止人对人的剥削，我们需要钱、钱，更多的钱!"⑤ "你们说人的尊严! 至少咱们得想法顾顾脸面。尊严只不过是一种浮面的东西。"⑥同时，老太太又不无沮丧地告诉看不见的、应邀前来参加演讲会的客人们说："可你们知道，世界上也的确有很幸福的人。他们早晨在飞机上吃早点，中午在火车上吃午饭，晚上在轮船上吃晚饭。夜里他们在大汽车上睡觉，大汽车永远不停地滚着，滚着，滚着……"⑦她甚至满腔哀怨地告诉看不见的、应邀前来参加演讲会的客人们说："我的孩子们，一定记住，你们谁对谁也不要相信。"⑧后来，老头儿还忍不住向看不见的、应邀前来参加演讲会的皇帝陛下悲痛地倾诉："所有我的敌人都得到了很好的酬报，我的朋友都出卖了我……"⑨ "他们对我非常不客气。他们迫害我。我要是跟他们说理，结果总是他们对……有时候，我想要给自己报仇……我一直都报不了……我总也没能给自己报仇……我的心太仁慈了……我不肯

① 〔法〕尤奈斯库：《椅子》，黄雨石译，《荒诞派戏剧选》，第 244 页。
② 〔法〕尤奈斯库：《椅子》，黄雨石译，《荒诞派戏剧选》，第 251 页。
③ 〔法〕尤奈斯库：《椅子》，黄雨石译，《荒诞派戏剧选》，第 274 页。
④ 〔法〕尤奈斯库：《椅子》，黄雨石译，《荒诞派戏剧选》，第 277 页。
⑤ 〔法〕尤奈斯库：《椅子》，黄雨石译，《荒诞派戏剧选》，第 277 页。
⑥ 〔法〕尤奈斯库：《椅子》，黄雨石译，《荒诞派戏剧选》，第 277 页。
⑦ 〔法〕尤奈斯库：《椅子》，黄雨石译，《荒诞派戏剧选》，第 277 页。
⑧ 〔法〕尤奈斯库：《椅子》，黄雨石译，《荒诞派戏剧选》，第 278 页。
⑨ 〔法〕尤奈斯库：《椅子》，黄雨石译，《荒诞派戏剧选》，第 285 页。

把敌人打倒在地上，我为人也是太好了。"① "我的仁慈终于把我给毁了。"②另外比如《阿麦迪或脱身术》描写阿麦迪夫妇15年没有出过门，他们生活的经济来源是妻子玛德琳太太，在自己家里的总机接线台担任接线员工作。生活的具体供给是使用一根长绳系上篮子，从居住的二楼窗户吊下去购买。《犀牛》描写主人公贝兰吉告诉朋友让说："孤独使我心神不安。社会也使我感到不安宁。"③"活着是件不正常的事。"④

尤奈斯库通过揭示人与人（包括夫妻亲情）之间的隔膜、冷淡、孤独、苦闷，启示人们在享用丰裕物质财富的时候，静心体验人间真情被剥离、心灵真爱被玷污的巨大灾难。正如马丁·埃斯林所说："荒诞派戏剧本质上关心的是唤起具体的诗的意象，以便向观众传达作者面对人类状况时所感到的困惑感。……这些标准是以暗示性、创作的原始性、有关形象的心理真实等因素为基础的；是以这些因素的深刻性和普遍性为基础的；是以它们被转化为舞台用语的技巧高低为基础的。"⑤

（2）显示历史进步的心灵阴影

从西方传统理性主义角度看，历史进步篇章所翻开的第一页就包含着不断调整、变更人与人之间关系的重要任务。调整、变更人与人关系的核心，就是从最初的自然关系过渡到社会关系。具体而言，也就是从原始的充满温馨和谐的血缘亲族关系，过渡到文明的不通人情的劳动协作关系，进而发展为以经济占有为基础的自由竞争关系。此中所包含的蛮横强暴、痛苦血腥，甚至千古罪孽都因为生产力的发展、物质财富的增进，即历史进步的美好结果而轻轻地被忽略了过去。尤奈斯库的戏剧无疑以独特的方式显示了理性主义历史原则下的人与人关系在人的心灵中的永恒的阴影。比如《椅子》中的老太太告诉一位看不见的、应邀前来参加演讲会的相片雕塑家说："我们有过一个儿子……他出门去了……这不过是一件常见的事……或者，也可以说，异乎寻常……他丢弃了他的父母……他有一颗非常善良的心……那已经是很久很久以前了……我

---

① 〔法〕尤奈斯库：《椅子》，黄雨石译，《荒诞派戏剧选》，第285页。
② 〔法〕尤奈斯库：《椅子》，黄雨石译，《荒诞派戏剧选》，第285页。
③ 〔法〕尤奈斯库：《犀牛》，萧曼译，《荒诞派戏剧选》，第324页。
④ 〔法〕尤奈斯库：《犀牛》，萧曼译，《荒诞派戏剧选》，第324页。
⑤ 〔英〕马丁·埃斯林：《荒诞的意义》，杨恒达等译，黄晋凯主编：《荒诞派戏剧》，第30页。

们非常爱他……"① 显然，老太太是在讲述西方理性主义"那已经是很久很久以前了"的"杀父杀母"的历史隐喻。同时，"那已经是很久很久以前了"的历史隐喻，又一直贯穿在过去与现在的历史时空里。所以，老太太引出了这样一段意味深长的对话：

　　老头儿：不对……不对，咱们从来也没有过孩子……我一直也想有一个儿子……也许这样更好……比如我，我自己就是一个忘恩负义的儿子……啊！悲哀、懊丧、悔恨，这就是我们所有的一切……这就是我们所留下的……

　　老太太：他对我说："你把那些鸟儿打死了！你为什么要把鸟儿打死？"……可我们并没有打死鸟儿……我们从来连一个苍蝇都不肯伤害……他眼睛里充满了大滴的眼泪。他又不让我们给他擦干。他不愿意让我走近他。他说："是的，你把所有的鸟儿都打死了，所有的鸟儿。"……他举起他的两只小拳头……"你撒谎，你出卖了我！满街上都是死鸟儿，都是快死的小鸟儿。"这是鸟儿在唱歌！……"不，这是它们快死时候的惨叫。天空都已经被血染红了。"……不，我的孩子，天是蓝的。他又哭了起来："你出卖了我，我敬你、爱你，我相信你是好人……满街上都是死鸟儿，你们把它们的眼睛挖掉了……爸爸，妈妈，你们都是坏人！……我决不跟你们呆在一块了。"……我趴在他的脚下……他爸爸大声哭泣着。可我们还是留不住他。他走的时候，我们还听到他在叫喊："事情应该完全由你们负责，"……他说"负责"，到底是什么意思？

　　老头儿：我让我母亲单独一个人死在山沟里。她叫着我，有气无力地哼哼着说："我的小孩子，我的可爱的儿子，可别让我一个人孤孤单单地死去……和我待在一块儿。我剩下的时间已经不多了。"别发愁，妈妈，我对她说，我一会儿就回来……我这会儿正忙着……我要去参加一个舞会，去跳舞。我要不一会儿就回来了。可是等我回来的时候，她已经死了，他们已经把她深深地埋葬了……我挖开坟墓，我要找到她，……可我怎么也找不到……我知道，我知道，作儿子的常常会抛弃自己的母亲，还免不了害死他们的父

---

① 〔法〕尤奈斯库：《椅子》，黄雨石译，《荒诞派戏剧选》，第262页。

亲……生活就是这样……可是我，我为这事心里非常痛苦……可是别的人，他们一点也不……

老太太：他叫喊着："爸爸，妈妈，我永远也不要再见到你们了。"

老头儿：我为这事心里非常痛苦，是的，别的人可一点也不……

老太太：不要对我丈夫提起他。他非常爱他的父母。他从不肯离开他们一分钟。他爱他们，拥抱着他们……他们都死在他的怀里，临死的时候对他说："你是一个十全十美的儿子。上帝一定会保佑你的。"

老头儿：我现在还能看到她直着身子躺在山沟里，她手里捧着山谷里的百合花，嘴里叫喊着："不要忘掉我，不要忘掉我，"……她眼睛里充满了大滴的眼泪，她叫喊着我的小名儿："小鸡儿，"她说，"小鸡儿，可别让我一个人待在这儿。"①

老夫妇的故事里还隐藏着两个故事。一个是老头儿与自己父母的故事。这个故事里的老头儿与巴尔扎克小说《高老头》里描写的两个女儿一样，都有充足的理性主义历史理由，不可能因为父母亲生命垂危而放弃参加一个舞会的机会。所以，服从历史进步的原则"丢弃了他的父母"的儿子，仍然不排除"是一个十全十美的儿子"。但这种历史的判定终归不能消除人们心中的永恒阴影。因此，另一个老夫妇与自己儿子的故事，顺理成章地就在永恒心灵阴影的弥漫中发生了。这个故事里的儿子与古希腊神话故事中的俄瑞斯忒斯一样，因为延续了祖辈的命运梦魇而陷入了悲剧性结局。所以，儿子有充足的理由，在心中的"鸟儿"死灭以后高声叫喊："事情应该完全由你们负责。"老太太也有充足的理由，坚信儿子在伦理道德上"有一颗非常善良的心"，依然一如既往地"非常爱他"。

再比如《阿麦迪或脱身术》中主人公阿麦迪夫妇的房间里，有一具15年前的受害人尸体，不但一直在长个儿，而且还引发屋子里到处是蔓延的蘑菇。这个发生在15年前的情杀，就像古希腊荷马史诗《伊里亚

① 〔法〕尤奈斯库：《椅子》，黄雨石译，《荒诞派戏剧选》，第263—265页。

特》所牵涉的"二雄争一美"的血腥杀戮一样，也自有充足的理性主义历史理由，正如同女主人公玛德琳对丈夫所说："你原本可以在杀了他之后的第二天，就到警察局去报案，对他们说你是一时出于嫉妒，一怒之下就把他宰了。""因为这是一桩情杀案，你也不会遇到多大麻烦；他们会让你在一张小小的声明书上画押签字，然后就把你放了。那份声明书给塞入一个卷宗，按类归档，完事大吉……这件事早就会没人议论啦……"①但是，具有理性主义历史理由的杀戮，却会在人的心灵里投射下永恒的阴影，搅扰生活的安宁，引发无限的恐惧。这种心灵里的永恒阴影，还会随着时光的流逝而增长、扩大，最后转化为某种物质力量，侵占人的空间。所以，受害人的尸体起先是继续长个儿，长白胡子。女主人玛德琳太太说："他要是原谅咱们，就不会再长个儿了。现在他还长个没完……肯定他心里还有怨恨，不依不饶呐。死人特别爱记仇。活人倒忘记得快一些。"②后来，尸体开始以几何级数长个儿，逐步占据了夫妇俩的大部分房屋空间。于是，引出这样意味深长的对话：

> 玛德琳：唉，不行！这实在太过分啦，谁受得了……
> 阿麦迪：（试着安慰她）玛德琳，家家有一本难念的经。
> 玛德琳：（无可奈何地搓着手）这简直不是人过的日子！不，不，简直叫人受不了啦！
> 阿麦迪：（同前）譬如说，我的爹妈，他们也有……
> 玛德琳：（哭着打断他的话）现在他又要把他的蘑菇泛滥到这间屋子里来了。你已经找到两个，这就是个信号。我早就该料到……
> 阿麦迪：（同前）有人比咱们的日子还难过！③

　　阿麦迪所谓"家家有一本难念的经"、"我的爹妈，他们也有……"、"有人比咱们的日子还难过"，无疑揭示了人与人血腥杀戮的历史时空普遍性，唯一重要的只是消除心理的阴影。所以，男主人公阿麦迪不得不在妻子的帮助下，趁黑夜的掩护把尸体从窗户里拖出去。最后，在大街

---

① 〔法〕尤奈斯库：《阿麦迪或脱身术》，屠珍、梅绍武译，《荒诞派戏剧集》，第168页。
② 〔法〕尤奈斯库：《阿麦迪或脱身术》，屠珍、梅绍武译，《荒诞派戏剧集》，第144页。
③ 〔法〕尤奈斯库：《阿麦迪或脱身术》，屠珍、梅绍武译，《荒诞派戏剧集》，第157页。

上拖行的尸体，甚至随着阿麦迪的身躯盘旋了起来，突然变成了充气气球，腾空飞走了。阿麦迪夫妇的心灵负疚感、罪孽感，现代西方人的心灵负疚感、罪孽感，乃至地球人类的心灵负疚感、罪孽感，皆漂泊流离在宇宙太空里，就像《圣经》中因为嫉妒而杀死了弟弟的该隐，带着上帝的判决，永远漂泊流离在大地上一样。所以，尤奈斯库有理由认为："我倒是觉得，日常的现实是没有实在意义的，是悬吊在虚无之中的，而只有超感觉的现实才有丰富的内容。"①

《国王正在死去》中的国王也是西方理性主义征服改造自然历史进步辉煌成果的象征。正如剧中的侍卫所说："陛下，我的指挥官，是他发明了火药，他从天神那里盗来了火，……他在地球上盖起了最早的铁匠铺。他发明了炼钢。……他又造出了第一批气球，然后是飞艇。最后，他又用他的双手造出了第一架飞机。……后来是铁轨、铁路、汽车。""他熄灭过火山，又让其他火山爆发过。他建设起罗马、纽约、莫斯科、日内瓦。他创建了巴黎。他干过革命，干过反革命，宗教改革，反改革。""他写了《伊利亚特》和《奥德塞》。""他写过悲剧，喜剧，用莎士比亚的笔名。""他发明了电话、电报，然后自己都装上了。""不久前，他发现了原子裂变。"②当然，国王也是西方理性主义历史进步包含血腥屠戮的象征。剧中的大夫告诉国王说："陛下，您发动过一百八十次战争。作为您军队的统率，您参加了两千个战役。"玛格丽特王后告诉国王说："你让人杀死了我的父母，杀死了和你争王位的兄弟，杀死了我们的表兄、表兄的孙子、他们全家、他们的朋友、他们的牲口，你还让人淹没了他们的土地。"国王理直气壮地辩解说："这是为了国家的利益。"③侍卫替国王陈述兼辩护地说："他很强壮，他让人砍过好些人的头。这是真的。""这是为了人民的安全。"但大夫却驳斥说："结果是：我们的周围都是敌人。"④国王问朱丽特女仆："告诉我你的一生。你生活得怎么样？"朱丽特回答："我生活得很糟，大人。"然后是一连串关于生活苦痛、劳累的陈述。国王说："大家受了很多苦。痛苦减少了，痛苦

---

① 〔法〕尤奈斯库：《我越来越困难了……》，李化译，《法国作家论文学》，第584页。

② 〔法〕尤奈斯库：《国王正在死去》，黄晋凯译，黄晋凯主编：《荒诞派戏剧》，第384—385页。

③ 〔法〕尤奈斯库：《国王正在死去》，黄晋凯译，黄晋凯主编：《荒诞派戏剧》，第364—365页。

④ 〔法〕尤奈斯库：《国王正在死去》，黄晋凯译，黄晋凯主编：《荒诞派戏剧》，第388页。

会消失的。多宽心啊！以后，大家就很幸福了。"①国王的话无疑是西方理性主义用遥远未来憧憬辩解目前现实苦难的典型表达。

《犀牛》中的主人公贝兰吉与即将变成犀牛的朋友让有这样一段对话：

> 贝兰吉：不管怎么说，我们有我们的道德，我认为这是与动物不相容的。
>
> 让：道德！那我们就谈论谈论道德吧，我对道德这玩艺儿可受够啦，道德有多漂亮！必须超越道德。
>
> 贝兰吉：您用什么代替它？
>
> 让：天性！
>
> 贝兰吉：天性？
>
> 让：天性有其自有的法则。道德是反天性的。
>
> 贝兰吉：如果我明白的话，那您是要用弱肉强食的法则代替道德的法则罗！
>
> 让：我要那样活着，我要那样活着。②

我们因此也就明白了尤奈斯库为什么最后描写坚信理性主义历史优先道德法则的让，跟随时代潮流变成了一头犀牛。

（3）捣碎囚禁自我生命的陷阱

西方传统理性主义坚信，人类历史的进步蕴含着无可置疑的因果目的和规律秩序，每一个人的生命价值就是在这个因果目的框架和规律秩序的格局中，成功地扮演历史派定给自己的社会角色。但是，正如马丁·埃斯林所说："现代科学态度抛弃了关于一种完全有条理的、简单化的解释的假设，这种解释曾被认为必定可以说明世界上的所有现象、目的以及道德法则。在致力于经历磨难和错误——经历假设的建立、检验和放弃——而缓慢地、艰难地探究有限范围的现实时，科学态度欣然接受这样的观点，认为我们必须带着这样一种认识来生活，即大部分知识和体验将长期，也许永远，留在我们的认识范围之外；终极目的不可能

---

① 〔法〕尤奈斯库：《国王正在死去》，黄晋凯译，黄晋凯主编：《荒诞派戏剧》，第375—377 页。

② 〔法〕尤奈斯库：《犀牛》，萧曼译，《荒诞派戏剧选》，第391—392 页。

也绝不会被人知晓；因此我们必须接受这个事实：以前的形而上学体系，即神话体系、宗教体系、或哲学体系，它们企图解释的许多东西必然永远是无法解释的。根据这个观点，任何坚持某种思想体系，认为它可以提供或旨在提供关于世界及人在世上地位的完满解释的做法都显得稚气，显得不成熟，这是逃避现实、遁入幻想和自我欺骗中去。"①这时候，服从所谓历史派定的社会角色，无疑就是"逃避现实、遁入幻想和自我欺骗"，从而陷入了囚禁自我生命的陷阱。陷入囚禁自我生命的陷阱又具体体现为两种形式：一是紧跟历史时代的理性思维迷信；二是追随大众群体态度的精神"地狱"。

在西方理性主义传统中，科学经常推动哲学，哲学经常引领科学，二者共同的方法论基础是理性思维逻辑。在经验主义诞生之前，理性思维逻辑占据唯我独尊的地位，在经验主义诞生之后，理性思维逻辑依然占据不可或缺的关键位置。所以，要捣碎囚禁自我生命的陷阱，就一定要质疑传统科学、哲学，质疑理性思维逻辑的魅力，并张扬生命的本能、直觉等等。所以，《椅子》中那位生活在孤独中的老头儿向看不见的、应邀前来参加演讲会的客人说："……纯粹的逻辑是不存在的……我们所知道的只不过是貌似逻辑的东西。"②《犀牛》尤其说明了忠实个人生命感受同遵循理性思维逻辑的不同价值内涵。比如《犀牛》中的主人公贝兰吉与朋友让从第一幕出场就有鲜明的对比，让衣冠楚楚：棕色服装，红色领带，浆过的假领子，脚上的黄皮鞋油光锃亮；贝兰吉没有刮胡子，没戴帽子，头发乱七八糟，衣服皱皱巴巴。③然后是二人的对话：

> 贝兰吉：让，您听我说。我没有任何消遣，在这个城市待着使人烦闷无聊，我不适合做我现在干的工作……每天要在办公室里待上八小时，只有盛暑时才有三周的假期！到了星期六晚上，我感到疲惫不堪，于是嘛，您理解我吗，为了使我能放松一下……
>
> 让：亲爱的，所有人都工作，我也是的，我和所有的人一样，我每天上八小时班，我每年只有二十一天假期，但是，但是，您看

---

① 〔英〕马丁·埃斯林：《荒诞的意义》，杨恒达等译，黄晋凯主编：《荒诞派戏剧》，第35 页。

② 〔法〕尤奈斯库：《椅子》，黄雨石译，《荒诞派戏剧选》，第 277 页。

③ 〔法〕尤奈斯库：《犀牛》，萧曼译，《荒诞派戏剧选》，第 306 页。

看我嘛……需要的是毅力，要不就见鬼去吧！……①

　　……

　　让：看看喝酒的后果是什么，您都不能控制自己的动作啦，您的双手无力，您惊慌失措，疲劳过度。我亲爱的朋友，您这是在自掘坟墓。您要把您自己给毁啦。

　　贝兰吉：我并不是那么喜欢酒精的。但是，如果我不喝酒，那就什么都不行啦。这就好比我害怕，我喝酒是为了不再害怕。

　　让：怕什么？

　　贝兰吉：我说不清楚。是一些难以说得明白的恐惧。我感到在人们中间活着很不自在，于是我就喝酒。喝酒使我平静，使我放松，使我忘怀。

　　让：使您忘掉自己！

　　贝兰吉：我感到疲倦，多年来的疲倦。我自身的重量对我都是负担……

　　让：这是酒精引起的神经衰弱症，是醉汉的忧郁症……

　　贝兰吉：我每时每刻都感到我的身躯像铅一样沉，有如我背着另一个人一般。我不习惯于我自己。我弄不清楚我是不是我自己。一旦我喝上那么一点，重担就消失了，我又认出我自己了，我又变回我自己了。

　　让：您这纯粹胡思乱想，贝兰吉，看着我，我比您重。然而，我却感到我很轻，很轻，很轻！（他摆动双臂好像他要起飞一样。）②

　　精神焕发、神采奕奕的让，显然因为遵循理性思维逻辑而成为扮演历史社会角色的成功者，而精神颓唐、落拓不羁的贝兰吉，显然因为沉湎酒精迷醉而成为扮演历史社会角色的失败者，所以，让有充足的理由指责、教诲贝兰吉。贝兰吉告诉让说："我甚至向我自己发问，我是否存在！"③ 这时候，在贝兰吉与让的对话中开始穿插一个逻辑学家对一个老先生的教诲：

---

① 〔法〕尤奈斯库：《犀牛》，萧曼译，《荒诞派戏剧选》，第 309 页。
② 〔法〕尤奈斯库：《犀牛》，萧曼译，《荒诞派戏剧选》，第 322—323 页。
③ 〔法〕尤奈斯库：《犀牛》，萧曼译，《荒诞派戏剧选》，第 325 页。

让：（对贝兰吉）生活就是斗争，不肯战斗就是懦夫！

逻辑学家：（对老先生）加在一起，抑或分开，这要看情况。

贝兰吉：（对让）您要怎样呢，我已经解除武装啦。

让：武装起来，我亲爱的，武装起来嘛。

老先生：（在艰难吃力的思索之后，对逻辑学家）八只，八只脚。

逻辑学家：逻辑可以导出智力的计算。

老先生：逻辑可是多面的啊！

贝兰吉：（对让）我到哪里去寻找武器呢？

逻辑学家：（对老先生）逻辑是没有界限的！

让：在您自身之内。通过您的意志。

贝兰吉：（对让）什么武器？

逻辑学家：（对老先生）您即将见到……

让：（对贝兰吉）耐心与文化的武器，智慧的武器。（见贝兰吉打哈欠）使您自己成为精力充沛和才智过人的人吧。使您自己合乎时代的精神。

贝兰吉：（对让）怎样做才能合乎时代精神呢？

逻辑学家：（对老先生）我给这些猫减去两只脚。它们还各有几只脚？

老先生：这可复杂呀。

贝兰吉：（对让）这可复杂呀。

逻辑学家：（对老先生）相反，这很简单。

老先生：（对逻辑学家）对您而言，可能简单，对我可不。

逻辑学家：（对老先生）来嘛，在思维上努一把力。您要勤奋啊。

让：（对贝兰吉）来嘛，在意志上努一把力。您要勤奋啊。

老先生：（对逻辑学家）我想不出来。

贝兰吉：（对让）我真的想不出来。

逻辑学家：（对老先生）什么都得教给您。

让：（对贝兰吉）什么都得教给您。

逻辑学家：（对老先生）您拿一张纸来计算。给两只猫减去六只脚，每只猫还剩几只脚？

老先生：等等……（他在从衣袋内抽出的一张纸上计算）

让：请看您应该如何行事：您应该穿着得体，每天刮脸，穿件干净衬衣。

贝兰吉：（对让）洗衣费可贵呢……

让：（对贝兰吉）靠戒酒省下钱来嘛。这是在外表方面，要有这样的帽子、领带，雅致的服装，锃亮的皮鞋（让在说到必备的衣服时，自鸣得意地以他自己的帽子、自己的领带、自己的皮鞋示范）

老先生：（对逻辑学家）这里可能有几种解决办法。

逻辑学家：（对老先生）请讲。

贝兰吉：（对让）然后怎么办呢？请讲……

逻辑学家：（对老先生）我洗耳恭听。

贝兰吉：（对让）我洗耳恭听。

让：（对贝兰吉）您羞怯，但您很有天赋！

贝兰吉：（对让）我，我很有天赋？

让：（对贝兰吉）要善于发挥它们。必须赶上趟。您得了解我们时代文艺界的大事和文化潮流。①

后来，理性思维逻辑甚至使已经显现出变异征象的让，仍然自信满满地说："我是我思想的主人，我是不会随波逐流的。"②具有反讽意味的是，这位曾经教诲贝兰吉"生活就是斗争，不肯战斗就是懦夫"、希望贝兰吉"合乎时代的精神"、"必须赶上趟"的人，终于很快变成了犀牛。同样具有反讽意味的还包括那位逻辑学家，以及贝兰吉的"服饰整洁"的上司巴比雍科长、"神情高傲、生性严厉，什么都知道、什么都明白"的同事博塔尔也很快变成了犀牛。其中，博塔尔最初看见新闻报道、听见苔丝陈述犀牛在街头出现时，坚定地认为完全是编造出来的故事。他说："我不相信那些新闻记者，新闻记者全是骗子，我知道我该怎么办，我只相信我亲眼看见的东西，那是得到科学印证的，我是个讲究方法、一丝不苟的人。"③后来，当苔丝告诉贝兰吉与狄达尔，博塔尔也

① 〔法〕尤奈斯库：《犀牛》，萧曼译，《荒诞派戏剧选》，第 326—329 页。
② 〔法〕尤奈斯库：《犀牛》，萧曼译，《荒诞派戏剧选》，第 383 页。
③ 〔法〕尤奈斯库：《犀牛》，萧曼译，《荒诞派戏剧选》，第 353 页。

变成犀牛时，自然引发了贝兰吉与狄达尔这样的一段对话：

> 贝兰吉：这是不可能的！他是反对的呀。您弄错啦。他抗议过的。狄达尔刚刚对我说的。不是吗，狄达尔？
>
> 狄达尔：一点不错。
>
> 苔丝：我知道他是反对的。然而，他毕竟还是在巴比雍先生变化之后的二十四小时后也变成犀牛啦。
>
> 狄达尔：得啦！那是他改主意啦！所有的人都有改变念头的权利。
>
> 贝兰吉：这么说，那每个人是什么都可望碰上的罗！
>
> 狄达尔：（对贝兰吉）按照您刚才那么肯定的说法，他还是一条勇敢的好汉哩。
>
> 贝兰吉：（对苔丝）我不能相信您的话。人家骗您来着。
>
> 苔丝：我亲眼看见他变的。
>
> 贝兰吉：那么说，那就是他撒谎啦，他假装变化的。
>
> 苔丝：他当时神情严肃认真，甚至可以说他是诚心诚意的。
>
> 贝兰吉：他说出变化的理由来了吗？
>
> 苔丝：他当时说的原话是：必须跟上自己的时代！这就是他说出的最后几句人话。①

这一切具有反讽意味的事件就像西方古老喜剧中的一种争斗或称"对驳"（agon）的场面，其中一个被称为"阿拉仲"（alazon）的是一个自夸自擂的人，另一个被称为"埃伊龙"（eiron）的是佯装无知的人。二人展开争论，埃伊龙先佯装愚蠢呆傻地发问，引诱阿拉仲自以为是地夸夸其谈，最后陷入混淆不清的难堪境地而逃之夭夭，从而实现了马丁·埃斯林所说："荒诞派戏剧试图使现代人面对真正的人类状况，使他们免除幻想，因为这些幻想必然会不断造成错误判断和失望。在我们的世界上有巨大的压力，这些压力试图诱惑人类通过被拽入忘却之中——通过大众娱乐，肤浅的物质上的满足，对现实的伪解释以及廉价的意识

---

① 〔法〕尤奈斯库：《犀牛》，萧曼译，《荒诞派戏剧选》，第421—422页。

形态——而承担信仰和道德信念的损失。"①

　　囚禁自我生命的陷阱常常还通过人与人的相互自欺而实现。这种相互自欺使人经常不得不因为大家都怎么样而决定自己该怎么样。正如尤奈斯库说："然而人一旦置身于社会组织、各种职能的组织中，人就成为被他职责异化的奴隶。"②这种不自觉地盲从芸芸众生的精神"地狱"，从根本上源自西方传统理性主义关于因果目的和规律秩序，关于个人生命价值的历史角色规定的盲目迷信。这种盲目迷信其实也就是束缚人生命自由的精神枷锁。所以，《犀牛》中的贝兰吉就直接指出逐渐显露变化征象的让是"出现了精神危机"③。《犀牛》还描写贝兰吉与自己那位很有希望得到提升的同事狄达尔副科长，针对犀牛事件发生争论时，狄达尔说："目前，我还没有找到一种令人满意的解释。我在考查这些事件，把他们记录下来。既然它存在，那它就必然是可以解释清楚的。"④ "我曾经像您一样地惊慌失措，但是现在我不啦。我已经习惯了。"⑤ 后面就发生了这样一段对话：

　　　　狄达尔：既然如此，那就随波逐流并超越它吧。既然已是如此，那就是它不可能成为别的样子的罗。"

　　　　贝兰吉：这是宿命论。

　　　　狄达尔：这是聪明智慧，一旦这样的一种现象产生了，那么，肯定有使之得以产生的一个理由。正是为了这个原因才需要去辨别清楚。

　　　　贝兰吉：那好，但是我呀，我是不准备接受这种局势的。

　　　　狄达尔：那您又能干什么？您打算干什么？

　　　　贝兰吉：目前，我还不知道。我要思考。我要给报纸写信，我要发表宣言，我要求市长接见，他若是太忙就请求他的副手接见。

　　　　狄达尔：官方爱怎么行动就由它去吧！我要问的是，从道义上

---

① 〔英〕马丁·埃斯林：《荒诞的意义》，杨恒达等译，黄晋凯主编：《荒诞派戏剧》，第38 页。

② 〔法〕尤奈斯库：《谈我的戏剧兼谈他人的观点》，吴康如译，黄晋凯主编：《荒诞派戏剧》，第99 页。

③ 〔法〕尤奈斯库：《犀牛》，萧曼译，《荒诞派戏剧选》，第388 页。

④ 〔法〕尤奈斯库：《犀牛》，萧曼译，《荒诞派戏剧选》，第401 页。

⑤ 〔法〕尤奈斯库：《犀牛》，萧曼译，《荒诞派戏剧选》，第407 页。

说，您是否有权干预此事。……

贝兰吉：必须把罪恶连根除掉。

狄达尔：罪恶，罪恶！这话说得太空泛啦！谁能知道罪恶在哪里，善行又在哪里？……

贝兰吉：怪不得，怪不得！如果领导人和我们的同胞们都像您这样思想的话，那他们就不会下定决心行动啦。①

再后面的争论过程中，狄达尔强调："必须以知识分子的正直的努力方法去追根溯源，……起码应该具有中立态度，具有一种开放思想，它本身就是科学的道德标准。一切都是符合逻辑的。理解就是判断。""谁能知道正常在哪里截止，不正常又从哪里开始？"贝兰吉则反驳说："噢，不，不，我不愿意变成让那样。啊不，我不愿意和他相似。我并不精通哲学。我没上大学；而您，您有文凭。这就是何以在讨论问题时您怡然自得，而我呢，我简直不知怎样来回答您，我太苯啦。但是我感觉到您是错了……这是我本能地感到的，不，不如说不是这样，而是犀牛有它的本能，而我则是直觉地感到的，对，就是这个词，直觉地。"②继而，贝兰吉与狄达尔发现那位自信满满的逻辑学家也变成了犀牛。贝兰吉依然凭借生命的本能、直觉，保持自己始终是自己，他坚定地挥舞起拳头大嚷大叫："我是不会跟着您们跑的！""不，我不会跟着您们跑！"狄达尔则莫衷一是地推断："如果他确实是您所说的那样一位真正的思想家，他是不应该随波逐流的。他在做出抉择之前，肯定是权衡过利弊的。""是的，这的确引人深思啊！"③狄达尔终于顺理成章地因为理性主义盲目迷信而陷入了盲从芸芸众生的精神"地狱"。所以，狄达尔同贝兰吉、苔丝有了这样一段对话：

狄达尔：我良心不安！不论是好是坏，我的责任责成我追随我的上司和同志们。

贝兰吉：您又没和他们结婚。

狄达尔：我拒绝结婚，和小家庭相比，我更喜爱世界大家庭。

---

① 〔法〕尤奈斯库：《犀牛》，萧曼译，《荒诞派戏剧选》，第408—409页。
② 〔法〕尤奈斯库：《犀牛》，萧曼译，《荒诞派戏剧选》，第414、415、416页。
③ 〔法〕尤奈斯库：《犀牛》，萧曼译，《荒诞派戏剧选》，第419页。

苔丝：（软绵绵地）狄达尔，我们深深地为您感到遗憾，但是我们无能为力。

狄达尔：我的责任是不要抛弃他们，我受我的职责指使。

贝兰吉：恰恰相反，您的责任是……您并不了解您的真正责任……您的责任是您应当明智地、坚定地反对他们。

狄达尔：我要保留我的聪明才智。（他在舞台上兜圈子）我全部的聪明才智。要是有什么可批评的，与其在外面批评，不如在内部批评的好。我不该抛弃他们，我不抛弃他们。

苔丝：他心肠真好！

贝兰吉：他心肠太好啦。（对狄达尔，接着跑到门边）您心地太善良了，您是人啊。（对苔丝）挽留他呀。他糊涂啦。他是人呀。①

最后，同贝兰吉相爱的苔丝也陷入了盲从芸芸众生的精神"地狱"。其实，苔丝在前面就已经带着妥协意味地告诉贝兰吉说："您知道，人们渐渐会习惯的。更多的人对满街上飞奔的犀牛不感到吃惊了。它们经过时人们避开它们，接着继续散步，干他们该干的事，就好像什么也没有发生过一样。"狄达尔立刻表示赞同说："这样做是最明智不过的了。"但贝兰吉却表示："啊，不，我是不能这样做的。"②我们知道，人们习以为常其实就是精神上的妥协退让，妥协退让成为习惯就是不知不觉地陷入了精神"地狱"。所以，当狄达尔变成犀牛后，贝兰吉寻觅着问："哪只是他呀？"苔丝回答："这可无从知道。已经辨认不出他啦！"贝兰吉忍不住悲叹："它们全都一模一样，全都一模一样！"③苔丝终于也告诉贝兰吉说："我受不了啦。我不能再坚持抵抗了。"于是引出他们的最后对话：

贝兰吉：苔丝，听着，我们还是能做些事的。我们会有孩子，我们的孩子还会有他们的孩子，当然，这需要时间，可是我们两人就能使人类繁殖延续下去。

苔丝：使人类繁殖延续？

贝兰吉：我们将做亚当和夏娃。

---

① 〔法〕尤奈斯库：《犀牛》，萧曼译，《荒诞派戏剧选》，第428页。
② 〔法〕尤奈斯库：《犀牛》，萧曼译，《荒诞派戏剧选》，第425页。
③ 〔法〕尤奈斯库：《犀牛》，萧曼译，《荒诞派戏剧选》，第429页。

苔丝：在那时，亚当和夏娃……他们可是很勇敢啊。

贝兰吉：我们也是的，我们也应该勇敢。何况并不需要有多勇敢。这是随着时间的推移和耐心自然而然形成的。

苔丝：有什么用？

贝兰吉：有，有，一点点勇气，很少的一点就够了。

苔丝：我不要孩子，这使我感到厌烦。

贝兰吉：那你又怎能拯救人类呢？

苔丝：为什么要拯救它？

贝兰吉：瞧瞧这是什么问话！……苔丝，为了我，请你这样做，拯救人类吧。

苔丝：总之，也许是我们才真正需要得救。也许我们是反常的。

贝兰吉：你胡说，苔丝，你发烧啦。

苔丝：你还看得见和我们同类的其他人吗？

贝兰吉：苔丝，我不想听到你说这样的话！（苔丝向四面八方张望看着可以见到的满墙的犀牛头，还有在楼梯口小平台门口和楼梯扶手边上出现的犀牛头）

苔丝：这些才是人。它们看起来可高兴呢。它们裹在它们的那层皮里觉着挺自在。它们丝毫没有发疯的神情。它们很自然。它们是有道理的。

贝兰吉：（交叉紧握双手，悲痛绝望地看着苔丝）苔丝，是我们在理，我向你保证。

苔丝：别自吹自擂啦！……

贝兰吉：你明明知道我有理。

苔丝：没有绝对的道理。在理的是大伙儿，既不是你，也不是我。

贝兰吉：不，苔丝，我有理。当我对你讲话的时候你明白我的意思就是明证。

苔丝：这什么也证明不了。

……

贝兰吉：（苔丝正在哭泣）看来，我确实是丧失论据啦。你以为它们比我强，也许你还以为它们比我们强。

苔丝：当然。

贝兰吉：那么，我向你发誓，不管怎样，我不投降，我，我绝不投降。

　　苔丝：（她站起身，走到贝兰吉身边，用双臂搂着他的脖子）我可怜的爱人，我和你一同抵抗到最后。

　　贝兰吉：你能行吗？

　　苔丝：我保证。相信我吧。（犀牛的声音变得悦耳了）它们在唱歌，你听见吗？

　　贝兰吉：它们没唱歌，它们在嚎叫。

　　苔丝：它们是在唱。

　　贝兰吉：我告诉你，它们在嚎叫。

　　苔丝：你疯了，它们在唱。

　　贝兰吉：那就是你没长着懂得音乐的耳朵！

　　苔丝：你对音乐才是一窍不通呢，我不幸的朋友，还有，看呀，它们在玩，在跳舞呢。

　　贝兰吉：你管这叫跳舞吗？

　　苔丝：这是它们的方式，它们好漂亮。

　　贝兰吉：它们真难看！

　　苔丝：我不许你说它们的坏话。这使我不愉快。

　　贝兰吉：对不起。我们犯不着因为它们吵架。

　　苔丝：它们是神。

　　贝兰吉：苔丝，你言过其实，好好瞧瞧它们嘛。

　　苔丝：我亲爱的，你别吃醋。我也请你原谅。（她重又走向贝兰吉，要用双臂搂着他。现在是贝兰吉在挣脱了）

　　贝兰吉：我确实认为我们的观点是完完全全背道而驰的，最好别再争论啦。

　　苔丝：得啦，别那么庸俗啦。

　　贝兰吉：别那么蠢。

　　苔丝：（对着背转向她的贝兰吉。他在镜子里端详自己）在一起生活是不可能的了。（当贝兰吉继续照镜子时，她轻轻地向门口走去，边走边说）他太不体贴，真的，太不体贴了。（她走出去，可以看见她缓步走下楼梯）①

---

① 〔法〕尤奈斯库：《犀牛》，萧曼译，《荒诞派戏剧选》，第439—443页。

唯一冲破囚禁自我生命陷阱的贝兰吉，一方面因为有一种作为人的责任感。比如前面贝兰吉与狄达尔针对犀牛事件发生争论时，他就强调说："我感到我对所要到来的一切是有连带责任的。我有一份责任，我不能无动于衷、漠然处之。"① "我要谴责巴比雍先生。他有义不容辞的任务在身。"② 另一方面更因为有作为人的自由精神。所以，当贝兰吉知道逻辑学家也变成了犀牛后，他向奔跑的犀牛喊道："这是耻辱！你们的假面舞会是个耻辱。"③正如尤奈斯库所说："我曾多次说过，正是在深层的孤独中，我们才能重新发现自我。"④最后，孑然一身的贝兰吉对所有的犀牛头说："我是不会追随你们的，我不理解你们！我原来是什么样就还是什么样。我是人。一个人。"当然，贝兰吉也不能说丝毫没有产生无所适从的自我怀疑。他也自言自语："我了解我自己吗，我了解我自己吗？万一，就像苔丝对我说的那样，万一是它们在理？"贝兰吉甚至还通过人的画像与犀牛头的对比，发出了绝望的悲叹："我不漂亮，我不漂亮。漂亮的是它们。我错啦！哦，我多愿意像它们似的。可惜，我没有角！光滑平坦的前额多难看啊。为了突出我的朝下溜的线条，我应该有一只或两只角才对。也许它会出现，那我就不必害臊了，我就可以去找它们啦。可是它怎么不长出来啊！我的手湿漉漉。它们会变粗糙吗？我的皮肤是柔软的。啊，这过于白皙的身躯，还长满了毛！我多么巴望我也有一身那么华丽的墨绿色硬皮，那么体面的赤裸着的身体，像它们似的，还没有毛！它们的歌声富有魅力，尽管有点冷酷生硬，但确实有迷人之处！倘若我也能像它们那样唱。……我应当及时追随它们，可我醒悟得太晚啦。现在来不及啦！太遗憾啦，我是个恶魔，我是个恶魔。悔之晚矣。我永远也变不成犀牛了，永远，永远！我再也变不了啦。我真想变，我是多么盼望变，可是我办不到。我再也不能看我自己了。我羞愧得无地自容！我多丑啊！谁坚持保存自己的特征谁就要大祸临头！"但绝望中的贝兰吉终于坚决地高喊："豁出去啦！我将自卫，反对你们大家伙！我的枪，我的枪！反对所有的人，我要保卫自己，对付所有的人，我要保卫

---

① 〔法〕尤奈斯库：《犀牛》，萧曼译，《荒诞派戏剧选》，第407页。
② 〔法〕尤奈斯库：《犀牛》，萧曼译，《荒诞派戏剧选》，第414页。
③ 〔法〕尤奈斯库：《犀牛》，萧曼译，《荒诞派戏剧选》，第419页。
④ 〔法〕尤奈斯库：《谈我的戏剧兼谈他人的观点》，吴康如译，黄晋凯主编：《荒诞派戏剧》，第99页。

自己！我是最后一个人，我将坚持到底！我绝不投降!"①我们无从知晓贝兰吉的最后结局，就像我们无从知晓萨特《魔鬼与上帝》中的主人公格茨回到了残酷、血腥战争中后的最后结局一样。但我们知道贝兰吉"我是最后一个人，我将坚持到底"的生命态度，就像我们知道格茨宣告"现在人的统治开始了"的生命态度一样。换句话说，我们永远不知道人生的道路上会遇见什么样的历史境遇，但我们永远应该有贝兰吉那种"我绝不投降"的自由意志，应该有格茨那种"既然有这场战争要打，我就打这场战争"② 的庄严责任。

---

① 〔法〕尤奈斯库:《犀牛》，萧曼译,，第444—446页。
② 〔法〕萨特:《魔鬼与上帝》，罗嘉美译，见《魔鬼与上帝》，第380页。

第九章　品钦小说的"熵"定律视角与寓言化叙事

托马斯·品钦的小说在具有美国黑色幽默文学独特文学艺术世界的同时，还特别把热力学和信息论的"熵"理论引入了文学创作思考。他最初发表的短篇小说《熵》就以一幢楼房隐喻现代人类社会正处于"熵"定律下的封闭和枯竭状态。同时，为了破解现代人类在"熵"定律下必然封闭和枯竭的命运，品钦又比通常美国黑色幽默文学更加着力地在小说中运用寓言化叙事，从而使寓言成了品钦破解"熵"定律的特殊文学艺术方式。

1. "熵"定律的双重呈现

托马斯·品钦的小说从"熵"定律的特殊视角，令人触目惊心地说明了我们人类所处的宇宙、世界以及我们人类对宇宙、世界的认识都处在一个巨大的封闭系统里，它们正在无可挽回地走向混乱、死寂、灭亡。也就是说，品钦既描述了我们人类所处宇宙、世界和社会在"熵"定律下的衰竭、死寂，又同时揭示了我们人类对宇宙、世界和社会的认识在"熵"定律下的迷乱、混沌。由此，"熵"定律的视角在托马斯·品钦的小说里是一种双重呈现。也就是这种"熵"定律视角的双重呈现使他的作品情节荒谬绝伦、运思玄妙无比。比如品钦小说《V》中的V到底是什么？小说描述了它的若干可能性与模糊性。V似乎是一个不断变换身份的神秘的女人，并且与历史上的一系列重大事件有密切的纠葛。V似乎又不只是一个女人，它或许是一个神秘莫测的叫维苏的地方，或许是纽约地下污水管道中的一只雌鼠，或许还是那座有不可知潜在力量的维苏威火山，或许还是动荡不宁的委内瑞拉、瓦莱塔等地方的名字，甚至或许是一个爵士俱乐部的名字。显然，V似乎什么都不是，同时又什么都是。说它什么都不是，因为它不是某一具体的事件、事物的概念、名称。说它什么都是，因为它是神秘莫测、复杂多样含义的笼统抽象和含混意指。这种神秘复杂消除了 V 的具体所指性，使它或许只是一种空无（Void）；这种抽象含混又涵盖了 V 的一切抽象能指性，使它可能代表"熵"定律中的能量。其实，V 本不是某一具体可见、可辨的人类社会矛盾、历史灾难的再现或表现，而是人类所有社会矛盾、历史灾难的普遍性概括和归纳。美国作家托尼·坦纳就认为品钦的长篇小说《V》里"每一布局都表现出衰竭和消亡。进一步趋向混乱和死亡。书中充斥各种各样的死亡景象——从现代世界的垃圾堆到月球上真正的不毛之地"①。更为重要的是，V 的神秘性、复杂性、抽象性、含混性既是对现代人类所处的宇宙、世界和社会现存状态的概括，又是对现代人类关于宇宙、世界和社会认识能力的彰显。所以，小说中的主人公通过当间谍的父亲的日记了解到一个叫 V 的神秘女人后，他坚定地相信世界上有一个 V 正卷入其中的阴谋集团，但他却始终不可能获得确切的证明。因为，主人公只是依据传统理性逻辑和经验意识"需要找到一种能解释当代现实的力量或阴谋，正是这一需要或许就制造出了那种力量或阴谋"②。所以，主人公对 V 的追寻，实质上是以表面上的寻找父母、寻找个人本质来追寻对人类历史中那么多动荡、混乱、浩劫和灾难的解释。正如莫里斯·迪克斯坦所言："小斯坦希尔对 V 的追求既是寻找父母和个人本质，又是试图解释一段历史，这段历史的意义就隐藏在早期历史和前辈人的零星遗物中。"③但是，小说主人公作为一个沉湎于历史探索的人又已经先验地被他的姓 Stencil（模版印刷）预先规定了在苦苦追寻后所作出的解释只可能是一种更加晦涩、抽象和莫衷一是的零解释。如莫里斯·迪克斯坦所指出："这个最后的答案可能只是一种幻觉……或者是一种幻觉，或者是令人震惊地证实了一个充满阴谋诡计和不可思议的高度组织化的世界。"④也就是说，现代人类世界的痛苦、不幸本就是人类社会制度和人类认识方式同时高度封闭和严重衰竭后的必然灾难性结果。主人公对 V 的追寻过程，使人们觉察到了人类社会制度高度系统化后的动荡、混

---

① 引自董衡巽、朱虹等著：《美国文学简史》下册，人民文学出版社 1986 年，第 398 页。

② George Perkins, Barbara Perkins, and Philip Leininger, *Reader's Encyclopedia of American Literature*. New York：Harper Collins Publishers，1991，p. 1081.

③ 〔美〕莫里斯·迪克斯坦：《伊甸园之门》，第 107 页。

④ 〔美〕莫里斯·迪克斯坦：《伊甸园之门》，第 108 页。

乱，对 V 的追寻失败，则使人们体悟到了人类自我认识论极度封闭化后的紊乱、无序。

这种从"熵"定律特殊视角出发既对人类所处的宇宙、世界和社会，也对关于宇宙、世界和社会认识的双重疑虑在品钦的《叫卖第四十九号》中得到了进一步的表现。小说主人公欧底帕·迈斯可以看作是《V》中主人公斯坦西尔形象的延伸。她突然被指定为加州房地产巨头皮尔斯的遗嘱执行人。但她对法律、投资、房地产、死者都毫不了解。她只是在清点皮尔斯的财产时，发现了一个神秘的符号以及 WASTE 字样。她依据传统理性逻辑和经验意识以为有一个破坏官方邮政垄断的地下邮政系统并苦苦寻觅对这个邮政系统的解密。其实，主人公仍然是在千辛万苦地追寻对扑朔迷离、诡谲神秘人类历史、文明现状的某种理解和解释。然而，她所寻觅的对象也同样像神秘的 V 一样，既是一堆没有确定性的杂乱纷呈、暗昧荒诞，又是一个高度隔绝、封闭后的空幻虚无。所以，迈斯所追寻的线索不断延伸又不断中断，最后的希望不是导向明朗，而是导向进一步的朦胧。由此，不管是宇宙、世界、人类社会本身，还是对宇宙、世界、人类社会的认识都因为处于孤立封闭的系统而使"熵"不可逆转地增大并趋于紊乱和衰竭。同时，小说中女主人公的经验感受与读者的心理历程都经受着前所未有的考验，它们都因为人类社会现实生活以及人类理性认识皆在其历史进程中自我封闭而随着"熵"的增加而趋于衰竭。这种双重的衰竭的表征方式就是人类社会生活的无序与人类理性认识的无能。

这种双重的衰竭表征在品钦的小说《万有引力之虹》中更通过人类现代科学技术的火箭与人类感性情欲的古怪关系而得到了离奇的表现。现代人类社会的科学技术由于长期受制于封闭的理性目的而终于失去了它原有的功能而变成了戕害人的对立力量，人的感性情欲也因为几千年单一物质运动的培育滋养而变成了驱赶人的异己力量。人被这些对立力量、异己力量所逼迫、挤压，终于到了衰微枯竭的地步。于是，死亡的火箭循着不可抗拒的万有引力从空中划出了一轮警示人的长虹，这轮长虹与上帝同挪亚立约的长虹终于交接成了一个西方文明历史的封闭圈。人们曾经引以为骄傲的科学技术如同一个打开魔瓶而释放出来的魔鬼，正变幻着鬼脸暗暗嘲弄人们的贪婪和愚钝；人类自己创造的文明历史也就如同耗尽了所有动力和能源的庞然钢铁怪物，不但无可奈何地经历着锈蚀和溃烂，而且还无可避免地散发着臭味和毒素。这时候，一位统计学家根据用普阿松分布公式绘制的火箭落点与斯洛思罗普每次性行为地点图的吻合来探讨情欲与数学的联系，一位弗洛伊德心理学家则根据潜意识理论来探讨斯洛思罗普的脑子里是否有一种动力能够遥控火箭的制导系统，一位研究巴甫洛夫心理学的专家则相信斯罗士罗普的头脑中有一种支配着生和死的开关。当然，所有这些专家们提供的多种解释都无一例外地遭遇了自我嘲弄的命运。"小说使我们进一步认识到：用理性和科学的方法来清楚地或全面地解释生活中的真理是不会成功的。"①因为，人类的认识也像耗尽了所有能源和热量的蓄电池一样，它不仅不能释放光明照亮世界，反而在腐臭的同时毁坏着人类的心智和灵魂。所以，小说生动地表现了对人类历史与人类认识的双重嘲弄。

2. 寓言：破解"熵"定律的叙事策略

西方人还有机会冲破"熵"定律的双重困厄吗？柏格森说："人类在呻吟，被他自己的进步快要压碎了。但人们没有意识到，他的未来其实就在他自己手中。"② 人是语言的动物，也是具有描述和表意功能的物种。人用自己造就的象征符号建构了人类文化世界，同时也就创造了人自身。然后，人又不自知地钻进了这个自己建构的文化世界并以上帝或理性的名义把自己遮盖得严严实实。所以，解铃还须系铃人，疗治人类文化世界的混乱还在于冲破人类理性认识的封闭。西方理性认识论进入封闭大厦后的门闩是被黑格尔最后扣上的，正如德国哲学家曼弗雷德·弗兰克所说："欧洲的精神正是在黑格尔的形而上学体系中最终完成了自我的反思，找到了自我，达到了自我完成。但是，它一旦完成了这座形而上学的大厦，关上这所大厦的门，点燃了照亮一切的智慧之灯，这个精神的奥德修斯便成了这幢大厦唯一的居民，成为禁闭在其中的囚徒。黑格尔哲学在得到完成并放射出智慧之光的同时，欧洲精神的黄昏也就来临了。对于同时代，特别是后世的知识分子来说，这意味着二千五百年来统治着人的思维并发展成自我意识的理性方案不再有效，它所确立的意义日益暗淡，它所指示的方向已经丧失。""随着上帝——即形而上学——的死，欧洲精神二千五百年来用以解释世界和存在的意义变得暗

① 〔美〕约瑟芬·韩丁：《实验小说》，韩邦凯、冯国忠译，丹尼尔·霍夫曼主编：《美国当代文学》（上），第394页。
② 〔法〕柏格森：《道德与宗教的两个来源》，第194页。

淡了,最高的价值解体了,而这种意义和价值是形而上学所赋予并保证其有效性的。"① 在西方传统理性主义认识论的框架里,认识客观世界的主观世界通过逻辑、公式、定律的组织规划,可以直接通往现象后面的本质、个别后面的普遍、偶然后面的必然,进而建造了本质、普遍、必然等为标志的形而上学,完成了传统理性主义认识论的封闭系统。品钦选择寓言化叙事就是要打碎传统理性主义运用逻辑、公式、定律通达本质、普遍、必然为标志的形而上学,打碎传统理性主义认识论的封闭系统,以迎接神性的重临、存在的回归。反过来说,寓言化叙事也就是品钦试图打破理性认识论的遮蔽性,破解"熵"定律封闭体系,完成现代"思"和"诗"的合二而一的叙事策略。当然,我们此处所说的寓言"也是一种可以用于任何文学形式和流派的艺术技巧"。②

理解了品钦寓言化叙事的良苦用心,我们也就不难明白,《V》中由两条线索所串联出来的故事,也就并非是现实生活的真实表现,而只是某种关于人类现实生活和人类理性认识的隐喻性寓言。主人公赫伯特·斯坦西尔对 V 的追寻,实际上是对人类社会现实灾难缘由的历时追问;追问的无解与失败又是人类理性认识能力枯萎的充分显现。另一主人公普罗费恩及其整个病态团伙的活动则是人类社会现实生活景状的共时呈现。两个主人公的活动勾勒出两条粗大的线索:一条线索串联起历时性的追寻,另一条线索串联起共时性的呈现;一条线索解释的是人类灾难的时间性延续,另一条线索说明的是人类痛苦的空间性展现。由此,整个作品也就是一个人类历史时空的隐喻性寓言。这个隐喻性寓言揭示了人类社会现实系统里的"熵"在无限增加,人类认识论系统中的"熵"同样在无限增加,人类世界和人类认识都在"熵"定律的驱动下趋于衰竭,从而日趋走向紊乱、死亡的危险。正如莫里斯·迪克斯坦所说:"平钦的想象力远远地离开了这些现实的基础,而这些基础本身也被不知不觉地改变成了对某种心境、某种独特的世界和历史的焦虑的平钦式隐喻。"③《叫卖第四十九号》中的主人公俄狄帕发现的那个地下邮递系统

① 〔德〕曼弗雷德·弗兰克:《正在到来的上帝》,章国锋译,《世界文论》编辑委员会主编:《后现代主义》,北京:社会科学文献出版社,1999 年,第 81、82 页。

② 〔美〕M. H. 阿伯拉姆著:《简明外国文学词典》,长沙:湖南人民出版社,1987 年,第 10 页。

③ 〔美〕莫里斯·迪克斯坦:《伊甸园之门》,第 94 页。

斯特里斯特罗的代号是 WASTE，表面意思是"废物"，内里隐藏的意思是 We Await Silent Tristero'Empire（我们静候斯特里斯特罗王国）。这个隐喻性表述意指在文明判定为废物的东西里可能潜藏着人类社会历史的某种解释。但是，西方理性主义认识论传统在把普遍、本质、必然奉若神明的同时，也就把现象、个别、偶然抛向了边缘；一方面遮蔽或歪曲了生命存在的真谛，另一方面任社会理性、集体意志掩盖了自然感性、个体情感，更从某种意义上培育了高效的灾难酵素，酿制了可怕的法西斯危险。所以，小说中有一个寓意深邃的细节：心理医生希特勒·希莱瑞斯（Hitler Hilarius）动员了许多郊区家庭妇女试验 LSD—25 的效用。主人公俄狄帕拒绝了他的劝说，却没能阻止试验扩及自己的丈夫。于是，丈夫再也不像往常那样牢骚满腹而是心平气和，甚至变得有些婆婆妈妈似的母性温柔。个性巧妙地被遵奉共性的社会视为"废物"处理掉了。偶然被必然遮蔽了，感性被理性扼杀了。于是，人们在趋向统一的同时也就陷入了封闭的状态，趋向衰竭的"熵"开始极度增升。

　　品钦借助人类古老隐喻性寓言的目的是要更加紧密地结合现代人的"诗"与现代人的"思"，从而往西方理性认识论的封闭体系里加添新的生机和活力，以此结束"熵"增大带来的理性认识的衰竭。换句话说，品钦是要从人类理性认识因封闭而衰竭的绝望中，借助古老寓言拓开一条希望之路，从而实现海德格尔所设想的"艺术品以自己的方式敞开了存在者的存在。这种敞开，即显露，亦即存在者的真理产生于艺术品中。在艺术品中，所是的真理将自身设入作品。艺术乃是真理将自身设入作品。"① 同时也印证海德格尔所说："艺术的本性，即艺术品和艺术家所依靠的，是真理的自身设入作品。这由于艺术的诗意本性，在所是之中，艺术打开了敞开之地，在这种敞开之中，万物是不同于日常的另外之物。"②

　　品钦选择寓言化叙事打碎了传统理性主义认识论的封闭系统，同时也就拆解了西方传统理性主义认识论建构起的所谓宇宙世界、人类社会的规律。人们终于发现，人类社会历史现象背后没有起支配作用的因果目的或普遍规律，人类社会历史只是人类语言文本的历史，语言文本的历史又只是一系列断裂、矛盾的叙述组合，所谓的因果目的或普遍规律

---

① 〔德〕海德格尔：《艺术作品的本源》，《诗·语言·思》，第40页。
② 〔德〕海德格尔：《艺术作品的本源》，《诗·语言·思》，第67页。

只是人类自我中心主义自恋的虚构或梦幻。比如《叫卖第四十九号》中的主人公俄狄帕·迈斯（Odipa Mass）的俄狄帕是俄底浦斯（Odipus）的阴性，迈斯（Mass）是大众，小说中的主人公也就是俄底浦斯与大众的结合。品钦以此隐喻现代"人"的真实性谜语就在芸芸众生所传诵和解读的俄底浦斯"杀父娶母"故事文本之中。皮尔斯的遗嘱其实也只是一部解读人类历史的语言隐喻文本。所谓遗产就是遗嘱中所传诵的过去历史和现代文明的语言文本，而语言文本的中心则在圣那喀索斯（San Narsciso），也就是说在人类自我中心主义自恋的虚构或梦幻中。所以，主人公所要清理的其实是人类自我中心主义自恋的虚构或梦幻文本。这时候，主人公俄狄帕执行遗嘱，解读人类历史文本，洞悉人生奥秘，也就应该像小说中那幅西班牙画家的画所显示的一样，勇敢跳出禁闭的塔，解放出被禁锢、压抑、排斥、异化的原始生命欲望，从人类自我中心主义自恋的虚构或梦幻里突围出来，寻找到一种交流。交流的途径就是回归被隐喻为废物、进而被抛向边缘的现象、个别、偶然等人生价值判断。通过广泛的交流人们就可以结束热力学意义上的高熵低个性状态而转化为信息学中的高流量、高个性的状态，从而保持信息流、时间流、生命流的畅通。

人类寓言本具有更古老、原始的情感穿透力和事物命名力。早在人类理性语言产生之前，人类就通过神话寓言间接地阐释历史、寄寓情感。随着人类语言的发展，清晰的指认代替了隐喻的暗示、明确的概念代替了晦涩的象征。甚至人类文学所特有的象征性、隐喻性也逐步表现得更间接、朦胧，深层次的寓言也往往披上了再现或表现的外衣。但是，随着现代西方人情感体验的变幻多端、迷乱错综，更随着现代西方人传统认识论的封闭衰竭，理性语言日益暴露了己指认现实、澄明生存的隔膜与拙劣。文学语言，哪怕只是表面上的再现或表现也日益感到自己的局限和尴尬。于是，深藏潜隐的古老的象征隐喻又应人们心灵的召唤而悄悄地浮现了出来，它脱去了再现与表现的外衣，又显露出古老而全新的寓言本性。同时，人们在重新求助古老寓言回归的同时，也不期然地承继了古老寓言经常具有的反讽（Irony）性。诸如"狐狸与葡萄"寓言故事中百般周折得不到葡萄的狐狸以"葡萄可能是酸的"而自我解嘲的戏剧式反讽，同古老的苏格拉底佯装无知、机敏设问而使对方论点彻底解

构的语言式反讽的巧妙结合，不仅成了品钦破解人类认识"熵"定律的
原始咒语，而且深化了品钦小说作为黑色幽默文学的喜剧解构意味，实
现了"那些创造黑色幽默和反讽的人并不为他们的读者指引特别的方向，
而是让他们的读者在惊奇中摇头"①的审美效果。所谓"在惊奇中摇头"
就包含着釜底抽薪的解构意味。比如《万有引力之虹》作为一个突破
"熵"定律的隐喻性寓言，不仅显示了意蕴丰厚的反讽性，而且产生了
旨趣无穷的解构性。小说描写主人公蒂龙·斯罗士罗普还是一个婴儿的
时候就被深爱自己，并且高瞻远瞩地关注自己前途的父亲卖给了一个专
门从事刺激物反应研究的人。这个科学研究者竟然使用一种特别的聚合
物制造的布去调节斯罗士罗普的性冲动，然后以其勃起的快速来衡量和
判断他的反应程度。于是，幼小的主人公在自己毫无自主能力的情况下，
就被无辜地预先抛入人类认识的荒诞圈套里。主人公由此被铸塑成了一
个西方传统认识论无法破解的人生绝妙谜语。所以，在二次世界大战中，
主人公作为一位美国军官生活在伦敦，凡是他同女人勾搭、性交的地方，
总会成为德国 V—2 火箭的攻击点。因为德国主持制造火箭的军官恰好也
是一个性变态者，他把自己变态的情欲熔铸进了制造死亡的火箭中。性
欲与生存、死亡问题错综交织，形成了人类传统思维光芒永远照耀不到
的角落。于是，蒂龙·斯罗士罗普所勾画出来的人生谜语同古老的斯芬
克斯人生谜语交接成了西方认识论的封闭圈。品钦小说借助于古老寓言，
解构性地反讽了传统理性认识因为"熵"定律而失去了解释、说明世界
人生可能性的同时，也就巧妙地拆解了西方认识论的封闭圈，从而又暗
示了人类破解"熵"定律而重获解释、说明世界人生的可能性。换句话
说，面对晦暗模糊的历史现实和张口结舌的语言解说，小说家终于试图
以象征隐喻的寓言让人获得了心灵领悟的可能机会。诗意的猜测终于得
以冲破传统理性主义认识论的自我封闭。"熵"定律支配下的人类社会
和人类认识终于因为古老寓言的引入而可能焕发新的活力。如海德格尔
所说："看来必定是诗人才显示出诗意本身，并把它建立为栖居的基础。
为这种建立之故，诗人本身必须先行诗意地栖居。"②寓言解放了诗、文

---

① Alleen Pace Nilsen and Don L. F. Nilsen. *Encyclopedia of* 20th *- Century American Humor.*
Oryx Press. 2000. p169.

② 〔德〕海德格尔：《追忆》，《荷尔德林诗的阐释》，第 107 页。

学，文学解放了人类社会认识并敞开了人类社会处境。这时候，品钦似乎有理由相信：寓言叙事终于可能使束手无策的现代西方人从新拥有了破解"熵"定律的机会。人类终于可能凭语言的诗意而再次获得心灵的栖居地，并重新获得走出历史和现实绝望的希望之路。

第十章　聆听上帝发笑的回声

——米兰·昆德拉的文学艺术创作

米兰·昆德拉说："犹太人有一个精彩的谚语：人一思索，上帝就发笑。""我很喜欢把小说艺术来到世界当作上帝发笑的回声。"① 上帝信仰作为人性本质的对象化，曾经是西方传统理性主义的神圣外衣。从这个意义上说，上帝信仰一度是西方传统理性主义的同义词。遗憾的是，理性主义的发展也可能背离人性本质，这时候，针对理性思索的上帝发笑，无疑包含着理性主义批判、人性本质回归的警示性呼唤。米兰·昆德拉的文学艺术创作作为上帝发笑的回声，就让人们聆听到了理性主义批判、人性本质回归的警示性呼唤。

1. 理性主义批判

米兰·昆德拉的文学艺术创作，通过显示理性思维的不可信任、语言的噩梦、世界法则与社会规律的诡谲，让人们聆听到了理性主义批判的警示性呼唤。

（1）理性思维的不可信任

西方传统理性主义认识论，一直坚信人可以凭借理性思维认识宇宙世界、人类社会的客观规律，从而实现自己的主观目的。"知识就是力量"曾经是这种信念的经典表达。但米兰·昆德拉告诉人们："过去，笛卡尔把人提高到'大自然的主人与占有者'的地位，现在，对于力量（技术的、政治的、历史的）而言，人变成一种简单的东西，他被那些力量超过、超越和占有，对于这些力量来说，人具体存在，他的'生活

---

① 〔捷克〕米兰·昆德拉：《小说的艺术》，第153—154页。

的世界'没有任何价值和任何利益：它预先早已被黯淡、被遗忘。"① 所以，米兰·昆德拉的文学艺术创作让人们发现，理性思维有时候不仅不能帮助人们认识客观规律、实现主观目的，而且还会推动人们走向不可思议的反面。比如米兰·昆德拉在小说《生命中不能承受之轻》中，描写一些爱国的人们为引起世界正义人民的关注和帮助，拍摄了一些苏联入侵军队的照片送给外国记者。但是，这些照片却成了秘密警察惩罚爱国者的罪证。小说还描写"每个城镇的人把街道路牌拔掉了，住宅号牌也不见了。整个国家一夜之间成了无名的世界。俄国部队在乡下转了整整几天，不知自己来到了哪里。军官们搜寻并企图占领报社、电视台、电台，但没能找到它们。无论什么时候他们问路，人们不是对他们耸耸肩，就是告诉他们错误的地名和方向。"这些无可奈何的反抗手段，尽管给侵略者制造了一些麻烦，却使"古老的捷克城镇竟被众多俄国名字淹没"②。这些事与愿违的理性思维的后果犹如存在主义哲学家、文学家萨特的短篇小说《墙》中的主人公伊比埃塔没有出卖战友，但战友却意外出现在自己为嘲弄法西斯而随口编造的藏身地。英雄与懦夫、爱国与卖国、生存与死亡都脱离了人的理性思维能够认识的范围。理性思维不可信任的后果，终使人们面对社会生活中的真与假、是与非、正确与错误、正义与邪恶纠缠混淆时，因为无所适从而不得不推卸历史责任，无可奈何地陷入生命的无承担之轻。比如《生命中不能承受之轻》中的主人公托马斯，面对内务部秘密警察百般哄骗他在一个许愿效忠当局的声明上签名时想："当你对面坐着一个使人愉快、值得尊敬、有礼貌的人时，你要提醒自己说，他说的都不是实话，没有一句出自真诚，是不容易的。"③后来又面对一个周报编辑百般劝说他在一个请求赦免政治犯的声明上签名时，"托马斯突然想起那位递给他声明书的胖警察，与这位大下巴编辑没什么两样，人们都是试图让他在一份不是自己写的声明上签名"④。所以，弗朗索瓦·里卡尔在谈到米兰·昆德拉的小说《玩笑》时这样说："如果说卡夫卡的世界里真实无处可寻，在这个后来的世界里，

---

① 〔捷克〕米兰·昆德拉：《小说的艺术》，第2页。
② 〔捷克〕米兰·昆德拉：《生命中不能承受之轻》，洪涛、孟湄译，贵阳：贵州人民出版社，2001年，第110页。
③ 〔捷克〕米兰·昆德拉：《生命中不能承受之轻》，第123页。
④ 〔捷克〕米兰·昆德拉：《生命中不能承受之轻》，第146页。

真实在这个意义上却可以说是多重的，任意的，可操作的，因此不仅仅应该放弃抓住真实，更应当放弃追寻。如果说约瑟夫·K无法找到进入城堡的方法，至少他不怀疑城堡是确实存在的，他在努力地到达这个目的地。但是昆德拉的人物，他却进入一个城堡极易深入的世界，但是一旦我们接近这些城堡，它们就可能坍塌，变成陷阱。迷失在一大堆没有分量的符号、欺骗性的词语和滑稽模仿的价值间，除了保持一定距离，不让它们停下，承担某种假设或被任何意义占有，我们别无他法。"①

　　理性思维推动人们走向不可思议的反面，不但使人们面对民族国家、社会历史的大选择时无所适从，而且在处理个人感情生活时，也同样会遭遇混乱与荒诞的无情作弄。米兰·昆德拉在小说《玩笑》中描写主人公路德维克在服劳役的孤独、痛苦日子里，爱上了一个姑娘露茜。贫苦中的露茜只能从墓地里偷来鲜花作为送给路德维克的礼物，只能默默透过兵营的铁丝网传递给路德维克温情。应该说，两颗同样受难的心都渴望着爱情的温暖。但是，当路德维克有一天试图同露茜发生肉体接触时，却遭遇到露茜的拼命反抗。路德维克顿时觉得冥冥中一直有一股超自然的力量，一次又一次把自己所追求的东西夺走，露茜无疑也是这股超自然力量的工具。路德维克在愤怒中一记耳光打在露茜的脸上，他觉得自己是在反抗那一直纠缠自己的超自然力量。《玩笑》还描写路德维克为了报复泽马内克，用心良苦地策划了一场针对泽马内克妻子埃莱娜的性诱惑游戏。但是，就在路德维克与埃莱娜肉体结合的那个时刻，他才知道埃莱娜与泽马内克的爱情早在三年前就完结了。路德维克不能不绝望地想到："我没有从任何人那儿把她偷到手，也没有在她身上战胜或摧毁任何人，这是一个别人弃而不顾的身躯，被丈夫遗弃的身躯，我本以为可以利用它，但反倒被它所利用，它现在因大获全胜而高兴、得意、雀跃。"②后来，路德维克亲眼看见泽马内克身边已经有了一位年轻漂亮的波洛佐娃小姐。而当泽马内克知道路德维克与埃莱娜的情爱关系后，他非常高兴地把路德维克称为朋友。路德维克更加绝望地想到："生活总是嘲弄我，我前一天刚刚自以为在一场粗俗的情战中击败了这个汉子，可

　　① 〔法〕弗朗索瓦·里卡尔：《关于毁灭的小说》，〔捷克〕米兰·昆德拉：《玩笑》，第393页。
　　② 〔捷克〕米兰·昆德拉：《玩笑》，第251页。

恰恰由他的情妇以其美貌来提醒我又失败了。"①

感情生活遭遇混乱与荒诞的无情作弄,甚至使感情生活的真诚显现与虚幻表演也混淆不清。比如米兰·昆德拉在小说《身份》里描写主人公让-马克,为了使情人尚塔尔感觉还能吸引男性的回头转身,他假装一个暗中偷偷爱着尚塔尔的人,连续寄来几封赞美的信。尚塔尔果然有些心驰神摇,她一方面无意识地将来信珍藏在衣柜里的乳罩下面;另一方面还忍不住在接到第二封信以后,戴上了信中所提到的红色珍珠项链,并在同想象中的暗恋人擦肩而过时,禁不住羞涩得从脸一直红到胸部;在接到第三封信以后,还特意根据信中关于红色的赞美而给自己买了一件红色的睡衣,并且穿上这件睡衣引逗着让-马克,上演了一个女人被一个男人追逐的游戏。但是,虚构的青春活力重返尚塔尔的同时,真实的猜忌与烦恼也结伴而生。让-马克发现自己伪造的第三者的信件被珍藏在衣柜里,那么,移情别恋的想望是否也珍藏在尚塔尔的内心里呢?反过来,尚塔尔逐步觉察到了让-马克偷看了自己珍藏的信件,觉察到了事情的真相。两人终于在嫉妒、羞辱、痛苦、愤怒中,爆发了一场严重的争吵。

(2)语言的噩梦

语言与思维本来犹如一张纸币的两面。笛卡尔的"我思故我在"在将人的思维理性代替上帝作为人性本质的同时,就认为人的思维与语言应该具有相同的理性基础。所以,人的思想才能够用语言表达出来。德国 18 世纪哲学家海德强调,语言与思维是不可分割的,语言是思维的工具。理性思维的不可信任,标志着语言也不可避免地陷入了噩梦。具体而言,语言不仅没有帮助人们维护理性思维的可靠性,帮助人们认识客观规律、实现主观目的,反而加剧理性思维的不可信任,加速推动人们走向不可思议的反面。弗朗索瓦·里卡尔在谈到小说《玩笑》时说:"毁灭,简而言之,在我们所谓世界与存在的符号学的错乱中得到了证实。庄严的历史在开玩笑。……一片温馨的纸片被看成是政治宣言。在事物与词语,生灵与面孔,行动与思想之间,产生了某种虚空,连接它们的线条被截断,一切都偏离了航道。不再有标准,不再有价值,因为它们随时都可能转向原有的价值的反面,不再有词语,因为它们也仿佛

---

① 〔捷克〕米兰·昆德拉:《玩笑》,第 330 页。

被施了魔法似的，一秒钟以前的意义和内容会突然改变，指向完全不同的意义，也不再有原因清晰、结果可以预见的手势，它们在每时每刻也都有可能背叛导致它们的初衷。这种符号关系的错乱同时影响到它的两端：这两端彼此之间不再结合在一起，彼此偏离，符号和意义，词语和它们的所指在各自的一侧自由飞翔，而它们的相遇永远只能是暂时的、不稳定的，以至于同样的符号可以具有千种不同的意义，而在表面上没有任何变化。……任何的符号、事件和背景于是都成了一种陷阱，因为原先它们所承载的意义完全可以被截然相反的意义所替代。在这种情况下，为任何东西指定意义都一定是一种自我欺骗，或者至少可以说是将自己置入几乎一定会成为事实的自我欺骗的境地。"①比如小说《玩笑》中那位左右逢源的泽马内克为了断送路德维克的政治前程，颇费心机地采用了表面上不偏不依的姿态和语调对大家说："现在我向大家宣读两位共产党员的来信。"②然后，他把伏契克在监狱铁窗里写的《绞刑架下的报告》中最为著名的、几乎人人都能背诵的几个片断深情地朗诵出来，再把路德维克那张明信片上的三个短句平缓地读出来。语言的蛊惑力量顿时建构出了一个崇高完美巨人形象与另一个委琐丑陋渺小身影的强烈对照，所以，百十来人的理性思维一瞬间集体陷入了迷醉状态，他们毫不犹豫地举起了胳膊，决定了路德维克的厄运。所以，路德维克后来回想自己的人生之路时，有充分的理由这样想："在我的脑海里常常会浮现出一个大厅，百十来人在这里举起胳膊规定了我的生活必须截然断裂；这百十来人并不知道万事都有一天开始慢慢变化；他们估摸着我的发配是永不翻身的。不是我要反刍苦涩的草料，而是思维那顽固的特性，使我曾经多少次给自己的历史虚构各种不同的可能：假设大家当初不是提出要开除我，而是要把我绞死，那么后来会怎么样。结果我得出的结论只有一个，那就是在当时那种情况下，大家也都会举手的，特别是只要那份报告情真意切地鼓动一番，说那死刑是多么恰当多么有利就行。"③

语言的噩梦甚至使本应该成为历史无情进步过程里心灵栖息家园的诗，也融会进了时代喧嚣的合奏，使本应该成为社会现实里永恒理想歌

---

①　〔法〕弗朗索瓦·里卡尔：《关于毁灭的小说》，〔捷克〕米兰·昆德拉：《玩笑》，第391—393页。

②　〔捷克〕米兰·昆德拉：《玩笑》，第235页。

③　〔捷克〕米兰·昆德拉：《玩笑》，第94—95页。

唱者的诗人，也成为政治恐怖的帮凶。比如米兰·昆德拉在小说《生活在别处》里描写主人公雅罗米尔的绘画、诗歌、爱情，都是主动迎合社会主旋律、谄媚政治权势的畸形人格表现。当然，雅罗米尔的畸形人格本来也是语言噩梦的产物。比如小说描写主人公雅罗米尔"经常凝目的还是挂在同一墙上的镜子中自己的形象"。他为自己后缩的小下巴痛苦不堪。"他曾在叔本华一篇著名的论文里读到，一个向后缩的下巴特别令人反感，因为正是下巴的形状把人和猿区别开。但后来雅罗米尔碰巧看到一张里尔克的照片，发现这位诗人也有一个向后缩的下巴，这使他得到了安慰和鼓舞。他常常在很多时间照镜子，在一面靠猿一面靠里尔克的辽阔疆域里绝望地徘徊不定。"①雅罗米尔试图在镜子中寻觅人们称为历史巨人的影子，来仿造自我人生的蓝图。所以"每当雅罗米尔下午把自己关在房间里，照着镜子，时而望着这一面，时而望着那一面，日子显得是多么漫长和空虚啊"②！甚至当雅罗米尔向大学政治委员会汇报一个教授的资产阶级态度时，"他急切地在审视那些正在听他讲话的年轻人的眼光，观看他自己的形象。正如他从浴室的镜子里审查他的微笑和头发一样，他从听者的眼光中检查他的话是否坚定有力，是否有男子气概"③。小说的叙述者感叹："难道就没有逃离这所装满镜子的房子的路吗？"④萨特曾经在其小说《恶心》中描写主人公洛根丁回想其伯母说过的一句话："如果你朝镜子里看得时间过久，你就会看见一只猴子。"⑤萨特在戏剧《间隔》里描写三个生前苟且于现实诱惑、胆怯于自由选择的鬼魂，偶然相逢后也都竭力想找寻一面镜子。镜子显现的是旁人眼里的自我形象。迷恋镜子的人，实际上是迷恋旁人语言的评价。他们就像古希腊神话里的美少年那喀索斯，终归会在顾影自怜中失去自我生命的存在。雅罗米尔借助旁人语言的评价来获得生命意义，无疑已经失去了人的自由本性和生命本真。正如小说中的一个人同雅罗米尔谈到一位不愿意同政治恐怖合谋而遭遇厄运的艺术家时所说："他们把他从教学工作中赶走，他现在当建筑工人。因为他不想放弃他的信念。他在夜里，在

---

① 〔捷克〕米兰·昆德拉：《生活在别处》，景凯旋、景黎明译，作家出版社1989年，第85、86页。

② 〔捷克〕米兰·昆德拉：《生活在别处》，第90页。

③ 〔捷克〕米兰·昆德拉：《生活在别处》，第153页。

④ 〔捷克〕米兰·昆德拉：《生活在别处》，第156页。

⑤ 〔法〕萨特：《厌恶》，郑永慧译，《厌恶及其他》，第31页。

人工的光线下作画。但尽管如此，他却是在画美好的画。不像你的诗，一派令人作呕的屁话。"①但就是这些"令人作呕的屁话"在延伸语言噩梦的同时，更在制造社会现实的噩梦。米兰·昆德拉说："1948 年以后，在我的祖国实现共产主义革命的年月，我明白了盲目的抒情在恐怖时期所扮演的至关紧要的角色，对我来说，这恐怖时期是一个'诗人与刽子手共同统治'（《生活在别处》）的时代。那时，我想起了马雅可夫斯基，对于俄国革命，他的才能与捷尔任斯基的安全警察同样不可或缺。抒情性、抒情化、抒情的演讲、抒情的热情均属于人们称之为专制世界的一个有机构成；这世界不是简单的古拉格，这是一个周围墙上涂满了诗篇，人们在它面前载歌载舞的古拉格。比起恐怖来，恐怖的抒情化于我是个更难以摆脱的噩梦。"②米兰·昆德拉在《生活在别处》中说："今天，人们把那些日子视为一个政治审讯，迫害，禁书和合法谋杀的时代，我们这些还记得的人必须作证：它不仅是一个恐怖的时代，而且是一个抒情的时代，由刽子手和诗人联合统治的时代。""你说，那是一个蹩脚的抒情时代吗？不完全是！带着信奉者的盲目眼光描写那个时代的小说家，制造出虚假的、不成功的作品。但同样盲目地与那个时代结合在一起的诗人，却常常留下美好的诗歌。如我们前面所提到的，通过诗歌的魔力，一切陈述都变成了真理，只要这些陈述是依靠激情的力量。"③从这个意义上说，我非常赞同杨乐云先生关于昆德拉文学艺术创作中占重要地位的 Kitsch 的解释，即"这个词的含义中重要的不是'俗'，而是蛊惑性的虚假。西方一位评论家把它定义为'故作多情的群体谎言（a sentimental group lie）'似较为准确"④。

（3）世界法则与社会规律的诡谲

理性思维不可信任、语言陷入噩梦，理性主义曾经坚信的世界法则、社会规律，自然也脱离了人们自以为成竹在胸的理性驾驭，发生了出乎意料的严重异化。当然，米兰·昆德拉的文学艺术创作揭示出的异化现象不是西方资本主义社会高度发展的后果，而是西方共产主义社会实验

---

① 〔捷克〕米兰·昆德拉：《生活在别处》，第 282 页。
② 〔捷克〕米兰·昆德拉：《被背叛的遗嘱》，第 163—164 页。
③ 〔捷克〕米兰·昆德拉：《生活在别处》，第 359 页。
④ 杨乐云：《"一只价值论的牛虻"——美国评论界看昆德拉的小说创作》，《世界文学》1993 年 6 期。

的产物。马克思、恩格斯运用历史唯物主义原理，科学地研究了西方社会历史发展规律后预言：资本主义生产方式下的生产力与生产关系的矛盾在世界范围里发展到相当尖锐程度后，无产阶级革命在埋葬资本主义社会制度的同时，也会消灭阶级、私有制。这时候，劳动成为了人们的第一需要，"各尽所能，各取所需"成为了人们的生活常规，共产主义理想也就最终成为了人们的社会现实。但是，列宁却认为，在个别前资本主义的落后国家，实现共产主义理想的无产阶级革命也可以率先发生。俄国的1917年10月革命的胜利似乎也证明了列宁的论断。其实，正如英国现代历史学家艾·布勒克所说："即使在欧洲各国中政权最有弱点的俄国，一旦由惊慌失措而重归镇定，到1914年也离恢复元气不远。真可以据理断言，要不是发生大战，二十世纪的欧洲不会有暴力革命；列宁仍旧会默默无闻、言词激愤地流亡在瑞士。"①可以肯定地说，俄国10月革命的成功不能理解为马克思、恩格斯所预言的实现共产主义理想的无产阶级革命胜利，只能理解为机缘巧合下的民粹主义革命胜利。所以，俄国革命的胜利（后来因为历史的诸多原因辐射到了东欧许多国家）必然包含两个方面的问题：第一，这种不符合历史规律的革命胜利，犹如将一条从高往低自然流动的河水人为截断，使其不得不从低往高流动。不管人们如何不断地修堤筑坝、围流堵漏、严防死守，终归难以阻止其泛滥成灾。果然，革命胜利后的俄国不得不采用非常极端的方式，比如制度上的集权专制，政治上的无产阶级专政，经济上的工业国有化、农业集体化等等，皆孕育出了严重的社会异化后果，其表现形态就是各种各样、千奇百怪，蔓延到方方面面的社会机制紊乱综合症。第二，马克思、恩格斯运用的历史唯物主义原理，本就是西方历史理性主义的思想成果。西方历史理性主义集大成者——德国古典哲学家黑格尔从其历史辩证原理出发，强调人类思维的抽象形式逻辑必然转化成人类社会的具体历史逻辑。也就是说，人类的纯思辨理性、主观精神，必然转化成人类的具体历史、客观实践。黑格尔哲学的巨大历史感，使理性和人性的历史性充分地凸现了出来，而理性和人性的历史性里就蕴藏着个别、局部与类属、整体的辩证统一。具体而言，个别、局部的暂时毁灭常常是类属、整体永恒延续的基础。当然，黑格尔是从人类纯精神、思维的自

---

① 〔英〕艾·布勒克：《双重形象》，赵少伟译，袁可嘉编选：《现代主义文学研究》上册，第25页。

我认识、自我实现出发来阐释其深邃历史哲学的。马克思、恩格斯在肯定黑格尔辩证发展原理的基础上，结合费尔巴哈的唯物主义，更强调人类如何围绕基本生存的生产劳动实践，创造出相应社会生产方式下的生产力和生产关系，从而推动不断发生发展的人类历史。马克思、恩格斯所创立的历史唯物主义，同样强调人类社会不依人的主观善良愿望为转移的社会历史必然规律性。所以，黑格尔依据他的历史辩证原理说："直接意志的各种规定，从它们是内在的从而是肯定的来说，是善的。所以说人性本善。但是由于这些规定是自然规定，一般地与自由和精神的概念相对立的，从而又是否定的，所以必须把它们根除。因此又说人性本恶。"① 恩格斯则把黑格尔难以理解的纯思辨性表述，改为更加明确的具体说明，他说："黑格尔指出：'人们以为，当他们说人本性是善的这句话时，他们就说出了一种很伟大的思想；但是他们忘记了，当人们说人本性是恶的这句话时，是说出了一种更伟大得多的思想。'在黑格尔那里，恶是历史发展动力借以表现出来的形式。"② 所以，俄国凭借所谓"共产主义"理想获得国家政权的人们，都会自觉不自觉地将其制度、政治、经济的选择，纳入西方历史理性主义的思维逻辑里，从而顺理成章地把目前的现实手段视为通往未来的理想目标的必然过程。以此为基础，抽象的美妙理想目标终于使任何具体的残忍现实行为，都具有了面不改色、心不跳的正当性。或者说，任何人都可以为捍卫"共产主义"的集体理想事业而理直气壮地忽略个人的现实生存权利。所以，米兰·昆德拉在《生活在别处》中描写主人公雅罗米尔对一位看门人的儿子说："但如果我们没有勇气对那些残酷的人残酷，我们就会犯最大的残酷。""对自由的敌人没有自由可言。我知道，这是残酷的，但不得不这样。"③ 小说描写雅罗米尔爱上了一个红头发姑娘。一天下午，红头发姑娘因为同她过去的男性中年伙伴会面而延迟了同雅罗米尔的约会时间。姑娘为了寻找一个足够严重的借口来平息雅罗米尔的愤怒，她随口编造了一个自己的兄弟即将叛离祖国的故事。结果，雅罗米尔向警察局告发

① 〔德〕黑格尔：《法哲学原理或自然法和国家学纲要》，范扬、张企泰译，商务印书馆，1961 年，第 28 页。
② 〔德〕恩格斯：《路德维希·费尔巴哈和德国古典哲学的终结》，《马克思恩格斯选集》第四卷，北京：人民出版社，1972 年，第 235 页。
③ 〔捷克〕米兰·昆德拉：《生活在别处》，第 206 页。

了姑娘和她的兄弟，使姑娘和其兄弟皆无辜地身陷囹圄。雅罗米尔思想的逻辑结论是："责任的庄严产生于爱情的血淋淋的、劈开的头。""他并不是因为爱情对他无足轻重才使他的女友面临危险——恰恰相反，他想实现一个人们会比以前更加相爱的世界。是的，事情正是如此。雅罗米尔使他情人的安全遭受危险，正是因为他爱她胜过其他男人爱他们的女人；正是因为他知道，爱情和洋溢着纯洁感情的光明的新世界是怎么一回事。当然，为了未来的世界牺牲一个具体的、充满生气的女人（红头发，娇小，健谈，有雀斑的脸）是可怕的。这种牺牲，是我们时代唯一真正的悲剧，是值得写一首伟大诗歌的！"① 所以，米兰·昆德拉在《生命中不能承受之轻》中描写主人公托马斯通过重新阐释《俄底浦斯王》发现："罪恶的当局并非由犯罪分子们组成，而是由热情分子组成的。他们确认自己发现了通往天堂的唯一通道，如此英勇地捍卫这条通道，竟可以迫不得已地处死许多人。后来的现实清楚表明，没有什么天堂，只是热情分子成了杀人凶手。"②更重要的是，古希腊悲剧里的俄底浦斯为了历史进步犯下了伦理罪孽后，"他无法忍受这种'不知道'造成的惨景。他刺瞎了双眼，从底比斯出走流浪。"但那些陶醉在美妙理想目标信念里的人，却没有直面罪孽、担当责任的勇气。"我们承认，五十年代初期，某个制造冤案处死无辜的检察官，是被俄国秘密警察和他自己的政府给骗了。可现在，我们都知道那些宣判荒诞不经，被处死者冤屈清白，这位检察官先生怎么还可以捶胸顿足大声疾呼地为自己的心灵纯洁辩护呢？我的良心是好的！我不知道！我是个信奉者！难道不正是他的'我不知道'，'我是个信奉者'造成了无可弥补的罪孽么？"③

米兰·昆德拉为了凸显雅罗米尔现象的社会普遍性，还特别在《生活在别处》的《序言》里强调指出："雅罗米尔不是特定时代的产物。特定时代只是照亮了隐藏着的另一面，使不同环境下只会处于潜伏状态的某种东西释放出来。"④果然，在米兰·昆德拉的文学艺术创作中，雅罗米尔现象还可以表现为伟大的革命事业无情地抛弃渺小的朋友情谊。比如米兰·昆德拉在小说《告别圆舞曲》中描写主人公奥尔佳的父亲与

---

① 〔捷克〕米兰·昆德拉：《生活在别处》，第254、255页。
② 〔捷克〕米兰·昆德拉：《生命中不能承受之轻》，第115—116页。
③ 〔捷克〕米兰·昆德拉：《生命中不能承受之轻》，第116页。
④ 〔捷克〕米兰·昆德拉：《生活在别处》，第3页。

雅库布是好朋友，当他反复被人告知雅库布是革命的敌人时，他出于对高尚事业和革命理想的忠诚，赞成批准将朋友逮捕入狱。6个月后，奥尔佳的父亲也被他的朋友和同事以同样的神圣名义投进了监狱。雅罗米尔现象还可以表现为人与人信任链条的严重断裂。正如《玩笑》中因为"玩笑"而被开除党籍、学籍并佩带黑色臂章的路德维克，回想自己在那个大厅里被百十来人举起胳膊推入人生灾难时所说："从那事件以后，每当我再见到一些新的面孔，无论是男是女，朋友或情人，我总要在脑海里把他们放进那个时期的那个大厅里去，琢磨他们会不会举起手来。没有一个人通得过这样的考验：人人都像以前我的那些朋友和熟人一样举起手来（有的是出于信念，有的是因为害怕，有人忙不迭地举手，有人无可奈何）。"①还比如《生命中不能承受之轻》中的主人公托马斯为表达自己的感想，撰写了一篇文章，登载在周报的"读者来信"栏目。于是有一天，医院主治医生把托马斯叫了去，转告上面要他写一个自我批评之类的东西，说明自己没有反对政权的意思，这样就可以继续在医院工作。而后发生了两件令托马斯震惊的事情，第一是人们准备打赌"宁可相信他的不诚实而不相信他的德行"。第二是认定他的选择后，又具有两类反应：第一类是那些曾经收回过什么东西并一直被迫与当局公开言归于好的人，开始对托马斯古怪地笑，就像两个男人在一家妓院偶然相逢时的笑，双方都有些窘迫，又高兴具有共同感情，类似友爱的默契在相互之间滋生了。第二类是那些遭受过迫害并拒绝与当局握手言欢的人，他们则保持着一种从厚厚的笑容标本集里挑出来的微笑，里面包含着一种精神优越感和沾沾自喜的味道。②　"托马斯突然捕捉了一个奇怪的事实：人人都朝他笑，人人都希望他写那个收回声明，人人都会因此而高兴！第一种人高兴，是因为他将他们的懦弱抬高身价，使他们过去的行为看来是小事一桩，能归还他们失去的名声。第二种人高兴，是因为他们能视自己的荣耀为特权，决不愿意让出，甚至会慢慢培养出一种对懦弱者的暗暗喜爱。要是没有这些懦弱者，他们的英勇将会立即变成一种无人景仰羡慕的苦差事，平凡而单调。"③托马斯告诉主治医生，他不会写一个字。他幻想主治医生会有办法挽留自己继续工作、其他同事会用

---

① 〔捷克〕米兰·昆德拉：《玩笑》，第94—95页。
② 〔捷克〕米兰·昆德拉：《生命中不能承受之轻》，第119—120页。
③ 〔捷克〕米兰·昆德拉：《生命中不能承受之轻》，第120页。

辞职来威胁当局。但他的同事做梦都没有想到用辞职吓唬谁，主治医生也只是两次用力握了握他的手。

社会机制紊乱综合症与现实手段优先权的结合，无疑会推动社会异化悲剧的普遍发生，而人的命运无疑是社会异化悲剧的主角。具体而言，任何参加"共产主义"事业、获得社会角色任务的人，在面对集体虚幻理想与个人切身感受的矛盾时，正犹如面对"皇帝的新衣"引发的困窘，是犹豫、怀疑，还是赞成、拥护，无疑都是决定自己是倒霉、毁灭，还是走运、升迁的唯一标准。这时候，相信"皇帝赤身裸体"的真诚坦率与别有用心的虚假诌媚，难免在是与非的天平上颠倒了位置。正如小说《生命中不能承受之轻》中的托马斯面临秘密警察的步步追问时所想："这真是令人哭笑不得的事实，我们良好的教养竟成了秘密警察的帮凶。我们不知道如何撒谎。我们的爸爸妈妈老是命令我们'说实话'。这种思想灌输变成了一种如此自觉的行为，以至我们在审讯中对秘密警察撒谎都感到羞耻。"①米兰·昆德拉的小说尤其描写了道德良知上的正直人、善良人如何变成了无可奈何的生活失败者，钻营投机的诌媚者、小人如何变成了左右逢源的生活胜利者。比如小说《玩笑》描写主人公路德维克 13 岁时，父亲就被德国人抓进了集中营。战后，路德维克经常参加共产党举办的报告会，并在成为共产党员后担任大学学生会要职。但是，路德维克却因为在自己喜欢的天真、单纯姑娘玛凯塔面前表现假冒的老练幽默，随随便便在明信片上写下的玩笑话，葬送了自己的政治前途、青春爱情。那位胜利者泽马内克，却从来都占据着一种体面的社会地位，因为"与世界与大众的一致是他存在的内在形式，哪怕他要因此根据时代动荡的不同而随时改变，要每时每刻背叛昨天的自己，……他是唯一我们可以称为'胜者'的人，因为他是唯一懂得如何抓住'历史之马的缰绳'的人，这就让他成为现代人最杰出的代表，也许可以说是小说中的'预言家'"②。小说尤其描写路德维克在俄斯特拉发的军营里认识的阿莱克塞，本来是陆军军官学校的学生，但在一夜之间因为父亲的问题而被调到了路德维克所在的劳役营。阿莱克塞告诉路德维克，"他觉得应该不惜一切代价经受住生活强加于他的巨大考验，而决不背叛

---

① 〔捷克〕米兰·昆德拉：《生命中不能承受之轻》，第 124 页。

② 〔法〕弗朗索瓦·里卡尔：《关于毁灭的小说》，〔捷克〕米兰·昆德拉：《玩笑》，第 399 页。

党。"他还将自己的坚定信念写成一首诗：

> 你们可以，我的同志们，把我贬为一条狗，对我吐唾沫。
>
> 尽管有狗的面目，尽管被你们唾弃，同志们，我将忠诚地，和你们在一起。①

阿莱克塞多次责备路德维克不像一个共产党员的样子。他甚至幼稚地认为那个苛刻、狠毒的毛头指挥官是破坏革命事业的阶级敌人。他说："党建立了对黑臂章战士的教育体系，虽然不能把武器交给这些人，但本意是要对他们重新进行教育。只不过，阶级敌人没有睡觉，他们要不惜一切代价来歪曲这种再教育，他们所期望的，就是要让黑臂章士兵对共产主义抱刻骨的仇恨，于是就成了反对革命的后备力量。如果这个毛头指挥官竟然如此对待每一个人，挑起他们的怒火，那就很清楚，这是敌人的阴谋。"②阿莱克塞怀着矢志不渝的忠诚向党的上级组织递交了一份详尽的报告。路德维克认为他实在是愚蠢，但是，"他的回答是作为一个共产党员，应该时时处处都无愧于这一称号作为行动准则"③。终于有一天，毛头指挥官向阿莱克塞宣读了上级党组织正式开除他党籍的通知。这位既不能认同一起相处的黑臂章士兵，又不能得到党认同的不幸的阿莱克塞，不得不孤独地走向了唯一属于自己的死亡。小说《玩笑》还描写考茨卡热情地工作在一个国营农场时，从中央传来对农场场长的政治指控，其罪状之一就是网罗像考茨卡这样的可疑分子。考茨卡不禁这样想："当事件的盲目制造者赋予它某些含义时，这些事件往往还有另一层含义。其实这也是常事。往往是因为上面来的指示。其真实意图是被掩盖着的，而让落实这些指示的人，无意中只充当传声筒，他们对上级的要求不会有丝毫怀疑。"④结果，考茨卡不得不作为一个"不配在这个国家担任任何像样工作的人"离开了农场。所以，当路德维克知道露茜拼命反抗自己的真实原因后，一方面坚定地想象自己的遭遇真是一场蹩脚的游戏；另一方面更通过自己与露茜的遭遇而体悟到："我们的两部生活

---

① 〔捷克〕米兰·昆德拉：《玩笑》，第 111 页。
② 〔捷克〕米兰·昆德拉：《玩笑》，第 125 页。
③ 〔捷克〕米兰·昆德拉：《玩笑》，第 126 页。
④ 〔捷克〕米兰·昆德拉：《玩笑》，第 287 页。

史如出一辙，异曲同工。因为它们都是遭摧残的历史。在露茜身上，是她的情爱受到摧残，从而被剥夺生活的基本价值；我的生活也是被夺去它本赖以支撑的各种价值，这些价值本身清白无辜。"①

2. 人性本质回归

米兰·昆德拉的文学艺术创作，通过剥离传统理性主义的神圣外衣、寻觅生命存在新归宿，让人们聆听到了人性本质回归的警示性呼唤。

（1）剥离传统理性主义的神圣外衣

上帝信仰作为人性本质的对象化曾经是传统理性主义的神圣外衣，既然理性主义背离了人性本质，呼唤人性本质的回归就首先需要剥离传统理性主义的神圣外衣。米兰·昆德拉在戏剧《雅克和他的主人》中的第三幕、第五场里，通过主人公雅克的口感叹："蠢事都写在了天上！啊！先生，把我们的故事写在天上的人应该是一个拙劣的诗人，最拙劣的诗人，拙劣的诗人之王，之帝！"② 米兰·昆德拉在小说《玩笑》中描写波希米亚农场里的考茨卡，针对路德维克遭受的生活挫折说："从前在对加尔文奉若神明的时代，日内瓦有一个青年人，他也许跟你很相像，聪明而爱开玩笑。他的笔记本落到旁人手里，上面充满对耶稣基督和圣经的挪揄。有什么可大光其火的？那个跟你十分相像的小伙子肯定也是这样想的。瞧瞧吧！他什么坏事也没干，说了几句笑话而已。他有什么仇恨吗？他并不懂什么仇恨。根据他的情况，他大不了是爱冷嘲热讽而已，或者是对什么都满不在乎。他被处死了。"③ 考茨卡还凭自己信仰的上帝挖掘了露茜心底的秘密，解开了露茜16岁遭遇男同伴轮奸的创伤性心理情结，从而也让读者明白了露茜拼命反抗路德维克肉体接触的真实原因。考茨卡信仰的上帝解脱了露茜的精神枷锁，也消除了露茜的肉体恐惧。露茜终于在春季里的一天春心绽放，爱上了已经有妻子、儿子的考茨卡。当然，真诚信仰上帝的考茨卡不能不拒绝露茜的爱。后来，当考茨卡知道露茜的丈夫很粗暴，她生活得很不好时，考茨卡禁不住想到："唉！我真是自欺欺人！我以前把那些对付农场场长而耍的政治手腕，看作上帝的密召，示意我远走高飞。可是在各种各样人的声音里，又怎么

---

① 〔捷克〕米兰·昆德拉：《玩笑》，第370页。
② 〔捷克〕米兰·昆德拉：《雅克和他的主人》，郭宏安译，上海译文出版社，2000年，第141页。
③ 〔捷克〕米兰·昆德拉：《玩笑》，第289页。

能辨认出到底哪个是上帝的呢?"①

剥离传统理性主义神圣外衣,顺理成章地使社会历史生活中的悲剧性崇高转换成了喜剧性戏谑。米兰·昆德拉认为:"小说的智慧与哲学的智慧不一样。小说不是从理论精神中产生而是从幽默精神中产生。"②"把极为严肃的问题与极为轻浮的形式结合在一起,从来就是我的雄心。而且,这不是一个纯粹艺术上的雄心,一个轻浮的形式与一个严肃的内容的结合把我们的悲剧(在我们的床上发生的和我们在历史大舞台上表演的)揭示在它们的可怕的无意义中。"③ 所以,米兰·昆德拉在小说《生活在别处》描写一个人称雅罗米尔的诗,是"一派令人作呕的屁话"。当年的莱蒙托夫为了荣誉而同马尔特洛夫决斗,现在的雅罗米尔为了尊严不得不同那位钦佩画家、轻蔑自己的人动手。结果,雅罗米尔被那人像捉住一条绝望的鱼一样,提到阳台门槛上,并被重重地踢了一脚。小说充满嘲讽意味地说:"啊,捷克的土地!啊,枪声的光荣变成在裤子上给一脚的玩笑的土地!"④ 米兰·昆德拉在小说《玩笑》中描写路德维克为报复泽马内克而引诱其妻子埃莱娜,不期使真心爱恋路德维克的埃莱娜痛苦地吞服了整整一管安乃近药片。不过,那些所谓的安乃近药片只是轻泻药。这是因为一位真心爱恋埃莱娜的小伙子金德拉,为掩盖自己先天性的肠功能毛病而保留了药瓶上的安乃近商标。路德维克通过自己与埃莱娜偷情所酝酿出的一系列糟糕的玩笑,终于豁然醒悟:"反正从明信片玩笑开始,我一生的全部历史就完全在错误中生出。我猛地骇然想到,由谬误孕育出来的事物也是实实在在的,和由良知、必然所孕育的一样。"⑤弗朗索瓦·里卡尔在谈到小说《玩笑》时说:"路德维克在小说最后问道:'如果历史开了玩笑呢?'这个问题引起了评论界的极大关注,这自然是有道理的,因为它为《玩笑》的中心议题做了一个概括,而且这也是《玩笑》具有如此深刻的'时效性'的原因之一:它消弭了,说得更彻底些,是践踏了历史理性的神话——这个上个世纪通过黑格尔和马克思主义传给我们的世纪遗赠的最后积累。路德维克意识到,

---

① 〔捷克〕米兰·昆德拉:《玩笑》,第 293 页。

② 〔捷克〕米兰·昆德拉:《小说的艺术》,第 155 页。

③ 〔捷克〕米兰·昆德拉:《小说的艺术》,第 94 页。

④ 〔捷克〕米兰·昆德拉:《生活在别处》,第 284 页。

⑤ 〔捷克〕米兰·昆德拉:《玩笑》,第 341—342 页。

不仅历史不具有我们所赋予它的意义，也不会赋予个人、阶级或种族的行为以意义，不仅历史的意义只不过是一个第一眼起就准备献身的婊子，而且历史本身，这个所谓英雄与崇高的高贵舞台，它所做的也只不过是为了取悦盲目和惊呆了的公众而上演了一出又一出品位低下的滑稽剧，都是些没头没尾的鬼脸、对白和动作。"① "事实上，所有人物对于爱情的体验都有似于路德维克对于历史的体验，在昆德拉的世界里，这是最根本的生存体验：是无知和盲目的生存体验。不论我做什么，不管我是要多么的清晰和谨慎，存在，事物，包括我自己的真实都无可挽回地与我相错而过。我以为抓到它的时候，它已经换了地点，换了面孔，走到了它的反面，只在我的手间留下它变形了的外表，有时可怕，有时怪诞。爱，战斗，生存，在这样的条件下，必然是将我推向误会，成为喜剧。"②

剥离传统理性主义的神圣外衣，还顺理成章地会破除传统理性主义语言的独断性、蛊惑性。所以，米兰·昆德拉通过《生命中不能承受之轻》的叙述者说："我前面指出过，作品中的人物不像生活中的人，不是女人生出来的，他们诞生于一个情境，一个句子，一个隐喻。简单说来那隐喻包含着一种基本的人类可能性，在作者看来它还没有被人发现或没有被人扼要地谈及。"③《生命中不能承受之轻》中的第三章题目干脆就是：误解的词。这一章里的很大部分内容就是围绕"误解小辞典"的解读展开的。米兰·昆德拉显然认为，一个个词语在几千年的文明史里被装填了太多抽象的、形而上的意思，因此，它们包藏着随时随地与主流意识形态合谋而阉割人生命存在的机会。所以，这些词语应该被编入"误解小辞典"。然后，使用社会生活中平凡寻常的你来我往，重新说明它们的原本意义。"误解小辞典"的最后一个词语是：生活在真实中。生活在真实中就意味着去掉一切虚饰和伪装。所以，弗兰茨终于发觉自己一直生活在谎言中，他跟妻子说的那些根本不存在的阿姆斯特丹会议、马德里讲学等等，都只是为掩饰自己与萨宾娜的情人关系。所以，

① 〔法〕弗朗索瓦·里卡尔：《关于毁灭的小说》，〔捷克〕米兰·昆德拉：《玩笑》，第390页。

② 〔法〕弗朗索瓦·里卡尔：《关于毁灭的小说》，〔捷克〕米兰·昆德拉：《玩笑》，第397—398页。

③ 〔捷克〕米兰·昆德拉：《生命中不能承受之轻》，第150页。

弗兰茨终于告诉妻子那些根本不存在的会议，坦率地说明自己有一个情人。更重要的是，"他终于对自己说，九个月之后他生活在真实之中。"①小说《身份》中的让-马克，编造了充满赞美语词的信，诱骗尚塔尔心驰神摇、恢复青春活力的同时，更诱发了猜忌、烦恼、嫉妒、羞辱、痛苦、愤怒等。充满激情与想象的语言虚构了新的身份、新的本性，却遮蔽了生活的真实、生命的真谛。米兰·昆德拉在《玩笑》里巧妙地运用了四个第一人称的轮流主观叙述方式，其目的正如弗朗索瓦·里卡尔所说："像《玩笑》这样创立'复调'叙事者在废黜叙事者'绝对权威'上显然走得更远。自从这很多声音同时叙述的这一刻起，我们有了那么多的解释和形式各异的阐释，有时是互补的，有时是矛盾的，有的知道旁人所不知道的事情，有的想法与他人的完全不同，于是真实——即便仍然是以'主观'形式出现的真实——四分五裂，消散迷失，只能成为幻觉，或者，在最好的情况下，成为永远无法辨清的谜团。"②

　　破除传统理性主义语言的独断性、蛊惑性，尤其需要揭露诗人与刽子手、抒情与恐怖的合谋。米兰·昆德拉说："比起恐怖来，恐怖的抒情化于我是个更难以摆脱的噩梦。我好像种了疫苗，永生永世警惕地抵御着一切抒情的诱惑。那时候，我深深渴望的惟一东西就是清醒的、觉悟的目光。终于，我在小说艺术中寻到了它。所以，对我来说，成为小说家不仅仅是在实践某一种'文学体裁'；这也是一种态度，一种睿智，一种立场；一种排除了任何同化于某种政治、某种宗教、某种意识形态、某种伦理道德、某个集体的立场；一种有意识的、固执的、狂怒的不同化，不是作为逃逸或被动，而是作为抵抗、反叛、挑战。"③抵抗、反叛、挑战的具体方法就是撕裂文学叙述语言的虚构面纱。比如米兰·昆德拉在戏剧《雅克和他的主人》的第一幕第一场里，主人公雅克上场后，手指着观众问主人，为什么他们都看着我们？而后对观众说，你们不能看别处吗？④《雅克和他的主人》的第一幕第五场里，描写小毕格尔和朱斯蒂娜、主人和圣旺的两场语言对话完全是在时空的交叉中进行。米兰·

　　① 〔捷克〕米兰·昆德拉：《生命中不能承受之轻》，第78页。

　　② 〔法〕弗朗索瓦·里卡尔：《关于毁灭的小说》，〔捷克〕米兰·昆德拉：《玩笑》，第394页。

　　③ 〔捷克〕米兰·昆德拉：《被背叛的遗嘱》，第163—164页。

　　④ 〔捷克〕米兰·昆德拉：《雅克和他的主人》，第9页。

昆德拉希望人们充分觉悟到人生无非只是舞台上表演的戏剧，戏剧无非只是虚构的语言文本，所以，《雅克和他的主人》的第一幕第六场里，主人和雅克更多次谈到那个"虚构我们的大师"。

> 雅克：您忘了我们是在舞台上，舞台上怎么会有马？
>
> 主人：为了一个可笑的戏，我得徒步走路，虚构我们的大师原本是给了我们马的！
>
> 雅克：当太多的大师虚构我们的时候，我们就会面临这样的风险。
>
> 主人：我常常自问，雅克，我们是不是好的虚构。您认为人家很好地虚构了我们吗？①
>
> ……
>
> 女店主：书上写着你们要在我们旅店逗留，还要吃饭、喝酒、睡觉、听老板娘讲故事，她的嘴巴可是方圆百里独一无二的。
>
> ……
>
> 女店主：您不必想，书上写了，您要鸭子、土豆和一瓶酒…… ②

小说《身份》中的让-马克与尚塔尔在猜忌、烦恼、嫉妒、羞辱、痛苦、愤怒里发生了争吵，争吵后的尚塔尔与让-马克都陷入痛苦绝望而互相想望的境地。这时候，两个人从梦中惊醒了过来。但是，谁也不知道这场梦是从哪里开始的。所以，作为叙述者的"我"问："是谁做梦了？谁梦见这个故事？谁想象出来的？是她吗？他吗？他们两人？各自为对方想出的这故事？从哪一刻起他们的真实生活变成了这凶险恶毒的奇思异想？……可他真的放了那些信了吗？或者他只是在脑子里想象着写了？究竟确切地是在哪一刻，真实变成了不真实，现实变成了梦？当时的边界在哪里？边界究竟在哪里？"③米兰·昆德拉要让人们真正感受到生活经历、文学叙述、梦幻呈现的含混交融。如弗朗索瓦·里卡尔所说："不光是梦境的一面，或者至少说对人物与事件的本体身份性的不确

---

① 〔捷克〕米兰·昆德拉：《雅克和他的主人》，第47页。
② 〔捷克〕米兰·昆德拉：《雅克和他的主人》，第49—50页。
③ 〔捷克〕米兰·昆德拉：《身份》，董强译，上海译文出版社，2003年，第189—190页。

切程度，越来越强，而且在（现实与梦幻）两个领域之间的区别也越来越模糊。""我们见到的不再是两个对立的世界，而是一个世界渐渐地变成了另一个世界，一种'真实'在人们当时还没有意识到的情况下，开始变化，移向梦的领地（或者，更确切地说，走向噩梦）。""两种不同的叙述完美地结合在了一起，互相交融，让读者一下子醒悟到自己已在梦境之中，但又无法说清楚究竟这梦是什么时候开始的，甚至究竟它是否开始过。"①所以，从梦境中醒来的尚塔尔若有所思地告诉让-马克说："我的目光再也不放开你，我要不停地看着你。"② 正如弗朗索瓦·里卡尔所说："两个人的眼睛再也不移开，因为他们知道各自的身份就包容、隐藏、寄存在对方的目光中，那脆弱的目光将他们连在一起，并在他们身旁形成一个代表着他们的孤独和幸福的白色阳台。"③ 小说《生活在别处》也在描写雅罗米尔心灵扭曲的现实人生时，又想象出另一个年轻革命战士泽维尔的梦幻人生。这个梦幻人生包含着一个梦与另一个梦的跳跃、融会。正如小说所描写："他做梦，然后在梦中间入睡，因而他的睡眠就像一叠盒子，一个套着一个。"④这说明雅罗米尔的现实人生与理想想象都不过是虚无缥缈的梦幻。

（2）寻觅生命存在新归宿

寻觅生命存在的新归宿，就是要摒弃传统理性主义历史目的性、必然性，回归生命存在个别性、偶然性。文学因为天然的"诗性智慧"性质，本就具备了始终不渝地诉诸个体感性生命、关心偶然生存状态、体悟短暂人生意义的真实可靠性、可信性。米兰·昆德拉说："海德格尔在《存在与时间》中分析了有关存在的全部重大主题，他认为这些主题被他以前的全部欧洲哲学抛在一边，其实，它们已经被四个世纪的小说（四个世纪欧洲小说的再生）所揭示、表现和说明。小说以自己的方式、自己的逻辑，一个接一个发现了存在的不同方面。"⑤ 所以，米兰·昆德拉坚持："小说不研究现实，而是研究存在。存在并不是已经发生的，存在是人的可能的场所，是一切人可以成为的，一切人所能够的。小说家

① 〔法〕弗朗索瓦·里卡尔：《情人的目光》，〔捷克〕米兰·昆德拉：《身份》，第197、198、199 页。

② 〔捷克〕米兰·昆德拉：《身份》，第 191 页。

③ 〔法〕弗朗索瓦·里卡尔：《情人的目光》，〔捷克〕米兰·昆德拉：《身份》，第 206 页。

④ 〔捷克〕米兰·昆德拉：《生活在别处》，第 74 页。

⑤ 〔捷克〕米兰·昆德拉：《小说的艺术》，第 3 页。

发现人们这种或那种可能，画出'存在的图'。"①米兰·昆德拉在《玩笑》中就充满反讽意味地描写主人公路德维克最初因为参加了共产党而自豪地告诉朋友雅洛斯拉夫，应当看见自己工作的深远意义，"谁往后看，谁都会像罗得的女人。"②"我们正生活在一个新时代。广阔的天地使我们大有作为。要从公众的、日常的音乐文化中消除掉陈腔滥调，这使命就落在我们的肩上。资产阶级把那些东西强加给人们，而我们要以原本的人民艺术取而代之。"③路德维克充满历史信念的踌躇满志使雅洛斯拉夫忍不住想到："在聆听路德维克讲话的时候，我们的心情很复杂，既有钦佩也有反感。他的自信神气使我们不快。当时所有的共产党人都有这么一副神气。仿佛他和未来本身早已达成秘密的协议，他可以全权代表未来行事似的。"④后来，因为"玩笑"而倒霉的主人公路德维克，又反过来觉得雅洛斯拉夫所创作的新歌是"多么可怕的代用品！多么矫揉造作"⑤！路德维克甚至在同雅洛斯拉夫谈到伏契克写出《绞刑架下的报告》的原因时，令人惊异地说："倒不见得因为是自命不凡他才非写不可，而是出于一种软弱。因为在隔绝之中，没有见证人，没有别人的认可，只有自己对着自己，这就非得有很强的自豪感和巨大的力量才行。伏契克需要公众的帮助。在牢房的孤寂之中，他给自己至少设想了一个心目中的公众。他需要被人看到！以喝彩声来增强自己的力量！想象中的喝彩声也行，因为没有别的！只有把囚室化为舞台，把自己的命运展示出来，公诸于众的时候，才承受得了自己的命运。"⑥再后来，路德维克在聆听了泽马内克身边那位年轻漂亮的波洛佐娃小姐的一系列话以后，忽然若有所悟："我和泽马内克相似并非仅仅是在他改变了观点而和我接近这一事实。渊源还要深刻得多，包含着我俩全部的命运在内：用波洛佐娃小姐和她同龄人的眼光来看我们，哪怕我们在针锋相对冲突的时候也是彼此相像的。我忽而想到，假如我不得不向她叙述我被驱逐出党的来龙去脉，她定会觉得这类事件恍如隔世，而且是文学故事（可不，这主题已经被许许多多的蹩脚小说描写过）。在这段历史中，我和泽马内克

① 〔捷克〕米兰·昆德拉：《小说的艺术》，第 42 页。
② 〔捷克〕米兰·昆德拉：《玩笑》，第 170 页。
③ 〔捷克〕米兰·昆德拉：《玩笑》，第 171 页。
④ 〔捷克〕米兰·昆德拉：《玩笑》，第 171 页。
⑤ 〔捷克〕米兰·昆德拉：《玩笑》，第 191 页。
⑥ 〔捷克〕米兰·昆德拉：《玩笑》，第 193—194 页。

二者，我的思想和他的思想，我的态度和他的态度（一样都是扭曲的、不可理喻的）都会使她反感。"①所以，弗朗索瓦·里卡尔评论《玩笑》这样说："当然，路德维克的个人遭遇——他被他的同志判刑，他被驱逐，他被流放到'黑帮'中，以及一切使之遭受代价的社会不幸——是一个典型的恐怖故事，和无数在特定时期发生在共产党统治下的故事一样。但是路德维克不是惟一体验到毁灭的感觉的人，毁灭同样也触及了那些能够躲避政治不幸的人的生活。……换句话说，如果说社会迫害和官僚专制的的确确展现了被毁灭世界的一个方面——或者说其中的一种手段，一种特别残酷的结果——这毁灭却不仅限于政治和社会迫害，它所包含的劫掠和毁灭远远超出了政治和观念的范畴。……这只能是一种形而上的毁灭。比专制远远古老远远广阔的毁灭，比我们所谓的现代'幻灭'要激进得多，因为它倒空了这些物质里的一切思想与存在，摧毁了所有的价值，扭曲了所有的标准，拆毁了所有的涵义，毁灭之后所留下的只有空白、幻影和混沌。"②当然，米兰·昆德拉的反讽描写是为寻觅生命存在的新归宿，从而呼唤人性本质的回归。正如弗朗索瓦·里卡尔在谈到《玩笑》时所说："在这部小说中，视角并没有把现实悬挂起来，与它保持一定的距离，而是通过为了在这样的地方这样的时代生存已经开始在设法摆脱困境的存在本身，不起眼的存在，脚踏实地的存在，将它放入最具时效性最为具体的范围。"③"小说感兴趣的惟一主题，它惟一的现实——更确切地说是惟一的问题——属于另一个完全不同的领域，而这个问题远远不是只关系到所有专制社会，——尽管小说赋予专制以极其戏剧化的表现手法，这个问题是对所有形式的现代意识提出的，也许在表面上最'自由'的时代和环境里这个问题会被更加坚决地提出，因为这是一个决定我们现代性本身的问题，不停地纠缠它，守候它，在它内部根植一种深深的恐惧，这恐惧是那么深，因此所有的陶醉与幻觉对它而言都是好的，只要能够为它提供一点点逃避恐惧的机

---

① 〔捷克〕米兰·昆德拉：《玩笑》，第 330—331 页。

② 〔法〕弗朗索瓦·里卡尔：《关于毁灭的小说》，〔捷克〕米兰·昆德拉：《玩笑》，第 385—386 页。

③ 〔法〕弗朗索瓦·里卡尔：《关于毁灭的小说》，〔捷克〕米兰·昆德拉：《玩笑》，第 381 页。

会。"①所谓"最具时效性最为具体的范围",所谓"一点点逃避恐惧的机会",在米兰·昆德拉的文学艺术创作中就是人间的爱情。"因为人类生活的复杂性正是爱情和肉欲的无穷无尽变化着的魔力与陷阱中被清晰地揭示出来,而这却是小说家惟一的艺术目的与想象。"② 从某种意义上说,爱情,赤裸裸的、原生态的爱情,成了米兰·昆德拉笔下最可靠的生命避难所、最安全的精神栖息地。正如《生活在别处》中描写的巴黎大学的一条标语宣称:"我愈是作爱,我就愈想干革命——我愈是干革命,我就愈想作爱。"③《生活在别处》的前面就用大量篇幅描写了雅罗米尔的母亲同丈夫、画家的爱情;后面又描写了雅罗米尔同几个姑娘的爱情纠葛。其中同红头发姑娘的爱情,尤其表现了沉溺在抽象"革命"责任中的雅罗米尔为了克服内心的惶惑与恐惧而不得不服用精神吗啡。所以,小说别有深意地描写了雅罗米尔在同红头发姑娘发生肉体接触时,常常陶醉在对其肉体的暴力中。"他用双手箍住她的脖子,仿佛要把她掐死。他感觉到她的喉咙在他的手指下已变得虚弱,他突然想到,只要把两个拇指往下压,他就可以轻易地扼死她。"④当红头发姑娘问雅罗米尔为什么爱上自己时,"他声称他爱的正是她身上那些别人也许认为丑的东西"⑤。当红头发姑娘与雅罗米尔的约会延迟了20分钟,雅罗米尔"变得怒不可遏",他不明白为什么"那位蠢笨、难看的人从来不能准时"⑥?因此,我们也就不难理解,为什么贯穿小说始终的还有雅罗米尔同母亲的畸形爱恋关系。从某种意义上说,米兰·昆德拉的其他小说也可以理解为"设法摆脱困境的存在本身"的爱情小说。其中《玩笑》就是一部爱情小说。小说描写主人公路德维克约好一位已婚女人埃莱娜在自己的出生城市会面。路德维克在这个城市里找到了一位很久没联系的朋友考茨卡,又无意间碰上了一位早年分手的女朋友露茜,引动了过去岁月的回忆。现在,经历了痛苦磨难的主人公路德维克,正用心良苦地诱惑当

---

① 〔法〕弗朗索瓦·里卡尔:《关于毁灭的小说》,〔捷克〕米兰·昆德拉:《玩笑》,第384页。

② 〔法〕弗朗索瓦·里卡尔:《关于毁灭的小说》,〔捷克〕米兰·昆德拉:《玩笑》,第396页。

③ 〔捷克〕米兰·昆德拉:《生活在别处》,第170页。

④ 〔捷克〕米兰·昆德拉:《生活在别处》,第189页。

⑤ 〔捷克〕米兰·昆德拉:《生活在别处》,第189页。

⑥ 〔捷克〕米兰·昆德拉:《生活在别处》,第241页。

年颇费心机迫害自己的泽马内克的妻子埃莱娜。小说正如弗朗索瓦·里卡尔所说："路德维克努力——但是徒然——想让审判者明白的：他寄给玛凯塔的明信片虽然表面上是用属于政治范畴的词汇写成的，可内容和主题完全与政治无关，明信片表达的是爱情。"①《身份》则在描写让-马克同情人尚塔尔的爱情时，虚构出一个暗中偷偷爱着尚塔尔的人。由此而展开了尚塔尔同想象中的暗恋情人、同现实中的情人的快乐、幸福、猜忌、烦恼等故事。所以，弗朗索瓦·里卡尔说："《身份》与昆德拉的大部分作品一样，可以看作是对爱情的思考。"②《雅克和他的主人》以旅行为线索展开了三个爱情故事：主人公的、雅克的、德拉·波默莱夫人的。虽然三个爱情故事不是按照顺序讲述，而是互相交叉、互为变奏。《告别圆舞曲》更虚构了至少五种性爱关系。

　　米兰·昆德拉笔下作为最有效精神自由寄寓、最可靠生命价值设定的爱情，当然不是传统意义上的浪漫情感园地，而只是一种反抗社会规约的象征，一种具有形而上意义的符号。如弗朗索瓦·里卡尔所说："这一对情人的爱情，他们各自相对于对方的'绝对的在场'，实际上是一种'不在场'，是一种逃避，甚至对包围着他们的世界而言，是一种背叛。"③所以，《生命中不能承受之轻》中的主人公托马斯十年以来，一直享受着自己的"性友谊"发明，他同众多关系长久的情妇们见面，讲究"三三原则"的轮换周期，即不同某一位女人连续三次幽会，同某一个女人的幽会至少要相隔三周。托马斯就这样使自己生活在一种既无家庭责任、也无感情义务的轻松中。另一位主人公萨宾娜，从布拉格来到日内瓦，又从日内瓦来到巴黎，从托马斯的怀抱里出来、又从弗兰茨的怀抱里出走。"如果有谁问她感受了一些什么，她总是很难找到语言来回答。我们想表达我们生命中某种戏剧性情境时，曾借助于有关的比喻。我们说，有些事成为了我们巨大的包袱。我们或是承受这个负担，或是被它压倒。我们的奋斗可能胜利也可能失败。那么，萨宾娜呢？——她感受了一些什么？什么也没有。她离开了一个男人只是因为想要离开他。他迫害她啦？试图报复她吗？没有。她的人生一剧不是沉重的，而是轻

---

① 〔法〕弗朗索瓦·里卡尔：《关于毁灭的小说》，〔捷克〕米兰·昆德拉：《玩笑》，第383页。
② 〔法〕弗朗索瓦·里卡尔：《情人的目光》，〔捷克〕米兰·昆德拉：《身份》，第200页。
③ 〔法〕弗朗索瓦·里卡尔：《情人的目光》，〔捷克〕米兰·昆德拉：《身份》，第202页。

盈的。大量降临于她的并非重负，而是生命中不可承受之轻。"①《生命中不能承受之轻》中的第三章"误解的词"，尤其强调使用男女之间既无所谓激情、又无所谓责任的相互交媾，来重新阐释"词语"的原本意义。当然，这种既无民族责任、也无国家义务，只有男女风情的轻松，源自人们失去传统理性主义后，无可奈何的权宜选择。正如杨乐云先生引述西方评论界关于米兰·昆德拉小说中透过 Kitsch 所表现出来的怀疑主义时所说："在一个僵化了的、充斥着政治 Kitsch 的国家，人们于是逃进了完全不负责任的轻，个人生活变得轻和没有意义。为了抵制政权的虚伪性，人们便只有彻底地玩世不恭。"②所以，米兰·昆德拉在《雅克和他的主人》的第一幕第一场里，描写主人公雅克对着观众自问自答：我们到哪里去？难道人们知道自己要到什么地方去吗？你们知道吗，你们向何处去？③剧本的末尾，重逢的雅克和主人就像《等待戈多》中的流浪汉一样不知道应该去哪儿：

> 雅克：我对您透露一个大秘密。这是人类最古老的玩笑，往前走，不管是哪儿？
> 主人：（环顾四周）不管是哪儿？
> 雅克：（用手划了一个大圆圈）无论您往哪儿看，全都是前面，往前走啊。
> 主人：（无精打采）真了不起，雅克！真了不起！④

当然，米兰·昆德拉小说中那些拥有道德良知的知识分子，无可奈何地告别了自己的理性思考，别无选择地只能把爱情生活作为脚下的天堂和地狱时，爱情慢慢也升华成了生命存在的形而上皈依。比如《生命中不能承受之轻》中的主人公托马斯，听到儿子对自己那篇结合《俄底浦斯王》的感想文章赞赏——"有些思想，像炸弹一样有力"时，他却不无揶揄地说："多亏了这些思想，我再也不能给我的病人做手术了。"

---

① 〔捷克〕米兰·昆德拉：《生命中不能承受之轻》，第 83—84 页。
② 杨乐云：《"一只价值论的牛虻"——美国评论界看昆德拉的小说创作》，《世界文学》1993 年 6 期。
③ 〔捷克〕米兰·昆德拉：《雅克和他的主人》，第 9 页。
④ 〔捷克〕米兰·昆德拉：《雅克和他的主人》，第 147 页。

那位曾经受到牵连的编辑鼓励说："可是，想想吧，你的文章拯救了所有的人！"但是，从孩童时代起就把"拯救"同"医药"联系在一起的托马斯却冷冷地说："但作为一个医生，我知道我救过几条命。"①儿子不甘心地恳求父亲说："签字是你的责任。"托马斯从儿子提起的责任字眼想到了自己的情人特丽莎，他豁然明白："为什么竟然去想什么签还是不签？他的一切决定都只能有一个准则：就是不能做任何伤害她的事。托马斯救不了政治犯，但能使特丽莎幸福。他甚至并不能真正做到这一点。但如果他在请愿书上签名，可以确信，密探们会更多地去光顾她，她的手就会颤抖得更加厉害。""他不能肯定自己是否做对了，但能肯定他做了自己愿意做的事。"②所以，托马斯的儿子后来为父亲墓碑选定的献辞是：他在人间建起上帝的天国。③《生命中不能承受之轻》中的另一个主人公弗兰茨，参加了几十名知识分子组织的、前往越南占领的柬埔寨，要求允许医生进入的所谓"伟大的进军"。弗兰茨在突然产生的新感觉下也禁不住自言自语："尽管世界是冷漠的，但伟大的进军还在继续，变得越来越紧张，越来越轰轰烈烈：昨天反对美国占领越南，今天反对越南攻占柬埔寨；昨天拥护以色列，今天拥护巴基斯坦；昨天拥护古巴，明天反对古巴——而且总是反对美国；时而反对大屠杀，时而又支持另一场大屠杀；欧洲在前进，且赶上了众多的热闹，一个也没落下。它的步子越来越快，到最后，伟大的进军成了催促人们迅跑的疾驶飞奔，舞台正在越来越缩小，某一天终将变成一个没有空间度向的圆点。"④弗兰茨更在突然间"想象那张戴着大圆眼镜的脸庞，他突然意识到自己与学生情妇在一起是何等幸福。这一刻，柬埔寨之行对他来说似乎变得既无意义又可笑。他为什么要来呢？直到现在他才知道，他终于一次亦即永远地发现了，他真实的生活，唯一真实的生活，既不是游行也不是萨宾娜，还是这位戴眼镜的姑娘。他终于发现，现实要多于梦境，大大地多于梦境。"⑤ 米兰·昆德拉也禁不住从叙述者的立场说："弗兰茨是对的。我不禁想起了那位为赦免政治犯组织请愿的布拉格编辑来。他完全知道

---

① 〔捷克〕米兰·昆德拉：《生命中不能承受之轻》，第 147 页。
② 〔捷克〕米兰·昆德拉：《生命中不能承受之轻》，第 149 页。
③ 〔捷克〕米兰·昆德拉：《生命中不能承受之轻》，第 186 页。
④ 〔捷克〕米兰·昆德拉：《生命中不能承受之轻》，第 180 页。
⑤ 〔捷克〕米兰·昆德拉：《生命中不能承受之轻》，第 184 页。

他的请愿对那些囚犯毫无帮助，他真正的目标不是解放囚犯，而是为了表现那些无所畏惧者的存在。那样做，也是演戏。但他没有任何其他的可能，他不是在演戏与行动之间进行选择，是在演戏与完全无行动之间进行选择。在有些情势之中，人们给判决了只能演戏。"① 《玩笑》中的路德维克在灰心丧气的时候，碰见了姑娘露茜，他也突然领悟到："我们被历史迷惑了；我们陶醉于骑在历史的马背上，陶醉于感受着屁股底下它的身躯；在大多数情况下，最后必定会转化为一种对权欲的嗜好，但是（就和一切人世间的事情都难以定然一样），其中也包含着一种美丽的幻想，那就是：我们，要亲手开创一个这样的时代，在这个时代里，人（每一个人）都不再是游离于历史之外的人，也不再是追随在历史后面的人，因为他要引导历史，造就历史。"② "我当时坚信，远离历史方向盘的生活就不算生活，而是行尸走肉，会六神无主！不啻是一种逃亡，简直如放逐在西伯利亚，而现在（在西伯利亚过了六个月之后），我忽然看出来，离开历史方向盘还是有可能生活的，一种新的、原先未曾估计到的可能：原来在历史飞腾着的翅膀下，居然隐藏着一个被人遗忘、日常生活的辽原，它就横卧在我的面前，草原中央站着一个可怜巴巴女子，但又是一个值得爱恋的女子在等着我：露茜。"③ "露茜，她对这个历史的巨大一翼又怎么看待呢？即使它那悄然飞过的声音也曾掠过她的耳旁，她也难以觉察。她对历史一无所知；她生活在历史的底下；她对历史这个陌生的东西一无所求；对那些号称伟大的、时代性的思虑毫无概念，她只是为自己那些琐碎的、无穷无尽的忧虑而生活。而我，忽地一下子，得到了解脱；似乎是特地来把我领到她那个模模糊糊的天堂；刚才那一步，原来我不敢跨出的那一步大约正是使我'跨出了历史'，这一步对我来说，使我猛然摆脱了桎梏，使我一举获得了幸福。"④ 米兰·昆德拉进一步在《生命中不能承受之轻》中，描写既无家庭责任、也无感情义务，既无民族责任、也无国家义务而生活在轻松惬意中的托马斯，终于因为特丽莎的离去而失落了自己的轻松惬意。托马斯不得不告诉那位苏黎世医院的院长，自己必须马上回到布拉格。面对院长的生

---

① 〔捷克〕米兰·昆德拉：《生命中不能承受之轻》，第180页。
② 〔捷克〕米兰·昆德拉：《玩笑》，第88页。
③ 〔捷克〕米兰·昆德拉：《玩笑》，第89页。
④ 〔捷克〕米兰·昆德拉：《玩笑》，第89页。

气，托马斯的回答是引用贝多芬最后一首四重奏曲中的最后一乐章的主题：Muss es sein？Es muss sein！Es muss sein！（非如此不可？非如此不可！非如此不可！）托马斯意识到，贝多芬"这种有分量的决心与他的'命运'交响乐的主题是一致的（'非如此不可！'）；必然、沉重、价值，这三个概念连接在一起。只有必然，才能沉重；所以沉重，便有价值"。托马斯体会到："我们也或多或少地赞同：我们相信正是人能像阿特拉斯顶天一样承受着命运，才会有人的伟大。贝多芬的英雄，就是能顶起形而上重负的人。"①当然，托马斯抛弃了自己的轻松而选择了沉重，并没有什么重大的必然理由，仅仅源自他同特丽莎七年前因为一连串偶然所发生的爱情。托马斯总觉得特丽莎是一个被放在树脂涂覆的草筐里顺水漂来的孩子，而他在床塌之岸顺手捞起了她。"他怎么能让这个装着孩子的草筐顺流漂向狂暴汹涌的江涛？"②但托马斯又忍不住反过来想："如果法老的女儿没有抓住那只载有小摩西逃离波浪的筐子，世上就不会有《旧约全书》，不会有我们今天所知的文明。多少古老的神话都始于营救一个弃儿的故事！如果波里布斯没有收养小俄底普斯，索福克勒斯也就写不出他最美的悲剧了。"③ 无数的人生偶然选择编织起悠久的文明历史，当然，也就是这些偶然选择彰显了人的自由性。其实，贝多芬"非如此不可"的后面，就是一个追讨欠款的故事。所以，寻常现实生活里的平凡动机与形而上的伟大真理并不相隔千里。人生许多偶然的自由选择是不是说："也许最沉重的负担同时也是一种生活最为充实的象征，负担越重，我们的生活也就越贴近大地，越趋近真切和实在。相反，完全没有负担，人变得比大气还轻，会高高地飞起，离别大地亦即离别真实的生活。他将变得似真非真，运动自由而毫无意义。"④从这个意义上说，米兰·昆德拉真正表达了自己的信念："小说家既不是历史学家，也不是预言家，他是存在的勘探者。"⑤实现了自己的追求："小说是

---

① 〔捷克〕米兰·昆德拉：《生命中不能承受之轻》，洪涛、孟湄译，贵州人民出版社2001年，第24页。

② 〔捷克〕米兰·昆德拉：《生命中不能承受之轻》，洪涛、孟湄译，贵州人民出版社2001年，第8页。

③ 〔捷克〕米兰·昆德拉：《生命中不能承受之轻》，洪涛、孟湄译，贵州人民出版社2001年，第8页。

④ 〔捷克〕米兰·昆德拉：《生命中不能承受之轻》，洪涛、孟湄译，贵州人民出版社2001年，第4页。

⑤ 〔捷克〕米兰·昆德拉：《小说的艺术》，孟湄译，三联书店1992年，第43页。

通过想象出的人物对存在进行深思。"①从而实现了弗朗索瓦·里卡尔评论米兰·昆德拉小说《玩笑》时所说："一方面是它的美，另一方面是它所涉及的现象学和人类学的思考，也就是说照亮我们生存的新颖的光辉。"②

---

① 〔捷克〕米兰·昆德拉：《小说的艺术》，孟湄译，三联书店 1992 年，第 80 页。
② 〔法〕弗朗索瓦·里卡尔《关于毁灭的小说》，〔捷克〕米兰·昆德拉：《玩笑》，第 383 页。

主要参考书目

《马克思恩格斯选集》1—4 卷，人民出版社 1972 版。

《马克思恩格斯全集》2 卷，人民出版社 1957 版。

《马克思恩格斯全集》3 卷，人民出版社 1960 版。

《马克思恩格斯全集》42 卷，人民出版社 1979 版。

〔英〕罗素：《西方哲学史》上、下卷，何兆武、李约瑟、马元德译，商务印书馆 1963、1976 版。

〔德〕黑格尔：《哲学史讲演录》1—4 卷，贺麟、王太庆译，商务印书馆 1959、1960、1959、1978 版。

〔德〕文德尔班：《古代哲学史》，詹文杰译，生活·读书·新知上海三联书店 2009 版。

〔德〕文德尔班：《哲学史教程》上、下卷，罗达仁译，商务印书馆 1987、1993 版。

〔美〕梯利：《西方哲学史》，葛力译，商务印书馆 1995 版。

全增嘏主编：《西方哲学史》上、下册，上海人民出版社 1983、1985 版。

安徽劳动大学：《西欧近代哲学史》编写组编：《西欧近代哲学史》，商务印书馆 1974 版。

〔英〕W. C. 丹皮尔：《科学史及其与哲学和宗教的关系》上、下册，李珩译，商务印书馆 1975 版。

〔英〕艾耶尔：《二十世纪哲学》，李步楼等译，上海译文出版社 1987 版。

〔法〕保罗·利科主编：《哲学主要趋向》，李幼蒸、徐奕春译，商务印书馆 1988 版。

〔德〕施太格缪勒：《当代哲学主流》上、下卷，王炳文、燕宏远等译，商务印书馆 1986 版。

〔苏联〕Л. H. 米特洛欣等编：《二十世纪资产阶级哲学》，李昭时等译，商务印书馆 1983 版。

吕大吉：《西方宗教学说史》，中国社会科学出版社 1994 版。

刘放桐等编：《现代西方哲学》，人民出版社 1981 版。

王守昌、车铭洲：《现代西方哲学概论》，商务印书馆 1983 版。

〔美〕G. 墨菲、J. 柯瓦奇：《近代心理学历史导引》上下册，林方、王景和译，商务印书馆 1980 版。

〔美〕赫伯特·施皮格伯格：《现象学运动》，王炳文、张金言译，商务印书馆 1995 版。

北京大学哲学系外国哲学史教研室编译：《西方哲学原著选读》上下卷，商务印书馆 1981 版。

《哲学译丛》编辑部编译：《近现代西方主要哲学流派资料》，商务印书馆 1981 版。

〔古希腊〕柏拉图：《巴曼尼得斯篇》，陈康译注，商务印书馆 1982 版。

〔古希腊〕柏拉图：《理想国》，郭斌和、张竹明译，商务印书馆 1986 版。

〔古希腊〕亚里士多德：《形而上学》，吴寿彭译，商务印书馆 1959 版。

〔古希腊〕亚里士多德：《范畴篇·解释篇》，方书春译，商务印书馆 1959 版。

〔古希腊〕亚里士多德：《尼各马科伦理学》，苗力田译，中国社会科学出版社 1990 版。

〔古罗马〕马可·奥勒留：《沉思录》，何怀宏译，中国社会科学出版社 1989 版。

《阿奎那政治著作选》，马清槐译，商务印书馆 1963 版。

〔古罗马〕奥古斯丁：《忏悔录》，周士良译，商务印书馆 1963 版。

〔法〕笛卡尔：《谈谈方法》，王太庆译，商务印书馆 2000 版。

〔法〕笛卡尔：《第一哲学沉思集》，庞景仁译，商务印书馆 1986 版。

〔英〕培根：《新工具》，许宝骙译，商务印书馆 1984 版。

《培根论说文集》，水天同译，商务印书馆 1983 版。

〔英〕霍布斯：《利维坦》，黎思复、黎廷弼译，商务印书馆 1985 版

〔英〕斯宾诺莎：《神学政治论》，温锡增译，商务印书馆 1963 版。

〔英〕斯宾诺莎：《伦理学》，贺麟译，商务印书馆 1983 版。

〔英〕斯宾诺莎：《笛卡尔哲学原理》，王荫庭、洪汉鼎译，商务印书馆 1980 版。

〔法〕伽森狄：《对笛卡尔〈沉思〉的诘难》，庞景仁译，商务印书馆 1963 版。

〔法〕帕斯卡尔：《思想录》，何兆武译，商务印书馆 1985 版。

〔法〕孔狄亚克：《人类知识起源论》，洪洁求、洪丕柱译，商务印书馆 1989 版。

〔英〕休谟：《人性论》上、下卷，关文运译，商务印书馆 1980 版。

〔英〕休谟：《自然宗教对话录》，陈修斋、曹棉之译，商务印书馆 1962 版。

〔英〕休谟：《人类理解研究》，关文运译，商务印书馆 1957 版。

〔英〕休谟：《道德原则研究》，曾晓平译，商务印书馆 2001 版。

〔法〕霍尔巴赫：《自然政治论》，陈太先、眭茂译，商务印书馆 1994 版。

〔法〕霍尔巴赫：《健全的思想》，王荫庭译，商务印书馆 1966 版。

〔英〕洛克：《人类理解论》上下册，关文运译，商务印书馆 1959 版。

〔法〕卢梭：《社会契约论》，何兆武译，商务印书馆 1980 版。

〔法〕卢梭：《论人类不平等的起源和基础》，李常山译，商务印书馆 1962 版。

〔意大利〕维柯：《新科学》，朱光潜译，人民文学出版社 1986 版。

〔德〕康德：《宇宙发展史概论》，上海外国自然科学哲学著作编译组译，上海人民出版社 1972 版。

〔德〕康德：《未来形而上学导论》，庞景仁译，商务印书馆 1978 版。

〔德〕康德：《历史理性批判文集》，何兆武译，商务印书馆 1990 版。

〔德〕康德：《纯粹理性批判》，蓝公武译，商务印书馆 1960 版。

〔德〕康德：《实践理性批判》，韩水法译，商务印书馆 1999 版。

〔德〕黑格尔：《小逻辑》，贺麟译，商务印书馆 1980 版。

〔德〕黑格尔：《自然哲学》，梁志学等译，商务印书馆 1980 版。

〔德〕黑格尔：《法哲学原理或自然法和国家学纲要》，范扬、张企泰译，商务印书馆 1961 版。

〔德〕黑格尔：《历史哲学》，王造时译，世纪出版集团 上海书店出版社 2006 版。

〔德〕黑格尔：《精神现象学》上、下卷，贺麟、王玖兴译，商务印书馆 1979 版。

〔德〕费希特：《全部知识学的基础》，王玖兴译，商务印书馆 1986 版。

〔德〕费希特：《论学者的使命 人的使命》，梁志学、沈真译，商务印书馆 1984 版。

《费尔巴哈哲学著作选集》上下卷，荣震华、李金山、王太庆、刘磊译，商务印书馆 1984 版。

〔俄〕列宁：《哲学笔记》，中共中央马克思恩格斯列宁斯大林著作编译局译，人民出版社 1974 版。

〔法〕孔德：《论实证精神》，黄建华译，商务印书馆 1996 版。

〔英〕达尔文：《物种起源》，周建人等译，商务印书馆 1995 版。

〔英〕达尔文：《人类的由来》上下册，潘光旦、胡寿文译，商务印书馆 1983 版。

〔德〕恩斯特·海克尔：《宇宙之谜——关于一元论哲学的通俗读物》，上海外国自然科学哲学著作编译组译，上海人民出版社 1974 版。

〔德〕叔本华：《作为意志和表象的世界》，石冲白译，商务印书馆 1982 版。

〔德〕叔本华：《伦理学的两个基本问题》，任立、孟庆时译，商务印书馆 1996 版。

〔德〕尼采：《权力意志——重估一切价值的尝试》，张念东、凌素心译，商务印书馆 1991 版。

〔意大利〕克罗齐：《历史学的理论与实际》，傅任敢译，商务印书馆 1997 版。

〔意大利〕克罗齐：《黑格尔哲学中的活东西和死东西》，王衍孔译，商务印书馆 1959 版。

〔法〕柏格森：《创造进化论》，姜志辉译，商务印书馆 2004 版。

〔法〕柏格森：《时间与自由意志》，吴士栋译，商务印书馆 1958 版。

〔法〕柏格森：《道德与宗教的两个来源》，王作虹、成穷译，贵州人民出版社 2007 版。

〔法〕柏格森：《形而上学导言》，刘放桐译，商务印书馆 1963 版。

〔奥地利〕马赫：《感觉的分析》，洪谦、唐钺、梁志学译，商务印书馆 1986 版。

〔法〕迪尔凯姆：《社会学方法的准则》，狄玉明译，商务印书馆 1995 版。

〔美〕威廉·詹姆士：《宗教经验之种种》，唐钺译，商务印书馆 2002 版。

〔美〕威廉·詹姆士：《实用主义》，陈羽纶、孙瑞禾译，商务印书馆 1979 版。

〔美〕威廉·詹姆士：《多元的宇宙》，吴棠译，商务印书馆 1999 版。

〔美〕杜威：《哲学的改造》，许崇清译，商务印书馆 1958 版。

〔英〕柯林武德：《历史的观念》，何兆武、张文杰译，商务印书馆 1997 版。

〔德〕胡塞尔：《纯粹现象学通论》，李幼蒸译，商务印书馆 1992 版。

〔德〕胡塞尔：《欧洲科学的危机与超越论的现象学》，王炳文译，商务印书馆 2001 版。

〔德〕胡塞尔：《现象学的观念》，倪梁康译，上海译文出版社 1986 版。

〔德〕海德格尔：《存在与时间》，陈嘉映、王庆节译，生活·读书·新知 三联书店 1987 版。

〔德〕海德格尔：《形而上学导论》，熊伟、王庆节译，商务印书馆 1996 版。

〔德〕海德格尔：《林中路》，孙周兴译，上海译文出版社 2008 版。

〔德〕海德格尔：《面向思的事情》，陈小文、孙周兴译，商务印书馆 1999 版。

〔德〕海德格尔:《在通向语言的途中》,孙周兴译,商务印书馆 1997 版。

〔德〕海德格尔:《荷尔德林诗的阐释》,孙周兴译,商务印书馆 2000 版。

〔德〕海德格尔:《诗 语言 思》,彭富春译,文化艺术出版社 1991 版。

〔德〕雅斯贝斯:《时代的精神状况》,王德峰译,上海译文出版社 2013 版。

〔德〕雅斯贝斯:《生存哲学》,王玖兴译,上海译文出版社 2013 版。

〔法〕萨特:《存在与虚无》,陈宣良等译,生活·读书·新知 三联 书店 1987 版。

〔法〕萨特:《存在主义是一种人道主义》,周煦良、汤永宽译,上 海译文出版社 1988 版。

〔德〕恩斯特·卡西尔:《人论》,甘阳译,上海译文出版社 1985 版。

〔德〕恩斯特·卡西尔:《语言与神话》,于晓等译,生活·读书· 新知 三联书店 1988 版。

〔俄〕列夫·舍斯托夫:《在约伯的天平上》,董友、徐荣庆、刘继 岳译,生活·读书·新知三联书店 1989 版。

〔美〕M. 怀特编著:《分析的时代》,杜任之主译,商务印书馆 1981 版。

〔美〕里查·罗蒂:《哲学和自然之镜》,李幼蒸译,生活·读书· 新知 三联书店 1987 版。

〔英〕卡尔·波普尔:《猜想与反驳——科学知识的增长》,傅季重 等译,上海译文出版社 1986 版。

〔英〕罗素:《宗教与科学》,徐奕春、林国夫译,商务印书馆 1982 版。

〔英〕罗素:《人类的知识——其范围与限度》,〔英〕罗素著,张金 言译,商务印书馆 1983 版。

〔英〕罗素:《哲学问题》,何兆武译,商务印书馆 2007 年,第

129 页。

〔英〕怀特海:《科学与近代世界》,何钦译,商务印书馆 1959 版。

〔德〕李凯尔特:《文化科学和自然科学》,涂纪亮译,商务印书馆 1986 版。

〔法〕彭加勒:《科学与假设》,叶蕴理译,商务印书馆 1957 版。

〔德〕海森伯:《物理学和哲学－现代科学中的革命》,范岱年译,商务印书馆 1981 版。

〔德〕H. 赖欣巴哈:《科学哲学的兴起》,伯尼译,商务印书馆 1983 版。

〔英〕F. C. S.席勒:《人本主义研究》,麻乔志等译,上海人民出版社 1966 版。

〔英〕吉尔伯特·赖尔:《心的概念》,上海译文出版社 1988 版。

〔英〕维特根斯坦:《逻辑哲学论》,郭英译,商务印书馆 1962 版。

〔英〕维特根斯坦:《哲学研究》,李步楼译,商务印书馆 1996 版。

〔瑞士〕皮亚杰:《发生认识论原理》,王宪钿等译,商务印书馆 1981 版。

〔瑞士〕皮亚杰:《结构主义》,倪连生、王琳译,商务印书馆 1984 版。

〔瑞士〕索绪尔:《普通语言学教程》,高名凯译,商务印书馆 1980 版。

〔美〕乔姆斯基:《语言与心理》,牟小华、候月英译,华夏出版社 1989 版。

胡明阳主编:《西方语言学名著选读》,中国人民大学出版社 1999 版。

〔德〕霍克海默、阿多尔诺:《启蒙辩证法》,洪佩郁、蔺月峰译,重庆出版社 1990 版。

〔美〕W.考夫曼编著:《存在主义》,陈鼓应等译,商务印书馆 1987 版。

〔法〕西蒙娜·德·波伏瓦:《第二性》,陶铁柱译,中国书籍出版社 1997 版。

〔美〕伊·库兹韦尔:《结构主义时代——从莱维－斯特劳斯到福科》,尹大贻译,上海译文出版社 1988 版。

王鲁湘等编译：《西方学者眼中的西方现代哲学》，北京大学出版社 1987 版。

〔美〕路易斯·亨利·摩尔根：《古代社会》上下册，杨东莼、马雍、马巨译，商务印书馆 1977 版。

〔法〕让-皮埃尔·韦尔南：《希腊思想的起源》，秦海鹰译，生活·读书·新知 三联书店 1996 版。

〔苏联〕兹拉特科夫斯卡雅：《欧洲文化的起源》，陈筠、沈澂译，生活·读书·新知 三联书店 1984 版。

〔英〕汤因比：《历史研究》上中下册，曹未风等译，上海人民出版社 1964 版。

〔德〕斯宾格勒：《西方的没落》，齐世荣等译，商务印书馆 1963 版。

〔英〕阿伦·布洛克：《西方人文主义传统》，董乐山译，生活·读书·新知 三联书店 1997 版。

朱狄：《原始文化研究》，生活·读书·新知 三联书店 1988 版。

吕大吉：《宗教学通论新编》，中国社会科学出版社 1998 版。

雷永生等著：《皮亚杰发生认识论述评》，人民出版社 1987 版。

叶秀山：《苏格拉底及其哲学思想》，人民出版社 1986 版。

〔法〕贝尔纳·亨利·列维：《萨特的世纪——哲学研究》，闫素伟译，商务印书馆 2005 版。

李泽厚：《批判哲学的批判》，人民文学出版社 1979 版。

张世英：《黑格尔的逻辑学》，上海人民文学出版社 1981 版。

邓晓芒：《思辨的张力——黑格尔辩证法新探》，湖南教育出版社 1992 版。

陈先达、靳辉明：《马克思早期思想研究》，北京出版社 1983 版。

倪梁康：《现象学及其效应——胡塞尔与当代德国哲学》，生活·读书·新知 三联书店 1994 版。

贺麟主编：《存在主义哲学》，商务印书馆 1963 版。

徐崇温主编：《存在主义哲学》，中国社会科学出版社 1986 版。

徐崇温：《萨特及其存在主义》，人民出版社 1982 版。

陈嘉映：《海德格尔哲学概论》，生活·读书·新知三联书店 1995 版。

叶秀山：《思·史·诗》，人民出版社 1988 版。

尚志英：《寻找家园》，人民出版社 1992 版。

盛宁：《人文困惑与反思——西方后现代主义思潮批判》，生活·读书·新知 三联书店 1997 版。

陆梅林、程代熙编：《异化问题》上、下册，文化艺术出版社 1986 版。

何萍：《生存与评价》，东方出版社 1998 版。

〔英〕鲍桑葵：《美学史》，张今译，商务印书馆 1985 版。

〔美〕M. 李普曼编：《当代美学》，邓鹏译，光明日报出版社 1986 版。

〔美〕卫姆塞特、布鲁克斯：《西洋文学批评史》，颜元叔译，中国人民大学出版社 1987 版。

〔美〕佛克马、易布思：《二十世纪文学理论》，林书武等译，生活·读书·新知 三联书店 1988 版。

〔美〕韦勒克：《批评的诸种概念》，丁泓、余徵译，四川文艺出版社 1988 版。

〔英〕戴维·洛奇编：《二十世纪文学评论》，上海译文出版社 1987 版。

朱光潜：《西方美学史》上、下卷，人民文学出版社 1979 版。

蒋孔阳：《德国古典美学》，商务印书馆 1980 版。

朱狄：《当代西方美学》，人民出版社 1984 版。

伍蠡甫：《欧洲文论简史》，人民文学出版社 1985 版。

石璞：《西方文论史纲》，四川大学出版社 1992 版。

马新国主编：《西方文论史》，高等教育出版社 1994 版。

胡经之、张首映主编：《西方 20 世纪文论史》，中国社会科学出版社 1988 版。

张隆溪：《二十世纪西方文论述评》，生活·读书·新知 三联书店 1986 版。

伍蠡甫、胡经之主编：《西方文艺理论名著选编》上、中、下卷，北京大学出版社 1985、1986、1987 版。

伍蠡甫主编：《西方文论选》上、下卷，上海译文出版社 1979 版。

《二十世纪西方美学名著选》上、下，复旦大学出版社 1988 版。

胡经之、张首映主编：《西方二十世纪文论选》1—4卷，中国社会科学出版社1989版。

盛宁：《二十世纪美国文论》，北京大学出版社1994版。

〔美〕韦勒克、沃伦：《文学理论》刘象愚、邢培明、陈圣生、李哲明译，生活·读书·新知 三联书店1984版。

〔美〕韦勒克：《西方四大批评家》，林骧华译，复旦大学出版社1983版。

〔美〕莫瑞·克里格：《批评旅途：六十年代之后》，李自修等译，中国社会科学出版社1998版。

《柏拉图文艺对话集》，朱光潜译，人民文学出版社1963版。

〔古希腊〕亚里士多德：《诗学》，罗念生译，中国戏剧出版社1986版。

〔德〕莱辛：《拉奥孔》，朱光潜译，人民文学出版社1979版。

《狄德罗美学论文选》，人民文学出版社1984版。

〔德〕席勒：《审美教育书简》，冯至、范大灿译，北京大学出版社1985版。

〔德〕康德：《判断力批判》上、下卷，宗白华、韦卓民译，商务印书馆1964版。

〔德〕黑格尔：《美学》1—3卷，朱光潜译，商务印书馆1979、1981版。

《波德莱尔美学论文集》，郭宏安译，人民文学出版社1987版。

〔意大利〕克罗齐：《美学原理·美学纲要》，朱光潜、韩邦凯等译，外国文学出版社1983版。

〔意大利〕克罗齐：《作为表现的科学和一般语言学的美学的历史》，王天清译，中国社会科学出版社1984版。

〔法〕丹纳：《艺术哲学》，傅雷译，人民文学出版社1963版。

〔德〕格罗塞：《艺术的起源》，蔡慕晖译，商务印书馆1984版。

〔德〕尼采：《悲剧的诞生·〔德〕尼采美学文选》，周国平译，生活·读书·新知 三联书店1986版。

〔法〕杜夫海纳：《美学与哲学》，孙非译，中国社会科学出版社1985版。

《萨特文论选》，施康强译，人民文学出版社1991版。

〔法〕萨特:《词语》,潘培庆译,生活·读书·新知 三联书店1988 版。

〔英〕科林伍德:《艺术原理》,王至元、陈华中译,中国社会科学出版社 1985 版。

〔美〕鲁道夫·阿恩海姆:《艺术与视知觉》,滕守尧、朱疆源译,中国社会科学出版社 1984 版。

〔美〕苏珊·朗格:《情感与形式》,刘大基等译,中国社会科学出版社 1986 版。

〔美〕苏珊·朗格:《艺术问题》,滕守尧、朱疆源译,中国社会科学出版社 1983 版。

〔英〕克莱夫·贝尔:《艺术》,周金环等译 中国文联出版公司1984 版。

〔美〕乔治·桑塔耶纳:《美感》,缪灵珠译,中国社会科学出版社1982 版。

〔美〕M. H. 艾布拉姆斯:《镜与灯 - 浪漫主义文论及批评传统》,郦稚牛等译,北京大学出版社 1987 版。

〔法〕雅克·马里坦:《艺术与诗中的创造性直觉》,刘有元、罗选民等译,生活·读书·新知 三联书店 1991 版

〔美〕马尔库塞:《审美之维——马尔库塞美学论著集》,李小兵译,生活·读书·新知 三联书店 1989 版。

〔美〕马尔库塞等:《现代美学析疑》,绿原译,文化艺术出版社1987 版。

〔苏联〕乌格里诺维奇:《艺术与宗教》,王先睿等译,生活·读书·新知 三联书店 1987 版。

〔苏联〕叶·莫·梅列金斯:《神话的诗学》,魏庆征译,商务印书馆,1990 版。

〔美〕W. C. 布斯:《小说修辞学》,华明等译,北京大学出版社1987 版。

〔哥伦比亚〕加西亚·马尔克斯:《番石榴飘香》,林一安译,生活·读书·新知 三联书店 1987 版。

〔捷克〕米拉·昆德拉:《小说的艺术》,孟湄译,生活·读书·新知 三联书店 1992 版。

《花非花——象征主义诗学》，柳扬编译，旅游教育出版社 1991 版。

〔美〕查德威克：《象征主义》，周发祥译，昆仑出版社 1989 版。

〔德〕本雅明：《发达资本主义时代的抒情诗人》张旭东、魏文生译，生活·读书·新知 三联书店 1989 版。

〔英〕特伦斯·霍克斯：《结构主义和符号学》，瞿铁鹏译，上海译文出版社 1987 版。

〔法〕罗杰·伽洛蒂：《论无边现实主义》，吴岳添译，上海文艺出版社 1986 版。

中国社会科学院哲学研究所美学研究室编：《美学译文》（2）、（3）辑，中国社会科学出版社 1982、1984 版。

中国社会科学院外国文学研究所编：《文艺理论译丛》2、3 册，中国文联出版公司 1984、1985 版。

〔美〕丹尼尔·霍夫曼主编：《美国当代文学》上、下卷,：《世界文学》编辑部译，中国文联出版公司 1984 版。

〔美〕莫里斯·迪克斯坦：《伊甸园之门》，方晓光译，外语教学出版社 1985 版。

《外国现代剧作家论剧作》，中国社会科学出版社 1982 版。

《美国作家论文学》，刘保端等译，生活·读书·新知 三联书店 1984 版。

《法国作家论文学》，王忠琪等译，生活·读书·新知 三联书店 1984 版。

《英国作家论文学》，汪培基等译，生活·读书·新知 三联书店 1985 版。

董衡巽、朱虹、施咸荣、李文俊、郑土生：《美国文学简史》上、下卷，人民文学出版社 1986 版。

龚翰熊：《20 世纪西方文学思潮》（增订版），河北人民出版社 1999 版。

袁可嘉编选：《现代主义文学研究》上、下册，中国社会科学出版社 1989 版。

赵澧、徐京安主编：《唯美主义》，中国人民大学出版社 1988 版。

黄晋凯、张秉真、杨恒达主编：《象征主义·意象派》，中国人民大学出版社 1989 版。

柳鸣九主编：《未来主义·超现实主义·魔幻现实主义》，中国社会科学出版社 1987 版。

柳鸣九主编：《意识流》，中国社会科学出版社 1989 版。

柳鸣九编选：《萨特研究》，中国社会科学出版社 1981 版。

黄晋凯主编：《荒诞派戏剧》，中国人民大学出版社 1996 版。

柳鸣九主编：《新小说派研究》，中国社会科学出版社 1986 版。

柳鸣九主编：《二十世纪现实主义》，中国社会科学出版社 1992 版。

钱满素编：《美国当代小说家论》，中国社会科学出版社 1987 版。

叶廷芳主编：《卡夫卡全集》5—10 卷，河北教育出版社 1996 版。

沈志明、艾珉主编：《萨特文集》（1）—（7）卷，人民文学出版社 2000 版。

中国社会科学院外国文学研究所编：《世界文论》〔1〕〔2〕。

中国社会科学院外国文学研究所主办：《世界文学》1978——2008 期。

Tsanoff, Radoslav, A. *The Great Philosophers*, Harper& Row Publishers, New York, 1964.

Cahn, Steven. ed. *Classics of Western Philosophy*. Hackett Publishing Company, Indiana, 1990.

Jaspers, Karl. *The Great Philosophers* vol. 1, New York, 1962.

Jaspers, Karl. *The future of mankind*, The university of Chicago press, Chicago, 1961.

Zeller, Eduard. *Outlines of the history of Greek Philosophy*. The World Publishing Company, Cleveland and New York, 1931.

Burnet, John. *Early Greek Philosophy*. the World Publishing Company, Cleveland and New York, 1930.

Henry, Bamford, Parkes. *God and Men*, *The Origins of Western Culture*. New York, 1959.

Paideia, Werner, Jaeger. *The Ideals of Greek Culture vol*. 1. Oxford University press, London, 1945.

Shils, Edward. *Tradition*. University of Chicago Press, 1981.

Anderson, Robert, T. *Traditional Europe – A study in Anthropology and*

History. Wadsworth Publishing Company, Inc. , Belmont, California, 1971.

Marin, Carlson. *Theories of the Theory*; *A Historical and Critical Survey, from the Greeks to the present.* Ithaca, Cornell University Press, 1984.

White, Hayden. *Metahistory*: *The historical Imagination in Nineteenth-Century Europe*, Baltimore: Johns Hopkins University Press, 1973.

Adams, Hazard ed. *Critical Theory Since Plato.* New York: Harcourt . Brace. Jovanovich, Inc, . 1971.

Adams, Hazard. and Leroy Searle ed. *Critical Theory Since* 1965. Tallahasse: Florida State University Press, 1986.

Wellek, Rene. ed. *A History of Modern Criticism.* Cambridge: Cambridge University Press, 1976.

Wimsatt, William K. with Cleanth Brooks, *Literary Criticism*: *A short History*, New York: Knoof, 1957.

Raman Selden, Peter Widdowson, Peter Brooker. *A Reader' s Guide to Contemporary Literary Theory.* New York: Prentice Hall/Harvester Wheatsheaf, 1997.

Bell, Daniel, *The Cultural Contradictions of Capitalism*, New York: Basic Books, 1978.

Cohen, Ralph, ed. , *The Future of Literary Theory*, Routledge, 1989.

Abrams, M. H. *Natural Supernaturalism*: *Tradition and Revolution in Romantic Literature*, New York: Norton, 1971.

Crane, R. S. *Critics and Criticism*: *Ancient and Modern*, Chicago: University of Chicago Press, 1952.

Culler, Jonathan, *Structuralist Poetics*: *Structuralism, Linguistics, and the Study of Literature*, Ithaca: Cornell University Press, 1975.

Eagleton, Terry, *Marxism and Literary Criticism*, London: Methuen, 1976.

Eagleton, Terry, *The Ideology of the Aesthetic*, Oxford: Basil Blackwell Inc. , 1990.

Fokkema, D. W. , and Elrud Kunn-Ibsch. *Theories of Literature in the Twentieth Century*: *Structuralism, Marxism, Aesthetics of Reception, Semiotics*, New York: St, Martin, 1977.

Goldmann, Lucien. *Cultural Creation in modern Society*, Bart Grahl, trans. Oxford: Basil Blackwell, 1977.

Graff, Gerald. *Literature against Itself: Literary Ideas in Modern Society*, Chicago: University of Chicago Press, 1979.

Hoy, David Couzins. *The Critical Circle: literature and History in Contemporary Hermeneutics*, Berkeley: University of California Press, 1978.

Jameson, Fredric, *Marxism and form: Twentieth-Century Dialectical Theories of Literature*, Princeton: Princeton University Press, 1971.

Jameson, Fredric, *Prison-House of language: A Critical Account of Structuralism and Russian Formalism*, Princeton: Princeton University Press, 1972.

Jameson, Fredric, *The political Unconscious: Narrative as a Socially Symbolic Act*, Ithaca: Cornell University Press, 1981.

Jameson, Fredric, *Postmodernism, or, the Cultural Logic of Late Capitalism*, Durham: Duke University Press, 1971.

Said, Edward. *The World, the Text, and the Critic*, Cambridge, Mass. : Harvard University Press, 1983.

Wittgenstein, Ludwig . *Philosophical Grammer*, Oxford: Basil Blackwell Publisher, 1974.

Wittgenstein, Ludwig. *The blue and brown books*, oxford: basil Blackwell publisher, 1969.

Fleischmann, Wolfgang, Bernard ed. *Encyclopedia of World Literature in the 20th Century*. New York: Frederick Ungar Publishing Co, Inc. , *1967*.

Nilsen, A, Pace and Nilsen, Don L. F. Encyclopedia of 20th – Century American Humor. Oryx Press. 2000.

后　记

我对西方现代主义文学的研究，开始于上世纪 80 年代末。那是我有幸在四川大学中文系石璞先生、龚翰熊先生门下攻读世界文学硕士研究生时期。龚翰熊先生应该是最早从事西方现代主义文学研究、改革开放后最早在大学课堂开设西方现代文学思潮课的学者之一，他在课内外对我的细心指导、耐心教诲，无疑引导我迈出了西方现代主义文学研究的最初步伐。四川大学毕业以后，我开始在高校从事外国文学的教学和研究工作。随着教学工作的需要，我开始有计划地研究西方现代主义文学主要思潮。其间，我开始意识到现代西方哲学价值论转向的问题。因此，本课题的理论思考和资料准备，甚至部分内容的撰写都紧随西方现代主义文学思潮的研究。后来，我又有幸成为北京师范大学文学院刘象愚先生的博士研究生。刘象愚先生应该是改革开放后最早翻译、介绍、研究西方现当代文艺理论的学者之一。他给予我的谆谆教诲，尤其是围绕西方当代文学理论的思想启迪，更开拓了我的视野、深化了我的思考。我的西方现代主义文学思潮的研究成果，最终在中国社会科学出版社出版了著作《荒原上有诗人在高声喊叫——西方现代主义文学研究》。其后，本课题的研究也顺理成章地开始继续展开和逐步深入，其中部分内容继续以论文形式发表在《烟台大学学报》、《山东师范大学学报》、《东方论坛》等刊物。非常幸运的是，本课题的研究获得了 2013 年国家社会科学基金后期资助项目立项。在此，我要感谢 2013 年国家社会科学基金后期资助项目评审专家们的热情鼓励，感谢许多学界前辈们、朋友们的关心、帮助，感谢许多学术刊物编辑们的理解、支持，尤其要真诚感谢导师石璞先生、龚翰熊先生、刘象愚先生，培养我走上了"思与诗"的职业道路。蓦然回首人生的旅途，我发现，能够表达感谢的有限，远远不能穷尽需要感谢的无限。我不能不由衷地感叹：在"思与诗"的职业道路上奔走的马小朝也是幸福的。

图书在版编目（CIP）数据

走出存在迷宫的阿莉阿德尼金线：哲学价值论转向中的西方现代
主义文学／马小朝著. —北京：中央编译出版社，2015.7
ISBN 978 - 7 - 5117 - 2672 - 8

Ⅰ. ①走…

Ⅱ. ①马…

Ⅲ. ①现代主义－文学研究－西方国家

Ⅳ. ①I109.9

中国版本图书馆 CIP 数据核字（2015）第 113435 号

走出存在迷宫的阿莉阿德尼金线：哲学价值论转向中的西方现代主义文学

出 版 人：刘明清
出版统筹：董　巍
责任编辑：曲建文
责任印制：尹　珺
出版发行：中央编译出版社
地　　址：北京西城区车公庄大街乙 5 号鸿儒大厦 B 座（100044）
电　　话：（010）52612345（总编室）　　　（010）52612370（编辑室）
　　　　　　（010）52612316（发行部）　　　（010）52612317（网络销售）
　　　　　　（010）52612346（馆配部）　　　（010）55626985（读者服务部）
传　　真：（010）66515838
经　　销：全国新华书店
印　　刷：北京金瀑印刷有限责任公司
开　　本：787 毫米 × 1092 毫米　1/16
字　　数：410 千字
印　　张：24.5
版　　次：2015 年 7 月第 1 版第 1 次印刷
定　　价：78.00 元

网　　址：www.cctphome.com　　　　**邮　　箱**：cctp@ cctphome.com
新浪微博：@ 中央编译出版社　　　　**微　　信**：中央编译出版社（ID: cctphome）
淘宝店铺：中央编译出版社直销店（http://shop108367160.taobao.com）
　　　　　　（010）52612349

本社常年法律顾问：北京市吴栾赵阎律师事务所律师　闫军　梁勤
凡有印装质量问题,本社负责调换,电话：（010）55626985